Herzogin des Herbstes

LUCINDA BRANT BÜCHER

— Die Roxtons – die frühen Jahre —
DER EDLE SATYR
SEINE HERZOGIN
IHR HERZOG
IHRE GNADEN

— Roxton-Familiensaga —
HEIRAT UM MITTERNACHT
HERZOGIN DES HERBSTES
TEUFELSKERL DAIR
DIE STOLZE MARY
DER SOHN DES SATYRS
IN LIEBE
HERZLICHST

— Salt Hendon-Serie —
DIE BRAUT VON SALT HENDON
RÜCKKEHR NACH SALT HENDON

— Alec-Halsey-Krimis —
TÖDLICHE VERLOBUNG
TÖDLICHE AFFÄRE
TÖDLICHE GEFAHR
TÖDLICHE VERWANDTSCHAFT

ÜBER DIE AUTORIN

Wenn ich nicht in meiner Sänfte durch das London des 18. Jahrhunderts schaukele oder mit parfümierten Hofleuten mit Schönheitspflästerchen in den vergoldeten Salons von Versailles den neuesten Klatsch austausche, schreibe ich preisgekrönte historische Liebesgeschichten und Krimis (die auch ihre Liebesgeschichten enthalten) aus der georgianischen Zeit. Meine Bücher spielen im georgianischen England des 18. Jahrhunderts, mit gelegentlichen Ausflügen auf den europäischen Kontinent. Ich lege die Zügel bei der französischen Revolution, wo ich ein früheres Leben wegen meines unverzeihlichen hedonistischen Lebensstil als faule Aristokratin beendet habe, nieder.

lucindabrant@gmail.com | lucindabrant.com

pinterest.com/lucindabrant | twitter.com/lucindabrant

facebook.com/lucindabrantbooks | youtube.com/lucindabrantauthor

ÜBER DIE ÜBERSETZERIN

SUSANNE DÖRING

BÜCHER WAREN IMMER mein größtes Vergnügen; indem ich sie übersetze, kann ich sie auch mit denen teilen, die lieber auf Deutsch lesen. Ihre Meinung ist mir wichtig, Sie erreichen mich unter:

werrakind@gmail.com

Herzogin des Herbstes

Ein Liebesroman aus dem 18. Jahrhundert

Buch 2 der Reihe über die Geschichte der Familie Roxton

Lucinda Brant

ÜBERSETZT VON SUSANNE DÖRING

Ein Sprigleaf-Buch
Veröffentlicht von Sprigleaf Pty Ltd

Dies ist ein Roman; Namen, Charaktere, Orte und Ereignisse
entstammen der Fantasie des Autors oder werden fiktiv verwendet.

Herzogin des Herbstes: Ein Liebesroman aus dem 18. Jahrhundert.
Copyright © 2020 Lucinda Brant.
www.lucindabrant.com
Deutsche Übersetzung: Susanne Döring.
Redaktion & Korrektur: Stef Mills.
Titelmodelle: Alissa Bourne & Todd Trofimuk.
Photographie, Kunst und Design: Sprigleaf & GM Studios.
Modeschmuck: Kimberly Walters, Sign of The Gray Horse
Reproduction und historisch inspirierter Schmuck.

Jonathons Elefanten Fleuron Entwurf von Sprigleaf.
Die Silhouette eines georgianischen Paares ist ein Markenzeichen von Lucinda Brant.
Sprigleaf Triple-Leaf Design ist ein Markenzeichen von Sprigleaf Pty Ltd.

Gesetzt in Adobe Garamond Pro.

Auch als E-book, Hörbuch und in anderen Sprachen.

ISBN 978-1-925614-66-4

10 9 8 7 6 5 4 3 2 1   Broschierte Ausgabe   (sii) I

für

Amaya und Melissa

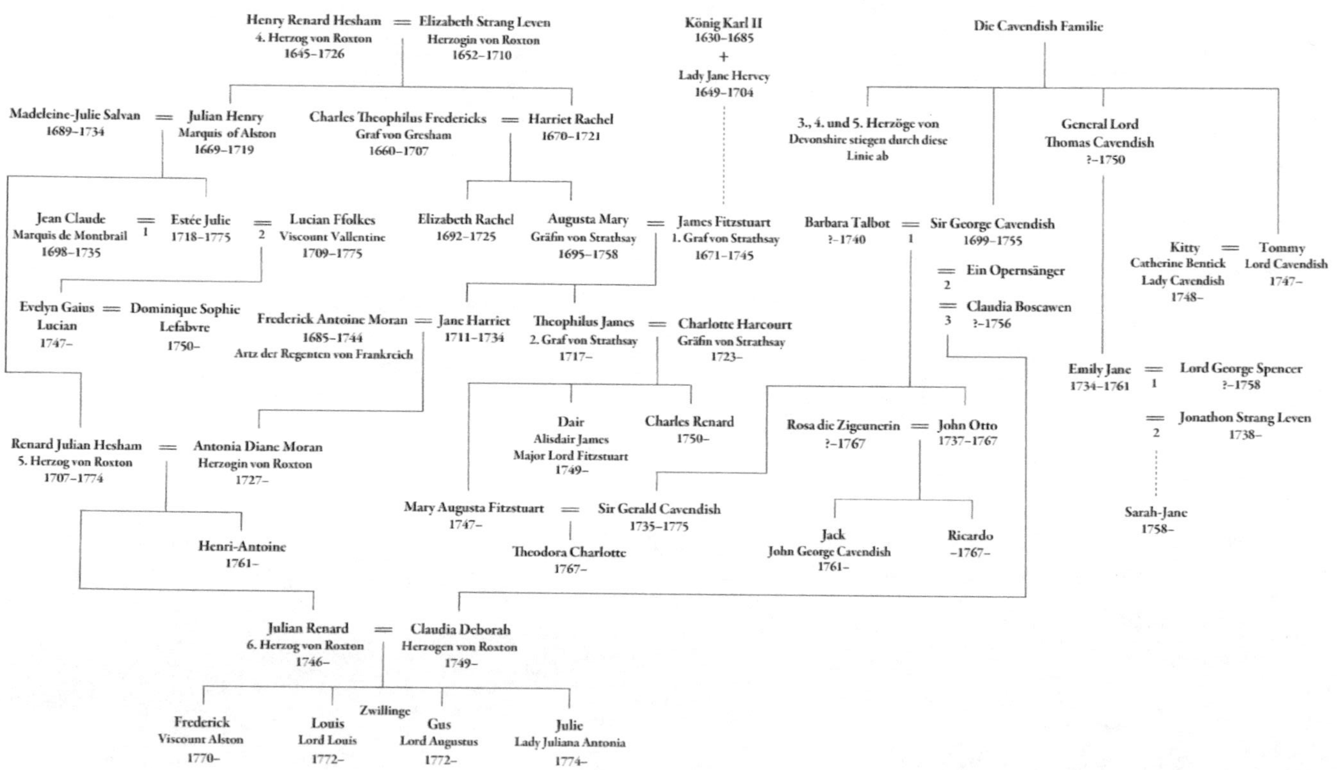

Die Cavendish Familie

Henry Renard Hesham = Elizabeth Strang Leven
4. Herzog von Roxton 1645–1726
Herzogin von Roxton 1652–1710

König Karl II 1630–1685
+
Lady Jane Hervey 1649–1704

Madeleine-Julie Salvan 1689–1734 = Julian Henry Marquis of Alston 1669–1719
Charles Theophilus Fredericks Graf von Gresham 1660–1707 = Harriet Rachel 1670–1721

3., 4. und 5. Herzöge von Devonshire stiegen durch diese Linie ab

General Lord Thomas Cavendish ?–1750

Jean Claude Marquis de Montbrail 1698–1735
1 = Estée Julie 1718–1775
2 = Lucian Ffolkes Viscount Vallentine 1709–1775

Elizabeth Rachel 1692–1725
Augusta Mary Gräfin von Strathsay 1695–1758 = James Fitzstuart 1. Graf von Strathsay 1671–1745
Barbara Talbot ?–1740
1 = Sir George Cavendish 1699–1755
2 = Ein Opernsänger
3 = Claudia Boscawen ?–1756

Kitty Catherine Bentick Lady Cavendish 1748– = Tommy Lord Cavendish 1747–

Evelyn Gaius Lucian 1747– = Dominique Sophie Lefabvre 1750–
Frederick Antoine Moran 1685–1744 Arzt der Regenten von Frankreich = Jane Harriet 1711–1734
Theophilus James 2. Graf von Strathsay 1717– = Charlotte Harcourt Gräfin von Strathsay 1723–

Emily Jane 1734–1761
1 = Lord George Spencer ?–1758
2 = Jonathon Strang Leven 1738–

Dair Alisdair James Major Lord Fitzstuart 1749–
Charles Renard 1750–
Rosa die Zigeunerin ?–1767 = John Otto 1737–1767

Renard Julian Hesham 5. Herzog von Roxton 1707–1774 = Antonia Diane Moran Herzogin von Roxton 1727–

Sarah-Jane 1758–

Mary Augusta Fitzstuart 1747– = Sir Gerald Cavendish 1735–1775
Theodora Charlotte 1767–

Jack John George Cavendish 1761–
Ricardo –1767–

Henri-Antoine 1761–

Julian Renard 6. Herzog von Roxton 1746– = Claudia Deborah Herzogen von Roxton 1749–

Frederick Viscount Alston 1770–
Louis Lord Louis 1772–
Zwillinge
Gus Lord Augustus 1772–
Julie Lady Juliana Antonia 1774–

EINS

TREAT, STAMMSITZ DER HERZÖGE VON ROXTON, FRÜHLING 1777

Er sah sie von der anderen Seite des Ballsaals aus.

Eine umwerfende Schönheit schaute ihn direkt an.

Jonathon blieb stehen und starrte zurück.

Er konnte nicht anders.

Er konnte an drei Fingern die Gelegenheiten abzählen, bei denen weibliche Wesen seinen Weg gekreuzt hatten, die von solch exquisiter Schönheit waren, dass es ihm den Atem raubte – zweimal auf dem indischen Subkontinent, einmal in Ostindien. Und jetzt hier, in dieser Minute, in diesem Ballsaal, auf dieser feuchten, grünen Insel. Daher war es nur natürlich, dass er sich die Muße nahm, den Anblick förmlich aufzusaugen. Sein bewundernder Blick wanderte von ihrem honigblonden Haar, das in schweren Locken über eine bloße Schulter fiel, zu der Porzellanhaut ihres Dekolletés, das makellos vor dem tiefen Schwarz ihres Kleides leuchtete. Er wäre kein Mann gewesen, hätte sein Blick nicht auf ihren üppigen Brüsten verweilt, die ein viereckig ausgeschnittenes Mieder kaum halten konnten. Er versuchte, an ihrem herzförmigen Gesicht mit der geraden, kleinen Nase einen Makel zu finden, oder an ihrem energischen Kinn oder den ungewöhnlich schrägen Augen – aber was war daran auszusetzen?

Er lächelte in sich hinein; alles, was er sah, gefiel ihm, und das, was er nicht sehen konnte, war mit Sicherheit ebenso verlockend.

Er fragte sich, wie alt sie sein mochte. Nicht, dass das wichtig gewesen wäre. Es war nur ein Spiel, das er bei solchen gesellschaftlichen Veranstaltungen spielte, um sich die Zeit zu vertreiben. Sie war ganz in Schwarz gekleidet und trug keinen Schmuck um ihren schlanken Hals oder ihre Handgelenke, daraus schloss er, dass sie Witwe und daher nicht mehr in der ersten Jugendblüte wäre.

Was machte eine Witwe hier?

Seine Faszination verzehnfachte sich.

Trotz seiner begrenzten Erfahrung mit der Londoner Gesellschaftsszene wusste Jonathon gut genug, dass Witwen keine gesellschaftlichen Veranstaltungen dieser Art besuchten, schon gar nicht ein so bekanntes Ereignis auf der Höhe der Saison. Vielleicht war ihre Trauerzeit fast zu Ende und sie begleitete heute Abend eines der jungen Dinger hierher? Mit Sicherheit war sie noch nicht alt genug, um eine Tochter im heiratsfähigen Alter zu haben? Jonathon verzog das Gesicht. Aus einem unergründlichen Grund gefiel ihm die Vorstellung nicht, dass sie vielleicht eine Kindbraut gewesen sein könnte.

Warum starrte sie ihn an?

Sie stand so still, die Hände vor sich gefaltet, als ob sie eine aus Alabaster gehauene Statue in schwarzem Tuch wäre; ebenso ein fester Bestandteil des Ballsaals wie ein funkelnder Kronleuchter oder der riesige, kompliziert gewobene Wandteppich hinter ihr. Und so schien es, als die Tänzer begannen, sich zu Paaren zusammenzufinden und an ihr vorbeikamen, als wäre sie tatsächlich nichts anderes als ein Möbelstück. Warum? Vielleicht war sie in der Gesellschaft so gut bekannt, dass ihre unglaubliche Schönheit als selbstverständlich hingenommen wurde? In einem Ballsaal voll schöner junger Mädchen in cremefarbener, rosa und blauer Seide musste man sie einfach ansehen.

Jonathon fand es unmöglich, sie nicht anzustarren.

Er schaute zu, wie einige der Gäste sich buchstäblich abmühten, sie nicht anzusehen, und einen weiten Bogen um sie machten, die Augen fest nach vorn oder auf die polierten Dielen gerichtet. Die ein oder andere junge Dame, die einen neugierigen, verstohlenen Blick in Richtung der Schönheit warf, wurde sofort in wütendem Flüsterton von Eltern wie von Anstandsdamen getadelt und wandte schnell den Blick ab, um den Kopf hängen zu lassen, als schämte sie sich, einen schweren Fehltritt begangen zu haben.

Warum wurde sie absichtlich gemieden?

Warum ging niemand zu ihr?

Warum blieb niemand stehen und sprach mit ihr?

Warum wurde sie vernachlässigt?

Es versetzte ihm einen Stich, sie so allein und verlassen zu sehen.

Es war unwahrscheinlich, dass die Schönheit eine schmutzige Vergangenheit hatte oder offen als die Geliebte eines beneidenswerten Edelmannes gelebt hatte, denn dann wäre sie nicht in diese erhabene Gesellschaft eingeladen worden. Der Herzog von Roxton war ein unbestechlicher, prüder Familienmensch, ein seltener Vogel zwischen seinen prachtvollen Standesgenossen. Der König konnte das Beispiel des Herzogs nicht genug loben. Es war ein Kompliment, über das in den Salons der Gesellschaft so verächtlich gekichert wurde, dass sogar Jonathon, der erst seit sechs Monaten in der Hauptstadt war, es oft genug hatte wiederholen hören. Was auch immer der Grund für ihre gesellschaftliche Ächtung war, ihm war er völlig gleichgültig. Er war entschlossen, ihre Bekanntschaft zu machen – Neugier und Verlockung zogen ihn an.

Ein wildes Gelächter in der Nähe riss ihn aus seinen Träumen. Tommy würde die Identität der Schönheit und ihre Geschichte kennen. Er kannte immer den neuesten Klatsch. Nächst dem Essen war es Tommy Cavendishs Lieblingsbeschäftigung, gesellschaftliche Informationen zu sammeln, die die Familien verzweifelt zu verschweigen suchten. Und ohne Rücksicht auf die beiden älteren Damen mit ihren Turbanen, die Lord Cavendishs unersättlichen Appetit nach Skandalen mit den letzten verruchten Einzelheiten stillten, schnappte Jonathon sich den steifen Rockschoß dieses Edelmannes und zog ihn kurzerhand von ihnen fort, sodass er neben ihm zu stehen kam.

„Tommy! Tommy, hör mir zu!", verlangte er, ohne seinen Blick von der Schönheit abzuwenden. „Sie trägt Witwenkleidung und wird ignoriert. Warum? Was macht sie hier?"

„Lieber Gott, erzähle mir nicht, dass endlich ein Mitglied des schönen Geschlechts dein Interesse geweckt hat? Bravo! Wer ist es, alter Junge?", fragte seine Lordschaft.

Tommy winkte den davonsegelnden Witwen mit seinem Spitzentaschentuch nach, die empört über eine so unhöfliche Unterbrechung durch einen braungebrannten Koloss unsicheren gesellschaftlichen Standes davonrauschten. Dann klemmte er eilig sein Augenglas vor ein tränendes Auge und warf einen eifrig suchenden Blick durch den Ballsaal, wo das erste Menuett des Abends begonnen hatte, bevor er seine Aufmerksamkeit auf Jonathons große Füße richtete und sie dann bis zu seinem Kopf voll dichten, schulterlangen Haaren wandern ließ.

„Bist du wirklich sechs Fuß *vier* Zoll groß?"

Jonathon zog das Augenglas aus Lord Cavendishs pummeligen Fingern und ließ es lose an seinem Band hinabfallen.

„Hör auf mit diesem dummen Getue, Tommy. Und dieses abscheuliche schwarze Schönheitspflästerchen, wenn es eines ist, ist auch mehr als genug. Bestenfalls eine Warze."

„Grobian", antwortete Lord Cavendish, ohne beleidigt zu sein, als er mit einem fetten kleinen Finger an seinen Mundwinkel tippte, um sich zu versichern, dass das herzförmige Schönheitspflästerchen noch an seinem Platz klebte. „Die unter uns, die nicht Samson sein können, müssen Delilah mit anderen Mitteln verlocken."

„Pflästerchen und Schminke passen nicht zu dir, Tommy. Glaube mir. Was würde Kitty dazu sagen?"

Lord Cavendish zuckte die Achseln und tätschelte seinen dicken Bauch, der von seiner sehr eng anliegenden Weste aus chinesischer Seide bedeckt war.

„Meine *Frau*? Meinte, ich sollte besser einen Halbmond anstelle eines Herzens tragen, und an der Schläfe, nicht am Mund. Aber was versteht die liebste Kitty schon von Pflästerchen und Schminke? Und nicht ich bin es, der eine Ehefrau braucht …"

„Tommy, fang nicht damit an."

Lord Cavendish tat so, als ob er nichts verstünde, und streckte einen seidenbekleideten Arm zu der Menge aus, die sich am Rand der Tanzfläche versammelt hatte.

„Anfangen? Mein lieber Freund, der Heiratsmarkt hat bereits vor Monaten ernsthaft begonnen, wenn dir das nicht aufgefallen sein sollte. Und wo könnte man besser eine nette, kleine Frau finden als bei dieser achtbaren Zusammenkunft. In dem Haufen hier hat man die beste Auswahl. Niemand mit einem Verwandten, der einen geringeren Rang hätte als Viscount, und es ist ja nicht so, als ob du Geld heiraten müsstet. Es gibt ein paar niedliche kleine Dinger mit einem Stammbaum, so lang wie *dein* Arm, und kein dazu passendes Vermögen. Kitty meint …"

„Nein, Tommy! *Nein.*"

„… dass es mindestens fünf köstliche Honigtöpfchen gibt, unter denen du wählen kannst – alle Anfang zwanzig und in ihrer zweiten Saison. Obwohl ich das Porter-Lewisham-Törtchen nicht ablehnen würde, auch wenn sie erst achtzehn ist."

„*Achtzehn*?" Jonathon war empört. Seine Tochter war gerade neunzehn Jahre alt. Er drehte die Schulter seines behäbigen Freundes zur Tanzfläche. „Sieh hin, Tommy! Die Schönheit da drüben. Wer ist sie?"

Lord Cavendish tastete nach seinem Augenglas.

„Wo ist diese Vision von Schönheit, dieses köstliche Törtchen, das deinen männlichen Appetit geweckt hat?"

„Nicht *da* drüben. *Dort* hinten", sagte Jonathon ungeduldig. „Zu meiner Linken. Bei dem Gobelin. Sie schaut mich direkt an."

Lord Cavendish ließ sein vergrößertes Auge erneut über den Ballsaal schweifen, wobei er darauf achtete, nicht länger als ein paar Sekunden auf einem bestimmten hübschen Gesicht zu verweilen, aber wenn in dem Gedränge seidener Röcke und flatternder Fächer eine begehrenswerte Schönheit zu sehen war, konnte er sie nicht entdecken;

hübsch, ja, aber kein so auffälliges weibliches Wesen, dass seinem großen Freund unter seiner Krawatte so heiß wurde, es sein denn … Nein! Sein Lächeln blieb auf seinem Gesicht kleben, aber seiner Stirn runzelte sich. Er schaute zu Jonathon auf und folgte dessen unverwandtem Blick … *Oh Gott. Nein.* Er schluckte innerlich und ließ das Augenglas fallen, den Mund halb offen, und murmelte etwas Unverständliches.

Es dauerte einen Augenblick, bis er seine Stimme wiederfand, lange genug, dass Jonathon zwei Gestalten mit säuerlichem Gesichtsausdruck bemerkte, beide in taubengraue Seide gekleidet und mit allem Charisma kräftiger Gefängniswärter begabt, die sich von hinten der Schönheit näherten, um sich dann zwei Schritte links und rechts hinter ihr aufzustellen. Sie erinnerten ihn an ein paar Gargoyles, gotische, steinerne Wasserspeier. Die fast unmerkliche Art und Weise, wie die Schönheit ihre schneeweißen Schultern straffte, sagte ihm, dass sie sich ihrer Anwesenheit bewusst war und dass sie eine unwillkommene Störung darstellten. Doch sie sprach nicht mit ihnen und sah sie auch nicht an.

Seine Einschätzung dieser Frauen erwies sich als richtig, als ein Gentleman, der zwei Champagnergläser trug, aus dem Erfrischungsraum gestolpert kam, die von Zuschauern umringte Tanzfläche umrundete und direkt auf die Schönheit zuging. Er hob die beiden Gläser hoch, als er hin und her schwankte, um zu vermeiden, dass ein kostbarer Tropfen des Champagners verschüttet würde, und stand dann einer der humorlosen Anstandsskulpturen gegenüber, die einen Schritt auf ihn zu machte und ihm den Weg vertrat, bevor er sich ihrer Herrin auf mehr als zehn Fuß nähern konnte. Er wurde ohne Aufsehen von zwei livrierten Dienern übernommen, die gleich einer Erscheinung aus der Menge auftauchten und fortgeführt; Champagner durchnässte die Vorderseite seines kanariengelben Gehrocks.

„Nun?", verlangte Jonathon von Lord Cavendish zu wissen, als die Gräfin von Strathsay tief vor der Schönheit knickste und sich dann erhob, um ein paar Worte zu sagen. „Wer ist sie, dass eine so scheinheilige Anhängerin von Familie und Rang wie Lady Strathsay einen so tiefen Knicks vor ihr macht, dass ihre Nase fast die Dielen streift?"

Tommy Cavendishs Mund wollte noch immer Worte bilden, aber dann verzog er sich zu einem breiten Lächeln und Cavendish tippte mit dem Rand seines Augenglases auf Jonathons Arm.

„Strang! Du pfiffiger Pfifferling! Einen Moment habe ich dir fast geglaubt. So leicht kannst du mich nicht hinters Licht führen."

„Das tue ich nicht. Ich habe sie vor heute Abend noch nie gesehen und ich will wissen, wer sie ist, damit ich mich bei einer ersten Begegnung nicht zum Narren mache. Ich wäre für deine Unterstützung sehr dankbar, aber es wird auch ohne das gehen, wenn es sein muss."

Lord Cavendishs übliche Bonhomie war verflogen. Er wünschte, Kitty wäre bei ihm. Seine Frau würde viel besser wissen, wie sie diese Umstände erklären sollte.

„Ach ja … hätte ich mir denken sollen. Sie geht nicht mehr in Gesellschaft. Verdammt schade, wenn du mich fragst. Verdammte Verschwendung einer schönen Frau."

„Also?", wiederholte Jonathon grob. Er sah zu, wie Lady Strathsay sich verabschiedete, sich ein paar Fuß weit rückwärts zurückzog, bevor sie sich umdrehte und die Schönheit wieder den wachsamen Augen der beiden Wasserspeier überließ. „Komm schon, Tommy. Wenn sie eine Einsiedlerin ist, könnte sie sich jeden Moment abwenden und diese klaustrophobische Gesellschaft verlassen. Also heraus damit, bevor ich die Geduld verliere und mich Hals über Kopf hineinstürze, um sie ohne deine Hilfe zum Tanzen aufzufordern."

Lord Cavendish schüttelte seinen gepuderten Kopf.

„Nein, Strang. Du willst nicht dorthin gehen. Es wäre sehr schlecht für dich, wenn du es tätest. Glaube mir, wenn du dorthin gehst, wirst du dich mit Sicherheit zum Narren machen. Du wirst als Hammel in der Brühe enden, bevor man dich zu Steak Tartar durchmahlen kann." Als Jonathon ein ungläubiges Schnauben von sich gab, seufzte seine Lordschaft und ließ das Augenglas fallen, um ohne sich zu zieren zu sagen: „Strang. Vertraue mir. Deb Roxton hat deine liebste Sarah-Jane unter ihre Fittiche genommen. Die Herzogin ist nicht zu allen ihren Cavendish-Verwandten so freundlich. Eine so edle Wohltäterin ist nicht zu verachten. Wenn deine Tochter wenigstens einen Baronet einfangen möchte, solltest du um jeden Preis das Missfallen des Herzogs vermeiden. Glaube mir, wie der Rest von uns heißblütigen männlichen Wesen wirst du diese göttliche Schönheit aus der Ferne bewundern müssen."

Jonathon war unbeeindruckt. Er starrte über die adligen perücken-bedeckten, gepuderten Köpfe, die sich in dem großen Ballsaal versam-melt hatten, hinweg und erhaschte den Anblick eben des Edelmannes, über den sie gesprochen hatten. Er beobachtete, wie der Herzog sich seinen Weg durch die Menge bahnte, um sich neben die Schönheit zu stellen. Sie ging Seiner Gnaden nicht weiter als bis zur Schulter und das in Absätzen, vermutete Jonathon. Der Herzog neigte den Kopf, zog seine Schnupftabakdose heraus und sagte ein paar Worte, auf die die Schönheit nicht reagierte. Schließlich drehte sie sich um und hob ihren Kopf zu ihm, gab ihm eine Antwort und klappte ihren Fächer aus schwarzen Federn mit einer raschen, erregten Bewegung auf. Nach einem Wortwechsel, der einige Minuten dauerte, wagte sie es, dem Herzog ihre bloße Schulter zuzudrehen, um in die andere Richtung zu schauen. Seine Gnaden blieb an ihrer Seite, beobachtete die Tänzer mit einem rätselhaften Lächeln und der Neigung seines Kopfes nach zu urteilen sprach er leise weiter auf sie ein, obwohl er absichtlich ignoriert wurde. Jonathons Meinung nach hätte man blind sein müssen, um nicht die undurchdringliche Wand aus Eis zu sehen, die diese beiden trennte.

„Wenn der Mann, der um Sarah-Jane wirbt, rückgratlos genug ist, um die Gunst Seiner Gnaden von Roxton als erstrebenswerter zu erachten, als die Liebe zu meiner Tochter, dann wünsche ich mir nicht, dass Sarah–Jane solche Gunst gewinnt."

Lord Cavendish warf besiegt eine mit Spitzenrüschen bedeckte Hand hoch.

„Du warst immer ein schamloser Romantiker." Er seufzte. „Und da wunderte sich die Familie, warum Emily mit einem mittellosen zweiten Sohn eines zweiten Sohnes durchbrannte, der für die India Company arbeitete. Ha!"

„Der Name der Schönheit an Roxtons Seite, Tommy."

„Was ist mit deinen Bemühungen, das Strang-Leven-Erbe zurückzuerhalten? Mache dich beim Herzog unbeliebt und du kannst das uralte Gemäuer deiner Vorfahren und Sarah-Janes Heiratsaussichten mit dem Suppentopf hinauswerfen!"

Jonathon grunzte verärgert. Er hatte nicht zwanzig Jahre auf dem Subkontinent seinen Schweiß vergossen, um ein Vermögen für seine Pläne zu verdienen, um jetzt seine Felle davonschwimmen zu sehen, bevor er eine Chance gehabt hatte, den Herzog von dessen moralischen Verpflichtung zu überzeugen, ihm das zurückzugeben, was rechtmäßig den Strang-Levens gehörte. Daher würde er nicht leichtfertig handeln und riskieren, den Herzog zu beleidigen und damit die Chancen seiner Tochter, in den Adel einzuheiraten, zu ruinieren.

„Sarah-Jane kann sich in Edinburgh ebenso gut einen adligen Ehemann suchen wie sie hier ihre seidenen Pantoletten auf diesen edlen Dielen abwischen kann."

Lord Cavendish war schockiert. „Strang! Ein *schottischer* Lord? Man könnte ebenso gut Macbeth vor einem Schauspieler erwähnen!"

„Hör mit diesem Unsinn auf, den französischen Koch zu spielen, und sag mir den Namen dieser Schönheit!"

Lord Cavendish wich der Frage aus.

„Kitty ist eine bemerkenswerte Frau", sagte er und berührte wissend seine Nase mit seiner Brille. „Hat das Ohr der Herzogin. Aber das nur zwischen dir, mir und dem Kochtopf, alter Junge."

Jonathon zog eine Augenbraue hoch. „Na, *alter Junge*, der Kochtopf weiß mehr als ich, also heraus damit!"

„Es sollte dich freuen zu hören, dass Roxton wegen deines längst verlorenen Erbes, insbesondere der Residenz am Hanover Square, ziemlich hin und her gerissen ist. Er hat ein größeres, palastartigeres Haus am Rande des Hyde Parks gekauft, das besser zu seiner wachsenden Brut passt, und, wie die Zyniker sagen, einen größeren Abstand zwischen seiner Ära als Herzog und der schändlichen Vergangenheit früherer Titelträger schafft. Was Crecy Hall angeht ... Es heißt, wegen der elisabethanischen Scheußlichkeit mit Türmchen – seine Worte, nicht meine – befände er sich in einem Dilemma. Wie du weißt, wurde das Haus sich selbst überlassen und war unbewohnbar geworden, das heißt, bis vor fünf Jahren, als der alte Herzog seine letzten Atemzüge tat, und beschloss, Crecy seinen früheren Glanz zurückzugeben."

Jonathon war überrascht genug, um seinen Blick von der Schönheit abzuwenden und auf Tommy Cavendish hinabzublicken. „Um Gottes willen, *warum*?"

„Jetzt kommt das Sahnehäubchen auf dein *éclair*", befand Lord Cavendish und fuhr *sotto voce* fort. „Dieser Herzog von Roxton betrachtete sich als moralisch aufrichtigen Edelmann und daher, nachdem deine Anwälte ihn mit der ganzen Wahrheit über die Art des Erwerbs des Strang-Leven-Erbes vertraut gemacht hatten, widerstrebt es den hohen Prinzipien unseres Herzogs, am Hanover Square und dem elisabethanischen Herrenhaus festzuhalten."

„Wirklich? Die Wolken teilen sich wieder und die Sonne scheint hindurch. Und? Da ist doch noch mehr zu erzählen. Deine geschminkten Lippen zucken."

Lord Cavendish wiegte sich auf den Absätzen. „Aber was der Herzog fühlt und denkt, hat leider nur sehr wenig Einfluss auf dein Anliegen, fürchte ich. Es ist die französische Mama des Herzogs, die dein Verderben sein wird, denn für sie hatte der alte Herzog Crecy als Ruhesitz während ihrer Witwenschaft wieder bewohnbar machen lassen. Und dort hat sie an seinem Todestag vor drei Jahren ihren Wohnsitz genommen. Und daher ist es *Antonia*, die Herzogin von Roxton, die du davon überzeugen musst, dass Crecy nicht nur an die Strang Levens zurückgegeben werden soll, sondern die du zwingen musst, es zu *räumen*."

„Roxtons *Mutter*?" Jonathon verdrehte die Augen zur verzierten Decke und murmelte: „Eine zänkische alte Witwe, mit der ich mich herumstreiten muss, noch dazu eine Französin! *Fabuleux. Un malheur n'arrive jamais seul!* Das Wetter in diesem Land ist immer kalt und jetzt wird es eisig."

Er stieß einen Seufzer aus, straffte seine Schultern und gab Tommy Cavendish einen Stoß, während er seinen Blick wieder der Schönheit zuwandte, die etwas über ihre bloße Schulter zurück zu dem Herzog gesagt hatte, was diesen Edelmann seine Schnupftabakdose fester packen und seine Lippen fest aufeinanderpressen ließ. Dass sie stritten, hätte nicht offensichtlicher sein können, wenn sie einander von den gegenüberliegenden Seiten des Ballsaals aus Beleidigungen zugeschrien hätten.

„Also wer ist sie, Tommy, die Roxton in der Öffentlichkeit vor Wut kochen lässt?"

Lord Cavendish machte ein Geräusch in seiner Kehle, das dem Laut eines erschrockenen Fasans ausgesprochen ähnelte. Er hüstelte höflich in seine Faust, um seine Stimme wiederzufinden.

„Die – äh – Schönheit, die deine Lust geweckt hat, ist des Herzogs – oh Gott! Ich kann nicht *glauben*, dass das erste weibliche Wesen, das seit deiner Rückkehr nach England dein Blut erhitzt hat, des Herzogs ..."

„... Cousine? Schwester, entfernte Cousine dritten Grades, arme Verwandtschaft..."

„Antonia, Herzogin von Roxton. Die zänkische alte Witwe, wie du es so amüsant ausgedrückt hast."

Jonathon schluckte schwer.

„Verdammt will ich sein", murmelte er völlig ungläubig.

„Und das wirst du auch, wenn du in ihre Nähe kommst."

Jonathon räusperte sich mit rauer Kehle.

„Sie ist nicht alt genug, Tommy. Roxton muss mein Jahrgang sein, etwas mehr oder weniger."

„Wir waren zusammen in Eton. Er ist dreißig geworden. Seine grau melierten Locken und die Tatsache, dass seine Mutter mit einem für ihre Jahre absurd jugendlichen Aussehen geschlagen ist, helfen nicht."

Jonathon runzelte missbilligend die Stirn. „Kindbraut?"

„Zweifelst du daran? Sie wurde direkt aus dem Schulzimmer entführt. Der fünfte Herzog war ein berüchtigter Wüstling, der sich ihr zuliebe besserte. Sie waren einander bis zu seinem Tod völlig ergeben. Genug gesagt." Lord Cavendish winkte einem Gentleman quer durch den Raum zu, der übertriebene Kopfbewegungen in Richtung des Erfrischungsraums machte. „Zeit zum Weitergehen, Strang. Hinter jenem Torbogen erwarten uns Karten, Konversation und *comfits*, und ich für meinen Teil habe vor zu genießen, was geboten wird."

Jonathon hielt ihn auf, den Blick noch immer fest auf die Herzogin gerichtet. „Sag mir, dass du mich an der Nase herumführst, Tommy.

Sag mir die Wahrheit. Sag mir, dass eine so außergewöhnlich schöne Frau nicht mit Roxton blutsverwandt ist. Sag es mir, Tommy."

Lord Cavendish stieß einen tiefen Seufzer aus. „Ich wünschte, das könnte ich. Kann ich aber nicht."

„Dann sag mir, was du weißt."

„Wirst du wohl aufhören, sie offen anzustarren?", zischte Lord Cavendish und zog an Jonathons Samtmanschette. „Roxton hat schon zweimal zu uns herübergeschaut, was kein Wunder ist, wo deine Augen so gierig an seiner Mutter hängen. Er beschützt sie verdammt gut, und wer könnte ihm das übel nehmen? Der Tod des alten Herzogs hat die Jagdsaison auf seine viel jüngere Witwe eröffnet. Ihre unglaubliche Schönheit wird nur durch ihr persönliches Vermögen übertroffen, ein Erbe, das der alte Herzog ihr hinterließ und über das sie nach Belieben verfügen kann – und das Strang-Leven-Erbe gehört zu diesen Reichtümern, alter Junge. Solange sie lebt, sind Roxton die Hände gebunden. Daher verstehst du, dass er sie in einem goldenen Käfig hält. Tja, das ist die offizielle Version ..."

„Und die inoffizielle?" Als diese Frage mit Schweigen beantwortet wurde, zwang Jonathon sich, von der Herzogin weg, nach unten in Lord Cavendishs finsteres Gesicht zu schauen. „Ach, komm schon, Tommy! Sag es mir und dann bist du frei, dich mit Hingabe am Buffet vollzustopfen."

Seine Lordschaft seufzte. „Du bist so hartnäckig wie ein Hund mit einem Knochen."

Er hob wieder sein Augenglas hoch, um ein Interesse an den Tänzen vorzutäuschen, denn nicht nur der Herzog musterte sie unter zusammengezogenen Augenbrauen hervor, sondern die Leute, die am Rande der Tanzfläche herumliefen, begannen, ihre Köpfe in ihre Richtung zu drehen und hinter flatternden Fächern und parfümierten Spitzentaschentüchern zu flüstern.

„Der alte Herzog starb vor fast drei Jahren. Er war siebenundsechzig Jahre alt und über Jahre hinweg krank gewesen, daher kam sein Tod nicht unerwartet. Außer vielleicht für seine Herzogin. Sie trauert noch immer um ihn, als wäre er erst gestern gestorben. Sie ist ein göttlich schönes, liebenswürdiges Geschöpf, das einem leidtun kann. Gerüchten zufolge hat die Trauer sie um den Verstand gebracht. Sir Titus Foley, ein aufgetakelter Arzt, der sich durch das Studium und die Behandlung weiblicher *melancholia* einen Namen gemacht hat, wurde vom Herzog nach Treat gerufen, zum zweiten Mal in ebenso vielen Jahren. Das lässt durchaus Fragen über das geistige Gleichgewicht Ihrer Gnaden zu, nicht wahr? Und das hast du nicht von mir gehört, alter Junge, denn Kitty würde mich sonst rösten und vierteilen lassen."

Jonathon verzog angewidert das Gesicht.

„Die arme Frau hat ihren Ehemann verloren, der die Liebe ihres Lebens war, ihr Zuhause und ihren hohen Rang in der Gesellschaft, und ihr Sohn hält sie unter Verschluss? Ist es da ein Wunder, wenn sie an *melancholia* leidet? Sie hat überhaupt kein Leben. Herumgeschubst und betrogen und völlig missverstanden, schätze ich. Sie braucht keine besondere Aufmerksamkeit eines überheblichen Quacksalbers. Was sie braucht, ist jemand, mit dem sie reden kann und eine mitfühlende Schulter, um sich daran auszuweinen."

Lord Cavendishs Ausbruch schrillen, ungläubigen Gelächters war durch den ganzen Ballsaal zu hören.

„*R–r–reden*? Oh, *S–S–Strang*! Du bist meine Schüssel Hühnerbrühe; so unabdingbar für mein Wohlbefinden. Dein Heilmittel? So wundervoll unkompliziert, dass du mich fast überzeugt hast. Ich nehme an, du wirst handeln wie ein Mann und Antonia Roxton deine eigene breite Schulter anbieten, um sich daran auszuweinen?" Er wischte sich seine tränenden Augen an den Spitzenrüschen ab, die den Rücken einer zitternden Hand bedeckten. „Und für deine Bemühungen wird sie dir auf ewig dankbar sein und dir nicht nur das Strang-Leven-Erbe überschreiben, sondern Crecy Hall unverzüglich räumen, damit du damit tun kannst, was du willst?" Er schüttelte ungläubig sein gepudertes Haupt. „Das möchte ich gern erleben!"

Jonathon grinste. „Schau mir einfach zu."

ZWEI

Der Herzog stand neben Antonia, der Herzogin von Roxton, und zog seine goldene Schnupftabakdose heraus. Er klopfte auf den emaillierten Deckel, klappte ihn jedoch nicht auf. Es war eine absichtliche Geste, die bezweckte, ihm einen Augenblick zu verschaffen, um seine Frustration und seinen Ärger zu beherrschen. Er schaffte es, sein schönes Gesicht entspannt zu halten und zu lächeln, als genösse er den Abend. Seine Gäste würden nie erraten, dass er gewünscht hatte, der Ball möge vorüber sein, bevor er begonnen hatte, als seine Mutter ganz in Schwarz gekleidet ankam – sogar ihr Fächer und ihre hochhackigen Schuhe waren schwarz. Ihr Haar war ohne jeden Schmuck aufgesteckt, selbst ohne jedes Band. Sie trug keine Schminke und ihre Handgelenke und ihr Hals waren bar jeden Schmucks. Ihr auffälliges Auftreten machte sie nicht nur zur bemerkenswertesten Frau im Raum, sondern zeigte auch offen eine vorsätzliche Missachtung der Bemühungen ihres Sohnes und ihrer Schwiegertochter, eine gesellschaftliche Veranstaltung in Treat auszurichten, die keinen unerwünschten Klatsch verursachte.

Er hätte nicht hoffen sollen, dass sie diesmal seinen Rat beherzigen und ihre Trauer ablegen würde. Er wünschte, er wüsste, wie er mit ihr umgehen sollte. Bei anderen Mitgliedern seiner engeren und weiteren Familie, bei Angehörigen, Pächtern und seinen Dienern war sein Wort Gesetz und wurde selten infrage gestellt. Er sonnte sich gern in dem Glauben, ein wohlwollendes und selten diktatorisches Familienoberhaupt zu sein. Im Umgang mit seiner Mutter fühlte er sich jedoch völlig machtlos. Er hatte absolut keine Ahnung, was er vielleicht noch tun oder sagen könnte, das er noch nicht getan oder gesagt hatte, um sie aus diesem Abgrund von Trauer und Selbstmitleid herauszuholen, in dem sie langsam ertrank.

Was war mit dem einst lebhaften, fröhlichen Geschöpf geschehen, das wie ein bunt-gemusterter Kreisel, wie ein schöner, winziger Wirbelwind in exquisiten Seidenröcken und feinem Parfüm durchs Leben tanzte, die Handgelenke mit goldenen und diamantbesetzten Armbändern geschmückt und von seinem Vater mit genug kostbaren Edelsteinen überschüttet worden war, dass er sie selten zweimal denselben Schmuck tragen sah? Sie war der wesentliche Bestandteil gewesen, der die Familie glücklich, warm und liebevoll erhalten hatte. Nicht einmal die Krankheit seines Vaters hatte ihre Stimmung beeinträchtigt. Sie war tapfer und gut und so stark gewesen, dass er sich eingeredet hatte, sie hätte sich mit der Unvermeidlichkeit des Todes seines Vaters abgefunden. Sie würde eine Weile trauern, aber dann, da sie so viel jünger war als ihr Mann, würde sie ihr Leben fortsetzen, die Tatsache akzeptieren, dass der alte Herzog ein langes, ereignisreiches Leben gelebt hatte und seine Zeit gekommen war.

Doch nachdem sein Vater starb, schien auch sie gestorben zu sein.

Es war, als hätte er beide Elternteile am gleichen Tag verloren und das betrübte ihn über alle Maßen. Die daraus entstandene, zerbrechliche psychische Gesundheit seiner Mutter war eine unaufhörliche Sorge. Er wünschte sich, sie glücklich machen zu können. Er wünschte sich, sie davon überzeugen zu können, dass das Leben noch immer lebenswert war. Drei Jahre sanfter Überredungskunst waren gescheitert. Daher war der Zeitpunkt gekommen, einen anderen Ansatz zu versuchen, einen, den er nicht gerne anwenden wollte, von dem aber der berühmte Arzt Sir Titus Foley ihm versichert hatte, dass er der einzige Weg wäre, um seine Mutter zur Besinnung zu bringen.

Er holte tief Luft und täuschte ein Interesse an den Paaren vor, die sich für den ersten der ländlichen Tänze sammelten.

„Ich dachte, wir wären uns einig gewesen, dass du nach Ostern nicht mehr Schwarz tragen würdest?"

Er sprach in Französisch, der Muttersprache seiner Mutter.

„Nein. Das ist es, was *du* wolltest, Julian."

„Drei Jahre sind gekommen und gegangen, *ma mère*. Wäre es nicht an der Zeit?"

Antonia zuckte mit einer bloßen Schulter, ihr Blick blieb fest auf die Eingangstüren gerichtet. „Zeit? Was ist Zeit? Ohne Monseigneur ist die Zeit unwichtig."

Der Herzog schürzte die Lippen und zählte innerlich bis fünf.

„Das Schwarz abzulegen würde deine Trauer nicht mindern, aber es würde…"

„… meinem Sohn und seiner Frau dabei besser gehen, eine *maman* zu haben, die nicht in der Öffentlichkeit trauert, *hein*?"

„Du weißt, dass ich das nicht so gemeint habe!", sagte er durch zusammengebissene Zähne, die goldene Schnupftabakdose mit der geballten Faust umklammernd.

„Aber es ist, was du fühlst, nicht wahr? Du würdest es vorziehen, wenn deine *maman* ihre Trauer geheim hielte. Es wäre – *schicklicher*, ja?"

„Ich würde es vorziehen, dass du gar nicht trauern würdest!"

Antonia blickte zu dem Herzog auf, ein Anflug von Wut in ihren smaragdgrünen Augen.

„*Comment osez–vous suggérer une telle chose*! Vielleicht würde mein Sohn es vorziehen, wenn Monseigneur und ich uns nie verliebt hätten? Du würdest es vorziehen, dass deine *maman* sich das Herz ausreißt, damit du nicht durch ihre Trauer beleidigt wirst?"

Daraufhin drehte sich der Herzog um und sah mit einer Mischung aus wütender Verlegenheit und Empörung auf sie herab. Er vergaß dabei für einen Moment, dass unter dem Flammen von tausend Kerzen zweihundert Augenpaare hinter flatternden Fächern und Augengläsern über die Ränder von Champagnergläsern hinweg darauf warteten, den Ausgang dieses eisigen Wortwechsels zwischen Mutter und Sohn zu sehen.

„Es kränkt mich, Madam, dass du es wagst, eine derart absurde Vermutung anzustellen", bemerkte er kalt. „Insbesondere, wenn dir sehr wohl bewusst ist, dass Deborah und ich uns in jeder Weise bemühen, unser Eheleben in eben der Art zu gestalten, wie Vater und du miteinander gelebt habt. Solche haarsträubenden Bemerkungen sind ein weiterer Beweis dafür, dass du nicht in einem Zustand bist, der es dir erlaubt, vernünftige Entscheidungen zu treffen." Er reckte den Hals, als ob die kunstvoll gebundene Krawatte aus schneeweißer Spitze ihm plötzlich unangenehm um den Hals läge, und ging wieder dazu über, sich im Ballsaal umzusehen. „Ich habe beschlossen, Sir Titus –"

„*Was*?", antwortete Antonia mit einer schnellen, aufgeregten Bewegung eines schlanken Handgelenks, die ihren Fächer aufschnappen ließ. Sie unterdrückte einen Schauder der Abscheu. „Du willst mich zwingen, mich in die Obhut eines – eines widerlichen, dickfingerigen Quacksalbers zu begeben? *Incroyable*."

„Dann hast du aufgehört, endlose Stunden auf dem Hügel mit Selbstgesprächen zu verbringen?"

„Ich führe keine Selbstgespräche", sagte Antonia nüchtern, obwohl

Röte ihre Porzellanwangen überzog, als sie sich ertappt sah. „Ich rede mit deinem Vater."

Der Herzog verdrehte seine grünen Augen zu der kunstvoll goldverzierten Decke und dann zu der Diamantschnalle auf der Lasche seines linken Schuhs.

„Verstehe ... Du hältst es für ein angemessenes Verhalten für eine Herzogin, ihre freien Stunden im Mausoleum der Familie zu verbringen ..."

„Ebenso angemessen, wie wenn ein Herzog seinen Dienern erlaubt, seiner *maman* hinterher zu spionieren!"

„... und sich mit einer Marmorstatue zu unterhalten?", beendete der Herzog seinen Satz trocken.

Antonia sah den Herzog mit großen, unschuldigen Augen an.

„Julian, es ist absurd von dir zu glauben, dass deine Mutter mit Statuen spricht."

Wieder zählte der Herzog innerlich bis fünf, aber sein Seufzer der Ungeduld war hörbar. Er versuchte ein letztes Mal, vernünftig zu sein.

„Madam, wenn du zustimmst, dein Schwarz abzulegen und das Leben so zu akzeptieren, wie es jetzt ist und nicht so, wie du es gerne wieder hättest, werde ich gerne auf die Dienste Sir Titus Foleys verzichten, trotz seiner Versicherungen, dass er dich von dieser übertriebenen und unvernünftigen Melancholie heilen könnte."

Die Worte des Herzogs ließen Antonia erschaudern und sie versteifte sich sichtbar. *Sie heilen?* Wovon redete Julian da? Als ob der Kummer, die Liebe seines Lebens zu verlieren, wie ein Grippeanfall war, der nur viel Bettruhe und der übelschmeckenden Arznei eines Arztes bedurfte. Sie starrte in den Ballsaal hinaus, Bewegungen und Farben, Lachen und Licht, alles verschwamm zu einem belanglosen Durcheinander. Sie konnte keine weitere Minute in diesem Haus ertragen, das einmal ihr Heim gewesen war.

„Rufe meine Kutsche, Julian. *Sofort!*"

„Lege das Schwarz ab, *maman*, und dann dürfen die Kinder dich auch weiter in Crecy besuchen."

Antonia hielt den Atem an. „Du würdest die Kinder davon abhalten, mich zu besuchen?"

„Frederick beginnt, Fragen zu stellen — über das seltsame Verhalten seiner *grand-mère*."

Als Antonia ihn in stummer Ungläubigkeit anstarrte, räusperte der Herzog sich, der sich unter ihrem festen Blick unbehaglich und unangenehm fühlte. Diese ungeplante Diskussion drohte, sich in eine öffentliche Szene zu verwandeln, etwas, das er um jeden Preis vermeiden wollte. Wieder streckte er den Hals, die Krawatte fühlte sich enger an denn je.

„Du weißt ebenso gut wie ich, dass die Diener vor den Kindern klatschen, weil sie glauben, sie wären noch nicht alt genug, um etwas zu verstehen. Aber Frederick ist fast sieben ... Sein Verstand ist über seine Jahre hinaus gereift ... Er nimmt sich den Klatsch zu Herzen. Er macht sich Sorgen um dich. Grämt sich. Er hat seine Mutter ausgefragt. Zum Glück sind die Zwillinge noch zu klein, ebenso wie Juliana, aber es wird nicht mehr lange dauern, bis ... kurz gesagt, *maman*, wenn du weiter Trauer trägst, wenn du weiter jeden Tag zum Mausoleum der Familie gehst, lässt du mir keine Wahl, als deinen Kontakt zu den Kindern auf öffentliche Anlässe zu beschränken."

Langsam schob Antonia die Stäbchen ihres Fächers zusammen und raffte eine Handvoll ihrer hauchzarten Röcke auf. Mit aller in einem Vierteljahrhundert als in der Öffentlichkeit auftretender Herzogin gesammelter Stärke hielt sie mechanisch ihrem Sohn die Hand zum Abschied hin. Ein Blick über ihre Schulter zu ihren Kammerfrauen war alles, was nötig war, um sie an ihre Seite zu bringen.

„Meine Kutsche, Julian."

„Ist es zu viel verlangt", schmeichelte er, während er die Hand an seine Lippen zog, „deine schwarzen Kleider aufzugeben und dich anzupassen?"

Antonias Gesicht blieb eine Maske der Gleichgültigkeit. Innerlich war sie am Zerbrechen.

Anpassen? Das Wort gab es in ihrem Wortschatz nicht. Wann hatte man je von ihr verlangt, sich anzupassen? Sie war immer nur sie selbst gewesen. Seit sie zwei Monate nach ihrem achtzehnten Geburtstag Herzogin von Roxton geworden war, war sie nie gezwungen gewesen oder hatte das Bedürfnis empfunden, sich dem Diktat der Gesellschaft zu unterwerfen. Ihr Mann hatte das nie von ihr erwartet. Ihre Spontanität und ihr Überschwang waren das, was Monseigneur am meisten an ihr geliebt hatte. Warum erwartete ihr Sohn jetzt von ihr, wo sie Witwe war, dass sie sich anpassen sollte? Es war unvorstellbar. Heilmittel und Anpassung. Solche Absurditäten brachten sie völlig außer sich.

Sie zog ihre Hand zurück.

„Ist dies auch das, was Deborah wünscht?"

Der Herzog wich ihrem Blick aus. Er schaute über ihr blondes Haar hinweg.

„Deb ist im vierten Monat schwanger und ich will nicht, dass sie sich aufregt."

Antonia spürte, wie die Tränen ihr in den Augen standen. Sie durfte sie hier nicht fließen lassen.

War ihrem Sohn nicht klar, dass ihre Enkelkinder ihr ein und alles waren? Ihre Besuche zweimal pro Woche in ihrem Witwensitz am See waren der einzige Sonnenschein in ihren ansonsten grauen, einsamen Tagen. Ohne sie würde sie sicher einfach eingehen. Aber das wäre vielleicht das Beste. Vielleicht wäre das die Lösung für alles. Sie wusste, dass sie eine große Belastung für ihren Sohn und seine Frau war und dass Julian nur das tat, was er für richtig hielt – was er dachte, das sein Vater von ihm als Herzog erwarten würde. Antonia konnte ihn dafür nicht tadeln. Sie war sich dessen bewusst, dass ihr Sohn als der Herzog von Roxton eine schwere Last der Verantwortung geerbt hatte. Er nahm seine Stellung als Familienoberhaupt sehr ernst – ihrer Meinung nach, eher zu ernst. Aber sie hatte kein Recht, etwas darüber zu sagen. Er war ein liebevoller Ehemann und Vater und ein wohlwollender Herr, das war alles, worauf es wirklich ankam.

„Du hast es ihr nicht gesagt."

Der Herzog antwortete nicht. Er winkte die Kammerfrauen seiner Mutter heran.

„Ihre Gnaden kehrt nach Crecy zurück."

Antonia wandte sich mit niedergeschlagenen Augen zum Gehen. Ihr Herz war so schwer, ihr Geist und Körper so erschöpft, dass es sich anfühlte, als ginge sie durch eine zähflüssige Masse. Doch irgendetwas, sie war sich nicht ganz sicher, was, vielleicht das Lauterwerden der Gespräche um sie herum oder das Aufblitzen von Farbe und Bewegung, als die Tänzer sich zerstreuten und ihr Publikum sich teilte, ließ sie stehen bleiben und ihren Blick vom Boden heben. Ihre Augen wurden groß vor Überraschung, denn ein Riese von einem Mann mit sonnengebräunter Haut kam zielstrebig in lockerer Haltung auf sie zu.

Antonia fragte sich angesichts des schmucklosen, eng anliegenden, dunklen Samtrocks und der Schuhe mit einfachen, silbernen Schnallen, während sein eigenes, dichtes, braungewelltes Haar äußerst ungeordnet über seine Schultern und in sein Gesicht fiel, ob er ein Geistlicher wäre – allerdings ein sehr großer und gut aussehender Geistlicher. Doch sein einziges Zugeständnis an die Mode, eine bunt bestickte Weste aus reichem, pfauenblauem Satin mit passend bezogenen Knöpfen, ließen sie diese Vermutung vergessen. Geistliche trugen keine so schön geschnittenen Kleidungsstücke aus so exquisitem Stoff. Dennoch passte die Weste so wenig zu der Nüchternheit seiner sonstigen Erscheinung, dass sie blinzelte, wie, um sich zu vergewissern, dass sie nicht Zeugin einer Erscheinung wäre.

Vielleicht war er betrunken? Übermäßiger Alkoholgenuss würde die lässige Selbstsicherheit dieses geschmeidigen Fremden in dieser Versammlung der Elite der Gesellschaft erklären. Und nur ein Betrunkener würde es wagen, sie so unvermittelt anzustarren. Er schaute weder nach rechts noch nach links, als er um die Tanzfläche herumging und das Publikum, an dem er vorbeidrängte, zwang, nach hinten auszuweichen. Nicht, dass es ihn zu stören schien, dass die dadurch entstehende Unruhe das Orchester veranlasste, ihr Spiel abzubrechen. In der plötzlichen Stille drängten sich Tänzer und Zuschauer zusammen, aller Augen lagen auf dem kupferhäutigen Fremden, der es wagte, sich kühn der verwitweten Herzogin von Roxton zu nähern.

Als ob sie sich über das Ziel des Gentleman vergewissern wollte, schaute sie über ihre Schultern, zuerst links, dann rechts. Außer ihrem Sohn und den beiden Kammerfrauen, die ihr wie immer im Nacken saßen, stand dort niemand nahe genug, als dass man hätte annehmen können, er wäre im Blickfeld des Fremden.

Sie schaute weiter dem Weg des unbekannten Gentlemans durch die Menge zu, ihre zwei Zoll hohen Absätze fest am Boden und den Federfächer an seiner seidenen Schnur um ihr Handgelenk hängend, und fragte sich, was er wohl wollen könnte. Und dann trat ihr Sohn vor sie und versperrte ihre Sicht.

„Ihre Gnaden tanzt nicht", stellte der Herzog in trocken langgezogenem Ton fest.

Jonathon ließ sich von dem kalten Empfang seines Gastgebers nicht aus der Ruhe bringen. Er begegnete dem unverwandten Blick des Herzogs direkt und mit einem Lächeln.

„Tatsächlich, Herzog?", sagte er lässig und machte einen Schritt nach links, sodass Antonia sich wieder in seinem Blickfeld befand. Er entdeckte mit Entzücken, dass ihre leicht schrägen Augen die Farbe von strahlend geschliffenen Smaragden hatten. Dass sie aus der Nähe von noch exquisiterer Schönheit war, bestärkte seine Entschlossenheit, sie dazu zu bringen, mit ihm zu tanzen. „Warum lasst Ihr Eure Mutter mir das nicht selbst sagen?", sagte er mit offener, freundlicher Vertraulichkeit; es hätte den Herzog nicht mehr schockieren können, wäre er ins Gesicht geschlagen worden.

Die in der Menge, die nahe genug standen, um diese grobe Bemerkung zu hören, waren so überrascht, ein herausragendes Mitglied ihres Standes in so schockierend formloser Weise angesprochen zu hören, noch dazu von jemandem, der nur als Parvenü betrachtet werden konnte (ausgerechnet einem Ostindienhändler), dass ein lautes, ungläubiges Zischeln ertönte, als sie alle die Luft einsogen.

Sie hielten kollektiv den Atem an und warteten auf die Antwort des Herzogs.

„Vielleicht habt Ihr mich nicht gehört", gab Roxton eisig von sich, der so wenig daran gewöhnt war, derart unhöflich angeredet zu werden, dass seine rasierten Wangen einen hochroten Farbton annahmen, als hätte er tatsächlich eine tadelnde Ohrfeige erhalten. „Die Herzogin tanzt nicht. Sie kehrt sofort nach Hause zurück. Ihr werdet sie jetzt entschuldigen."

Keiner der Männer gab nach. Sie starrten einander schweigend in die Augen. Die Menge atmete durch und hielt wieder die Luft an. Gute Manieren und gesellschaftliche Konventionen verlangten, dass der Gast sich der höflichen Aufforderung seines Gastgebers fügte. Aber Jonathon war kein Mann, der so leicht nachgab, nicht ohne guten Grund. Er würde sicher keinen Rückzieher machen, nur, weil eine ungeschriebene Regel der Gesellschaft es verlangte. Es gab für ihn keinen Grund, sich zurückzuziehen, es sei denn, dass *sie* es wünschte.

Also tat er nicht, was die Gesellschaft erwartete. Er entschuldigte sich nicht. Er zeigte keine Zerknirschung. Er verbeugte sich nicht, um sich dann rückwärts zurückzuziehen und von der Menge verschluckt zu werden. Stattdessen beging er eine unverzeihliche gesellschaftliche Sünde, und die ältlichen Matronen der Gesellschaft waren sich einig, dass er sich davon nie erholen würde. Er konnte genauso gut seine Portmanteaux packen und mitten in der Nacht abreisen, um in das gesellschaftliche Nichts zurückzukehren, aus dem er aufgetaucht war.

Jonathon ignorierte den Herzog.

Er trat vor, drängte sich an der Schulter des Herzogs vorbei, als ob sein illustrer Gastgeber ein Lakai und seiner Beachtung nicht würdig wäre, und sprach Antonia direkt an.

„Würden Euer Gnaden mir die Ehre erweisen, eine Runde mit einem Mann durch den Ballsaal zu drehen, der zwei linke Füße hat und sich so elegant bewegt wie ein Stockinsekt, das Wasser tritt?"

Alle erwarteten gespannt die Reaktion der Herzogin auf dieses kleine Drama, das sich über ihren Kopf hinweg zwischen zwei großen, gut aussehenden Männern abspielte, die sich an den entgegengesetzten Enden der Gesellschaftsordnung befanden. Jeder erwartete, dass sie ablehnen würde. Da war der Affront gegen ihren Sohn, und außerdem hatte niemand sie auf einer Tanzfläche gesehen, seit der alte Herzog von Roxton an dem Lungenleiden erkrankt war, das ihn schließlich das Leben gekostet hatte.

Antonias erster Impuls war, abzulehnen, ihm eine lahme Entschuldigung aufzutischen, dass sie Migräne hätte, und rasch zu gehen, um ihrem Sohn jede weitere Peinlichkeit zu ersparen. Doch sie hatte in ihrem Leben noch nie Zuflucht zu lahmen Entschuldigungen genommen und litt auch nicht unter Migräne. Und ganz sicher wollte sie diesen Gentleman, der voll Selbstvertrauen, eine Zusage zu erhalten, auf sie hinablächelte, nicht durch ihre Ablehnung gedemütigt sehen. Er hatte sich schon den stillen Zorn ihres Sohnes zugezogen, von dem sie wusste, dass er öffentliche Szenen verabscheute. Er würde diesen Fremden zweifellos für seine schlechten Manieren bestrafen, indem er ihn von nun an bei jeder gesellschaftlichen Veranstaltung schnitt. Und wie eine Herde Schafe würde der Rest der Gesellschaft dem Beispiel des Herzogs folgen und der Fremde würde sich sozial geächtet finden.

Sie wollte nicht für die gesellschaftliche Verbannung dieses Gentlemans verantwortlich sein.

Sie erwiderte das Lächeln des Fremden offen, und trotz der tiefen Falten, die von seinen braunen Augen ausgingen und seine Wangen furchten und der Tatsache, dass er einen dunklen Teint besaß – ohne Zweifel die Folge jahrelangen Segelns auf hoher See oder eines Lebens in kolonialem Klima – schätzte sie, dass er kaum mehr als ein halbes Dutzend Jahre älter sein könnte als ihr Sohn. Was konnte es schaden, einen Tanz mit ihm zu tanzen, wenn es bedeutete, dass er nicht von jetzt an ein Ausgestoßener unter Seinesgleichen sein würde?

Entschlossen trat sie am Herzog vorbei und streckte zur Begrüßung ihre Hand aus.

„Wenn Ihr meine mangelnde Übung ertragen könnt, M'sieur, werde ich Eure zwei linken Füße ebenso ertragen."

Jonathons weißes Lächeln wurde breiter, aber nicht, wie Zuschauer vermuteten, aus Triumph, weil Antonia seine gewagte Einladung trotz der gegenteiligen Worte des Herzogs angenommen hatte. Er war angenehm überrascht, dass ihre Antwort in leisem Französisch erteilt wurde, ohne die Möglichkeit zu berücksichtigen, dass er selbst der französischen Sprache nicht mächtig sein könnte. Dass er ein gutes Ohr für Sprachen hatte und mehrere Sprachen fließend sprach, konnte auf einen anderen Tag warten. Vorerst war er nur erfreut, sie an seinem Arm zu haben.

Ohne einen weiteren Blick auf den Herzog führte er sie in die Mitte des Ballsaals unter das volle Licht dreier Kronleuchter mit einem Selbstvertrauen, als wäre ihre Zustimmung eine Selbstverständlichkeit.

Es herrschte allgemeine Unentschlossenheit darüber, ob andere Paare sich ihnen anschließen sollten, um die erforderliche Anzahl für einen Cotillon aufzustellen, aber dann kam Deborah Roxton auf ihren Mann zu gerauscht und sagte laut, dass er ihr diesen Tanz versprochen hätte. Der Herzog erhob keine Widerrede, obwohl er seine Frau schräg ansah, und mehrere andere Paare fanden sich schnell zusammen und folgten dem Beispiel ihrer Gastgeber. Innerhalb von nur Minuten flog die Neuigkeit durch den Erfrischungsraum und zu den Spieltischen, und diese wurden so gut wie menschenleer, um den Anblick zu genießen, Antonia, die Herzogin von Roxton, zum ersten Mal seit sieben Jahren tanzen zu sehen.

Lord Cavendish schaute von der Seite aus zu, voller Bewunderung für Jonathons Unverschämtheit. Und die sehnsuchtsvollen Blicke, die Strang von wenigstens einem halben Dutzend begehrenswerter Schönheiten zugeworfen wurden, als er Antonia durch den Cotillon führte, brachten seine Lordschaft zu der wohlbegründeten Meinung, dass diese Episode, statt die Aussichten seines gradlinigen Schwagers als passendem Ehekandidat für eine mögliche Erbin zu beeinträchtigen, sie um ein zehnfaches gesteigert hatte. Seine Lordschaft konnte es kaum erwarten, sich mit seiner Frau zu beraten.

JONATHON HIELT EIN BELANGLOSES GESPRÄCH AUFRECHT, UM Antonia von der Tatsache abzulenken, dass sie von jedem zum Roxton'schen Aprilball eingeladenen Gast beobachtet wurden. Später versuchte er sich zu erinnern, worüber er geschwatzt haben mochte, aber er hatte keine Erinnerung an den genauen Inhalt seines Geredes, nur, dass er sich seines Wunsches, sie möge sich wohlfühlen, sehr bewusst gewesen war.

Dass er in der Tat ein sehr guter Tänzer war, wurde in dem Moment offenbar, als die Musik begann und er Antonia mit aller Kunst eines Tanzmeisters durch die Schritte des Cotillons führte. Als sie ihn mit einem misstrauisch fragenden Stirnrunzeln ansah, zwinkerte er und lächelte ihr verschwörerisch zu. Das veranlasste sie, rasch zur Seite zu schauen. Unerklärlicherweise brannte ihre Kehle. Als ihre Hände sich wieder berührten, war sie wieder sie selbst, das hieß, bis er die Kühnheit besaß, ihre Finger zu drücken und mit einem traurigen Kopfschütteln zu sagen:

„Ich wünschte wirklich, Ihr würdet Euch konzentrieren, *Mme la duchesse*. Es ist schon schwierig genug, meine beiden linken Füße in die gleiche Richtung zu lenken, ohne dass die Gedanken meiner Tanzpartnerin abschweifen."

Antonia starrte ihn mit offenem Mund an. „Ich bitte um Verzeihung, M'sieur ..."

„Strang heiße ich. Jonathon Strang."

„Ich bitte um Verzeihung, M'sieur Strang ..."

„Aber wenn wir uns erst besser kennen, werdet Ihr mich Strang nennen."

Antonia richtete sich zur vollen Höhe ihrer fünf Fuß zwei Zoll auf.

„M'sieur Strang, ich glaube nicht ..."

Dieser Satz blieb unbeendet in der Luft hängen, da er den Gentlemen in die Mitte folgte, bevor er zurückkehrte, um wieder neben ihr zu stehen. Er beugte den Kopf nahe an ihr Ohr und sagte verschwörerisch: „Aber ich lebe für den Tag, an dem Ihr mich Jonathon nennen werdet."

Jetzt war Antonia nicht nur verärgert, sondern beleidigt.

„M'sieur! Ich finde, Ihr seid definitiv *Effronté*, und werde Euch nie anders nennen als M'sieur Strang."

Er lachte und entblößte seine weißen Zähne.

„Sehr gut, das ist ein Anfang", sagte er gutmütig.

Während des Rests des Tanzes schwieg er, sehr zu Antonias Erleichterung, obwohl sein Blick sehr eindringlich auf sie gerichtet war, was sie verwirrte. Sie war keine eitle Frau, aber sie war auch nicht dumm. Sie war sich dessen wohl bewusst, dass Männer ihre Schönheit bewunderten, aber immer aus respektvoller Entfernung, nie aus solcher Nähe und nie so offen, dass es sie zum Erröten gebracht hätte. Wieder fragte sie sich, ob der Fremde betrunken wäre, doch als er sich herabgebeugt hatte, um ihr ins Ohr zu flüstern, war sie nicht von Alkoholgeruch überwältigt worden. Also litt er vielleicht an einer nervösen Störung, die ihn übermäßig freundlich erscheinen ließ?

Was auch immer sein Leiden sein mochte, sie wünschte sich nur, dass der Tanz zu Ende ginge. Ihr missfiel die Aufmerksamkeit, die ihr Tanz mit diesem Fremden erregte und dass ihr Partner seine neu erworbene Berühmtheit genoss. Doch als sie zufällig zu ihm aufschaute, zwinkerte er ihr erneut zu, nicht auf anzügliche Weise, sondern in einer Art, die darauf schließen ließ, dass er sehr wohl Herr über alle seine Sinne war. In der Tat hatte sie durch den intensiven Blick seiner braunen Augen und dem Zug um seinen Mund, wenn er nicht lächelte, den Eindruck, dass unter seinem freundlichen Auftreten eine stählerne Entschlossenheit lag. Dass er, wenn er sich einmal etwas vorgenommen hatte, die Fähigkeit besaß, sein Ziel hartnäckig zu verfolgen, bis er das Objekt seiner Wünsche erlangt hätte, ohne auf den Preis zu achten.

Ihr Verdacht wurde bestätigt, als er sie beim Ende der Musik, während sich die Tänzer zu zerstreuen begannen, nicht dorthin zurückbrachte, wo ihre Kammerfrauen pflichtbewusst warteten. Er legte ihren Arm fest auf seinen Samtärmel und entführte sie in den Erfrischungsraum. Bevor Antonia zwei Worte des Protests äußern konnte, drückte er ihr ein Glas Champagner in die Hand und manövrierte sie in eine ruhige Ecke nahe eines hohen Fensters mit Blick auf den von Laternen erleuchteten Ziergarten. Mit seinem breiten Rücken zu der sich sammelnden Menge platzierte er seine hohe Gestalt zwischen einer

Marmorsäule und dem Fenster, was Antonia wirkungsvoll von neugierigen Zuschauern abschirmte.

Er trank seinen Champagner mit Genuss.

„Ist es nicht erstaunlich, wie fantastisch wir uns verstehen, *Mme la duchesse*? Ihr sprecht das Französisch Louis' und ich antworte in des Königs Englisch. Nun, jetzt kann ich das sagen, denn dieser George spricht Englisch. Die beiden vorigen deutschen Georges waren nicht so gut darin, nicht wahr? Sie mussten mit ihren englischen Ministern auf Französisch sprechen, da ihre Kenntnis, oder sollte ich sagen, *Unkenntnis* der englischen Sprache, entsetzlich war." Er lächelte sie an. „Diese beiden Georges hätten sehr gut mit Euch plaudern können. Ich wage zu vermuten, dass der zweite George nichts lieber tat, als mit Euch auf Französisch zu parlieren?"

„Ja. Ja, Seine Majestät liebte es zu plaudern, M'sieur", antwortete sie zerstreut und versuchte, an ihm vorbei zu der Menge zu schauen, die zu den mit Essen und Wein beladenen Tischen strömte, und eine Spur von ihrem Sohn zu erspähen, doch ihr Tanzpartner blockierte ihre Sicht so geschickt, dass die einzige Richtung, in die sie sehen konnte, ohne unhöflich zu sein, in sein Gesicht war. „Monseigneur sagte, es wäre nur gut, dass der deutsche George eine zivilisierte Sprache spräche und nicht nur diese krächzende Muttersprache, sonst hätte er sich gezwungen gesehen, dem Anspruch des jungen Prätendenten auf den Thron seine Unterstützung zu gewähren."

„In der Tat?", antwortete Jonathon interessiert. „Ich wette, Bonnie Prince Charlie sprach auch besser Französisch als Englisch."

„Das ist wohl wahr", stimmte Antonia zu und auf ihrer Wange entstand bei einer Erinnerung ein Grübchen. Sie nippte unbewusst an dem Champagner in ihrem Glas. „Monseigneur gefielen Charles Stuarts einwandfreie Manieren und die Tatsache, dass er eine Krawatte perfekt binden konnte, aber seine Politik konnte er nicht tolerieren."

„Monseigneur setzte seine Prioritäten wohl richtig, so viel steht fest", sagte Jonathon so lässig, wie er es vermochte, denn dieses Grübchen hatte seinen Puls beschleunigt.

Er hatte sie zum Lächeln gebracht, ein Lächeln bei der Erinnerung an ihren kostbaren Monseigneur, aber doch ein Lächeln. Entschieden, das Beste aus diesem kleinen Grübchen zu machen, stammelte er weiter, selbst überrascht und verlegen darüber, wie gut er Dummheiten wie ein linkischer Junge herausprudeln konnte.

„Die Erscheinung eines Gentlemans sagt sehr viel über ihn aus und darüber, was er von der Welt hält. Es besteht ein großer Unterschied zwischen einem lässig gekleideten Mann und einem Mann, der sich lässig kleidet. Ich würde wetten, dass Monseigneur davor gewarnt hätte, dass kein auch noch so guter Schneider ein Ausgleich für schlechte Manieren darstellte."

Antonias grüne Augen leuchteten auf.

„Das ist auch sehr wahr, M'sieur", antwortete sie zustimmend. „Monseigneur würde einem Adligen eine zerfetzte Rüsche verzeihen, aber es gibt keine Entschuldigung für einen Mangel an Höflichkeit, *hein?*"

„Ganz genau! Ein Gentleman mag harte Zeiten durchmachen und nicht die Mittel haben, um sich die Dienste eines Schneiders leisten zu können, aber mit reichlich guten Manieren ist er überall willkommen."

„Exactement", stimmte Antonia zu. „Es ist sicher vorzuziehen, nicht wahr, M'sieur, den Dorfpfarrer in seinem abgetragenen Dreispitz zu empfangen, der nicht Schnupftabak überall auf seinem Revers verteilt, als den Kardinal in seinem neuen Umhang, der Manieren hat wie ein Schwein und in den gemeinsamen *pot de chambre* spuckt. Ihr lacht, aber ich sage Euch, M'sieur, Monseigneur kann Kardinäle nicht ausstehen."

„Nun, ich bin erfreut, dass Monseigneur und ich einer Meinung sind", antwortete er zufrieden, nahm ihr leeres Glas, ohne seinen Blick von ihrem zu ihm erhobenen Gesicht abzuwenden, und stellte es auf das Tablett, das ein herumstehender Lakai hinhielt. „Ich kann hochnäsige Prediger auch nicht ausstehen, vor allem nicht, wenn sie auch noch spucken. Ich habe keine Zweifel, dass es jede Menge Themen gibt, über die Monseigneur und ich einer Meinung wären. Wie schade, dass ich nie die Gelegenheit hatte, den großen Mann kennenzulernen ..."

Doch sobald er diese Worte ausgesprochen hatte, wusste er, dass er einen strategischen Fehler begangen hatte. Er hätte sich treten mögen, so gedankenlos gewesen zu sein. Seine harmlose Bemerkung wischte das Lächeln von ihrem schönen Mund und ließ die Wimpern über ihre grünen Augen sinken, während die Finger sich um den Stiel ihres Federfächers krampften.

Er hätte vorsichtiger sein sollen. Er hätte sich der Tatsache bewusst sein müssen, dass *M'sieur le duc de Roxton*, ihr *Monseigneur*, für sie noch immer sehr lebendig war. Sie hatte ständig über ihren lieben verstorbenen Herzog in der Gegenwartsform gesprochen. Doch er hatte sich so in einem Triumph gesonnt, dieses schöne, erfrischend offene Frau zum Lächeln gebracht zu haben, dass ein momentanes Nachlassen seiner Konzentration ihn hatte sprechen lassen, ohne nachzudenken. Und wer hätte ihn dafür tadeln können?

Solch große Nähe zu ihr bestätigte alles, was er an ihr zuerst aus der Ferne bewundert hatte, und mehr noch. Sie wirkte mit Sicherheit nicht alt genug, um Roxtons Mutter zu sein. Doch sie war mit Sicherheit das schönste Geschöpf, das ihm je unter die Augen gekommen war. Von ihrer strahlenden Haut bis zu der tiefen Kluft zwischen ihren weißen Brüsten und ihrem angenehm zarten Parfüm und dem weichen Französisch war jeder Zoll der verwitweten Herzogin von Roxton köstlich und verführerisch weiblich.

Gott, er war ein gedankenloser Esel. Er hatte seiner Hybris erlaubt, sein gesundes Urteilsvermögen außer Kraft zu setzen. Schließlich hatten ihre Lachgrübchen nicht ihm gegolten, sondern Monseigneur.

„Ihr braucht noch etwas zu trinken", stellte er fest.

Keiner von ihnen bewegte sich.

Antonia starrte ausdruckslos auf seine geblümte Weste mit den bezogenen Knöpfen. Es war ein exquisites Kleidungsstück, mit zarten Stickereien exotischer Blumen und Fruchtranken des indischen Subkontinents auf einem Untergrund aus saphirblauem Satin von intensiver Tiefe. Sie war sicher, dass viele Damen der Versuchung nicht widerstehen könnten, mit einer Hand über die Oberfläche zu streichen, um ihre Neugier zu befriedigen, ob sie sich so seidenweich anfühlte, wie sie aussah. Sie fragte sich, ob er andere, ebenso exquisite Westen besäße, und wie viele. Vielleicht hatte er für jeden Wochentag eine? Die Eingeborenen des indischen Subkontinents waren so hervorragende Weber und ihre kunstvolle Stickerei war meisterhaft. Sie hatte mindestens zwei Dutzend Röcke aus feiner indischer Baumwolle in ihrem Kleiderschrank. Sie fragte sich, wo sie waren, ob Michelle sich gut um die Kleider und Mieder kümmerte, die sie getragen hatte, bevor …

Es war ihre Art, damit fertig zu werden, die Welt des hier und jetzt auszusperren, sich auf etwas zu konzentrieren, ganz gleich was, das ihre Gedanken von der unerträglichen Leere in ihrem Herzen ablenken würde. Sie durfte nicht in der Öffentlichkeit zusammenbrechen. Julian wäre das äußerst peinlich. Er würde ihr nie verzeihen, wenn sie hier, in seinem eigenen Heim, umringt von seinen Standesgenossen, eine Szene verursachte. Er missbilligte öffentliche Zurschaustellung von Gefühlen. Aber er war kein kaltherziger Mann. In Wahrheit war er schmerzlich schüchtern. Sie hatte diese überraschende Entdeckung bei ihrem Sohn erst bei seiner Heirat mit Deborah gemacht. Warum hatte sie das zuvor nicht über ihn gewusst?

Sie war immer offen demonstrativ bei seinem Vater gewesen.

Seltsam …

Gott sei Dank hatte Julian Deborah: schön, gut, vernünftig und liebevoll. Das war ihre Schwiegertochter. Sie gab eine großartige Herzogin von Roxton ab und war genau die Art von Ehefrau und Mutter seiner Kinder, die Julian brauchte. Sie waren das perfekte Paar, und so glücklich …

Warum war sie auf den heutigen Ball gekommen? Warum war sie nicht bei ihren Erinnerungen zu Hause geblieben, umgeben von *ihrer beider* Bücher, *ihres* Hab und Guts, allem, was für sie so notwendig und tröstlich für ihr inneres Wohlbefinden war? Sie betete, ihr Sohn möge jetzt kommen und sie zu ihrer Kutsche bringen, zu der Fahrt, die am See entlang in die Zuflucht ihres Witwensitzes führte.

Wo waren ihre beiden Aufpasserinnen?

Sie musste zurück nach Hause, *jetzt gleich*.

Mit höchster Willensanstrengung brachte sie ihre Konzentration wieder zur Gegenwart zurück und zwang sich erneut, sich auf die kunstvolle Weste ihres Tanzpartners zu konzentrieren. Der saphirblaue Satin war wirklich sehr beruhigend. Ein Meer aus Saphir … Es war Ablenkung genug, dass sie nach nur ein paar Augenblicken wieder tief Luft holen konnte und wusste, dass sie nicht zusammenbrechen würde, nicht hier, nicht öffentlich, nicht an diesem Abend.

„Indische Stickerei", stellte Jonathon ruhig fest.

Er lächelte in sich hinein, als sie dabei zusammenzuckte und zu ihm aufblinzelte. Doch ihre grünen Augen glänzten, als ob sie voller Tränen wären, und ihre Wangen waren leicht gerötet, sodass sein Lächeln sich in einen besorgten Gesichtsausdruck verwandelte. Trotzdem konnte er einer kessen Bemerkung nicht widerstehen, von der er hoffte, sie würde sie aus ihrer traurigen Grübelei herausholen.

„Ihr könnt sie gerne anfassen, wenn Ihr das wünscht", bot er mit einem schrägen Grinsen an.

„M'sieur, Ihr seid absurd!", sagte Antonia abweisend, aber seine mutwillige Bemerkung hatte die gewünschte Wirkung.

Sie war sofort verärgert und raffte mit einer Hand ihre Röcke, ein Zeichen, dass er zur Seite treten sollte, damit sie vorbeigehen konnte. Doch als er nur dastand und ihr den Weg versperrte, zögerte sie und wusste nicht, was sie tun sollte. Die Etikette geboten ihm, ihr Platz zu machen. Als er das nicht tat, schaute sie stirnrunzelnd zu ihm auf, weil sie keinen Grund dazu sah.

Er klärte sie darüber auf.

„Es ist mir völlig bewusst, dass es unmanierlich von mir wäre, Euch ohne Einladung in Crecy Hall aufzusuchen", bemerkte er lässig. „Doch es wäre ebenso unmanierlich von Euch, mich abzuweisen, wenn ich erst vor Eurer Tür stehe. Ich habe vor, morgen Nachmittag ohne Einladung bei Euch zum Tee zu erscheinen. Wenn Ihr nicht unmanierlich sein wollt, schlage ich vor, dass Ihr *tatsächlich* nicht zu Hause seid. Ich werde keine Abweisung von Eurem hochnäsigen Butler wie *Mme la duchesse ist für niemanden zu Hause* akzeptieren." Er trat einen Schritt zurück, damit sie vorbeigehen konnte, und verbeugte sich. „Bis morgen."

Antonia war über solche Arroganz dermaßen verblüfft, dass sie es war, die wie angewachsen dort stehenblieb, zorniger Unglaube ließ ihren Blick fest an Jonathons weißem Lächeln hängen. Es wurde ihr kaum bewusst, dass ihre Kammerfrauen sie schließlich gefunden hatten.

Mit einem Knicks informierte die kleinere der beiden sie, dass ihre Kutsche vor dem Portikus vorgefahren wäre.

Ein paar Adlige in Perücken, die in der Nähe standen, Champagner tranken, Austern schlürften und sich einen unanständigen Witz erzählten, wurden von zwei ihrer Bekannten mit ihren Ehefrauen im Schlepptau zum Schweigen gebracht und wurden willige Zuschauer dieses kleinen Dramas – sie waren nicht die Einzigen, die Interesse an dem großen, braungebrannten Gentleman zeigten, der die Unverschämtheit besessen hatte, mit der verwitweten Herzogin von Roxton zu tanzen.

Wenn Jonathon sich nicht sehr irrte, hatte sich allgemeine Stille im Erfrischungsraum ausgebreitet, und nachdem die beiden Gargoyles aus dem Nichts aufgetaucht waren, wäre es nicht weise gewesen, herumzustehen und den Klatschmäulern weitere Munition zu liefern. Bevor daher Antonia sich auch nur bewegen oder auf Jonathons unverschämte Einladung zum Nachmittagstee reagieren konnte, drehte er sich auf dem Absatz um und schlenderte davon, um in der Mitte des überfüllten Erfrischungsraums von seiner Tochter und ihren beiden flachshaarigen Freundinnen, den Aubrey-Zwillingen, abgefangen zu werden. Ein Blick über seine Schulter und sein Lächeln wurde selbstgefällig, da er bemerkte, dass er immer noch beobachtet wurde.

Zumindest für ein paar Sekunden hatte er es geschafft, die Gedanken der Herzogin von ihrem geliebten, verstorbenen Herzog abzulenken. Er traute sich zu, dass er diese paar Sekunden der Ablenkung zu Minuten und dann zu einer Stunde ausdehnen könnte. Doch ihre ungeteilte Aufmerksamkeit für einen ganzen Tag zu fesseln, nun, das wäre eine Herausforderung. Aber er war mehr als bereit, sich anzustrengen. Er war entschlossen, Antonia jede Aufmerksamkeit zu schenken, zu helfen, sie aus ihrer Melancholie zu holen und ihr die Ablenkung zu verschaffen, die sie brauchte, um ihre ständige Beschäftigung mit dem Toten zu überwinden. Und wenn er ihr Vertrauen erworben hätte, würde er sie davon überzeugen, dass es verdienstvoll und moralisch wäre, ihm das Erbe zurückzuerstatten, das seinem Vorfahren Edmund Strang vor über einem Jahrhundert gestohlen worden war.

Er würde jede Minute seines Aufenthaltes in Treat diesem einzigen Ziel widmen.

Natürlich, wenn die Voraussetzung für dieses Unternehmen war, die Gesellschaft einer außergewöhnlich schönen Frau zu genießen, die keine Absichten hatte, ihn zu heiraten oder ihre Tochter mit ihm zu verheiraten, war das eine Konsequenz, die er nur zu gerne auf sich nahm. Der verwitweten Herzogin von Roxton den Hof zu machen und alle anderen Frauen links liegen zu lassen, die sich ihm an den Hals warfen, würde Kitty, Sarah-Jane und den ehestiftenden Matronen der Gesellschaft zeigen, dass es ihm todernst war, wenn er jedes Interesse an einer Heirat verneinte.

Plötzlich war die Hausgesellschaft Roxtons nicht mehr nur ein weiteres, langweiliges gesellschaftliches Ereignis, das er um der Heiratsaussichten seiner Tochter willen ertragen musste; Antonia Roxton hatte ihm Sinn und Zweck gegeben.

DREI

Antonia war von allen ausser ihrem Ehemann und den nächsten Familienmitgliedern an Respekt gewöhnt, der an Unterwürfigkeit grenzte. Einen offenherzigen Gentleman zu treffen, der keine Ehrfurcht vor ihrer Schönheit oder ihrem Adel empfand (welcher Fremde sprach so lässig zu einer Herzogin?), verwirrte sie völlig. Es hätte Jonathon sehr erfreut und überrascht, hätte er gewusst, dass er die Gedanken der verwitweten Herzogin von Roxton auf ihrer Kutschfahrt um den See nach Crecy Hall beschäftigte.

Sie starrte auf die gepolsterten Samtbezüge zwischen den Schultern ihrer Kammerfrauen und entschied, dass nur ein Irrer oder eine Puffotter den Mut aufbringen könnte, sie um einen Tanz zu bitten und der schweigenden Ablehnung ihres Sohnes zu trotzen. Während der drei Jahre, in denen der Herzog krank gewesen war und den darauffolgenden drei Jahren seit seinem Tod hatte kein Gentleman eines davon gewagt. Und dann hatte ein eingebildeter, sonnengebräunter Wahnsinniger die Unverschämtheit besessen, sich selbst zum Nachmittagstee einzuladen. Seine Haut schien nicht das einzige zu sein, das zu viel Sonne abbekommen hatte. Sie hatte gehört, dass es nicht ungewöhnlich war, dass Männer wahnsinnig wurden, wenn sie zu viele Jahre in kolonialen Gefilden verbrachten, in denen die Sonne so heiß brannte, dass sie die Haut mit Blasen bedeckte.

Dass er die Kühnheit hatte, sich in ihr Haus einzuladen, war an sich schon eine überwältigende Anmaßung, aber davon zu schlendern und sich von drei der schönsten jungen Damen am Ball einfangen zu lassen, sich dann umzudrehen und *sie* selbstgefällig anzulächeln, als ob es sie im geringsten interessierte, dass Frauen ihn attraktiv fanden, brachte sie zu dem Schluss, dass Jonathon Strang nicht nur ein Wahnsinniger, sondern ein arroganter Wahnsinniger war. Sie fragte sich, ob er mit ihr getanzt hatte, um eine Wette zu gewinnen. Das wäre genau die Art lächerlicher Idee, auf die arrogante Männer, die eine hohe Meinung von ihrem eigenen Wert hatten, kommen könnten. Die drei jungen Schönheiten hatten ihn wahrscheinlich dazu angestachelt.

Sie gratulierte sich, dass sie die Geistesgegenwart gehabt hatte, mit hoch erhobenem Kopf und ohne einen zweiten Blick an ihm vorbei zu rauschen. Aus ihrem Augenwinkel war sie erfreut gewesen zu sehen, dass die kichernden Schönheiten, die sich besitzergreifend an die Arme des Irren hängten, die Geistesgegenwart besaßen, in respektvollen Knicksen zu versinken, ebenso wie die anderen Ladys, und die Herren, die sich verbeugten, als sie mit ihren Kammerfrauen im Schlepptau vorbeikam. Auch Jonathon hatte ihr eine förmliche Verbeugung gemacht.

Sie trat aus der Kutsche, ohne den livrierten Diener zu sehen, der die Stufen ausgeklappt hatte, oder ihren Butler, oder den Portier, der einen Kerzenleuchter hochhielt, um den Weg in die Wärme der getäfelten Eingangshalle ihres elisabethanischen Herrenhauses zu erhellen.

Er hätte dankbar sein sollen, dass sie überhaupt mit ihm getanzt hatte. Sie hatte ihn vor dem gesellschaftlichen Ruin bewahrt und er hatte es ihr mit einem selbstgefälligen Lächeln gedankt. Es war am besten, Männer seines Schlages an ihren Platz zu verweisen, sagte sie sich energisch, als ihre Zofe ihr aus Röcken, Korsett und Hemd und dann wieder in ein feines Baumwollnachthemd half. Am nächsten Nachmittag würde sie einen langen Spaziergang machen. Sollte er es wagen, sein Gesicht an ihrer Türschwelle zu zeigen, um stundenlang allein und unwillkommen zu warten, würde er den Hinweis verstehen und nicht wiederkommen. Nach zwei Wochen würden sein weißes Lächeln und seine dunklen, braunen Augen wieder in London sein oder an welchem heißen Außenposten des Empires er wohnte, und sie würde ihn nie wiedersehen müssen.

Sie hätte es besser wissen sollen.

Er war ebenso stur wie arrogant.

Am nächsten Tag, als sie mit ihren beiden treuen Jagdhunden, die zu beiden Seiten ihrer viellagigen Röcke trotteten, von einem sehr langen Spaziergang zurückkam, war er da, der sonnenverbrannte Irre, und saß auf der obersten Stufe ihres Sommerpavillons unten am See. Er lehnte sich bequem an eine dicke, palladianische Säule, die lange Beine ausgestreckt und an seinen gestiefelten Knöcheln gekreuzt. Er war in Hemdsärmeln und Weste, den Rock hatte er abgelegt, und schien sich recht wie zu Hause zu fühlen, während er den Ausblick über den weiten grünen Rasen nach unten zu einem Steg und das immer noch blaue Wasser des Sees bewunderte. Er rauchte einen Stumpen und ließ Rauchringe in einen wolkenlosen blauen Himmel aufsteigen.

„SCHMUTZIGE GEWOHNHEIT", BEMERKTE JONATHON UND ZOG den Stumpen zwischen seinen Zähnen heraus, als Antonia am Fuße der polierten Marmortreppe des Pavillons stehen blieb und ihn scharf musterte.

Er balancierte den Stumpen auf dem kunstvoll gearbeiteten Deckel seiner kleinen, persönlichen Zunderbüchse und erhob sich, entfaltete träge seine langen, schlanken Beine, als ob er bereits einige Zeit auf der breiten Stufe gesessen hätte.

Er verbeugte sich knapp.

„Ich habe die Wunder des gerollten Blattes entdeckt, als ich bei der Company in Hyderabad beschäftigt war. Es hält fliegende Insekten fern. Wenn ich zu Hause bin, benutze ich eine Wasserpfeife – das ist viel entspannender – aber unterwegs ziehe ich die gerollten Blätter dem Schnupftabak vor, der lässt mich nur niesen, und das Zeug zu kauen, ruiniert die Zähne. Es wäre doch ein Jammer, ein so strahlendes Lächeln zu ruinieren. Hier mögen nicht viele Männer rauchen; Schnupftabak ist beliebter. Trotzdem habe ich in Amerika in eine Reihe von Tabakplantagen investiert für den Fall, dass das Rauchen sich verbreiten sollte."

Als Antonia sich nicht bewegte, kam er leichtfüßig die breiten Stufen herunter und bot ihr seinen Arm.

„Ich bin nicht invalide, M'sieur!"

Sie ignorierte seinen angewinkelten Arm und stieg die Treppe zum Pavillon hinauf, wo sie ihre breitkrempige Strohhaube und das mit Fransen verzierte Schultertuch in der Kühle unter der bemalten, hohen Kuppeldecke abnahm. Dann richtete sie ihre zerdrückte Frisur, aus der einige goldene Strähnen der Vielzahl von Nadeln entkommen waren und ihr über die Wange fielen, die von ihrem Spaziergang erhitzt war, und stand dann ratlos da.

Sie wollte unbedingt ihre Ziegenlederstiefel ausziehen und sich ein Glas Zitronenwasser aus dem Kristallkrug eingießen, der dort immer für sie auf einem silbernen Tablett auf dem niedrigen Tisch bereitstand. Dann pflegte sie ihre bestrumpften Füße auf die gestreiften Kissen der Chaiselongue zu betten, die neben dem Zierbogen stand und einen Blick auf den Steg und eine kühle, sanfte Brise vom See her bot. Anschließend las sie ein oder zwei Stunden vor dem Diner. Sie las wieder ihren Lieblingshistoriker Tacitus und hatte auch begonnen, eine Broschüre mit dem Titel *Common Sense* zu lesen – verfasst von einem Engländer, der die revolutionären Bestrebungen in Amerika unterstützte – die ihr Cousin Charles ihr gegeben hatte. Beides wartete auf dem niedrigen Tisch auf sie, ebenso wie einige ungeöffnete Briefe.

Zuerst musste sie diesen verrückten Eindringling loswerden.

Sie war weiter gelaufen als je zuvor, hatte nur angehalten, um das Mausoleum der Familie zu besuchen, das auf dem höchsten Hügel des Anwesens stand, von wo aus man den besten Blick über die Grafschaft hatte. Das ganze Land, soweit das Auge reichte, gehörte ihrem Sohn. Daher verließ sie, wohin sie auch ging, so weit sie auch wanderte, nie ihr Heim. Sie konnte immer das prächtige Marmormausoleum sehen, wie ein Leuchtturm, welcher der Welt den alten Adel der Familie bezeugte – die letzte Ruhestätte der Herzöge von Roxton und ihrer Verwandten.

Doch sie blieb selten stehen, um die Aussicht auf üppige, sanfte Hügel, Ackerland, alte Wälder und, näher am Haus gelegen, die veränderte Landschaft mit See, Ziergärten und strategisch gepflanzten Bäumen zu sehen, wie die Gartenarchitekten sie gestaltet hatten. Sie verbrachte ihre Zeit innerhalb des riesigen Gebäudes des Mausoleums, in der kühlen Stille des gedämpften Lichts, das durch den riesigen Oculus, der in der Kuppel hoch über ihrem Kopf angebracht war, drang. Hier pflegte sie umringt von längst verstorbenen Vorfahren der Roxtons und der Familie, die ihr genommen worden war, zu sitzen: Monseigneur, ihr Ehemann; seine Schwester, Lady Estée, und deren Ehemann und Monseigneurs bester Freund, Lucian, Lord Vallentine. Innerhalb von zwölf Monaten waren ihre drei engsten Angehörigen ihr genommen worden.

Dieser tätschelnde, dickfingrige Arzt, Sir Titus Foley, und schlimmer noch, ihr Sohn, behaupteten, ihre Besuche des Roxton-Mausoleums wären der Beweis, dass sie krankhaft vom Tod besessen wäre. Aber es war nicht der Tod, der sie beschäftigte, wenn sie in diesem Mauern verweilte, sondern das Leben. Sie hatte ein so wunderbar glückliches und erfülltes Leben geführt, als ihr Ehemann, ihre Schwägerin und ihr Schwager am Leben waren. War es so schwierig, den einfachen Gedanken zu verstehen, dass sie durch ihren Verlust etwas von sich selbst verloren hatte? Sie wollte nur in Ruhe gelassen werden, um sich in Frieden zu erinnern.

Wo war Michelle, um ihre Schnürsenkel aufzubinden?

„Ich drücke ihn aus, wenn Euch das lieber ist", sagte Jonathon, um ihr Grübeln zu beenden, den Stumpen in einem Mundwinkel. Er goss ein Glas Zitronenwasser ein und hielt es ihr hin. „Trinkt aus. Frischer Tee ist auf dem Weg und …"

„M'sieur, es ist mir gleichgültig, ob Ihr raucht oder nicht, aber Ihr werdet nicht hierbleiben! Es ist – Ihr könnt nicht …"

„Die Teller mit kleinen Kuchen und Butterbroten wurden mit der Teekanne weggebracht", fuhr er im Plauderton fort und beobachtete sie genau, als ihr Blick zu dem hinteren Ende des Pavillons wanderte, wo ein langer, niedriger Mahagonitisch mit gedrungenen Beinen, umgeben von mit Gobelinstickerei bedeckten Sitzkissen für eine Teegesellschaft gedeckt war. „Ich schätze, sie waren abgestanden …"

Doch Antonia hörte nicht zu, während sie die schönen Porzellangedecke für sechs Personen und das dazu passende, silberne Kinderbesteck musterte. Sie hatte speziell für ihre Enkelkinder Sèvres–Porzellan bestellt, eine Miniaturversion des Roxton–Services oben im großen Haus. Zweimal in der Woche verbrachten die Kinder ein paar Stunden am späten Vormittag mit ihr im Pavillon. Sie ließ den Tisch immer mit Kristallschalen decken, die mit Blumen und Früchten gefüllt waren, einige mit Süßigkeiten, und es gab kleine Becher, die mit verdünntem Sirup gefüllt waren. Der Tisch war noch genauso, wie sie ihn verlassen hatte, als sie zu ihrem Spaziergang aufgebrochen war.

Sie hatte mehr als eine Stunde gewartet, und als die Kinder nicht kamen, einen Diener ausgesandt, um zu erfahren, was sie aufhielte. Bevor ihr Diener jedoch hatte losgehen können, war ein livrierter Lakai aus dem großen Haus mit einer Nachricht des Herzogs eingetroffen. Das herzogliche Schreiben bestätigte seine Bestimmungen vom Vorabend. Die Besuche seiner Kinder würden wieder aufgenommen, wenn sie ihre Trauer ablegte, nicht vorher. Sie hatte die Nachricht mit sich ins Mausoleum genommen und sie zornig ihren Lieben gezeigt und sich danach besser gefühlt. Doch in den Pavillon und zu dem unberührten Tisch zurückzukehren, ließ das Gefühl schmerzhaften Verlusts im Hier und Heute wieder aufsteigen.

Unbewusst nahm sie Jonathon das Glas Zitronenwasser ab. Sie war so durstig. Trotzdem trank sie nicht.

„Habe ich das Fest verpasst?", fügte Jonathon leichthin hinzu, obwohl es offensichtlich war, dass die kleine Teegesellschaft nie stattgefunden hatte. „Wie schade. Ich ziehe es vor, auf ein paar Kissen zu sitzen, wenn ich Tee trinke. Man fühlt sich viel wohler, als wenn man mit hölzernem Gesicht auf einem steiflehnigen Stuhl sitzt, dessen Beine kaum einen Pfau halten könnten, geschweige denn eine beturbante Matrone.

„Ich erinnere mich, wie einmal eine fette alte Witwe namens Mrs. Mastive zum Tee in das Haus des Residenten in Hyderabad kam.

Während wir alle auf Kissen saßen, bestand sie darauf, dass ein Stuhl für sie geholt würde. ‚*Wir Engländer sind zivilisiert'*", greinte er mit verstellt hoher Stimme, um den Tonfall der beturbanten Matrone nachzuäffen. „*Wir hocken nicht wie die Eingeborenen am Boden.*' Nun!", fuhr er in seiner eigenen, tiefen Stimme fort, „aus offensichtlichem Grund nannten wir sie Mrs. *Massive*. Nicht ihr ins Gesicht, natürlich. Aber sie *war* massiv. Ein Hinterteil wie ein Elefant und drei Doppelkinne! Ihr könnt Euch vorstellen, was mit dem Stuhl passierte. Die Diener benutzten die zersplitterten Trümmer als Feuerholz. Keine Sorge. Mrs. Massive spürte nichts, als sie auf die Fliesen schlug. Doch am Ende hockte sie genauso da wie wir."

„Redet Ihr immer so viel?", klagte Antonia stirnrunzelnd, ohne auf seine Späße zu achten, jedoch von seinem Geplapper gewaltsam aus ihren Gedanken gerissen.

Jonathon lachte und schüttelte den Kopf.

„Nein. Das ist eine ganz neue Krankheit, versichere ich Euch, und nur Eure Schuld, *Mme la duchesse*."

„Meine?" Antonia war verblüfft. „Ich verstehe überhaupt nicht, warum das meine Schuld sein soll."

Schließlich trank sie das Glas Zitronenwasser, da sie zu durstig war, um länger zu warten, und weil sie hoffte, dass es ihre Nerven beruhigen würde. Die Art und Weise, wie er sie beständig betrachtete, während er ruhig an seinem Stumpen sog, war beunruhigend. Sie war seit langer Zeit nicht mit Fremden zusammengetroffen, schon gar nicht mit einem Mann allein gewesen, und sie fühlte sich unbehaglich und unwohl, was in ihrem Alter lächerlich war, vor allem, da der Mann mehr als zehn Jahre jünger als sie sein musste.

Sie saß am äußersten Ende der Chaiselongue, den Rücken kerzengerade aufgerichtet, die schwarzen Röcke und Lagen weißer Unterröcke bauschten sich um sie und ihre Hände hielt sie leicht im Schoß gefaltet. Sie hob den Kopf und zog eine wohlgeformte Augenbraue in hochmütiger Missbilligung hoch, um, wie sie hoffte, ihre Nervosität zu verbergen.

„Ich verstehe überhaupt nicht, warum Ihr hier seid und nicht oben im großen Haus, wohin Ihr gehört, mit dem Rest der Gäste."

„Ich möchte lieber hier bei Euch sein."

Antonia wusste nicht, wo sie hinsehen sollte.

„Ihr benehmt sich wieder absurd, M'sieur."

„Auch Eure Schuld", sagte Jonathon offenherzig und setzte sich in den der Chaiselongue nächstgelegenen Torbogen, ohne dazu aufgefordert worden zu sein. „Ich dachte, das dümmliche Verhalten von Männern im Angesicht großer weiblicher Schönheit wäre auf unreife

Jungen beschränkt und es würde sich mit dem Alter auswachsen. Wie ich mich geirrt habe!"

„Ihr solltet solche Dinge nicht zu mir sagen", verlangte Antonia, deren Nervosität zu Unbehagen wurde. Ihre gewöhnliche Reaktion auf Komplimente über ihre Schönheit war ein scherzhafter Dank, aber das war gewesen, als ihr Mann noch am Leben war. Jetzt, und bei diesem Gentleman, war sie seltsam unfähig, gelassen zu sein. Dass er offen und ehrlich war, half nicht. Seine nächste Bemerkung vertiefte die Farbe auf ihren Wangen.

„Warum nicht? Mögt Ihr keine Komplimente?"

„Ich ... ich ... Es ist nicht ... es ist nicht ..." Sie warf die Hände hoch und wurde böse, als er zu lachen begann. „Ich weiß nicht, was Euch so erheitert, nur weil ich mich von Eurer Bewunderung meiner Schönheit nicht beeindrucken lasse. Natürlich weiß ich, dass ich überdurchschnittlich gut anzuschauen bin! Ich bin nicht blind, dass ich das nicht sehen würde, wenn Michelle mir vor dem Spiegel jeden Abend das Haar ausbürstet. Haltet Ihr mich für dumm?" Sie setzte sich noch gerader auf. „Doch ich muss Euch sagen, M'sieur, dass Ihr enttäuscht sein werdet, wenn Ihr glaubt, dass ich eines dieser weiblichen Wesen wäre, die mit den Wimpern klimpern und sich scheu geben, nur weil ein gutaussehender Fremder es wagt, das Offensichtliche festzustellen. Also was lässt Euch jetzt grinsen wie einen Narren?"

„Ihr habt mich gutaussehend genannt. Jetzt werde ich ganz schüchtern."

Antonias Mund klappte auf und dann musste sie gegen ihren Willen lachen.

„Ihr seid auch nicht blind, M'sieur."

„Nein, nicht blind", wiederholte er und dachte, sie hätte ein schönes Lachen. „Also was hat Roxtons Brut aufgehalten?", fügte er beiläufig hinzu, den Rücken an die Säule gelehnt.

Er hielt Antonias zwei Whippets, die schon zuvor die Treppe heraufgetänzelt waren, seine langen, braunen Hände hin; der Durst nach einem langen Spaziergang und das kühle Wasser in ihren Porzellanschüsseln hatten sie den Fremden in ihrer Mitte völlig vergessen lassen. Jetzt schnüffelten sie vorsichtig an den polierten weißen Nägeln. Sie leckten zur Begrüßung seine Hand und wurden als Belohnung für ihre guten Manieren hinter dem Ohr gekrault, bevor sie zu ihren jeweiligen Kissen bei der Chaiselongue trotteten und sich dort glücklich und zufrieden hinlegten.

„Ich nahm an, sie waren es, für die die kleinen glasierten Törtchen gebacken wurden? Doch nicht krank, hoffe ich?", fügte er hinzu, als Antonia noch immer nicht antwortete.

Antonia schüttelte den Kopf, ihr Hals war wie zugeschnürt und sie konnte nicht sprechen. Dann, aus einem Impuls heraus, über den sie sich später wunderte, zog sie die Nachricht des Herzogs aus ihrer Tasche und warf sie ihm zu.

Jonathon öffnete das einzelne Blatt Pergament mit einer Hand, überflog den kurzen Absatz, faltete es wieder und reichte es ihr zurück, ohne auch nur mit einer Wimper zu zucken. Aber sein beiläufiger Tonfall wurde durch seinen schnellen Herzschlag Lügen gestraft – weil sie ihn so bald ins Vertrauen zog. Dennoch war er klug genug zu erkennen, dass ihr Verhalten mehr über ihre sich verschlechternde Beziehung zu ihrem Sohn aussagte als über ihren Wunsch, sich ihm anzuvertrauen. Was das Handeln des Herzogs anging … Er fand es abscheulich.

„Also was werdet Ihr tun, *Mme la duchesse*? Kapituliert Ihr vor Roxtons Erpressung? Obwohl, wenn ich meine bescheidene Meinung aussprechen darf, schneeweiße Haut sieht in schwarzer Seide überaus reizvoll aus.“

„Ich trage kein Schwarz, um meinen Hautton zu unterstreichen!“, antwortete Antonia empört, von seinem lässigen Tonfall und dem breiten Lächeln, das seine Worte begleitete, verärgert, und auch darüber, dass sie so schwach war, ihre familiären Probleme einem völlig Fremden anzuvertrauen. Was war über sie gekommen? „Ich weiß überhaupt nicht, warum Ihr hier seid!“, fügte sie in einem Aufwallen von Verlegenheit hinzu, als er weiter mit einem schiefen Lächeln seinen Stumpen paffte.

„Ich sagte es Euch. Ich möchte lieber hier bei Euch sein. Ihr habt diese drei unbezähmbaren Mädels gestern über mich herfallen sehen, nicht wahr?“, fragte er. „Wäret Ihr ein wenig länger geblieben, hättet Ihr gesehen, wie sie mich in den Ballsaal abgeschleppt haben, wo ich gezwungen wurde, mit jeder von ihnen und jedem hübschen jungen Ding im Raum zu tanzen, andernfalls ich schwere Schelte von meiner Tochter wegen meines Mangels an Manieren bekommen hätte.“ Er stieß einen Seufzer aus und lächelte wieder schräg. „Der Gedanke an einen weiteren Tag höflichen Geschwätzes mit Mädchen, die noch jünger sind als Sarah-Jane, war genug, um mich zum See ausreißen zu lassen, das nächstbeste Boot zu finden und die Ruder zur Hand zu nehmen.“

Antonia blinzelte. „Ihr seid herüber *gerudert*?“

„Gibt es einen anderen Weg? Ein Ritt am frühen Morgen durch den Park mit dem Herzog und seinen Freunden hat es mir ermöglicht, mir die Landschaft anzusehen. Dieses hübsche kleine Ziegelhaus wird auf drei Seiten von Hecken umgeben, um die Schafe drinnen oder draußen zu halten, wie man mir sagte. Und der Weg hat nicht nur ein Gittertor, sondern es gibt auch zwei Wachposten mit offenen Augen, die aussehen, als kämen sie direkt aus der Höhle eines Faustkämpfers und hätten dort so einiges gelernt. Eine Invasion mit dem Boot war der einzige Weg, der mir blieb."

Antonias Schultern entspannten sich und sie beugte sich vor. „Wer ist Sarah-Jane?"

„Meine Tochter: Die hübsche Rotblonde, die mich am Arm gepackt hatte. Die beiden anderen sind die Aubrey-Zwillinge. Dumme Gänschen, beide."

„Die Rotblonde ist Eure *Tochter?*" Aus einem unerklärlichen Grund war Antonia erleichtert. „Sie ist sehr hübsch."

„Ja. Mit neunzehn Jahren ist sie entschlossen, mindestens einen Baron zu heiraten."

„Aber... Ihr... Ihr seht nicht alt genug aus, um ihr *papa* zu sein! Ihr könnt nicht viel älter sein als mein Sohn, ja?"

„Acht Jahre älter als er", enthüllte er. „Ich betrachte Euer Erstaunen als Kompliment. Wie Ihr wurde ich schon mit weniger als zwanzig Jahren Vater. Die sengende Hitze des indischen Subkontinents hat meiner Haut einen so gesunden braunen Schimmer eingebrannt, dass ich das bin, was allgemein als *rau, aber gutaussehend* bezeichnet wird."

Antonia ignorierte seinen flapsigen Tonfall. „Und Eure Tochter will einen Baron heiraten? Bitte, würdet Ihr mir das erklären."

„*Mindestens* einen Baron", berichtigte Jonathon. Er legte den Stumpen weg, balancierte ihn wieder auf dem Deckel seiner Zunderbüchse, und wog seine Antwort ab. „Ihre Verwandten, die Cavendishs, haben ihr in den Kopf gesetzt, wie wichtig es sei, aus den *richtigen* Gründen zu heiraten – Beziehungen, Titel *und* Reichtum."

Antonia war verwirrt. „Ich verstehe überhaupt nicht, warum diese Gründe die richtigen sind."

Jonathon lachte laut auf. Ihre direkten, wenn auch naiven Antworten waren herrlich erfrischend.

„Das könnt Ihr leicht sagen, *Mme la duchesse*. Ihr seid Herzogin. Ihr wart mit einem der reichsten und mächtigsten Adligen des Königreichs verheiratet."

„Aber das war nicht wichtig", stellte Antonia wegwerfend fest. „Ich habe Monseigneur aus keinem anderen Grund als aus Liebe geheiratet. Unsere Ehe war Schicksal."

Jonathon hob eine bewegliche Augenbraue.

„Schicksal? Gebt es zu! Monseigneurs Adel und Reichtum haben Euch geholfen, Euch zu verlieben."

Antonia war empört.

„Ich werde nichts dergleichen zugeben! Ihr seid beleidigend und zynisch. Es gab viele wohlhabende Adlige in Frankreich und hier, die mich heiraten wollten, aber ich wollte nur Monseigneur.“

„Ja, ich bin sicher, dass sie auch alle vor der Tür Eures Boudoirs Schlange standen“, murmelte er, vergaß für einen Moment seine guten Manieren und ließ seinen bewundernden Blick von ihrem geröteten Gesicht auf ihre vollen runden Brüste fallen, kaum verborgen unter einem hauchdünnen Seiden-Fichu. „Monseigneur muss ein besonderer Mann gewesen sein, um Euer Herz zu erobern ...“

Als ihre Finger zu den Falten des Fichus glitten, schaute er rasch zur Seite, da er seinen Fehler erkannte, und starrt über den gepflegten Rasenhang zum Steg. Er sah einen Schwan in Sicht gleiten, aus den hohen Binsen heraus, die eine kleine Insel umgaben, und über das ruhige Wasser des Sees paddeln, um sich zu seinem Gefährten zu gesellen.

„Sarah-Jane glaubt nicht an das Schicksal“, sagte er im Plauderton. „Für jemand so Junges ist sie sehr nüchtern, wenn es um ihre Zukunft geht. Sie muss nicht wegen Geld heiraten. Ich habe mein Vermögen im Handel erworben. Aber frühere, harte Zeiten in Indien und ein Vater mit Geschäftssinn haben sie den Wert von Geld und harter Arbeit gelehrt ... Der Hohlkopf, der behauptet, dass ein im Handel erworbenes Vermögen nicht die Vordertür adliger Häuser öffne, hat eine Melone als Hirn! Sarah-Jane wird einen Ehemann mit einem Titel bekommen. Es gibt zu viele bettelarme Lords da draußen, die mein Geld brauchen, um ihren Besitz zu unterhalten, als dass man sie übersehen würde.“

Er begegnete Antonias grünäugigen Blick mit einem schiefen Lächeln.

„Doch bin ich ziemlich zuversichtlich, dass Sarah-Jane, wenn die Zeit kommt, sich von meiner Meinung über den jungen Mann, den sie zu heiraten beschließt, leiten lassen wird, unabhängig von seinen Titel und seinem Vermögen.“

„Und Eure Frau? Was hat sie zu den Plänen Eurer Tochter, *zumindest* einen Baron zu heiraten, zu sagen?“

Jonathon ließ seine langen Beine nach hinten über das Ziergeländer hängen und setzte sich ihr gegenüber, die Ellenbogen auf die Knie gestützt und den Blick unverwandt auf ihre schönen Augen gerichtet.

„Meine Frau Emily beim Versuch, mir einen Sohn zu schenken, ist im Kinderbett gestorben. Der Junge starb mit ihr. Sarah-Jane erinnert sich überhaupt nicht an ihre Mutter, was sehr schade und für mich sehr schwer ist, weil sie ihr unglaublich ähnlich sieht ... Sie war noch keine drei Jahre alt, als ihre Mutter starb.“

„Ihr wart sehr jung, um Euch um ein mutterloses Kleinkind zu kümmern."

„Ja. Nicht ganz zweiundzwanzig."

„Erzählt mir von Eurer Frau."

„Emily war dreiundzwanzig und verheiratet, als wir uns kennenlernten. Ich studierte in Oxford die Klassiker und sie besuchte einen Cousin, der in Magdalene Pfarrer war. Ich bin buchstäblich auf der Straße in sie hineingerannt. Ich war gerade achtzehn geworden und in meinem neunten Jahr des Elends ..."

„Elend?"

„Ich war seit meiner Kindheit nicht mehr daheim in Hyderabad gewesen. Als mein älterer Bruder James starb, überzeugten Verwandte meinen Vater, dass ich, da ich jetzt der einzige lebende männliche Erbe wäre, die Erziehung eines englischen Gentlemans nötig hätte. Daher verbrachte ich sechs qualvolle Jahre in Harrow ..."

„*Pourquoi*? Qualvoll, sagt Ihr? Warum?"

Er schaute weg, um seine Gedanken zu sammeln, und Antonia wartete.

„Wenn man jung ist, möchte man nur genauso sein wie alle anderen", erklärte er, und sein Blick hing wieder an ihren Augen. „Und wenn man entdeckt, dass man das nicht ist, dass man sich von den Menschen um einen herum unterscheidet, schämt man sich, weil man glaubt, es sei der eigene Fehler. Und sie – die anderen, mit denen man in der Schule zusammengepfercht ist und die alle gleich sind – sind gnadenlos, indem sie diesen Unterschied bei jeder Gelegenheit herausstreichen."

„Weil Eure Haut die Farbe warmen Karamells hat?"

Das brachte ihn zum Lachen.

„Warmer Karamell? Das gefällt mir! Aber nein", sagte er kopfschüttelnd. „*Damals* sah ich nicht aus wie warmer Karamell. Das kam später, als ich nach Indien zurückkehrte."

„Dann verstehe ich überhaupt nicht, warum diese Jungen Euch misshandelt haben", sagte sie abwehrend. „Als Junge wart Ihr doch nicht anders als sie, *hein*?"

„Doch, das war ich und das bin ich", stellte er ruhig fest. „Eines Tages werdet Ihr erfahren, warum. Aber nicht heute ..."

„Und Emily?", fragte Antonia, als er innehielt, während seine Gedanken meilenweit entfernt zu sein schienen und er zweifellos an die einsamen Jahre dachte, die er von seiner Familie getrennt verbracht hatte. „Ihr sagtet, Emily wäre *verheiratet* gewesen?"

„Ja! Ja, verheiratet." Er verzog das Gesicht. „Mit siebzehn Jahren an einen viel älteren Mann verheiratet, der zum Glück sieben Jahre später starb ...“

„Zum Glück? Warum sagt Ihr, zum Glück? Nur weil ihr Ehemann viel älter war als sie, heißt das nicht, dass sie ... „

„Excusez–moi, Mme la duchesse, aber wenn ich sage, zum Glück, müsst Ihr darauf vertrauen, dass ich diese Worte nicht leichtfertig verwende. Er war kein guter Ehemann. Er hatte Emily nicht geheiratet, weil er sie liebte. Er heiratete sie, weil sie eine Cavendish war und eine Erbin. In nur sechs Jahren der Ehe schaffte er es, ihr Vermögen durchzubringen und ihren guten Namen zu ruinieren, indem er in den Armen einer Hure starb. Wenn Ihr die Gelegenheit gehabt hättet, Emily kennenzulernen, würdet Ihr mir zustimmen, dass Emily ein sanftes, schüchternes Geschöpf war, das eine solch schlechte Behandlung nicht verdiente. Sein Alter hatte nichts damit zu tun.“

Antonia war angemessen zerknirscht.

„Verzeiht mir bitte, M'sieur. Ich ... es war falsch von mir, anzunehmen ...“

Jonathon neigte den Kopf, strich sich die Haare aus den Augen und fuhr fort. „Kurz gesagt, wir brannten durch. Die Folge dieser überaus romantischen Geste ...? Ihr Vater, ihre Freunde und Verwandten verstießen sie prompt. Doch wer hätte den General dafür tadeln können? Emilys Ehemann war vielleicht ein brutaler Kerl mit einem Titel und ein hoffnungsloser Spieler, aber er war ein Spencer. Mich hielt man für einen mittellosen Niemand.“

„Aber sie liebte Euch.“

Er lächelte.

„Ja, sie liebte mich und ich sie. Wir nahmen das erste Schiff nach Indien und wurden schließlich in Hyderabad, im Hause meines Vaters, getraut.“

Er seufzte und drückte den Stumpen aus.

„Sie überlebte all diese Wochen auf dem Schiff, raue See, schlechtes Wetter, brachte Sarah-Jane in einem gottverlassenen afrikanischen Hafen zur Welt, überstand die tropische Hitze und die gefürchteten Insekten, alles, ohne sich je zu beklagen. Und in weniger als drei Jahren wurde sie mir genommen, bevor ich mein Vermögen machte und bevor – bevor sie eine Ahnung hatte, was zu werden mir bestimmt war ...“

Sein Lächeln war verschwunden und sein schmales Gesicht angespannt. Plötzlich sah er Antonia an und fügte auf Französisch hinzu: *„Mme la duchesse,* ich bin ein ehrenwerter Mann. Ich werde niemals etwas tun oder sagen, um Euch absichtlich zu täuschen oder – oder zu *verletzen.* Ich gebe Euch mein Wort darauf.“

Antonia hielt seinem Blick stand. Sie glaubte ihm. Die Aufrichtigkeit in seiner tiefen Stimme sagte ihr, dass er seine Frau sehr geliebt hatte. Dass er die letzten beiden Sätze in einwandfreiem Französisch sprach, hätte sie nicht wundern sollen, aber das tat es. Warum hatte sie nicht gemerkt, dass er ihre Muttersprache sprechen konnte, wenn er nicht nur in der Lage war, alles, was sie sagte, zu verstehen, sondern auch so schnell auf Englisch antwortete, dass er gleichzeitig die eine Sprache in die andere übersetzen musste?

Sie bemerkte, dass er keinen Rock trug, nur eine ärmellose Weste über seinem weißen Hemd. Es war eine andere Weste als in der Nacht zuvor, aber genauso exquisit. Diese war von einem tiefes Seegrün, ähnlich bestickt, aber mit Elefanten. Seine bauschigen Hemdsärmel waren locker zum Ellbogen aufgerollt, zweifellos als Folge des Ruderns über den See zu ihrem Witwensitz.

Die Entfernung über den künstlichen See von dem steinernen Monolith, der das Schloss der Familie war, zu ihrem malerischen elisabethanischen Herrenhaus mit seinen Wasserspeiermotiven auf den Kaminaufsätzen trog. Es sah nicht so weit aus, besonders von der West-seite des Sees, wo von dem Hügel aus, auf dem das Familienmausoleum lag, beide Häuser gut zu sehen waren. Doch der See war größer, als man sah und schlängelte sich dahin, mit vielen Inseln und Brücken, an denen man vorbei musste, wenn man ihn von dem Monolithen nach Crecy Hall mit seinem Sommerpavillon und dem kleinen, in einer großen Biegung versteckten Ziergarten überqueren wollte – keines der Häuser konnte vom anderen aus gesehen werden.

Crecy Hall hatte zerbröckelnd und vernachlässigt fast hundert Jahre dagelegen, bis der fünfte Herzog, Monseigneur, es im Gedanken an die spätere Witwenschaft seiner Frau wieder aufgebaut und renoviert hatte. Für Antonia waren solche fürsorglichen Überlegungen so weit entfernt gewesen, dass sie sich nie erlaubt hatte, über die unvermeidbare Tatsache nachzudenken, dass sie ihren Ehemann um viele Jahre über-leben würde. Und jetzt war sie hier, eine Witwe, die in dem elisabetha-nischen Haus lebte mit seinem duftenden Garten und dem Pavillon, der wie eine zuckergussüberzogener Torte am Ufer des Sees lag, eine Aussicht auf das ruhige blaue, mit Fischen besetzte Wasser bot, auf dem Schwäne und Enten dahinglitten. Und doch war es für sie mehr ein Gefängnis als ein Haus.

Er musste nach dem Rudern Durst haben.

Antonia wollte ein zweites Glas mit Zitronenwasser aus dem Kris-tallkrug füllen, aber er tat dies schnell für sie. Als er ihr das volle Glas reichte, bot sie es ihm an und er nahm es mit einem leisen Lächeln und trank dankbar die kühle, säuerliche Flüssigkeit.

„Es tut mir sehr leid wegen Sarah-Janes *maman*", sagte sie leise und schaute zu ihm auf. „Ihr vermisst sie noch immer sehr."

„Danke. Ja."

Er stellte das leere Glas auf das silberne Tablett zurück, blieb aber stehen, da Antonia sich nicht wieder gesetzt hatte.

„Sie geht nicht weg, wisst Ihr ... die Traurigkeit. Auch nach all diesen Jahren nicht. Man lernt einfach damit zu leben und mit dem Leben weiterzumachen. Ich vermute, es ist dasselbe für Euch ... Aber Monseigneur zu verlieren – obwohl es vor drei Jahren war – fühlt sich wie gestern an. Ihr könnt es noch nicht glauben, nicht wahr? Das habe ich letzte Nacht verstanden, als ich Euch beobachtete." Mit einem leisen Kopfschütteln fügte er hinzu: „Ich dachte, Ihr würdet mich anschauen. Was für ein Schlag für meine Selbstachtung, als mir später klar wurde, dass Ihr nicht mich, sondern die Eingangstüren hinter meinen Schultern angeschaut hattet. Ihr erinnertet Euch ..."

Antonia erbleichte und schluckte schwer. „Halt!"

„... erinnertet Euch an all die Zeiten, als Monseigneur durch diese Türen geschritten kam", fuhr er in seiner tiefen, gleichmäßigen Stimme fort. „Ihr versuchtet so sehr zu glauben, dass er vielleicht wieder hereinkommen würde. Ich weiß. Mir ging es mit meiner Emily genauso. Ich hoffte, sie würde auf magische Weise bei einer Gesellschaft in der Tür erscheinen, oder in einem der Zimmer des Hauses, und dann würde ich merken, dass alles nur ein böser Traum gewesen war. Aber sie kam nie. Ich wusste, sie würde nie wiederkommen, aber ich konnte nicht aufhören, mir zu überlegen, ob sie, wenn ich es mir nur fest genug wünschte ..."

„*Ça suffit*! Hört auf, sagte ich! Das reicht! Nicht weiter!", flehte Antonia.

Sie drückte die Hände an ihre heißen Wangen, bevor sie mit zitternden Fingern durch ihre Haare fuhr, während sie mit rauschenden Röcken in die hinterste Ecke ihres malerischen Pavillons floh.

„Wie – wie könnt Ihr es *wagen*, hierher zu kommen, und meinen – meinen *Frieden* zu *stören*."

Wenn sie nur ihre elenden Stiefel ausziehen könnte ...

Wenn sie die Schnürsenkel löste, ihre Stiefel ablegte und ihre bestrumpften Füße auf die Liege hochlegte, würde sie sich viel besser fühlen. Ihre Füße schmerzten, aber es war nichts im Vergleich zu der Schwere, die auf ihren Schultern lastete und auf ihr Herz drückte.

Wo war Michelle? Wo konnte ihre Zofe nur sein? Was hielt sie auf? Sie sollte hier bei ihr sein, damit sie nicht allein mit diesem Fremden war, der ihren Seelenfrieden störte.

Sie wollte nicht mit diesem Gentleman über Monseigneur sprechen. Sie konnte es nicht. Es gehörte sich nicht. Es war nicht richtig. Aber was er sagte – alles – war wahr. Niemand, nicht ihre Söhne, nicht ihre Schwiegertochter, nicht ihre große Familie, niemand wusste, wie verzweifelt sie betete, dass dieses einsame Leben, das sie jetzt führte, ein Leben ohne Monseigneur, nichts anderes als ein böser Traum wäre. Sie würde bald aufwachen und er würde durch eine Tür hereinschlendern, direkt zu ihr kommen, ihre Stirn küssen und ihren Namen sagen, in seinem leisen, näselnden Tonfall, mit einem Lächeln, das nur ihr allein vorbehalten war. Aber woher konnte dieser große, braungebrannte Gentleman das wissen? Wie konnte er ihren tiefsten Wunsch erkennen? Eine winzige innere Stimme der Ruhe und Vernunft bot ihr die Antwort: *Auch er hatte die Liebe seines Lebens verloren. Natürlich wusste er es.* Er hatte den Albtraum erlebt. Er hatte gehofft und gebetet, so wie sie gehofft und gebetet hatte, aber nichts und niemand konnte die unveränderliche Wahrheit des Todes ändern.

Aber sie hatte so viel mehr verloren, als er sich jemals vorstellen konnte ...

Nein! Das war ungerecht.

Er hatte seine Frau geliebt. Sie war bei der Geburt gestorben, ihr junges Leben und ihre Ehe waren auf tragische Weise beendet worden. Monseigneur hatte ein langes, sehr erfülltes Leben hinter sich gehabt. Sie sollte dankbar sein für die siebenundzwanzig Jahre, die sie zusammen verbracht hatten. Das sagten ihr alle immer und immer wieder. Sie war dankbar, aber nichts hatte sie vorbereitet, nichts konnte das tiefe Gefühl des Verlusts, die schmerzende Einsamkeit und die Verzweiflung, seine Witwe zu sein, ändern. Kein Mann konnte Monseigneur ersetzen. Kein Mann konnte sie so lieben, wie er sie geliebt hatte. Kein Mann würde sie auf diese Weise so sehr wollen, wie er sie gewollt hatte... Und niemand konnte ihr sagen, was sie jetzt, ohne ihn, mit ihrem Leben anfangen sollte.

Ohne sich dessen bewusst zu sein, kehrte sie zu der Chaiselongue zurück und starrte Jonathon an, während sie sich innerlich dafür schalt, auf seine Kosten ihrem Selbstmitleid zu frönen. Sie fragte sich, warum er, hochgewachsen und mit einer gesunden Ausstrahlung, die seine braunen Augen so viel intensiver und seiner Zähne weißer als weiß erscheinen ließen, mit achtunddreißig immer noch Witwer war. Er hatte sehr gut getanzt und seine Bewegungen waren für einen großen, massigen Mann anmutig und selbstbewusst. Sie konnte verstehen, dass er auf Bällen und Routs sehr gefragt war. Vielleicht hatte er nicht die richtige Frau getroffen? Vielleicht würde er sie hier in Treat finden? Ihre Schwiegertochter schien jede hübsche junge Frau im heiratsfähigen Alter zur Hausparty eingeladen zu haben. Er war zu gutaussehend und zu männlich, um nicht wieder heiraten und eine zweite Familie gründen zu wollen. Und Männer konnten in jedem Alter heiraten. Monseigneur war älter als dieser Gentleman gewesen, als sie seine Herzogin geworden war. Sie hoffte, er würde eine nette Frau zum Heiraten finden. Eine junge, frische, lebendige …

Sie würde es selbst tun! Sie brauchte ihre Zofe nicht, um ihr bei einer solchen Kleinigkeit zu helfen. Sie wurde durch ihre Geistesabwesenheit wohl faul. Sie würde ihre Stiefel selbst aufschnüren. Nach dem Ausziehen würde sie sich viel besser fühlen. Ihre Füße schmerzten. Das musste der Grund sein, warum sie noch jämmerlicher dem Egoismus verfallen war als gewöhnlich.

Sicher würde der Tee doch bald serviert werden?

Antonia war sich nicht bewusst, dass ihr die Tränen über das Gesicht liefen.

VIER

Jonathon schaute geduldig zu und wartete, während Antonia im Pavillon auf und ab ging.

Er wusste, dass sie innerlich mit sich selbst stritt. Sie sah todunglücklich aus. Als sie ihr Gesicht mit den Händen bedeckte, drängte er ihr sein sauberes weißes Taschentuch auf und sie nahm es, ohne sich seiner Existenz bewusst zu sein. Er wünschte, er hätte etwas tun oder sagen können, um sie zu trösten, aber er hatte für einen Tag mehr als genug gesagt. Er vermutete, dass ihre Familie von ihrer geheimen Hoffnung nichts ahnte, und hier kam er, ein Fremder, und sagte es ihr unverblümt ins Gesicht. Aber es musste ausgesprochen werden. Er wusste, dass es sinnlos war, weiter zu hoffen, wenn es keine Hoffnung gab. Nach Emilys Tod hatte er einige Jahre so gelebt.

Als sie endlich aufhörte, auf und ab zu gehen und zur Chaiselongue zurückkehrte, ihren Stiefel auf das blau gestreifte Kissen legte und sich nach vorne beugte, um nach den Schnürsenkeln zu fassen, ergriff er die Chance, praktische Hilfe zu leisten. Er bot an, ihr die Stiefel auszuziehen. Antonia wies ihn ab und sagte, dass sie durchaus in der Lage sei, sich um sich selbst zu kümmern.

Er trat einen Schritt zurück und beobachtete, wie sie sich mit dem Knoten in den Schnüren abmühte, zweimal nach der Schleife griff, dann ihren Fuß auf den Steinboden brachte, bevor sie ihren Stiefel wieder ans Kissen legte und vergeblich an den dünnen Lederschnüren zerrte.

Als sie ihren Stiefel ein drittes Mal auf den Steinboden senkte und ihre Schwäche verfluchte, konnte er es nicht mehr ertragen. Er packte sie kurzerhand um die Taille, hob sie auf, schwang sie herum und bettete sie zwischen die Kissen der Chaiselongue, als wäre sie eine bloße Marionette, die weniger wog als *papier–mâché*.

Antonia war so verblüfft über diese unbekümmerte Behandlung, dass sie einige Sekunden brauchte, um zu reagieren, und bevor sie gegen diese Überheblichkeit protestieren konnte, befand sich ihr rechter Stiefel auf seinem gebeugten Knie und er zog am ersten Knoten in den Schnürsenkeln. Sie versuchte, ihren Fuß wegzuziehen, aber er packte sie am Knöchel und hielt sie fest.

„Sitzt still!", tadelte er sie.

„Ich habe nicht um Eure Hilfe gebeten!", gab sie verärgert zurück und versuchte, ihre Gelassenheit und Würde wiederzugewinnen, indem sie die zerwühlten Röcke wieder so glattstrich, dass sie wenigstens ihre bestrumpften Beine bis über die Knie bedeckten. „Ich habe eine Zofe, die solche niederen Tätigkeiten für mich erledigt und sie ..."

„... ist nicht hier. Also seid nicht albern."

Erst als sie stillhielt, ließ er ihren Knöchel los. Und als sie sich nicht mehr bewegte, machte er sich wieder daran, ihren Stiefel aufzuschnüren. Geschickt löse er den Knoten und zog sanft die Schnüre auseinander.

„Als ob Ihr Euch im Korsett bücken könntet, um diese lächerlich langen Schnürsenkel aufzubinden! Ich wette, das habt Ihr noch nie versuchen müssen."

„Ihr glaubt, ich wäre nicht fähig, für mich selbst zu sorgen?", fauchte sie hochmütig zurück und ihr Ärger vertrieb ihr Selbstmitleid.

Er hielt inne und musterte sie skeptisch.

„Ich bin sicher, dass Euer materieller Komfort gut und gerne von einer Armee von Dienern gesichert wird, *Mme la duchesse*. Jedoch ... bin ich überrascht, Euch hier allein zu finden. Wo sind die Gargoyles?"

Antonia, die ihr Gesicht mit einem weißen Taschentuch trockentupfte, dessen zerknitterte Gegenwart in ihrer Hand sie erstaunte, schaute auf. Sie war verwundert.

„Gargoyles, M'sieur?"

Er zog vorsichtig ihren in weißen Strümpfen steckenden Fuß aus dem braunen Halbstiefel aus weichem Ziegenleder und stellte den Stiefel beiseite.

„Das Paar mit den trostlosen Gesichtern, das Euch überallhin folgt."

„Oh!" Antonia lächelte, wackelte mit ihren Zehen und fühlte sich mehr wie sie selbst. Das Grübchen erschien. Seine Beschreibung gefiel ihr ausgezeichnet. „Spencer und Willis sehen aus wie Gargoyles. Sehr gut zu meinem Haus passend, ja?"

„Sehr passend", stimmte er zu während sein Daumen sanft den Ballen und Rist ihres kleinen Fußes rieb. „Warum schickt Ihr sie dann nicht zurück, damit sie auf den Kaminaufsätzen sitzen, wo sie hingehören?"

„Wenn das nur ginge", sagte Antonia seufzend, plötzlich ruhiger, doch völlig ahnungslos, woran das lag. „Ich *will* sie nicht. Ich *brauche* sie auch nicht, aber Julian meint, dass er ihnen und mir einen großen Gefallen täte. Sie sind bei mir, seit kurz bevor Mon... – über drei Jahre jetzt, daher habe ich nicht das Herz, sie einfach wegzuschicken. Und wenn ich das täte, wohin sollten sie gehen? Sie haben kein Zuhause, in das sie gehen können. Treat ist jetzt ihr Heim."

„Entfernte arme Verwandte?"

Antonia nickte.

„Schwestern. Willis ist unverheiratet, aber Spencers Ehemann war ein großer Verschwender. Er hat ihr kleines Vermögen verspielt und sich dann erschossen. Es ist so traurig für sie. Daher hat Julian sie aufgenommen und dann mir übergeben. *Parbleu*! Was soll ich mit zwei Schwestern anfangen, die ich überhaupt nicht kenne? Und was sollen sie mit mir anfangen? Ich frage mich manchmal, wie der Verstand meines Sohnes funktioniert. Für jemanden, der mit einer ausgesprochen scharfsinnigen Frau verheiratet ist, kann Julian sich sehr dumm anstellen, wenn es um seine Mutter geht. Glaubt er, nur weil wir drei Frauen sind, werden wir uns großartig verstehen? Als ob es ausreichte, eine Frau zu sein, um die gleichen Interessen zu haben!

„Willis kann nur so viel Französisch wie ein Schulmädchen und Spencer tut so, als ob sie manches von dem, was ich sage, nicht verstünde, damit sie es Willis nicht weitersagen muss. Ich glaube, was ich sage, schockiert sie. Fragt mich nicht, was genau, ich kann mich nicht daran erinnern! Und nur, weil ich keinen richtigen Stich machen kann und eine nutzlose Stickerin bin, glauben sie, ich wäre als Frau eine elende Versagerin! Und ich möchte auch nichts über die guten Werke von Mr. Wesley hören oder die letzte Predigt von Pfarrer Beak. Das ist alles, worüber sie bei endlosen Tassen Tee salbadern, und das ist ein Getränk, das ich verabscheue."

Als Jonathon gluckste und seinen Kopf schüttelte, straffte sie ihre Schultern und schauderte leicht.

„Seht Ihr, in was für eine unmögliche Situation mein Sohn mich gebracht hat?"

„Allerdings! Ja! Ich bin jedoch zuversichtlich, dass Ihr eine zufriedenstellende Lösung gefunden habt."

Antonia konnte das Grübchen nicht unterdrücken.

„Naturellement", antwortete sie und ignorierte ihre innere Stimme,

die sich fragte, warum sie ihre Familienangelegenheiten mit einem völlig Fremden besprach, und fügte stolz hinzu: „Wir haben eine Lösung gefunden, die uns sehr gut passt und wovon Julian nichts wissen muss. Spencer und Willis wohnen jetzt in der Gatehouse Lodge …"

„Dem kleinen Haus nicht weit von der Brücke, die zu dieser Seite des Sees führt?"

„Ja. Monseigneur hat es als eine Ergänzung von Crecy Hall bauen lassen, es ist daher auch ein Stück fantasievoller Architektur mit Türmchen und Strebepfeilern wie Strawberry Hill. Trotzdem ist es ein vollständiges Haus und es passt sehr gut für die Schwestern. Daher leben sie dort sehr gemütlich und ich lebe hier und wir gehen einander nicht im Geringsten auf die Nerven, außer …"

„… wenn Ihr das große Haus besucht und sie Euch begleiten, und so verdienen sie sich Kost und Logis, indem sie Eure Schatten spielen?"

„*Exactement*! Sie sind wirklich sehr gute Schatten, finde ich. Manchmal zu gut, und das bringt mich aus der Ruhe und ich möchte böse auf sie sein, aber das kann ich nicht, das wäre unhöflich. Mir bei Diners und Bällen und derartigen Anlässen zu folgen, ist ihre einzige Gelegenheit, Julian seine große Freundlichkeit, für sie zu sorgen, zurückzuzahlen. Das gibt ihnen die Chance, ihre besten Seidenkleider zu tragen und sich wichtig zu fühlen und von oben herab auf das Benehmen von jenen zu schauen, die mehr Glück haben als sie selbst. Solche Gelegenheiten geben ihnen Gesprächsstoff für Wochen! Es wäre zu grausam, ihnen dieses wenige an Aufregung, das sie in ihrem Leben haben, zu nehmen."

„Ich bin überrascht, dass Ihr sie Lady Strathsay nicht vorgestellt habt", erwiderte er flapsig und als Antonia mit einem schiefen Lächeln blinzelte, fuhr er fort: „vertritt die Gräfin nicht die gleichen puritanischen Prinzipien wie die Gargoyle-Schwestern? Die drei könnten stundenlang über die wirklichen oder eingebildeten Exzesse ihrer adligen Cousins herziehen. Ihre Ansichten würden zweifellos auch die Selbstzufriedenheit Lady Strathsays erheblich stärken − nicht, dass das nötig wäre, wohlgemerkt. Doch Willis und Spencer würden sicher in ihrer hochnäsigen Gesellschaft nicht fehl am Platze wirken."

Als Antonia wie entsetzt die Hände auf die Wangen klatschte, fügte er schnell hinzu: „Die Gräfin ist Eure Tante, wenn ich Euch also gekränkt habe …"

„Nein! Nein! Das ist eine perfekte Eingebung, M'sieur! Absolut perfekt! Ich weiß nicht, warum ich nicht darauf gekommen bin", versicherte Antonia ihm. Ihre grünen Augen funkelten mutwillig. „Charlotte würde sie gern haben, und wenn nur, weil sie mir gehören. Vielleicht würde sie sie sogar bitten, sie zu besuchen, und dann würde ich hier imstande sein, zu kommen und zu gehen wie es mir gefällt, und ohne Schatten! Und Julian würde nicht Nein sagen können, denn Charlotte würde ihn so lange langweilen, bis er zustimmt, dass sie sie in Buckinghamshire besuchen dürfen. Sie ist mit dem Alter sehr stolz und unverträglich geworden und wenige Menschen würden sie auch nur grüßen, daher tut sie mir ein wenig leid.

„Ihr Mann ist mein Onkel und lebt offen mit seiner Mätresse und ihren beiden Kindern in Westindien. Das ist eine Situation, die Charlotte unglaublich erzürnt. Aber wer könnte meinem Onkel sein Glück missgönnen? Seine Mätresse kümmert sich in jeder Hinsicht um seine Zufriedenheit. Charlotte nicht. Sie ist von der Art, der es unmöglich ist, jemanden körperlich zu lieben – sie hat ein sehr kaltes Temperament." Sie verzog das Gesicht. „Sie teilte ... Nein! *Teilen* ist nicht der richtige Ausdruck – Sie *ertrug* das Bett ihres Mannes nur oft genug, um ihm einen Erben und einen zweiten zu schenken und dann ..." Antonia schnippte mit den Fingern. „Nichts mehr."

Sie beugte sich vor, als wollte sie nicht belauscht werden, ihr Gesicht nah an Jonathons, der immer noch vor der Chaiselongue kniete und fügte vertraulich mit ungläubig weit aufgerissenen grünen Augen hinzu: „Könnt Ihr Euch vorstellen, die körperliche Liebe nicht zu mögen? Das ist doch *unglaublich*, nicht wahr? Aber ich versichere Euch, Charlotte ist so."

Jonathon versuchte, nicht über ihre unschuldige Darstellung so offenherziger Enthüllungen zu lächeln, und fand, sie wäre das unterhaltsamste Geschöpf, das ihm je begegnet war. Kein Wunder, dass die Gargoyle-Schwestern mit ihrer puritanischen Denkweise bei ihren Aussagen einer Ohnmacht nahe kamen. Und als sie sich so nahe zu ihm beugte, dass er die langen, schwarzen Wimpern, die ihre schönen Augen umrahmten, zählen konnte, bot sie ihm unabsichtlich einen prächtigen Blick auf ihre wundervollen Brüste, die aus dem engen Mieder und zwischen dem aufklaffenden, hauchdünnen Fichu hervorquollen. Er wagte es nicht, seinen Blick von ihrem Gesicht abschweifen zu lassen.

„Warum wandert Ihr herum und reitet nicht übers Land?", fragte er brüsk, um einen Schauder des Verlangens zu überdecken. Er machte ihr ein Zeichen, dass sie ihren gestiefelten linken Fuß auf sein Knie legen sollte, was sie ohne Widerrede tat, und konzentrierte seine Aufmerksamkeit völlig auf die verknoteten Schnürsenkel. „Ich dachte, nur Dorfmädchen und die Töchter armer Landjunker gingen zu Fuß. Sarah-Jane sagt mir, dass sich Frauen von edler Geburt auf dem Land ausschließlich auf schönen Rössern mit ein oder zwei Stallknechten im Schlepptau fortbewegen.“

„Aber ich gehe gern spazieren“, antwortete Antonia dickköpfig. „Ich bin übers Land gelaufen, wie Ihr sagt, seit Monseigneur fort ...“ Wieder konnte sie es nicht übers Herz bringen, es auszusprechen, obwohl es der Erwähnung des Todes ihres geliebten Ehegatten näherkam als alles andere, was sie gesagt hatte, seit Jonathon den Pavillon betreten hatte, und sie fügte rasch hinzu: „Es geht niemanden etwas an, ob ich gehe oder reite!“

„Das denke ich auch. Aber wenn es etwas gibt, das ich seit meiner Rückkehr nach England über die feine Gesellschaft gelernt habe“, sagte er im Plauderton und ignorierte ihren unvollendeten Satz, schaute aber beim Aufschnüren ihres Stiefels auf, „dann, dass die Gesellschaft sehr darauf achtet, ob einer von ihnen, noch dazu eine Herzogin, sich an ihre Regeln hält oder nicht. Ich nehme an, dass es nicht *das Richtige* für Euch ist, in Euren schicken Halbstiefeln bergauf und bergab zu wandern.“

Antonia schnippte mit den Fingern. „So viel kümmere ich mich um die Vorschriften der Gesellschaft. Anpassen? *Pah!* Monseigneur stand über all diesem Unfug!“

Jonathon lachte laut auf. „Gut für ihn!“, und er dachte, Monseigneur müsste ein verdammt arroganter Edelmann gewesen sein, aber er mochte ihn dafür. „Und bravo für Euch. Ihr solltet nie aufhören, Ihr selbst zu sein, *Mme la duchesse*“, stellte er fest, bewunderte Antonias Geist und fand, dass sie wundervoll leuchtende Haut und ein Funkeln in ihren Augen hätte, wenn sie lebhaft wurde.

„Nur, weil ich eine Herzogin bin, heißt das nicht, dass ich nicht auch zwei gesunde Beine habe, um herumzulaufen wie ein Dorfmädchen nicht wahr, M'sieur? Das habe ich Julian hundertmal erklärt, aber mein Sohn hört nicht zu.“

„Oh, ich schätze, Eure Beine würden die der meisten Dorfmädchen in den Schatten stellen“, murmelte er und senkte sofort den Kopf, um den Halbstiefel von ihrem Fuß zu ziehen, der immer noch auf seinem gebeugten Knie ruhte. „Ihr solltet Eurer Zofe sagen, dass sie Eure Stiefel in Zukunft nicht so fest schnüren soll“, belehrte er sie. „Zweifellos tut sie dasselbe mit Eurem Korsett. Wenn ich nach den Einkerbungen auf Eurem Fußrücken gehen kann, bin ich überrascht, dass Ihr überhaupt atmen könnt.“

„Und was macht Euch zum Experten für weibliche Korsagen, M'sieur?“, fragte Antonia hochmütig, als sie sich zurücklehnte und unbewusst mit ihren Zehen wackelte, bevor sie ihren bestrumpften rechten Fuß unter ihre fließenden Röcke steckte. Ihr linker Fuß blieb in seiner warmen Hand. „Nein, antwortet mir nicht!", fügte sie schnell hinzu, als er grinsend beiseite schaute, und fügte mit schrankenloser Offenheit hinzu: „Ich trage nicht gerne verstärkte Korsetts und Monseigneur war einverstanden, dass ich es vermeide, sie zu tragen, wenn wir zu Hause sind. Fischbein und Steifleinen sind zu beengend. Zu Hause trage ich immer *Schlupfmieder*."

„*Schlupfmieder*? Schlupfmieder, *Mme la duchesse*? Von weiblicher Unterkleidung dieses Namens habe ich noch nie gehört. Allerdings braucht Damenmode aus dem Westen einige Zeit, bis sie den indischen Subkontinent erreicht. Bitte klärt mich auf."

„Ich weiß nicht, ob Frauen hier in England Schlupfmieder tragen, aber in Frankreich sind sie der letzte Schrei im *Déshabillé*. Meine werden in Paris von einer erfahrenen Korsettmacherin für mich angefertigt. Sie sehen ähnlich wie Korsetts aus, aber die Machart ist völlig anders. Es gibt keine Versteifungen, nur Lagen über Lagen feiner Baumwollpolsterung und daher sind sie sehr bequem. Es ist, als trüge ich gar keine Unterkleidung. Sie sind hier vorne offen. Schaut, ich zeige es Euch", sagte sie sachlich, als ob sie über irgendeinen profanen Gegenstand sprächen und nicht etwas intim mit ihrer Person Verbundenes.

Als er aufschaute, hatte sie das Fichu von ihren bloßen Schultern fallen lassen und senkte ihr Kinn, um ihren Busen zu mustern.

„Seht Ihr, diese zu Schleifen gebundenen Bänder, sie halten die Vorderseite zusammen", dozierte sie und zeigte auf eine Reihe säuberlich gebundener Satinschleifen, die über die ganze Länge eines weichen, seidenbestickten Mieders verliefen, das ihre Brüste bedeckte. „Und weil diese Bänder hier vorne sind und nicht im Rücken, so wie die Bänder meines Korsetts, kann ich sie leicht selbst öffnen und dieses Mieder ablegen. Schaut", fügte sie im gleichen belehrenden Ton hinzu, als sie am Ende der Satinschleife zog, die ihrem Dekolleté am nächsten lag, ohne an die Wirkung zu denken, die diese Vorführung auf ihren einzigen männlichen Zuschauer haben würde.

Die Schleife löste sich und das Schlupfmieder klaffte auf, wobei es meisterhaft eine tiefe Kluft enthüllten, die kaum von einem dünnen weißen Hemd mit einer schönen Spitzenbordüre zusammengehalten wurde. Sie schaute mir einem zufriedenen Lächeln auf.

„Also seht Ihr, ich brauche Michelle nicht immer, um mir beim Auskleiden zu helfen. Jumps sind sehr praktisch, ja?"

Jonathon nickte stumm. Praktisch? Lieber Gott, kein Wunder, dass Monseigneur sie am liebsten in *Schlupfmiedern* gesehen hatte. Welcher Mann würde es nicht genießen, an diesen Schleifen zu zupfen? Er hätte gutes Geld darauf verwettet, dass der Herzog ein Fachmann darin gewesen war, sie in Rekordzeit aus ihrem Schlupfmieder zu schälen. Er fühlte sich schwindelig wie ein Schuljunge und ihm wurde der Mund bei diesem Gedanken trocken, aber es erstaunte ihn, wie arglos und sich ihrer Anziehungskraft völlig unbewusst sie war. Es war daher kaum überraschend, dass der gegenwärtige Herzog ihr zwei Gargoyles als Schatten zur Seite gestellt hatte!

Schließlich riss er seinen Blick von dem faszinierenden Anblick los, als Antonia die Satinbänder zu einer Schleife zusammenzog, dann das Fichu raffte und es um ihre Schultern und über ihre Brüste arrangierte. Er räusperte sich und sagte mit einer Stimme, von der er hoffte, dass sie sein Verlangen nicht durchschimmern ließ:

„Und ich habe gedacht, völlig falsch, wie sich herausstellt, dass Ihr Steifleinen oder Fischbein tragen müsstet, um alles am richtigen Platz zu halten."

„Ich bitte um Verzeihung, M'sieur? Was ist dieser richtige Platz?"

„Nun, äh, benutzen die meisten gut ausgestatteten Frauen nicht Fischbein, um ihre Brüste hochzuhalten?"

Antonia starrte ihn mit offenem Mund an vor Unglauben, dass er die Frechheit besaß, eine solche Vorstellung zu äußern.

„Ihr glaubt, *ich* müsste Fischbein tragen, um meine Brüste *obenzuhalten?*

Er lächelte verlegen, aber es entging ihm nicht, dass sie mehr über die Idee als solche denn über die Frage an sich empört war. Also hatte ihr Kummer sie nicht ihrer Eitelkeit beraubt. Gut.

„Meiner Erfahrung nach, *Mme la duchesse*, hängen volle Brüste, wenn ..."

„*Pourquoi?* Hängen? *Hängen?* Was heißt dieses – dieses *hängen?*"

Antonia war fassungslos. Zorniger Stolz trieb sie dazu, eine schamlos offene und daher indiskrete Antwort zu geben. Doch sie hatte immer gesagt, was sie dachte; das lag in ihrer Persönlichkeit.

„Monseigneur pflegt zu sagen, ich habe die perfektesten Brüste, die man sich vorstellen kann, weil sie *fest* und *voll* sind und wie gereifte Früchte am Baum *aufgereiht* sind. Das hat nichts mit *hängen* zu tun."

Jonathon hielt seine Lippen fest geschlossen und seinen Kopf gebeugt, um ihren schmerzenden Rist sanft zu reiben. Er konnte sich nicht vorstellen, dass seine Emily oder eine andere Engländerin aus gutem Hause so freimütig und offen eingebildet wäre und ganz sicher bei einem so intimen Thema wie den weiblichen Brüsten, ob es die eigenen waren oder die einer anderen. Die verwitwete Herzogin war so köstlich offenherzig. Doch kam ihm der Gedanke, dass dies eine Frage der Interpretation sein mochte, denn sie sprach ausschließlich auf Französisch; und vielleicht wäre sie nicht so geradeheraus gewesen, wenn sie

Englisch gesprochen hätte. Irgendwie hatte er trotzdem den Verdacht, dass das wenig mit Übersetzung zu tun hatte, aber alles mit der Person, die sie war. Es gefiel ihm. Es gefiel ihm sehr.

„Gereifte Früchte, *Mme la duchesse*", brachte er mit gleichmäßiger Stimme heraus, nachdem er sich erneut geräuspert hatte. „Monseigneur kann sich offensichtlich bestens ausdrücken. Ich werde ihm aufs Wort glauben."

„Ja, das müsst Ihr. Würdet Ihr jetzt bitte meinen Fuß loslassen, denn unser Nachmittagstee ist da."

Durch einen der Ziertorbögen hatte Antonia ihren Butler gesehen, der den gewundenen Weg herunterkam, der den Pavillon mit dem Witwensitz verband. Er trug die schwere silberne Teekanne, eine kleine Armee von livrierten Dienern folgte ihm mit dem restlichen Teegeschirr.

Unser Nachmittagstee. Auch das gefiel Jonathon.

„Vielen Dank", fügte sie eher kleinlaut hinzu, was ihn seinen Blick von ihrem bestrumpften Fuß zu ihrem Gesicht heben ließ.

Er fragte sich, warum sie zögerte, ihm in die Augen zu sehen.

„Meine Füße fühlen sich nach Eurer Aufmerksamkeit viel besser."

„Es war mir ein Vergnügen, *Mme la duchesse*."

Er wollte sich gerade erheben, als eine junge Stimme unbestimmbarem Geschlechts in seinem Rücken sprach und auf Französisch ängstlich fragte:

„Mema? Mema! Dein Knöchel ist doch nicht verrenkt? Du hast dich doch nicht verletzt, oder Mema?"

Und dann fügte eine andere, tiefere und ganz entschieden männliche Stimme mit der gleichen Besorgnis hinzu: „Soll ich den Diener Eure Zofe holen lassen, *Mme la duchesse*?"

Jonathon richtete sich zu seiner ganzen Größe von sechs Fuß und vier Zoll auf und drehte sich um, wo er auf einen dünnen Schlaks von einem Jungen mit einem Schopf schwarzer Locken und neugierigen braunen Augen hinabsah, der ihn stirnrunzelnd musterte. Er wirkte vertraut. Neben ihm stand ein untersetzter junger Mann mit einem Schopf roter Haare, dessen Augen die gleiche Farbe besaßen wie die der Herzogin und ihres Sohnes, des Herzogs.

„Ich bin wohl groß, um jede Tätigkeit auszuüben, die Ihr von mir verlangen könntet, junger Mann", antwortete Jonathon dem Rotschopf gelassen. „Aber ein *Diener* bin ich nicht." Lächelnd hielt er dem kleinen Jungen die Hand zum Gruß hin. „Jonathon Strang, Esq. Und nein, Mema hat sich nicht den Fuß verrenkt."

FÜNF

„Ich bin Frederick, M'sieur", antwortete der kleine Junge höflich, als er zu dem großen Mann aufsah, der seine Hand schüttelte. „Frederick, Lord Alston, aber jeder nennt mich Frederick. Das könnt Ihr auch tun. Seid Ihr Memas Freund?"

„Ja ich …"

Bevor Jonathon etwas Weiteres sagen konnte, flog Antonia von der Chaiselongue auf ihre bestrumpften Füßen und sank auf die Knie, um ihren ältesten Enkel in ihre warme Umarmung zu hüllen, bevor sie ihn losließ und seine gerötete Wange küsste. Sie sprach schnelles Französisch.

„Du bist gerade pünktlich zum Nachmittagstee, *mon petit chou*. Komm, setz dich zu mir und erzähle mir alles über die Vorbereitungen für dein Bootsrennen. Das ist morgen, nicht wahr? Wer ist dein Ruderer? Werden Louis und Gus in diesem Jahr ihr eigenes Boot haben, wie dein Papa versprochen hatte? Was sagt deine Mama dazu?"

Den Arm um die Schultern des kleinen Jungen gelegt, lächelte sie den stämmigen jungen Mann mit dem Schopf roter Haare warm an und streckte ihm ihre Hand zum Kuss hin.

„*Merci*, Charles, dass Ihr mir Frederick gebracht habt", sagte sie freundlich.

Zu Jonathons Überraschung errötete der junge Mann und wirkte verlegen. Er nickt nur, bevor er sich zu Jonathon wandte und sich knapp vor ihm verbeugte.

„Verzeiht die Bemerkung über den Diener, Sir. Ich hätte aufmerksamer sein und Eure indische Weste bemerken müssen. Ich bin

Charles", fügte er hinzu. „Charles Fitzstuart. Lady Strathsays jüngster Sohn."

„Aber das nehmen wir Euch nicht übel", scherzte Antonia, als sie ihren Enkel zu der Chaiselongue führte.

Als sie erst gemütlich beisammensaßen, stellte sie ihm weiter alle möglichen Fragen über das Bootsrennen, während Jonathon und Charles Fitzstuart sich zu dem Torbogen zurückzogen, Jonathon, um seine Zunderbüchse in einer Tasche seines abgelegten Rocks zu verstauen und Charles, um seine Reitjacke aufzuknöpfen. Es war ein warmer Tag und ihr Ritt herüber hatte eines langen Umwegs bedurft, um ein Überqueren der Brücke zu vermeiden, was die Damen im Gatehouse Lodge hätte aufmerksam werden lassen, die diesen Ungehorsam seines Sohnes dem Herzog zur Kenntnis gebracht hätten.

Beide Männer gingen dem Butler und den Dienern aus dem Weg, die sich daran machten, den von Kissen umringten, niedrigen Tisch für den Nachmittagstee zu decken. Die Reihe zarter Porzellanteetassen und –untertassen, kleiner, dekorativer Kuchenteller und Silberbestecke, die nicht länger gebraucht wurden, wurden entfernt und die vier verbleibenden Gedecke an einem Ende des gedrungenen Tisches arrangiert. Besteck, Zuckerdose, Milchkännchen und ein frischer Teller mit Kuchen sowie eine Schüssel mit Süßigkeiten wurden dann zur Zufriedenheit des Butlers zwischen den Schalen mit Blumen und Früchten angeordnet. Alle außer einem Diener wurden dann entlassen, um zum Haus zurückzukehren. Der Butler nahm seinen Platz hinter der Teekanne auf ihrem silbernen Ständer ein, der Diener stand bereit, um Hilfe zu leisten, wenn es dieser bedurfte, und wartete auf ein Zeichen der Herzogin, mit dem Einschenken zu beginnen.

Doch Antonia ließ sich nicht vom Geplauder mit ihrem Enkels ablenken.

Jonathon bewunderte ihre Fähigkeit, dem Jungen Informationen zu entlocken, sodass es nicht viele Minuten dauerte, bis Frederick, der eine für einen so jungen Mann natürliche Zurückhaltung zeigte, seine Schüchternheit in der Gesellschaft eines Fremden verlor und ihr alles über die Planung erzählte, die er in den Bau seines Bootes für das jährliche Frühlingsrennen um die größte Insel des Sees investiert hatte. Kein Detail war zu gering, als dass Antonia nicht großes Interesse daran geäußert hätte, und sie zeigte solche Begeisterung für die Pläne ihres Enkels, dass Jonathon über die Veränderung einer Frau, die keine halbe Stunde zuvor in sein Taschentuch geweint hatte, staunte. Ihre Augen funkelten. Sie lachte hübsch hinter ihrem Fächer. Sie war so voller Leben, dass ihm klar wurde, dass dies die Frau war, die sie vor Monseigneurs Tod gewesen sein musste und die sie wieder werden sollte.

Er war es recht zufrieden, ein Zuschauer zu bleiben, aber als Frederick den Wunsch nach einem Glas Zitronenwasser und einem Stück
Kuchen äußerte, erinnerte sich Antonia ihrer Pflichten als Gastgeberin
und gab dem Butler das Zeichen zum Eingießen und sagte zu Jonathon, als sie Frederick an den niedrigen Tisch führte:

„Ihr müsst mir meine Teekanne verzeihen. Sie ist voller Kaffee. Ich
trinke keinen Tee, nicht wahr, Charles? Er ist fade. Aber ich habe Tee
oben im Haus, wenn Ihr ihn vorzieht?"

„Dann eben Kaffee. Obwohl Ihr Tee trinken würdet, wenn ich ihn
für Euch zubereiten würde, *Mme la duchesse*."

„Meint Ihr? Und warum, M'sieur?"

„Weil ich ihn so zubereite, wie er getrunken werden sollte, gemischt
mit indischen Gewürzen, eingerührt in heiße, aufschäumende Milch,
und dann genossen. Eines Tages werdet Ihr meinen besten *Chai* probieren. Aber heute tut es durchaus der Kaffee", antwortete er, folgte ihr zu
dem niedrigen Tisch, mit geröteten Wangen, da ihm klar geworden
war, dass er so davon in Anspruch genommen gewesen war, ihre Unterhaltung mit ihrem Enkel zu beobachten, er so unhöflich gewesen war,
die Existenz von Charles Fitzstuart, der ihn jetzt mit einem unterdrückten Grinsen beobachtete, völlig zu vergessen. Um sein Unbehagen unter diesem prüfenden Blick zu verbergen, hob Jonathon von
dem kleinen Tisch bei der Chaiselongue das Buch und die Broschüre
auf und sagte im Plauderton, als er die Seiten der eselsohrigen und
zerlesenen Ausgabe von Tacitus' *Annalen des Kaiserlichen Roms* durch-
blätterte:

„Trinkt Ihr Tee, Fitzstuart?"

„Charles, bitte, Sir. Der Herzog und die Herzogin bevorzugen, dass
unter den jüngeren Verwandten Vornamen verwendet werden, vor
allem in Anwesenheit ihrer Kinder. Keine Titel und kein Bestehen auf
Zeremonien. Das gehört alles zur Erziehungsphilosophie Rousseaus",
erklärte er gleichmütig, als ob die Vorstellungen des Franzosen über
Kindererziehung zum Allgemeinwissen gehörten, und fügte mit einem
Blick auf Antonia hinzu: „Ich trinke immer Kaffee, wenn ich bei *Mme
la duchesse* zu Besuch bin."

„Dann nehme ich an, wenn Ihr *immer* mit *Mme la duchesse* Kaffee
trinkt, sprecht Ihr Französisch wie Eure Muttersprache?"

„Recht gut, Sir. Ich habe in Cambridge Sprachen studiert."

„Tatsächlich?", sinnierte Jonathon, warf dem jungen Mann, besonders seinen grünen Augen einen interessierten Blick zu, dann Antonia.
„Also sind grüne Augen nicht das einzige Merkmal, das von Mitgliedern dieser illustren Familie geteilt wird. Erstrecken sich Eure sprachli-
chen Fähigkeiten auch auf die Wertschätzung römischer Historiker?"

„Ja, Sir. Es war *Mme la duchesse*, die mich zuerst mit Suetonius, Tacitus und Cicero bekannt machte, als ich nicht viel älter war, als Frederick es jetzt ist. Ich ziehe Ciceros Prosa vor, obwohl *Mme la duchesse* mir widersprechen wird, weil sie ihn für übermäßig eingebildet hält.“

„Charles, Ihr wisst, dass er das ist!“, tadelte Antonia ihn spielerisch und klopfte auf das quastengeschmückte Kissen zu ihrer Linken. „Kommt und setzt Euch, bevor der Kaffee kalt wird. Marcus Tullius' Eitelkeit und Pomposität durchziehen seine Schriften und deshalb kann ich ihn nicht mögen, obwohl seine Briefe wunderschön aufgebaut sind. Aber Tacitus ist in seinem Kommentar eher oberflächlich. Seine Beobachtungen über die Häuslichkeit der Julio-Claudius-Kaiser sind weitaus unterhaltsamer, insbesondere weil er voreingenommen ist, vor allem Augustus' Frau gegenüber. Er verabscheut Livia bis hin zur Manie, was köstlich zu lesen ist, aber eine beschämende Geschichtsschreibung.“ Sie lächelte Jonathon über den Rand ihrer Porzellantasse hinweg zu und beobachtete, wie er sich bemühte, an einem Tisch zu sitzen, der für Kinder gedacht war. „Aber vielleicht sollten wir über allgemeinere Themen sprechen, Charles, und nicht M'sieur Strang mit unseren vergnügten Streitereien über römische Historiker langweilen?“

„Plündern, morden, rauben nennen sie mit falschem Namen Imperium, und wo sie eine Wüste schaffen...“

„...nennen sie es Frieden“, sagte Antonia und beendete den Satz gleichzeitig mit Jonathon, wobei ihr Gesicht sich freudig aufhellte. *„Voilà!* Also kennt Ihr Euren Tacitus, M'sieur.“

„Ich habe nicht meine ganze Zeit vergeudet, als ich in Oxford war“, witzelte Jonathon, dessen Puls sich bei ihrem Lächeln beschleunigt, und er streckte die Hand nach der Tasse Kaffee, die Antonia ihm hinhielt, aus.

„Dies ist eines Eurer liebsten Zitate von Tacitus, nicht wahr, Charles? Ihr habt es erst neulich zitiert, als Ihr batet, dass ich die Broschüre dieses Engländers lesen sollte. Es tut mir leid, Charles, aber ich habe sie noch nicht gelesen. Doch wie Ihr seht, habe ich sie hier in meinem Pavillon liegen in der Absicht, das zu tun.“

„Ich habe die Broschüre mehrmals gelesen, *Madame la duchesse* und habe es also nicht eilig, sie zurückzubekommen“, antwortete Charles und versuchte, das Thema zu wechseln. „Miss Strang erzählte mir, Ihr wäret auf dem indischen Subkontinent geboren?“

Jonathon ließ einen Löffel Zucker in seine Tasse fallen und rührte langsam um, den Blick auf den jungen Mann gerichtet. Er schaute zu der Broschüre neben seinem Teller und sagte höflich: „Ich kann nur annehmen, dass Ihr hofft, indem Ihr *Mme la duchesse* die verräterischen

Schriften dieses unbekannten Engländers zu lesen gebt, eine Republikanerin aus ihr zu machen".

„Ihr habt *Common Sense* gelesen, Sir?", fragte Charles ernsthaft, dessen Zurückhaltung in seiner Bewunderung für Jonathons Wahl seiner Lektüre völlig verloren ging. „Was haltet Ihr von den – den *verräterischen* Gefühlen, denen dort Ausdruck verliehen wird, wenn ich fragen darf?"

Jonathon bekam nicht die Gelegenheit, seine Meinung auf die eine oder andere Weise zu äußern, weil Frederick, der endlich ein zweites Stück Kuchen aufgegessen und das ganze Zitronenwasser in seinem Becher getrunken hatte, das Gespräch unterbrach, indem er herausplatzte:

„Mema! Mema! Sie sprechen an deinem Tisch Englisch und das ist nicht erlaubt! Sag es ihnen, Mema!"

Antonia riss ihre Augen in Richtung ihres Enkels weit auf und wandte sich mit erstauntem Gesichtsausdruck an ihre beiden männlichen Gäste.

„Das stimmt, *mon petit chou.* Danke, dass du mich auf diesen *fauxpas* aufmerksam gemacht hast. Wie unhöflich von ihnen. Ich fragte mich schon, worüber sie schwätzen mochten, aber ich war zu höflich, um sie zu fragen."

Charles Fitzstuart wurde sehr rot um die Ohren, seufzte, fing sich dann wieder und begann eine Antwort zu stammeln, bevor Jonathon, der bei Antonias demonstrativem Tadel eine Augenbraue hochgezogen hatte, während er an seinem Kaffee nippte, sich einschaltete und auf Französisch sagte:

„*Excusez–moi, Mme la duchesse*, ein kleiner Fehler bei unserer Wahl der Sprache. Wir versprechen, dass es nicht wieder vorkommen wird."

„Jetzt müsst Ihr zum Steg und zurück laufen! So sind die Regeln", verkündete Frederick und grinste verschmitzt, alle Schüchternheit war verflogen und er fand sich sehr schlau, weil er diese beiden erwachsenen Männer erwischt hatte, und war aufgeregt angesichts der Aussicht, sie zum See laufen zu sehen. „Mema! Sage Charles und M'sieur, dass sie gegen unsere Regeln verstoßen haben, Mema! Sag ihnen, sie müssen zum Steg und zurück laufen!"

„Aber wer würde die Regeln kennen, wenn sie nicht von Zeit zu Zeit gebrochen würden, *mon chou*? Es ist nicht fair, da dies M'sieur Strangs erster Besuch in Crecy Hall ist. Daher kennt er meine Regeln nicht. Und Charles war nur höflich zu unserem Gast. Vielleicht sollten wir barmherzig sein und ihnen diesmal verzeihen? Aber kein zweites Mal, ja, Frederick?"

Es entstand ein langer Moment des Schweigens, in dem der kleine Junge über die Sache nachdachte, bevor er zustimmend nickte.

„Nur dieses Mal", sagte er und tauschte ein Lächeln mit Antonia. Er schaute Jonathon an, der sich bequem auf einer Reihe von Kissen am Ende des Tisches ausgebreitet hatte und die beiden Whippets mit Kuchen fütterte, und sagte in aller Ernsthaftigkeit, was seine Zuhörer ein nachsichtiges Schmunzeln unterdrücken ließ: „Mema ist aus Frankreich, daher versteht sie nur Französisch. Deshalb sprechen wir in ihrem Haus nur Französisch, *immer*. Manchmal, wenn Louis und Gus streiten, vergessen sie ihr Französisch und dann bedeutet das einen Lauf zum Steg für sie. Mema sagt, wenn sie bis dorthin laufen, haben sie bis zu der Zeit, wenn sie wieder im Pavillon sind, vergessen, warum sie sich auf dem Rasen gebalgt haben! Aber Julie läuft nicht, weil sie gerade erst drei geworden ist. Ihr *richtiger* Name ist Lady Juliana Antonia und sie ist *furchtbar* lästig."

„Frederick, das ist nicht nett."

„Aber ... *Mema*, das ist sie! Julie geht einem *ständig* auf die Nerven. Papa verliert die Geduld mit ihr, weil sie *ständig* auf Französisch plappert, obwohl wir *ausdrücklich* dazu ermahnt wurden, Englisch zu sprechen, wenn wir nicht im Schulzimmer sind, weil die Diener uns sonst nicht verstehen. Mamma sagt, es wäre unhöflich, es nicht zu tun." Er nahm das Glas Zitronenwasser, das ihm angeboten wurde, und fügte mit einem Murren zu Jonathon hinzu: „Mamma sagt, Julie könnte mit einem *Mor– Mord* davonkommen, weil sie die große Schönheit der Familie sein wird. Was auch immer Mord bedeutet!"

„Sie muss Eurer Mema ähneln", stellt Jonathon fest und streckte ohne einen Blick zu Antonia seinen langen Arm nach einem zweiten Stück Mandelkuchen aus.

„Ja, das tut sie wohl, wenn ich darüber nachdenke", stimmte Charles Fitzstuart gelassen zu.

Frederick verdrehte die Augen. „*Jeder* sagt das!"

„Wer soll dein Steuermann sein, *mon chou*?", fragte Antonia und wechselte das Thema, weil sie sich über Jonathons vorsichtiges Kompliment unangemessen ärgerte, nicht aber über die offene Einschätzung ihres Cousins, und das störte sie mehr, als sie sich gerne eingestehen wollte. „Werde Ihr das sein, Charles?"

Frederick warf Charles einen finsteren Blick zu. „Das *sollte* er, aber Charles rudert für den Feind!"

„Feind?"

„Die amerikanischen Kolonien, *Madame la duchesse*", erklärte Charles unberührt.

„Das sagte ich doch! *Der Feind.*"

„Nicht alle amerikanischen Kolonisten befinden sich mit uns im Krieg, Frederick", sagte Antonia ruhig.

„Dair sagt, *alle* Amerikaner sind verräterische Hunde und die Franzosen wollen sich auf ihre Seite schlagen, und dann müssen wir auch die Franzosen hassen! Aber ich will die Franzosen nicht hassen!" Plötzlich stiegen Tränen in Fredericks braunen Augen auf und seine Unterlippe zitterte. „Mema", flüsterte er, „ich möchte die Franzosen nicht hassen. *Ich werde es nicht tun.* "

Antonia lächelte und winkte Frederick zu sich, der bereitwillig von seinem Kissen auf ihren Schoß kletterte. Sie küsste ihn auf seine Locken und hielt ihn in einer tröstlichen Umarmung, wobei sie besänftigend sagte:

„So weit wird es nicht kommen, *mon beau petit-fils.* Das wird dein Papa niemals zulassen. *D'accord?*"

Als Frederick nickte, zufrieden, in Antonias Arme gekuschelt zu bleiben, sagte sie zu Jonathon erklärend: „Alisdair – Dair – das ist Charles' älterer Bruder."

„Der zurückgekehrte Held des Long-Island-Feldzugs?", bemerkte Jonathon überrascht und dachte, dass die beiden Brüder in Aussehen und Temperament nicht unterschiedlicher hätten sein können.

Sarah-Jane hatte ihm mit den Abenteuern des kürzlich zurückgekehrten Majors im amerikanischen Kolonialkrieg in den Ohren gelegen, eher zu viel für seinen Geschmack. Seiner Meinung nach war der Mann ein egoistischer Langweiler, aber anscheinend wurde seine Lordschaft von Mädchen im Alter seiner Tochter als zum Umfallen gutaussehend eingeschätzt und als Erbe eines Earls und Cousin eines Herzogs als großer Fang auf dem Heiratsmarkt betrachtet. Zweifellos ließen sein Stammbaum und sein gutes Aussehen die flegelhafte Schürzenjägerei des Mannes vergessen; aber was verstand er schon davon? Sarah-Jane hatte geschmollt, als er seine Meinung kundgetan hatte. Nicht sehr, wie es schien …

„Charles, sagt uns bitte, für wen Ihr morgen rudert."

„Dair hatte angeboten, Miss Strang zu rudern", erklärte Charles und die Farbe in seinen sommersprossigen Wangen wurde tiefer, bis sie fast so rot waren wie seine Locken. „Doch er musste sein Angebot zurückziehen, weil er zuvor Ihrer Gnaden versprochen hatte, für die Stuarts zu rudern, während Juliana seine Farben tragen würde, und er daher seine Verpflichtung gegenüber Miss Strang nicht erfüllen konnte."

„Charles hier rudert meine Tochter Sarah-Jane", stellte Jonathon zu Antonia gewandt trocken fest. Er hob eine bewegliche Augenbraue und biss in ein Erdbeertörtchen. „Für die amerikanischen Kolonisten."

„Ja. Ja. Ich habe mich freiwillig gemeldet, Sir. Es war das Richtige."

„Für Sarah-Jane oder die Amerikaner? Egal! Egal!", sagte Jonathon abweisend, ohne einen Hauch von Mitgefühl für die dunkler werdende Farbe auf den Wangen des jungen Mannes. „Ich bin sicher, Sarah-Jane ist überglücklich, dass Ihr ihr Boot rudern werdet, ungeachtet Eurer Unterstützung für die verräterischen Amerikaner."

Um Charles Mund entstand ein harter Zug.

„Ihr haltet die Sache der amerikanischen Patrioten für verräterisch, Sir? Haltet mich für einen Verräter, weil ich an freie und gerechte Wahlen glaube; dass Männer nach dem beurteilt werden sollten, was sie tun, nicht nach dem, was sie sind?"

Jonathon starrte ihn an, als ob das offensichtlich wäre.

„Verräter? Das hat nichts mit Euren politischen Neigungen für die ein oder andere Seite zu tun, mein Junge. Könnt Ihr rudern?"

„Oh ja, ja, das kann ich."

„Also werdet Ihr gewinnen und das wird ihr gefallen. Meine Tochter gewinnt gerne, Charles."

„Tatsächlich, Sir? Tut sie das wirklich?"

Als Charles sichtlich schluckte, starrte Antonia Jonathon hart an, als ob sie sagen wollte: *Hört auf, den Jungen zu necken!* Als Antwort darauf zwinkerte er ihr zu. Sie beschloss, ihn zu ignorieren, und fragte ihren Enkel mit geübter Unschuld:

„Also wer wird dein Boot rudern, *mon chou*? *Ton père*?"

„Papa ist an der Reihe, Gus und Louis für die Hannoveraner zu rudern."

„Was ist mit Gregory oder seinem Bruder?"

Friedrich krabbelte von Antonias Schoß, um seinen Platz neben ihr wieder einzunehmen, und nahm ein weiteres Stück Kuchen.

„Mema?", Frederick reagierte mit Abscheu über die Idee. „*Gregory*? Gregory mag keine Boote. Und sein Kopf steckt immer in irgendeinem Strauch!"

„Das ist sehr wahr." Antonia kicherte. „Armer Gregory. Er ist der älteste Sohn unseres Gärtners und träumt davon, Botaniker zu werden", sagte sie zu Jonathon. „Er neigt dazu, sehr in Gedanken vertieft zu sein. Was ist mit seinem Bruder? Er hat letztes Jahr das Boot von Louis und Gus beim Rennen gerudert. Er hat dich und deinen Papa fast an der Ziellinie geschlagen, nicht wahr? Wie war noch sein Name, Frederick?"

Fredericks Gesicht leuchtete auf.

„Du meinst Lawrence, Mema! Ja, ich wollte ihn auch. Aber erinnerst du dich nicht? Er fiel von seinem Pferd und brach sich den Arm. Der Knochen stach aus ..."

„Ja, vielen Dank, Frederick", unterbrach Antonia, „ich erinnere mich jetzt."

„Also kein schöner, sauberer Bruch?", fragte Jonathon mit großäugiger Ermutigung. Das Spiel der Herzogin konnten zwei spielen.

„Nein, Sir. Es war ein – ein *Trümmer*bruch", antwortete Frederick genüsslich. „Lawrence wurde von seinem Pferd abgeworfen und wir dachten uns nichts dabei, weil Lawrence ein großartiger Springreiter über Zäune ist. Aber Ihr werdet nie erraten, was ihm passiert ist! Sein Arm war hinter seinem Rücken völlig verdreht. Er war ein *zwei* Stellen gebrochen. Und als der Knochenbrecher den Bruch einrichtete, hat er ein *solches* Geheul ausgestoßen, dass Papa sagte, das müsste mit Sicherheit die Toten wecken. Wir haben es bis zum *Kinderzimmer* gehört."

„Der gebrochene Arm des armen Lawrence löst aber dein Problem nicht, Frederick", stellte Antonia fest und konnte einen listigen Blick auf Jonathon nicht unterdrücken. Sie hatte einen boshaften Einfall und lächelte in sich hinein, als sie ernst zu ihrem Enkel sagte: „*Mon chou*, wusstest du, dass M'sieur Strang den ganzen Weg über den See zu mir herübergerudert ist, um mich heute zu besuchen? Ja, von eurem Haus aus … ganz allein. *Incroyable*, nicht wahr? Eine solche Strecke! Er ist ein sehr guter Ruderer, glaube ich. Nicht wahr, M'sieur?"

„Das habt Ihr gemacht? *Wirklich?*", fragte Frederick begeistert, bevor Jonathon eine Gelegenheit hatte, etwas zu erwidern. „Papa sagt, es wäre *zweimal so weit*, von unserem Steg zu diesem zu rudern, als zweimal um die Schwaneninsel. Und das Rennen morgen geht nur einmal um die Schwaneninsel, weil Louis und Gus erst fünf sind. Papa sagt, nächstes Jahr können wir die ganze Strecke rudern." Er sah Antonia an, die aufmunternd lächelte, und dann zu Jonathon. „Würdet Ihr … würdet Ihr mein Ruderer sein, Sir? Ich wäre Euch auf *ewig* dankbar. Ich will Gregory nicht. Er kann nicht schwimmen. Könnt Ihr schwimmen, Sir? Ja?"

„Ja, ich kann sehr gut schwimmen. Und es wäre mir eine Ehre, dein Ruderer zu sein, Frederick", antwortete Jonathon und musterte Antonia mit einem leisen Lächeln und einem Heben seiner Brauen, das besagte, dass er sich später mit ihr befassen würde. „Doch nur unter der Bedingung, dass *Mme la duchesse*, wenn wir das Rennen gewinnen, die Kapitäne und Ruderer einlädt, hier bei ihr in Crecy Hall zu dinieren."

Friedrich sah Antonia erwartungsvoll an.

„Wirst du das tun, Mema? Wirst du uns einladen?"

„Wie könnte ich dir das abschlagen?"

Aber als Antonia Jonathon ansah, hob sie dabei gebieterisch die geschwungenen Augenbrauen. „Ich lasse Euch Nachmittagstee servieren und jetzt möchtet Ihr von mir zum Diner eingeladen werden.

Vielleicht möchtet Ihr auch eine Einladung zum Frühstück von mir, damit wir alle Hauptmahlzeiten des Tages erledigt haben?"

Jonathon lachte laut auf.

„Oh, ich habe große Hoffnung, dass ich, wenn *dieser* Tag kommt, keiner Einladung bedürfen werden!"

Antonias Lippen öffneten sich vor Erstaunen. Sie war von diesem frechen Selbstbewusstsein verblüfft. Sie war nicht sicher, ob sie wütend, verlegen oder geschmeichelt sein sollte, denn seine Andeutung war nicht misszuverstehen. Sie wusste nicht, wohin sie schauen sollte und schob unnötig das Teegeschirr hin und her. Sie würde einen so empörenden Vorschlag natürlich ignorieren. Die Sonne des indischen Subkontinents hatte tatsächlich sein Gehirn weichgekocht.

Doch die in seinen Worten liegende deutliche Andeutung wurde unterstrichen, als Charles, der dabei gewesen war, eine zweite Tasse Kaffee zu trinken, auf Jonathons empörende Bemerkung hin damit reagierte, gleichzeitig einzuatmen und zu schlucken, was ihm einen Hustenanfall einbrachte ihn und keuchen ließ. Er rappelte sich vom Tisch auf und rang nach Atem, Jonathon folgte ihm, schlug ihm auf den Rücken, der Butler folgte dichtauf mit einem Becher Zitronenwasser. Bis er wieder normal atmen konnte und an den Tisch zurückkam, hatte Antonia ihre Ruhe wiedergefunden. Sie konnte sich nicht dazu überwinden, Jonathon anzusehen, sondern fragte ihren Enkel obenhin:

„Hast du deinem Boot schon einen Namen gegeben, *mon chou*?"

Frederick nickte, runzelte jedoch die Stirn.

„Es heißt die *Smaragdherzogin*, nach dir, Mema."

„Was für eine Ehre für mich, Frederick! Das macht mich sehr glücklich. Aber ... Etwas beunruhigt dich, ja?"

„*Ich* wollte das Boot die *Schwarze Herzogin* nennen, aber Papa will das nicht erlauben. Er sagt, der Tradition gemäß hat jedes Boot einen farbigen Wimpel, aber Schwarz wäre keine Farbe. Nichts und niemand kann seine Meinung ändern. Oder, Charles?"

„Ich fürchte, das ist wahr, *Madame la duchesse*. Seine Gnaden ist unerbittlich".

„Und Eure Farbe, Charles?"

„Blau."

„Was für ein glücklicher Zufall! Das ist Sarah-Janes Lieblingsfarbe. Sie *wird* erfreut sein."

Charles musterte den älteren Mann mit dem Verdacht, dass er sich über ihn lustig machte.

„Ja, Sir, das war sie."

Als ihr Enkel weiterhin niedergeschlagen wirkte, berührte Antonia seine Wange und sagte leise: „*Smaragdherzogin* ist ein sehr guter Name für dein Boot. Siehst du, meine Augen haben die Farbe von Smaragden. Das hat Monseigneur immer gesagt.“

„Aber wenn es *Smaragdherzogin* heißt, dann muss ich einen grünen Wimpel aufziehen, und du trägst keine Farben, also will ich nicht grün, ich will schwarz flaggen. Ich habe *versucht*, Papa zu sagen, dass ich, wenn mein Boot *Schwarze Herzogin* hieße, ich eine schwarze Flagge aufziehen könnte, weil du *immer* schwarz trägst. Aber *er* sagte, das wäre nicht *meine* Entscheidung, sondern *deine*.“

„Frederick, verzeih, aber heute komme ich mir ein bisschen dumm vor. Ich verstehe überhaupt nicht, warum dein Papa sagt, es sei meine Entscheidung.“

Frederick ließ seinen schwarzlockigen Kopf hängen und fuhr sich rasch mit der Hand über die feuchten Augen.

„Du kannst Schwarz tragen. Es stört *mich* nicht. Es sollte Papa nicht stören. Es ist nicht fair!“, fügte er hitzig aufbrausend hinzu. „*Papa* spielt nicht fair. Er ist entsetzlich schlecht gelaunt und ...“

„Frederick! Das reicht, *mon petit*“, stellte Antonia ruhig, aber bestimmt fest. „Du sollst nicht so über deinen Papa sprechen. Er tut nur, was er für richtig hält ...“

„Aber es ist *nicht* richtig“, beharrte Frederick. „Du trägst *immer* Schwarz. *Ich* mag dich in Schwarz gekleidet. Papa sollte dich nicht vor die Wahl stellen.“

Antonia stimmte ihm innerlich zu und sie war unsäglich wütend auf ihren Sohn. Aber ihre Meinung über die hinterhältigen Methoden des Herzogs, seinen sechsjährigen Sohn auf diese Weise zu missbrauchen und seinen Kindern zu verbieten, sie zu besuchen, um sie dazu zu bringen, sich seinem Willen zu beugen, würde sie für sich behalten, bis sie ihn konfrontieren konnte. Sie hatte ursprünglich beschlossen, an diesem Abend nicht zum Diner und zum Konzert in das große Haus zu gehen, aber die Not ihres Enkels und die Tatsache, dass ihr Sohn seinen Kindern den Besuch des Witwensitzes verboten hatte, änderten ihre Meinung.

„Es besteht für niemanden eine Notwendigkeit, eine Wahl zu treffen, *mon chou*“, schaffte Antonia es, fröhlich zu sagen. „Da du mir die Ehre gegeben hast, dein Boot nach mir zu benennen, ist das Mindeste, was ich tun kann, die Farbe deiner Flagge zu tragen. Natürlich werde ich jede Farbe tragen, für die du dich entscheidest – ob es smaragdgrün, saphirblau oder rubinrot ist. Aber ich freue mich sehr, dass du smaragdgrün gewählt hast, weil das Monseigneurs liebster Edelstein war. Der Smaragdring, den er immer trug, gehörte seinem Großvater und eines Tages – eines Tages wird er dir gehören, weil ... weil ...“

„Weil, Mema?“, fragte Frederick.

In der langen peinlichen Stille, die folgte, senkte Charles seinen Blick, weil die Herzogin den Tränen nahe war, und legte ein Paket mit Briefen, die mit einem Band zusammengebunden waren, neben seine leere Teetasse. Jonathon schenkte dem kleinen Jungen ein ermutigendes Lächeln und so wiederholte Frederick seine Frage.

„*Mema*. Weil? Weil – *warum?*"

Antonia schüttelte sich innerlich, um aus ihrer Geistesabwesenheit herauszufinden, lächelte ihren Enkel an und blinzelte rasch, um ihre feuchten Augen zu trocknen. Sie hatte sich daran erinnert, wie *M'sieur le duc* ihr seinen Smaragdring zur Aufbewahrung gegeben hatte. Sie waren in ihrem riesigen Schlafgemach allein gewesen, ein seltener Umstand in den letzten Wochen seines Lebens. Er wurde von Kissen gestützt, um ihm zu helfen, ohne Anstrengung atmen zu können, und sie saß ihm zwischen den Decken gegenüber, in einem seidenen Morgenrock, den sie über ihr Nachtgewand geworfen hatte. Es war früh am Morgen und Nebel hing tief in den Baumwipfeln vor den Schlafzimmerfenstern, aus denen man einen weiten Blick über die Ziergärten hatte. Die Ärzte, ihre Helfer und das ganze Personal, das erforderlich war, um dem Herzog in seinen letzten Tagen alle Bequemlichkeit zu verschaffen, waren alle mit einem trägen Winken der dünnen, weißen herzoglichen Hand entlassen worden – der Hand, an der er den Smaragdring trug.

Sie sprachen nicht und waren es zufrieden, sich an den Händen zu halten und einander anzuschauen. Das Unvermeidliche blieb unausgesprochen. Es musste nicht in Worte gefasst werden.

Schließlich zog er den großen, quadratisch geschnittenen Smaragd von seinem Finger, legte ihn in ihre Handfläche, schloss ihre Finger über dem Familienerbstück und küsste sie sanft auf das Handgelenk. Er hatte den Roxton-Smaragd jeden Tag getragen, seit er der fünfte Herzog von Roxton geworden war, als sein Großvater ihn ihm im Alter von neunzehn Jahren überreicht hatte, nur Stunden vor seinem eigenen Tod. Und jetzt hatte er den herzoglichen Ring abgezogen und in ihre Obhut gegeben. Er hielt ihre Hand und ließ sie das Versprechen laut wiederholen. Sie hörte sich die Wörter klar und beruhigend sprechen; innerlich war sie dem Zusammenbruch nahe, denn es bedeutete, dass es nur eine Frage von Stunden war, bis sie sich für immer auf Erden trennen würden. Vor Gram war sie fast ohnmächtig geworden ...

„Weil? Oh, weil Monseigneur mich hat versprechen lassen, dass ich dir diesen Smaragdring zu deinem einundzwanzigsten Geburtstag geben soll", sagte sie leise mit erzwungener Heiterkeit zu ihrem Enkel. „Bis dahin soll ich ihn sicher aufbewahren. Doch er gehört dir, *mon chou*. Aber da es noch so lange dauert bis zu diesem Tag, kannst du mich, wenn du ihn schon vorher sehen möchtest, einfach danach fragen. Und daher musst du dich auch nicht mehr grämen, ja? Dir zuliebe werde ich für die Regatta mein Schwarz ablegen." Als Frederick von seinem Kissen krabbelte und seine Arme um ihren Hals schlang, fügte sie mit einem Kuss auf seine Wange hinzu: „Und du musst nicht böse auf deinen Papa sein. Er tut das, was er für das Beste für dich hält, denn er liebt dich sehr. Er hat viele Sorgen und wir wollen ihm nicht noch mehr bereiten, nicht wahr?"

Frederick schüttelte den Kopf.

„Mama sagt, du bist Papas größte Sorge."

„*Pourquoi*?"

„Mama sagte es zu Cousine Charlotte. Nicht wahr, Charles?"

„Eine beiläufige Bemerkung ohne Bedeutung, *Mme la duchesse*."

„Es sieht Euch nicht ähnlich, mir etwas vormachen zu wollen, Charles. Meine Schwiegertochter hat nicht die Gewohnheit, beiläufige Bemerkungen zu machen."

„Natürlich nicht, *Mme la duchesse*. Verzeiht mir. Ich wollte nur …"

„Warum macht sich Papa Sorgen um dich, Mema?", beharrte Frederick. „Solltest nicht du dir Sorgen um ihn machen, weil du seine Mama bist?"

„Kindermund tut Wahrheit kund …", murmelte Antonia. „Du musst dir keine Sorgen um deine Mema machen", fügte sie mit erzwungener Fröhlichkeit hinzu. „Dein Papa macht sich genug Sorgen für uns alle."

Sie streckte eine Hand nach dem Bündel Briefe neben der Teetasse ihres Cousins aus, der sie ihr bereitwillig reichte.

„Die soll ich mit meiner nächsten Post zum *hôtel* Roxton schicken, ja?", fragte sie und bemühte sich, das Thema zu wechseln.

Sie versuchte, sich von der Bemerkung ihrer Schwiegertochter abzulenken, die ihr innerlich einen schmerzhaften Stich versetzte. Wenn sie gerecht war, lag es daran, dass sie ein Körnchen Wahrheit enthielt. Doch das machte es nicht weniger verletzend. Sie schaute zufällig über den Tisch hinweg und sah, dass Jonathon sie mit einem Gesichtsausdruck betrachtete, der ihr verriet, dass er ihre Verstellung durchschaute und sehr wohl wusste, dass sie für ihren Cousin Charles und ihren Enkel ihre für die Öffentlichkeit bestimmte Maske aufsetzte. Und das störte sie auch. Ohne, dass sie eine Ahnung gehabt hätte, warum. Sie sah zur Seite und wollte gerade einen Spaziergang zum Anleger vorschlagen, um die Schwäne mit Kuchenkrümeln von ihren Tellern zu füttern, als Charles in seiner ruhigen Art sagte:

„Da wir kein Blatt vor den Mund nehmen sollen, *Mme la duchesse*, sollte ich Euch sagen, dass Seine Gnaden morgen die Ankunft Sir Titus Foleys erwartet.“

„Aber wenn Papa sieht, dass Mema nicht schwarz trägt, wird er Sir Titus wieder fortschicken, nicht wahr, Charles?“

„Das glaube ich nicht, Frederick“, sagte Charles sachlich und Jonathon hätte ihn treten mögen, weil er dem kleinen Jungen nichts *vormachte*, wie die Herzogin höfliche Täuschungen so nett umschrieb, da jeder, der noch Ohren hatte, Fredericks Angst hören konnte.

„Wer ist dieser Titus, Frederick?“, fragte Jonathon in aufmunterndem Ton und warf Antonia einen Blick zu, doch sie wollte ihm nicht in die Augen schauen. „Nicht der – äh – *Knochenbrecher*, der den Arm des armen Lawrence zusammengeflickt hat, oder?“

Frederick schüttelte schmollend den Kopf.

„Sir Titus Foley ist ein Dandy von Arzt, der Mitglieder des Adels behandelt“, sagte Charles mit kaum verhüllter Verachtung. „Er hat sich einen Namen gemacht, als er die junge Baronin Hartfield und die jung verheiratete Lady Fife von der *melancholia* geheilt hat.

„*Melancholia*?“ Jonathon schnaubte ungläubig. „Der Mann klingt wie ein eitler Quacksalber!“

Frederick konnte nicht an sich halten und platzte heraus: „Er – er ist ein – dickes *Frettchengesicht*.“

Antonia kicherte gegen ihren Willen.

„Das ist sehr wahr, *mon chou*, aber doch unhöflich, es laut auszusprechen.“

„So nennt Porter ihn, Mema. Porter ist mein Tutor“, erklärte Frederick Jonathon. „Und er ist – *versessen* auf ...“

„*Be*sessen von“, berichtigte ihn Antonia sanft.

„... *besessen* von Mema. Was auch immer *das* heißen soll.“

„Frederick!“ Antonia schnappte nach Luft. „So etwas darfst du nicht über Porter sagen! Er ist nicht hier, um sich zu verteidigen, und wenn er es wäre, würde er zustimmen, dass es falsch ist zu glauben, er ...“

„Aber Mema, es ist nicht falsch. Ich weiß nicht einmal, was versessen – äh – *be*sessen bedeutet.“

Das ließ Jonathon laut auflachen; sogar Charles konnte ein Grinsen nicht unterdrücken.

„Porter wird rot, wann immer du ihn ansprichst, Mema“, verteidigte Frederick sich und zog ein angewidertes Gesicht. „Er sieht verlegen und krank aus und kann nicht sprechen ...“

„Ja, Frederick, aber das reicht jetzt. Danke.“

„Armer Porter!“, sagte Jonathon ohne Mitgefühl und mit einem traurigen Kopfschütteln, als er dem Beispiel seiner Gastgeberin folgte und sich vom Tisch erhob. „Übelkeit und Erröten und Stottern. Bei diesen Symptomen würde ich sagen, den armen Kerl hat es böse erwischt. Meint Ihr nicht auch, Charles?"

„Ja, Sir, durchaus", stimmte Charles zu und lächelte verlegen, als die Herzogin ihn böse anfunkelte. *„Excusez moi, Mme la duchesse*, aber Ihr batet darum, kein *Blatt vor den Mund zu nehmen.*"

„Guter Mann!", erklärte Jonathon und gab ihm einen Schlag auf den Rücken.

Antonia öffnete den Mund, um beiden mitzuteilen, was sie dachte, als ihre Zofe diesen Moment wählte, um in den Pavillon zu platzen, ein Paar rote marokkanische Lederpantoletten in der Hand und Entschuldigungen für ihre Verspätung murmelte, als sie einen tiefen Knicks machte und ihre Röcke raffte.

„Michelle! Ich will deine Entschuldigungen wegen rauchender Kamine und ruinierter Teppiche überhaupt nicht hören. Das ist zu lästig", unterbrach Antonia sie herrisch und streckte einen kleinen, bestrumpften Fuß aus, damit das Mädchen sich auf die Knie niederlassen und ihre die Pantoletten überstreifen konnte. „Jetzt geh zurück ins Haus und bereite mein Bad vor. Ich habe beschlossen, doch an Roxtons Diner teilzunehmen. Ja. Ich habe tatsächlich meine Meinung geändert. Das hat dich überhaupt nicht zu erstaunen. Das offene Kleid aus schwarzer Seide mit Unterröcken aus Silberstoff wird ausreichen."

„Ja, *Madame la duchesse*", erwiderte Michelle gehorsam und stand auf, um sich erneut in einen Knicks fallen zu lassen.

Sie wagte es nicht, einen zweiten Blick auf die drei Gestalten zu werfen, die an dem niedrigen Tisch standen, auf dem sich die Reste eines Nachmittagstees befanden. Aber sie warf einen Blick auf Matthews, den Butler mit dem versteinerten Gesicht. Später würde er ihr alles erzählen. Wenn sie fragte, konnte er nicht anders; waren sie nicht heimlich verlobt?

„Soll ich Mesdames Willis und Spencer eine Nachricht schicken, dass sie sich vorbereiten sollen, Madame la Duchesse?"

„Selbstverständlich. Ich möchte, dass sie heute Abend so gut wie möglich aussehen." Als Jonathon sie unter einer hochgezogenen Augenbraue ansah, konnte Antonia nicht anders, als ihm ein verschwörerisches Lächeln zu schenken. „Sie sollen heute Abend nicht grau, sondern schwarz tragen."

„Schwarz. Ja, *Mme la duchesse.*"

Antonia warf ihr das Bündel Briefe zu.

„Und nimm M'sieur Fitzstuarts Briefe mit. Ich werde die Adresse später darauf schreiben und dann kannst du sie auf den Tisch in der Halle legen, zusammen mit denen, die ich gestern dort abgelegt habe.

Nicht die nach London, sondern nach Paris, an die Comtesse de Charmond."

„Ins *hôtel* Roxton, *Mme la duchesse?*"

„Wo sonst habe ich in Paris ein Haus, Michelle? Nein, antworte nicht!"

Michelle war erleichtert, dass keine Antwort von ihr verlangt wurde, weil sie noch nie im *hôtel* Roxton gewesen war und ihre Herrin in den fünf Jahren, seit Michelle ihre Zofe war, nicht dort gewesen war, nicht, seit der alte Herzog zu krank geworden war, um zu reisen. Sie wusste jedoch, dass die Comtesse de Charmond seit mindestens sechs Monaten nicht mehr im *hôtel* Roxton residierte. Welche Briefe die Herzogin an die Comtesse auch schrieb, Matthews war angewiesen, sie an den Verwalter des Herzogs weiterzuleiten. Die Comtesse schrieb regelmäßig und Michelle wunderte sich, dass die Herzogin keine Ahnung davon hatte, dass ihre alternde Cousine nicht länger eine Wohnung in dem weitläufigen Pariser Herrenhaus bewohnte.

„Und während ich beim Diner bin, wirst du für mich das Kleid aus grüner Seide mit der Stickerei von Weinranken und den goldfarbenen Unterröcken suchen. Ich denke, es gibt auch ein passendes Mieder und Schuhe und einen Fächer. Ich werde diese morgen zur Regatta tragen. Sieh mich nicht an, als wäre ich betrunken! Du hast mich ganz richtig gehört. Oh, und das Smaragdhalsband und die dazu passenden Armbänder. Und die grünen Bänder, die ich nicht für meine Haare brauche, stecke sie in ein Reticule, damit ich sie heute Abend meinem Enkel geben kann." Sie lächelte Frederick an. „Sie sind für seine Bootsweste."

„Merci, Mema."

Antonia streckte Charles zum Abschied die Hand entgegen und erwartete, dass ihre Magd kommentarlos gehorchen würde, aber als das Mädchen mit offenem Mund dastand, hob Antonia die Augenbrauen.

„Du erinnerst dich doch, wo meine Kleidung und mein Schmuck aufbewahrt werden, nicht wahr?"

„Ja, *Mme la duchesse*. Natürlich. Es ist nur, weil Ihr …"

„Gut. Dann geh jetzt. Und Michelle, du wirst so tun, als wärest du blind, verstanden? Lord Alston und Messieurs Fitzstuart und Strang waren nie in meinem Pavillon. Willis und Spencer brauchen nichts davon zu wissen." Sie funkelte ihren ausdruckslosen Butler und Diener an und dann ihre Zofe. „Habt ihr mich verstanden, *hein?*"

Michelle knickste erneut. Der Butler neigte den Kopf und der Diener wagte nicht zu blinzeln. Der Ungehorsam des Sohns und Erben des Herzogs, des sommersprossigen, rothaarigen Cousins ihrer Herrin und eines großen, gutaussehenden, braunhäutigen Fremden waren nichts im Vergleich zu der Enthüllung, dass die verwitwete Herzogin von Roxton endlich ihre Trauer ablegte. Das war eine Neuigkeit, die sie nicht erwarten konnte, diesen beiden steifen Matronen, Spencer und Willis, ins Gesicht zu sagen. Ohne ein weiteres Wort huschte Michelle davon, der Butler und der Diener folgten mit dem Teegeschirr, ebenso begierig darauf, in die Küche zu kommen, um die Neuigkeit unter den Dienstboten der Herzogin zu verbreiten.

Antonia umarmte Frederick, küsste ihn auf die Wange und strich ihm sanft die schwarzen Locken aus der Stirn.

„Jetzt musst du mit Charles ins Haus zurückkehren, bevor dein Papa es herausfindet und der arme Porter entlassen wird, weil er dir erlaubt hat, herzukommen und mich zu besuchen. Ich werde beim Abendessen da sein und die in der Galerie die Bänder geben, ja? Und nicht mehr traurig sein, versprichst du mir das?"

Frederick strahlte. „Ich verspreche es, Mema." Er trat zurück und machte ihr eine respektvolle Verbeugung, dann schaute er eifrig zu Jonathon. „Und vielen Dank, Sir, dass Ihr zugestimmt habt, mein Ruderer zu sein." Er fragte seine Großmutter: „Hast du auch genug Bänder für M'sieur Strang?"

„Ja, ja, natürlich", antwortete Antonia, als wäre ihr die Idee nicht gekommen.

Sie sahen zu, wie Frederick den Weg zum Haus vor Charles Fitzstuart hinaufrannte, die Whippets tänzelten hinter ihm her. An der ersten Kurve des Pfades drehte er sich um und wartete, dass Charles ihn einholen sollte, und winkte seiner Großmutter zu.

Antonia und Jonathon winkten zurück.

„Er ist ein sehr scharfsinniger kleiner Junge."

„Ja.

„Aber mir scheint, für einen so kleinen Kerl denkt er zu viel."

„Ja. Er ist der Sohn seines Vaters."

„Er hängt sehr an Euch."

„Und ich an ihm …"

Antonia wandte sich mit einem kleinen Seufzer ab, ihr Enkel und ihr Cousin waren nicht mehr zu sehen. Dieser kleine Seufzer ließ Jonathon sie mit einem besorgten Stirnrunzeln ansehen.

„Ihr müsst Eure Trauer nicht ablegen, nur weil Roxton das wünscht."

„Ich tue das nicht meinem Sohn zu Gefallen, sondern für Frederick, weil er ein so besorgter kleiner Junge ist", antwortete Antonia und wunderte sich, warum er plötzlich so schroff war. „Er sollte sich keine Sorgen machen. Er sollte das Leben genießen. Es liegen viele Jahre vor ihm, bevor er sich um irgendetwas Sorgen machen müsste. Monseigneur würde mir zustimmen. Und er würde wollen, dass ich das Beste für Frederick und alle unsere Enkelkinder tue."

„Hält Roxton seine Kinder regelmäßig davon ab, Euch zu besuchen, damit Ihr Euch seinem Willen beugt?"

Antonia schüttelte den Kopf. „Nein ... dies ist das erste Mal ..."

„Und Sir Titus Foley? Hat Roxton gedroht, Euch die Behandlung dieses Quacksalbers aufzudrängen?"

„Gedroht?" Von dem Wort verstört schaute sie zur Seite und plötzlich wurde ihr das Herz schwer. „Er – mein Sohn – er tut, was das Beste ist."

Jonathon hob in wütender Skepsis die Augenbrauen.

„Das Beste? Für wen? Er benutzt seinen kleinen Sohn, um Euch dazu zu bringen, seinem Willen zu folgen; verbietet seinen Kindern, Euch zu besuchen; droht Euch mit quacksalbernden Ärzten und ihren Hokuspokus-Unsinn – und das soll in *Eurem* besten Interesse liegen?"

Antonia runzelte die Stirn. „Julian würde seinen Kindern nie absichtlich Kummer bereiten."

„Nicht absichtlich, nein."

„Er liebt seine Frau und Kinder sehr und ist ein guter Ehemann und Vater ..."

„... aber er könnte ein verständnisvollerer Sohn sein."

Es war eine Aussage, von der Antonia wünschte, sie könnte sie widerlegen. Aber sie würde nicht lügen. Sie würde aber auch nicht mit einem Gentleman, den sie erst am Abend zuvor kennengelernt hatte, über ihre Familie diskutieren. Es spielte keine Rolle, dass er ein bereitwilliger und mitfühlender Zuhörer war und aufrichtig um ihr Wohlergehen besorgt zu sein schien, oder dass sie dringend eines Vertrauten bedurfte. Einem Fremden ihr Herz auszuschütten war nicht nur unpassend, es war ihrer Familie gegenüber auch illoyal. Sie hatte bereits einen deutlichen Mangel an Diskretion bewiesen, indem sie diesem Gentleman Roxtons Nachricht zeigte. Sie durfte nicht wieder schwach werden. Wie immer musste sie stark sein und ihre eigenen Wünsche und Bedürfnisse ignorieren. Ihr Sohn und seine Familie, insbesondere Frederick und was im besten Interesse des Herzogtums Roxton war, mussten immer an erster Stelle stehen. Das war sie Monseigneur schuldig.

„Warum seid Ihr hier?", fragte sie und hob das Kinn, verbarg ihre Traurigkeit und das tiefe Gefühl von Einsamkeit hinter einer herablassenden Fassade von edler Überlegenheit. „Was wollt Ihr von mir?"

Gestern, bevor er sie getroffen hatte, hätte Jonathon ihr mit Leichtigkeit antworten können. Er wollte, dass der derzeitige Herzog von Roxton anerkannte, dass dessen Vorfahre sich das Strang-Leven-Erbe unrechtmäßig angeeignet hatte und wollte, dass er es ihm, dem rechtmäßigen Erben, zurückerstatte, und er brauchte die Unterschrift von Roxtons verwitweter Mutter für diese Übertragung an ihn. Heute kam die zusätzliche Komplikation hinzu, dass die verwitwete Herzogin von Roxton in Wahrheit die betörendste Frau war, die er je gesehen hatte. Als er sie mit ihrem Enkel beobachtete, hatte er Funken des lebhaften, sinnlichen Geschöpfs erhascht, das unter der Oberfläche ihrer Trauer um ihren geliebten Herzog schlummerte, und zu seinem Erstaunen und Ärger wollte er derjenige sein, der wieder die Lebensfreude in ihr weckte. Aber wie konnte er sie mit gutem Gewissen in seine Arme nehmen, sie küssen und sie zum Lachen bringen, wenn sein Anspruch auf sein Geburtsrecht mit Sicherheit bedeuten würde, dass er ihr das Haus und das Land, das ihr geliebter Monseigneur so sorgfältig für sie restauriert hatte, wegnehmen müsste?

Er starrte in ihr schönes, nach oben gewandtes Gesicht, benommen und stumm, wütend auf sich selbst, dass er sich so leicht einfangen ließ, und dennoch im Wissen, dass er freiwillig in dieses Netz gegangen war; dass sie ihn in keiner Weise dazu verlockt hatte. Er wollte eine lässige Bemerkung machen, stellte aber fest, dass er unter dem stetigen Blick ihrer leuchtend grünen Augen dazu nicht in der Lage war. Er hatte versprochen, sie nicht anzulügen, und fragte sich daher, wie er ihr am besten antworten könnte, ohne unaufrichtig und banal zu klingen.

Antonia verwechselte sein Schweigen mit unbekümmerter Unverschämtheit, und sie straffte ihren Rücken, jeder Zoll ihres kleinen Körpers eine Herzogin.

„M'sieur, ich weiß nicht, wie sich Menschen in Indien in guter Gesellschaft verhalten, aber hier ist es nicht Eure Aufgabe, sich zu Angelegenheiten zu äußern, die Euch nicht betreffen. Mit Sicherheit habt Ihr kein Recht, meinen Sohn, *M'sieur le duc de Roxton*, zu kritisieren. Ich werde meine Familie, unsere Angelegenheiten, nicht mit einem der Gäste *M'sieur le ducs* diskutieren. Was mit mir geschieht, darum habt Ihr Euch nicht zu kümmern. Ich will weder Eure Meinung noch Eure Besorgnis. Und ich habe Euch auch nicht um Eure Gesellschaft gebeten. Und nun werdet ihr mich in Ruhe lassen und zum großen Haus zurückkehren, wohin Ihr gehört, und niemals wieder hierher kommen! Das ist alles, was ich zu sagen habe. Guten Tag. Ihr dürft jetzt gehen."

Sie erwartete durchaus, dass Jonathon sich sofort fügen, mit einer respektvollen Verbeugung beiseitetreten und ihr erlauben würde, an ihm vorbei zu gehen. Sie war schließlich an unbedingten Gehorsam gewöhnt. Seit dem Tag ihrer Heirat war ihre Stellung nie von Dienern, Gefolgsleuten, Pächtern, Freunden der Familie oder Gleichgestellten infrage gestellt worden. Als Jonathon dann nur dastand, schweigend und reglos, seufzte sie irritiert, murmelte etwas in sich hinein, dass er wohl ebenso taub wie dickköpfig und ungezogen wäre, raffte ihre Röcke mit einer Hand und fegte ohne einen zweiten Blick an ihm vorbei.

Als Nächstes tat er etwas noch nie Dagewesenes.

Er packte sie über dem Ellbogen am Arm, die Finger fest um ihren Seidenärmel gelegt, wirbelte sie herum und riss sie fest an sich. Eine Hand in ihrem Rücken hinderte sie daran, sich zu bewegen, ihre Brüste wurden an seine Brust gepresst, ihre Röcke zerknittert und ziehharmonikaartig an seine Beine gepresst.

Sie blinzelte zu ihm auf, Erstaunen machte sie stumm, sie errötete heftig und war empört, dass er es wagte, sie ohne ihre Erlaubnis zu berühren, und das schon zum zweiten Mal. Verschwunden war der ausgeglichene, freundliche Fremde, den sie zuerst kennengelernt hatte. In seinen braunen Augen stand eine unergründliche Intensität und der dünne Strich seines Mundes war beunruhigend, aber was ihr den Atem stocken ließ und die Farbe in ihren Wangen vertiefte, war das plötzlich schnelle Schlagen ihres Herzens und ein Gefühl wie ein Kribbeln, das sie von Kopf bis Fuß durchfuhr. Irgendwo tief in ihr sprühte etwas Funken und entzündete sich. Es war so völlig unerwartet, dass es sie unglaublich schockierte.

„Ich würde mich Euch am liebsten zu Füßen werfen", sagte er mit unterdrücktem Gefühl. „Doch wenn ich mich vor Euch beuge, dann nicht, weil Ihr Ihre Gnaden, die hochedle verwitwete Herzogin von Roxton seid, sondern weil ich entschieden habe, dass das der Ort ist, an dem ich sein möchte. Ihr seid in erster Linie ungewöhnlich interessant, und das allein lässt Euch meine Aufmerksamkeit verdienen. Aber ich bin nicht blind. Ihr seid fraglos die schönste Frau, die ich je zu Gesicht bekommen habe. Und ich bin nicht dagegen gefeit. Ich finde Euch unglaublich begehrenswert. Je eher Ihr mich also als heißblütiges männliches Wesen anseht, das Eurer Beachtung und Aufmerksamkeit wert ist und nicht als geistlosen, geschlechtslosen Gegenstand, umso besser wäre es für uns beide."

Damit ließ er sie los und nach einer knappen Verbeugung und einem kurzen Nicken zum Abschied schritt er über den Rasen zum Steg.

Er drehte sich nicht um.

Antonia sah zu, wie er über den Hang glatten Rasens verschwand.

SECHS

Er war unerträglich arrogant. Anmassend. *Gefährlich.*

Sie musste Abstand halten. Unnahbar sein. Vergessen, dass er je in ihrem Pavillon gewesen war. Besser noch, sie würde ihn ignorieren – so tun, als hätte er sich nie vorgestellt.

Dennoch beschäftigte Jonathons erstaunliche Erklärung Antonias Gedanken noch Stunden später, als sie sich den mehr als neunzig Gästen anschloss, die in der üppigen Pracht von Treats festlichem Speisesaal dinierten. Die Reihen polierter Mahagonitische knarrten unter dem Gewicht von Silber, Porzellan, großen Blumenarrangements und Schalen voller Früchte und kunstvollen Tischaufsätzen aus Silber und Gold. Die Gedecke waren aus Sèvres-Porzellan, Messer, Gabeln und Löffel aus hochglanzpoliertem Silber. Hinter jedem steiflehnigen Mahagonistuhl stand ein livrierter Diener mit ausdruckslosem Gesicht. Drei Gänge, jeder aus zwanzig bis fünfundzwanzig Gerichten bestehend, wurden begeistert und mit viel Lachen und Unterhaltung verzehrt, wobei die melodischen Klänge eines Streichorchesters aus der oberen Galerie bei der Verdauung halfen. Und als die Damen sich schließlich zu Kaffee und Süßigkeiten in die Lange Galerie begaben, blieben die Herren am Tisch, um ihre Seidenwesten aufzuknöpfen, es sich gemütlich zu machen, einen Schluck zu trinken und über Politik und Pferde zu sprechen, bevor sie sich den Damen zu einem gemütlichen Whistspiel anschlossen.

Antonia kannte das alles, von den Tischgedecken bis zum Silberbesteck und der Reihenfolge der servierten Gerichte. Der erste Gang aus

Suppen, Eintöpfen, einer Auswahl von Gemüsen in Sauce, gekochtem Fisch und jeder Art von Fleisch wurde auf dem Tisch in einer genauen Anordnung platziert, die es den Gästen leicht machte, zu schöpfen und zu servieren. Als nächstes kamen am Ende jeden Tisches die Serviertische – an diesem Abend mit dekorierten und gefüllten Wildschweinen, die zur Unterhaltung anregten, während der zweite Gang auf dem Weg war. Noch mehr Gemüse mit verschiedenen Saucen, noch mehr Fleisch und Fisch und eine Fülle exotischer Pasteten mit köstlichen Krusten und aller Art Füllung aus Wildvögeln, Hühnern und Kombinationen davon. Und schließlich kam die noch reichhaltigere und köstlichere Auswahl von Kuchen, Gelees, Süßigkeiten, kandierten Früchten, Eiscremes und Cremes, aus denen die fünfundzwanzig Gerichte des Desserts bestanden. Durch einen französischen Konditor und eine Konditorin wurden die Gäste mit verzuckerten Skulpturen und zartem Gebäck von solcher Süße und butterartiger Leichtigkeit erfreut, um die die Roxtons von ihren adligen Freunden beneidet wurden.

Und dann kam der rituelle Auszug der Damen, angeführt von der Gastgeberin, der Herzogin, in die Galerie, wo Kaffee und weitere Süßigkeiten auf die Ladys warteten, die herumsaßen und sich träge fächelten, während sie noch mehr süßes Gebäck knabberten und den letzten Klatsch austauschten.

Das riesige Haus und seine vergoldeten Möbel, die Armee auf leisen Sohlen gehender Diener, die ritualisierten Gebräuche des Hauses, die tägliche Routine jeden Familienmitglieds, Gastes, oberer und unterer Dienerschaft im Haus und drumherum, aller Stallknechte, Gärtner, Pächter, Händler und Lehrlinge, Dorfbewohner, Pfarrer, Ladenbesitzer und Händler auf diesem großen Landsitz vom ersten Licht bis zum Abdecken der Feuer, wenn das Schwarz eines mitternächtlichen Himmels von funkelnden Sternen geschmückt war und die Kerzen in den Schlafzimmern gelöscht wurden, alles war genau so geblieben, wie Antonia es seit ihrer Heirat mit dem fünften Herzog von Roxton zwei Monate nach ihrem achtzehnten Geburtstag verwaltet hatte.

Antonia hätte geschmeichelt sein müssen, dass ihre Schwiegertochter, die mit dem Selbstvertrauen einer in Rang und Titel Geborenen ihre Rolle als sechste Herzogin angetreten hatte, keine Notwendigkeit gesehen hatte, die von ihr so akribisch zum reibungslosen Ablauf eines so großen und komplexen Haushalts eingeführten Traditionen zu ändern. Aber Antonia fragte sich, ob Deborah an ihrer Routine festhielt, nicht, weil sie das Leben so haben wollte, sondern weil sie und der Herzog dachten, es müsste so bleiben, solange ihre Schwiegermutter auf dem Anwesen lebte – dass Änderungen, so gering und unbedeutend sie auch sein mochten, die verwitwete Herzogin von Roxton verärgern könnten.

Er sagte, sie wäre ungewöhnlich interessant. Monseigneur hatte sie immer als unvergleichlich bezeichnet.

Als sie zum Abendessen ankam, Spencer und Willis im Schlepptau, war es offensichtlich, dass ihre Anwesenheit eine unangenehme Überraschung war. Über den überfüllten Salon hinweg tauschte ihre Schwiegertochter einen Blick mit dem Herzog, der sehr deutlich besagte: *Du hast mir nicht gesagt, dass deine Mutter kommen würde.* Und er hatte mit hochgezogenen Augenbrauen und einem Lächeln geantwortet, das er exklusiv für sie reservierte und das besagte: *Ich verstehe deine Frustration, meine Liebste, aber ich bin zuversichtlich, dass du mit der Situation bewundernswert zurechtkommen wirst.*

Antonia mochte ihre Schwiegertochter Deborah sehr. Die junge Frau hatte ein gutes Herz und liebte den Herzog und ihre Kinder bedingungslos. Deborah brachte die besten Seiten ihres Mannes zum Vorschein und erfüllte ihre Pflichten als seine Herzogin mit Gelassenheit. Und sie ließ sich von niemandem zum Narren halten. Sie war offen, eigenwillig und, wenn es sein musste, brutal ehrlich. Doch Antonia war sich bewusst, dass Deborah ihr gegenüber Ehrfurcht empfand und das machte es für die beiden Frauen schwierig, sich so nahe zu kommen, wie Antonia das gerne gesehen hätte. Selbst jetzt, als sechste Herzogin – und nachdem sie vier gesunde Kinder, davon drei Jungen, also reichlich Erben für die Nachfolge im Herzogtum, produziert hatte – war es Deborah noch immer unmöglich, ihre Zurückhaltung und Ängstlichkeit abzulegen, wann immer sie sich in Antonias Nähe befand.

... Ich bin nicht blind. Ihr seid fraglos die schönste Frau, die ich je zu Gesicht bekommen habe.

Aber viele Männer hatten ihr das im Laufe der Jahre gesagt, und sie nahm solch wortreiche Komplimente mit der nötigen Skepsis entgegen, die sie verdienten. Sie wusste, dass sie schön war. Es war keine eitle Einbildung; es war eine Tatsache. Warum beunruhigte es sie dann, wenn *er* das sagte? Sie gab sich einen inneren Ruck und beschloss, ihn aus ihren Gedanken zu verbannen.

Als die Ladys gemütlich in der Langen Galerie saßen, schlürfte Antonia ihren Kaffee und schaute durch die hohen Fenster zu der gefliesten Terrasse und dem Rasenhang dahinter. Ein Pfau kam in ihr Blickfeld stolziert und breitete sein farbenprächtiges Gefieder aus, um seine Gefährtin zu beeindrucken. Die Pfauenhenne machte sich nicht einmal die Mühe, den Kopf zu heben, nicht einmal, als der Pfau einen lauten, langgezogenen Ruf ausstieß.

Mehrere der jüngeren Damen zuckten bei diesem kreischenden Ruf des Pfaus erschrocken zusammen.

Antonia hörte ihr erschrockenes nach-Luft-Schnappen und das folgende Gelächter, konnte aber ihre verwirrten Gesichter nicht sehen, weil sie immer so weit wie möglich vom Teetisch und damit von ihrer Schwiegertochter entfernt saß, und ihr Ohrensessel leicht von der Gesellschaft abgewandt war. Sie verwendete die Ausrede, dass sie die Aussicht genießen wollte. Die Wahrheit war komplizierter. Indem Antonia sich auf den am weitesten entfernten Sessel setzte und sich nicht einmischte, hoffte sie, dass sie es ihrer Schwiegertochter leichter machen würde, ihren Pflichten als Herzogin nachzukommen. Schließlich konnte es für Deborah nicht einfach sein, Gastgeberin zu spielen, während ihre Schwiegermutter, die das Haus länger als ein Vierteljahrhundert geführt hatte, jede ihre Bewegungen beobachtete.

Doch Antonia war keine jener Frauen, die, nachdem sie ihre Stellung in der Gesellschaft und einem Haushalt, der einst der ihre war, verloren hatten, versuchten, Fehler bei ihrer Nachfolgerin zu entdecken, um ihr eigenes Gefühl der Wichtigkeit am Leben zu halten. Antonias Verbundenheit mit allem, was zu ihrer hohen Stellung gehörte, mit den Ritualen und Verantwortlichkeiten einer Herzogin und dem dazu gehörenden materiellen Annehmlichkeiten, die sich aus ihrer Ehe mit dem reichsten Herzog Englands ergaben, hatten für sie wenig Bedeutung, wenn sie sie nicht mehr mit dem Mann teilen konnte, den sie mit jeder Faser ihres Seins geliebt hatte.

Und so saß sie einsam und schweigend als einziges Publikum der stolzen Vorführung des Pfaus.

Ich finde Euch unglaublich begehrenswert ... Monseigneur hatte gesagt, sie wäre absolut berauschend ...

Der Atem stockte in ihrer Kehle. Sie stellte die feine Porzellantasse auf die Untertasse und blinzelte, als ihr klar wurde, was seine Worte wirklich bedeuteten. Er fühlte sich zu ihr hingezogen. Natürlich hatte er das gesagt, aber erst jetzt hatte sie wirklich begriffen, was er meinte. Aber er musste zehn Jahre jünger als sie sein. Ganz gleich, ob sie jünger schien, als sie tatsächlich war und körperlich aktiver als viele Frauen, die halb so alt waren wie sie. Doch Männer interessierten sich nur für Frauen, die jünger waren als sie. In der Tat war Monseigneur älter gewesen als Jonathon Strang, als sie geheiratet hatten. Niemand hatte wegen des Altersunterschieds auch nur eine Augenbraue hochgezogen. Doch ein jüngerer Mann, der einer älteren Frau den Hof machte, wurde nicht nur mit Stirnrunzeln betrachtet, das war ein Fressen für die Klatschmäuler.

Antonia lächelte schief in sich hinein. *Er ist nicht daran interessiert, dich zu umwerben, du törichte Frau! Er will mit dir schlafen.* Der Mann flirtete nicht nur aufs Empörendste, er war auch anmaßend.

Sicher könnte es nicht mehr viele Minuten dauern, bis die Kinder von den Kindermädchen hereingeführt würden, um ihren Eltern und den versammelten Gästen gute Nacht zu wünschen? Sie fragte sich, welche Erklärung, wenn überhaupt eine, man ihnen gegeben hatte, weil sie nicht ihren gewöhnlichen Besuch in ihrem Pavillon hatten machen dürfen und ob Fredericks Abwesenheit bemerkt worden war. Sie hatte die grünen Bänder, die sie ihm geben wollte, in ihrem Täschchen.

Ohne sich umdrehen oder aufschauen zu müssen, hielt sie ihre leere Porzellantasse auf der Untertasse hoch und wusste, dass ihre Kammerfrauen, die jede ihrer Bewegungen beobachteten, sie ihr abnehmen und wieder füllen lassen würden. Spencer fragte, ob sie mehr Kaffee wünschte. Antonia schüttelte den Kopf und fächelte sich weiter, mit den Gedanken anscheinend meilenweit fort.

Doch war sie nicht so geistesabwesend, dass sie vergessen hätte, dass Spencer sich in den neuen Schuhen, die Antonia jeder der Schwestern als Geschenk zu Ostern überreicht hatte, Blasen gelaufen hatte; der Grund dafür, dass sie wie eine Verkrüppelte in die Kutsche gehinkt war. Antonia hatte sogar vorgeschlagen, sie sollte daheimbleiben und ihre Blasen behandeln. Doch Spencer ließ sich nicht beirren und als Willis mit ihrer Schwester übereinstimmte, dass es ihre Pflicht wäre, ihr, ohne Rücksicht auf kleine Unannehmlichkeiten für sie selbst, aufzuwarten, hatte Antonia den Versuch aufgegeben, ihr Vernunft beibringen zu wollen.

„Nimm Rücksicht auf deine armen Füße, Sally, und suche dir einen Sitzplatz. *Steh nicht hier herum.*"

„Aber *Mme la duchesse*, ich versichere Euch, meine ..."

Antonia drehte leicht den Kopf, das Kinn erhoben, und sah sie von der Seite an. Es genügte, um Spencer zum Schweigen zu bringen, und als Willis zurückkehrte, um sich auf die anderen Seite von Antonias Ohrensessel zu stellen, reichten ein Wort und ein Blick von Spencer, dass die Schwestern sich in eine der entfernteren Ecken der Galerie zurückzogen.

Antonia lächelte in sich hinein. Ihre Gargoyles. Ihr gefiel Jonathons witzige Bezeichnung sehr gut. Während des langen, langweiligen Diners hatte sich reichlich Zeit und Gelegenheit gehabt damit zu beginnen, seine Idee, ihren beiden säuerlichen Wächterinnen einen kleinen Urlaub bei der Gräfin von Strathsay zu verschaffen, in die Tat umzusetzen.

Wie es der Zufall wollte, saß sie während des Abendessens neben der Gräfin von Strathsay – obwohl sie vermutete, dass dies von ihrem Sohn absichtlich so arrangiert worden war – und hatte damit die perfekte Gelegenheit, ihrer Tante den Gedanken einzugeben, dass sie tatsächlich ein oder zwei Begleiterinnen für die Rückreise nach Buckinghamshire bräuchte. Sie hatte munter nach Charlottes Rat für einen passenden Ort für Willis und Spencer gefragt; die Schwestern verdienten ein paar Wochen Urlaub von Treat, am besten mit gleichgesinnten Damen.

Willis hatte ihr eine sehr alte und faszinierende Abhandlung über Pietismus geliehen, ein Erbstück, das in ihrer Familie weitergegeben wurde. Es stammte von einem Deutschen mit dem Namen Spener und trug den Titel *Pia desideria*. Hatte Charlotte davon gehört? Nein? Vielleicht würde Willis es ihr ausleihen? Besser noch, die Schwestern hatten eine englische Übersetzung des Traktats, die ihr deutscher Vorfahre mühsam für seine englischen Verwandten angefertigt hatte. Anscheinend hatten die Schriften Speners großen Einfluss auf die Herrnhuter gehabt.

Und so hatte Antonia eine Stunde damit verbracht, Charlotte über ihr liebstes philanthropisches Projekt – die Unterstützung der Herrnhuter Mission – predigen zu hören, und wusste, dass sie ihre Zeit nicht verschwendet hatte, als die Gräfin sich zaghaft erkundigte, ob Antonia ohne die Dienste der Schwestern zurechtkommen würde? Woraufhin Antonia sich untröstlich, aber resigniert gab und sagte, dass sie sich so gut sie konnte mit ihrer Zofe und den drei Mädchen begnügen würde, denn es ginge ja nur um Wochen, nicht um Monate, die die Schwestern abwesend sein würden.

Je eher Ihr mich also als heißblütiges männliches Wesen anseht, das Eurer Beachtung und Aufmerksamkeit wert ist und nicht als geistlosen, geschlechtslosen Gegenstand, umso besser wäre es für uns beide.

Geistlos? Geschlechtslos? Gegenstand? Mit Sicherheit nicht! Hielt er sie für senil? Er war wütend gewesen, dass sie ihn so hochmütig entlassen hatte, und sie konnte das ein wenig verstehen. Er war offensichtlich an die Aufmerksamkeit anbetender, wimpernklimpernder Frauen gewöhnt, die beim bloßen Anblick solch sonnenverbrannter Männlichkeit in Ohnmacht fielen. Selbst in ihrer jämmerlichen Selbstversunkenheit bei ihrem unmöglichen Wunsch, Monseigneur möchte auf dem Ball erscheinen, war sie ausreichend abgelenkt gewesen, um sich zu fragen, warum der gutaussehende Fremde sie anstarrte. Und als er sie zuversichtlich um einen Tanz gebeten hatte, reichten ihr fünf

Minuten in seiner Gesellschaft, um ihr zu sagen, dass er absolut von sich überzeugt war und daran gewöhnt, zu bekommen, was er wollte.

Doch das war keine Entschuldigung dafür, Hand an sie zu legen. Er hätte sie nie berühren dürfen, ungeachtet seines Zorns und seiner Verärgerung über ihre arrogante Verabschiedung. Sie war sicher, dass sie dort am Arm, wo er sie gepackt hatte, einen blauen Flecken hatte. Dass er noch weiter gegangen war und sie auf so vertrauliche Weise an sich gedrückt hatte …

War es ein Wunder, dass sie rot geworden war – dass ihr Herz schnell geschlagen hatte? Beides waren ganz natürliche Reaktionen auf eine beunruhigende Situation. Doch erklärte das nicht ganz die völlig unerwartete und erschreckende dritte Empfindung, dieses pochende, kleine Kribbeln tief in ihr, das ihr noch jetzt, als sie an seine Nähe dachte, daran, wie sie in seinen Armen gelegen hatte, die Hitze den Hals hinaufsteigen und ihren Körper bis in die Fingerspitzen prickeln ließ. Sie sprang aus dem Sessel auf, das Gesicht vor Scham errötet, gerade, als zwei andere Gäste in einem Rauschen von Seide vorbeigingen.

Da Antonia da stand, hielten die beiden Damen an, um in einen Knicks zu versinken und zogen sich dann zurück, um sich nebeneinander auf einem Rosshaarsofa hinzuhocken, außer Hörweite der Hauptgruppe der Damen, die gemütlich auf einer Ansammlung von Sofas plauderte. Doch sie blieben nahe genug, um nicht als unhöflich angesehen zu werden. Dass die Herzoginwitwe jedes Wort ihres *tête-à-tête* hören würde, war unwichtig.

Zweifellos gehörte es zu der Stellung der Matriarchin der Roxton–Familie hinzu, taub, blind und ein wenig senil zu sein. Sie sank in den Ohrensessel zurück, saß kerzengerade da und begann sich zu fächeln, während sie vorgab, schwerhörig zu sein. Oder wenn sie etwas Nettes annehmen wollte, hatten diese beiden vielleicht keine Ahnung, dass sie Englisch verstand und sprach, da sie mit ihrer Familie ausschließlich Französisch sprach. Es war ein weit verbreiteter Irrtum und einer, den sie sich nie die Mühe gemacht hatte aufzuklären.

※ ※ ※

„LIEBER GOTT, NEIN! WAS HAT EUCH NUR AUF DIESE IDEE gebracht? Strang hat flüchtige *Interessen*, aber nie *Bindungen*, liebste Hettie", sagte Kitty Cavendish. „Er ist von eher *zurückhaltender* Empfindsamkeit, was Frauen angeht. Er ist kein Mönch, aber niemand könnte ihn einen üblen Lebemann nennen. *Urteilsvermögen* ist ein Wort, das mir in den Sinn kommt. Nicht jede Frau würde zu ihm passen. Aber warum erzähle ich Euch das, meine Liebe? Ihr wisst es gut genug.“

„Wusste, Kitty. *Wusste.*“ Lady Hibbert-Bakers bedauernder Seufzer war hörbar. „Ich hatte gehofft … nachdem er nach England zurückgekehrt ist … Kitty, warum ist er zurückgekommen?“

„Geschäfte, und um einen Ehemann für Sarah-Jane zu finden, sind nur zwei Gründe, die mir einfallen“, antwortete Kitty Cavendish obenhin. „Warum sollte er nicht nach Jahren auf dem Subkontinent unter Heiden nach Hause kommen wollen?“

„Aber England war nie sein Heim. Er wurde im Ausland geboren, als zweiter Sohn eines zweiten Sohnes. Kenny sagt, Strang sei selbst praktisch ein Heide. Kenny sagt, wenn Strang sich in England niederlassen wollte, wäre es, als wollte man ein – ein Nashorn in eine Herde Rehwild bringen, so wenig hat er mit uns gemein. Kenny sagt, dahinter müsse mehr stecken, als der Wunsch, seine Tochter verheiraten zu wollen.“

„Unfug, Hettie! Er war in Harrow und Oxford und seine Frau war eine Cavendish. Was könnte ihn mehr zu einem von uns machen als das? Und wenn er erst wieder geheiratet hat, wird er *wirklich* einer von uns sein. In der Tat, das war das, worüber ich mit dir sprechen wollte. Tommy und ich haben beschlossen, dass wir Strang eine Braut suchen müssen. Es war gut und schön für ihn, unter all den Eingeborenen Witwer zu bleiben, aber mit seinem Erbe …“

„Erbe?“

„Sie muss keine Erbin sein, Strang hat Berge von Geld, aber sie muss jung, anpassungsfähig und …“

„… *dumm* sein? Welches Erbe, Kitty? Du sagtest, Erbe. Deshalb ist er nach Hause gekommen, um sich niederzulassen, nicht wahr?“

„Nein. Nicht dumm, aber *nachgiebig.*“

„Ja. Ja. Ja. Eine junge, dumme Braut. Das mag alles recht schön sein, aber erzähle mir von Strangs *Erbschaft*, Kitty!“

„Habe ich eine Erbschaft erwähnt? Das war dumm von mir. Verzeihung, aber das darf ich dir nicht erzählen. Und selbst wenn ich es dürfte, könnte ich es nicht, weil ich es nicht weiß. Tommy hatte es nur erwähnt, ohne es weiter zu erklären, was sehr frustrierend von ihm war.“

„Du willst mich nicht ins Vertrauen ziehen, und erwartest doch noch von mir, dass ich dir helfe, eine Frau für Strang zu finden?“, klagte ihre Begleiterin. „Du wirst dir etwas Besseres einfallen lassen müssen, liebste Kitty, wenn du meine Hilfe möchtest. Außerdem, warum sollte ich dir helfen, eine Braut für Strang zu suchen, wenn das mit Sicherheit meinen Plänen, sein Interesse wieder aufleben zu lassen, entgegenstehen würde?"

Kitty Cavendish versuchte, ihre Freundin abzuspeisen, indem sie lässig sagte: „Hettie, du weißt doch, wie es mit Ehemännern ist. Wenn Tommy sagt, dass er es mir nicht sagen kann, kann er es nicht, aus Gründen, die nur ihm bekannt sind. Sicher hat Kenny Geheimnisse, die er nicht mit dir teilen kann? Er ist der zweite Mann in der Spionageabteilung für England."

„Es nennt sich *Geheimdienst*", antwortete Hettie Hibbert-Baker hochnäsig. „Und Kenny ist nicht nur der zweite Leiter dort, sondern seit unserer Rückkehr aus New York ist er Leiter des sogenannten *Komitees für den amerikanischen Kolonialkrieg*."

„Wie *überaus* beeindruckend, Hettie, dass du dir den Namen eines so wichtigen, aber ziemlich sinnlosen Ausschusses merken kannst!"

„Ist es denn ein Wunder, wo Kenny mir doch damit in den Ohren liegt, bis ich schwarz werde! Ich versuche, interessiert zu wirken, weil er sagt, es wäre ein so wichtiger Ausschuss, weil er sich mit diesen schrecklichen Kolonisten befasst, die nicht tun, was man ihnen sagt und etwas wollen, was sich *Unabhängigkeit* nennt. Kenny hat die schlechte Angewohnheit, den Ärger aus seinem Ausschuss mit in mein Bett zu bringen. Und ich habe festgestellt, wenn ich ihn sein Selbstwertgefühl sich nicht durch Zuhören aufblähen lasse – als ob es mich so *wahnsinnig* interessierte, wer für *uns* spioniert und wer ein Verräter ist, weil er für *sie* spioniert, und wer beiden, *uns und ihnen*, Informationen liefert – dann bläht sich am Ende gar nichts auf! Ganz gleich, welche Anstrengungen ich mache, ob ich auf die Knie gehe oder sonst etwas, und dann bleibe ich so unbefriedigt zurück, dass ich platzen könnte!"

Beide Damen erlagen einem Kicheranfall.

Als sie wieder sprechen konnte, richtete Hettie Hibbert–Baker ihre kunstvolle Hochfrisur mit Bändern und Perlenschleifen – von der ihr Friseur ihr versichert hatte, das wäre in den Salons von Paris der letzte Schrei – auf und sagte:

„Daher ist es keine Überraschung, meine liebste Kitty, dass ich heißblütige Männer wie Strang vorziehe, die mit nichts Wichtigerem im Kopf in das Boudoir einer Lady kommen, als der Frage nach meiner bevorzugten Stellung."

Mehr Kichern, gefolgt von ausgiebigen Bewegungen des Fächers über wogenden Busen und ein vorsichtiges Tupfen feuchter Augen, dann sagte Kitty Cavendish mit einem leichten, atemlosen Hüsteln:

„Weißt du, Hettie, ich finde diese ganze Spioniererei köstlich faszinierend. Nicht zu wissen, wer einer von *uns* ist und die Frage, ob dein Partner beim Whist einer von *ihnen* sein könnte, oder ob der Gentleman mit den faszinierend dunklen Augen in der Nachbarloge der Oper, dessen Opernglas auf meinen Busen gerichtet ist, einer von ihnen *und* von uns sein könnte! Ich würde zu gerne einen dieser Mantel- und Degenmänner kennenlernen, die sich auf Hintertreppen herumdrücken und im Schatten verbergen! Meinst du, Kenny würde mir den Gefallen tun?"

Sie zuckte zusammen, als wäre ihr ein plötzlicher Einfall gekommen und tippte mit ihrem Fächer auf die Spitzenrüsche ihrer Freundin, und sagte mit geübter Überraschung: „Du! Hettie! *Du* kannst mir doch sagen, ob wir einen Spion in unserer Mitte haben! Kenny muss es dir doch gesagt haben?"

„Nein, Kitty! So, wie du mir nichts über Strangs Erbschaft erzählen kannst, weil Tommy es dir nicht erzählt, kann ich dir unmöglich erzählen, was ich nicht weiß, weil Kenny mir gesagt hat, dass ich es nicht zu wissen habe!"

Kitty Cavendish schmollte und betrachtete nachdenklich die Elfenbeinstäbchen ihres bemalten Spitzenfächers und sagte mit einem Blick zu ihrer Freundin: „Was für ein Jammer, dass wir gute und gehorsame Ehefrauen sein müssen und einander nicht die kleinen, dummen Geheimnisse erzählen dürfen, die unsere Ehemänner uns erzählen, vor allem, wenn solche Geheimnisse uns nicht mehr bedeuten als ein Löffel Aal in Gelee. Natürlich sind wir solche *guten* Freundinnen, dass ich weiß, dass wir ein Gespräch haben könnten, das wir beide, sowie wir dieses Sofa verlassen, so vergessen könnten, als hätten wir es nie geführt …"

Hettie Hibbert-Baker machte hm und ah und sagte achselzuckend: „Ich bin sehr vergesslich und ich weiß wirklich überhaupt nichts von dem, was Kenny mir manchmal sagt, wenn ich also zufällig etwas dir gegenüber erwähnte, würde das nicht heißen, dass ich dir etwas von irgendwelcher Bedeutung erzählt hätte."

„Haargenau!", sagte Kitty Cavendish zufrieden. „Und ich könnte einfach beiläufig erwähnen, was Tommy mir gegenüber beiläufig über Strang erwähnte, so dass es nur eine flüchtige Bemerkung wäre. Was nicht das gleiche wäre, als es dir direkt zu erzählen."

„Das scheint überaus fair."

„Ja, nicht wahr?"

„Und überhaupt nicht illoyal."

„Aber gar nicht."

„Soll ich zuerst erzählen?"

„Wie großzügig von dir, liebste Hettie. Bitte."

„Sehr gut. Der Grund, warum so viele Minister der Regierung mit ihren Frauen in Treat sind, ist, weil es hier eine Besprechung des amerikanischen Kolonialkriegskomitees geben soll, um sich mit der Französischen Frage zu befassen: wird Frankreich die amerikanischen Rebellen in ihrem Krieg offen unterstützen oder nicht? Wenn die Franzosen es tun, dann liegt es nahe, dass England Frankreich den Krieg erklären muss, weil es sich auf die Seite der verräterischen Rebellen stellt. Aber die Franzosen wollen um jeden Preis einen Krieg mit uns vermeiden. Erinnerst du dich an ihr Scheitern im französischen und indischen Krieg und an die Gebiete, die sie infolge dieser Katastrophe verloren haben? Das heißt nicht, dass die Franzosen die Rebellen nicht schon unterstützen, aber im Verborgenen. Wir, ich meine das *amerikanische Kolonialkriegskomitee,* wissen das mit Sicherheit, weil unsere Spione überall sind, vor allem in Paris.“

„Spione! Wie aufregend!“, gurrte Kitty Cavendish.

„Viele im Ausschuss sind sehr dafür, eine Delegation nach Versailles zu entsenden, geheim oder nicht, zu den französischen Ministern und König Louis, um von Angesicht zu Angesicht die Einstellung der Franzosen zu ergründen. Kenny sagt, alle Angebote den Franzosen gegenüber sollten unter äußerster Geheimhaltung gemacht werden, und ist für eine geheime Delegation, alles, um *unser* Gesicht zu wahren, sollten die Franzosen uns hintergehen und sich dazu entschließen, sich auf die Seite der rebellischen Kolonisten zu schlagen, ungeachtet ihrer aufrichtigen Versicherungen des Gegenteils und Zusicherung von Neutralität – eine Möglichkeit, von der Kenny sagt, sie wäre sehr real, wenn man bedenkt, wie leidenschaftlich die Franzosen uns hassen. Das ist verständlich, weil wir sie immer besiegen. Aber es gibt einen Knackpunkt und das ist der Grund, warum wir alle auf Einladung des Herzogs hier sind.“

Es folgte eine lange Stille, während der es Antonia reizte, den Kopf zu drehen und die beiden Frauen anzustarren, denn sie war sicher, dass Kitty Cavendish ebenso wie ihr der Mund weit offen stehen geblieben war als Reaktion auf die eindeutige Zusammenfassung durch Hettie Hibbert-Baker, einer Frau, deren Neigung zum letzten Schrei an hoch aufgetürmten Frisuren von der feinen Gesellschaft als in merklichem Gegensatz zur Walnussgröße ihres Verstandes betrachtet wurde.

Kitty Cavendish war in der Tat völlig verblüfft und betrachtete ihre Freundin mit anderen Augen, schloss rasch ihren Mund und wandte den Blick auf die breite Marmorterrasse hinter den hohen Fenstertüren, wo einige der Damen Arm in Arm herumspazierten, nachdem sie Tee und Klatsch am Kamin beendet hatten.

„Ein – ein Knackpunkt, liebste Hettie?“, fragte Kitty Cavendish und versuchte, locker und desinteressiert zu klingen.

„Roxton. Er ist der Knackpunkt. Seine Gnaden will nichts von der

Idee einer geheimen Delegation wissen. Der Herzog möchte einen offenen Dialog mit den Franzosen. Kenny sagt, das ist genau die Art von steifnackiger Haltung, die er vom Herzog erwartet. Und wer kann Roxtons Motiven voll und ganz vertrauen, wo doch sein Vater, der fünfte Herzog, der sich selbst in französischer Manier *M'sieur le duc* nannte und seine Mutter bis in die Fingerspitzen Französin ist? Ganz gleich, ob Seine Gnaden große Bemühungen unternommen hat, seit er das Herzogtum geerbt hat, um zuvörderst als Engländer betrachtet zu werden und sich mit einer *Grande Geste* von seinen französischen Familienbanden distanziert hat. Welche Art von *Grande Geste* das sein soll, habe ich keine Ahnung, weil Kenny mir *das* nicht erzählt hat. Er hat jedoch betont, es wäre *absolut außergewöhnlich* gewesen.

„Es tut mir doppelt leid, dich enttäuschen zu müssen, Kitty. Ich kann dir den Namen des Spions in unserer Mitte wirklich nicht verraten. Den hat Kenny mir nämlich auch nicht genannt. Aber vielleicht kennt er ihn ja auch *noch nicht*. Und natürlich versteht es sich von selbst, dass er mir überhaupt nichts erzählt hat, wie du und ich vereinbart haben. Und ich habe schon alles wieder vergessen!"

„Aber es gibt einen? Einen Spion? Hier? In *Treat?*"

Hettie Hibbert-Baker nickte.

„Jetzt bist du an der Reihe, mir zu erzählen, was Tommy dir nicht über Strang erzählt hat. Und du musst dich beeilen, weil die Whist-Tische schon aufgestellt werden und ich versprochen habe, Charlotte Strathsays Partnerin zu sein. Oh, schau, und hier kommt unser Augentrost!"

„Alles, was ich weiß", vertraute Kitty Cavendish ihr an, „ist, dass Strangs Erbschaft etwas mit einem sterbenden – entfernten, aber titeltragenden – Verwandten zu tun hat, der in einer gottverlassenen Ecke nördlich der Grenze ein riesiges Anwesen besitzt und der seit zwölf Monaten seinen letzten Atemzug tut. Also widme dich der nächstliegenden Aufgabe. Strang zu verheiraten. Was hältst du von den Aubrey-Zwillingen? Ich denke nicht, dass eine von ihnen Treue erwarten würde, oder?"

„*Das war alles?* Willst du mir wirklich sagen, dass das alles ist, was du weißt?" Hettie Hibbert-Baker war so ungläubig, dass ihre Stimme sich quiekend überschlug und die Aufmerksamkeit einiger der Damen auf sich zog, die von der Terrasse hereinkamen, um sich den Whistspielern anzuschließen. „Nach *allem*, was ich *dir* nicht erzählt habe?"

„Ja. Strang braucht eine Braut, die jung genug ist, um ihm Söhne zu gebären. Martha und Maria Aubrey sind im perfekten Alter und die perfekte Wahl, nicht zuletzt, weil sie meine Nichten sind. Sie sind auch arm. Eine bedürftige dümmliche Nichte, die Tante Kitty auf ewig dafür dankbar ist, dass sie ihr einen reichen Ehemann verschafft hat, ist genau das, was Tommy und ich brauchen, um unser Alter zu sichern … Hettie? Hettie! Kümmere dich doch um das Nächstliegende! Sag mir deine Meinung zu meinen Plan."

Aber Hettie Hibbert-Baker erholte sich immer noch von ihrer Enttäuschung über den ungleichen Informationsaustausch und erwiderte pikiert:

„Da Tommy nicht so entgegenkommend ist wie Kenny, nehme ich an, dass du erwartest, ich würde mich einschmeicheln, um aus Strang alles herauszubekommen, was es mit diesem mysteriösen sterbenden Verwandten und seinem ebenso mysteriösen Erbe auf sich hat?"

„Würdest du das tun? Das war genau das, was ich mir erhofft hatte, liebste Hettie. Wer könnte besser als du herausfinden, was herausgefunden werden muss? Du würdest eine fantastische Spionin abgeben, und wenn Kenny die geringste Ahnung hätte, dass unter all dem Polster und Flaum auf deinem hübschen kleinen Kopf ein heller Verstand steckt, würde er dich sofort anheuern!"

Leicht besänftigt lächelte Hettie Hibbert-Baker und fragte verschmitzt: „*Bittest* du mich, mit Strang ins Bett zu fallen? Was ist mit deinen Nichten?"

„Oh, ich verlasse mich darauf, dass du Strang lange genug ablenkst, um sicherzustellen, dass meine Nichten die einzigen in Frage kommenden Schönheiten sind, die Strangs Beachtung noch wert sind, wenn diese Hausparty vorbei ist. Außerdem, solange Tommy und ich uns vorn herum für sie einsetzen und du zwischen den Laken auf sie hinweist, wird Strang schließlich kapitulieren. Er muss wieder heiraten. Dass er nach Hause zurückgerufen wurde, bedeutet, dass er sein Schicksal nicht länger ignorieren kann. Es ist unausweichlich."

„Kapitulieren. Zurückgerufen. Schicksal. Dies sind keine Worte, die normalerweise mit Jonathon Strang in Verbindung gebracht werden. Der Jonathon Strang, den ich in Hyderabad kannte, ist ein unkonventioneller, freidenkender Nonkonformist. Kenny warnte mich vor ihm, aber …" Hettie Hibbert-Baker seufzte einer Erinnerung nach und legte ihren Fächer über die fast bloßen Brüste. „Du kennst mich, Kitty, ich kann einem solchen Sahnestückchen nicht widerstehen. Ich hätte Kennys armes kleines Herz fast gebrochen. Aber ich *musste* ihn einfach kennenlernen, Kitty. Man erhält nicht jeden Tag die Gelegenheit, etwas so göttlich Exotisches zu kosten. Hier würde ich das natürlich nie tun, aber in Indien …" Sie zuckte die Achseln. „Das muss etwas mit der Hitze zu tun haben."

„Göttlich exotisch? Mein liebster Hettie, was kannst du damit meinen?"

Eine längere Stille entstand und Antonia beugte sich unbewusst in Richtung des Sofas, wo die beiden klatschenden Freundinnen ihre Stimmen hinter ihren unbeweglichen Fächern gesenkt hatten. Ein plötzlicher Ausbruch lauten Gelächters fiel mit einem Schrei des Pfauen zusammen und sie schrak aus dem Ohrensessel auf und glättete ihr Röcke, beschämt, eine private Unterhaltung belauscht zu haben und sich innerlich für solch ordinäres Verhalten tadelnd. Sie musste wirklich langsam senil werden. Es war unvermeidlich, dass sie den Rest einer von Kichern und Seufzern unterbrochenen Unterhaltung mithörte.

„Hettie! Nein! *Wirklich?*"

„Du errötest so wunderschön, Liebste. Ja! *Wirklich.*"

„Ich wusste, dass Strangs Papa ein Exzentriker war", sagte Kitty staunend. „Er hat tatsächlich sein ganzes Leben auf dem Subkontinent verbracht, aber ich hätte mir nie *träumen* lassen, dass er seine kleinen Söhne zwingen würde, eine solche heidnische Sitte mitzumachen. Das ist barbarisch!"

„Warum? Wo doch völlig zu erwarten stand, dass Vater und Söhne in Indien bleiben würden. Die eingeborenen Frauen würden auf keinen Fall mit einem Mann schlafen, wenn er sich nicht auf diese Art ihren Sitten unterwirft."

„Wie außergewöhnlich! Aber … Warum sollte er eine einheimische Frau als Geliebte haben? Auf dem Subkontinent gibt es doch Engländerinnen."

Hettie Hibbert-Baker lachte trillernd.

„Ach, Kitty! Du bist so *köstlich* naiv. *Firangi* wie Strang haben keine Geliebte, sie haben einen *Harem* aus einheimischen Frauen. So ist das dort üblich. Und glaube mir, Kitty, Jonathon Strang hatte keinen Mangel an einheimischen Frauen, die auf seiner Veranda Schlange standen, um seinen Hengst hin und her zu reiten, und ich spreche nicht von Newmarket!"

„Nun, mein bittersüßes Törtchen, seid Hettie und du bereit, eure sicheren Wetten für Newmarket zu verraten?"

„Tom-my!", rief Kitty Cavendish aus, schnappte nach Luft und wischte sich mit ihrem Taschentuch die Augen trocken. Sie stand auf und ein Blick über die seidenbekleidete Schulter ihres Mannes verriet ihr, dass die Gentlemen ihren Portwein verlassen hatten, um sich endlich den Damen anzuschließen. „Wie überaus unfair von dir, dich an uns heranzuschleichen!"

„Also habt ihr gar nicht über Pferdefleisch gesprochen", sagte Lord Cavendish glatt, sein Augenglas auf Lady Hibbert-Baker gerichtet, deren grauen Augen direkt über dem gefältelten Rand ihres flatternden

Gouachefächers funkelten. „Hast du den Löffel voll *Erbschaft* und *nach Hause beordert* deiner Tasse von Teekonversation hinzugefügt, mein Puddingbecherchen?", fragte er seine Frau mit gesenkter Stimme.

„Ohne dabei zu stottern."

„Ausgezeichnet."

„Ausgezeichnet?" Kitty Cavendish schmollte in die Krawatte ihres Gatten und tat so, als würde sie eine Fussel von seiner seidenbekleideten Schulter bürsten. „Du hast nicht einmal mir, deiner geliebten Frau, die Identität des schottischen Verwandten, der Strang *nach Hause beordern* ließ verraten, und von mir wird erwartet, meine Konversation mit dem Streuzucker deiner Gerüchte zu verzieren."

„Ich habe Strang mein Wort gegeben, Zuckerpfläumchen", entschuldigte sich Lord Cavendish flüsternd. „Aber wenn du tust, worum ich dich bitte, wirst du mein Soufflé perfekt aufgehen sehen. Strang wird gezwungen sein, seine arrogante Bescheidenheit aufzugeben und die ganze Welt wird sich freuen, nicht zuletzt unsere liebste Nichte."

Kitty Cavendish hatte keine Ahnung, wohin die kulinarischen Metaphern ihres Mannes führten, aber sie klammerte sich an sein letztes Wort und sagte neugierig: „Sarah-Jane weiß auch nicht, was du über ihren Vater weißt?"

„Kein Salzkörnchen. Er sagt, sein immenser Reichtum wäre Zucker genug für die Drohnen dort draußen, die sein Honigbienchen von Tochter heiraten wollen." Lord Cavendish warf erneut Hettie Hibbert-Baker einen Blick zu. „War zwischen den Ohren dieses Zuckerwattebauschs irgendetwas Vernünftiges herauszubekommen?"

Kittys selbstgefälliges Lächeln ließ die Augenbrauen ihres Mannes in die Höhe gleiten. „Unterschätze sie niemals, Tommy. Lass dich warnen."

„Wirklich? Interessant. Danke für die Warnung, meine Liebe. Und meine Vermutung über koloniale Teepartys und monokeltragende Spione?"

„Unsere geschätzten Freunde haben sich tatsächlich zu einer Teeparty versammelt, um Französisch zu sprechen. Was den Besitzer des spionierenden Monokels angeht, das ist immer noch die Frage."

Lord Cavendish trat von seiner Frau zurück und hüstelte, als müsste er sich räuspern, hob sein Monokel und sagte über die Schulter zu Jonathon, der gerade herangeschlendert war:

„Mir scheint, ich habe mein bittersüßes Törtchen und Hettie Sahnetörtchen hier mit den Händen in der Schlagsahne des Kochs ertappt. Und ich habe keinen Zweifel, dass du das Hauptgericht darstellst." Als kein Kommentar folgte, tippte er verspielt mit dem

Rand seines Augenglases auf den Samtärmel des Kaufmanns. „Oh, amüsiere dich wenigstens über meine kulinarischen Witze, Strang! Strang?"

Aber Jonathon hörte nicht zu. Er drängte sich wortlos an Lord Cavendish vorbei, ignorierte Kitty Cavendish und Lady Hibbert-Baker, die ermutigend zu ihm auf lächelte, und schritt hinüber zu einer Terrassentür ohne Vorhänge, um den Fächer einer Dame von den polierten Dielen aufzuheben.

SIEBEN

Antonia hatte mehr gehört, als sie wissen wollte, und nicht genug, um sie davon zu überzeugen, dass das, was sie gehört hatte, ohne weiteres Nachdenken abgetan werden könnte. Obwohl sie eine hingebungsvolle Ehefrau und Mutter war, war sie der Freizügigkeit und der Morallosigkeit, die sie als Herzogin von Roxton umgaben, gegenüber nie blind gewesen, hatte sie aber auch nicht verurteilt. Daher verwunderte es sie nicht, dass Jonathon Strang höchstwahrscheinlich auf dem Subkontinent einen Harem unterhalten hatte oder dass er und Henrietta Hibbert-Baker ein Liebespaar gewesen waren. Dass Lady Hibbert-Baker begierig darauf war, die alte Affäre wieder aufleben zu lassen, war ebenso wenig überraschend. Ihr Liebhaber war groß und in einer schlanken, muskulösen Art und Weise sehr gutaussehend, und nach allem, was sie gehört hatte, ein sehr gefragter Geliebter. Außerdem machte die Frau kein Geheimnis aus ihrem lockeren Lebensstil und ihre arrangierte Ehe war keine Liebesheirat, wie ihre es gewesen war. Doch es störte sie, dass Jonathon ein so raubtierhaftes Wesen zur Geliebten nehmen würde.

Was Henrietta Hibbert-Bakers deftige Vertraulichkeiten über die persönlichen Eigenschaften des Mannes, die sie als göttlich exotisch und weit überdurchschnittlich bezeichnete, angingen, hatten Antonias Wangen vor Verlegenheit brennen lassen wie die einer altjüngferlichen Tante, die nicht an unanständige Worte gewöhnt war. Sie fragte sich sofort, ob ihre Witwenschaft sie zu einem dieser traurigen, erbärmlich kalten Wesen machte, die die Realität eines einsamen Daseins erstickten, indem sie öffentlich die hohe moralische Position in allen sexuellen

Angelegenheiten einnahm, während sie privat eine Vorliebe dafür hatte, unanständige Gespräche zu belauschen, um ein nicht existierendes Liebesleben zu befriedigen. Etwas, das Charlotte Strathsay mit ermüdender Regelmäßigkeit tat.

Der Gedanke, sich in jemand wie die eiskalt aufrechte und absolut prüde Charlotte zu verwandeln, erschreckte Antonia, ließ die Farbe auf ihren heißen Wangen verblassen und ihre Finger zu lauter Daumen werden, als sie versuchte, sie um die zarten Stäbchen ihres geschnitzten Elfenbeinfächers zu schließen.

Der Fächer fiel klappernd zu Boden und unversehens stieß die Spitze ihres damastbezogenen Schuhs ihn nach vorn, so dass er über den polierten Boden rutschte und auf der anderen Seite des Raums vor einer der nicht mit einem Vorhang verschlossenen Terrassentüren landete. Antonias Kammerfrauen, die gekommen waren und sich hinter ihren Ohrensessel gestellt hatten, beeilten sich, als sie ihre Herrin aufspringen sahen, den Fächer zurückzuholen, huschten ihm nach wie Katzen einer Maus. Der Gentleman, der Antonias Gedanken beschäftigt hatte, erreichte den Fächer vor ihnen beiden.

ALS LADY HIBBERT-BAKER GEWAHR WURDE, DASS DIE verwitwete Herzogin von Roxton da stand und sie mit schweigender Missbilligung musterte, verlor sie ihr dümmliches Grinsen und sie und Kitty Cavendish versanken zum Gruß in einen respektvollen Knicks, die Blicke auf den Boden gerichtet. Lord Cavendish verbeugte sich tief, sodass Antonia die Oberseite seiner gepuderten Perücke sah, als sie ohne einen zweiten Blick an ihm vorbeifegte, was ihn dazu brachte zu überlegen, ob die verwitweten Herzogin von Roxton nach all den Jahren ihres Lebens in England doch genug der einheimischen Sprache verstand, um zu lauschen.

„Oh. Ich sehe, dass Ihr mir noch nicht verziehen habt, *Mme la Duchesse*", sagte Jonathon und versperrte Antonias Weg nach draußen.

Er hielt ihr den Fächer hin.

Er wurde ihm nicht gleich abgenommen.

Antonia hielt ihren Blick auf die überzogenen Knöpfe seiner bestickten, mit goldenen Fäden durchwirkten roten Seidenweste.

„M'sieur, Ihr macht es Euch zur Gewohnheit, mir in die Quere zu kommen. Das muss aufhören."

„Ich verstehe, warum Ihr zornig auf mich seid, und ich bitte um Vergebung", sagte er im Plauderton, wobei seine große Gestalt Antonia von den neugierigen Blicken seiner Cavendish-Verwandten schützte, die sich herandrängten, um zu hören, was gesagt wurde. „Ich hätte

Euch nie ohne Eure Erlaubnis berühren dürfen, und nie so, wie ich es tat. Mein für einen Gentleman unpassendes Benehmen hat an mir genagt, seit ich Euch verließ." Er lächelte unbewusst. „Wenn es Euch ein Trost ist, ich habe aufgrund meiner Beschämung beim Diner nur sehr wenig gegessen. Und während der gesamten achtundsiebzig Gänge habt Ihr mich nicht einmal angeschaut."

Dies ließ Antonia ihre smaragdgrünen Augen zu seinen dunklen heben.

„Die Verwirrung in Euren schönen Augen sagt mir, dass Ihr keine Ahnung hattet, dass ich Euch am Tisch gegenübersaß. Noch ein Schlag gegen mein Selbstwertgefühl! Aber was ich nicht tun werde", fügte er ernst hinzu, „ist, das zurückzunehmen, was ich im Pavillon zu Euch sagte ..."

„M'sieur! Nein! Haltet ein! Ich werde nicht zuhören ..."

„Schließlich sollten gute Freunde einander die Meinung sagen können, ohne sich an Formalitäten zu halten. Ich sagte Euch, ich würde Euch nicht anlügen, und werde das auch nicht tun. Freunde sagen einander die Wahrheit."

„Freunde?", fragte sie neugierig und nahm ihm, ohne es recht zu merken, den Fächer an seiner golddurchwirkten Quaste aus den schmalen, braunen Händen und streifte die goldene Kordel über ihr Handgelenk.

„Gute Freunde, *Mme la duchesse*", antwortete Jonathon lächelnd, erfreut, dass seine Taktik die erwünschte Wirkung hatte, sie aus dem Gleichgewicht zu bringen. Er bot ihr seinen angewinkelten, in einem Samtärmel steckenden Arm. „Das heißt, wenn *Mme la duchesse* de Roxton einem braungebrannten Ostindienhändler, der keinen Deut feine Manieren und nur wenig zu seiner Empfehlung zu sagen hat, erlauben will, ihr Freund zu sein ...?"

„Ihr seid immer absurd, M'sieur", antwortete Antonia lebhaft, fühlte sich aber sehr erleichtert, dass alles, worum er sie bat, Freundschaft war. Trotzdem war sie wegen seiner Motive misstrauisch. „Warum wollt Ihr mit mir befreundet sein?"

Jonathon lächelte über den leicht zögernden Unterton in ihrer Stimme. Sie war eine so erfrischende Abwechslung von den schrillen, sich ihrer gehobenen Stellung im Leben übermäßig bewussten Frauen.

„Ich würde nichts lieber tun, als meine Gründe mit Euch zu diskutieren, während wir einen Spaziergang entlang dieser großartigen Galerie machen", antwortete er, ihr noch immer den Arm hinhaltend. „Aber ich würde das lieber ohne Publikum tun ..."

Antonia wusste sofort, dass er sich auf Spencer und Willis bezog, die in der Nähe herumstanden. Ein leichtes Drehen ihres Kopfes und zwei Worte über ihre bloße Schulter geworfen, und sie blieben wartend an ihrem Ohrensessel stehen. Spencer öffnete den Mund, um zu widersprechen, doch ein finsterer Blick von Antonia reichte aus, um die Schwestern knicksen und sich zurückziehen zu lassen.

„Ich freue mich, Euch mitteilen zu können, dass Frederick und ich jetzt Freunde sind", verkündete er. „Der Junge hat mir sein Boot vorgeführt. Er ist sehr stolz darauf. Und das sollte er auch sein. Er erzählte mir, es hätte früher seinem Onkel Henri gehört ... Er ist Euer jüngerer Sohn, der in Oxford ist ...?"

„Ja. Das Boot gehörte Henri-Antoine, als er noch ein Junge war", antwortete Antonia und legte schließlich ihre Finger leicht auf die Beuge von Jonathons Arm. „Julian hatte auch ein eigenes Boot, aber bis sein jüngerer Bruder alt genug war, um bei den Bootsrennen mitzumachen, war Julians Boot so ruiniert, dass es nicht mehr als seetüchtig gelten konnte."

„Wusstet Ihr, dass Frederick auch seine Ruder Euch zu Ehren hat grün anmalen lassen?"

„Oh? Wundervoll! Ich möchte so gerne, dass Frederick gewinnt, weil er sein Herz daran gehängt hat", antwortete Antonia strahlend, während sie die Galerie, die sie so gut kannte, entlanggingen, wo die Wände dicht mit einer Sammlung großer Gemälde von großen Meistern behängt war, die die Roxton-Vorfahren durch die Jahrhunderte zeigten. „Aber ich weiß nicht, wie seine Chancen stehen, wo sein Vater mit seinen Brüdern gegen ihn rudert. Seht, Julian ist ein sehr guter Ruderer, und er wird das Rennen nicht einfach drangeben, nur um Frederick gewinnen zu lassen. Mein Sohn glaubt, dass jeder, einschließlich seines Erben, durch Verdienst und harte Arbeit gewinnen sollte."

„Ich begrüße die Einstellung der Herzogs. Sie entspricht meiner eigenen. Doch er hat nicht mit meinem großen Wunsch gerechnet, die *Smaragdherzogin* als erste über die Ziellinie ziehen zu lassen. Auf Frederick und mich wartet ein Diner und das Vergnügen Eurer Gesellschaft in Crecy Hall, wenn wir gewinnen. Genug Anreiz, dass der Herzog sich in diesem Jahr geschlagen geben muss, und das habe ich beim Portwein angekündigt."

Antonia schnappte nach Luft, aber ihre Augen glänzten. Sie drückte seinen Arm.

„Das habt Ihr nicht getan!"

„Aber sicher doch. Es kann nicht schaden, den Kampfgeist unter Männern anzuregen, *Mme la duchesse*."

„Aber mein Sohn, was hat er zu Eurer Herausforderung gesagt?"

Jonathon grinste. „Welcher Mann, der zu Recht so genannt wird, stellt sich einer Herausforderung nicht?"

„Er mag für Fairness sein, aber das heißt nicht, dass er es im Geringsten ausstehen könnte, zu verlieren."

„Gut ausgedrückt. Natürlich nahm er die Herausforderung so an, wie sie gemeint war. Oh, und an Ort und Stelle wurden einige große Wetten abgeschlossen. Die Quote für mich, muss ich leider sagen, ist nicht so gut wie Roxtons."

„Aber natürlich nicht", erklärte Antonia nüchtern. „Julian ist ein sehr guter Ruderer."

„Das verweist mich gleich an meinen Platz", sagte Jonathon gutmütig. „Aber woher wisst Ihr, dass ich nicht ebenso gut rudere wie Roxton, wenn nicht besser?"

„Das weiß ich nicht", gab sie mit einem Lächeln ehrlich zu. „Aber ich kenne meinen Sohn und Ihr könnt mir glauben, wenn ich Euch sage, M'sieur, dass Ihr wirklich ein sehr, sehr guter Ruderer sein müsst, wenn Ihr hoffen wollt, ihn zu schlagen."

„Nun, ich werde ihn schlagen, denn ich habe einen viel stärkeren Anreiz zu gewinnen."

Er blickte dann zufällig auf die getäfelte Wand, auf eine massive Leinwand in einem schweren, kunstvollen Rahmen, und das Familienporträt ernüchterte seine Stimmung erheblich.

Das Gemälde war zur Feier des vierzigsten Jahres, in dem der fünfte Herzog den Titel geerbt hatte, ausgeführt worden. Seine schöne Herzogin war noch immer absurd jung und hatte ein rosenwangiges Kind von nicht mehr als fünf Jahren in ihrem Schoß aus schweren Damaströcken, und der Sohn und Erbe war ein großer, gutaussehender junger Mann, gekleidet in blassblaue Moiréseide. Aber es war der prachtvoll gekleidete Edelmann, der Jonathons Blicke anzog. Der Herzog saß auf einem vergoldeten Stuhl in seiner Herzogsrobe und -krone, gekleidet in einen schwarzseidenen Rock und passende Kniehosen; seine weißen Strümpfe zeigten muskulöse Unterschenkel. Ein Schopf weißen Haares war streng aus seinem gutaussehenden, alternden Gesicht zurückgekämmt, eine kräftige Nase, leicht spöttisch verzogene Lippen und schwarze Augen starrten arrogant in die Welt hinaus, als gehöre ihm jeder Hektar davon.

„Ein Mann wie dieser kann jede Frau haben, die er will, und das war zweifellos wohl auch so – bis Ihr gekommen seid", sinnierte er, bevor er seinen Blick von der Leinwand losriss, um Antonia mit einem schiefen Lächeln anzuschauen. „Ich würde wetten, er hat Euch aus dem Schulzimmer entführt, aus Angst, ein anderer Schurke könnte Euch erwischen, sowie Ihr in der Gesellschaft auftauchtet."

„Er hat nichts Dergleichen getan!", widersprach Antonia hitzig und fügte zur Erklärung hochmütig hinzu, als Jonathon seine Arme vor der

Brust verschränkte und skeptisch aussah: „Ich war nie in einem Schulzimmer. Mein Vater war ein exzentrischer Hofarzt, und da er keinen Sohn hatte, erzog er mich wie einen Jungen, mit umfangreicher Bildung, und lehrte mich, meine Meinung zu sagen. Und das war es, was Monseigneur anzog.“

„Das wollte ich gerade sagen“, belehrte Jonathon sie, obwohl seine dunklen Augen voller Heiterkeit funkelten. „Monseigneur gefiel die Tatsache, dass Ihr offen mit ihm spracht. Ich wette, nicht allzu viele Männer oder Frauen waren je mutig genug, mit ihm deutlich zu sprechen, oder?“ Er betrachtete das Porträt erneut. „Ich kenne den Typ gut genug: Ertrug keine Dummköpfe, konnte Schmeißfliegen nicht ausstehen und war so stolz, wie nur je einer.“

Antonia blinzelte und sah zerknirscht aus. „Oh. Ich dachte …“

„Ihr dachtet, ich würde Euch die typisch männliche Antwort geben und Eure unvergleichliche Schönheit, die hübschen Zehen und prachtvollen Brüste erwähnen.“

„M'sieur!“

„Er wäre kein Mann gewesen, wenn er Euch nicht begehrt hätte, aber das war nicht der entscheidende Punkt in Monseigneurs Kapitulation.“

„M'sieur, Ihr solltet mir gegenüber keine solch unverschämten Bemerkungen machen“, erwiderte sie kurz angebunden, aber diesmal klang ihre Stimme nicht hitzig.

„Ihr fühlt Euch von meinen offenen Worten nicht beleidigt, also tut nicht so, nicht bei mir“, antwortete er unverblümt. „Mir gefällt es, dass Ihr keinen Hauch von Heuchelei an Euch habt – dass wir ehrlich miteinander sprechen können.“ Er lächelte ihr in die Augen. „Dass wir Freunde sein können.“

Antonia ließ ihren Fächer mit einem Knall zuklappen.

„M'sieur, jetzt bin ich an der Reihe, eine Wette auf *Euch* abzugeben. Fünfzig Guineen, dass Ihr das allen schönen Frauen Eurer Bekanntschaft sagt.“

„Jetzt schafft Ihr es schon wieder, mich wie einen Bedlam-Insassen grinsen zu lassen.“ Er hob drei schlanke Finger. „*Mme la duchesse*, es gibt in diesem Palast von einem Heim nur drei Frauen, die keinen Hintergedanken dabei haben würden, *mir* eine Freundschaft anzubieten.“

Antonia zog die Brauen hoch, konnte aber das Auftreten des Grübchens in ihrer linken Wange nicht stoppen.

„Diese drei Frauen, wer könnten sie sein?“

„Meine liebe Tochter, Eure Schwiegertochter, die liebe Herzogin, und dann Ihr. Meine Tochter ist jung und hat ihren eigenen Freundeskreis und will ganz sicher nicht ihren knorrigen alten Papa als Schatten bei sich haben. Die Herzogin von Roxton ist ebenso bezaubernd wie schön, aber der Herzog hätte vernünftigerweise etwas dagegen einzuwenden, wenn ich ständig das Gespräch mit ihr suchte. Er liebt seine Frau, das ist offensichtlich. Damit bleibt nur Ihr, *Mme la duchesse*. Ich vertraue darauf, dass ich das Vergnügen Eurer Gesellschaft und Eurer Freundschaft genießen kann, ohne befürchten zu müssen, in das Gefängnis der Ehe gelockt zu werden."

„Dessen könnt Ihr sicher sein, M'sieur, da besteht nicht die leiseste Gefahr", sagte Antonia und wandte sich dann mit einem Schwung ihrer viellagigen Röcke um, als sie hörte, wie am anderen Ende der Galerie die zweiflüglige Tür von zwei Lakaien aufgerissen wurde, um die vier Kinder Roxtons und ihr Gefolge an Kindermädchen und Tutoren einzulassen.

WÄRE DER HERZOG NICHT VON DER GRÄFIN VON STRATHSAY aufgehalten worden, als er seine Kaffeetasse auf dem Teewagen abstellte, hätte er seine Mutter zur Rede stellen und sie auffordern wollen, sich der Herzogin am Teewagen wieder anzuschließen. Die Art, wie sie ihren Sessel der Aussicht zuwandte, fort von Deborah als Gastgeberin, ärgerte ihn jedes Mal aufs Neue. Trotz Deborahs Versicherung, dass die Gewohnheit ihrer Schwiegermutter, sie zu ignorieren, während sie den Tee ausschenkte, sie nicht im Geringsten störte, und dass es am besten wäre, sie in Ruhe zu lassen, wusste Roxton doch, dass diese Kränkung doch die Gefühle seiner Frau verletzte.

Es war für Deborah nicht einfach gewesen, die Stellung der Herzogin von Roxton von einer Schwiegermutter zu übernehmen, die ihr ganzes Erwachsenenleben lang Herzogin gewesen war und die dieser hohen Position und allem, was damit zusammenhing, einen unauslöschlichen Stempel aufgedrückt hatte. Roxtons Ansicht nach hätte seine Mutter viel tun können, um ihrer Schwiegertochter die Übernahme dieser neuen Rolle zu erleichtern, wenn sie nicht in einem fortwährenden Zustand des Selbstmitleids versunken wäre – ein Selbstmitleid, das Gefahr lief, außer Kontrolle zu geraten, wie es vor zwölf Monaten geschehen war.

Der dritte Jahrestag des Todes seines Vaters würde auf den nächsten Tag fallen und er hatte nicht vor, eine Wiederholung der traurigen Vorstellung seiner Mutter vom Jahr zuvor zuzulassen. Der Herzog war davon überzeugt, dass seine Herzogin am zweiten Todestag seines Vaters als direkte Folge der erbärmlichen und überdramatischen Trauer seiner Mutter zu diesem Anlass bei ihrer fünften Schwangerschaft eine Fehlgeburt erlitten hatte. Nachdem Deborah nun zu Beginn des zweiten Drittels ihrer nächsten Schwangerschaft war, war Roxton fest entschlossen, seine Frau und sein ungeborenes Kind zu schützen, daher schien ihm die Anwesenheit Sir Titus Foleys notwendig, um seine Mutter durch diesen weiteren Jahrestag zu bringen. Der angesehene Arzt sollte noch an diesem Tag in Treat eintreffen und seine Ankunft konnte nicht früh genug sein.

Dass seine Mutter nicht, wie von ihm verlangt, ihre schwarze Kleidung abgelegt hatte und seinen Gästen Gesprächsstoff bot, indem sie in eine Unterhaltung mit einem Mann vertieft war, der in der Gesellschaft als Ostindienhändler herumstolzierte, während er alles andere als ein einfacher Mann ohne familiäre Beziehungen war, diente nur dazu, den Herzog noch mehr aufzubringen. Wie kam es, dass sie sich kaum um Familie und Freunde kümmerte, sich jedoch entschloss, freundlich zu diesem Fremden zu sein? Der Mann war so unverschämt gewesen, sie zum Tanzen aufzufordern und hatte dann die unglaubliche Frechheit besessen, ohne Einladung nach Crecy Hall zu gehen, wo es doch Dienern und Gästen gleichermaßen allgemein klargemacht wurde, dass niemand den Witwensitz ohne seine ausdrückliche Erlaubnis aufsuchen dufte.

Mit einem Auge auf seiner Mutter und seine Gedanken bei dem, was er Mr. Jonathon Strang sagen wollte, hörte er von Lady Strathsays Geschwätz allenfalls ein Wort unter fünfen. Etwas darüber, dass die verwitwete Herzogin etwas nicht brauchte, was Lady Strathsay aber gerne für ein paar Wochen, vielleicht einen Monat lang, hätte. Und wenn es Seiner Gnaden gefiele, sie ihr zu überlassen, würde sie gut dafür sorgen, dass sie eine wundervolle Zeit hätten, auf ihre eigenen Kosten natürlich, so dass sie, wenn sie wieder in den Dienst *Mme la duchesses* zurückkehrten, ihr in Zukunft noch bessere Dienste würden leisten können. Und überhaupt würde Seine Gnaden sicher zugeben, dass sie für die Bequemlichkeit von *Mme la duchesse* eigentlich doch eher unnötig wären. Wenn Seine Gnaden nur seine Zustimmung geben wollte …

„Wenn *Mme la duchesse* dem zugestimmt hat, habe ich da nichts anderes zu sagen", antwortete Roxton knapp, verärgert, weil seine Mutter ihre Cousine zu ihm geschickt hatte, als ob er nichts Wichtigeres hätte, womit er sich beschäftigen musste, als das Ausleihen ein paar ihrer Pferde! Als ob sie seine Erlaubnis brauchte. „Ihr könnt sie sehr gerne haben, Charlotte", fügte er hinzu und entschuldigte sich, bevor Lady Strathsay ihn noch länger festhalten konnte.

Er war fast an Antonias Seite, als sich die Türen am anderen Ende

der Galerie öffneten, um seine vier Kinder einzulassen. Ihre kleinen
Gesichter verfehlten es nie, ihn zum Lächeln zu bringen und der Welt
freundlicher gesonnen zu sein. Er schaute zu, wie sie die Galerie
entlang gingen oder getragen wurden, alle mit ihrem besten Benehmen
vor dem Raum voller Gäste. Das hieß, bis sie ihre Großmutter
erspähten.

ANTONIA LIEF IN IHRER GEWOHNTEN SPONTANITÄT MIT
ausgestreckten Armen auf die Kinder zu. Die drei Jungen stolperten
über den polierten Boden, um zuerst zu ihr zu gelangen, die kleinen
Gesichter zu breitem Lächeln verzogen und Lachen in den Augen, und
als Antonia in einer Wolke von Röcken zu Boden sank, um sich auf
ihre Höhe zu begeben, warfen sie ihr die Arme um den Hals, um
geküsst und umarmt zu werden. Sie nahm Julie aus den Armen ihres
Kindermädchens und kuschelte sie auf ihrem Schoß, während sie den
Zwillingen zuhörte, die aufgeregt darüber plapperten, dass ihr Vater sie
am nächsten Tag bei dem Bootsrennen rudern würde.

Bald trampelten alle vier Kinder des Herzogs über die Yards von
schwarzer und silberner Seide von Antonias exquisiten Röcken, eifrig
darauf bedacht, nahe bei ihr zu sitzen und ihren jungen Stimmen
Gehör zu verschaffen. Sie lachten und kicherten und sprachen gleichzeitig Französisch. Die Stunden, die im Kinderzimmer darauf verwandt
worden waren, ihnen beizubringen, dass sie vor den Gästen ihrer Eltern
ihr bestes Benehmen zu zeigen hätten, lösten sich in einer Sekunde in
nichts auf. Gus hielt einen verbundenen Finger hoch, um ihn von
seiner Großmutter ernst begutachten zu lassen, und warf seinem
Bruder einen bösen Blick zu. Louis sagte, es wäre nicht seine Schuld,
dass der Finger seines Bruders dem Hammer im Weg gewesen wäre,
und Antonia glaubte ihnen beiden. Frederick benahm sich verschwörerisch und steckte die Spule mit grünem Band, die Antonia ihm
zusteckte, tief in seine Tasche, um sie später herauszunehmen und von
einem der Kindermädchen zu einer Kokarde für seinen Kapitänshut
verarbeiten zu lassen.

Antonia sah dann Julias improvisiertem Tanz zu und applaudierte,
als ob das kleine Mädchen die einzige Person im Raum wäre und
stimmte zu, dass sie die hübscheste Fee wäre, die sie je gesehen hatte.
Und als das kleine Mädchen dann auf ihren Schoß kletterte und
anfing, an den winzigen Seidenschleifen ihres Mieders herumzuspielen,
kümmerte es Antonia nicht im Geringsten. Es machte ihr auch nichts
aus, als die fünfjährigen Zwillinge fest an der an ihren Ellbogen herab-

fallenden Spitze zogen, um ihre Aufmerksamkeit von ihrer lästigen, koketten kleinen Schwester abzulenken.

Die Kindermädchen und Tutoren hielten pflichtschuldig Abstand und sahen zu, als wäre es normal für die verwitwete Herzogin von Roxton, mit ihren jungen Schützlingen auf dem bloßen, polierten Boden herumzurutschen. Die Gäste des Herzogs hielten sich ebenfalls zurück und schauten ohne ein Murmeln zu. Die meisten hatten ein nachsichtiges Lächeln aufgesetzt, denn man hätte ein Herz aus Stein oder gar kein Herz haben müssen, um nicht von der bedingungslosen Liebe, mit denen die verwitwete Herzogin diese Brut fröhlicher Kinder überschüttete und die ihr ihrerseits entgegengebracht wurde, beeindruckt zu sein.

Dennoch gab es auch neidischere Blicke von solchen, deren Aufmerksamkeit weiterhin auf dem Herzog ruhte und auf eine Reaktion von ihm warteten, weil seine Mutter sich im Staub niedergelassen hatte und ihre exquisiten Röcke von den Possen seiner Kinder ruiniert wurden. Doch wenn Roxton sich daran störte, dass Antonias spontanes Benehmen viele Augenbrauen dazu veranlasste, sich zu heben, zeigte er das nicht. Er beobachtete seine Kinder mit einem nachsichtigen Lächeln, und als die Herzogin ihre Hand in seine gleiten ließ, sagte er etwas zu seiner Frau, das sie lächeln und zustimmend nicken ließ.

Doch nicht jeder schwieg zu diesem Thema. Lady Strathsay sprach Kitty Cavendish gegenüber aus, was ältere, mehr auf Anstand bedachte Mitglieder des Adels für sich dachten.

„Natürlich sind sie alle unerträglich verwöhnt", verkündete die Gräfin kalt; ihre Nasenflügel bebten vor Neid bei dem Anblick, wie Antonia mit den vier schönsten Kindern, die sie je zu Gesicht bekommen hatte, auf dem Boden saß. „*Mme la duchesse* hat ihre Wildheit immer ermutigt, und Roxton unternimmt nichts, um das empörende Verhalten seiner Mutter einzudämmen, weil er Angst davor hat, was das ihrem fragilen Geisteszustand antun könnte. Keiner von uns wünscht sich eine Wiederholung ihres Nervenzusammenbruchs im letzten Jahr, vor aller Augen. So peinlich für den Rest der Familie. Natürlich kann ich für Antonias vergangene und gegenwärtige Leiden nur *Monseigneur* die Schuld geben. Er hat sie fürchterlich verwöhnt, wie nur ein vernarrter älterer Ehemann eine jüngere, schöne Ehefrau verwöhnen kann." Sie verzog angewidert den Mund. „Ist es da ein Wunder, dass sie ihre Enkelkinder in der gleichen Art verwöhnt?"

Kitty Cavendish wollte antworten, erkannte jedoch, dass es sich um eine rhetorische Frage handelte, als Lady Strathsay kaum Luft holte, bevor sie weiter ihr Gift verspritzte.

„Wie Roxton glaubt, dass er seinen Kindern Manieren beibringen kann, wenn seine Mutter alle seine Regeln mit nur einem Besuch im Kinderzimmer aushebeln kann, ist mir ein Rätsel. Und natürlich, die liebe, gute Herzogin … Man kann mit ihrer misslichen Lage nur Mitleid haben. Deborah tut ihr Bestes, das weiß ich, aber welche Hoffnung kann sie haben, ihren Kindern ein gutes Beispiel zu geben, wenn Roxton sie ständig schwanger und damit ständig im Kindbett hält? Gott sei gedankt, dass Monseigneur zu alt war, Antonia mehr als zwei Mal zu schwängern. Ihr jüngerer Sohn ist ein völlig verwöhnter, eingebildeter junger Mann, und als Roxton jung war, war er der übermütigste und eigensinnigste Junge – alles die Schuld seiner Mutter.

„Doch überraschte er uns alle, als er zu dem ernstesten und behäbigsten jungen Mann wurde, den man sich vorstellen kann. Vermutlich, weil er schon sehr jung auf die Grand Tour geschickt wurde. Das durchtrennte die Nabelschnur zu seiner Mutter ein für alle Mal, und man muss Monseigneur dazu gratulieren, dass er zumindest etwas Verstand zeigte, als es um seinen Erben ging. Ja, Kitty, ich denke, du hast recht. Man muss in die Zukunft schauen. Es gibt noch Hoffnung für das Herzogtum Roxton, durch Frederick. Das heißt, wenn Antonias ungezügelter Einfluss ihn nicht rettungslos verzieht. Doch ich schätze, nachdem es ihm und seinen Brüdern und seiner Schwester nicht mehr erlaubt ist, Crecy Hall zu besuchen, werden sie endlich zu netten, gehorsamen Kindern werden.“

Kitty öffnete erneut den Mund, um einen Gedanken zu äußern: Wie ihre guten Freundin Deborah Roxtons selbst zugab, war ihre Schwiegermutter das freundlichste Wesen, das je gelebt hatte, und die beste Großmutter, die ihre Kinder sich jemals hätten wünschen können. Doch die Worte blieben ihr im Hals stecken, als ihr klar wurde, dass der Edelmann, der drohend hinter ihren Rücken aufragte, der Herzog war und sein Gesicht vor unterdrückter Wut starr wirkte.

„Euer Unterstützung für meine Familie ist äußerst lobenswert, Mylady“, sagte er bissig zu Lady Strathsay mit einem missbilligenden Blick auf Kitty, als ob ihr Schweigen Zustimmung zu den giftigen Gefühlen der Viper in Samtröcken bedeutete. „So lobenswert, in der Tat, dass ich denke, wir können für die absehbare Zukunft auf Eure Perlen fehlgeleiteter und, darf ich es so sagen, *bösartiger* Gefühle verzichten.“

Als Lady Strathsay den Mund öffnete, um zu widersprechen, verhinderte Roxtons eisiges Schweigen, dass sie sich ihm widersetzte. Sie versank zum Zeichen ihrer Zustimmung in einen respektvollen Knicks und er nickte Kitty kurz zu, dann wandte er sich ab, um seine Kinder einladend anzulächelnd.

„Liebe Güte“, sagte Kitty, als Jonathon herübergeschlendert kam, um sich an ihre Seite zu stellen. „Ich fürchte, morgen werde ich den ganzen Tag damit verbringen müssen, das bei der lieben Herzogin wieder gut zu machen."

„So?", fragte Jonathon, der kein Wort gehört hatte, sondern den Blick immer noch auf die Familie Roxtons gerichtet hielt.

Er sah zu, wie der Herzog einen Arm um seine Herzogin legte, während sie ihren Söhnen einen Gutenachtkuss gab, während die kleine Lady Juliana, der beständige Plagegeist des jungen Frederick, an der Spitze von Antonias Ärmel zupfte, um sicherzustellen, dass ihre Großmutter sie tatsächlich dabei beobachtete, wie sie als Fee herumflatterte.

„Bemerkenswerte Ähnlichkeit, meint Ihr nicht, Kitty – dieses Kind und die verwitwete Herzogin?"

Kitty schloss ihren flatternden Fächer mit einem Knall und ließ ihn an der seidenen Schnur um ihr Handgelenk herunterbaumeln.

„Strang! Tommy hat mir gesagt, was Ihr mit der Herzogin vorhabt, und ich glaube nicht ..."

Jonathon riss seinen Blick von Antonia los.

„Bitte um Verzeihung, Kitty, aber Ihr habt keinerlei Ahnung von meinen Absichten."

„Es gibt andere Wege, die Besitzurkunden für die lange verlorenen Erdklumpen der Familie zurückzuerhalten, als mit Roxtons Mama zu flirten."

„Ja. Ihr habt recht. Aber ich flirte so gern mit einer schönen Frau."

„Dann flirtet mit jeder anderen des Dutzends schöner und viel jüngerer Frauen, die in dieser Woche hier sind. Martha und Maria Aubrey sind zwei der hübschesten jungen Mädchen, die man jemals zu sehen hoffen könnte ..."

„Das sind doch Kinder."

„Das sind sie keineswegs und wenn Ihr nur Zeit in ihrer Gesellschaft verbringen würdet, könntet Ihr bald erkennen, dass sie ein gutes Verständnis für moderne Ehen haben. Als Eure Frau würde keine von ihnen versuchen, sich in Euer Leben einzumischen."

Jonathons Lippen zuckten. „Liebste Kitty, ein einäugiger Mann mit einem halben Gehirn kann sehen, was Ihr vorhabt. Ich sah, wie Ihr die Köpfe mit Hettie zusammengesteckt habt. Sie versuchte, Eure Unterstützung zu gewinnen?"

Kitty räusperte sich und hoffte, unbeteiligt zu klingen. „Ich weiß nicht, was Ihr meinen könnt. Hettie ist eine liebe Freundin und ... „

„... in einer heißen Sommernacht in Hyderabad habe ich törichterweise meine Zurückhaltung aufgegeben und bin mit ihr unter ein Moskitonetz gekrochen", unterbrach er sie trocken; der stumpfe

Ausdruck in seinen sonst freundlichen braunen Augen warnte Kitty vor der bedrückenden Erkenntnis, dass ihre Freundin keine Chance hätte, Jonathons Interesse wieder zu entfachen. „Ohne Lady Hibbert-Baker kränken zu wollen, aber das ist eine Begegnung, die ich im kühlen Grün Englands nicht wiederholen möchte."

„Von Hettie abgesehen, wenn Ihr in irgendeiner Weise besorgt seid, dass Martha oder Maria nach einer Heirat sich über Euer Interesse für Frauen aufregen könnten, kann ich Euch versichern, dass sie durch und durch moderne Mädchen sind."

„Wie erfreulich."

„Oh, Strang! Könnt Ihr nicht wenigstens über eine neue Heirat *nachdenken?*"

Er schüttelte ob ihrer Beharrlichkeit den Kopf. „Wann werdet Ihr Eure Versuche als Ehestifterin für mich aufgeben, Kitty?"

„Wenn Ihr wieder heiratet."

„Dann werden wir diese Unterhaltung noch führen, wenn wir alt und zahnlos sind. Ich habe die Absicht, bis ins Grab ungefesselt zu bleiben."

Sie beobachtete, wie sein Blick zu der verwitweten Herzogin von Roxton zurückwanderte, die mit den Kindern zum Ende der Galerie ging, die für diesen Abend allen Gute Nacht gewünscht hatten. Sie schürzte missbilligend die Lippen. Mit Antonia Roxton zu flirten, gehörte nicht zu Kittys Plänen für ihren Schwager. Es war eines, mit Henrietta Hibbert-Baker ins Bett zu gehen – das würde nicht die gesamte Gesellschaft die Brauen heben lassen – aber der verwitweten Mutter des Herzogs von Roxton nachzulaufen, die zehn Jahre älter war als er, würde nicht nur allgemeines Stirnrunzeln auslösen, es würde aller Munde offen stehen lassen und Sarah-Janes Hoffnungen, Dair Fitz-stuart, den Erben der Grafschaft Strathsay, zu heiraten, ernsthaft gefährden.

Dair Fitzstuart schätzte die Meinung seiner Mutter und Charlotte Strathsay schätzte die Meinung der Gesellschaft. Die Hoffnungen und Träume der armen Sarah-Jane, einen Ehemann mit einem Titel zu ergattern, würden wie das sprichwörtliche Kartenhaus zusammenfallen, wenn auch nur ein Hauch eines Skandals sich je an ihren oder den Namen ihres Vaters heften würde. Bevor sie sich zurückhalten konnte, sagte Kitty mit einem halbherzigen Lachen:

„Ihr denkt doch nicht ernsthaft an Antonia Roxton. Das ist eine lächerliche Vorstellung. Ihr seid fast im gleichen Alter wie ihr Sohn, um Himmels willen!" Als Jonathon stumm blieb, den Blick fest auf die Herzogin gerichtet, zischte sie ihn hinter ihrem flatternden Fächer hervor an: „Macht Euch doch nicht zum Narren, Strang! Nicht wegen

Antonia Roxton. In dieser Woche ist hier eine wahre Armee von schönen Frauen versammelt, die ...“

„Das sagtet Ihr bereits. Wenn sie nur halb so begehrenswert wären.“

„Sie ist für Euch völlig unerreichbar!“

„Aber ich habe solch lange Arme, Kitty.“

„Seid doch ernst! Sie war dem alten Herzog völlig ergeben, selbst als er krank war und im Sterben lag. Sie trauert noch immer um ihn. Ihr werdet niemals ihr Herz gewinnen.“

„Ich bin nicht hinter ihrem Herzen her, Kitty.“

Kittys Mund klappte auf. „Strang!“

„Nur sie kann die Übertragungsurkunden für das unterschreiben, was meinen Vorfahren genommen wurde, und ich habe die Absicht, sie verstehen zu lassen, dass meine Familie diese Wiedergutmachung verdient.“ Als Kitty ihren offenstehenden Mund hinter ihrem blattgoldverzierten Fächer verbarg, lächelte er. „Oh, Ihr irrt Euch nicht. Ich möchte *das* auch. *Sehr* sogar.“

Kitty musterte ihn listig.

„Dann begeben wir uns doch einmal für einen Moment ins Reich der Märchen und glauben, dass Ihr Antonia Roxton verführen könntet ... Wenn Ihr genug von ihr habt, was dann? Glaubt Ihr, sie würde wie Kerzenwachs schmelzen und Euch die Urkunden einfach so unterzeichnen?“

„Was ich erwarte, Kitty, ist, für meinen Unterhalt zu arbeiten. Doch sie wird unterschreiben – irgendwann.“

Jetzt wurden Kittys Augen trübe.

„Warum verzichtet Ihr nicht einfach auf die Verführung und legt Eure Karten offen vor ihr auf den Tisch. Ein so liebenswürdiges Geschöpf muss die Berechtigung Eures Verlangens einsehen und Euch ohne Widerrede das Strang-Leven-Erbe überschreiben.“

„Und unseren Spaß verderben? Ich bin kein völliger Schurke, meine Liebe. Ich möchte, dass sie genauso viel Spaß hat wie ich. Und dann – sobald sie geschmolzen ist – wird sie unterschreiben.“ Jonathon verbeugte sich Abschied nehmend. „Jetzt müsst Ihr mich entschuldigen. Wie die Flamme die Motte erwartet mich meine Kerze.“

Doch bevor Jonathon mehr als zwei Schritte auf Antonia zu machen konnte, hielt ihn ein Diener mit einer Einladung auf: Seine Anwesenheit würde anderweitig erwünscht. Sie kam vom Herzog, der auf der Terrasse ein Wort unter vier Augen mit ihm sprechen wollte.

ACHT

Diejenigen Gäste, die noch in der Galerie verweilten, um Karten zu spielen, oder sich auf den Sofas und Stühlen niederließen, um über die morgige Regatta und die geplanten Aktivitäten auf den Rasenflächen zu sprechen, sahen mit kaum verhülltem Interesse zu, wie sich der Herzog und sein Gast, der Kaufmann, auf der Terrasse unterhielten. Zwei Lakaien an den Terrassentüren verstellten jedem den Weg, der frische Luft schnappen wollte, so dass die Unterhaltung nicht unterbrochen oder belauscht werden konnte.

Antonia fragte sich, was ihr Sohn wohl mit Jonathon Strang besprechen könnte. Ihre Schwiegertochter war zum Teewagen zurückgekehrt, wo der Butler und eine Gruppe von Dienern die Tee- und Kaffeekannen sowie die Kuchenteller auffüllten, und hatte sie zu den wenigen Damen gerufen, die sich nicht für ein Nickerchen vor dem abendlichen Konzert zurückgezogen hatten. Antonia nahm pflichtschuldig Platz, jedoch nicht auf dem von der Herzogin für sie ausgewählten gepolsterten Ohrensessel, der von der Terrassentür abgewendet stand. Sie ging zu dem Rosshaarsofa, das einen Blick auf die Terrasse bot, während ihre stets präsenten Kammerfrauen in der Nähe herumstanden.

Die Herzogin erkundigte sich, ob ihre Schwiegermutter gerne eine Tasse Kaffee hätte. Antonia schüttelte den Kopf, sagte aber nichts. Sie grüßte pflichtbewusst die Damen im Kreis mit einem Lächeln und einem Nicken, aber das war auch alles, was sie zur Unterhaltung beitrug. Alle sahen die Herzogin von der Seite an, die ihr Angebot nicht wiederholte. Sie sprach mit Kitty Cavendish über einen unwichtigen Vorfall, der im Drury Lane ereignet hatte, als sie und der Herzog das letzte Mal das Theater besucht hatte. Kitty nahm den Faden auf und die Damen plauderten über die neuesten Stücke, die gezeigt wurden. Dennoch waren sich alle bewusst, dass die Herzoginwitwe von Roxton zwischen ihnen saß und ihren Fächer mechanisch bewegte, während ihre Gedanken weit fort waren. Niemand konnte sich wohlfühlen, am allerwenigsten Deborah, obwohl sie ein tapferes Gesicht aufgesetzt hatte und versuchte, so zu tun, als wäre nichts Ungewöhnliches an dem geistesabwesenden Verhalten ihrer Schwiegermutter.

Antonia jedoch war zu sehr mit ihren eigenen Gedanken beschäftigt, um sich an einer Unterhaltung über ein Stück zu beteiligen, das sie nicht gesehen hatte, mit Menschen, die enge Freunde ihres Sohnes und seiner Frau waren und die sie nur flüchtig kannte. Sie wollte mit ihrem Sohn sprechen, aber sobald sich die zweiflüglige Tür hinter dem Rücken ihrer Enkelkinder geschlossen hatte, hatte der Herzog es geschafft, sich davonzuschleichen und stand jetzt mit Jonathon Strang auf der Terrasse.

Warum, fragte sie sich, musste Roxton mit Jonathon Strang an einem öffentlichen Ort wie der Terrasse ein vertrauliches Gespräch führen? Warum konnte er diese Unterhaltung nicht in der Ruhe seiner Bibliothek führen, wo niemand sie sehen oder über den Inhalt ihrer Besprechung spekulieren würde?

Sie hatte gesehen, wie der Lakai Jonathon Strang durch die Galerie führte, und gelächelt, als er, anstatt dem Diener hinaus auf die Terrasse zu folgen, zum zweiten Kamin hinübergegangen war, wo die jüngeren Gäste, angeführt von Dair Fitzstuart, Scharaden aufführten. Sein Bruder Charles und eine Reihe von jungen Leuten taten ihr Bestes, um die vor ihnen aufgeführten Szenen zu erraten. Antonia wusste es fast sofort. Dair war ein guter Schauspieler, und die Aubrey-Zwillinge unterstützten ihn geschickt. Sie war überrascht, dass sie ein so altes Stück gewählt hatten, aber vielleicht hatte es eine weitere Aufführung im Theater gegeben, so wie es bei Fieldings Stücken oft war, unabhängig von ihrem Alter. Die Szene war aus *The Mock Doctor*, in der Dair die Rolle von Gregory und Martha Aubrey die Charlotte spielte, das stumme Mädchen, das überhaupt nicht stumm war.

Antonia liebte es, Scharaden aufzuführen. Sie hatte ihren Schwager Vallentine oft gnadenlos geneckt und mit seiner Frau Estée und Monseigneur gelacht, wenn Vallentine vor Freude strahlte und dachte, er hätte die laufende Scharade richtig geraten, nur, um zu entdecken, dass seine Lösung völlig falsch war. So ein glückliches Quartett ... Sie hatte all ihre drei besten Freunde innerhalb von zwölf Monaten verloren — zuerst Monseigneur. Acht Monate später hatte die Influenza seine Schwester Estée dahingerafft und innerhalb von drei Wochen nach

Estées Tod war ihr Ehemann Vallentine einfach dahingewelkt. Der Verlust von Monseigneur hatte sie so völlig betäubt, dass der Tod von Estée und Vallentine so bald nach seinem Dahinscheiden ihr Auffassungsvermögen völlig überstiegen hatte. Als sie jetzt daran zurückdachte, erkannte sie, dass ihr überwältigender Kummer über den Verlust der Liebe ihres Lebens alles andere überschattet hatte. Vielleicht war ihr Kummer zu viel gewesen, als dass sie ihn hatten ertragen können …

Es gab einen Ausbruch von Gelächter und Applaus, als die Scharade gewonnen wurde, nicht von der jüngeren Mannschaft, sondern von Jonathon Strang richtig erraten, der den Darstellung in Anerkennung ihres Applauses, der weiteres Klatschen auslöste, eine übertriebene Verbeugung machte. Er hob seine Hand, als wollte er sagen, nein, er würde sich ihnen nicht anschließen. Seine hübsche rotblonde Tochter gab ihm einen schnellen Kuss auf die Wange, und dann winkte Charles Fitzstuart sie zu sich, um sich mit ihr zu unterhalten, bevor sie der ausgelassenen Gruppe gegenüberstanden – es war an ihnen, eine Szene vorzutragen. Die Scharade begann, und Jonathon sah vom Kamin aus zu, wo er einen Stumpen zwischen die Zähne steckte, das schmale silberne Etui einsteckte und sich, einen Fidibus aus dem Feuer nehmend, bückte, um die Spitze anzuzünden. Er applaudierte den Bemühungen seiner Tochter mit einem Klatschen der Hände über seinem Kopf, und als sein Stumpen zu seiner Zufriedenheit schwelte, schlenderte er davon, mit einer lässigen Geste dem wartenden Lakaien mitteilend, dass er ihn jetzt auf die Terrasse führen dürfte.

Der Herzog stand mit dem breiten Rücken zur Galerie, die Hände auf der Balustrade gespreizt, und wartete. Als Jonathon auf ihn zu kam, drehte er sich um und hielt die Schnupftabakdose bereit. Jonathon lehnte die Prise ab und zeigte den Stumpen zwischen seinen Fingern. Als der Herzog auf die Terrasse deutete, machten sich die beiden Herren zu einem gemütlichen Spaziergang auf. Als sie zurückkamen und wieder vor den Terrassentüren standen, setzte sich Antonia ein wenig höher auf. Ihr Sohn lächelte.

Wenn Roxton lächelte, zeigte er selten seine weißen Zähne, außer wenn er besonders erheitert oder peinlich verärgert war. Antonia kannte ihn zu gut. Sie bezweifelte, dass er und Jonathon Strang *on–dits* austauschten. Aber was hatte Jonathon Strang gesagt, um ihrem Sohn Unbehagen zu bereiten? Sie runzelte innerlich die Stirn, obwohl ihr Gesicht ausdruckslos blieb.

Jetzt war es an Jonathon Strang, zu lächeln und ebenso breit, den Stumpen in den Mundwinkel geklemmt, als er den Kopf schüttelte, ein Ausdruck spöttischen Unglaubens auf seinen hübschen Gesichtszügen.

Er zog den Stumpen heraus, blies Rauch in die Luft und lachte laut auf, als hätte er einen guten Witz gemacht.

Das Lächeln des Herzogs wurde breiter und er drehte den Terrassentüren den Rücken zu, das schöne Profil Jonathon Strang zugewandt, der sich auf den Marmorsturz hockte, die langen Beine vor sich ausgestreckt und die Knöcheln in Richtung der Galerie gekreuzt, jedoch weiter den Blick auf den Herzog gerichtet. Jetzt war er es, der am meisten redete.

Antonia musterte die Hände ihres Sohnes, die auf dem Geländer ruhten. Sie waren zu Fäusten geballt. Sie wusste, dass ihr Sohn es hasste, im Mittelpunkt der Aufmerksamkeit zu stehen, dass er schüchtern und unbeholfen wurde, wenn er das Objekt der Neugier einer ganzen Menge war. Und doch stand er hier vor den Augen der versammelten Anwesenden in der Galerie, von denen er wusste, dass sie ihn intensiv, wenn auch verstohlen beobachteten, wie er höflich, aber erhitzt mit seinem Gast, dem Kaufmann, stritt.

Es gab nur eine Erklärung: Roxton wollte, dass dieser Streit gesehen wurde, damit seine Gäste Zeuge dessen wurden, was einer sehr öffentlichen Rüge für Jonathon Strang gleichkam. Er tadelte den Mann offen, was dafür sorgte, dass die Gesellschaft seine Gefühle wahrnahm, erfuhr, dass er ihn mit Missbilligung betrachtete. Und er tat das, ohne je ein Wort gegen ihn verlieren zu müssen.

Antonias Instinkt war es, auf die Terrasse hinaus zu rauschen und die beiden zu stellen. Schließlich ging es bei ihrer überaus hitzigen Diskussion um sie, sagte ihre Intuition ihr. Ein Blick auf ihre Schwiegertochter bestätigte ihren Verdacht, als Deborah ihren fragenden Blick mit einem merkwürdigen kleinen Lächeln der Verlegenheit zurückgab, was ihre Aufmerksamkeit von ihrer Unterhaltung mit Kitty Cavendish ablenkte, ohne jedoch Antonias Blick standhalten zu können.

„Ich brauche frische Luft", verkündete Antonia und erhob sich.

„Natürlich, Maman-Herzogin. Aber lass dir zuerst einen meiner Schals von Willis holen. Es weht ein kühler Wind."

„*Merci, ma belle-fille*. Aber ich brauche keinen Schal."

„Doch, Maman-Herzogin", sagte die Herzogin energisch, begleitet von einem freundlichen Lächeln. Sie schaute sich in der Gruppe der Frauen um und fügte auf Englisch hinzu: „Vielleicht könnten wir alle eine Runde auf der Terrasse gehen, wenn der Schal für *Mme la duchesse* geholt worden ist?", schlug sie mit einem fast unmerklichen Nicken zu Antonias Damen vor.

Willis knickste und ging, um den Schal holen zu lassen.

Antonia zögerte. Wollte ihre Schwiegertochter ihr sagen, was sie zu tun hatte? Sie konnte es kaum glauben. Sie hatte keinesfalls vor, herumzustehen und sich in ihrem eigenen Heim von einer jungen Frau demütigen zu lassen, die gerade einmal seit fünf Minuten zur Herzogin erhoben worden war. Sie raffte eine Handvoll ihrer Röcke, um zu gehen, als Deborah aufsprang.

Die Frauen, die in der Sofagruppe gesessen hatten, standen alle zusammen auf und hielten den Atem an. Ebenso die Herren, die sich in ihren Ohrensesseln aus ihrer zurückgelehnten Lage aufrichteten und an den Spitzen ihrer Westen zupften, um den unangenehmen Moment zu überbrücken.

„Wenn Willis zurückkommt, Maman-Herzogin", sagte die Herzogin.

Antonia hob das Kinn. „Willis kann mir den Schal auf die Terrasse bringen."

„Nein. Wir werden warten."

„Nein?" Antonia blinzelte. Hitze stieg ihr den Hals hinauf. „Deborah, ich brauche keinen Schal, das versichere ich dir."

„Ich will nicht, dass du dich erkältest, Maman-Herzogin."

Du willst nicht, dass ich auf die Terrasse gehe, um mit meinem Sohn zu sprechen, das ist es, was du wirklich sagst, grummelte Antonia in ihrem Kopf und fügte hörbar hinzu: „Es ist nicht kalt und ich bin keine Kranke, *n'est-ce pas?*"

„Ich kann dir nicht widersprechen, Maman-Herzogin, aber ich würde meine Pflichten verletzen, wenn ich nicht darauf bestünde, dass du auf den Schal wartest."

Die einfache Aussage der Herzogin, die mit sanfter Bestimmtheit ausgesprochen wurde, wurde von einem stetigen Blick begleitet, der Antonia herausforderte, ihre Autorität in Frage zu stellen.

Die Röte in Antonias Nacken vertiefte sich und schoss ihr in die Wangen. Es lag ihr auf der Zunge, ihre Schwiegertochter daran zu erinnern, dass sie, obwohl sie die gegenwärtige Herzogin von Roxton war, nicht das Recht hatte, der fünften Herzogin von Roxton mitzuteilen, wohin sie in diesem Haus, das ihr Heim gewesen und über das sie als Herrin fast dreißig Jahre lang geherrscht hatte, gehen dürfte und wohin nicht. Doch als sie in die sanften, braunen Augen ihrer Schwiegertochter sah, schwand Antonias Empörung so schnell, wie sie in ihr aufgestiegen war. Die junge Frau biss sich auf die Unterlippe, ein sicheres Zeichen für ihre Nervosität.

Es hat sie all ihren Mut gekostet, mir so zu widersprechen, dachte Antonia mit einem traurigen Lächeln. *Sie muss sich innerlich förmlich winden.*

Arme Deborah. Sie war in eine äußerst unangenehme Lage gebracht worden, die nur dazu diente, Antonia die Nutzlosigkeit ihrer eigenen Stellung als verwitwete Herzogin zu verdeutlichen. Treat war jetzt Deborahs Zuhause und sie seine Herrin. Sie hatte jedes Recht, sich durchsetzen zu wollen. Kein anderer Gast hätte gezögert zu tun, worum sie bat. Mit Sicherheit hätte niemand anders das Recht ihrer Gastgeberin infrage gestellt, eine solche Forderung an sie zu richten.

Sie hätte nicht zum Diner kommen sollen. Ihre Anwesenheit war ihrem Sohn und seiner Frau nur unangenehm. Sie wussten nicht, was sie mit ihr anfangen oder wie sie mit ihr umgehen sollten. Sie konnte es ihnen nicht übelnehmen. Schließlich hatte sich auf diese Fragen auch keine besseren Antworten als diese beiden.

Natürlich war es ihr Sohn, der Deborah damit beauftragt hatte, sie im Haus zu halten, während er mit Jonathon Strang einen Wortwechsel hatte. Warum sonst sollte sie die Terrasse nicht betreten dürfen? Dies bestärkte noch ihren Verdacht, dass die Diskussion vor den Terrassentüren sich tatsächlich mit ihr befasste.

Langsam sank Antonia auf das Rosshaarsofa zurück und fing wieder an, sich zu fächeln.

„Dann warten wir auf den Schal", sagte sie ruhig mit einem Blick durch die Terrassentüren auf den Herzog und Jonathon Strang, wünschte, eine Hummel auf einer der Geißblattranken zu sein, die mit schweren Blüten über dem Terrassengeländer hingen.

🐘🐘🐘

FÜR JEDEN ZUSCHAUER SAH ES SO AUS, ALS GENÖSSEN DER Herzog von Roxton und Jonathon Strang einen gemütlichen Spaziergang über die breite, schachbrettartig schwarz–weiß gefliese Terrasse, in ein Gespräch über unverfängliche Themen vertieft, wie Gentlemen, insbesondere Gastgeber und Gast, es gewöhnlich nach einem langen, befriedigenden Diner führten: Pferde, Jagd, Hunde, Landwirtschaft, nichts allzu Politisches, mit Sicherheit nichts Religiöses und ganz sicher nichts, was mit Geld zu tun hätte. Sie lächelten und plauderten, der Herzog bediente sich an seinem Schnupftabak, während Jonathon einen Stumpen paffte, während beide den Ausblick über die majestätische Landschaft genossen, den weitläufigen, sich schlängelnden See und dahinter das fruchtbare Ackerland – jeder Grashalm, jede Scholle, Pflanze, Straße, jedes Tier und jeder Baum und Mensch gehörten dem Herzog, soweit das Auge reichte.

Doch als sie zurückkehrten und gegenüber den Terrassentüren nahe dem herunterhängenden Geißblatt stehenblieben, nahm die Unterhaltung einen entschieden ernsthaften Ton an und wandte sich einem Thema zu, das in den Gedanken beider Gentlemen eine vordringliche

Rolle spielte. Roxton hielt den Rücken der Galerie zugewandt und schaute über alles hinaus, was ihm gehörte, die Hände flach auf das marmorne Geländer gestützt.

„Mein Verwalter hat mir erklärt, dass eine gründliche Durchsuchung der Archive vier Übersichtskarten der Ländereien zu Tage gebracht hat. Die erste Vermessung wurde durchgeführt, als die Good Queen Bess dem ersten Herzog das Land schenkte. Zwei weitere Vermessungen fanden zu Lebzeiten des vierten Herzogs statt – direkt vor seiner Heirat mit Lady Elisabeth Strang Leven, Eurer Ahnin, und die andere fünf Jahre vor seinem Tod. Die vierte Karte wurde von meinem Vater etwa zum Zeitpunkt meiner Geburt in Auftrag gegeben und ist für Euch daher nicht interessant. Eine vorläufige Durchsicht der Grenzlinien auf den Karten, die zur Zeit meines Urgroßvaters ausgefüllt wurden, wirft einige Fragen auf.“ Roxton sah Jonathon an. „Natürlich bin ich kein Landvermesser und auch kein Anwalt, und es wird beider Fachwissen bedürfen, bevor ich bereit sein werde, eine förmliche Erklärung abzugeben.“

„Und welche Art von Erklärung habt Ihr im Sinn, Euer Gnaden?“

„Dass der vierte Herzog von Roxton bei seiner Eheschließung mit Elisabeth Strang Leven das Erbe von Lady Elisabeths jüngerem Bruder, dem Mündel der Herzogs, Edmund Strang Leven, ihrer Mitgift zuschlug.“

„Rechtswidrig zuschlug, Euer Gnaden.“

„Versehentlich.“

„Fälschlich. Mit weniger gebe ich mich nicht zufrieden.“

Roxton drehte sich um, lehnte sein Hinterteil gegen die Balustrade und nahm, eine Augenbraue in Richtung seines Gastes hochgezogen, Schnupftabak.

„Ich bitte um Verzeihung“, sagte er mit eisiger Höflichkeit, „aber Ihr könnt nicht wissen, dass der Herzog sich das Eigentum Edmund Strang Levens absichtlich aneignete. Aller Wahrscheinlichkeit nach war es ein Irrtum bei der Vermessung, der dazu führte, dass das Land von Strang Leven versehentlich überflutet wurde, um Raum für den See des Herzogs zu schaffen. Was auf einem Dokument lediglich wie eine Grundstücksgrenze von einem Viertelzoll aussieht, war in der Tat der größte Teil eines benachbarten Anwesens, und nachdem dieser Landstrich erst überflutet war, gab es kein Zurück mehr. Das ist nichts Illegales, sondern einfach eine falsche Berechnung.“

Jonathon ließ den Rauch in die Luft steigen und stieß ein bellendes Lachen aus.

„Einfach eine falsche Berechnung? Daran ist nichts Einfaches! Ich gebe gerne zu, dass Ihr mich vielleicht hättet überreden können, dieses Märchen zu schlucken, wenn das der einzige Teil des Erbes gewesen wäre, den Edmund an Euren illustren Vorfahren verloren hat. Ich habe keinen Zweifel, dass es für Eure Geradlinigkeit weit besser zu akzeptieren ist, dass ein fehlerhafter Federstrich eines Landvermesserlehrlings die Grenze nach Westen, statt nach Osten der im kleinen, ledergebundenen Notizbuch seines Herrn vermerkten Koordinaten verschoben hat. Dass der Herzog eines Tages aus der Stadt zurückkehrte, von dem Fehler keine Ahnung hatte und den künstlichen See, den er in Auftrag gegeben hatte, in doppelter Größe vorfand. Und ..."

Der Herzog blinzelte verblüfft, dass er so unverblümt angesprochen wurde. Und als Jonathon Strang ihn mitten im Satz unterbrach, war er so empört, dass er einen Moment sprachlos blieb, bevor er herausplatzte:

„Mr. Strang, wollt mir erlauben ..."

„Nur einen Moment, Euer Gnaden", verlangte Jonathon. „Ihr müsst mir erlauben, dem Märchen Eures Vorfahren gerecht zu werden. Also der Herzog kehrt auf seinen Landsitz zurück und zu seinem Schock und Entsetzen kommt sein oberster Vermesser mit der Mütze in der Hand zu seinem Herrn mit ausgiebigen Entschuldigungen, dass aufgrund eines Irrtums bei der Vermessung nicht nur auf dem dazu bestimmten Land ein Loch gegraben und geflutet wurde, sondern auch drei Viertel des Ackerlandes des benachbarten Anwesens ebenso überflutet wurden. Und dank dieser *falschen Berechnung* liegt das elisabethanische Herrenhaus des Nachbarn perfekt platziert am Ufer des neuen Sees in einer Biegung, die ihm Abgeschiedenheit und Privatheit von diesem großen Gemäuer gewährt, bezaubernd wie eine bewaldete Inseln. Nun, *jetzt* ist es bezaubernd. Der Teich zum Schwimmen und die Tempelchen sind wirklich entzückend. Und die in diesem Tempel hängenden bacchantischen Wandteppiche würden einen Eunuchen hart werden lassen. *Falsche Berechnung?* Vielleicht am St.-Geoffreys-Tag!"

„Wagt Ihr es, mich einen Lügner zu nennen, Sir?"

„Lügner? Wenn ich glaubte, Ihr würdet mich anlügen, Euer Gnaden, würde ich Euch ins Gesicht einen Lügner genannt haben", sagte Jonathon vernünftig und lächelte in sich hinein, als das Gesicht des Edelmannes sich leicht entspannte. „Was ich *tatsächlich* denke, ist, dass Ihr Euch davon überzeugt habt, dass der vierte Herzog ein besserer Mann war, als er es wirklich war. Und das ist nur vernünftiges Wunschdenken. Jeder Mann, außer vielleicht einem Berufsverbrecher, möchte glauben, dass das Blut in seinen Adern von guter Herkunft ist."

Er musterte den Edelmann von oben bis unten und schaute ihm in die grünen Augen, die denen seiner Mutter so ähnlich waren, dass er ein Lächeln unterdrücken musste.

„Meine Quellen sagen mir, dass Ihr ein sehr anständiger Kerl seid. Ein bisschen starrsinnig vielleicht, aber ich schätze, Ihr mögt keine Narren und seid zu Recht zurückhaltend gegenüber allen, die nicht zu Eurem engeren Freundeskreis gehören, wie ein junger Mann es sein sollte, der eine Herzogskrone trägt. Ich kann Schleimer und Schmeißfliegen nicht leiden – solche Männer sind nicht einmal des Inhalts eines *pikdan* würdig. Und genau wie Ihr ertrage ich keine Narren und kein dummes Geschwätz. Also versucht nicht, mich mit einem Märchen abzuspeisen, das Euch ein unterwürfiger Lakai eingeredet hat – dass Euer Vorfahr das Land Edmund Strang Levens aus Versehen überflutet hat, denn das ist ein großer Haufen übelriechenden Kehrichts!"

„Redet Ihr Euch immer wie euch die Zunge gewachsen ist?"

Jonathon war für einen Moment verblüfft und stieß dann ein so lautes Lachen aus, dass nicht nur der Herzog hochschrak, sondern auch die Aufmerksamkeit derer erregt wurde, die mit der Herzogin um den Teewagen herumsaßen.

„Genau das sagte Eure Mutter zu mir! Und mit demselben Aufblitzen von Wut in ihren Augen auch noch!"

„Lasst die Herzoginwitwe hier heraus!", zischte Roxton, auf dessen glatt rasierten Wangen sich rote Flecken zeigten, und ärgerte sich augenblicklich, weil er die Beherrschung verloren hatte.

Das Lachen schwand aus Jonathons dunklen Augen. Er klopfte die Asche seines Stumpen über die Balustrade.

„Es gibt nichts, was ich mehr wünschte, als sie hier heraus zu lassen, aber Ihr wisst ebenso gut wie ich, dass das unmöglich ist."

Roxton hob den Kopf in einer Art, die Jonathon ebenfalls an Antonia erinnerte, und holte tief Luft, bevor er unverblümt sagte:

„Ihr könnt den Witwensitz nicht haben. Es ist mir gleichgültig, wie berechtigt Eure Ansprüche sind, wie viele Anwälte Ihr beschäftigt und ob Ihr im Recht seid." Er begegnete Jonathons unerbittlichem Blick mit seinem eigenen. „Mein Vater hat ihr dieses Haus hinterlassen und es gehört ihr, richtig oder falsch."

„Sie kann es haben ... auf Lebenszeit. Aber ich werde jetzt die Besitzurkunden auf mich überschreiben lassen. Ihr wisst, dass das das Richtige ist."

Die Hände des Herzogs ballten sich auf der Balustrade zu Fäusten, eine Handlung, die von seinem Gast nicht unbemerkt blieb. „Das wird nicht geschehen."

„Es ist ein sehr großzügiges Angebot. Eure Familie hat den Nutzen des Eigentums meiner Familie für fast einhundert Jahre gehabt, und was ich zurückbekomme, ist nur ein Drittel des Anwesens. Zugegeben, Euer Vater hat das fast verfallene Crecy Hall wieder aufgebaut und der Pavillon ist eine bezaubernde Ergänzung, daher akzeptiere ich die Restaurierung als Entschädigung und mache einen Strich darunter, ohne weitere finanzielle Entschädigung zu verlangen. Wollt Ihr mir darauf die Hand geben wie ein Gentleman oder verlangt Ihr Anwälte, Tinte und einen guten Schluck Wein über den Dokumenten, um den Handel zu besiegeln?"

„Was ich *verlange*, ist, dass Ihr *versteht*, dass Crecy Hall *nicht* verhandelbar ist."

Jonathon nahm einen gemächlichen Zug von seinem Stumpen, während er den Herzog musterte. Zwanzig Jahre in der Geschäftstätigkeit auf dem Subkontinent hatten ihm viel über die menschliche Natur beigebracht und wie man seine Mitmenschen verstehen konnte. Und er wusste, dass man ein kühles Herz und einen rationellen Verstand brauchte, um wichtige Geschäfte abzuschließen, und wenn ein Mann sich erlaubte, sich von seinen Gefühlen leiten zu lassen, würde keine noch so logische Argumentation, kühl oder sonstwie, einen erfolgreichen Abschluss dieses Geschäfts bewirken können. Solche Verhandlungen benötigten Geduld und Zeit; Jonathon hatte von beidem jede Menge. Außerdem musste er, soweit es Crecy Hall betraf, den Herzog überhaupt nicht mit einbeziehen. Um die Besitzurkunden auf seinen Namen umschreiben zu lassen, war die Unterschrift der Mutter, nicht des Sohnes, erforderlich. Daher ließ er das elisabethanische Herrenhaus vorläufig fallen und sagte mit einer hochgezogenen Augenbraue:

„Und was ist mit dem Hanover Square, Euer Gnaden? Ihr könnt den Verkauf dieser erstklassigen Londoner Immobilie durch Euren Vorfahren nicht hinwegerklären – Land, das nicht ihm, sondern Edmund Strang Leven gehörte – indem Ihr es auf die *fehlerhafte Berechnung* eines Landvermessers schiebt."

Der Herzog schnaubte verlegen.

„Ich hatte nicht vor, etwas dieser Art zu tun. Ich werde auch das Unverzeihliche nicht verteidigen. Was mein Urgroßvater hier getan hat, ist unverzeihlich."

Ein so offenes Geständnis überraschte Jonathon. Er bewunderte die Ehrlichkeit des Adligen, wenn auch nicht seine Sturheit, und wusste genau, was letztere veranlasste, und dass seine Neigung zu ersteren aus derselben Quelle stammte: von der verwitweten Herzogin von Roxton. Es war eine erfrischende Abwechslung von seinem gewohnten Kontakt mit Mitgliedern der Aristokratie, von denen die meisten von Einbildung und Selbsttäuschung bezüglich ihrer gottgegebenen Stellung so übervoll waren, dass Jonathon sicher war, dass sie wie ein Ballon platzen müssten, wenn er sie nur mit einem Finger anpiekste.

„Warum seid Ihr hier, Strang?", fragte der Herzog und ließ den emaillierten Deckel seiner goldenen Schnupftabakdose zuklappen. „Und beleidigt nicht meine Intelligenz damit, dass Ihr schnellsten Fußes vom Subkontinent gekommen seid, um eine verlorene Erbschaft wiederzugewinnen. Meine Anwälte berichten mir, dass zwischen Eurem Großvater und meinem Urgroßvater eine Menge Korrespondenz geführt wurde, die auf das erste Jahrzehnt dieses Jahrhunderts zurückgeht, und dass sich bislang, bis Ihr kamt, noch kein einziges Mitglied Eurer Familie die Mühe gemacht hat, Anspruch auf Edmund Strang Levens Nachlass geltend zu machen. Und Ihr habt kein Geld nötig. Ihr seid mit genügend Vermögen zurückgekehrt, um Euch Euren eigenen Marmorpalast zu bauen, wenn das Euer Wunsch wäre, und das berücksichtig noch nicht das Einkommen aus Zuckerplantagen und beträchtlichen Ländereien in den Staaten New York und South-Carolina. Und lassen wir den Wunsch Eurer Tochter, einen Gatten mit einem Titel zu finden, außen vor. Das ist eine List, die von leichtgläubigen Matronen und hoffnungsvollen jüngeren Söhnen gerne geschluckt wird."

„Und dennoch möchtet Ihr meine Intelligenz dadurch beleidigen, dass Ihr vorgebt, es nicht zu wissen? Kommt schon, Euer Gnaden! Spielt fair!", sagte Jonathon und schüttelte sein schulterlanges Haar. „Wenn Ihr wisst, was ich wert bin, dann haben Eure Quellen sicher auch herausgeschnüffelt, was mich dazu gezwungen hat, das Land meiner Geburt zu verlassen, in dem ich gehofft hatte, den Rest meiner Tage zufrieden zu verleben. Den Anspruch auf das Strang-Leven-Erbe zu erheben, während ich darauf warte, dass ein Verwandter, der für mich fast ein Fremder ist, seine sterbliche Hülle verlässt und mir hinterlässt, was ich nicht im Geringsten begehre, erlaubt mir, unvollendete Familienangelegenheiten zu regeln. Ich verlange nicht mehr, als man mir schuldet, aber ich bin bereit, weniger zu akzeptieren, wenn die Vereinbarung angemessen scheint." Er gestattete sich ein Lächeln. „In diesem Sinne, und nicht weil es geschäftlich sinnvoll wäre, schlage ich vor, dass Ihr mir das Haus am Hanover Square überschreibt. Ich brauche eine Residenz in der Stadt und sie liegt für meine zukünftigen Bedürfnisse perfekt. Aber was den Rest angeht", fügte er mit einer Handbewegung hinzu, als ob er eine Hummel verscheuchen wollte, „ich brauche weder das Geld noch Kopfschmerzen, weil Anwälte mich mit Kleinigkeiten belästigen. Um wie viel ginge es überhaupt? Zehn, zwanzig, vielleicht dreißigtausend?" Er zuckte die Achseln. „Behaltet es." Mit einem Lachen fügte er hinzu: „Ihr werdet es für Euer immer weiter anwachsendes Kinderzimmer brauchen, bald reicht die Zahl für eine Cricket-Mannschaft!"

Der Herzog fand Jonathons übermütigen Humor nicht witzig. Er stand von der Brüstung der Terrasse auf, ignorierte die Großzügigkeit des Angebots des Kaufmanns und sagte abfällig: „Die Residenz am Hanover Square wurde der verwitweten Herzogin auf Lebenszeit vermacht. Ich kann sie Euch nicht überschreiben."

Auch Jonathon erhob sich, richtete sich auf und schaute dem innerlich brodelnden Edelmann in die Augen. Er verzog das Gesicht. „Wirklich? Und ich komme her und mache Euch ein absolut vernünftiges – und die meisten würden es als sehr großzügig bezeichnen – Angebot, diese Vereinbarung so schnell wie möglich abzuschließen."

„Vereinbarung? Dies ist keine *Vereinbarung*. Das ist ein *Rauswurf*. Ist es für Euch großzügig und vernünftig, eine Witwe aus ihrem Haus zu werfen?"

„Ist es vernünftig für Euch?"

Roxton stöhnte. „Wie bitte?"

„Im Gegensatz zu Crecy Hall, bei dem ihre Unterschrift für die urkundliche Übertragung erforderlich ist, ist weder ihre Unterschrift noch ihre Erlaubnis erforderlich, um die Besitzurkunde des Herrenhauses am Hanover Square auf mich zu übertragen. Ihr müsst sie damit überhaupt nicht belästigen. Wo liegt also Euer Problem?"

„Ich werde nicht hinter ihren Rücken hergehen und die Stadtresidenz, die sie ihr ganzes Eheleben mit meinem Vater geteilt hat, ohne ihr Wissen verkaufen. Wenn sie das herausfände, würde es – würde es ..." Roxton warf die Hände hoch. „Ich weiß nicht, was ihr das antun würde!"

„Aber Ihr habt so etwas schon früher gemacht", schoss Jonathon zurück und drehte den Kopf, um Rauch in die Luft zu blasen. „Warum also ist es dieses Mal anders?", fragte er. „Paris oder London. Französisch oder Englisch. Beide Häuser waren ihr Heim. Das *hôtel* in der Rue Saint-Honoré muss genauso viele Erinnerungen bergen wie das Haus am Hanover Square. Wenn ich raten sollte, denke ich, dass das *hôtel* ihr wesentlich mehr bedeutet, da sie bis in die Spitzen ihrer hübschen Zehen Französin ist, *und* es war das Haus der Kindheit für Euren Vater und seine Schwester. Und dennoch habt ihr *das* hinter ihrem Rücken verkauft, noch dazu an Leute, die sie als weit unter dem Adel Monseigneurs stehend betrachten wird." Er zuckte die Schultern. „Eure Entschuldigung dafür, das Haus am Hanover Square zu behalten, hört sich da etwas lahm an, nicht wahr, Euer Gnaden? Vielleicht habe ich Euch falsch eingeschätzt. Ihr seid nur aus Prinzip starrköpfig und habt das Haus in Paris ohne Rücksicht auf die Gefühle Eurer Mutter verkauft?"

„Ihr eiskalter Bastard", zischte der Herzog durch zusammengebissene Zähne.

Jonathon lachte.

„Ich verdiene eine solche Bezeichnung kaum, wenn ich mir die allergrößte Mühe gebe, die Wiedergutmachung von Unrecht für Euch – und für sie – so schmerzlos wie möglich zu gestalten."

„Ich weiß nicht, welcher schmutziger Methoden Ihr Euch bedient habt, den Angelegenheiten meiner Familie hinterher zu schnüffeln, aber ich werde Euch fordern, bevor ich zulasse, dass Ihr sie aufregt!"

Jonathons Augenbrauen schossen hoch.

„Ein Duell, Euer Gnaden?" Er lächelte schief und schüttelte den Kopf. „So mache ich keine Geschäfte. Tatsachen, Papiere und Anwälte sind meine starke Seite, nicht Morgenröte, Sekundanten und Schwerter. Der Kaufmann in mir ist zu besonnen, um sich an solch hitzigen und unsinnigen Dingen zu beteiligen. Ich schätze, der Gentleman in Euch stimmt dem zu."

Er drückte den Stumpen auf der Ledersohle seines Schuhs aus und ließ die verbleibende Hälfte des handgerollten Zigarillos in der schlanken silbernen Dose verschwinden, die er in einer Tasche seines Rocks trug.

„Im Übrigen, wenn Ihr nach schmutzigen Methoden fragt, schaut Euch Eure Verwandten an. Eine Tasse Kaffee nach dem Diner und ich bekam die Fakten, ohne danach fragen zu müssen. Ich weiß nicht, wie Charlotte Strathsay das entdeckte, was Ihr vor Eurer Mutter so eifrig zu verbergen bemüht, aber sie brennt darauf, diese Neuigkeiten in deren kleines Ohr zu flüstern. Diese Frau verdient ihren Beinamen – die *Viper in Sammet*."

Bei dieser Enthüllung wurde der Herzog rot und war aufrichtig zerknirscht.

„Oh. Dann bitte ich für meine voreilige Beschuldigung um Verzeihung."

„Es kann nicht einfach sein, Oberhaupt eines herzoglichen Hauses zu sein", sagte Jonathon mit echtem Mitgefühl. „All diese Verwandten, Gefolgsleute und Anhänger, die innerhalb des Schoßes der Familie versorgt werden sollen. Bei einem Geschäft kann man einen Angestellten wenigstens, wenn er betrügt, ohne weitere Überlegungen oder der Drohung böser Auswirkungen, weil ein anderer Angestellter sich darüber aufregen könnte, entlassen."

„Ich würde es niemandem wünschen", stellte Roxton mit einem selbstironischen Lächeln offen fest, was Jonathon nicht nur überraschte, sondern auch nachsichtiger über den Edelmann denken ließ; ebenso wie die echte Wärme, die in seiner Stimme zu hören war, als er seine Kinder erwähnte.

„Frederick freut sich sehr, Euch als Ruderer bei der morgigen Regatta zu haben."

„So? Ich hoffe, ich kann seiner Begeisterung gerecht werden! Macht es Euch etwas aus?"

„Dass Ihr für ihn rudert? Aber gar nicht. Es war sehr nett von Euch, das anzubieten."

„Es war eher so, dass ich dazu gedrängt wurde. Ich kann mir das nicht zugutehalten."

„Frederick sagte mir, seine Großmutter hätte Euch dazu überredet. Das ist, was mich stört."

„Warum sollte es? Es war eine großartige Idee."

„Es stört mich, dass Ihr ohne Erlaubnis Crecy Hall besucht habt und euch ohne Einladung und ohne Aufsicht der Herzoginwitwe aufgedrängt habt."

„Aufgedrängt? Ich würde eine Tasse Kaffee in ihrem hübschen kleinen Pavillon nicht als aufdrängen bezeichnen. Ich glaube eher, dass sie die Gesellschaft genossen hat."

„Oder zu höflich war, Euch wegzuschicken?"

„Oh nein, das hat sie versucht. Aber ich war eine so lange Strecke gerudert, um sie zu besuchen, dass am Ende die guten Manieren obsiegten und wir uns mit einer guten Tasse Kaffee und etwas Rührkuchen mit Fred– mit den Schwänen hingesetzt haben", sagte Jonathon und versuchte, seinen Versprecher zu überdecken.

Das Lächeln des Herzogs war dünn.

„Keine Sorge. Ihr habt mir nicht verraten, dass mein Sohn ausgerissen ist. Auf diesem Anwesen passiert nichts, buchstäblich *nichts*, ohne dass ich es erfahre, ob ich es wissen will oder nicht. Ein weiterer unerwünschter Zustand, der sich daraus ergibt, Oberhaupt eines herzoglichen Hauses zu sein. Hört zu, Strang", sagte er mit völlig veränderter Stimme und einem stirnrunzelnden Blick auf die Schnupftabakdose in seiner Hand, „es fällt mir schwer, Euch das zu sagen, und ich ziehe Euch nur ins Vertrauen, weil ich sehe, dass Ihr ein Mann seid, dem man etwas nicht leicht ausreden kann, wenn er sich einmal entschlossen hat, und dass Ihr ohne Erklärung kein einfaches *Nein* akzeptieren werdet ..."

Nach einem Moment des inneren Kampfes fuhr der Herzog fort und sagte rundweg: „Die Herzoginwitwe ist keine gesunde Frau. Das mag Euch, einen völlig Fremden, überraschen, wenn Ihr sie mit ihren Enkeln seht oder wie sie sich während des Abendessens mit ihren

Nachbarn unterhält. Tatsächlich hat sie Euch gestern Abend sogar einen Tanz gewährt. Aber die, die sie gut kennen – und ich erzähle Euch dies im strengsten Vertrauen – haben ernsthafte Sorge um ihre – ihre – *Sicherheit*. Ich möchte, dass Ihr versteht, wie die Dinge liegen. Und das ist der Grund, warum ich wünsche – nein, warum ich Euch *befehle*, Euch von ihr fernzuhalten.“

Jonathons Augenbrauen zogen sich über seiner langen, schmalen Nase zusammen. Er warf einen Blick durch die französischen Fenster und erblickte den Gegenstand ihrer Diskussion, wie sie zu ihnen herüberschaute, und so, wie sie rasch den Kopf abwandte, musste sie sie bereits eine ganze Weile beobachtet haben.

„Sie hat versucht, sich das Leben zu nehmen? Das glaub ich nicht!“

„Meine Eltern hingen übermäßig aneinander. Trotz ihres großen Altersunterschieds waren sie einander äußerst zugetan. Ich glaube nicht, dass meine Mutter jemals den Ernst der Krankheit meines Vaters begriffen hat, dass er tatsächlich im Sterben lag. Und so, als es passierte … Ihre Trauer ist übertrieben und krankhaft und sie ist … *zerbrechlich* geworden. Am zweiten Jahrestag seines Todes war ihr Geisteszustand derartig, dass sie, wenn Sir Titus nicht anwesend gewesen wäre, es ihr – seiner Meinung nach - gelungen wäre.“ Der Herzog runzelte die Stirn. „Warum sagt Ihr, dass Ihr es nicht glaubt?“

„Versteht mich nicht falsch, Euer Gnaden. Ich glaube, dass Ihr das ernsthaft befürchtet. Ich glaube aber einfach nicht, dass sie sich zu solch einer drastischen und ziemlich egoistischen Tat hinreißen lassen würde. In ihr ist zu viel Geist, zu viel *Licht*, als dass sie ein solches Leben einfach auslöschen könnte.“ Er fügte nicht hinzu, dass ihr Versprechen an Monseigneur, Frederick den herzoglichen Smaragdring an seinem einundzwanzigsten Geburtstag zu überreichen, wie er glaubte, ein Versprechen war, das sie bis zu ihrem letzten Atemzug zu erfüllen suchen würde.

Jonathons Überzeugung überraschte Roxton. Der Kaufmann kannte seine Mutter erst seit einem Tag und sprach dennoch, als hätte er sie sein ganzes Leben lang gekannt und hätte das Recht dazu. Es bereitete dem Herzog aus unerklärlichen Gründen Unbehagen und dennoch musste er widerwillig zugeben, dass der Kaufmann recht hatte. Er wünschte von ganzem Herzen, dass es so wäre.

„Ich vertraue darauf, dass ihr dies für Euch behaltet.“

„Das hättet Ihr nicht erwähnen müssen, Euer Gnaden.“

Der Herzog nickte, steckte seine Schnupftabakdose ein und bedeutete den Dienern, die Terrassentüren zu öffnen.

„Und Ihr werdet Euch von der Herzoginwitwe fernhalten?“

„Und Hanover Square?“

„Zunächst ein Mietverhältnis für einen Apfel und ein Ei. Nehmt es so, wie es gemeint ist: eine Geste des guten Willens für die Zukunft. Die rechtlichen Dinge werden Zeit brauchen, bis sie geregelt werden können, und für den Rest dieser Woche muss ich mich anderen, dringlicheren Staatsangelegenheiten widmen. Auch etwas, worauf ich verzichten könnte.“

Als Jonathon seine Hand ausstreckte, nahm der Herzog sie und es wurde eine Einigung erzielt.

„Und die Herzoginwitwe. Ihr werdet Euch von ihr fernhalten?“

Jonathon trat vor dem Herzog in die Galerie und sagte über seine Schulter: „Was das betrifft, Euer Gnaden, wie ich gestern Abend sagte, kann mir Eure Mutter das selbst sagen.“

NEUN

Der Tag der jährlichen Regatta in Treat war für Mitte April ungewöhnlich warm, und die Sonne schien von einem wolkenlosen, wasserblauen Himmel. Eine leichte Brise wellte die glasklare Oberfläche des Sees, Weiden wiegten sich träge und tauchten Spinnenfinger in das eiskalte Wasser, während helle, frische Blätter sich an den alten Eichen und Buchen, die auf den vielen Hektar wohlgepflegten Parklands verteilt standen, zur Sonne hin öffneten.

Menschen hatten begonnen, über der weite Rasenfläche des Hangs, der vor dem mit riesigen Säulen geschmückten Palast terrassenförmig zum See abfiel, auszuschwärmen. Pächter und Landarbeiter mit ihren Familien hatten schon vor Stunden ihre Reise begonnen und kamen in Karren an, die gewöhnlich für Heu bestimmt waren, und brachten die Einwohner der zwei Dörfer, die nicht zu Fuß kommen konnten, mit. Die Armee von Hausangestellten des Herzogs, seine Stallknechte, Gärtner und ihren Familien, alle, die nicht unbedingt von ihren Pflichten festgehalten wurden, trugen ihre besten Sonntagskleider und mischten sich mit der Erlaubnis, an dem Fest teilzunehmen, in die Menge.

Kleine Kinder, die sich an den Händen ihrer älteren Brüder oder Schwestern festhielten, liefen herum, um über die Vorstellung des Kasperltheaters zu kichern, ehrfurchtsvoll mit offenen Mündern die fantastischen französischen Marionetten anzustarren, die den alten König Louis von Frankreich und seine französischen Höflinge darstellten, und selbst mit Hilfe der zahnlückigen Zirkusartisten zu probieren, wie man jonglierte oder auf Stelzen lief. Vor allem aber standen sie

Schlange, um in der französischen *Oudry*-Kutsche, die von vier weißen Ponys gezogen wurde, eine Fahrt durch die Parklandschaft zu unternehmen. Die vergoldeten Außenseiten der Kutsche waren mit fantasievollen Hirtenszenen des französischen Künstlers Jean-Baptiste Oudry verziert, und das Innere bestand aus dunkelblauem Samt und Blattgold mit quastenbehangenen Plüschkissen und Glas-Schiebefenstern. Es hieß, die Kutsche wäre eine Kopie der Kutsche von *Mme la duchesse* auf der anderen Seite des Kanals in Paris.

Und als kleine und große Mägen vor Hunger knurrten, gab es, alles dank der Großzügigkeit des Herzogs, eine Fülle von Essbarem an Ständen, die alle Arten von Fleisch anboten, von Roastbeef bis zu Wildbret, Käseplatten, Obst und Brot, kandierte Früchte, Süßigkeiten, Kuchen und Gebäck sowie verdünnten Sirup und frische Milch für die Kinder und Apfelwein und Punsch für die Erwachsenen.

Es wurde erwartet, dass alle, vom höchstrangigen Adligen bis zum Schornsteinfeger, sich Seite an Seite an den Ständen bedienen sollten und die meisten taten das mit größter Leichtigkeit und guten Willens. Dennoch gab es unter den edlen Gästen des Herzogs einige, die sich einfach weigerten, mitzutun und das Essen mit den einfachen Leuten zu teilen. Diese wenigen blieben auf der obersten Terrasse sitzen, unter einer Reihe von bunten Markisen, die Schutz vor der Sonne boten, und befanden sich an einem Aussichtspunkt, von dem aus sie die Festaktivitäten und das Bootsrennen aus der Ferne beobachten konnten. Dort waren weiche Teppiche ausgelegt, um das feuchte Gras zu bedecken, es gab hochlehnige Stühle und samtgepolsterte Fußschemel, die diesen dahinwelkenden älteren Damen und behäbigen Gentlemen Bequemlichkeit boten, während livrierte Diener sich um jeden ihrer Wünsche kümmerten und dabei neidisch ihre Kollegen beobachteten, die nicht beim Butler einen der kürzeren Strohhalme gezogen hatten und einen Tag frei von den Launen anderer genossen.

Unten am Ufer sollte das wichtigste Ereignis des Tages beginnen. Die sechs Ruderboote, die auf die Teilnahme am Rennen warteten, hüpften an ihren Anlegestellen auf und ab, die gemalten Ruder waren noch eingezogen und lagen auf den Ruderbänken, farbige Seidenflaggen, die auf halber Länge an jedes Ruder gebunden waren, erklärten die politische Einstellung jedes Ruderers und Steuermanns des Bootes – die hannoverischen für das gegenwärtige Königshaus, Stuarts für das vorherige, die amerikanischen Farben der Kolonien, weil England sich mit diesen im Krieg befand, die französischen, weil das Herzogtum Roxton von dort stammte und sein halbes Blut auf die Könige der Bourbonen zurückführte, die spanischen, für das katholische Königreich, das England in der Vergangenheit besiegt hatte, und die des italienischen

Staates Florenz, weil *Mme la duchesse* fast so gut Italienisch sprach wie ihre französische Muttersprache.

Der Botschafter von Florenz sponserte nicht nur jedes Jahr ihr zu Ehren ein Ruderboot, er schickte auch einen Florentiner aus der Botschaft, um im Rennen zu rudern. Der spanische Botschafter, der davon erfahren hatte, wollte sich von einem kleinen italienischen Staat nicht übertreffen lassen, und so bot auch er einem seiner Mitarbeiter aus der Botschaft an, das spanische Boot zu rudern, und übertraf sein florentinisches Gegenstück, indem er eine Börse mit spanischem Gold anbot, um den Roxton Silver Cup, den der Rennsieger jedes Jahr erhielt, zu ergänzen.

Diener huschten über die Holzbretter des Bootsstegs auf Boote und überprüften in letzter Minute das Boot ihres jeweiligen Herrn, während die Gentlemen selbst auf dem Rasen herumliefen. Aufmerksame Kammerdiener halfen ihnen, sich bis zu ihren wogenden Hemdsärmeln auszuziehen und sie dann in ärmellose, farbige Westen zu kleiden, die der Farbe ihrer Seidenflaggen entsprachen und sie auf dem offenen Wasser des Sees von weitem erkennbar machen würden.

Die Teilnehmer diskutierten die Strecke, über die das Rennen gehen würde: Unter der Brücke hindurch, einmal um die Vogelnestinsel herum, hinüber zum Damm und dann über die Biegung des Sees, die zwischen dem elisabethanischen Witwensitz Crecy Hall und der Schwaneninsel mit ihren versteckten Badebecken und den Tempeln verlief, zurück zum Steg – eine Entfernung von über einer Meile. Entlang der Strecke waren in kleinen Booten und auf den Inseln Beobachter postiert worden, um dafür zu sorgen, dass die richtige Route eingehalten wurde und falls einer der Ruderer in Schwierigkeiten geraten sollte. Die letzteren liefen herum und gaben gutmütig an, machten abfällige Bemerkungen über die männlichen Eigenschaften und Fähigkeiten der anderen Ruderer, während sie ihre eigenen sportlichen Künste übertrieben herausstellten in der Hoffnung, das Selbstvertrauen ihrer Rivalen zu beeinträchtigen und die Scharen von Schönheiten zu beeindrucken, die gekommen waren, um den Gentlemen Glück zu wünschen.

In ihre besten Seidenkleider im Stil *Anglaise à la Polonaise* gekleidet, mit Strohhüten voller Federn und Bänder auf ihren toupierten und gelockten Haaren, zarte Sonnenschirme in den Händen, um ihre sahneweiße Haut vor den Strahlen der Sonne zu schützen, machten die Schönheiten bei der gutmütigen Konkurrenz der Gentlemen mit – die Männer achteten darauf, ihre Bemerkungen noch im Bereich des Anstands zu halten, nachdem die Damen jetzt anwesend waren. Die Damen, denen die Ehre zuteilwurde, einen Ruderer als Vertreter zu haben, unter diesen auserwählten wenigen auch Sarah-Jane Strang und Martha Aubrey, trugen passende Bänder in ihren Haaren und um die pummeligen Handgelenke.

Tommy Cavendish flatterte als Hüter des Regatta-Verzeichnisses unter Ruderern, Damen und Zuschauern herum, nahm in letzter Minute Wetten entgegen, hinter sich einen Diener, der das hochwichtige Verzeichnis trug, während ein anderer seinem Kollegen mit Feder und Tinte folgte. Der Herzog war der klare Favorit dieses Rennens, es wurde erwartet, dass er es im zweiten Jahr in Folge gewann; für den auffällig gutaussehenden Dair Fitzstuart standen die Wetten drei zu eins und für den braungebrannten Kaufmann Jonathon Strang passable fünf zu eins für einen Gewinn.

Die fünf Jahre alten Zwillinge des Herzogs rannten mit einer Gruppe ebenso ausgelassener Dorfkinder den Steg auf und ab und waren ein allgemeines Ärgernis, da niemand da war, der sie hätte bändigen können. Dies war einer der wenigen Tage im Jahr, an dem auch die Tutoren einen Tag frei von ihren adligen Schützlingen waren und sich ungehindert in die Menge mischen konnten, wenn sie es wünschten, auch so weit entfernt wie möglich von den jungen Herrschaften in ihrer Obhut. Dies gefiel den Jungen und Mädchen, störte jedoch einige der edlen Gäste, die nicht an die Anwesenheit von Kindern gewöhnt waren, die, wenn man sie überhaupt sah, auf keinen Fall gehört werden durften. Die Lords Augustus und Louis sorgten dafür, dass jeder sie sah und hörte!

Und doch stand Lord Alston, der Erbe des Herzogs, still zwischen seinem Vater und Jonathon Strang in seiner grünen Seidenweste und seinem Hut mit der grünen Kokarde, das Kinn nach oben zu den großen Männern gereckt, und lauschte gespannt dem Wortwechsel der eleganten Ruderer. Sein ernstes und erwachsenes Benehmen brachte ihm den Beifall von Adligen, Pächtern und Dorfbewohnern gleichermaßen ein, wurde aber von seiner Mutter, die ihn einige Minuten lang aufmerksam beobachtet hatte, nicht als das Verhalten angesehen, das für Jungen im Alter von nicht ganz sieben Jahren normal wäre. Er hätte mit seinen übermütigen Brüdern und den Dorfkindern zusammen Unsinn machen sollen. In der Tat wurde es gewöhnlich als sein Recht angesehen, als der Älteste der Anführer der lustigen Bande kleiner Strolche zu sein.

Die Herzogin machte sich Sorgen um Frederick. Sie machte sich keine Sorgen um Gus und Louis, die kraftstrotzenden Fünfjährigen, die sich ständig irgendwo in eine Klemme brachten, die Knie aufschlugen, ihr Spielzeug zerbrachen und oft Hosen und Strümpfe mit Gras– und Schlammflecken verdarben, wenn sie nur fünf Minuten im Freien waren. Da sie ihren Neffen Jack großgezogen hatte, seit er fünf Jahre alt gewesen war – jetzt war er ein junger Mann von fast sechzehn Jahren – war Deborah an die ungezogene und raue Art von Jungen gewöhnt. Doch Frederick war nie rau gewesen. Er war ernst und überaus ordentlich in seinem Äußeren und sein Verstand war seinem Alter weit voraus, wie seine Tutoren ihr und dem Herzog sagten. Während sie sich freute, dass er nicht dumm war – denn er würde einen guten Verstand brauchen, um den großen Nachlass, der allein ihm gehören würde, wenn er das Herzogtum von seinem Vater erbte, weise zu nutzen – brachte überlegene Intelligenz zumindest für die sehr Jungen – wie für ihren Sohn – den Nachteil mit sich, dass sie sich für die Unterhaltungen der Erwachsenen interessierten, bevor sie wirklich bereit waren, die subtile Bedeutung zu verstehen, die hinter vielem lag, was laut ausgesprochen wurde. Auch wenn er die Nuancen des Gesprächs zwischen Erwachsenen nicht erfasste, stellte sich Frederick auf das Thema ein und war klug genug, um den Unterschied zwischen Spott und Respekt nur allzu gut zu verstehen.

Und es gab eine Person, die Fredericks Herzen teuer und Gegenstand ständiger Spekulationen und Klatsches unter Familienangehörigen, Bediensteten und der feinen Gesellschaft war, was, wie Deborah wusste, ihren Sohn bekümmerte. Und er sah jetzt bekümmert aus. Sie sah die Ängstlichkeit in seinem kleinen Gesicht unter dem schicken Hut eines Kapitäns, die schwarzen Locken fielen ihm in seine Stirn wie seinem Vater, und seine großen, braunen Augen, die ihren so ähnlich waren, richteten sich öfter auf die obere Rasenfläche und huschten über die Reihe der Zeltdächer. Im Gegensatz zu ihr bemerkte sein Vater diese Abgelenktheit nicht; er witzelte mit den anderen Ruderern darüber, wer es bis zur Schwaneninsel schaffen würde, ohne das Boot umzuwerfen.

Die Herzogin, gefolgt von ihrer Kammerfrau mit Lady Juliana auf dem Arm, ging zu den Herren Ruderern hinüber, um ihnen viel Glück zu wünschen und dafür zu sorgen, dass ihre Söhne alle sicher auf ihren Plätzen saßen, bevor sie zu ihrem eigenen Standort ging. Sie sollte sich in der Mitte des dritten Bogens der Steinbrücke, die über den See ging, aufstellen, um das Startsignal für das Rennen zu geben, indem sie ein beschwertes, rotes Seidentuch schwenkte und dann ins Wasser fallen ließ.

„Es ist noch viel Zeit, mein Schatz", flüsterte Deborah Frederick ins Ohr, während sie so tat, als richte sie den Sitz seines Hutes, um keine Aufmerksamkeit auf ihre Bemerkung zu lenken. Sie lächelte in seine braunen Augen. „Das Rennen wird noch eine Weile nicht beginnen. Mema wird kommen."

Frederick schaute in die freundlichen Augen seiner Mutter, und ihr verständnisvolles Lächeln trug viel dazu bei, seine Angst zu lindern. Er nickte und lächelte. „Sie wird heute grün tragen, Maman. Für mich."

„Natürlich wird sie das. Wie schön", antwortete die Herzogin unbefangen, ohne ihr Erstaunen durchklingen zu lassen. Sie strich sanft die dunklen Locken aus Fredericks Gesicht und hoffte von ganzem Herzen, dass er Recht hätte. Sie lächelte und richtete sich auf, aber nicht, ohne ihm einen Kuss auf die Wange gegeben zu haben. „Das soll dir Glück bringen. Aber vielleicht brauchst du kein Glück, Frederick", sagte sie mit klarer Stimme, damit die Herren es hören konnten, „denn, wie mir Eure Tochter, Mr. Strang, erklärte, seid Ihr ein sehr guter Ruderer und werdet den Herzog vernichtend schlagen?"

Sie drehte sich mit hochgezogenen Augenbrauen zu Sarah-Jane um, die in der Gruppe der Damen stand, die gekommen waren, um den Herren bei der Vorbereitung auf das Rennen zuzusehen.

„Das waren doch Eure Worte, nicht wahr, Sarah-Jane? *Vernichtend schlagen?*" Doch bevor die errötende Sarah-Jane etwas erwidern konnte, wandte sie sich mit einem Rauschen ihrer Röcke aus Seide und Tüll und einem schalkhaften Lächeln dem Herzog zu und legte eine Hand auf seinen bloßen Unterarm. „Also hast du in diesem Jahr echte Konkurrenz, Roxton, und wirst *auf Teufel komm raus* rudern müssen. Dair und Charles mögen mir verzeihen, sie sind ausgezeichnete Ruderer, aber da Roxton sie letztes Jahr *vernichtend geschlagen* hat, kenne ich die Verhältnisse. Ihr jedoch, Mr. Strang, seid noch eine unbekannte Größe ... Trotzdem, ich habe eine Wette angenommen und jetzt müsst Ihr Euer Können unter Beweis stellen."

Sie gab ihrem Mann einen raschen Kuss auf die Wange.

„Ich bitte um Verzeihung, Euer Gnaden, aber ich muss ein Geständnis ablegen. Ich habe auf einen Sieg Mr. Strangs gewettet."

Unter den Rudern erhob sich lauter Protest, einige brachen auf Kosten des Herzogs in Gelächter aus, andere gingen so weit, dem Herzog mitfühlend ob der Illoyalität seiner Frau einen freundlichen Schlag auf den breiten Rücken zu versetzen. Jonathon beteiligte sich an dem gutmütigen Geplänkel, machte der Herzogin zum Dank eine schwungvolle Verbeugung, bevor er ihre Hand küsste und sich zwecks Unterstützung an die Gruppe der Damen wandte, die ihm sämtlich Beifall spendeten und vor ihm knicksten.

Der Herzog gab sich gekränkt, warf einen ernsten Blick zu seinen lachenden Gegnern und hob dann missbilligend eine Augenbraue in Richtung der Damen, weil sie es wagten, einem anderen den Vorzug zu geben. Dennoch war die Heiterkeit in seinen grünen Augen so groß, dass er ein Grinsen nicht unterdrücken konnte, und jeder freute sich über einen guten Spaß auf seine Kosten. Er zog seine Frau an sich.

„Möge der Teufel dich holen, du ungetreues Frauenzimmer!", murmelte er ihr zu und holte sich einen Kuss. „Ich werde mich nur noch mehr anstrengen müssen, härter und schneller zu rudern, um deine Achtung wiederzugewinnen."

„Bitte nicht", bat sie leise und blickte mit einem zittrigen Lächeln in seine Augen, bevor sie ihren Sohn anschaute, der jetzt ihre Hand hielt, dessen Aufmerksamkeit jedoch immer noch vor allem auf die Reihe der Zeltdächer gerichtet war. „Er trägt grün – für sie. Sie hat ihm ein Versprechen gegeben."

Der Herzog folgte ihrem Blick nach unten und sein Lächeln verschwand. „Verdammt …"

Er ließ sie los und beschäftigte sich sehr offensichtlich mit dem Herunter– und Heraufrollen seines Ärmels, wobei er leise sagte: „Es wird das Beste sein, ihn beschäftigt zu halten. Er wird genug zu Bedenken haben, wenn das Rennen erst begonnen hat." Er schaute sich nach Tommy Cavendish um und verkündete laut: „Sollen wir beginnen, Gentlemen? Es dürfte an der Zeit sein."

Während die Teilnehmer sich ein letztes Mal von ihrer Schar weiblicher Bewunderer verabschiedeten und einander die Hände schüttelten, ging Roxton in die Hocke, um mit seinem Sohn zu sprechen.

„Frederick? Es ist Zeit, dass deine unartigen Brüder in mein Boot steigen und du in deines. Willst du mir den Gefallen tun, sie einzufangen? Gus und Louis werden auf dich hören. Ich muss noch kurz mit Maman sprechen, dann komme ich gleich. Nimm Mr. Strang mit dir."

Als Friedrich nickte, lächelte sein Vater und tippte ihm liebevoll an die Wange.

Er richtete sich auf und schaute zu, wie sein Sohn zu Jonathon Strang hinüberging und mit einer Geste, die ihm fast die Tränen in die Augen trieb, die große, sonnengebräunte Hand des Mannes ergriff und zu ihm auf lächelte. Der Kaufmann, der ein letztes Wort mit Charles Fitzstuart gewechselt hatte, schaute nach unten, sah, wer es war, und machte sofort großes Aufhebens um den kleinen Jungen. Innerhalb weniger Sekunden gingen Ruderer und Steuermann Hand in Hand über den Steg mit Charles Fitzstuart, während Frederick in ein Gespräch mit seinem Ruderer vertieft war.

„Du musst zugeben, dass er ein Händchen für Kinder hat", bemerkte die Herzogin neben ihrem Mann. „Vor allem für Frederick, und dafür allein mag ich ihn und habe zehn Pfund darauf gesetzt, dass er dich besiegt."

Der Herzog drehte sich um, lächelte und nahm seine kleine

Tochter der dankbaren Kammerfrau ab, die mit dem kleinen Mädchen zu kämpfen hatte. Er hob Juliana hoch in die Luft und setzte sie, die vor Vergnügen quietschte, auf seine Schultern, dann ging das Herzogspaar den Steg entlang zu Roxtons Boot, das jetzt zwei sehr aufgeregte Insassen hatte, die ihr Bestes taten, sich gut zu benehmen. Doch Gus wollte sich nicht hinsetzen, sondern stand mit gespreizten Beinen in der Mitte des Bootes und spielte einen verwegenen Piraten; die rote Seidenflagge, die von einem aufmerksamen Kindermädchen sorgfältig um seinen Arm gebunden worden war, trug er jetzt zusammengerollt um seine roten Locken und über sein linkes Auge gebunden.

„Papa! Papa! Gus ist ein Pirat! Sieh nur, Papa!", schrie Louis voller Bewunderung für seinen Zwillingsbruder. „Er hat sein Auge verloren, als er gegen die schmutzigen Franzmänner gekämpft hat!"

„Er wird Hackfleisch für die Pastete sein, wenn er sich nicht hinsetzt", ermahnte ihn sein Vater mit einem Lachen, das Gus nur dazu ermutigte, stolz die Brust herauszustrecken und seiner Schwester zu winken, die aufgeregt von der großen Höhe der Schultern ihres Vaters mit den Armen wedelte.

Die anderen Boote fingen an, vom Steg fort zu paddeln, um ihre Position einzunehmen. Nur das Boot des Herzogs lag noch festgemacht.

Roxton nahm Juliana mit einem dicken Kuss herunter, die geduldige Kammerfrau eilte mit ihrer kostbaren Last davon, denn das Kichern der kleinen Lady hatte sich in wütende Tränen verwandelt, weil sie nicht zu ihren Brüdern in das Boot steigen durfte, obwohl sie für diesen Anlass gekleidet war.

„Viel Glück, Liebling." Deborah hob sich auf Zehenspitzen und flüsterte ihrem Ehemann neckend ins Ohr: „Ich werde dich heute Abend auch dann belohnen, wenn der so gutaussehende fremde Kaufmann gewinnt."

Er zog sie an sich. „Gutaussehend? *Er* sieht gut aus?"

Deborah lachte über sein verstimmtes Stirnrunzeln und küsste ihn auf den Mund. Sie bewegte sich in seiner Umarmung und er ließ sie los, sich wohl bewusst, dass sie auf der Brücke erwartet wurde, um das Rennen zu starten.

„Zum Umfallen gut, ist die allgemeine Meinung unter den Damen."

„Die sind mir verdammt gleichgültig. Was denkst *du*?"

Die Herzogin lächelte schelmisch, braune Augen leuchteten vor Mutwillen. Sie winkte ihren Zwillingssöhnen zu, die nach ihrem Vater riefen, warf Frederick, der auch von seinem Boot winkte, das von seinem Ruderer geschickt an die Seite seiner Mitbewerber gelenkt wurde, einen Kuss zu und wandte sich wieder an ihren Ehemann, der sie immer noch anstarrte, obwohl sie gesehen hatte, wie sein Kopf sich in Richtung ihrer Kusshand drehte.

„Nun?", fragte er.

Sie kam zu ihm zurück und schaute in sein stirnrunzelndes Gesicht auf, eine Hand auf seine breite Brust gelegt.

„Eine Frau weiß gerne, dass sie noch immer eine eifersüchtige Reaktion bei ihrem Ehemann hervorrufen kann – dass sie noch immer begehrenswert ist, vor allem eine Frau in ihrer fünften Schwangerschaft."

„Begehrenswert? Mein *Begehren*, du undankbare Hexe, ist schuld an deinen ständigen Schwangerschaften. Jetzt lass mich gehen, bevor unsere Söhne aus dem Boot fallen. Robust gutaussehend, also wirklich! Pah! Ich werde meine Belohnung heute Nacht einfordern – ob ich gewinne oder nicht."

„Was das angeht, wirst du, wenn das als Belohnung zählt, jede Nacht reichlich belohnt. Und du wagst es, mich undankbar zu nennen!"

Deborah warf auch ihm eine Kusshand zu und hüpfte mit einem letzten Winken zu ihren Söhnen davon, bevor sie auf die Brücke zuging, wo eine Menge sich versammelt hatte, um den Beginn des Rennens zu beobachten.

Sie brauchte gute zehn Minuten, um die Strecke vom Steg bis zu der Steinbrücke zurückzulegen. Zuerst ging sie am Seeufer entlang und schritt dann über die offene Rasenfläche, die mit wilden, sich im leichten Wind wiegenden Gänseblümchen übersät war, und die zu der langen, geschotterten Auffahrt führte, die nach links zum Haus hinauf und nach rechts zu der Steinbrücke lief. Vom Aussichtspunkt auf dem höchsten Bogen der Steinbrücke wurde die Herzogin durch Tommy Cavendish begrüßt. Eine Schar edler Gäste, umringt von Pächtern, Dienern und Kindern, war ebenfalls hergekommen, um die Ruderer anzufeuern, wenn die Boote unter dem Bogen hindurchfuhren.

Deborah hatte das in einem roten Seidentuch eingeknotete Gewicht in der Hand, sah, dass die Boote sich an der Startlinie sammelten und war bereit, das Tuch fallen zu lassen, als Tommy Cavendish ihre Hand mit einem Wort an ihrem Ohr und einer sanften Hand auf ihrem Oberarm aufhielt. Bei einem der Boote stimmte etwas nicht. Sie sah es auch.

Das Boot, das Jonathon Strang ruderte, in dem ihr ältester Sohn saß, war aus der Formation ausgeschert und kehrte die kurze Strecke zum Steg zurück. Frederick winkte heftig zum Steg hinüber. Die anderen Konkurrenten blieben mit ihren hüpfenden Booten, wo sie waren. Dass der Herzog sein Boot nicht bewegte, aber auch winkte, ebenso wie die Zwillinge, ließ Deborah erleichtert aufatmen, da offensichtlich mit ihrem Sohn, seinem Ruderer und dem Boot selbst alles in Ordnung sein musste. Sie folgte ihren Blicken und den Blicken jedes Mannes, jeder Frau und jedes Kindes auf der Brücke, um sofort den Grund für die Aufregung und die ungezügelte Begeisterung ihres ältesten Sohnes zu erkennen.

„Sie ist hier! Sie ist hier! Mema ist da!"

Das war Frederick. Seine begeisterten Rufe waren so laut, dass die Insassen der anderen Boote sich einmütig umdrehten, um zu sehen, was den Sohn und Erben des Herzogs dazu veranlasst hatte, in seinem Boot aufzustehen und aufgeregt aufs Land zu zeigen. Er schaute Jonathon erwartungsvoll an. Er brauchte kein Wort zu sagen. Jonathon lächelte und machte sich sofort daran, die kurze Strecke zurück zum Steg zu rudern, während Frederick sich schnell wieder ans Ruder setzte.

Die Herzoginwitwe von Roxton war auf dem Weg über den Rasen zum See, in ihrem Gefolge, wie es denen auf der Brücke und draußen auf dem See in den Booten scheinen wollte, die Hälfte der gesamten Menge, die zur Regatta nach Treat gekommen war.

Mehrere Kinder hüpften vor ihr einher auf dem Weg, der örtliche Dorfpfarrer ging zu ihrer Linken und sagte ihr etwas ins Ohr, während rechts von ihr die Frau eines der Gutspächter ihren siebten und neuesten Nachkömmling zur Schau stellte, einen rotwangigen Buben von nicht ganz zwei Jahren. Spencer und Willis folgten dicht dahinter, versagten aber kläglich dabei, die Dorfbewohner auf Abstand zu halten. Ein alter Mann aus dem Dorf mit gekrümmtem Rücken, aber so behände wie ein zehn Jahre jüngerer, löste sich wie aus dem Nichts von der Menge, lüftete seine nicht vorhandene Kappe und reichte Antonia eine Handvoll Frühlingsblümchen, die, der Erde an ihren Wurzeln nach zu urteilen, noch Minuten zuvor sicher im Boden gestanden hatten.

Bei diesem spontanen Geschenk blieb Antonia stehen, um etwas zu sagen, nahm erfreut das zerrupfte Sträußchen entgegen, schnupperte pflichtschuldig daran und reichte ihm ihre Hand zum Dank. Die Menge drängte nach vorn, schob die überforderten Kammerfrauen beiseite, im eifrigen Bestreben zu hören, was die Herzoginwitwe in ihrem stark akzentgeprägten Englisch zu dem alten Ernest zu sagen hatte. Und als Old Ernest sein Bestes gab, um sich über ihre Hand zu verbeugen, und sich mit einem zahnlosen Grinsen aufrichtete, applaudierte die Menge seinen Bemühungen, und ihre Zustimmung wurde zu einem Jubel, als Antonia zur Antwort spielerisch in einem Knicks versank. Der Jubel nahm ab und wurde zu einem Murmeln aus Zufriedenheit und Freude, als der kleine Lord Alston aus seinem Boot kletterte und den Steg entlanglief, um in einer liebevollen Umarmung geborgen zu werden.

„Ich habe Maman *gesagt*, dass du kommen würdest. Ich sagte ihr, dass du grün tragen würdest! Sind das echte Smaragde? Ich mag deine Haare. Schau! Ich habe die gleichen grünen Bänder an meiner Weste und an meinem Hut. Aber der ist im Boot. Haben deine Schuhe Schnallen mit Smaragden? M'sieur Strang trägt auch grün. Seine Weste ist das grünste Grün, das ich je gesehen habe! Du siehst aus wie eine Märchenprinzessin, Mema!"

Frederick plapperte weiter, die kleine Hand in ihre geschoben und hüpfte neben ihr, als sie zum Ende des Stegs gingen, an dem Jonathon auf sie wartete.

„Sieh dir M'sieur Strangs grüne Weste an! Seine Weste ist bei weitem die schönste. Sie ist sogar noch besser als Papas, die rot ist und in der Sonne glänzt! Mema, Maman hat darauf gewettet, dass M'sieur Strang gegen Papa gewinnt! Und wir werden jetzt mit Sicherheit gewinnen, nachdem auch du grün gekleidet bist. Nicht wahr, M'sieur Strang?", fügte er eifrig hinzu und seine freie Hand griff nach Jonathons Hand, als wäre es das Natürlichste der Welt, und zog ihn näher. „Wir werden gewinnen, nicht wahr, jetzt, wo Mema hier ist?"

„Ich denke nicht, dass M'sieur Strang glaubt, dass es mein Kleid ist, das euch gewinnen lassen wird, Frederick", antwortete Antonia mit einem Lachen. „Er erwartet, dass er sich für dich anstrengen muss, um eine Chance zu haben, die Ziellinie vor deinem Papa zu überqueren."

Sie streckte Jonathon die Hand entgegen und bemerkte erst dann, dass sie immer noch die Handvoll Gänseblümchen hielt, die der alte Ernest ihr geschenkt hatte, und drehte sich halb um, um nach Willis und Spencer Ausschau zu halten. Als sie sie nicht hinter sich sah, war sie unsicher, was sie mit den Blumen tun sollte, bis ein Mädchen nervös aus der Menge vortrat, die auf dem Rasen angehalten und es nicht gewagt hatte, den Steg zu betreten, und Antonia schweigend anbot, ihr die Blumen abzunehmen, indem es die Hand ausstreckte und einen ungelenken Knicks machte.

„*Merci, chérie*", sagte Antonia freundlich. „Mach das Beste daraus und winde dir einen Kranz für dein schönes Haar." Sie lächelte, als sich der Blick des Mädchens von den Brettern zu ihrem Gesicht hob, und ihr Lächeln wurde breiter, als das Mädchen, alle Nervosität vergessend, es wagte, zur Erwiderung auf das Kompliment ebenfalls zu lächeln. So sehr, dass es sich abwandte, ohne entlassen worden zu sein, und in die

Menge zurücklief, um seiner Schwester die Gänseblümchen zu zeigen, die ihm die Herzogin geschenkt hatte. Antonia drehte sich wieder zu Jonathon um, reichte ihm die Hand und sagte neckend: „Werdet Ihr Euch anstrengen müssen, M'sieur?"

„Für Euch, Mme la Duchesse, würden Frederick und ich die Themse im berühmten *Doggett's coat and bagde* Rennen herunterrudern!", verkündete Jonathon mit einer Verbeugung und zog sie sanft näher. „Für Euch würde ich mich auf jede Art körperlich anstrengen. Doch diese bezaubernden Röcke haben meine Knie weich werden lassen und ich kann kaum ohne Hilfe aufrecht stehen", witzelte er.

Er lächelte auf sie hinab und bewunderte die Tatsache, dass sie gekleidet war, wie es zu Monseigneurs Lebzeiten ihrem Rang entsprochen hätte, in ein viellagiges, aufwändig besticktes Seidenkleid *à la française*, mit grünen Bändern durchflochtene, honigfarbene Locken, deren Gewicht mit unzähligen Nadeln und eine Handvoll Diamantspangen festgehalten wurde. Ein funkelndes Halsband aus Smaragden und Diamanten umgab ihren schmalen Hals, und ein halbes Dutzend diamantbesetzter goldener Armreifen klimperten an beiden Handgelenken. Sie hatte sogar ihre Wimpern geschwärzt, ihre Wangen gepudert und ihren vollen Mund rot gefärbt. Sie musste eine Menge Gedanken und Mühe an diese Toilette verwendet haben, und dennoch war er sich bewusst, dass dies eine funkelnde, harte Maske war, die verbarg, was sie ausgerechnet an diesem Tag fühlen musste – am dritten Todestag ihres Monseigneurs.

„Nur gut, dass wenigstens meine Arme noch in einwandfreiem Zustand sind, wie, Frederick?", fügte er mit einem Lachen hinzu und zauste die schwarzen Locken des Jungen. „Wir sollten besser wieder in unser Boot steigen, sonst startet das Rennen ohne uns und das würde deinem Papa einen unfairen Vorteil verschaffen."

„Du wirst uns beim Siegen zuschauen, nicht wahr, Mema?", fragte Frederick mit einem Hauch von Besorgnis in der Stimme.

Doch als sie lächelte und nickte und seine blasse Wange küsste, warf er seine Arme um ihren Hals, bevor er zum Boot rannte und Jonathon aufforderte, doch schnell hinterher zu kommen!

Aber Jonathon hielt noch immer Antonias Hand fest. Er sah ihr in die Augen, erfreut, dass sie sich nicht aus seinem Griff losgemacht hatte.

„Ich weiß, warum Ihr so spät kommt. Es ist ein langer Weg auf den Hügel hinauf. Er versteht natürlich, warum Ihr ausgerechnet heute auf Euer Schwarz verzichtet habt – dass Ihr es für Frederick getan habt."

Antonias Augen weiteten sich vor Überraschung darüber, dass er instinktiv verstanden hatte, dass sie den Morgen damit verbracht hatte, mit ihren Lieben im Mausoleum zu sprechen. Sie nickte und senkte ihre Wimpern, den Blick auf seine ärmellose Weste gerichtet. Sie war wie die anderen, die er getragen hatte, sehr fein bestickt mit den leuchtendsten Seidenfäden, und in den tiefsten Grün- und Blautönen gewebt, die sie je gesehen hatte. Die Stiche waren so eng und fein, dass sie eine vollkommen glatte, glasähnliche Oberfläche bildeten. Sie hatte plötzlich das Bedürfnis, mit ihrer offenen Handfläche über die Seide zu streichen, die seidige Weichheit einer so schönen Stickerei zu genießen, die ihrer Haut schmeichelte, und unter der Seide die Härte seiner Brust und seines Rumpfes zu spüren.

Sie wagte es, ihren Blick zu heben. Er trug keine Krawatte, und das weiße Hemd klaffte am Hals auf und enthüllte bloße, braungebrannte Haut. Sie sah ihn schwer schlucken und fragte sich, ob sein Puls so schnell schlug wie ihr eigener. Sie wusste, wenn sie ihre Hand über sein Herz legte, würde sie das Klopfen unter ihrer Handfläche fühlen, stark und gleichmäßig und voller Leben. Ganz anders als beim letzten Mal, als sie ihre Hand über das Herz eines Mannes gelegt hatte, den sie über alles andere geliebt hatte. Sie schluckte ebenfalls, holte tief Luft und zwang ihre Gedanken innerlich wieder in die Gegenwart. Dies war weder der Ort noch die Zeit, um zusammenzubrechen, trotz der Tatsache, dass er wusste, wie viel dieser Tag ihr bedeutete. Sie muss stark sein, stark für Frederick.

„Eure – Eure Weste ist auch sehr kleidsam. Frederick ist ganz begeistert davon. Noch eine Stickerei aus Indien?"

„Ja, aus Indien. Ich habe eine ganze Kiste voll davon. Diese hier ist besonders reich und schön bestickt und von Pfauen übersät." Er lachte. „Und ich fühle mich darin wie ein Pfau!"

„Es gibt nichts Traurigeres als einen Pfau, der sein Rad schlägt, ohne einen Grund dazu zu haben. Also müsst Ihr gewinnen, um Eurer Pracht gerecht zu werden, und dann könnt ihr herumstolzieren wie ein solcher Vogel."

Sie lachten beide und schwiegen dann.

„Ihr müsst gehen", sagte sie leise. „Frederick ruft nach Euch, und die anderen – die anderen warten, um das Rennen zu beginnen."

„Geht nicht nach der Regatta nach Hause, ohne Euch von mir zu verabschieden. Versprecht es."

Das ließ Antonia die grünen Augen zu seinen heben.

„Verabschieden? Ihr reist ab? *Pourquoi?*"

„Ich muss; nach London."

„London? Wann?"

„Sofort nach dem Rennen."

„*Sofort?* Warum? Verzeiht! Ich hätte nicht …"

„Nein. Es stört mich nicht, dass Ihr fragt. Geschäfte. Ich habe einen Mietvertrag für ein neues Haus bekommen und muss ...“

„Aber sicher habt Ihr einen Haushofmeister, dass Ihr Euch von weitem um solche Dinge kümmern könnt, und Ihr seid gerade angekommen und Eure Tochter – Eure Tochter wird enttäuscht sein, so bald abreisen zu sollen.“

Er lächelte über ihre aufrichtige Enttäuschung in sich hinein. Er zuckte mit den Schultern und fuhr sich mit der Hand durch die Haare.

„Wenn es nur das Haus wäre... Aber es gibt eine andere, dringendere Angelegenheit, die meine tatsächliche Anwesenheit erfordert. Ich hätte schon fort sein sollen, aber ich konnte Frederick nicht enttäuschen ... Oder die Gelegenheit verpassen, Euch in all Eurer süßen, grünen Pracht zu sehen.“

Antonia errötete bei dem Kompliment und sagte leise: „Eure Tochter soll mit Euch gehen?“

„Nein. Sie bleibt hier, bei Kitty und Tommy Cavendish.“

„Sie werden sie am Ende ihres Aufenthalts hier nach London mitnehmen, in Euer neues Haus?“

„Nein! Ah! Nein! Nein! Ich gehe nicht für immer weg“, versicherte er ihr mit einem Grinsen. „Nein. Ich habe vor, so schnell wie möglich zurückzukommen. Sehr bald, wenn sich dies erneut als falscher Alarm erweist.“

„Oh!“

Sie stieß einen kleinen Seufzer der Erleichterung aus, den sie schnell durch ein Räuspern zu verbergen trachtete, und ihren Blick überallhin, nur nicht auf ihn, richtete, da er schmunzelte.

„Zwei Tage und wir vermissen einander schon.“

„Und wieder seid Ihr absurd!“

„Ich muss zurückkommen“, sagte er leise. „Ihr werdet mir und Frederick ein Diner schulden, wenn wir dieses Rennen gewonnen haben.“ Er berührte ihre errötete Wange und hob dann mit einem Finger ihr Kinn. „Ich möchte Euch so gerne küssen. Hier. Jetzt. Ich gebe keinen roten Heller darauf, wer zuschaut, und es ist mir egal, ob Ihr mir ins Gesicht schlagt.“ Und mit einer ungestümen Bewegung hob er ihre Hand, drehte sie um und beugte sich vor, um seinen Mund darauf zu drücken, zuerst auf die zarte Mitte ihrer Handfläche und dann auf ihr bloßes Handgelenk.

Sofort erhitzte ein Schauer des Verlangens ihr Blut, raste wie mit tausend Nadeln ihren Arm hinauf, übergoss ihren Hals und dann ihre Brüste mit Hitze, die ihre Porzellanhaut in tiefem Rosa erglühen ließ. Ihr Korsett drückte gegen ihre Rippen und engte sie unerträglich ein, sie konnte nur mit Mühe atmen. Sie fürchtete, in Ohnmacht zu fallen.

Mon Dieu, was ist los mit mir? Rasch entzog sie ihre Hand seinem noch andauernden Kuss und verbarg sie hastig hinter ihrem Rücken. Wo sein Mund ihre Haut berührt hatte, brannte ihr Fleisch, als würde es von einer offenen Flamme versengt.

„Wie – wie könnt Ihr es wagen, mir das anzutun?", hauchte sie und weil sie sonst nichts hatte, um den peinlichen Moment zu verbergen, öffnete sie mit einem Knall ihren Fächer aus vergoldetem Papier mit seinen zart gemalten Szenen griechischer Götter und Göttinnen. Die kühle Luft, die sie ihrer Brust zufächelte, half wenig, sie zu beruhigen.

„Ihr errötet ganz entzückend", stellte er heiser fest und sein Blick hing an dem schnellen Heben und Senken der tiefen Kluft zwischen ihren Brüsten. „Und Ihr duftet göttlich. Ich würde nach dem Namen des Parfüms fragen, aber Ihr tragt keines, nicht wahr?" Er blinzelte. „Antun?", fragte er und schaute sie fest an. „*Was* tue ich euch an?"

„Hört auf! Ihr wisst ganz genau, was Ihr mir antut! Und ich will nichts von Erröten und Düften hören, wenn ich *nicht* erröte. Mir ist heiß, weil ich hier ohne Sonnenschirm in der Sonne stehe, was für braungebrannte Irre schön und gut sein mag! Und bei allem, woran ich heute denken musste beim Ankleiden – da ich daran gewöhnt war, ohne Schmuck auszugehen und schwarz zu tragen– habe ich vergessen, Parfüm aufzutragen. Nicht, dass ich das getan hätte, würde ich daran gedacht haben, denn ich habe so lange keines mehr verwendet, dass es nicht mehr wert ist, getragen zu werden. Ich brauche eine neue Flasche. Und jetzt müsst Ihr gehen, Frederick rudern und gewinnen, bevor ich Euch in den See stoßen muss, um Euch zum Gehen zu bringen!"

Das brachte ihn zum Lachen und er verbeugte sich kurz.

„Und Ihr sagt, ich hätte ein loses Mundwerk! Ich glaube, ein Bad im kalten Wasser würde uns beiden guttun! Ich sollte Euch bitten, mir zu vergeben, aber da es Eure Schuld ist, werde ich das nicht. Bei Euch vergesse ich meine Manieren. *Au revoir!*"

Er drehte sich auf dem Absatz um, stolzierte zum Ende des Steges und kletterte in das Boot hinab, während seine Konkurrenten „Huzzah!" schrien und ihm zuriefen: „Wird auch höchste Zeit, Strang!", und fast schon beschlossen hatten, das Rennen ohne ihn zu beginnen.

ZEHN

Antonia verfolgte den Start des Rennens vom Ende des Stegs aus. Der Herzog und die Zwillinge winkten begeistert, und sie lächelte und winkte zurück und warf ihnen sogar eine Kusshand zu, als Gus aufstand, um sein Piratentuch zu zeigen. Er stand noch, als die Herzogin schließlich das rote Tuch von der Brücke fallen ließ. Großer Jubel erhob sich in diesem Moment, lauter als üblich, denn die Verzögerung hatte Kinder und Erwachsene gleichermaßen ungeduldig werden lassen und es herrschte allgemeine Erleichterung, endlich Bewegung auf dem See zu sehen.

Als das letzte der Boote unter der Brücke hindurch und aus Antonias Blickfeld gerudert worden war, lagen der Herzog und seine Zwillinge unter dem Gebrüll derer auf der Brücke vorn, Dair Fitzstuart dicht dahinter, Jonathon mit Frederick guter Dritter und Charles Fitzstuart war allen dreien dicht auf den Fersen. Antonia wusste, dass sie die Boote jetzt nicht mehr sehen würde, bis sie am Damm umgekehrt und um die Schwaneninsel herumgerudert waren. Sie verließ den Steg und schloss sich ihrer Schwiegertochter und einer Gruppe von Damen mit verschiedenfarbigen Bändern in den Haaren an, welche ihre Treue zu einem der bestimmten Ruderer ausdrückte, die dort draußen auf dem See kämpften. Die Brücke bot die beste Aussicht und war der einzige Ort, von dem aus man den Kampf an der Ziellinie verfolgen konnte, da derjenige zum Sieger erklärt wurde, dessen Boot als erstes unter dem mittleren Bogen der Steinbrücke hindurch kam.

Erneut erhob sich Jubel, als drei Boote schließlich hinter einer Biegung in Sicht kamen und das letzte Stück der Rennstrecke in

Angriff nahmen; sie lagen so dicht beieinander, dass es unmöglich war zu unterscheiden, wer führte, als sie Schlag um Schlag die Engstelle zur Brücke herunterruderten.

Die Rufe der Zuschauer wurden lauter, als die Ruderer schneller wurde, da sie wusste, dass das Ende in Sicht war. Kinder und eine Schar junger Männer, die mit den Füßen im eisigen Wasser geplantscht hatten, rannten am Schilfufer hinauf und hüpften, als ob ihre Bemühungen den müden Ruderern irgendwie helfen könnten, noch schneller zu werden. Gruppen aus Familien, die auf dem Rasen gesessen und die herrliche Aussicht auf die Parklandschaft und den See genossen hatten, machten sich jetzt auf den Weg zum Ufer, um das Ende des Rennens zu beobachten. Eine Menge begann sich an den Ufern des Sees nahe dem an der Südseite der Brücke verankerten Ponton zu sammeln, wo die Boote am Ende des Rennens festmachen würden.

Was Antonia am meisten überraschte, als die Ruderer und ihre seidenen Flaggen deutlich in Sicht kamen, war, Dair Fitzstuart in Führung zu sehen – was die Aubrey-Zwillinge in eine Ekstase mädchenhafter Freudenschreie ausbrechen ließ. Das spanische Boot lag nur wenig vor dem Florentiner am zweiten Platz, aber es war offensichtlich, dass der spanische und der italienische Ruderer völlig erschöpft waren. Kurz vor der Brücke wurden diese Boote langsamer und das Stuart-Boot schoss unter dem mittleren Bogen hindurch und überquerte die Ziellinie als erstes. Dair Fitzstuart ließ seine Ruder fallen und sich in den Kahn zurücksinken, Arme und Beine von sich gestreckt, schwer atmend, der Körper matt, die schwarzen Haare über seine breite Stirn fallend und das Hemd schweißnass. Er war vollständig erschöpft.

Mehr als einer Frau wurde schwach beim Anblick solch dunkler und kraftvoller Männlichkeit in Ruhe, während die Zwillinge zum Ponton hinabrauschten, dabei Sarah-Jane in einem Rascheln seidener Röcke mit sich zogen und ihm mit strahlendem Lächeln gratulierten. Ganz gleich, dass Dairs Sieg ein Gewinn für die Stuarts und die kleine Lady Juliana war, nicht Charles Fitzstuart und die amerikanischen Kolonien, Sarah-Janes Champion; doch ihre Illoyalität wurde nur von ein paar Spießern als Minuspunkt für ihren sonst guten Charakter verzeichnet. Was den Verbleib ihres eigenen Champions und ihres Vaters anging, konnten Sarah-Jane und der Rest der Zuschauer sich nur wundern.

Was ihren Vater betraf, machte sie sich keine allzu großen Sorgen. Sie hatte großes Vertrauen in seine Fähigkeit, selbst auf sich aufzupassen. Immerhin hatte er den größten Teil seines Lebens damit verbracht, die Wildnis im Dschungels des Subkontinents, den Monsunregen, die Überschwemmung der Flüsse und die glühende Hitze seiner Wüsten zu überleben, also war ein kleines Rennen auf einem stillen See in England nach ihrem Leben in Hyderabad und dem Überqueren von Ozeanen auf dem Weg zu dieser nassen Insel nichts, was ihr Angst machen konnte. Zweifellos würde Dair Fitzstuart wissen, wo er sich aufhielt, sobald er wieder zu Atem kam und seine prächtigen Glieder rühren konnte.

Antonia und Deborah hatten die gleichen Gedanken über den Verbleib der drei letzten Boote. Und während viele in dem Moment aufgingen, als der Sieger des Rennens feststand und auf dem Ponton feierten, als der Spanier und der Italiener neben dem Stuart-Boot anlegten, verwandelte sich der Blick des Erstaunens auf den Gesichtern der Herzoginwitwe und der Herzogin darüber, dass der Herzog sein eigenes Rennen nicht ein drittes Jahr hintereinander gewonnen hatte, in stirnrunzelnde Besorgnis. Sein Boot und die beiden anderen waren noch immer nicht zu sehen.

Gerade, als die Herzogin eine Handvoll ihrer blauen Satinröcke raffte und sich abwandte, um die Brücke in der Absicht zu verlassen, Dair Fitzstuart auszufragen, fing Tommy Cavendish sie am Ellenbogen ab und deutete auf das offene Wasser hinaus. Zwei Boote hatten die letzte Biegung hinter sich gelassen und paddelten jetzt auf die Brücke zu, jedoch in gemächlicherem Tempo als bei dem hektische Rennen, das die drei ersten Boote sich auf dem Weg zur Ziellinie geliefert hatten. Sie blieben dicht beieinander, als ob die Ruderer absichtlich im Gleichtakt ruderten.

Charles Fitzstuarts Boot hatte jetzt Passagiere. Frederick saß nicht mehr bei Jonathon Strang, sondern im Bug von Charles' Boot, und neben ihm kauerte sein Bruder Louis. Alle drei Insassen waren zerzaust. Fredericks Hut war fort, Louis hatte seine rote Kokarde nicht mehr, Charles fehlte seine ärmellose Weste und sein Leinenhemd hing lose aus dem Taillenbund, als wäre er in eine Schlägerei geraten. Als ob dies für Antonia und Deborah nicht erschreckend genug gewesen wäre, wurde klar, warum das sechste und letzte Boot nirgends zu sehen war, als die Boote schließlich unter der Brücke vorbeifuhren.

Jonathon Strang ruderte ohne Hemd und seine ärmellose Weste mit bloßem Oberkörper den Herzog, der in seinen Armen, eingehüllt in Jonathons grüne Seidenweste, seinen jüngsten Sohn Augustus – Gus, den Piraten – wiegte, dessen kleines weißes Gesicht, umrahmt von einem Schopf durchnässter roter Locken und nackte Füße aus der provisorischen Decke herausragten.

Die Herzogin raffte ihre Röcke und rannte so schnell, wie ihre langen Beine sie tragen wollten, wobei sie ihre Pantöffelchen im Gras abwarf, damit ihre bloßen, bestrumpften Füße die Entfernung zum Ponton in der Hälfte der Zeit zurücklegen konnten.

Am Ufer umringte eine Menge Dair Fitzstuart, der Glückwünsche von dem florentinischen und dem spanischen Ruderer entgegennahm, ebenso wie Applaus von einigen seiner Getreuen, die hoch auf seinen Sieg gewettet hatten, und eine Schar von Damen, zu denen auch Sarah-Jane, die Aubrey-Zwillinge und Kitty Cavendish gehörten, die jede Einzelheit des Rennens hören wollten. Dies stand in deutlichem Gegensatz zu der hektischen Aktivität auf dem Ponton, wo die Insassen der beiden Boote, die gerade längsseits gegangen waren, Hilfe erhielten, um so schnell wie möglich auszusteigen.

Als die Herzogin an der feiernden Menge vorbei auf den Ponton eilte, erhielten eine Gruppe von Dienern bereits Befehle zugerufen, die in aller Richtungen huschten, um Alarm zu schlagen. Oben im großen Haus sollte heißes Wasser für Bäder im Kinderzimmer vorbereitet werden und noch mehr heißes Wasser für die Ruderer. Es musste dem Kammerdiener Seiner Gnaden, Frew, und dem Diener, der Mr. Strang zugeteilt war, Bescheid gegeben werden. Etwas Heißes zu trinken und zu essen für die kleinen Lords. Wo war das Kindermädchen der kleinen Lady Juliana? Jemand sollte Troppe, den Hausarzt, holen, der zuletzt oben auf dem Hügel im dritten Festzelt gesehen worden war. Nein! Bahren und Träger waren nicht nötig. Der Herzog würde seinen kleinen Sohn quer über den Rasen zum Haus tragen. Die *Oudry*-Kutsche sollte geholt werden. Sie würde die Herzogin und die Kinder zum Haus bringen.

„Er ist in den See gefallen. Er hat Wasser in die Lungen bekommen. Aber er kommt wieder in Ordnung", sagte der Herzog rasch und drückte Gus weiter an seine Brust, als die Herzogin herangeeilt kam. „Wir haben ihn ausgezogen, er muss jetzt nur warmgehalten werden. Ein heißes Bad und dann mit einem warmen Backstein ins Bett gepackt und er wird in kürzester Zeit wieder er selbst sein. Nicht wahr, Gus?"

„Gefallen? *Gefallen? In den See?* Julian? Er hat *Wasser* eingeatmet? Geht es ihm wirklich gut? Atmet er?", fragte Deborah ängstlich, die Hand auf die kleine, leblose Stirn gelegt.

Sie schob den feuchten Haarschopf ihres Sohnes sanft zurück und sah zu, wie seine Augenlider flattern und sich dann öffnen. Er sah so weiß aus. Er fühlte sich so kalt an. Seine Lippen waren bläulich. Gus war immer so voller Leben und Mutwillen – ihr kleiner Schlingel. Ihn völlig ruhig zu sehen, war genauso schockierend wie zu wissen, dass er fast ertrunken wäre. Sie begann zu zittern und zu beben und sah sich um, als hätte sie etwas verloren, bevor sie wieder zum Herzog aufsah.

„Wo sind Frederick und Louis? Geht es ihnen gut? Wo sind sie? Wo sind meine *Söhne*, Julian? „

„Deborah ...“

„Roxton, gebt mir den Jungen und nehmt Eure Frau“, sagte Jonathon dem Herzog leise ins Ohr. Als der Edelmann zögerte, seinen Sohn abzugeben, fügte er hinzu: „Sie hat einen Schock.“

„Haltet ihn warm“, wiederholte der Herzog unnötigerweise Jonathon gegenüber, als er seinen kleinen Sohn, der so fest eingewickelt war wie in einem Kokon, in Jonathons Arme legte. „Geht einfach los — direkt über den Rasen nach Osten. Das ist der schnellste Weg zum Haus. Ich werde Euch einholen.“ Er zog dann die Herzogin in die Arme. Sie brach sofort in Tränen aus, fuhr sich aber schnell mit der Hand über die Augen. „Deborah! Liebling!“, sagte er tröstend. „Nach einem guten, heißen Bad und einer Nacht Schlaf wird Gus wieder ganz der Alte sein. *Wirklich.* Und hier kommen unsere Söhne, denen das Abenteuer auch nichts geschadet hat.“

Frederick rannte den Ponton entlang, Louis auf den Schultern von Cousin Charles, nicht weit hinter ihm; alle drei winkten. Charles hatte Jonathons nasses Leinenhemd in der freien Hand.

Deborah gab ein schwaches Lachen der Erleichterung von sich, als sie ihre Söhne gesund und munter vor sich sah.

„Morgen früh, wenn Gus und Louis ohne die geringste Sorge auf der Welt auf der Suche nach einem Käfer oder einer Wanze an meinem Fenster vorbeitoben, werde ich mich dafür hassen, so eine Heulsuse gewesen zu sein!“ Sie sah den Herzog an. „Das ist nur deine Schuld. Schwangerschaften machen mich immer zimperlich.“

„Du bist immer zimperlich“, flüsterte der Herzog ihr ins Ohr, was ihm einen spielerischen Stoß in die Rippen einbrachte.

„Frederick! Du bist völlig durchnässt!“, keuchte sie, als ihr Sohn in ihre Arme lief. Sie sah Charles an und stellte fest, dass er ohne Schuhe und Strümpfe war wie Louis. „Ihr seid ganz nass!“

„Ein guter Grund, sie sofort zum Haus zu bringen“, sagte der Herzog mit einem Nicken, das Charles bedeutete, ihm zu folgen, als er, einen Arm um die Herzogin gelegt, die Frederick an der Hand hielt, losging. „Die Kutsche wird euch alle mitnehmen. Da kommt sie schon.“

„Gus ist untergegangen wie ein großer Stein!“, verkündete Louis stolz und wackelte mit seinen nackten Zehen vor Cousin Charles' Gesicht herum.

„Er ist unter Wasser verschwunden, Maman!“, fügte Frederick

hinzu und hüpfte neben seiner Mutter her. Keiner der beiden Jungen schien im Geringsten bekümmert zu sein, weil ihr jüngster Bruder in Gefahr gewesen war. „Mr. Strang ist hineingesprungen und hat ihn hochgeholt. Du hättest ihn sehen sollen, Maman! Er schwimmt wie ein Fisch! Und wir waren am Gewinnen! Gus hat Wasser und alles andere über das ganze Boot gespuckt. Er hat sich *überallhin* erbrochen."

„Überallhin!", stimmte Louis stolz zu.

„Armer Gus!", sagte die Herzogin, blickte kurz zu dem Herzog auf, der die Augen verdrehte, und dann zu Charles, der stoisch mit starrem Gesicht und zusammengepressten Lippen weiterging. „Mr. Strang hat Gus gerettet?", fragte sie ihren Mann.

„Strang! Wartet!", rief der Herzog aus, gerade als Jonathon seinen Weg über den Rasen angetreten hatte. Er drehte sich zur Herzogin, um ihre Stirn zu küssen. „Ja. Das hat er. Tauchte und zog ihn heraus, zerrte ihn ins Boot, drehte ihn auf die Seite, um das Wasser aus seinen Lungen zu bringen und hatte den armen Gus soweit, dass er hustete und spuckte und wieder atmete, bevor ich auch nur mit der Wimper hätte zucken können! Erstaunlich."

Die Herzogin starrte den Kaufmann erneut an. „Dann stehen wir tief in seiner Schuld, Julian."

„Ja, wir schulden ihm sehr viel." Er seufzte. „Und ich weiß nicht, wie ich ihm das zurückzahlen soll … Hier kommt die *Oudry*. Du fährst mit den Kindern. Es geht schneller, wenn ich mit Gus querfeldein laufe."

„Aber ich will mir euch gehen."

Der Herzog nahm Gus aus Jonathons Armen.

„Sei nicht albern. Das Baby …"

„Ich bin vom Steg hergelaufen und es geht mir wirklich gut!", widersprach Deborah, aber sie hatte keine Kraft zum Kämpfen und beugte sich vor, um noch einen Blick auf Gus zu werfen, der trotz seiner blauen, kleinen Lippen und seines weißen Gesichts aus den Falten der grünen Seidenweste zu ihr aufblinzelte mit einem verschmitzten, wenn auch schwachen Lächeln, das ihr den Trost gab, dass das Leben ihres Sohnes nicht in Gefahr wäre. „Mein armer kleiner Pirat", lächelte sie liebevoll. „Papa wird dich zum Haus bringen und Mama wird sehr bald bei dir sein."

„Jetzt küss deinen Piratensohn und du wirst ihn als nächstes in einem warmen Bad im Kinderzimmer sehen."

Die Herzogin beobachtete, wie der Herzog über den Rasen schritt, als die leere *Oudry* auf dem Schotterweg in Sicht kam und in einem Tempo gefahren wurde, das seine jungen Regatta-Insassen ständig von seinem geduldigen Fahrer gefordert hatten.

„Louis! Sei so gut und hör auf zu zappeln, damit Charles dich auf den Boden setzen kann. Vielen Dank, Charles."

„Bitte, Euer Gnaden, Euer Dank gebührt Mr. Strang, der ein fantastischer Schwimmer ist. Wenn er nicht so schnell reagiert hätte ..." Charles Fitzstuart hielt inne und wandte sich an den Gegenstand ihres Gesprächs und hielt ihm das nasse Hemd hin, gerade als die *Oudry* neben ihnen zum Stehen kam. „Ich habe es gut ausgewrungen, Sir, es ist also nur feucht, nicht mehr völlig durchnässt."

Als Jonathon das Hemd mit einem dankbaren Nicken entgegengenommen hatte und befriedigt, dass die Roxton-Kinder jetzt sicher und wohl betreut waren, entschuldigte Charles sich und folgte dem Beispiel der Herzogs, auf das Haus zuzugehen, begierig darauf, aus seinen nassen Kleidern herauszukommen und sich in eine Badewanne heißen Seifenwassers zu legen. Aber auch, um sich dem deprimierenden Anblick zu entziehen, wie sein ruhmreicher und männlich gutaussehender älterer Bruder von jeder Frau in heiratsfähigem Alter umschwärmt wurde, nicht zuletzt von Sarah-Jane Strang, in die er sich völlig unlogisch, aber unabänderlich verliebt hatte. Er hoffte, dass sein wetterwendischer Bruder nur mit der Zuneigung der jungen Frau spielte. Er betete von ganzem Herzen, dass sie Dair nicht liebte. Er bezweifelte, dass sein Herz sich davon erholen würde, wenn sie seinen Bruder heiraten und seine Schwägerin werden würde.

„Mema! Mema! Wir sind alle nass!", verkündete Louis Antonia, als sie endlich, mit geröteten Wangen und einer Locke, die sich aus ihren Nadeln gelöst hatte und über ihre bloße Schulter fiel, dort anschloss, wo der Rasen bis an den Ponton reichte.

„Gus hat *überallhin* gespuckt, Mema!", vertraute Frederick ihr an und fügte schnell mit gerunzelter Stirn hinzu: *„Il n'est pas mort."*

„Gus muss völlig leer sein!", bestätigte Louis grinsend. „Seine gesamten Innereien liegen noch im Boot!"

„Deborah? Es geht ihm doch gut? Deborah? Es geht Augustus doch gut? Ja?"

„Ja. Ja. Julian sagt, er kommt wieder in Ordnung", antwortete die Herzogin geistesabwesend.

Nachdem die *Oudry*-Kutsche jetzt hier war, wollte sie nur noch ihre Söhne und sich so schnell wie möglich hinauf zum Haus bringen, bevor sie sich erkälteten.

„Wo ist Juliana?", fragte sie und sah sich um, als hätte sie die Existenz ihrer kleinen Tochter in ihrer Sorge um ihre Söhne völlig vergessen. „Oh! Gott sei Dank!", sagte sie seufzend als sie ihre stoische Kammerfrau nicht weit entfernt und geduldig mit dem jetzt schlafenden kleine Mädchen in ihren Armen stehen sah. „In die Kutsche,

Meg. Schnell! Die Jungs sind völlig durchnässt. Frederick? Louis! Sofort, bitte.“

Louis krabbelte neben seine Mutter auf die Samtkissen. Frederick zögerte. Er hatte Antonias Hand ergriffen und stand, den Rücken der Kutsche zugedreht, vor ihr.

„Es tut mir leid, dass wir nicht für dich gewonnen haben, Mema.“

„Oh! Denk gar nicht daran, *mon chou*. Das Rennen ist unwichtig. Nur dein Bruder ist wichtig. Und Gus, er ist in Sicherheit, also ist das alles, was zählt, *hein?*“

Frederick nickte und lächelte über ihr Lächeln. Trotzdem sah er besorgt aus.

„Aber du hast dein Grün umsonst getragen.“

Antonia berührte seine Wange. „Umsonst? Aber gar nicht! Ich habe für *dich* Grün getragen, Frederick. Denk daran. Nicht für das Rennen. Für *dich*. Also geh jetzt, deine Maman hat dich schon zweimal gerufen.“

Frederick zog an ihrer Hand. „Komm mit uns!“ Bevor sie annehmen oder ablehnen konnte, drehte er sich zu seiner Mutter um und rief: „Mema kann mit uns kommen – nicht wahr, Maman?“

„Wir haben nicht genug Platz, Frederick!“, rief die Herzogin ungeduldig aus der Kutsche heraus, wo Juliana inzwischen aufgewacht war, zum Fenster kletterte und *ihre Mema* sehen wollte, während Louis seine Schwester an den Haaren zog und dabei überall Wasser aus dem See auf den Boden der Kutschte tropfte. Deborah erschien am Fenster.

„Frederick, steig doch ein! Louis hat angefangen, vor Kälte zu zittern, seit er aus der Sonne ist. Oh!“, fügte sie hinzu, als ihr plötzlich bewusst wurde, dass ihre Schwiegermutter an den Stufen zur Kutsche stand. „Ich wollte nicht sagen …“ Sie lächelte schief und biss sich auf die Unterlippe. „Hier ist wirklich kein Platz und es würde deine Röcke ruinieren. Louis tropft überall hin und …“

„Deborah, du musst dich nicht bei mir entschuldigen“, sagte Antonia freundlich, erwiderte das scheue Lächeln ihrer Schwiegertochter und trat zurück, damit die Diener das Treppchen wegnehmen und die Kutschentür schließen konnten.

Sie winkte Frederick, Louis und Juliana zu, die sich zwischen ihre Brüder am Fenster geschoben hatte, und wartete, bis die Kutsche die Kurve in der Einfahrt umrundet hatte, bevor sie sich abwandte. Das brachte sie direkt dem fesselnden Anblick von Jonathon Strang gegenüber, der sich, nass und ohne Hemd, die nassen Haare mit einem Tuch trockenrieb.

· · ·

DIE JUBELNDE GRUPPE, DIE DAIR FITZSTUART UMRINGTE, HATTE sich in dem Moment aufgelöst, als Jonathon Strang zu ihr hinüberkam, um ihnen mitzuteilen, dass ihr Feiern völlig unpassend wäre in Anbetracht der Tatsache, dass der Sohn des Herzogs fast ertrunken wäre und die anderen Boote aus diesem Grund so spät die Ziellinie überquert hätten.

Entschuldigungen wurden gemurmelt und die Gruppe zog sich zu den Zeltdächern hinter der Menge der Zuschauer her, die das Rennen von der Brücke und dem Seeufer aus beobachtet hatte und jetzt langsam über die Rasenfläche zu den Ständen und den Belustigungen oben auf dem Hügel hinaufstieg. Die Aubrey-Zwillinge gingen Hand in Hand mit dem Vertreter des Florentiner Botschafters und Dair Fitzstuart und ließen Jonathon Strang fast ausschließlich mit seiner Tochter sprechen. Die Cavendishs standen in der Nähe, und Kitty Cavendish tat so, als wäre sie an den Tabellen im Regatta-Hauptbuch interessiert, das ihr Ehemann geöffnet hatte, der, seiner gerunzelter Stirn nach zu urteilen, insgeheim Berechnungen anstellte.

Antonia war überrascht, wie nah sie bei der kleinen Gruppe stand. Nachdem die *Oudry*-Kutsche gekommen und wieder abgefahren war und die Menge sich zerstreut hatte, war es plötzlich still, so dass das Gespräch zwischen Vater und Tochter deutlich zu hören war. Doch sprachen sie weder Englisch noch Französisch, sondern eine Sprache, die Antonias ausgezeichnetem Gehör für Sprachen so fremd war, dass sie kein einziges Wort verstand. Sie mochte drei Sprachen fließend sprechen und lesen und zwei andere mühelos verstehen, aber dies war ein völlig anderes Sprachmuster, als ihr je zu Ohren gekommen war. Sie lauschte gewöhnlich nicht, aber sie konnte nicht anders, weil sie den Silben, den Betonungen und dem Tonfall dieser exotischen und völlig unverständlichen Sprache einen Sinn geben wollte.

Und dann bemerkte sie, dass ihre Kammerfrauen auch den Blick auf die kleine Gruppe richteten, bei der Jonathon Strang stand, und es hatte nichts mit der akustischen Entschlüsselung undurchdringlicher Linguistik zu tun. Wie um ihre Ablenkung zu betonen, starrte auch sie den Kaufmann offen an.

Welche Sprache er sprach, wurde zweitrangig, als sie die ganze Erscheinung des Mannes in sich aufnahm, von großen nackten Füßen bis zu nassen schulterlangen Haaren, und sein Aussehen brannte sich in ihr inneres Auge ein. Schließlich riss sie ihren Blick los, wandte sich ab und stapfte den Rasen hinauf, wobei sie in sich hineinmurmelte, dass die Sonne ihr Gehirn verwirrt haben müsste, denn warum sonst sollte der Anblick eines halbnackten Mannes sie aus dem Gleichgewicht bringen?

Welcher normale Mann ging in der Öffentlichkeit nass und ohne Hemd auf und ab und trocknete sein Haar mit einem Handtuch? Er hätte seine nackte Brust aus Gründen des Anstands sofort bedecken sollen, als Charles ihm das Hemd reichte, unabhängig davon, ob es nass war, besonders wenn Damen anwesend waren, und eine davon seine Tochter! Sarah-Jane schien sich allerdings an seinem Äußeren überhaupt nicht zu stören, sondern unterhielt sich mit ihm, als wäre sie es gewohnt, dass ihr Vater in nichts außer seiner Reithose herumspaziere. Er trug nicht einmal Schuhe! Vielleicht kleideten sich Männer auf dem Subkontinent so, oder liefen wegen der Hitze nackt herum? Ohne Hemd herumzulaufen würde erklären, warum seine Brust und sein breiter Rücken ebenso sonnengebräunt waren wie sein Gesicht und seine Arme. Sie hatte Bilder bewundert, wunderschön gemalte Illustrationen von indischen Männern und Frauen mit karamellfarbener Haut in verschiedenen Stadien der Nacktheit, zugegebenermaßen größtenteils nackt und in verschiedenen sexuellen Stellungen, in einer großen roten Ledermappe Monseigneurs. Sie befand sich in ihrer Privatbibliothek im *hôtel* in Paris und sie war dabei nicht einmal rot geworden; diese Zeichnungen waren sehr interessant und lehrreich.

Doch dies war etwas anderes. Jonathon Strang war kein starres Bild in einem uralten Text. Er bestand aus Fleisch und Blut und lief herum. Er schien nur aus Sehnen und Muskeln zu bestehen. Ihr war noch nie aufgefallen, wie breit seine Schultern waren, ebenso wie sein Rücken, der dann zu seinen schmalen Hüften zulief ... War das eine – eine *Tätowierung*? Mit Sicherheit nicht. Nur Piraten und Eingeborene durften ihre Körper tätowieren. Sie erinnerte sich an eine höchst interessante Radierung eines Maori – oder war der einheimische Krieger aus Tahiti? – mit komplizierten Tintenmustern auf seinem ganzen Gesicht und auf seinen Armen. Sie war in einem Buch – einem Tagebuch eines gewissen Captain Cook – ebenfalls in ihrer Bibliothek in Paris. Der unauslöschliche Tintenfleck bei Jonathon Strang war ein ähnlich kunstvolles Muster gleich über seinem Hüftknochen. Antonia sagte sich, dass diese Tätowierung normalerweise nicht zu sehen wäre, nicht einmal ohne sein Hemd, doch der Bund seiner Kniehosen war nach unten gerutscht. Ihr durchnässtes Material, schwer vom Wasser, klebte an Gesäß und Oberschenkel, die Kniehosen mit der Unterwäsche darunter hing so tief, dass deutlich eine Linie zu erkennen war, wo die sonnenverbrannte Haut das weiße, glatte Fleisch sehen ließ, das das Licht des Tages nicht erblickte. Also hatte er nicht *überall* die Farbe dunklen Karamells. Nun, nicht unter seinen Unterhosen, nicht – nicht – *dort*.

An dieser Trennlinie war etwas unerwartet Erotisches und es

drängte sich ohne Vorwarnung in Antonias Gedanken, als sie nach dem Diner in ihrem Lieblingssessel in der Galerie saß und an ihrem Kaffee nippte – die Gespräche waren zu Belanglosigkeiten und gehässigem Klatsch abgesunken, woran sie sich nicht beteiligen wollte. Und dann hörte man die Gräfin von Strathsay zum dritten Mal die Tugenden ihres ältesten Sohnes preisen und sich in der hohlen Pracht seines Sieges bei der Regatta sonnen. Dies drang in Antonias Unterbewusstsein ein und sie konnte sich gerade noch davon abhalten, die Elfenbeinstäbchen ihres Blattgoldfächers zuschnappen zu lassen, so dass ihre Hände bluteten, nur um eine legitime Entschuldigung zu haben, sich aus der gifterfüllten Nähe ihrer Tante zu entfernen.

„Ich saß auf dem Hügel, von dem aus man den großartigsten Blick über den gesamten See hat, und es war offensichtlich, dass Dair so weit vorne lag, dass, wäre Lord Augustus nicht in den See gefallen, Roxton ihn dennoch nicht hätte einholen können", verkündete Lady Strathsay mit einem selbstzufriedenen Lächeln. „Und um der Wahrheit die Ehre zu geben, meine liebe Lady Cavendish, es war Charles, der zu diesem Zeitpunkt des Rennens an zweiter Stelle hinter Dair lag und sehr wohl in dieser Position das Rennen hätte beenden können, wenn der Unfall nicht geschehen wäre. Damit hätten *meine* Söhne an erster *und* zweiter Stelle das Rennen beendet."

„Aber Mylady", begann Kitty Cavendish, sah sich jedoch unterbrochen.

„Das ist nichts als großer Unsinn, Charlotte", stellte Antonia fest. Sie gab ihre Sèvres-Tasse und -Untertasse ihrer Kammerfrau. „Ihr könnt nichts Bestimmtes über das Ergebnis sagen, denn eigentlich hätte das Rennen in dem Moment abgebrochen werden müssen, als Augustus ins Wasser fiel."

Alle frisierten Häupter schauten zur Herzoginwitwe, überrascht, dass sie sich zum Eingreifen entschlossen hatte, und wandten sich dann in Erwartung einer Reaktion der Gräfin zu.

„Ich bitte, anderer Meinung sein zu dürfen, *Mme la duchesse*", antwortete Lady Strathsay mit äußerster Höflichkeit. „Hättet Ihr gesessen, wo ich war, hättet Ihr zu keinem anderen Schluss kommen können. Ich war nur enttäuscht, dass Charles seine Chance aufgab, als zweiter hinter seinem Bruder einzulaufen."

Antonias grüne Augen weiteten sich. Sie konnte ihr Erstaunen kaum zurückhalten.

„Ihr hättet es lieber gesehen, wenn Charles weitergerudert wäre, statt *M'sieur le duc* zu Hilfe zu kommen, um dessen Sohn zu retten, der am Ertrinken war? *Incroyable*."

Die Gräfin zuckte die Achseln, und die wenigen Damen, die in der

Lage waren, schnelle gesprochenes Französisch zu verstehen, saßen alle am Rand ihrer Sitze. Was die Gräfin als Nächstes sagte, ließ diesen Damen mit offenem Mund erstarren.

„Warum sollte man darüber spekulieren, was hätte sein können, *Mme la duchesse*, wenn dieser bäuerliche Kaufmann sich als der Held der Stunde erwies, nicht Charles. So enttäuschend für eine Mama, wenn ihr Sohn zur Rettung eilt und ankommt, *nachdem* alles vorbei ist und zum *Kammerdiener* herabgewürdigt wird. Das Hemd dieses Mannes zu tragen, als ob *er* der Bürgerliche wäre und nicht der Urenkel des Merry Monarch, Charles II. Und dann hatte der dreiste Bursche die Kühnheit, dieses Kleidungsstück nicht anzuziehen, um seine Nacktheit zu bedecken, die für alle Welt zu sehen war, als wäre er ein Siegerhengst nach einem Rennen, der einer gründlichen Abreibung bedarf! Empörend und ... und – *gewöhnlich.*"

„Meine liebe Lady Strathsay, ich hatte keine Ahnung, dass Ihr eine Kennerin der Pferdezucht seid", unterbrach Henrietta Hibbert-Baker auf Englisch, bevor Antonia antworten konnte. Sie wiederholte auf Englisch einiges von dem für ihre weiblichen Zuhörer, was die Gräfin über Jonathon Strang gesagt hatte, und fügte mit einem Flattern ihres hellen Spitzenfächers hinzu: „Ich muss darauf hinweisen, dass an einem preisgekrönten Hengst nichts Gewöhnliches ist, insbesondere nicht an Strang, der mit seinen beträchtlichen Vorzügen nicht hausieren geht. Und selbst Ihr, Mylady, müsst zugeben, dass er in nassen Kniehosen und ohne Hemd sehr vorteilhaft aussieht."

Es gab ein Murmeln der Zustimmung, aber das Gesicht der Gräfin blieb anstandsvollbeflissen hölzern. Sie hatte keine Ahnung, wovon die dumme Frau sprach und sagte das auch. Aber es war offensichtlich, dass alle anderen das taten, weil sie sich kindisch benahmen und hinter ihren flatternden Fächern kicherten. Sie beschloss, sie alle zu ignorieren. Außerdem hatte die Kreatur die Kühnheit, sie auf Englisch zu unterbrechen, wodurch die Herzoginwitwe ausgeschlossen wurde, was unverzeihlich unmanierlich war. Sie legte großen Wert darauf, Henrietta Hibbert-Baker ihren gesellschaftlichen Fehltritt genau zu erklären, und das im herablassendsten Tonfall, bevor sie sich an Antonia wandte, als wäre ihr Gespräch nie unterbrochen worden.

„Ich verzweifle daran, dass Charles eine seiner Abstammung würdige Frau für sich gewinnen kann, wenn er ständig auf andere hört." Sie seufzte verärgert. „Manchmal frage ich mich, ob er sich überhaupt *in dieser Weise* für Frauen interessiert. Jedenfalls zeigt er es nicht. Anders als Dair, der jederzeit drei Frauen gleichzeitig am Arm hängen hat *und* eine Mätresse in Chelsea hält, die ihm schon ein Balg geboren hat, wenn man dem Klatsch glauben darf. Nicht, dass es mir gefällt, dass das allgemein bekannt ist, aber ich muss zugeben, dass ich erleichtert darüber bin, dass er zeugungsfähig ist. Wenn er nur jetzt mit einer seines Namens würdigen Erbin sesshaft würde und mir einen richtigen Enkel schenken wollte."

„Das ist sehr unfair gegenüber Charles, Charlotte, und du weißt es", sagte Antonia mit leiser Stimme. „Sich fürsorglich zu verhalten, ist nichts, wofür man sich schämen muss. Und woher weißt du, dass er keine weiblichen Verehrerinnen hat? Ich bin sicher, er interessiert sich für Frauen, weil er regelmäßig mit einer in Paris korrespondiert. Vielleicht ist sie diejenige. Charles lässt mich Briefe an unser *hôtel* schicken und dort holt die Zofe des Mädchens Charles Briefe ab. Und ihre Antworten kommen hierher ins Witwenhaus und ich schicke sie an Charles weiter."

„*Charles*? Mein Sohn Charles schreibt einer Frau in – in *Paris*?" Die Gräfin klang ungläubig. Sie verzog voller Widerwillen den Mund. „Wenn er das tut, dann ist das niemand, den Ihr oder ich gerne kennen würden. Zumindest hoffe ich nicht, dass es jemand ist, der das *hôtel* besucht, denn das wäre äußerst unpassend. Bestenfalls eine kleine Kaufmannsprinzessin, die auf der gesellschaftlichen Leiter nach oben klettern möchte. Wenn man Dair Glauben schenken mag, schlimmer. Das *hôtel* wird jetzt von *Mietern* bewohnt. Ein Steuereinnehmer hat das halbe *hôtel* in Apartments zum *Vermieten* umgewandelt und hat die Frechheit, eines davon an einen Agenten der verräterischen Rebellen zu vermieten, die uns in den amerikanischen Kolonien bekämpfen. Es ist unerträglich. Aber was kann man von den Franzosen erwarten. Der Herzog und seine Schwester müssen sich in ihren Gräbern umdrehen."

Antonia blinzelte und setzte sich sehr gerade auf. Sie hatte keine Ahnung, wovon Charlotte sprach, und fragte sich, ob der Tee in der Tasse der Frau mit Alkohol versetzt gewesen war, um sie zu betrunken zu machen und auf diese Weise dazu zu bringen, sich gesellschaftlich unmöglich zu machen. Nicht, dass Charlotte Alkohol brauchte, um dumm auszusehen. Sie hatte gerade vor einer französischen Adligen die Franzosen verleumdet und bemerkte ihre Unhöflichkeit nicht einmal.

„Verzeihung, Charlotte, aber das ergibt für mich alles keinen Sinn. Welche Apartments? Welcher Steuereinnehmer? Wer sind diese Verräter? Was haben die amerikanischen Kolonien mit Charles und dem *hôtel* zu tun? Und was meinst du damit, dass das *hôtel* von *Mietern bewohnt* werde?"

Jetzt setzte sich die Gräfin energisch auf. Sie betrachtete Antonia mit einer Mischung aus Unglauben und bitterem Mitleid. Sie empfand auch heimlich einen köstlichen Triumph, und wenn es nur aus dem Grund war, dass es längst an der Zeit war, der Herzoginwitwe von

Roxton ihre Scheuklappen abzureißen, damit sie das Leben sähe, wie es wirklich war – enttäuschend und grausam. Antonia hatte ein verzaubertes Leben geführt, vor allen Unannehmlichkeiten geschützt durch einen ergebenen Ehemann, einem finsteren, alten Roué, der die Herzogin verwöhnt hatte wie einen schönen, zerbrechlichen Schmetterling, und jetzt führte ihr Sohn, der gegenwärtige Herzog, diese unsinnige Verhätschelung seines Vaters fort. Es war diese *Verhätschelung*, die daran die Schuld trug, dass Antonia sich ihrer herausragenden Stellung als Herzogin nicht bewusst war. Zumindest sollte sie hochmütige Verachtung für Menschen unter ihrer Stellung zeigen, statt vor einem schmutzigen alten Bauern zu knicksen, weil dieser ihr eine Handvoll Gänseblümchen geschenkt hatte, und diesem dunkelhäutigen Kaufmann zu erlauben, vor aller Augen ihre Hand zu küssen. Solches Benehmen passte nicht gut zu Charlottes festgefügter Weltanschauung, denn wenn es keine Rangordnung gäbe, keine Hierarchie, wo bliebe sie dann als Gräfin? Ohne Hierarchie und geordnete Verhältnisse, wenn dem Adel nicht der ihm gebührende Respekt gewährt würde, wäre Charlotte Strathsay kaum mehr als eine alternde Frau, von ihrem Ehemann verlassen, mit wenig Schönheit und Charme und ohne besonderes Talent für geistreiche Unterhaltung.

„Oh, kommt schon, *Mme la duchesse*", spottete Charlotte. „Tut nicht so, als wüsstet Ihr es nicht!"

„Ich weiß nichts. Warum sollte ich fragen, wenn ich es wüsste, Charlotte? Ihr stellt Euch absichtlich dumm."

Die Gräfin tätschelte Antonia flüchtig die Hand.

„Ich war immer der Auffassung, dass der alte Herzog Euch mehr abgeschirmt hat, als gut für Euch war", sagte sie mit einem Seufzer und einem Blick in die Runde, um zustimmendes Nicken der anderen in den Ohrensesseln und auf den Chaiselongues Sitzenden einzuholen. Sie traf jedoch nur auf erstarrte Gesichter. Trotzdem gefiel es ihr, im Mittelpunkt der Aufmerksamkeit zu stehen. „Und jetzt trägt der arme Roxton die Last, sich um den schlecht geregelten Nachlass seines Vaters zu kümmern. Euer Sohn ..."

„Ich habe Euch nicht nach Eurer Meinung über ihn gefragt", sagte Antonia ganz ruhig. „Eure Ansichten sind unwichtig und Ihr werdet nie wieder mir gegenüber von Monseigneur oder meinem Sohn sprechen. Ich habe Euch nach dem *hôtel* gefragt. Das ist es, was ich wissen will."

„Wissen? Ich weiß nur so viel, wie allen bekannt ist, *Mme la duchesse*."

Antonia überflog die Sofagruppe, und entdeckte, dass Gesichter sich rasch abwandten und Blicke zum Aubusson-Teppich gesenkt wurden. In diesem Moment öffneten sich die Doppeltüren am anderen Ende der Galerie, um einige der Gentlemen hereinzulassen, die im Speisesaal bei ihrem Portwein gesessen hatten; dies sehr zur Erleichterung der Damen, denen die Art, wie die Gräfin äußerst absichtsvoll die Herzoginwitwe von Roxton quälte, Unbehagen bereitete. Antonia sah Charles Fitzstuart und Tommy Cavendish, aber ihr Sohn war nicht bei der Gruppe. Jedoch erspähte sie ihre Schwiegertochter. Die Herzogin hatte sich nach dem Essen entschuldigt und war in die Kinderzimmer gegangen, um nach Lord Augustus zu sehen und ihren Kindern eine gute Nacht zu wünschen.

Deborah stand jetzt am anderen Ende der Galerie und unterhielt sich mit jemandem, der außerhalb ihres Blickwinkels im Vorraum stand. Antonia fragte sich, ob es sich um den Arzt des Hauses handelte, und hoffte, dass es Gus so gut ginge, wie zuerst festgestellt worden war. Sie schloss die Stäbchen ihres Fächers mit einem Knall, entschlossen, den Teewagen und ihre giftsprühende Tante stehenzulassen, doch die Neugier siegte und sie stellte die Frage.

„Also was ist es, was Ihr wisst und ich nicht, was Euch fast Euer Mieder sprengen lässt vor Eifer, es mir zu erzählen, Charlotte?"

Die Gräfin wagte es, triumphierend zu lächeln. Sie konnte nicht anders. Ihr schwindelte vor Vorfreude auf Antonias Reaktion auf ihre Neuigkeiten.

„Roxton hat Euer Pariser *hôtel* vor neun Monaten verkauft."

ELF

CHARLOTTE HOFFTE AUF EINEN DRAMATISCHEN AUFTRITT UND wurde bitter enttäuscht.

Antonia stand auf und schüttelte mit absichtlicher Langsamkeit ihre seidenen, bestickten Röcke aus. Das einzige Geräusch kam von ihren diamantbesetzten Goldarmreifen, die an ihren Handgelenken auf und nieder klirrten. Das einzige Anzeichen dafür, dass sie erschüttert war, bot ihr Herumspielen mit dem Fächer, doch es gelang ihr, ihn an seiner goldenen Quaste zu fassen, bevor er klatschend auf den Boden hätte fallen können.

Eine Reihe von Damen, die alle gleichermaßen den Atem anhielten, während sie die Herzogin verstohlen beobachteten, stieß einen Seufzer der Erleichterung aus, als die Gentlemen zum Teewagen kamen, sich der in der Luft liegenden Spannung unbewusst, und um Tee und Süßigkeiten baten, und Tommy Cavendish die Stimmung mit der Bemerkung auflockerte:

„Nun, meine köstlichen *petit fours*, wenn Tommy raten soll, dann war man hier fleißig dabei, dieses feine Stück Hochrippe namens Jonathon zu diskutieren, während Eure Speckstreifen von Ehemännern außer Hörweite der Blumenkohlohren waren. Habe ich recht? Kitty?"

Doch Kitty und der Rest der Damen hatte sich in dem Moment, als die Herzoginwitwe von Roxton aufstand, ebenfalls erhoben und standen da und warteten, was sie zu tun beabsichtigte. Als Antonia sich zum Gehen wandte und ihren Kammerfrauen mit einem Nicken das Zeichen gab, ihr zu folgen, versank die Gruppe in respektvollen Knicksen, nahm dann wieder Platz und sah ihr nach, wie sie die Galerie entlangging, in einem Schritt, von dem Antonia hoffte, er würde wie ein lässiges Schlendern wirken.

Also wussten es alle, dachte Antonia. Oder dachten, sie wüssten es. Sie weigerte sich, Charlotte zu glauben. Sie weigerte sich zu glauben, was allgemein bekannt war: Dass das *hôtel* Roxton in der *Rue Saint–Honoré*, das seit über einhundertfünfzig Jahren im Familienbesitz gewesen war, von ihrem Sohn an einen Pariser Kaufmann verkauft worden sein sollte. Sie weigerte sich zu glauben, dass ihr Sohn sein Familienerbe verkauft hätte, denn der Verkauf des *hôtel* war beinahe, als hätte er ein Stück der Herzen seiner Eltern verkauft. Das *hôtel* gehörte zu ihr wie ihr eigenes Fleisch und Blut. Es war ein Teil von ihr. Sie konnte ebenso wenig daran denken, das Haus in Paris aufzugeben, wie sie hätte aufhören können zu atmen. Es war der Geburtsort von Monseigneur, seiner Schwester Estée und von Estées und Vallentines Sohn Evelyn, und auch ihr eigener Sohn Julian war dort geboren worden. Es war der erste Ort, den sie Zuhause genannt hatte, das Haus, in das Monseigneur sie gebracht hatte, als er sie aus Versailles gerettet hatte. Dort hatten sie und Monseigneur sich zum ersten Mal geliebt. Es musste eine andere Erklärung geben. Einen anderen Grund, der Charlotte und die anderen glauben ließ, dass das *hôtel* verkauft worden wäre. Sie würde ihren Sohn fragen und er würde ihr erklären, dass es nur eine List war. Und nichts weiter.

Antonia war fest entschlossen, den Herzog aufzusuchen, um sich das versichern zu lassen, und dann würde ihr Herz ruhig sein und sie würde nach Crecy Hall zurückkehren können. Deborah musste wissen, wo er war. Vielleicht war er zu seinen Kindern gegangen, bevor er sich seinen Gästen anschloss? Und da, gerade, als sie sich auf halbem Wege durch die Galerie befand, wandte Deborah sich ab und verschwand weiter im Vorraum, und in die Galerie trat ein untersetzter Mann, dessen geblümte Weste und seidenen Kniehosen den Gentleman verkündeten, dessen wurstähnliche Finger und dicken Wangen aber den Vielfraß entlarvten.

Es war Sir Titus Foley, Arzt, außergewöhnlicher Heiler und Vertrauter des Adels, den die feine Gesellschaft als eine Art Wundertäter unter seinen Kollegen feierte und verehrte. Er war ein hervorragender Arzt mit der Gabe, anfällige Gemüter zu heilen, vor allem die anfälligen Gemüter von widerspenstigen hübschen jungen Ehefrauen adliger Gatten.

Antonia verabscheute ihn. Sie hatte auch viel von ihm zu befürchten.

• • •

WAS SIR TITUS FOLEY IHR UNTER DER BEZEICHNUNG *wissenschaftliche medizinische Behandlung* angetan hatte, war der Stoff, aus dem Albträume gemacht waren, und Antonia hatte es keiner lebenden Seele erzählt. Die Demütigung war einfach zu groß. Sie war sich immer noch unsicher, was real war und was sie sich nur einbildete, was in diesen Wochen unter der Obhut dieses ärztlichen Dandys vor sich gegangen war. Sie war mit Laudanum sediert worden, manchmal so stark, dass sie mit verschwommenem Kopf und desorientiert zurückblieb, ohne zu ahnen, ob Stunden oder Minuten vergangen waren. Was wahrscheinlich auch besser so war.

Es war ein Jahr her, seit Sir Titus sie wegen *melancholia* behandelt hatte, und doch ließ der bloße Anblick des Mannes sie in böser Vorahnung und Furcht zittern. Sie hoffte, dass sie sich nie im Detail an die Behandlungen erinnern würde, die ihr im Namen der Heilung zuteil geworden waren. Und hier war der Arzt wieder zurückgekehrt, lächelte sie mit seinen Fischlippen und leuchtenden Frettchenaugen an und verbeugte sich unterwürfig vor ihr, als wäre er ein lange verloren geglaubter Freund der Familie.

Sie wusste nicht, was von lächerlicherer Erbärmlichkeit war – dass dieser Trottel von ärztlichem Quacksalber sich in dem Glauben wiegte, ein gelehrter Heiler zu sein, während seine perversen Methoden ein Auswuchs von allem abscheulichen und üblen der medizinischen Kunst war, oder dass ihr Sohn sich selbst täuschte und glauben machte, er täte das Richtige und Anständige, indem er versuchte, sie von ihrer krankhaften Trauer heilen zu lassen, als ob man Kummer durch die bizarren Methoden eines blutsaugenden Arztes und seines Hokuspokus heilen könnte.

Ihrem Peiniger von Angesicht zu Angesicht gegenüberzustehen, ließ sie ängstlich zusammenzucken. Es betrübte sie auch, dass ihr Sohn seine Drohung, Sir Titus zu holen, wahrgemacht hatte. Ihre einzige Hoffnung war jetzt, dass der Herzog, da sie ihre Trauerkleidung abgelegt hatte, entscheiden würde, dass die Anwesenheit des Arztes unnötig wäre. Aber hier war er, verbeugte sich und buckelte vor ihr, und so gerne sie ihn geschnitten hätte, lag es nicht in ihrer Natur, grausam oder unhöflich zu sein, also beherrschte sie ihre Gesichtszüge perfekt und neigte ihren Kopf, um seine Anwesenheit zur Kenntnis zu nehmen, und ging weiter. Sie würde ihm weder die Hand reichen noch ein Gespräch mit ihm beginnen. Sie wich vor seiner Nähe zurück. Der Gedanke an seine fetten Hände auf ihr, ganz gleich für wie kurze Zeit, bereitete ihr Übelkeit. Sie trat beiseite und ging weiter die Galerie entlang auf der Suche nach ihrer Schwiegertochter, wobei sie Sir Titus mit seinem Gesäß in der Luft und der Nase am Boden zurückließ.

Der Arzt hatte den gemütlichen Speisesaal verlassen, wo es reichlich Portwein und muntere Gesellschaft gab, und dann lange mit der guten Herzogin gesprochen. Sie hatte sich entschuldigt, dass es ihrem edlen Ehemann nicht möglich sein würde, mit ihm zu sprechen, bevor er nicht seine Besprechung in der Bibliothek beendet hätte. Zuversichtlich, einen Platz in dieser Welt des Adels und der Privilegien zu haben, wurde er nun allein in einem langen, von Kerzenlicht erhitzten Saal zurückgelassen, der Gegenstand der Lächerlichkeit der Ahnen an den Wänden und der Titelträger und Privilegierten, die sich um den Teewagen versammelt hatten.

Alles nur, weil *sie* ihn nicht mit dem Respekt behandelte, den er als gelehrter Mediziner verdiente, im Gegensatz zu den Herren, die beim Portwein seine Meinung erbaten. Er hatte gerade einen höchst einträglichen Vertrag abgeschlossen, um die Melancholie von Lord Barrows zweiter (und viel jüngerer) Frau, einer hübschen Brünetten mit feuchten blauen Augen mit seiner überlegenen medizinischen Expertise zu behandeln, die vor den ungewöhnlichen Neigungen ihres Mannes im Schlafgemach zurückschreckte und sich daher weigerte, mit ihm das Ehebett zu teilen. Lord Barrow glaubte, seine Frau litte unter einer Art nervöser Störung, und da er nicht jünger wurde und einen Erben brauchte – sein Cousin Henry würde *weder* die Baronie noch das Schloss in die Hände bekommen –, wandte er sich an Sir Titus Fachkenntnis in solch heiklen Angelegenheiten, um seine Frau von ihrem Widerwillen zu befreien.

Sir Titus hatte sich seiner Lordschaft gegenüber zuversichtlich gerühmt, dass er innerhalb eines Monats die Gattin in seiner Obhut von ihrem Ungehorsam heilen und voller Begierde auf seine Aufmerksamkeiten in das Ehebett zurückkehren lassen würde. Es würde ihn nicht überraschen, von seiner Lordschaft zu erfahren, dass Lady Barrow bald danach ein Kind erwarten würde. Dann hatte er Lord Barrow verlassen – und nun dies, von der Herzoginwitwe von Roxton und unter dem blitzenden Licht des Kronleuchters stehengelassen. Er biss die Zähne zusammen und kochte innerlich, weil er von der berühmtesten und definitiv schönsten Frau, die er jemals zu seinen Patienten hatte zählen dürfen, so kurz abgefertigt worden war.

Als die Einladung der Herzogs bei ihm eintraf, hatte er alles stehen und liegen lassen und die anstrengende, zwölfstündige Reise von seinem privaten Sanatorium in Northumberland auf sich genommen, alles nur um der Gelegenheit willen, die Herzogin wieder in seine Obhut nehmen zu können.

In seine Obhut ... Er konnte es kaum abwarten. Der Gedanke, Zeit allein mit ihr zu verbringen ... Er würde die Kontrolle haben, sie würde tun müssen, was ihr befohlen würde, oder sie hätte die Konsequenzen zu tragen ... Es war der einzige Weg ... völlige Unterwerfung. Es hatte bei so vielen seiner zartbesaiteten weiblichen Patienten sehr erfolgreich gewirkt, die unter nervösen Störungen litten. Doch den Willen der Herzoginwitwe musste er erst noch brechen. Bei diesem Besuch war er entschlossen, dass sie sich unterwerfen würde. Er würde seinen patentierten Korrektionsstuhl benutzen: an Knöcheln und Handgelenken angeschnallt, hatte der Patient hatte keine andere Wahl, als sich der Behandlung zu unterwerfen. Und er hatte seiner medizinischen Waffenkammer eine neue Waffe hinzugefügt: Blairs Wasserterapie. Sie in einem nassen Hemd zu sehen ... Er fühlte, wie sich etwas bei ihm regte und unterdrückte schnell sein Verlangen, ihr nachzueilen.

„Was für eine erstaunliche und willkommene Überraschung, Euch nicht mehr in Witwenkleidung anzutreffen, Euer Gnaden! Ich habe Euch in solch schönen Röcken kaum erkannt, noch dazu in einer Farbe, die perfekt zu Euren Augen passt!"

Antonia erwiderte nichts, ihre Kammerfrauen folgten ihr, der Arzt versuchte, mit ihr Schritt zu halten, war aber gezwungen, einen weiten Bogen zu machen, um an Antonias Seite zu gelangen und nicht hinter ihr herzulaufen.

„Diese Änderung der Bekleidung ist sehr gut, Euer Gnaden", fuhr Sir Titus mit einem misstrauischen Augen auf seine Umgebung fort, um darauf zu achten, nicht über einen der hochlehnigen Stühle zu stolpern, die in Abständen zwischen den nicht mit Vorhängen verschlossenen Terrassentüren aufgestellt waren. „Ich bin überrascht, dass Seine Gnaden von Roxton in unserem letzten Briefwechsel eine so bedeutsame Neuigkeit nicht erwähnt hat."

„*M'sieur le duc* hat mit seiner Zeit Besseres anzufangen, als über die Garderobe seiner *maman* zu berichten! Doch wie Ihr seht, habe ich das Schwarz abgelegt, also ist Eure Anwesenheit überflüssig."

Sir Titus wurde bei dem stark akzentuierten Englisch der Herzogin schwindelig. Er holte tief Luft und räusperte sich kräftig, um mit einem leichten Lachen zu erwidern:

„Oh, Euer Gnaden, Ihr seid so amüsant, dass ich fast glauben könnte, dass Ihr wieder völlig genesen seid! Doch ich würde meine Pflicht dem Herzog gegenüber verletzen, mehr noch *Euch* gegenüber, wenn ich mir nicht die allergrößte Mühe geben würde. Ich muss Euer Gnaden eingehend untersuchen, damit ich dem Herzog meine Diagnose mitteilen und Seine Gnaden damit beruhigen kann, ebenso mich selbst, dass Ihr Euch an Körper und Geist wieder der allerbesten Gesundheit erfreut."

Antonia blieb stehen und wandte sich dem Arzt zu, so abrupt, dass

Willis und Spencer fast mit ihr zusammengestoßen wären und zurück-
taumelten, eine Hand nach der anderen ausgestreckt, um das Gleichgewicht zu wahren. Sie starrte den Arzt auf und ab und fixierte dann sein
aufgedunsenes, hochrotes Gesicht mit einem Leuchten in ihren grünen
Augen, das ihn gleichermaßen begeisterte und erschreckte.

„M'sieur, wenn Ihr es noch einmal wagt, mich zu berühren, werde
ich dafür sorgen, dass Ihr nicht mehr länger ein Mann seid." Sie stieß
mit den Elfenbeinstäbchen ihres geschlossenen Fächers auf seine Geni-
talien und lächelte, als er unfreiwillig aufschrie. *„Bon.* Wir verstehen
einander."

⁂

AN DER SCHWEREN DOPPELTÜR ZUR BIBLIOTHEK HIELTEN ZWEI
livrierte Diener Wache.

Antonia wartete darauf, dass die Türen für sie geöffnet würden,
aber als sich die Lakaien nicht bewegten und direkt über ihr blondes
Haar hinwegstarrten, war sie so überrascht, dass sie für einen Moment
ratlos war und einfach nur wartend dastand. Für sie war es so natürlich
wie das Atmen, dass Lakaien vor ihr die Tür aufrissen – darüber dachte
sie nicht einmal nach.

Als sie einen Schritt nach vorn machte, bewegten sich die Lakaien
seitwärts, um die Lücke vor den Türgriffen zu schließen. Wieder
zögerte sie. Sie konnte nicht wirklich glauben, dass sie ihr den Zutritt
zu ihrem Lieblingszimmer verweigerten. Sie hatte mehr Stunden in der
Bibliothek verbracht als irgendwo sonst in diesem Haus. Selbst, wenn
Monseigneur an seinem Schreibtisch saß und an wichtigen Papieren
arbeitete oder an Besprechungen teilnahm, saß sie zusammengerollt in
einem Ohrensessel am Feuer, mit Blick auf die duftenden Gärten
dahinter und las. Sie betrat die Bibliothek nicht oft durch diese
Doppeltüren. Sie hatte das geheime Treppenhaus benutzt, das die
privaten Räume, die sie mit Monseigneur geteilt hatte, mit der Bibliothek darunter verband. Die Geheimtür befand sich hinter einem
Bücherregal am Fuße der Wendeltreppe, die sich zu den Laufbrettern
erhob, die sich um drei Wände der Bibliothek zogen und Zugang zu
den beiden Etagen von Regalen gewährten, die sich bis zu der
gewölbten Decke erstreckten.

Trotzdem hätte sie nie erwartet, dass ihr der Zutritt verweigert
würde, wenn sie den Haupteingang benutzte. Sie musterte die
ausdruckslosen Gesichter der beiden Lakaien. Keiner von ihnen
schaute zu ihr herab, sondern beide starrten über ihren blonden Kopf
und die Köpfe ihrer Kammerfrauen hinweg zu der gegenüberliegenden

Wand mit seinem dunklen Porträt des abweisenden vierten Herzogs und seiner Herzogin in ihren edelsteingeschmückten Herzogskronen und Hermelinroben.

„Lawrence. Würdest du mir bitte die Tür öffnen."

Der Diener zu Antonias Rechten warf seinem Gefährten einen erschrockenen Blick zu. Er verstand kein Französisch, hörte aber den Vornamen seines Freundes deutlich genug. Lawrence schwankte und war nicht weniger erstaunt, von der Herzoginwitwe von Roxton angesprochen zu werden. Das ließ ihn antworten, ohne nachzudenken.

„Ihr kennt meinen Namen! Wie?" Dann erinnerte er sich, wer vor ihm stand und fügte mit hörbarem Schlucken und einer Verneigung seines Kopfes in Französisch hinzu: „Verzeiht meinen Ausbruch, *Mme la duchesse.*"

„Ja, ich kenne deinen Namen. Und du kennst meinen", antwortete Antonia lächelnd. „Ich weiß auch, dass dein Großvater ein hochgeschätzter Diener von Monseigneur war, der Butler Duvalier, und dass dein Vater unser oberster Gärtner ist und dass du bis zu deinem Armbruch gehofft hattest, der oberste Stallmeister zu werden. Also wirst du jetzt bitte diese Tür öffnen, oder sie mich öffnen lassen, damit ich in die Bibliothek gehen und mit *M'sieur le duc* sprechen kann.

Lawrence, der Diener, sah gequält aus.

„Das kann ich nicht", antwortete er flüsternd, im Tonfall aufrichtiger Entschuldigung. „Ich darf es nicht, *Mme la duchesse*. „Ich – ich *wünschte*, ich könnte es, um *Euretwillen,* aber ich – ich darf nicht."

Antonia ärgerte sich nicht über die Weigerung des Lakaien, sondern dachte über die Notlage des jungen Mannes und darüber nach, was sie gegen ihr Dilemma unternehmen konnte, ohne den Bediensteten in Schwierigkeiten mit ihrem Sohn zu bringen, und es dennoch zu schaffen, die Bibliothek zu betreten. Um ihres Seelenfriedens willen musste sie mit Julian wegen des *hôtel* sprechen, und noch an diesem Abend.

Die Weigerung der Lakaien, seiner Herrschaft zu gehorchen und sich zu beugen, war zu viel für Willis.

„Tretet sofort zur Seite!", brach es aus ihr heraus. „Das ist Ihre Gnaden, die Herzogin von Roxton, Ihr unwissenden Tölpel!"

„Willis, sie kennen mich", sagte Antonia über ihre Schulter hinweg. „Das scheint gerade ihr Problem zu sein. Oh! Deborah!", fügte sie hinzu, als sie ihre Schwiegertochter mit dem Butler im Schlepptau erspähte. Sie traf auf halbem Weg durch den Vorraum mit ihr zusammen. „Deborah, wann schickt Julian das nächste Mal Post nach Paris?"

„Post nach Paris, Maman-Herzogin?", wiederholte Deborah.

Der Butler hatte sie in dem Moment geholt, als ihm ein vorbeikommendes oberes Zimmermädchen mitteilte, dass die Herzoginwitwe auf dem Weg in die Bibliothek war. Sie hatte damit gerechnet, dass sie mit einer gebieterischen Forderung begrüßt werden würde, so dass die Frage sie völlig aus dem Gleichgewicht brachte.

„Ich – ich – wohin in Paris, Maman-Herzogin?"

„Zu unserem *hôtel*", antwortete Antonia, als ob es selbstverständlich wäre, dass sie über ihr Haus in der *Rue Saint-Honoré* spräche. „Ich habe gestern Briefe an Tante Adelaide geschickt, aber ich möchte, dass mit der nächsten Post etwas aus dem Hotel mitgebracht wird."

„Mitgebracht, Maman-Herzogin?"

„Ja. In unseren privaten Räumen ist ein Reisetagebuch, von dem ich denke, dass die Jungen es lieben werden, vor allem Gus, der so gerne Pirat sein möchte."

„Ein – ein Reisetagebuch? Über – über *Piraten*?"

Die Herzogin fragte sich, wohin das Gespräch führen sollte. Sie war gerne bereit, über Piraten oder alles andere zu reden, was ihrer Schwiegermutter einfallen mochte, aber die Erwähnung des *hôtel*, als ob es noch so stünde, wie es zu Lebzeiten des alten Herzogs gewesen war, warnte Deborah, worum es bei dem Gespräch tatsächlich gehen könnte. Sie hatte ihren Ehemann vor Monaten gewarnt, dass er seiner Mutter von dem Verkauf des Pariser Anwesens erzählen müsste, doch er hatte nichts davon hören wollen, da er glaubte, sie wäre emotional nicht fähig oder bereit, solche Nachrichten zu ertragen. Jetzt fragte Deborah sich, ob er nicht zu lange gewartet hatte. Sie warf einen Blick auf die Doppeltür der Bibliothek und fragte sich, wie lange der Herzog noch mit den Mitgliedern des amerikanischen Kolonialkriegskomitees sprechen würde.

„Ja. Ja, Maman-Herzogin, ich bin sicher, Gus würde ein Buch über Piraten lieben."

Antonia sah den besorgten Blick ihrer Schwiegertochter auf die Doppeltür und bemerkte, dass sie ihre Hände etwas zu fest zusammenpresste. Sie schämte sich ein wenig, weil sie Deborah gegenüber alles andere als offen war, doch sie musste herausfinden, ob an dem, was Charlotte ihr erzählt hatte, ein Funken Wahrheit war, und Deborahs Verhalten würde ihr das eher beweisen als jedes deutliche Wort. Sie wollte ihre Schwiegertochter nicht mit der Schuld belasten, ihr etwas verraten zu haben, zu wissen, dass sie es gewesen war, die ihr erzählt hatte, dass das *hôtel* tatsächlich verkauft worden war und man ihrer Schwiegermutter damit das Herz gebrochen hatte – das war eine Last, die einzig ihr Sohn tragen musste.

Mit jeder stockenden Antwort Deborahs begann Antonia, innerlich zu zerbrechen.

„Oh, in diesem Buch geht es nicht um Piraten, aber Gus, ich bin mir sicher, wird ein solcher oder zumindest ein Seemann werden wollen", plauderte Antonia weiter, und das einzige Anzeichen für ihren inneren Aufruhr war die Art, wie ihre linke Hand ihr rechtes Handgelenk über den goldenen Armreifen umklammerte, bis ihre Fingerknöchel weiß wurden. „Wenn ich mich recht erinnere, handelt es sich um ein Tagebuch eines gewissen Kapitäns Cook, der das Schiff seiner Majestät, die *Endeavour*, befehligte. Monseigneur erhielt von einem Mr. Banks, dem Naturforscher, der diesen Kapitän Cook über den pazifischen Ozean begleitete, ein unterzeichnetes Exemplar überreicht."

„Kapitän Cook und Mr. Banks? Das klingt äußerst faszinierend."

„Das ist es auch. Es gibt einige außergewöhnlich feine Gravuren der ungewöhnlichen Flora und der Eingeborenen auf ihren Inseln, mit Tätowierungen und gefiederten Kopfbedeckungen ..." Antonia begegnete Deborahs besorgten braunen Augen mit einem traurigen Lächeln. „Ich erinnere mich besonders an dieses Buch, weil es eines der letzten Bücher war, die Monseigneur hierher gebracht haben wollte, aber leider blieb keine Zeit ..."

„Maman-Herzogin, ich –"

„Daher verstehst du, dass es etwas Besonderes ist und warum ich möchte, dass die Jungen es bekommen. Es würde mich sehr traurig machen zu glauben, dass es nicht mehr auf dem Tisch am Fußende des Bettes in unserem Schlafgemach liegt, zusammen mit den anderen Bänden, die Monseigneurs besondere Lieblinge waren ..."

Deborahs Augen füllten sich mit Tränen. „Maman-Herzogin ..."

„... weil ich sicher bin, dass er an dem Vergnügen seiner Enkel Freude hätte, wenn ihr Papa ihnen über die vielen Abenteuer von Kapitän Cook vorlesen und ihnen die Gravuren zeigen würde."

„Ich weiß, dass die Jungs es lieben werden, wenn Julian ihnen die Tagebücher vorliest, und es umso mehr zu schätzen wissen werden, weil sie einmal ihrem *grand-père* gehörten. Ich bin sicher, wir können es finden, Maman-Herzogin", versicherte Deborah ihr mit einem weiteren Blick auf die Türen. „Es wird nur ein wenig Zeit brauchen ..."

„Zeit? Warum, wenn ich dir gesagt habe, wo es ist? Oh! Du meinst, um nach Paris darum zu schicken. Natürlich! Wie dumm von mir. Doch ... würde es nicht ebenso viel Zeit brauchen wie meine Briefe, um das *hôtel* zu erreichen, ja?"

„Ja. Ja. Ebenso viel Zeit", log Deborah und biss sich auf die Unterlippe.

Jetzt füllten sich Antonias Augen mit Tränen, weil sie ihre Schwiegertochter zum Lügen gezwungen hatte und sie hasste sich selbst dafür.

Doch inzwischen war es ihr fast egal. Das Bild vor ihrem inneren Auge von den intimen Räumen, die sie mit Monseigneur in ihrem Pariser Haus aus dem siebzehnten Jahrhundert geteilt hatten, waren so lebhaft, dass sich vorzustellen, dass es nur noch das war – ein Bild in ihrer Erinnerung – unausdenkbar war.

„Was ich nicht weiß ... Aber vielleicht kannst du mich aufklären ... Wie viel Zeit wird es kosten, Kapitän Cooks Reisetagebuch zu finden, wenn es in einer unbeschrifteten Kiste mit hunderten anderer unbeschrifteten Kisten unter einer Abdeckung in einem unscheinbaren Pariser Lagerhaus verstaubt?“

„Maman-Herzogin?! *Bitte.* Du musst verstehen ... Er hat getan, was er für ... was er für ...“

Antonia hatte sich von Deborah abgewandt, als diese anfing, die Handlungen des Herzogs zu rechtfertigen, und mit einem Rauschen ihrer Röcke ging sie zur Bibliothekstür, wobei ihre Kammerfrauen gezwungen waren, sich in ihrem Kielwasser zu zerstreuen. Sie funkelte die beiden Lakaien mit erhobenem Haupt an.

„Geht mir aus dem Weg! *Immédiatement.*“

Keiner der beiden Lakaien zögerte. Ihre Schultern fuhren sofort auseinander und Antonia marschierte zwischen ihnen hindurch, um die verzierte Türklinge so hart herunterzudrücken, dass die Türen aufflogen und weit aufschwangen, bis sie gegen das Holz der Regale schlugen. Sie schritt der Länge der Bibliothek entlang, ohne nach rechts oder links zu sehen, bis sie vor dem massiven Mahagonischreibtisch des Herzogs stand.

Sie sah weder die beiden Herren, die auf gepolsterten Ohrensesseln saßen, noch deren alten Kollegen, der an einem unverhängten Fenster stand und einen Briefwechsel ins Licht hielt, um das Gedruckte durch seine Brille besser sehen zu können. Einige Papiere und ein zusammengerolltes Pergament waren auf dem niedrigen Tisch verstreut. Ein Diener auf leisen Sohlen sammelte benutzte Gläser ein und servierte neue Erfrischungen, während ein anderer emaillierte, goldene Schnupftabakdosen einsammelte, um sie wieder zu füllen.

Antonia sah nur ihren Sohn, das Gesäß an die gedrechselte Kante seines Schreibtisches gelehnt, die langen Beine an den Knöcheln gekreuzt, sein hübsches Gesicht im Profil, weil er mit dem alten Gentleman am Fenster sprach.

Die Herren hatten das Knallen der Türen gehört und reagierten auf das Geräusch mit einem flüchtigen Blick durch den langen, von Büchern gesäumten Raum. Aber als sie die kleine majestätische Gestalt in Gold und grüner Seide erblickten, die durch die gesamte Länge der Bibliothek heranmarschiert kam, legten sie hastig Papier und Gläser beiseite und rappelten sich auf, um sich vor ihr zu verneigen und dabei ihr Erstaunen über ihr zorniges Eindringen hinter höflichem Schweigen und Achtung vor ihrem Rang zu verbergen. Fünf Schritte hinter ihr kam die verzweifelt aussehende Herzogin; aller Augen richteten sich sofort auf den Herzog.

„Ist es wahr?", verlangte Antonia zu wissen. „Julian? Stimmt es, dass du das *hôtel* verkauft hast?"

ZWÖLF

Etwa eine Stunde zuvor, als sich die Damen in die Galerie zurückgezogen hatten und die Herren nach einem langen Essen am Esstisch blieben, um ihre bestickten Seidenwesten aufzuknöpfen und um bei Portwein über Pferde und Politik zu sprechen, hatten sich drei von ihnen zusammen mit ihrem Gastgeber bei den anderen Gästen entschuldigt und sich zu einer Sitzung des *Komitees für koloniale Korrespondenz von Interesse* in die prächtige Bibliothek des Herzogs zurückgezogen. Das einzige Thema auf der Tagesordnung: Wann, nicht ob, die Franzosen ihre Absichten offen eingestehen und sich mit den amerikanischen Kolonialrebellen in ihrem Krieg gegen seine britische Majestät, König Georg den Dritten, verbünden würden.

„Euer Gnaden, wir wissen seit einiger Zeit, dass die Franzosen die Rebellen in den Kolonien heimlich durch eine als Tarnung dienende portugiesische Firma, *Roderigue Hortalez and Company*, finanzieren", erklärte Sir Kenneth Hibbert-Baker dem Herzog von Roxton mit einem Blick auf die beiden anderen Adligen, die das Komitee bildeten. „Unsere Quellen sagen uns, dass *Roderigue Hortalez* die volle Unterstützung seiner französischen Majestät hat und dass durch Louis' Agenten, einen Pierre-Augustin Caron de Beaumarchais, alle Arten von Waren bereitgestellt werden, um den Rebellen im Kampf gegen uns zu helfen."

„Wie zum Beispiel?", fragte der Herzog und machte den Gentlemen ein Zeichen, sich zu setzen, nickte dann dem Lakaien zu, dass er das silberne Tablett mit Portweinkaraffe und Gläsern auf den niederen

Tisch zwischen der Gruppe aus mit gestreifter Seide bezogenen Chaiselongue und Ohrensesseln abstellten sollte.

„Schießpulver, Kanonenkugeln, Mörser, Zelte, Macheten, Pistolen, so etwas", erwiderte der auf einem Ohrensessel thronende Lord Shrewsbury mit einer Bewegung seiner spitzenbedeckte Hände.

„Und genug Bekleidung, um Tausende verräterischer Schurken auszustatten", warf Lord Carstairs missbilligend ein. „Französisches Tuch hat Washingtons Rebellenarmee durch einen verdammt üblen Winter gebracht, sehr zu unserem Schaden. Verdammte Franzosen!", fauchte er und nahm sich ein Glas Portwein von dem Tablett.

„Wie finden diese Zeichen französischer Großzügigkeit ihren Weg zu den amerikanischen Küsten?", fragte Roxton ruhig.

„Der Hauptsitz von *Roderigue Hortalez* ist auf der Insel St. Eustatius", sagte Sir Kenneth zu ihm.

„Und das liegt wo?"

„Wenn Euer Gnaden mir erlauben wollen ...?", fragte Sir Kenneth und nahm eine Pergamentrolle von dem niedrigen Tisch.

Als der Herzog nickte, kam Shrewsbury ihm zu Hilfe, indem er das silberne Tablett beiseiteschob und einen Stapel Papiere, die er mit in die Bibliothek gebracht hatte, auf den Teppich legte, um Platz zu schaffen und das Pergament auf dem niedrigen Tisch ausbreiten zu können.

Roxton verließ seinen Schreibtisch, um einen Blick auf das zu werfen, was sich als eine detaillierte Karte entpuppte.

„Dies ist ..." begann Sir Kenneth.

„... eine Karte von Westindien", beendete der Herzog mit einem Nicken. „Das Antillenmeer liegt hier im Südwesten, der Atlantik im Osten. Es gibt buchstäblich Tausende von Inseln, die in den letzten dreihundert Jahren von der einen oder anderen europäischen Macht besetzt wurden, seit Kolumbus alles für Isabella und Ferdinand beanspruchte. Zucker und Gewürze, alles auf Sklaverei beruhend. Eine wahre Vorratskammer."

Shrewsbury lächelte dünn, als Sir Kenneth und Carstairs einen überraschten Blick wechselten und sagte selbstgefällig: „Ich habe Euch gewarnt. Roxton hat den Scharfsinn seines Vaters und das gute Aussehen seiner göttlichen Mutter."

Roxton lachte verlegen über das Kompliment des alten Mannes und errötete wider Willens.

„Ich hatte eher gehofft, ich hätte das hochmütige Auftreten meines Vaters und die rasche Auffassungsgabe meiner Mutter geerbt, Sir. Aber mir ist der Verstand jedes der beiden recht."

Shrewsbury neigte seinen gepuderten Kopf und genoss seinen Portwein.

„So ist es, mein Junge. Obwohl ich eher denke, dass Ihr zu viel von der Empfindsamkeit Eurer Mutter habt, was keine schlechte Sache ist, und dass es Henri-Antoine ist, der das volle Maß von *M'sieur le Ducs* erhabener Arroganz geerbt hat", sagte er und bezog sich auf Roxtons viel jüngeren Bruder. Er warf einen Blick auf die dunkle Flüssigkeit in seinem Glas und seufzte. „Ich vermisse ihn und seine belebende Konversation ..." Er hob sein Glas und seine Augen zum Himmel. „*Restez en paix, mon cher ami.*"

Einen Augenblick herrschte respektvolles Schweigen wegen Lord Shrewsburys tief empfundenem Geständnis und der Tatsache, dass es der dritte Todestag des alten Herzogs war. Shrewsbury war mit dem alten Herzog von Roxton in Eton und einer seiner engsten Vertrauten gewesen. Da er demselben Jahrgang angehörte, lag der Gedanke an seine eigene Sterblichkeit nahe.

Der Herzog nippte an seinem Portwein, um den Kloß in seinem Hals herunter zu spülen, und nahm das Gespräch wieder auf. Er wollte ins Kinderzimmer gehen, um sich davon zu überzeugen, dass es Gus nach seinem Unfall nicht schlechter ginge und dass seine Kinder sich nach dem Drama bei der Regatta für die Nacht beruhigt hatten. Er war sich auch sehr bewusst, dass er es Deborah ausgerechnet an diesem Tag allein überlassen hatte, sich um ihre Gäste und seine Mutter zu kümmern, und es würde ein Konzert in der Galerie geben, bevor er sich für den Abend zur Ruhe begeben könnte. Was das absurd benannte *Komitee für koloniale Korrespondenz von Interesse* anging, dessen Titel er als dünn verhüllte Ausrede ansah, die diesen drei Adligen und ihrer ausgewählten Gruppe von Regierungsbediensteten die Berechtigung gab, die Korrespondenz anderer Personen ohne Erlaubnis des Absenders zu lesen und darüber zu berichten, war ihm absolut unklar, was sie von ihm wollten.

„Der Hauptquartier unserer Flotte in Westindien befindet sich hier in Antigua, nicht wahr?", fragte er und legte einen schlanken Finger auf eine Insel in der Mitte einer Kette, die als Inseln über dem Wind bekannt waren.

„Ja, Euer Gnaden, so ist es", stimmte Sir Kenneth zu, beeindruckt, dass der Herzog den genauen Ort durch den bloßen Blick auf eine Karte erkannte, was Shrewsburys Einschätzung rechtfertigte, dass es sich hier um einen Adligen höchsten Ranges handelte, der nicht nur Muskeln, sondern auch Verstand besaß.

Der Herzog grinste über Sir Kenneths überrascht aufgerissenen Augen.

„Meine Mutter hat mir nicht nur die Liebe zur Sprache eingeimpft, sondern interessiert sich auch leidenschaftlich für Landkarten. Vor dem Zubettgehen gab es immer eine Karte und Grammatik. Doch ich kenne weder die genaue Lage dieser Insel St. Eustatius noch ihre Bedeutung für diese Unterhaltung, und ich muss zugeben, dass ich noch immer über deren Ziel rätsele."

„St. Eustatius liegt hier, zwischen unserer Flotte in Antigua und St. Barthelemy – St. Bart's – das ein Teil von Guadeloupe ist, einer Besitzung unserer lieben Freunde, der Franzosen", erklärte Sir Kenneth und deutete auf verschiedene Inseln in unmittelbarer Nähe. „St. Eustatius gehört zu den Besitzungen der Niederlande und ..."

„... behauptet, neutral zu sein! Ha!", warf Carstairs ein. „Neutral, dass ich nicht lache! Die Niederländer waren immer schon hinterhältige Schurken. Sie würden ihre eigene Großmutter um einen Gulden verkaufen. Für diese Mistkerle mit ihren schwarzen Herzen ist Gewinn ein Gott."

„Wie seine Lordschaft so beredt erklärt, ist St. Eustatius neutral und wird daher von jedem Freibeuter, Piraten und Dieb benutzt, der auf dem Atlantik segelt", stellte Sir Kenneth ruhig fest. „Und weil es neutral ist, ist unsere Flotte gezwungen zuzuschauen und nichts zu tun, während die Franzosen unter dem Deckmantel ihrer portugiesischen Kompanie *Roderigue Hortalez* Rebellenschiffe mit französischen Vorräten beladen, die für die amerikanische Sache von entscheidender Bedeutung sind."

„Und während diese Firma das Bestreben der Rebellen nach Unabhängigkeit am Leben erhält, können die Franzosen ihre Beteiligung am Krieg auf diplomatischer Ebene weiterhin ungestraft bestreiten? Wie genial", kommentierte der Herzog. Er sah alle drei Edelmänner mit einer verwirrten Falte zwischen den Brauen an. „Das ist alles sehr interessant, aber ich bin zuversichtlich, dass unsere Auslandsabteilung alles daran setzt, die Hinterhältigkeit unserer französischen Freunde aufzudecken, und gleichzeitig diplomatische Schritte in Versailles unternimmt, um sicherzustellen, dass seine französische Majestät nicht offen seine Unterstützung für die Rebellen erklärt. Wir wollen mit Sicherheit keinen Krieg mit Frankreich und sie können es sich definitiv nicht leisten, gegen uns in den Krieg zu ziehen ... Also, was hat das mit meiner geschätzten Person zu tun?"

„Gut ausgedrückt, Euer Gnaden", stimmte Sir Kenneth nüchtern zu und tauschte einen besorgter Blick mit Lord Shrewsbury. „Wie Euch bewusst sein dürfte, bilden wir drei das *Komitee für Koloniale Korrespondenz von Interesse*, das ein Teil des größeren amerikanischen Kolonialkriegskomitees darstellt, welches sich mit allen den Krieg in Amerika betreffenden Angelegenheiten beschäftigt. Dabei haben wir – Shrewsbury, Carstairs und ich – den Auftrag, die Kommunikationswege zwischen den Rebellen, den Franzosen und Personen von Interesse hier in London und in Paris zu untersuchen, und was hin und her berichtet wird. Das erlaubt uns, fundierte Entscheidungen zu treffen und Informationen zu sammeln, die für den Kriegsverlauf von entscheidender Bedeutung sind."

„Ihr lest Briefe ohne die Erlaubnis des Absenders", stellte der Herzog unbeeindruckt fest.

„Wir tun, was wir müssen, mein Junge, wenn es bedeutet, dass wir unsere Sache fördern und englische Leben retten können", sagte Lord Shrewsbury.

„Es ist uns aufgefallen, dass die Rebellen sehr gut über den Einsatz unserer Truppen und die Position unserer Flotte entlang der Ostküste der Kolonien informiert sind", fuhr Sir Kenneth fort und ließ die Karte der Westindischen Inseln sich zusammenrollen. Er lehnte sich auf dem Ohrensessel zurück, während der Herzog sich zurückzog und sich an seinen Mahagonischreibtisch lehnte. „Das ist an und für sich alarmierend, aber was uns wegen der Zukunft der englischen Kriegsanstrengungen stört, und dabei sage ich, *wenn*, nicht *falls*, es dazu kommt, denn wir glauben, dass es nur eine Frage der Zeit ist, bis die Franzosen in diesen Krieg eintreten. Daher ist es unabdingbar, dass wir jegliche verräterische Kommunikation an ihrer Quelle unterbinden. Ihr versteht, was ich sagen will, Euer Gnaden."

„Ja. Und ich verstehe Eure sehr realen Bedenken für den Fall, wie Ihr sagt, dass die Franzosen uns offen den Krieg erklären. Aber ich verstehe noch immer nicht, warum dieses Komitee ausgerechnet mich aufsucht. Ich habe immer betont, dass ein offener Dialog mit unseren Nachbarn auf der anderen Seite des Kanals erforderlich ist. Jedoch ist dies nur meine bescheidene Meinung, und da die Auslandsabteilung im Hintergrund herumschleichende Spione und geheime Doppelagenten einer Diplomatie mit offenem Visier vorzieht, beuge ich mich diesem Urteil, ob es besser ist oder nicht."

Lord Carstairs hob ein Bündel Briefe auf, die er auf den Teppich gelegt hatte, und klatschte sie auf den niedrigen Tisch. Er war nicht so unterwürfig wie seine Kollegen und seufzte verärgert über das, was er als Sir Kenneth Begünstigung und Shrewsburys Wertschätzung für das Herzogshaus von Roxton bezeichnete.

„Sagt es einfach frei heraus, Kenny!", sagte Carstairs verärgert und zog an dem Band, das das Bündel von Briefen in einem ordentlichen Stapel zusammenhielt. Er sah zu dem Herzog auf und sagte ohne zu blinzeln: „Roxton, Ihr seid ein aufrechter Kerl, also sage ich nur, was meine Kollegen Euch nicht ins Gesicht sagen können oder wollen: Wir haben guten Grund zu glauben, dass die Herzoginwitwe, Eure Mutter, für die Franzosen arbeitet, und wir möchten, dass Ihr dem ein Ende bereitet.“

Einen Augenblick herrschte absolute Stille in der Bibliothek, dann brach der Herzog in ungläubiges Gelächter aus. Niemand sonst lachte.

„Meine – meine *Mutter*? Meine Mutter – eine *Spionin* der – der *Franzosen*? Mein Gott, seid Ihr *wahnsinnig*?“ Roxton grinste, aber ein Blick von einem ernsten Gesicht zum anderen trübte seine Stimmung. „Seid Ihr *alle* wahnsinnig?“

„Ist das die Handschrift der Herzogin?“, fragte Carstairs und hielt mehrere Seiten von Briefen hoch.

„Ihr habt die Briefe meiner Mutter geöffnet und *gelesen*?“

Der Herzog war verblüfft.

„Es war notwendig“, entschuldigte sich Shrewsbury. „Wenn es einen anderen Weg gegeben hätte …“

Roxton starrte ungläubig auf den Stapel Papier auf dem niedrigen Tisch.

„Gehören all diese Briefe meiner Mutter? Wie viele sind es? An wen sind sie adressiert?“

„Ist es ihre Handschrift oder nicht, Euer Gnaden?“, fuhr Carstairs fort und hielt immer noch das Blatt hoch.

Das Erstaunen des Herzogs verwandelte sich in Wut. Er schnappte sich mehrere Blätter Papier, seine grüne Augen brannten.

„Es übersteigt mein Verständnis, annehmen zu müssen, dass Ihr es unternommen habt, die persönliche Korrespondenz der Herzoginwitwe zu lesen, deren guter Ruf makellos ist und die niemals einem lebenden Wesen Schaden zufügen könnte, ganz zu schweigen davon, Unheil zu stiften, das nicht nur ihre Reputation infrage stellen, sondern auch den guten Namen der Familie beeinträchtigen und das Herzogtum Roxton in Schande bringen könnte.“ Er knallte die Blätter auf seinen Schreibtisch, ohne sie anzuschauen, und bedeckte weiter die Texte mit seiner offenen Handfläche. „Ich werde ihre persönliche Korrespondenz nicht lesen. Nicht jetzt. *Niemals*.“

Lord Shrewsbury raffte sich aus dem Ohrensessel auf und nahm mehrere Blätter Papier vom Stapel auf dem niedrigen Tisch. Er warf einen flüchtigen Blick auf die elegante, schräge Schrift, ließ dann den Arm zur Seite sinken und betrachtete den gutaussehenden Adligen, der sein Gesicht abgewandt hatte, die tosende Wut, die sich in seinen geröteten Wangen und dem harten Zug um seinen Mund abzeichnete.

„Roxton… Julian… *Mein Junge*… Niemand außer uns vier hier in Eurer Bibliothek weiß, was wir wissen, und wir möchten, dass es so bleibt. Wir sind zu Euch gekommen, weil wir diese Angelegenheit nicht weiter verfolgen wollen. Wir brauchen nur Euer Wort dafür, dass Ihr der Korrespondenz Eurer Mutter mit Personen, die als Verräter bekannt sind, in den Kolonien und in Frankreich ein Ende bereiten werdet. Oder zumindest sicherstellen werdet, dass ihre Briefe nicht weiter gelangen als bis zu dem Tablett auf dem Tisch in der Eingangshalle, und nie das Anwesen verlassen."

Roxton sah in die hellblauen Augen des alten Freundes seines Vaters.

„So, wie es ist, bleibt ihr nur sehr wenig, und Ihr erwartet, dass ich ihr eine ihrer wenigen verbliebenen Freuden versage? Nein. Das werde ich nicht tun. Sie kann schreiben, an wen sie will, Verräter oder nicht." Er blickte über die gepolsterte Samtschulter des alten Mannes zu Carstairs und Hibbert-Baker. In seiner tiefen Stimme lag keine Wärme. „Ihr habt ihre Briefe gelesen. Ihr könnt mir sagen, welche verräterischen Äußerungen sie gemacht hat, und wem gegenüber."

„Sie korrespondiert regelmäßig mit Mr. Benjamin Franklin", erklärte Sir Kenneth.

„Dem Erfinder und Verleger?", fragte der Herzog abschätzig.

„Ein amerikanischer Verräter, der sich derzeit in Frankreich um Unterstützung für die Sache der Rebellen bemüht", stellte Lord Carstairs fest.

„Sie kennt Ben Franklin seit Jahren! Er besuchte uns hier auf Einladung meiner Eltern, als ich noch ein Junge war. Und sie hat ihn auf seine Einladung hin ein oder zwei Mal in seiner Wohnung in der Craven Street besucht. Ihre Korrespondenz mit Mr. Franklin dürfte voller akademischer Diskussionen um ihrer selbst willen sein." Roxton hob eine Schulter. „Ich würde wetten, dass weder sie noch Mr. Franklin den Krieg in den Kolonien erwähnen. Er hat zu gute Manieren und sie respektiert zu sehr die heikle Lage, in der er sich jetzt befindet." Als die drei Männer das nicht abstritten, verlangte er zu wissen: „Wer noch?"

„Da ist der französische Außenminister, der Comte de Vergennes", sagte Sir Kenneth.

„*Was*? Vergennes ist der Cousin zweiten Grades meiner Mutter. Die Mutter ihres Vaters, ihre *Großmutter*, war eine geborene Gravier. Um Gottes willen, muss ich das verdammt Offensichtliche noch aussprechen? Meine Mutter ist Französin! Und sie ist so französisch, dass sie es, in all den Jahren, die sie hier in England verbracht hat, nur geschafft hat, sehr gebrochen Englisch zu sprechen. Was ist dabei? Mein Vater sprach ausschließlich Französisch mit ihr, er zog Paris London vor und hatte eine französische Frau, aber das machte ihn nicht zum Verräter an seinem König und seinem Land. Er war durch und durch Engländer und dem Haus Hannover gegenüber loyal! Meine Mutter wusste das und respektierte seine Wünsche." Als es still wurde, fuhr der Herzog mit den Fingern durch seine schwarzen Locken und ließ seine Hand dann schwer an seiner Seite hinabsinken. „Jesus! Sie ist nicht die einzige Französin, die in London lebt! Warum sie?"

„Sie ist die einzige französische *Adlige*, deren Sohn ein englischer Herzog ist, die sich in den höchsten Kreisen des französischen Hofes bewegt hat – die in der Tat, wie Ihr so richtig betontet, mit mehr als einer aristokratischen französischen Familie verwandt ist – die Zugang zu Politikern hat, mit Politikern und Ministern auf beiden Seiten des Atlantiks und auf der anderen Seite des Kanals befreundet ist und drei oder vier Sprachen fließend spricht und schreibt. Vielleicht begeht sie nicht offen Verrat. Vielleicht ist Ihre Gnaden nur der unwissende Bauer im Spiel eines anderen. Doch wie wir wissen und wie Ihr selbst sagt, ist sie so etwas wie ein Blaustrumpf, daher würde es bedeuten, ihre Intelligenz zu beleidigen, wenn ich glauben müsste, dass sie unabsichtlich Informationen mit ihren französischen Cousins und ihren amerikanischen Freunden austauscht."

„Ihr holt sehr weit aus, Carstairs, und das interessiert mich nicht!", knurrte Roxton. „Wo sind Eure Beweise?"

„Sie liegen auf Eurem Schreibtisch, Euer Gnaden", sagte Sir Kenneth ruhig. Als der Herzog sich die Papiere schnappte, fuhr er ebenso ruhig fort: „Auf den ersten Blick scheint mit dem Geschriebenen auf dieser Seite nichts Bedenkliches zu sein, aber wenn Ihr das Rezept für den Fleischextrakt genauer betrachtet, werdet Ihr bemerken, dass die Mengen viel zu groß sind, als dass man versuchen könnte, alle Zutaten in einen Kessel zu tun, ganz gleich, wie groß dieser ist."

Der Herzog starrte Sir Kenneth an, als wäre ihm ein zweite Kopf gewachsen.

„Was schwätzt Ihr da, Kenny? Mengen von *was*?"

„Es ist überhaupt kein Suppenrezept. Es ist eine ziemlich erfinderische Methode, um Zahlen zu übermitteln. Wenn man die Namen der Zutaten entfernt, bleiben nur noch Mengen übrig, aber es handelt sich nicht um Mengen, sondern um Zahlen, die perfekt mit unseren Truppeneinsatzzahlen zu der Zeit übereinstimmen, als die Hessen in Trenton besiegt wurden. Und nur die Mitglieder des inneren Kriegskabinetts kennen diese Zahlen."

Der Herzog war immer noch ratlos.

„Und woher zum Teufel würde meine Mutter solche Zahlen bekommen?"

„Das ist es, was wir ermitteln müssen, Euer Gnaden."

„An wen war dieser Brief gerichtet?"

„An eine Mlle Anais de Lese.“

„Wer zum Teufel ist sie?“

„Eigentlich ist es keine sie, Euer Gnaden“, entschuldigte sich Sir Kenneth, „sondern ein er. Anais de Lese ist ein Anagramm für Silas Deane.“

„Und diese Person ist …?“

„Er ist ein amerikanischer Händler und Geheimagent, der von den Rebellen nach Paris geschickt wurde, um direkt mit der französischen Regierung zu verhandeln“, fuhr Sir Kenneth fort, während seine Kollegen stumm blieben. „Er ist ein besonderer Mitarbeiter von Mr. Franklin und wohnt derzeit in einem Appartement unter der Adresse, die bis zum letzten Jahr das Heim Eurer Familie in der *Rue Saint-Honoré* war. Die Briefe wurden an Mr. Deane unter dem Aliasnamen Mlle Anais de Lese geschickt. Ihr werdet sehen, wenn Ihr auf die Rückseite des zweiten Blattes schaut, das Ihr in Händen haltet, dass die Adresse in der Tat in der Handschrift der Herzogin geschrieben wurde.“

Roxton blätterte um, warf einen flüchtigen Blick auf die Handschrift auf der Rückseite des zweiten Blattes und schüttelte ungläubig den Kopf.

„Lieber Gott“, murmelte er mehr zu sich als für seine Zuhörer, „welche Chance haben wir, die Kolonien zu retten, wenn das Außenministerium seine Zeit und Energie für dieses unsinnige Unterfangen aufbringt?“

Er drückte Lord Shrewsbury die Seite in die Hand, plötzlich war er müde, nach einem langen Tag, der im ersten Morgengrauen begonnen hatte, als er den erschütternden Besuch im Mausoleum abgestattet hatte, um seinem Vater an diesem, dem dritten Jahrestag seines Todes, seinen Respekt zu erweisen, gefolgt von einem Tag bei der Regatta, die zu einem noch traumatischeren Erlebnis geworden war mit der dramatischen Rettung seines jüngsten Sohnes vor dem Ertrinken, und nun hatte dieses *Komitee für koloniale Korrespondenz von Interesse* seine Mutter beschuldigt, für die Franzosen zu spionieren, oder für die amerikanischen Rebellen? Oder vielleicht für beide? Er war sich nicht ganz sicher. Seine Geduldsfaden war bis zum Zerreißen gespannt und er fragte sich, ob die wenigen verbleibenden Stunden des Tages noch etwas bringen könnten, was diesen zum Reißen bringen und ihn die Beherrschung vollends würde verlieren lassen können.

Er blickte von Shrewsbury, der sich mit seiner Brille zum unverhängten Fenster begeben hatte, um mit Hilfe des schwindenden Nachmittagslichts eine Seite zu lesen, zu Carstairs und Sir Kenneth, die auf der Kante der Ohrensessel saßen, als wollten sie zur Tür flüchten, sollte ihr edler Gastgeber eine Tirade von Beschimpfungen auf ihre gepuderten Köpfe herabregnen lassen. Der Herzog hatte weder die Energie noch das Bedürfnis dazu. Er legte seine Handflächen um den Rand des Schreibtisches und sammelte die wenigen Reste von Energie, die ihm noch verblieben, um spöttisch zu sagen:

„Nun, Gentlemen, zwei Dinge kann ich Euch mit Sicherheit sagen: Die Handschrift, in der dieses Rezept aufgeschrieben wurde, ist nicht die elegante Hand meiner Mutter, auch wenn die Adresse auf der Rückseite des zweiten Blattes von meiner Mutter geschrieben wurde, aber was soll das bedeuten? Zu Lebzeiten meines Vaters adressierte und frankierte er alle Briefe meiner Mutter, wie es üblich ist. Anstatt die Briefe anderer Leute ohne Erlaubnis zu lesen, hättet Ihr sie nur fragen müssen, wem diese Briefe gehörten, und ich bin sicher, sie hätte es Euch gesagt.

„Zweitens, während meine Mutter sich zwischen den Seiten eines lateinischen Textes ihrer liebsten römischen Historiker völlig zu Hause fühlt und Euch die Lage der Insel Tahiti auf einer Karte des Pazifischen Ozeans zeigen könnte, vielleicht sogar über Mr. Franklins Experimente mit Elektrizität schwärmen würde, mangelt es ihr vollkommen an jenen weiblichen Fähigkeiten, die normalerweise für eine Ehefrau für notwendig erachtet werden. Sie kann weder sticken, malen oder ein Musikinstrument spielen und hat keine Ahnung vom Kochen. Also unabhängig von den Mengen würde sie die Zutaten für eine Wildpastete oder einen Beerenpudding nicht erkennen, wenn man sie vor sie auf den Tisch legte oder auf ein Stück Papier schriebe, ganz gleich in welcher Sprache Ihr meint, dass sie sie lesen könnte. Ihr würdet Eure Energie besser verwenden, wenn Ihr echte Spione und Verräter jagen wolltet, anstatt Eure Bemühungen auf die privaten Kritzeleien einer Witwe zu verschwenden, die krankhaft von den Toten besessen ist. Shrewsbury, ich dachte, Ihr würdet mehr Verständnis für den Zustand meiner Mutter aufbringen.“

Das Lächeln des alten Mannes war traurig. „Gerade wegen ihrer Besessenheit vermutete ich …“

Er konnte den Satz nicht beenden und sah aus dem Fenster. Er brauchte es nicht auszusprechen, der Herzog verstand genau, was er meinte und wollte etwas dazu bemerken, als er angesprochen wurde.

„Julian! Hör mir zu! Ist es wahr? Stimmt es, dass du das *hôtel* verkauft hast?“

DREIZEHN

D ER H ERZOG TRAT VOR , WARF EINEN B LICK AUF SEINE M UTTER und dann über ihren Kopf hinweg zu seiner Frau. Er hatte Antonias Worte nicht aufgenommen, aber er sah ihren Gesichtsausdruck und es genügte, um sein Herz schneller schlagen zu lassen.

„Maman? Deborah? Was ist los? Es ist doch nicht – nicht Gus?“

Als die Herzogin den Kopf schüttelte, sich aber auf die Unterlippe biss und einen warnenden Blick auf Antonia warf, bevor sie ihre braunen Augen weit aufriss, entspannte sich der Herzog und wusste, dass es seinem Sohn gut ging, aber nur für einen Moment, weil die stille Geste seiner Frau ihn darauf aufmerksam machte, dass etwas oder jemand seine Mutter sehr aufgeregt hatte.

„Wie bitte, Maman?“

„Ist es wahr? Hast du das *hôtel* verkauft?“

„Das *hôtel*? Sicher können wir später darüber sprechen? Ich bin in einer Besprechung und …“

„Also hast du es verkauft.“

„Jetzt ist nicht die Zeit, darüber zu reden. Wenn du bitte nur …“

„Nein! Nein, ich werde nicht einfach *nur* irgendetwas, Julian! Du wirst mir jetzt sagen, ob unser Haus in der *Rue Saint-Honoré* verkauft ist.“

Antonia legte ihre Hände fest zusammen und schaute weiter in Erwartung seiner Reaktion auf ihren Sohn; sie zwang sich, die Beherrschung zu wahren, weil sie noch immer nicht glaubte, dass dies wahr sein könnte und nicht glauben wollte, dass sie nie wieder einen Fuß in das *Hôtel Roxton* setzen würde. Als er zögerte, begann sie zu sprechen, als ob sie das Unabänderliche irgendwie ändern könnte, wenn sie ihm ihre Gefühle darlegte.

„Monseigneur, dein Vater, wurde in dem Haus geboren. Ebenso seine Schwester, deine Tante, und ihr Sohn, dein Cousin Evelyn, sie alle wurden dort geboren. Und dein Großvater, Monseigneurs Vater, lebte dort mit deiner französischen *grand-mère,* die er nicht nach England bringen konnte, da sie Papistin war. Und das *hôtel,* es war ihre Zuflucht, weil sie einen Protestanten geheiratet hatte und ihre Familie, die Salvans, und Seine Französische Majestät sie vom Hofe verbannt hatten.“

„Ich weiß, Maman“, antwortete der Herzog sanft. „Ich kenne die Geschichte unserer Familie in diesem Haus sehr gut.“

„Frederick, dein Sohn und Erbe, auch er wurde in diesem Haus geboren. Bedeutet dir das alles nichts?“

„Es bedeutet mir sehr viel. Maman, worauf willst du hinaus?“

„Es war das Zuhause, in dem du aufgewachsen bist. Wo du mit Evelyn Verstecken gespielt hast und wir so taten, als hätten wir euch nicht gesehen.“

„Ja.“

„Und dein kleiner Bruder… Hast du vergessen, dass Henri-Antoine viele glückliche Jahre in diesem Haus verbracht hat? Er und Jack — er und Jack spielten auch Verstecken… Und dann gab es die vielen, vielen Gesellschaften, die wir für dich und Evelyn und für Henri-Antoine und eure Freunde veranstaltet haben. Lucian und Estée haben bei uns im *hôtel* gewohnt. Wir waren eine große Familie … und da ist der Bowlingrasen zwischen den Kastanienbäumen …“

„Ich erinnere mich an alles, Maman. Wie könnte ich das vergessen?“

Antonia musterte das schöne Gesicht ihres Sohnes, ihre Hände jetzt so fest ineinander verschlungen, dass sie kein Gefühl mehr in den Fingerspitzen hatte.

„Das … das Haus in Paris ist sehr wichtig, *sehr* wichtig für Monseigneur.“

„Ja. Ja, es war wichtig für *mon père.*“

„Es war mein erstes Zuhause …“

„Ja. Auch das weiß ich.“

„Und daher ist es auch mir sehr wichtig.“

Ihre Stimme war kaum mehr als ein Flüstern und ihre Augen füllten sich mit Tränen. Der Herzog schaute zur Seite und schluckte schwer, als er sich dazu zwang, sich an den weisen Rat seines Vaters in den letzten Tagen seines Lebens zu erinnern — und dass er die richtige

Entscheidung getroffen hatte, indem er das Heim der Familie in Paris verkaufte.

Verkauf es, Julian. Verkaufe das hôtel, um ihretwillen wie um deinetwillen. Deine Mutter wird nie wieder dort leben, nicht ohne mich. Es gibt zu viele Erinnerungen ... In diesen Tagen hängt eine dunkle Wolke über Frankreich. Das Gewitter, wenn es ausbricht, wird das Ende der alten Ordnung bedeuten, des Frankreichs meiner Generation. Ich prophezeie, dass in den Straßen von Paris Blut fließen wird ... Du musst deine Söhne schützen. Es darf keinen M'sieur le duc de Roxton mehr geben. Drücke dem Herzogtum deinen eigenen Stempel auf, so, wie es sein sollte ... Deine Mutter kannst du nicht schützen ...

Er hatte versucht, seinen Vater davon zu überzeugen, dass er sich tatsächlich um seine Mutter kümmern könnte. Aber sein Vater war anderer Meinung und seine Reaktion war fast entschuldigend gewesen: *Julian, du bist nicht der Mann, der sie glücklich machen kann, wie sie glücklich zu sein verdient.*

Diese Worte, die letzten, die sein Vater zu ihm gesprochen hatte, schmerzten immer noch, und während er auf seine Mutter hinabschaute, auf die Trauer in ihren Augen, fragte er sich, ob sein Vater recht gehabt hatte. Egal was er tat oder sagte, egal wie sehr er versuchte, Verständnis zu zeigen, sie blieb untröstlich und zu Zeiten wie diesen ärgerlich unergründlich.

„Also hast du unser Heim in Paris verkauft, ja?", stellte Antonia fest.

Er versuchte nicht, sich oder seine Handlungsweise zu erklären. Was sollte das nutzen? Es würde kaum einen Unterschied bei ihrer Reaktion machen.

„Ja."

Also hatte Charlotte die Wahrheit gesagt. Ihr Zuhause in Paris, das Haus, das so viele wundervolle Erinnerungen für sie barg, war ihr genommen worden und war nicht mehr da. Sie wollte zu Boden sinken, sich zu einer festen Kugel zusammenrollen und schluchzen. Stattdessen blieb sie entschlossen aufrecht und fragte wie benommen:

„Und unsere Sachen? Was ist aus ihnen geworden? Unsere Bücher? Monseigneurs Sammlung von Fächern und Schnupftabakdosen und Schmuckstücken in den Vitrinen? Unser Backgammonbrett, wo ist es? Die – die Familienporträts an den Wänden, wo sind sie jetzt?"

„Es wurde ein Inventar erstellt. Bücher, Gemälde und Kuriositäten wurden in Kisten verpackt und werden hergebracht. Wenn es Möbel gibt, an denen dir besonders liegt, sind die neuen Eigentümer, wie ich versichern kann, nur zu gerne bereit, sie herauszugeben."

„Und wem gehört jetzt unser Haus?"

„Spielt das eine Rolle?"

„Ja. Ja, es spielt eine Rolle! Natürlich spielt es eine Rolle! Charlotte sagt, du hättest es an einen Steuereinnehmer verkauft. Stimmt das? Julian? Hör mir zu! Tatsächlich?"

„M'sieur Lavoisier ist Mitglied des Steueramtes. Ja. Mein Agent in Paris hat das Haus an ihn verkauft."

„Du hast dein edles französisches Erbe und alles, was es bedeutet, an einen französischen Kaufmann verkauft?", fragte sie bewusst langsam. Benommenheit und Kummer wichen ungläubiger Wut. „Und natürlich, um zu zeigen, wie sehr er sich um unsere edlen französischen Vorfahren kümmert, hat M'sieur Steuereintreiber dreihundertfünfzig Jahre Adel in Mietwohnungen verwandelt!" Sie schnippte mit den Fingern. „Also so viel ist dir dein Geburtsrecht, das französische Blut deiner Mutter und deines Vaters wert? Du beschmutzt uns alle, indem du Steuereintreibern, die sich für nichts als Profit interessieren, erlaubst, sich über deine Ahnen lustig zu machen!"

„Das ist eine lächerliche Anschuldigung. Ich habe nichts dergleichen getan."

„Hast du es deinem Bruder erzählt? Hast du es Henri-Antoine erzählt?", wollte Antonia wissen und zwang sich, ihre Tränen zu unterdrücken. „Hast du Henri-Antoine von dieser Untat erzählt, die du vollbracht hast? Dass du sein Elternhaus, ohne mit ihm zu sprechen oder an ihn zu denken verkauft hast? Dass das Haus, in dem einst sein Vater und die Vorfahren seines Vaters lebten, jetzt von Mietern überlaufen ist, denen an nichts etwas liegt, die nur einem gierigen Kaufmann verpflichtet sind und zusammen so viel Ehre und Anstand haben wie dein Vater in seinem kleinen Finger? Nun, hast du das getan, *M'sieur le duc?*"

Roxton kochte bei ihrem Tonfall und der Verwendung seines Titels, und seine Stimme verlor ihre Sanftheit.

„Ich bin niemandem Rechenschaft schuldig, Madam. Die Entscheidung lag bei mir und dich habe sie getroffen. Es ist geschehen. *Fin.*"

Antonia gab einen Laut von sich, der halb Schluchzen, halb Lachen war.

„Das ist wahr, *mon fils.* Du bist niemandem Rechenschaft schuldig und wer sollte kommen und dir sagen, dass es böse und kriminell von dir war, meine und deines Bruders Erinnerungen auf so herzlose Weise zu verkaufen?" Sie schaute über ihre Schulter zu ihrer Schwiegertochter, die wie versteinert hinter ihr stand, und hinter der Herzogin standen ihre Kammerfrauen, und dann sah sie wieder ihren Sohn an, mit einem Ruck ihres blonden Kopfes in Richtung der Herzogin. „Ich möchte schätzen, dass nicht einmal deine englische Frau mit ganzem

Herzen diese entsetzliche Entscheidung von dir unterstützt hat. Dass …"

„Lass Deborah hier heraus!"

„… du dickköpfig diesen Verkauf trotz ihrer Einwände abgewickelt hast."

„Genug!"

Roxton trat einen Schritt vor.

Antonia hob das Kinn. „Ich bin nicht einer deiner Lakaien, Julian, dass ein hartes Wort mich zum Schweigen bringt!"

Roxton hob in einer Geste frustrierter Hoffnungslosigkeit eine Hand und ließ sie mit einem verzweifelten Seufzer wieder sinken.

„Ich werde nicht mit dir streiten. Was geschehen ist, ist geschehen, und dies ist weder die Zeit noch der Ort, um deiner melodramatischen Empörung Ausdruck zu verleihen."

„*Melodramatisch? Zeit und Ort?*", fragte sie mit stockender Stimme und jetzt mit Tränen auf ihren geröteten Wangen. „Muss deine Mutter dazu einen Termin mit deinem Sekretär vereinbaren? *Mon Dieu. Du* hast mich dazu gebracht! Dass ich in deine Besprechung mit Regierungsfunktionären hereinplatze, um selbst herauszufinden, was jeder andere bereits weiß – was mein Sohn mir ins Gesicht zu sagen nicht über sich bringen konnte!"

„Ich werde diese Angelegenheit nicht weiter vor anderen diskutieren. Dieses Gespräch ist für heute beendet", sagte er sehr ruhig mit aller Selbstbeherrschung, die er aufbringen konnte, ohne es zu wagen, sie noch einmal anzusehen. Die verwirrte Trostlosigkeit in ihrer Stimme zu hören war schon fast zu viel.

Daher trat er an ihr vorbei, wechselte einen verständnisinnigen Blick mit seiner Frau, deren steter Blick sein Gesicht nicht einen Moment verlassen hatte, und dann sah er die beiden Gentlemen an, die noch immer unbehaglich in ihren Sesseln saßen, dankbar, dass deren Französisch allenfalls rudimentär war. Ein kurzes Nicken zu jedem von ihnen und sie antworteten gleichermaßen und verabschiedeten sich schweigend. Zu den beiden Kammerfrauen sagte er:

„Ihre Gnaden ist müde und wird sofort nach Crecy Hall zurückkehren."

„Nein! Ihre Gnaden wird *nicht* sofort nach Crecy Hall zurückkehren!", imitierte Antonia ihn auf Englisch, wirbelte herum, die Finger in den Falten ihres Seidenkleides verkrampft, um dann rasch in ihrer französischen Muttersprache fortzufahren. „Julian! Wir werden dies hier und jetzt diskutieren, wie es *mein* Recht als deine Mutter ist! Du wagst es, meine Erinnerungen in einen riesigen Aschehaufen zu verwandeln und mich dann wegzuschicken, als ob ich den Verlust unseres Pariser

Heims und allem, was es mir bedeutet, so betrachten wie du: Eine finanzielle Transaktion, und sonst nichts? Das tue ich nicht, und werde es niemals tun! Wie hast du erwartet, dass ich eine solche Neuigkeit aufnehme?"

„Mit dem Anstand, der deinem Rang entspricht!", platzte der Herzog heraus und biss sich auf die Zunge, um sich davon abzuhalten, noch mehr zu sagen.

Antonia stand ganz still da. Niemand hatte je ihre Fähigkeit in Frage gestellt, sich wie eine Herzogin zu verhalten, am wenigsten ein Mitglied der Familie. Dass ihr ältester Sohn es für angebracht hielt, sie zu kritisieren, machte sie plötzlich sehr traurig. Sie war sich nicht ganz sicher, was er mit dieser Bemerkung meinte, doch sie verstand die zugrundeliegende Folgerung.

„Welchen Rang ich auch habe, was auch immer du und andere glaubt, was ich sein sollte, ich bin immer nur ich selbst gewesen ..."

Sie schaute sich im Raum um, sah die niedergeschlagenen Augen ihrer Schwiegertochter und ihre Kammerfrauen, und den älteren Adligen, der leise vom Fenster herübergekommen war und neben einem Sessel in der Nähe des Herzogs stand. Ihre geschwungenen Augenbrauen zogen sich zusammen, als sie ihn erkannte.

„Edward?", sagte sie verwundert.

Lord Shrewsbury verneigte sich mit großer Höflichkeit vor ihr. *„Mme la duchesse."*

Antonia war für einen Moment abgelenkt und fragte sich, was Englands oberster Meister der Spione wohl in der Bibliothek ihres Sohnes zu suchen hatte. Sie wusste alles über Shrewsburys geheime Aktivitäten für die englische Regierung, weil Monseigneur ihr nichts vorenthalten hatte, nicht einmal die Tatsache, dass er einer der Ersten gewesen war, der in das persönliche Spionagenetzwerk von König Louis von Frankreich aufgenommen wurde, das *secret du Roi,* zweifellos ein Hochverrat für einen englischen Herzog, aber Monseigneur war niemandem Rechenschaft schuldig gewesen, weder seinem Herrscher, König George oder dem Monarchen seiner Mutter, Louis XV. Da Shrewsbury eher ein Zeitgenosse des Vaters, nicht aber des Sohnes gewesen war, wunderte Antonia sich, was er hier wollen könnte, doch dann sah sie den Stapel geöffneter Briefe auf dem niedrigen Tisch und wie immer war sie scharfsinnig und direkt.

„Ihr glaubt, in Treat gebe es einen Spion, Lord Shrewsbury? *Pourquoi donc?"*

„Das, *Mme la duchesse,* steht mir nicht frei zu sagen."

„Aber es steht Euch frei, die persönliche Korrespondenz meines

Cousins zu beschlagnahmen und zu lesen? *Vous me stupéfiez?* Charles Fitzstuart ist ein sehr ernsthafter und idealistischer junger Mann.“

„Ernsthafte und idealistische junge Männer geben die besten Verräter ab, Madame la Duchesse“, erwiderte Lord Shrewsbury mit äußerster Höflichkeit.

„Verräter? Charles? Für wen soll er spionieren?“ Sie schaute zu ihrem Sohn und wieder zu Shrewsbury. Beide Männer pressten die Lippen zusammen. „Die Franzosen? Ihr glaubt, Charles wäre einer von Louis' Spionen? *Mon Dieu. Un tel toupet est inconcevable.*“ Sie warf eine Hand hoch, sodass das halbe Dutzend goldener Armreifen an ihrem Handgelenk klimperte. „Das glaube ich einfach nicht! Ich kann mir nicht vorstellen, dass du an diesem Unsinn beteiligt bist, Julian?“

„Es ist gleichgültig, was du glaubst, Madam. Ich werde es auch nicht mit dir diskutieren.“

„Ich verstehe. Wir sprechen nicht als Mutter und Sohn über unseren Cousin. Ich bin nur eine vom Spross des Hauses von Roxton abhängige Witwe. Soll ich vor dem hohen Rang knicksen oder können wir auf diese Formalität verzichten, angesichts der Tatsache, dass wir in der Mitte und nicht am Beginn dieses Streites stehen, *M'sieur le duc?*“

„Sei nicht absurd, Maman!“

„Ach, jetzt bin ich wieder deine Mutter? Wie? Wenn es passt? Entscheide dich, Julian, denn du hast offensichtlich beschlossen, dich von deinem französischen Erbe zu trennen“, gab sie mit einem sprechenden Blick auf Shrewsbury zurück. „Vielleicht glaubst du, ich wäre eine Spionin König Louis'? Schließlich bin ich Französin. Hast du meine Korrespondenz auch gelesen?“

„Das ist ein lächerlicher Einfall! Und das habe ich Shrewsbury gesagt.“

Antonia fuhr auf. Sie hatte es scherzhaft gemeint, aber die Erwiderung ihres Sohnes und sein rasches Erröten ließen sie aufschrecken. Ihr Lachen war ungläubig.

„Wenn es nicht so *unglaublich* wäre, müsste ich beleidigt sein! Da muss ich mich nicht fragen, warum du das *hôtel* verkauft hast. Aber glaube nicht, dass Henri-Antoine in deine Fußstapfen treten wird! Obwohl, wo wir in Paris bleiben sollen, wenn wir kein Dach über dem Kopf haben, weiß ich nicht. Als Witwe sollte ich wohl über jedes Dach froh sein und kann immer noch mit dem Hut in der Hand zu französischen Verwandten gehen.“

Roxton seufzte verärgert. „Du warst seit sechs Jahren nicht mehr in Paris, Harry auch nicht.“

„Und jetzt können wir anscheinend nie mehr dorthin reisen, weil es kein Haus gibt, in dem wir bleiben können, und deshalb kann unsere Familie nicht länger mit erhobenem Kopf in der französischen Gesellschaft auftreten."

„Lieber Gott, verstehst du es nicht? Ich habe nicht den Wunsch, meinen Kopf in der *französischen* Gesellschaft hochzuhalten!", warf Roxton ihr zu und stellte auf Englisch fest: „Ich bin Engländer, mit einer englischen Frau und einem englischen Herzogtum, das seit fünf Jahrhunderten in der englischen Linie vererbt wird! Ich würde hundert solcher Häuser verkaufen, wenn es die Distanz zwischen mir und einer Gesellschaft vergrößern würde, die sich auf schnellem Weg in den Abgrund befindet!

„Der französische Adel hält immer noch am Feudalismus fest, in dem die Bauern auf ihren Höfen verhungern, nicht weil das Land karg ist, sondern weil gleichgültige abwesende Herren ihre Tage damit verbringen, in vergoldeten Palasträumen hinter Paravents herumzuhuren, während sie auf die Gelegenheit warten, sich mit tiefsten Verbeugungen und Kratzfüßen bei einem Dummkopf von König einzuschmeicheln! Einem König, der mehr Zeit damit verbringt, über Schlösser und Schlüssel nachzudenken als über eine gute Regierung, und der mit einem albernen Hohlkopf von einer Frau verheiratet ist, die die französischen Staatsschulden in astronomischem Höhen treibt, während die Leute buchstäblich vor ihrem Fenster verhungern!

„Es gibt keine Redefreiheit. Es gibt keine Pressefreiheit. Es ist eine *absolute* Monarchie. Die französische Idee der Diplomatie ist es, hinter unseren Rücken herumzuschleichen wie ungezogene Schuljungen und den amerikanischen Rebellen im Krieg gegen ihre englischen Cousins Unterstützung anzubieten, und das Absurde daran ist, dass die amerikanischen Rebellen für die *Freiheit* kämpfen, während die Franzosen keine haben! Ist es da ein Wunder, dass ich mich von unseren französischen Verbindungen lösen möchte?"

Wieder stand Antonia sehr still, weil ihr Sohn sie wieder mit seinem giftigen Angriff schockiert hatte. Sie begann sich zu fragen, ob sie ihn überhaupt kannte.

„Dann muss es in der Tat eine große Prüfung sein, eine französischen *maman* zu haben", sagte sie leise. „Mir wird alles klar. Jetzt muss ich mich nicht mehr fragen, warum deine Kinder nicht ebenso natürlich Französisch wie Englisch sprechen. Warum du beschlossen hast, ihnen keine Besuche bei mir mehr zu erlauben. Warum ich nichts von deinen Entscheidungen erfahre. Ich bin dir und deiner Familie peinlich ..."

„Das habe ich nicht gemeint, und du weißt es."

„Dann sag was du meinst!"

„Wenn du dir nur erlauben würdest, über dein eigenes Ich hinwegzusehen ... weiter zu sehen als bis zu deiner Nasenspitze ...“

„Julian, *nein.*“

Der Ausruf kam von der Herzogin, die warnend am seidenen Ärmelaufschlag des Herzogs zupfte, doch er war zu sehr in diesem Augenblick gefangen, um den Rest herunterzuschlucken.

„... über deinen *egoistischen Kummer* hinwegzusehen, würdest du erkennen, dass es gar nicht um dich geht!“

Antonia wiederholte flüsternd seine Worte.

„Egoistischen Kummer?“

„Es stimmt doch, oder?“, stellte Roxton fest. „Warum sollten Steine und Mörtel von Wichtigkeit sein, wenn es doch nicht *Dinge*, sondern *Menschen* sind, die in diesem Leben zählen? Lieber Gott, Maman, du wirfst mir Henri-Antoine vor, während du meinem kleinen Bruder keinen Penny an Aufmerksamkeit geschenkt hast seit unser Vater starb! Und Augustus – Gus – *mein Sohn* wäre heute Nachmittag fast ertrunken, und hier quälst du dich wegen dem, was mit einem abgenutzten Backgammonbrett und ein paar Kleinigkeiten und Kinkerlitzchen passiert ist, und beklagst den Verkauf eines Hauses, dessen Schwelle du seit sechs Jahren nicht überschritten hast? Was zählt ein Haus, was zählt *irgendetwas* im Vergleich zum Leben eines Kindes?“

Antonia schwankte auf ihren zwei Zoll hohen Absätzen. Er hätte sie hart ins Gesicht schlagen können, so tief waren ihre Wangen vor Scham errötet. Natürlich hatte er recht. Ihr Sohn hatte recht. Was galt der Verkauf eines Hauses, wenn es gegen das Leben ihrer Kinder und Enkelkinder abgewogen wurde? Es stimmte. In ihrer Gedankenverlorenheit hatte sie ihren jüngsten Sohn, Henri-Antoine, vernachlässigt. Was für eine Mutter war sie? Sie hätte an sein Wohl denken müssen. Sie hätte an den kleinen Augustus denken müssen, an seine nahe Begegnung mit dem Tod und wie sich dies auf seine Eltern, seine Brüder und seine Schwester ausgewirkt hatte. Die arme Deborah, sie sah so müde und verstört aus und Julian, er hatte genug Sorgen, und hier belästigte sie ihn wegen einer Kleinigkeit. Sie war unglaublich egozentrisch. Das erkannte sie jetzt. Sie dachte nur an sich selbst. Sie hatte vergessen, worauf es wirklich ankam. Was mussten sie von ihr denken? Was mussten sie alle von ihrem Egoismus denken? Mit Sicherheit war sie für ihre Familie peinlich. War sie auch so egoistisch gewesen, so in Gedanken versunken, als Monseigneur noch gelebt hatte? Sicher nicht ... Doch vielleicht, als er zum Schluss im Sterben lag ...

„Du wärst mit zwei alternden Eltern besser dran gewesen, *mon fils*“, sagte sie mit einem traurigen, zittrigen Atemzug und schüttelte die Hände an ihren feuchten Wangen, um sich die Tränen abzuwischen.

„Auf diese Weise müsstest du dich jetzt nicht mit einer Mutter befassen, die übrig ist und wie tot herumläuft. Wenn ich mit deinem Vater gestorben wäre …"

„Ja! Das wäre vielleicht das Beste gewesen! Dann hätte er wenigstens ein würdiges Ende gehabt!", fauchte Roxton, bevor er sich zurückhalten konnte, weil nur sie die Macht hatte, ihn sich völlig hilflos fühlen zu lassen, weil er es hasste, sie so verstört und sich selbst so unähnlich zu sein und er sich hasste, den Gedanken, den sie gerade laut ausgesprochen hatte, selbst gedacht zu haben, und mehr als einmal, bei Gelegenheiten wie dieser, wenn er nicht wusste, was er sagen oder tun sollte, um sie glücklich zu machen.

Und als er die Schleusen für solche schmerzhaften Gedanken geöffnet hatte, konnte er nicht aufhören. Es war, als müsste er die Worte laut sagen, um sich besser zu fühlen, damit die Gedanken endlich verschwinden würden. Er entsetzte damit nicht nur Antonia, sondern alle im Raum.

„Er hat sich noch *drei* Jahre länger gequält, als notwendig gewesen wäre, nur wegen *dir*. Er wusste, was sein Tod dir antun würde, und deshalb klammerte er sich unter Schmerzen und Elend ans Leben, *für dich*. Nicht einmal hat er sich beklagt oder darüber gesprochen, wie qualvoll schwer es für ihn war, auch nur zu atmen – wie sehr der Krebs sich ausgebreitet hatte. Und du warst so selbstsüchtig, ihn sich weiterschleppen zu lassen, weil du es nicht ertragen konntest, von ihm getrennt zu werden! Nun, Madam, du kannst stolz darauf sein, dass du – du sein *Leiden* noch *vergrößert* hast. Es hätte ihm möglich sein sollen, in Würde zu sterben. Er wollte nicht, dass du oder ich oder andere ihn in einem so verheerenden Zustand sehen sollten. Er war so stolz, ein Fürst unter Seinesgleichen, der nie in seinem Leben krank gewesen war. Ihn so verfallen zu sehen, der Schatten eines Mannes, verhärmt und unfähig, auch nur in seinem eigenen Schlafzimmer ohne die Hilfe eines Stocks herumzugehen und in den letzten Wochen seines Lebens kaum mehr fähig, sein Bett zu verlassen. Was für ein trauriger Vorwurf – *gegen dich*.

„Man hätte ihm erlauben müssen, diese Welt zu verlassen, wie er über ihre Bühne stolziert war, mit arroganter Selbstsicherheit und Majestät. Du hast seine letzten Jahre in einen – einen Zirkus verwandelt! Er dachte nur an dich, *immer* nur an dich. Er gab sich die Schuld, weil er eine viel jüngere Frau geheiratet hatte. Dass es irgendwie *seine* Schuld war, dass du für dein Alter immer noch jünger aussahst – dass deine Schönheit nicht mit der Zeit verblasste. Er liebte dich – liebte dich bis zur *Selbstaufgabe*, und ließ es deshalb zu einem so unwürdigen Ende kommen. Und wie vergiltst du dies seinem Andenken? Wie benimmst du dich? Mit theatralischen Auftritten und dramatischen Bekundungen von Selbstmitleid. Er sagte, ich wäre nicht in der Lage, mich um dich zu kümmern, und er hatte verdammt recht! Ich kann mich nicht um dich kümmern, weil ich dich so, wie du jetzt bist, nicht kenne!"

Ohrenbetäubendes Schweigen legte sich über die Bibliothek. Niemand bewegte sich oder wusste, was er sagen sollte. Ohne es selbst zu merken, hatte der Herzog seine Mutter mit solch aufgestauter, emotionaler Wut angeschrien, dass alle völlig verblüfft waren, nicht zuletzt Antonia, die völlig schockiert war. Doch ihr erster Instinkt war es, ihre Arme um ihren Sohn zu legen, seine schwarzen Locken zurückzustreichen und ihm in besänftigendem Ton zu sagen, dass nichts so schlimm war, wie er dachte, da seine grünen Augen voller Tränen standen und seine Unterlippe bebte. Wann immer er aufgeregt war, vergaß er sein Englisch und verfiel ins Französische, die Sprache, in der er zuerst sprechen gelernt hatte. Er erinnerte sie so an den kleinen Jungen, der er einmal gewesen war. Doch sie stand einfach da, konnte sich nicht bewegen und konnte nicht sprechen.

Schließlich wischte Roxton sich über die Augen und wandte sich ab, abgelenkt durch die Herzogin, die ihre Röcke gerafft und, als hinge ihr Leben davon ab, auf die schwarzmetallene Wendeltreppe zu gerannt war, die zu den schmalen Stegen Zutritt gab, die an den deckenhohen Bücherregalen herumliefen und von der aus das durchdringende, ängstliche Jammern eines Kindes ertönte.

Sofort schauten alle in die Richtung und sahen zu, wie der Herzog seiner Frau nacheilte, die ihr bestes tat, um ihren ältesten Sohn zu beruhigen, der sich schluchzend und zappelnd aus der tröstenden Umarmung seiner Mutter zu befreien suchte.

Frederick war durch die geheime Tür in die Bibliothek geschlichen, wie es sein Vater und sein Onkel vor ihm viele Male als Jungen getan hatten, um im Nachthemd, seidenen Schlafrock und passender Nachtmütze und Pantoffeln am oberen Ende der Wendeltreppe zu sitzen, zusammengekauert und vor Aufregung zitternd, da er unentdeckt die Gespräche der Erwachsenen belauschte, wenn er hätte im Bett liegen sollen. Er war gekommen, um seiner geliebten Mema gute Nacht zu sagen, da er sie nicht mehr gesehen hatte, seit er mit seiner Mutter und den Geschwistern in der *Oudry*-Kutsche davongefahren war. Er platzte förmlich vor Verlangen, ihr alles über das Bootsrennen zu erzählen, wie er und Mr. Strang dabei gewesen waren, zu gewinnen bis zu dem Moment, als Gus in Papas Boot aufstand, um ein paar seiner Spielkameraden aus dem Dorf zuzuwinken, die ihn anfeuerten, als sie am Ufer des Sees entlangrannten. Und wie Gus einfach aus dem Boot herausgefallen und mit einem großen Aufspritzen unter dem Wasser verschwunden war. Und im nächsten Moment war Mr. Strang in den See gesprungen. Er hatte es Mema so unbedingt erzählen wollen, morgen würde es zu spät sein – er war sicher, dass er sich am Morgen nicht mehr an alles würde erinnern können.

Doch in der Bibliothek war nicht alles in Ordnung, und obwohl er nicht verstand, was sich zwischen den Erwachsenen abspielte, spürte er die Spannung und dass sein Vater wütend auf Mema war. Dann hatte sein Vater begonnen, seine heißgeliebte Mema anzubrüllen. Er hatte Papa noch nie, nie in solcher Wut gesehen. Er war sogar noch zorniger als damals, als Gus und Louis sich davongeschlichen hatten in eine Ecke des Stalls, um die geladene Flinte des Wildhüters, die an einem Heuballen lehnte, zu inspizieren, während ihr Vater und die Männer damit beschäftigt waren, die verletzte Fessel eines Hengstes zu untersuchen, nur, um zwei Sekunden später von Papa erwischt zu werden, als Gus die Flinte in die Hand genommen und spielerisch mit dem Lauf auf seinen Zwillingsbruder gezielt hatte.

Mema weinte und seine Mutter war so traurig und hatte auch Tränen in den Augen.

Es war mehr, als Frederick ertragen konnte, und so schrie er schließlich, dass Papa aufhören sollte – er sollte aufhören, Mema anzuschreien! Und dann hob seine Mutter ihn mit sanften, beruhigenden Worten in ihre Arme, bevor er zu Mema laufen und seine Arme um sie werfen und sie vor dem Zorn seines Vaters beschützen konnte.

Antonia sah und hörte nichts von alledem. Nicht einmal, als der kleine Junge voller Angst und Kummer schrie und ihr nachrief, dass sie zurückkommen sollte. Alles, was sie hörte, waren die hitzigen Anschuldigungen ihres Sohnes in ihrem Kopf, wieder und wieder, und all ihr Selbstmitleid verwandelte sich in Selbsthass. Natürlich war es ihre Schuld. Natürlich hatte er das Recht, wütend auf sie zu sein. Wie hatte sie so gefühllos und uneinsichtig sein können? Wie hatte sie das zulassen können? Wie konnte sie das nicht *gesehen* haben? Doch sie kannte die Antwort: Sie *war* ichbezogen. Sie *verdiente* den Tadel.

Nicht für den Tod Monseigneurs, der Lungenkrebs hatte ihm das Leben geraubt, doch für die Art und Weise, wie er aus diesem Leben in das nächste gegangen war. Ja, das war einzig ihre Schuld. Sie hatte ihn zum Weiterleben gezwungen, in Schmerzen und Würdelosigkeit, weil sie es nicht hatte ertragen können, ohne ihn zu leben. Sie war so egoistisch gewesen; zu egoistisch, um ihn mit Würde sterben zu lassen und hatte in ihrer Selbstversunkenheit alles andere vergessen, insbesondere die Wirkung, die Monseigneurs langer Todeskampf auf seine Familie und Freunde haben würde, vor allem auf ihre Söhne Julian und Henri-

Antoine. Sie wäre überhaupt nicht überrascht gewesen, wenn Monseigneurs langwierige Krankheit das Ende seiner Schwester und ihres Mannes beschleunigt hätte, die beide innerhalb von zwölf Monaten nach *M'sieur le ducs* Tod gestorben waren.

Sie verließ die Bibliothek, ohne etwas wahrzunehmen, und strich sich unbewusst mit den Händen an den Armen auf und ab, als ob ihr plötzlich sehr kalt wäre. Als sie die Armreifen unter ihren Handflächen spürte, streifte sie das Dutzend goldener Reifen, die an ihren Handgelenken baumelten, ab und ließe sie einen nach dem anderen auf den Teppich fallen und klirrend in alle Richtungen über das Parkett rollen, wo sie unter einem Stuhl oder in einer dunklen Ecke verschwanden. Willis und Spencer jagten ihnen nach, während Antonia den Vorraum durchquerte und in die Galerie ging. Hier zog sie die mit Diamanten und Smaragden besetzen Ohrringe von ihren Ohrläppchen und ließ sie gedankenlos fallen. Wieder hob sie die Hände, diesmal zu den drei Diamantspangen, die in ihrem hochfrisierten Haar steckten. Als sie sie geöffnet hatte, verschwanden auch sie in diesem dichten Nebel, der sie einhüllte. Das knappe Dutzend Haarnadeln mit Perlenkopf, das ihre Haare festhielt, wurde eine nach der anderen herausgezogen und folgte dem Rest ihres Schmucks, bis die große Last ihrer blonden Locken frei über ihre Schultern glitt und ungeordnet über ihren Rücken hinabfiel.

Sie hatte die Galerie zur Hälfte durchquert, nicht, dass ihr bewusst gewesen wäre, wo sie war, als die Whistspieler, die an den vier Tischen saßen, mitten im Spiel innehielten und ihre gepuderten Häupter in verblüfftem Schweigen drehten, um sie vorbeigehen zu sehen. Die Gentlemen, die sich am zweiten Kamin unterhielten, erhoben sich halb aus ihren bequemen Sesseln, um sie zu grüßen und starrten mit offenen Mündern, als sie in einem tranceartigen Zustand an ihnen vorbeiging. An einer offenen Terrassentür, nicht weit von dem Ort entfernt, an dem eine kleine Gruppe von Menschen unter dem Porträt eines längst verstorbenen Vorfahren stand, schüttelte Antonia ihre Damastschuhe ab und trat in bestrumpften Füßen in die kalte Nachtluft hinaus; zwei livrierte Diener mit ausdruckslosen Gesichtern verbeugten sich vor ihr, als wäre an der geistesabwesenden und zerzausten Herzoginwitwe von Roxton nichts Besonderes zu sehen.

Sie bemerkte den kalten Marmor der Terrasse unter ihren Füßen nicht, als sie unentschlossen zögerte und in das Zwielicht über die Rasenhügel zu der geschwungenen Brücke schaute, die sich über den jetzt stillen, reglosen See schwang und zu der kiesbestreuten, von Eichen und Buchen gesäumten Allee, die sich zu ihrem Witwensitz schlängelte. Sie legte eine Hand an ihre Kehle und wurde sich bewusst, dass sie das Halsband aus Diamanten und Smaragden berührte, Monseigneurs erstes Geschenk an sie. Sie schloss für einen Moment ihre tränengefüllten Augen, als sie sich an den Augenblick erinnerte, als er an ihrem achtzehnten Geburtstag sanft das schwere Halsband um ihre Kehle gelegt hatte: *Weil es zu deinen Augen passt, mignonne.* Ohne ihn war es nur ein Ding, wie der Rest ihres Schmucks: ein Kinkerlitzchen — *wertlos.* Entschlossen öffnete sie den Verschluss mit zitternden Händen, ließ das schwere Halsband von ihrem Hals gleiten und in das Geißblattdickicht fallen.

Antonia trat von der Terrasse auf den Rasen und ging auf den See zu.

VIERZEHN

Jonathon Strang kehrte nach zwei Wochen in London nach Treat zurück und fand eine Einladung vor, die ihn erwartete. Sie war von der Gräfin von Strathsay, die ihn herzlich für vierzehn Tage auf ihr Anwesen in Buckinghamshire einlud, um dort zu helfen, den achtundzwanzigsten Geburtstag ihres ältesten Sohnes zu feiern. Er fand auch einen Brief von Sarah-Jane voll atemloser Aufregung (die aus den Tintenflecken auf der Seite offensichtlich wurde), der ihm mitteilte, was er bereits wusste, da er das Siegel auf der Einladung der Gräfin bereits gebrochen hatte – dass sie schon mit Lord und Lady Cavendish vorausgereist war. Sie hatte sich die Freiheit genommen, die Portmanteaux, die er zurückgelassen hatte, mitzunehmen, so dass er sich ihr *schnellstens* anschließen sollte, und weil sie sicher war, dass während der nächsten Woche eine Mitteilung von *größter Wichtigkeit* bekanntgeben würde und er *musste* einfach dort sein oder sie würde es ihrem *liebsten* Papa *nie* verzeihen.

Jonathon lächelte in sich hinein. Doch, sie würde ihm verzeihen. Sarah-Jane verzieh ihm immer. Sie war schließlich die Tochter ihrer Mutter, mit Emilys liebevollem Naturell.

Es gab auch einen Brief von Tommy Cavendish, doch er brach das Siegel nicht, weil es ein ziemlich dicker Packen war und es daher eine Weile dauern würde, ihn zu lesen. Daher steckte er ihn in die Tasche seines Rocks, um ihn später zu öffnen und wandte seine Aufmerksamkeit wieder dem Butler zu, der in dem höhlenartigen Foyer mit einem livrierten Diener wartete, während dieser letztere ein silbernes Tablett hielt, auf dem die Briefe lagen, mit denen Jonathon sich zuerst befasst hatte. Einer nur blieb, eine kurze Nachricht des Herzogs, die ihm mitteilte, dass seine Anwälte in der Stadt sich mit Jonathon wegen des Mietvertrags für das Haus am Hanover Square in Verbindung setzen würden und dass er ihn aufsuchen würde, wenn er das nächste Mal in London wäre. Das war alles. Keine Erklärung, warum er an der Tür abgewiesen wurde.

Unter der gewölbten Decke des Vestibüls, die mit Wolken bemalt war, auf denen verschiedene Götter und Göttinnen, umgeben von fetten kleinen Putten, saßen, genoss es der hochnäsige Butler sehr, Jonathon zu erklären, dass der Herzog unerwartet nach Bath gerufen worden war und Anweisung hinterlassen hatte, dass seine junge Familie, die noch in diesem Monolith eines Hauses wohnte, unter keinen Umständen gestört werden durfte. Mr. Strang sollte mit einem frischen Pferd und flüssigen Erfrischungen versorgt werden, wenn er das wünschte, und sollte dann seinen Weg fortsetzen.

Der Butler war sicher, dass Mr. Strang das verstehen würde.

Jonathon verstand es nicht und hatte nicht die Absicht, auf dem Absatz kehrt zu machen und auf ein frisches Pferd zu springen, ohne sich von der Herzoginwitwe von Roxton zu verabschieden. Nicht, nachdem er jede Nacht, die er fortgewesen war, damit verbracht hatte, an nichts und niemanden zu denken als an sie. Er schüttete den Pokal mit Ale, der auf einem weiteren Silbertablett von einem zweiten Lakaien mit versteinertem Gesicht serviert wurde, hinunter, hob seine kleine, braune Lederreisetasche auf und wurde von einem dritten Lakaien durch eine Reihe von Nebenräumen und schmalen Gängen begleitet, bis er sich draußen in einem weitläufigen, gepflasterten Innenhof wiederfand. Hier zur Rechten waren die weitläufigen Ställe und das wie versprochen gesattelte, frische Pferd.

Jonathon wandte sich nicht nach rechts, wie erwartet wurde, sondern ging mit einem Wink zu den Stallburschen, die ihn erwarteten, nach links. Er schlang sich die Reisetasche über seine Schulter und wanderte über den Rasen zu dem kiesbestreuten Weg, der zu einem malerischen Pfad durch die Ziergärten führte, die von einer Mannschaft von Gärtnern wohlgepflegt und für die Sommerblumen vorbereitet wurden. Er nickte jedem Mann zu, der aufschaute, bemerkte aber die umgegrabenen Blumenbeete oder glitzernden Springbrunnen, ordentlich gestutzten Hecken oder frisch geharkten Spazierwege nicht. An der südlichen Mauer des Gartens durchschritt er die kleine, in das Mauerwerk eingelassene Holztür und trat auf die weite Wiesenfläche hinaus, wo Schafe, einige mit neugeborenen Lämmern, auf der anderen Seite einer Senke grasten.

Ein Pfad führte zu einer Gruppe Weiden, neben der ein aufwendiges Bootshaus stand, das jeder Pächter mit Stolz als sein Haus hätte bezeichnen wollen, und dort war ein langer Steg, an dem mehrere Ruderboote auf der sich sanft kräuselnden Oberfläche des Sees hüpften. Der Wind hatte aufgefrischt und ein Blick zu dem blauen Himmel und zum östlichen Horizont hinaus, wo der Himmel dunkler war und drohende Wolken sich sammelten, sagte Jonathon, dass ein Gewitter im Anzug war. Wenn er nicht stetig und schnell ruderte, bestand durchaus die Möglichkeit, dass der Himmel sich öffnen und er völlig durchnässt werden würde, bevor er den schönen Pavillon auf der anderen Seite des Sees erreichte.

Er war entschlossen, eine letzte Nacht in Treat zu verbringen, bevor er sich für weitere quälend langweilige gesellschaftliche Veranstaltungen nach Buckinghamshire begab, um seiner Tochter bei ihrem Bemühen, zumindest einen Baronet einzufangen, zu unterstützen. Und er kannte keinen besseren Ort, um die Nacht zu verbringen, als den Pavillon und mit niemandem besser als mit der Herzoginwitwe von Roxton.

Er war unter dem Kuppeldach des Pavillons, bevor die ersten, dicken Regentropfen auf die Marmorstufen platschten. Er ließ seinen Reisesack dort fallen und zog seinen Rock über Weste und weißes Hemd und erreichte den Witwensitz, um einen Weg nach drinnen zu suchen, den Reiseumhang über eine Schulter geworfen, als der Himmel sich öffnete und einen harten, schweren Regen niederprasseln ließ.

Das Haus lag in Dunkelheit. Kein Kerzenlicht flackerte durch eine Ritze eines der Fenster im Erdgeschoss, die alle mit schweren Vorhängen verschlossen waren. Alle Türen und Fenster waren verriegelt, ebenso die Nebengebäude. Es war, als wäre das Haus verschlossen und seine Bewohner fortgegangen. Jonathon fragte sich, ob die Herzogin überhaupt anwesend war oder ob er seine Reise umsonst unternommen hätte, bis er endlich ein Lebenszeichen von der Vorderseite des Hauses bemerkte.

Er ging zum Haupteingang und dessen runder Schotterauffahrt und dem dekorativen Portikus herum, rannte dann zurück zu dem Gartenbeet mit dem Springbrunnen in der Mitte, um die elisabethanische Fassade mit seiner Vielzahl Pfostenfenster besser überblicken zu können. Ein grollender Donner und ein Blitz erhellte das ganze Haus, was Jonathon einen spektakulären Anblick des unheimlich schönen Gebäudes bot mit seinen Reihen kunstvoll gedrehter Ziegelschornsteine. Hier sah er Rauch aus zweien der Schornsteine steigen, einem im Ostflügel und einen anderen, viel tiefer am Dach, der vermutlich aus der Küche kam, am südlichsten Ende des Hauses, an das sich ein ummauerter Kräuter- und Gemüsegarten anschloss, der auch ein kugelförmiges Eishaus aus den Zeiten der Stuarts beherbergte.

Er rannte zuerst zum Ostflügel, und dort, in einem Innenhof hoch oben, war der gedrehte rote Ziegelschornstein mit seinem Rauchfaden, und entlang der von Regen hart gepeitschten Fensterreihe blinkte Licht durch ungleichmäßig von Vorhängen verdeckte Fenster.

Er stand im schmalen Portikus einer schweren Tür, die der Dienerschaft Zugang zum Haus gewährte, den Reiseumhang jetzt über dem Kopf, um sich vor dem strömenden Regen zu schützen, und fragte sich, wie er am besten die Aufmerksamkeit der Bewohner des einzigen Raumes, in dem Leben zu sein schien, erregen könnte. Wie zur Antwort auf seine inneren Grübeleien öffnete sich knarrend die Tür hinter ihm. Aus der Dunkelheit drinnen erschien ein blasses Gesicht im Schein eines Kerzenleuchters. Misstrauische Augen weiteten sich in Erkennen. Ein Nicken von Jonathon und die Tür öffnete sich weiter.

Es war Michelle, die Zofe der Herzoginwitwe.

„M'sieur! Ihr seid der Mann aus dem Pavillon, ja?", fragte sie in stockendem Englisch, laut, um über den Regen gehört zu werden und mit einem misstrauischen Blick über ihre Schulter. „Ihr seid ein Freund von *Mme la duchesse*, ja?"

„Ja. Und ich spreche sehr gut Französisch."

Die Frau nickte, öffnete die Tür, um ihn einzulassen, war aber nicht geneigt, in gleich welcher Sprache noch mehr zu sagen. Sie winkte Jonathon lediglich, ihr den dunklen Dienstbotenflur entlang zu folgen, dann durch einen anderen und schließlich kamen sie durch einen dritten Gang, wobei sie sämtliche öffentlichen und privaten Räume mieden, die auch von Dienern nicht betreten wurden, solange man sie nicht rief. Michelle hatte ihn in die Küche geführt, die voller Licht und Leben war. Die riesige, tiefe Feuerstelle war mit einer Reihe von brodelnden Kochtöpfen gefüllt, bardiertes Geflügel drehte sich auf einem Spieß und sie strahlte genug Wärme ab, um den ganzen Raum zu erwärmen und die Kälte aus Jonathons Händen zu vertreiben.

Der Koch und zwei Gehilfen waren damit beschäftigt, ein Festmahl zu bereiten, was in einem in Dunkelheit gehüllten Haus seltsam anmutete, und unterbrachen ihre Vorbereitungen, als Jonathon hinter Michelle den Raum betrat. Auf ein Nicken von Jonathon warf der Küchenchef seinen Köchen, die tatenlos herumstanden und den großen, gut gebauten Fremden anstarrten, ein wohlgewähltes, gallisches Schimpfwort zu, sagte dann nichts weiter, sondern setzte seine Arbeit fort und überließ es Michelle, Jonathon einen Becher warmes Ale zu holen. Sie nahm seinen Reiseumhang und legte ihn über eine Stuhllehne zum Trocknen vor dem Feuer, wobei sie sich länger als nötig damit zu schaffen machte, als ob solch banale Tätigkeiten ihr helfen würden, ruhig zu bleiben, so jedenfalls schien es Jonathon, der sie genau beobachtete. Ein verwirrter Blick zum Küchenchef, der in ähnlicher Weise wie Michelle mit seinem Umhang mit dem Arrangieren einer Pastetenkruste herumfummelte, ließ Jonathon zu dem Schluss kommen, dass in diesem Haus etwas nicht in Ordnung war. Bevor er eine Frage stellen konnte, wandte Michelle sich an ihn und rang die Hände.

„M'sieur! Dieses Monster ist dort drinnen und wartet auf sein Diner und ich habe Pierre gesagt, er sollte ihn mit der Pastete oder dem Wein vergiften! Es ist mir egal, wie, aber es muss getan werden und wenn ich deshalb gehängt werden, dann habe ich ihn wenigstens tot gesehen!"

Der Küchenchef brummte. „Michelle! Sei keine kleine Närrin. Der fette Arzt muss am Leben bleiben. Und du vergisst, dass er ständig von diesen beiden Schlägern begleitet wird, die er mitgebracht hat."

„Vergifte sie alle! Es ist mir egal. Und es sollte dich auch nicht kümmern."

Der Küchenchef brummte wieder, sagte aber zu Jonathon, einen Finger aus seiner mehlbestäubten Hand aufrichtend: „Ich werde den fetten Arzt und seine Begleiter gerne vergiften, M'sieur, aber es ist nicht der richtige Zeitpunkt. Zuerst muss Michelle herausfinden, wo *Mme la duchesse* sich befindet – was dieser Unhold mit ihr gemacht hat."

„Mme la duchesse?" Jonathon schrak hoch. Er fühlte, wie sein Herz schneller schlug. „Ein Arzt, sagt Ihr? Ist – ist sie krank? Ich verstehe nicht."

Der Küchenchef begann, das, was er gesagt hatte, in Englisch mit schwerem Akzent zu wiederholen, doch da wurde Michelle lebendig und machte eine wedelnde Handbewegung, um den Küchenchef zum Schweigen zu bringen.

„Dieser Gentleman versteht sehr gut, was du sagst, Pierre! Er hat dich nicht gebeten, es zu wiederholen. M'sieur," sagte sie zu Jonathon, nahm ihm den leeren Becher ab und stellte ihn beiseite auf den Tisch: *„Mme la duchesse* ging es wirklich nicht gut. Es war die Nacht der Regatta... Sie fanden sie – sie fanden sie –" Sie brach ab und holte schaudernd Luft. „Ich glaube nicht, dass ich es Euch sagen kann ..."

„Dann erzähle mir von diesem Arzt", sagte Jonathon in einem maßvollen Ton, der die Zofe beruhigte.

„Er kam mit *Mme la duchesse* nach Hause von der Regatta, er und seine beiden Schläger, die er Wärter nennt, und jetzt tut er so, als ob dieses Haus ihm gehöre!"

„Das ist so, weil er Vollmacht von *M'sieur le duc* dazu hat, Michelle", stellte Pierre, der Küchenchef, mit einem starren Blick zu Jonathon fest. „Deshalb füttere ich ihn."

„Er ist immer noch hier, um sich um *Mme la duchesse* zu kümmern?" Jonathon war überrascht. Als die Zofe heftig nickte, die Lippen zusammengepresst, fügte er hinzu: „Geht es deiner Herrin so schlecht?"

Michelle warf ihm einen vorsichtigen Blick zu. „*Mme la duchesse* ist nie körperlich krank …"

„M'sieur", sagte Pierre, als er die Pastete mit einer Mischung aus Gemüse, Knoblauch und Sahne füllte, bevor er eine großzügige Prise Muskatnuss hinzufügte, „bei allem Respekt vor *M'sieur le duc de Roxton*, wenn der dicke Mann, der im Speisesaal sitzt und auf sein Diner wartet, wirklich Arzt ist, bin ich König Louis von Frankreich!"

„Er ist ein Ungeheuer!", brach es aus Michelle heraus, die eine zitternde Hand vor den Mund schlug.

„Der Arzt, wie er sich selbst nennt", sagte Pierre und ein Lächeln flog über sein dunkles, blühendes Gesicht, als er eine dunkle Flüssigkeit aus einer grünen Flasche über die Pastetenfüllung sprenkelte – Daffys Elixier und Muskatnuss, das würde den Darm des Arztes von ganz allein in Bewegung setzen; er hatte eine gute Portion davon auch in die Kartoffel-Käse-Suppe getan, „er ist ein *canard*."

„Pierre! Wie kann man so lachen, wenn …"

„Ein *Scharlatan*? Wie heißt der Kerl?", wollte Jonathon wissen.

„Sir Titus Foley, M'sieur."

„Was hat Roxton sich dabei gedacht?", murmelte Jonathon in sich hinein und verlangte dann zu wissen: „Wo ist sie? Wo ist *Mme la duchesse*?"

„Das wissen wir nicht …"

„Ihr wisst es nicht?"

„Weil er – der Arzt – nicht erlauben will, dass ich oder irgendjemand sie sieht. Stellt Euch vor, er verweigert *Mme la duchesse* ihre Zofe!"

„Michelle, das ist die geringste Sorge von *Mme la duchesse*", sagte Pierre leise, als er die überschüssige Kruste vom Deckel der Pastete schnitt und die Kante zwischen flachem Daumen und Zeigefinger zusammendrückte.

„Sicher sind doch die Gargoyles – Willis und Spencer – bei ihr?"

Die Zofe schüttelte heftig den Kopf.

„Wo sind sie?"

„Die Kammerfrauen von *Mme la duchesse* sind mit der Gräfin Strathsay abgereist."

„Also wenn sie nicht bei ihr sind und ihr nicht zu ihr dürft, wer kümmert sich dann um *Mme la duchesse*?"

„Der Arzt hat alle Diener ins Torhaus geschickt", erklärte Michelle. „Nur Pierre, Guy und Philip dürfen hier im Haus bleiben, weil –"

„… wir seinen Bauch füllen", warf Pierre ein.

„Also wurde sie mit Sir Titus und seinen Wärtern völlig allein gelassen?"

Als die Zofe düster nickte, fluchte Jonathon und das so heftig, dass sogar der Koch zusammenzuckte.

„Wann habt ihr eure Herrin zum letzten Mal gesehen?"

Als Michelle einen besorgten Blick mit Pierre tauschte, der ebenso wie seine beiden Köche ihre Küchenarbeit unterbrochen hatte, die mehligen Hände dicht über einer zweiten halb ausgerollten Pastete schwebend, setzte Jonathons Herz einen Schlag aus und er wurde ungeduldig.

„Nun? Habt Ihr sie in den letzten vierzehn Tagen gesehen oder nicht?"

„Wir haben sie gehört, M'sieur… Wir hörten sie einmal, wie sie den Arzt anschrie und verfluchte", erklärte Pierre. Er konnte ein bewunderndes Lächeln nicht unterdrücken. „Ihre Flüche waren großartig, direkt aus der Pariser Gosse, aber auf diesen fetten *canard* verschwendet. Sein Französisch ist nutzlos."

Bevor Jonathon fragen konnte, sagte Michelle leise: „Ich habe sie gesehen, M'sieur. Es war heute Morgen. Ich bin einem der Wärter gefolgt …" Die Zofe gab einen Laut von sich, halb Schluchzen, halb tiefes Einatmen, und fuhr dann unter Jonathons unverwandtem Blick fort: „Ich bin dem Wärter in die Kellerräume gefolgt."

„Kellerräume?

„Ja, M'sieur, dort gibt es einen zweiten Eingang zum Eishaus, der von Dienern benutzt wird, und dorthin lässt der Arzt *Mme la duchesse* von seinen Helfern für ihre – ihre Behandlung tragen."

Jonathon konnte es nicht glauben und das ließ seine normalerweise angenehme Stimme barsch klingen.

„Ins *Eishaus?* Sie wird zur – zur *Behandlung* in ein *Eishaus getragen?* Mein Gott, von was für einer Art von Behandlung redest du da?"

Michelle fuhr zusammen. Es lag nicht an Jonathons wütender Überraschung, sondern an dem lauten Donnerschlag direkt über ihren Köpfen, der ihre Schulten hob.

„Michelle. Zeig es ihm. Bring ihn hin", befahl der Küchenchef mit einem Ruck seines kahlen Kopfes zu einem Durchgang, hinter dem es dunkel war. „M'sieur Arzt und seine Schläger werden im Speisesaal sein. Ich werde sofort die Suppe servieren, das wird sie beschäftigen. *N'est-ce pas?*"

Jonathon war fassungslos. „Er lässt sie allein da unten?"

Der Koch schüttelte den Kopf und wechselte einen besorgten Blick mit der Zofe.

„Nein, M'sieur. Das ist ja die größere Sorge. Wir wissen nicht, wo er sie jetzt festhält. Ihr müsst sie finden, und Ihr müsst Euch beeilen. Einen Blick in jenen Raum und Ihr werdet sehen, warum ich sage, dass Schnelligkeit von größter Bedeutung ist.“

Das Eishaus befand sich am Ende eines langen Ganges in den unterirdischen Tiefen der elisabethanischen Kellergewölbe, in der dunkelsten, kältesten und feuchtesten Ecke des Witwensitzes: Ideal geeignet zur Lagerung und Erhaltung von Eis. Es war auch der Raum, der am weitesten entfernt von allen bewohnten Bereichen lag, mit zwei Fuß dicken Wänden und, wenn die schwere Eichentür verschlossen war, schalldicht.

Jonathon folgte Michelle durch das Labyrinth der unterirdischen Gänge, sie hielt einen Kerzenleuchter hoch, um Licht auf die Wände und den gepflasterten Boden zu werfen, aber als sie an der Tür zum Eishaus ankamen, trat die Zofe beiseite, um Jonathon den Vortritt zu lassen.

Die Tür war nicht verriegelt.

Drinnen herrschte pechschwarzes Dunkel, die Luft war eisig und modrig, nicht unerwartet in Anbetracht des Zwecks des Raums. Im Schein des Kerzenleuchters fand Jonathon neben der Tür Wandleuchten. Nachdem mehrere Kerzen brannten, konnte man die Breite und Tiefe des Raums sehen. Angesichts der Größe des Eishauses gab es überraschend wenige Eisblöcke, und die vorhandenen waren entlang einer Wand gestapelt worden, mit Leinentüchern zwischen den Blöcken, um sie leichter voneinander trennen zu können. Ein Block konnte dann zu dem großen, blauen Steinamboss in der Mitte des Raums geschoben werden, wo mit Hammer und Meißel genau abgemessene Eisstücke abgehauen und in Eimer gepackt werden konnten, um sie zum Verbrauch in die Küche zu bringen. Wenn oben ein ganzer Block gebraucht wurde, würde er in Leinen gepackt und von zwei Männern mit gepolsterten Handschuhen zum Schutz gegen Eisbrand nach oben getragen werden.

Hoch oben an einer Wand war ein Gehsteg – eine Aussichtsplattform – die man über eine Wendeltreppe von oben erreichen konnte. Eine in das Mauerwerk geschnittene Tür ließ Jonathon vermuten, dass sie in den Garten führte und dass diese Tür von den edlen Bewohnern und ihren Gästen benutzt wurde, um aus der Sommerhitze herauszukommen und für die neue Errungenschaft, frisches Eis für ihr Zitronenwasser und Ratafia zu haben.

Sommerhitze! Jonathon schüttelte den Kopf und erinnerte sich an den brennenden Sonnenschein in Hyderabad. Die Engländer hatten keine Ahnung, was Hitze war! Sein Blick richtete sich wieder auf den Boden und sein Lächeln erstarb.

Der Boden bestand aus Ziegelsteinen, wie die Wände, und fiel schräg zu einem Rost in der Mitte ab, wo geschmolzenes Eis als eiskaltes Wasser in einen offenen Brunnen lief. Die Gitterabdeckung des Brunnens war abgenommen worden, um mit Seil, Winde und Eimer an das Wasser gelangen zu können. Neben dem Brunnen standen mehrere leere Eimer.

Was zu dem Eishaus nicht passte, war die hohe hölzerne Trittleiter neben dem Amboss und der vor der Trittleiter aufgestellte schwere Eichensessel, dessen Rückenlehne vor dem A der Trittleiter stand, um die Leiter zu stabilisieren, wenn jemand die Stufen dort hinaufstieg.

Jonathon nahm Michelle den Kerzenleuchter ab, um die Anordnung von Leiter und Stuhl genauer zu untersuchen. Es war nicht nötig, dass die Zofe ihm beschrieb, was sie in diesem Raum mit angesehen hatte, aber sie erzählte es ihm trotzdem, was die Entdeckung der Lederriemen mit Schnallen an jedem Löwenprankenfuß des Sessels und den Löwenpranken ähnlichen Armlehnen des Sessels nur um so entsetzlicher machte.

„Die Handgelenke und Knöchel von *Mme la duchesse* waren mit diesen Lederriemen an dem Sessel befestigt, damit sie nicht bewegen konnte. Dann stieg ein Mann auf die Leiter und der andere reichte ihm eimerweise Wasser aus dem Brunnen hoch, und wenn der fette Arzt nickte und von dem Sessel zurücktrat, auf dem *Mme la duchesse* festgeschnallt war, goss er den gesamten Inhalt des Eimers über den Kopf von *Mme la duchesse*. Und dann wurde dem Mann ein weiterer Eimer gereicht und noch einer, bis der Arzt die Hand hob, um das Gießen einstellen zu lassen, und die Männer wechselten ihre Plätze auf der Leiter und mit den Eimern und warteten auf das Zeichen des Arzte, um die Behandlung erneut beginnen zu lassen. Und *Mme la duchesse* sagte kein einziges Wort ... Wie hätte sie das können sollen, wo sie nach Atem rang? Es ist eisig hier und das Wasser ist so kalt ... "

Jonathon legte tröstend einen Arm um die zitternden Schultern des schluchzenden Mädchens und führte sie aus dem Eishaus, schloss die Tür und verriegelte sie. Erst als sie im Gang vor der Küche standen, konnte Jonathon sprechen.

„Wie oft ... Wie oft wurde diese – diese Behandlung angewendet?"

„Ich weiß nicht genau, M'sieur, aber Pierre sagt, der Arzt und dessen Männer wären jeden Tag zweimal mit *Mme la duchesse* in die Keller gegangen.“

„Zwei Mal am Tag, eine Woche lang? *Mon Dieu.*“ Jonathon fuhr sich mit der Hand über den Mund und sah auf Michelle hinunter. „Und seit wann hat niemand sie gesehen?“

„Heute Morgen.“

Um Jonathons Kinn legte sich ein harter Zug und seine Augen wurden trübe.

„Richtig! Zeit für einen kleinen Schwatz mit M'sieur dem fetten Arzt!“

Michelle legte ihm eine Hand auf den Unterarm. Sie sah zu Jonathons verhärteten Gesichtszügen auf und schluckte. Ihre Stimme war sehr leise.

„Ich muss Euch etwas sagen, M'sieur ... Etwas, das Pierre und die anderen nicht wissen und was ich sie auch *nie* wissen lassen möchte, aber was Ihr erfahren solltet, weil ich so sehr wünsche, dass Ihr dieses Ungeheuer bestraft.“

„Sei dir sicher, er wird bestraft werden, und zwar sehr hart.“

„Bitte, M'sieur, Ihr müsst zuhören und mir versprechen, dass Ihr *Mme la duchesse* nicht erzählt, dass ich es weiß, oder dass Ihr wisst, was ich Euch jetzt sagen werde.“

Jonathon schenkte ihr seine volle Aufmerksamkeit.

„Ich gebe dir mein Wort darauf, Michelle.“

Michelle war beruhigt, vor allem, da der gutaussehende, braungebrannte Fremde sich an ihren Namen erinnerte, was ihr aus einem unerfindlichen Grund das Vertrauen gab, dass er sein Versprechen wirklich halten würde. Sie holte tief Luft und begegnete tapfer seinem unverwandtem Blick.

„M'sieur, der Arzt, er sieht *Mme la duchesse* nicht so an, wie ein Arzt seinen Patienten ansieht. Er sieht sie an wie ein Mann eine Frau betrachtet. Ihr versteht mich, ja?“ Als Jonathon langsam nickte, fuhr sie fort, ihre Finger klammerten sich um seinen Ärmel. „Das ist an sich schon abscheulich, denn er soll ein angesehener Arzt sein – ein Mann, der an die Regeln seines Standes gebunden ist. Aber das ist er nicht, M'sieur. Er ist weit davon entfernt, das zu sein, was er sein sollte und zu sein behauptet. Es ist schlimmer, *er* ist schlimmer, M'sieur. Wenn es nur die Art wäre, wie er sie ansah ... Aber er – aber er hat – hat sie auf eine Weise *berührt*, die nicht richtig ist; in einer Weise, wie nur ein Ehemann das Recht hat, seine Frau zu berühren. Es ist unglaublich, nicht wahr? Ich war genauso erstaunt wie Ihr, M'sieur, und hätte nicht geglaubt, dass er es wagen würde, sich bei *Mme la duchesse* eine so empörende Freiheit herauszunehmen. Aber ich sage Euch, *ich habe es mit eigenen Augen gesehen.*

„In der Nacht, als sie von der Regatta nach Hause gebracht wurde und wir, die Diener, noch nicht ins Torhaus weggeschickt worden waren, ging ich in ihr Schlafzimmer hinauf, um sie auszukleiden, wie ich es immer tue, und er war dort! Der Arzt war in ihrem *Schlafzimmer.* Und die beiden Begleiter waren auch da! Könnt Ihr Euch ein so unverschämtes Verhalten vorstellen? Es war noch schlimmer, M'sieur. Denn die beiden Wärter hielten *Mme la duchesse* jeder an einem Arm fest, damit sie sich nicht wehren konnte. Sie hielten sie so", erklärte sie, schob ihren Arm durch Jonathons, so dass sie nach Norden und er nach Süden schauten. Sie ließ ihn los und trat ihm wieder gegenüber. „Also seht Ihr, die Wärter standen mit dem Rücken zu dem Arzt und konnten nicht sehen, was ich sah. Und ich bin mir sehr sicher, dass der Arzt es so eingerichtet hat, damit ihnen seine wahren Absichten nicht klarwerden sollten."

„Ja, ich glaube du hast recht", stimmte Jonathon zu, der den Rest nicht hören wollte, aber dazu gezwungen war.

„*Mme la duchesse* hat versucht, sich zu befreien, aber es war unmöglich", fuhr Michelle fort und umklammerte Jonathons Unterarm mit den Fingern. „Und den Wärtern war es egal, dass sie eine Herzogin war und nie hätte angerührt werden dürfen! Sie gehorchen nur ihrem Herrn. Und sie hat sich energisch gewehrt, M'sieur, sehr energisch, denn er – er, der Arzt, nahm sich *Freiheiten* heraus. Er hat sie mit seinen eigenen Händen entkleidet! Stellt Euch das vor! Er sagte, er müsse ihren Puls fühlen, um zu sehen, ob ihr Herz so schlüge, wie es sollte. Er hat ihr Mieder aufgehakt und entfernt, aber es ist doch nicht notwendig, ein Vorsteckmieder zu entfernen, wenn der Arzt den Puls fühlen will, nicht wahr, M'sieur?"

Jonathon schluckte. „Völlig unnötig."

Sie hielt ihr Handgelenk hoch. „Hier misst man doch den Puls, ja? Oder hier", fügte sie mit zwei Fingern an ihrem Hals hinzu.

„Ja."

„Aber das hat er nicht getan. Er hat die Schleifen an ihrem Korsett gelöst und dabei gesagt, sie sollte nicht so zappeln, sondern ihn seine Arbeit tun lassen. Aber ich frage Euch, wessen Arbeit ist es, eine große Dame zu entkleiden? Das ist doch nicht die Aufgabe eines Arztes, nicht wahr, M'sieur? Es ist die Aufgabe ihrer Zofe. *Meine* Aufgabe, nicht wahr, M'sieur?"

„Du hast vollkommen recht, Michelle."

Die Zofe nickte mit weit aufgerissenen Augen. „Er sagte, was er täte, wäre nur zu ihrem Besten und deshalb hätte *M'sieur le duc* ihn herbeigerufen: damit er sich um sie kümmern sollte. *Pah!* Das ist großer Unsinn! Denn ich glaube keinen Moment, dass *M'sieur le duc* sich diese Fürsorge so vorstellte, dass der Arzt sich solche Freiheiten herausnähme, er würde diesen Mann – dieses *Ungeheuer* – überhaupt nicht in ihre Nähe lassen!"

„Da stimme ich dir zu, Michelle. Jetzt musst du mir erlauben, ..."

„Aber M'sieur, ich muss Euch noch den Rest erzählen!", beharrte Michelle, ohne sich um Jonathons mit unterdrückten Gefühlen geäußerte Bitte zu kümmern. „Ich habe den Ausdruck auf seinem Gesicht gesehen, wie er sie anstarrte, und es war wirklich *widerlich*. *Mme la duchesse* zieht es vor, Schlupfmieder zu tragen, und daher ist eine Reihe kleiner Schleifen vorne ..."

„Ja, ja, das weiß ich! Es ist nicht nötig ..."

„... hier", fuhr sie fort, als hätte er nichts gesagt, und zog eine imaginäre Linie zwischen ihren eigenen Brüsten, ohne die Woge heißer Verlegenheit zu bemerken, die nicht nur Jonathons Wangen und Hals färbte, sondern auch seine Stimme heiser werden ließ. „Und er ließ sich Zeit damit, jede kleine Schleife zu öffnen, das kann ich Euch sagen, M'sieur, und ich hätte hineinlaufen, auf seinen Rücken klettern und ihn schlagen mögen! Und als er alle Schleifen aufgezogen hatte und das Schlupfmieder aufklaffte, hat er ..."

„Ich muss den Rest nicht hören!"

„... recht theatralisch seine Taschenuhr gezückt und die Schläge laut gezählt, als ob sie die Schläge ihres Herzens wären, und die ganze Zeit hatte er seine Hand im Mieder und streichelte ihre Br...."

„*Genug*", knurrte Jonathon durch zusammengebissene Zähne, und als sich die Zofe duckte, kam er schnell wieder zu sich und sagte mit beherrschter Stimme, die seinen inneren Aufruhr von Wut und Angst Lügen strafte: „Danke. Es ist Zeit, dass ich mich mit diesem – diesem *Quacksalber* befasse."

Die Zofe blinzelte ihn an. „Es ist alles wahr, M'sieur. Das versichere ich Euch."

„Ich habe keinen Zweifel daran."

„Ich danke Euch, M'sieur. Jetzt wisst Ihr, warum ich diesen Arzt für ein Monster halte. Warum Ihr ihm für seine Behandlung von *Mme la duchesse* wirklich ein Leid zufügen müsst. Und Pierre kocht auch noch Gemüsepastete! Es ist *unglaublich*."

Der Gedanke an Essen, daran, seine Beine unter einen Tisch mit einem Mann wie Sir Titus Foley zu stellen, einem widerlichen Exemplar von einem Mann, ließ Jonathon sich körperlich krank fühlen. Doch um das Mädchen zu beruhigen, das so schlecht aussah, wie es die guten Absichten des Küchenchefs zu sein glaubte, lächelte er schräg und erinnerte sich daran, wie Pierre eine dunkle Flüssigkeit aus einer grünen Glasflasche über die Pastetenfüllung gesprenkelt hatte.

„Mache dir keine Gedanken über den geschätzten Pierre. Er übt seine eigene, einzigartige Form von Rache für seine Herrin aus und wenn ich mich nicht sehr irre, ist Daffys Elixier die Waffe seiner Wahl."

DER REGEN PEITSCHTE GEGEN DIE FENSTERSCHEIBEN UND DER Wind rüttelte an den Sprossen der großen Fenster im Speisesaal. Die schweren Samtvorhänge waren über die gesamte Fensterwand mit Blick auf einen großen Innenhof zugezogen und schlossen den Lärm des heftigen Sturms aus, der draußen tobte, mit Ausnahme des gelegentlichen hellen Blitzes, der weiß aufleuchtete, wo sich die Vorhänge trafen. Wind pfiff hoch durch feine Risse in den Fensterrahmen und das zeitweise Donnern ließ die drei Männer, die an dem Ende des schweren Eichentisches saßen, das dem Kamin am nächsten stand, sich unwillkürlich von ihren Stühlen erheben. Doch das Gewitter beeinträchtigte ihren Appetit nicht.

Als Jonathon unangekündigt den Raum betrat, beugten sich Sir Titus und seine Begleiter über blau-weiß gemusterte Porzellanschalen mit dampfender Cremesuppe, schlürften die letzten Schlucke mit schweren silbernen Löffeln und leckten sich zufrieden die Lippen. Ein knuspriger Brotlaib wurde herumgereicht und in Stücke gerissen, um die letzten Tropfen aufzusaugen und zu genießen. Es gab Komplimente für den Küchenchef und elegante Weingläser wurden erhoben, um auf seine kulinarischen Fähigkeiten anzustoßen.

Er musterte die beiden Männer, die einander gegenübersaßen – die Handlanger des Arztes – und fragte sich, wie er sie am besten loswerden können, wenn sie sich als unwillig erwiesen, den Raum freiwillig zu verlassen. Sie waren große, bullige Burschen mit breiter Brust und fleischigen Fäusten, um widerspenstige Patienten besser bändigen zu können. Er war zuversichtlich, jeden von ihnen bei einem Zweikampf besiegen zu können, doch er war nicht so eingebildet, dass er unrealistisch geworden wäre. Wenn beide ihn angriffen, würde er verwundet werden und er wollte seine Kräfte dafür aufsparen, den Arzt zu bestrafen. Zuerst musste er jedoch herausfinden, was dieser mit Antonia gemacht hatte.

„Sitzenbleiben. Sitzenbleiben!", verlangte Jonathon lässig mit einer lässigen Handbewegung, als die beiden Wärter sofort aufsprangen, während Sir Titus sitzenblieb und ihn mit einem kurzen Nicken grüßte. „Ah! Hier ist die Pastete! Bitte, esst Euch satt. Ich bin nicht hier, um Euer prächtiges Abendessen zu unterbrechen."

Er zog einen Stuhl heran, lehnte sein Gesäß an den Tisch, stellte einen gestiefelten Fuß auf den gepolsterten Sitz und zog das silberne Etui heraus, das seine Stumpen enthielt, wobei er ein Auge auf die beiden Köche warf, die die Gemüsepastete, mit Knoblauch getränktes Geflügel und eine Reihe von Beilagen vor die drei Gäste stellten.

„Seine Gnaden hat mich beauftragt zu prüfen, wie es der Herzogin-witwe geht." Er schaute sich am Tisch um, als erwartete er, sie dort zu sehen. „Leistet Ihre Gnaden Euch keine Gesellschaft?"

Sir Titus breitete seine fetten Hände aus und musterte gierig die angebotenen Gerichte. „Es ist nicht meine Gewohnheit, Patient und Arzt gemeinsame Mahlzeiten zu erlauben. Man muss seine berufliche Distanz einhalten, Mr. ...?"

„Distanz?" Jonathon verzog das Gesicht und grinste dann. „Ich bin Lord Leven. Aber das ist ein nomineller Titel, den ich nie verwendet habe. Ich warte auf Besseres, wenn Großonkel Harold endlich seine sterbliche Hülle verlässt. Doch der gute Alte hängt immer noch am Leben." Er runzelte einen Moment die Stirn, klemmte sich einen Stumpen in den Mundwinkel und steckte das silberne Etui wieder ein. „Ich weiß nicht, warum ich Euch das erzähle. Vielleicht leide ich unter einer Art von verzögertem Schock nach dem, was ich gerade gesehen habe und was mir erzählt wurde, daher ist es vielleicht die Art, wie mein Verstand mit solchen Schrecken fertig wird, indem ich über Nichtigkeiten plappere." Er beugte sich zu dem Kerzenleuchter auf dem Tisch vor und zündete seinen Stumpen an, sog die Luft ein, bis die Spitze rot aufleuchtete und richtete sich dann wieder auf. „Sagt Ihr es mir. Ihr seid der Medizinmann. Das ist doch Euer Fachgebiet, nicht wahr? Zerbrechliche Seelen. Oder kümmert Ihr Euch ausschließlich um zerbrechliche Seelen *weiblichen* Geschlechts? Erklärt es mir doch."

Der Mund des Arztes bewegte sich, aber er wusste wirklich nicht, wie er auf solch lockere und offene Vertraulichkeiten eines Riesen von Mann antworten sollte, der auf dem Esstisch saß und einen Stumpen paffte, als wäre er in seinem Club. Doch war er kein Narr, denn obwohl der Fremde in seiner Rede und seinem Verhalten unbekümmert war, stand ein hartes Leuchten in seinen braunen Augen und Anspannung lag in seinem hageren Gesicht, sodass sich die Nackenhaare des Arztes aufrichteten. Bevor er einen Satz herausbringen konnte, wurde er mit einer Handbewegung zum Essen aufgefordert.

„Esst auf, Mann! Esst auf! Die Pastete wird kalt und Ihr wollt doch nicht, dass Eure Begleiter sie ganz allein essen. Es gibt noch eine zweite Portion und Ihr habt noch keinen Bissen angerührt." Er lächelte die beiden Männer an, blies eine Rauchwolke in die Luft und fügte mit einem Lachen hinzu: „Einen hübschen, kleinen Wirbelwind festzuhalten, der weniger wiegt als eine ertrunkene Katze ist sicher Anlass, ins Schwitzen zu geraten, wie, Jungs?" Er starrte Sir Titus hart an, aber in seinen Augen oder dem Lächeln auf seinem Gesicht war nichts Freundliches. „Was sagt Ihr dazu, Heiler?"

Die Begleiter, die ihre Teller einmal geleert hatten und sich jetzt zum zweiten Mal bedienten, hielten bei Jonathons kryptischer Bemerkung beim Füllen ihrer Teller inne und schauten Sir Titus ratsuchend an, denn sie hatten keine Ahnung, was der Fremde beabsichtigte oder meinte und fragte sich, was es zu lachen gäbe. Sir Titus war scharfsinniger, und obwohl er lächelte, was seine Helfer ausreichend beruhigte, um weiter zu essen, stieg ein unangenehmes Gefühl in seiner Magengrube auf und dies hatte nichts mit dem Essen zu tun. So eingebildet, wie er auf seine medizinischen Fachkenntnisse war, war er überzeugt, dass eine Erinnerung an seine hervorragende Stellung auf seinem Fachgebiet und die Tatsache, dass er das Vertrauen des Herzogs von Roxton genoss, ausreichen würde, um die frechen Fragen dieses Fremden zum Schweigen zu bringen.

„Lieber Sir, Ihr müsst darauf vertrauen, dass ich als studierter Arzt weiß, was das Beste für meine Patienten ist. Seine Gnaden hat sein Vertrauen in mich gesetzt, um die Herzoginwitwe auf die Art und Weise zu behandeln, wie ich es als ihr behandelnder Arzt für richtig halte."

„Es *ist* die *Art und Weise*, die mich stört, aber damit werde ich mich gleich befassen. Erklärt mir zunächst, wie Eure *Wasserbehandlung* wirkt."

„Ich kann mir das Lob für diese Erfindung nicht selbst zuschreiben", gestand Sir Titus hochmütig. „Dies gebührt meinem Kollegen und guten Freund, Dr. Patrick Blair, der sie mit gutem Erfolg bei mehreren Gelegenheiten bei Frauen angewendet hat, die unter nervösen Zuständen leiden und daher nicht willens oder nicht in der Lage waren, ihre Pflichten als Frau und Mutter zu erfüllen. Jedoch habe ich ..."

„Oh Gott, ein weiterer sadistischer Frauenfeind", murmelte Jonathon in sich hinein.

Sir Titus fuhr hoch. „Wie bitte?"

Jonathon verlor schnell die Geduld, die er beim Betreten des Raums noch gehabt hatte, und gab dem Arzt einen Wink. Sicher konnte es nicht mehr lange dauern, bis Daffys Elixier bei den beiden Schlägern, die die Gemüsepastete bis auf ein schmales Stück, das sie großzügig für ihren Herrn übriggelassen hatten, verschlungen hatten, seine rächende Wirkung zeigen würde. Dass Sir Titus seinen Teller noch nicht gefüllt hatte, gefiel Jonathon grenzenlos – das bedeutete, dass der Arzt lange genug die Kontrolle über seinen Darm behalten würde, um den Aufenthaltsort der Herzogin preiszugeben und eine gerechte Bestrafung zu erhalten.

„Ich habe das Verfahren jedoch modifiziert, um meiner speziellen Kundschaft zu dienen, die feiner geartet ist als die Patienten, die von Blair behandelt werden. Ich bestehe einerseits nicht auf einer Augenbinde und ich verwende auch keinen kontinuierlichen Wasserfluss aus einem Rohr, sondern ziehe Eimer vor, die in Abständen über dem Patienten ausgegossen werden, was ein wesentlich schonenderer Ansatz ist. Also seht Ihr, dass mein Vorgehen", schloss Sir Titus mit selbstgefälliger Befriedigung, während er Sahnesauce über die Hühnerbrust auf seinem Teller löffelte, „nicht so sehr eine *Behandlung* wie eine *Therapie* ist."

Jonathon sprang vom Tisch und schlenderte zum Fenster, wo er eine Ecke des Samtvorhangs anhob. Der Regen schlug immer noch gegen das Fenster, aber vielleicht etwas sanfter als zuvor. Er sprach zur Fensterscheibe; das ließ ihn ruhig bleiben.

„Behandlung? Therapie? Das ist doch sicher Haarspalterei?"

Sir Titus musste seinen Körper auf dem Stuhl drehen, um mit Jonathon zu sprechen, weil er fast direkt hinter ihm stand. Die Bewegung ließ ihn zusammenzucken. Obwohl er das verzogene Gesicht nicht sehen konnte, hörte Jonathon doch das scharfe Einatmen des Mannes, als ob er Schmerzen litte. Das ließ Jonathon über seine Schulter wieder zu ihm schauen, rechtzeitig, um Zeuge zu werden, wie die beiden Schläger auf Kosten ihres Herren in sich hineinlachten.

„Behandlung impliziert Heilung", antwortete der Arzt, kurzzeitig von etwas in seinem Schoß abgelenkt. „Therapie ist ein Mittel, um die Krankheit zu kontrollieren, nicht unbedingt, sie zu heilen."

„Ich verstehe", sagte Jonathon, der überhaupt nichts verstand und die geschnitzte hohe Rückenlehne am Stuhl des Arztes fest umklammerte. „Die Behandlung bietet Euch keine Möglichkeit zur Rückkehr, wohingegen die Therapie Euch mehrere Besuche bei Euren Patienten ermöglicht, wobei die Heilung nicht Euer Ziel ist. Schlau."

Sir Titus zuckte ein wenig nervös zusammen, als er feststellte, dass Jonathon ihm so unangenehm nahe war und unter seiner gepuderten Perücke rann eine Schweißperle in sein Ohr. Plötzlich war das köstliche Essen, das er vor sich hatte, unappetitlich und der pochende Schmerz zwischen seinen Beinen verstärkte sich. Er brauchte mehr Eis, um die Schwellung zu behandeln. Er war sich sicher, dass sein Schwanz und seine Eier schwarz und blau waren, aber er hatte nicht die Absicht, seine Männer aus dem Raum zu schicken, nicht, solange ein gefährlicher Fremder, Titel oder kein Titel, sich drohend über ihn beugte. Am Ende wurde ihm die Wahl völlig aus den Händen genommen.

Ohne Vorwarnung ließ einer seiner Begleiter seinen Löffel fallen, um seinen Bauch zu umklammern, da ihn ein heftiger Schmerz die Augen zuerst aufreißen und dann fest zusammenpressen ließ, während er seinen Stuhl kratzend zurückschob, um sich, von quälenden Krämpfen ergriffen, vornüber zu beugen. Furcht leuchtete in den Augen seines Kumpanen auf, der nur Sekunden später derselben zerreißenden Qual zum Opfer fiel. Laut stöhnend warfen sie die Stühle klappernd auf den Boden und eilten aus dem Raum, zusammengekrümmt, die Arme um ihre krampfgeplagten Bäuche geschlungen und ohne Kontrolle über ihren Darm.

„Pierre, je vous salue!", verkündete Jonathon lachend und klatschte über seinem Kopf in die Hände. „Dann, Heiler, zur Sache", sagte er mit völlig veränderter Stimme und warf den glühenden Stumpen ins Feuer.

Er zog den Stuhl des Arztes nach hinten, fort vom Tisch, drehte ihn um, damit er ihm ins Gesicht sehen konnte und mit einer Hand auf jeder Armlehne hielt er die fetten Hände des Arztes mit seinen fest. Das Gesicht direkt vor Sir Titus Foleys erschrockenem Blick hielt er den Arzt gefangen, noch bevor sich die Tür hinter dem Rücken der beiden leidenden Wärter geschlossen hatte.

„Wo ist sie? Was habt Ihr mit ihr angestellt?"

„Mit ihr angestellt? Ich weiß nicht, was …"

Knack.

Der Arzt krümmte sich und schrie.

„Was habt Ihr mit ihr angestellt?"

„Ich habe gar nichts mit …"

Knack.

Wieder krümmte der Arzt sich und schrie auf.

„Ich wiederhole: Wo ist die Herzogin von Roxton, du Stück Unrat?"

„Halt. Hört auf", flehte der Arzt, der vor Schmerz keuchte und dessen Gesicht schweißüberströmt war. „Um Himmels willen. Seid Ihr wahnsinnig?"

„Nun, davon solltet Ihr ja etwas verstehen", knurrte Jonathon. „Hättet dabei bleiben sollen, echte Irre zu behandeln. Und ihr hättet sie *niemals* berühren dürfen."

„Ich habe sie nicht …"

„Lügner."

Knack.

Der Arzt heulte erbärmlich auf.

Jonathons wütendes Antlitz war dem panisch geplagten Foley so nahe, dass sein dichtes braunes Haar über die schweißbedeckte, verzerrte Stirn des Arztes fiel und ihn an der Spitze seiner dicken Nase kitzelte. Seine Stimme war kaum lauter als ein Flüstern, aber trotz der qualvollen Schmerzen hörte Sir Titus jedes Wort.

„Ihr habt Euch etwas herausgenommen, was kostbar und ehrfurchtgebietend ist, was zur äußersten Intimität zwischen Mann und Frau gehört, und es zu einer absolut widerlichen und perversen Handlung gemacht, nur, um Eure verderbte Lust zu befriedigen. Kein Mensch hat das Recht, sie zu berühren. Kein Mann, nicht einmal ihr edler Ehemann, ein Herzog, der jedes leuchtende Haar auf ihrem Haupt anbetete, hätte je ohne ihre Erlaubnis einen Finger auf ihre bloße Haut gelegt. Roxton hat sie Eurer Pflege anvertraut. Ihr habt dieses Vertrauen missbraucht und Ihr habt sie missbraucht, und allein dafür wird er Euch am Galgen sehen wollen. Ihr habt sie eingesperrt, gefoltert, erniedrigt und beschmutzt, und wenn ich Euch gleich hier und heute tötete, würde keiner einen feuchten Kehricht darum geben, denn Euer Leben ist weniger wert als *nichts*.“

„Nein! Nein! Ich hatte nie vor ... ich – ich habe den Kopf verloren!“, flehte der Arzt, die Augen vor Schrecken weit aufgerissen, während ihm Tränen des Schmerzes und der Angst über die hochroten Wangen rannen und seine Nase von allein lief. „Ich – ich konnte nicht anders! Es ist nicht meine Schuld. Sie – sie – ich – ich – ich bin ein Arzt, aber ich bin auch ein *Mann*. Um Himmels willen, Ihr seid doch auch ein Mann. Ihr habt sie gesehen. Ihr könnt doch nicht aus Stein sein. Ich tat mein Bestes, um mich zurückzuhalten – aber diese prächtigen Brüste – sie würde einen blinden Eunuchen wieder sehend ma...“

„Haltet Euer schmutziges Maul! Wo ist sie?“

„Ihr müsst mir glauben! Ich habe nicht mehr getan, als ihre Brüste zu streicheln. Ich schwöre es beim Grab meiner Mutter! Bitte! Ihr müsst mir glau...“

„Wo ist sie?“

„Wie soll ich das wiss...“

Knack.

„Jetzt bleibt noch der Daumen, dann mache ich links weiter“, zischte Jonathon. „Sagt mir, was Ihr mit ihr gemacht habt.“

Der Arzt vermochte nicht einmal mehr zu schreien. Er starrte mit ausdruckslosem Gesicht und nassen Augen in Jonathons wutverzerrtes Antlitz auf. Es war, als stünde seine ganze rechte Hand in Flammen. Und als Jonathon sein Handgelenk losließ und zur Seite trat, wagte Sir Titus, an seinem Arm entlang zu blicken, und er sah den Schaden, der angerichtet worden war. Seine Hand sah seltsam aus. Irgendwie nicht richtig. Der Mediziner in ihm überlegte, warum. Die Finger. Es waren seine Finger. Sie standen in bizarren Winkeln zueinander, in der Tat so verdreht, wie er es noch nie gesehen hatte. Wie überaus seltsam. Und dann traf ihn die Erkenntnis und so hart, dass ein qualvoller Schmerz in seinem Gehirn explodierte und in jeden Nerv seines Körpers eindrang.

Er fiel in Ohnmacht.

„Oh nein!", knurrte Jonathon und schüttete dem Arzt ein Glas Wein ins Gesicht. Er schlug ihn hart auf die linke Wange. „Foley! Wacht auf! Wo ist sie? Wo ist die Herzogin?"

Der Arzt kam ruckartig zu Bewusstsein. „Meine Hand! Die Finger. Gott im Himmel! Ich kann meine Finger nicht fühlen. Ihr habt sie alle gebrochen! Ihr habt sie gebrochen!"

„Das war meine Absicht, Ihr verdammter Bastard! Ich mache links weiter, und dann gibt es ja noch etwas anderes. Wo ist sie?"

Sir Titus stieß ein teils panisches, teils ungläubiges Quietschen aus und ließ seine nutzlose rechte Hand zwischen seine Beine fallen. Das war ein Fehler. Da er kein Gefühl in seinen Fingern hatte, fiel die Hand schwer hinab, und trotz der Eispackung, die sich an seine Leisten schmiegte, waren sein Schwanz und seine Eier so qualvoll empfindlich, dass er aufjaulte. Jonathon riss die Eispackung weg und drückte sein Knie in die schmerzende Leiste des Arztes.

Der Arzt begann zu kreischen und dann zu jammern.

„Ich weiß es nicht – wirklich nicht … bei Gott, das ist die Wahrheit … Sie verschwand heute Morgen … das letzte, woran ich mich erinnere, ist, dass sie mich hart an den Eiern packte. Ich dachte schon, sie würde sie abreißen. Ich wurde bewusstlos. Gott im Himmel, meine Hand…"

Jonathon lachte in sich hinein. Mit seinem Reitstiefel trat er den Stuhl weg, auf dem der jammernde Arzt saß, denn er wollte ihn weder berühren noch in seiner Nähe haben.

„Der äußerste Rand der Welt wird nicht weit genug fort sein, dass Ihr dahin flüchten könntet. Der Herzog wird Euch finden. Und wenn er es nicht schafft, dann werde ich es sicherlich tun. *Verschwindet.*"

IN DER KÜCHE FAND JONATHON DIE DIENER DER HERZOGIN, DIE mit erwartungsvoll glänzenden Augen auf ihn warteten. Sie hatten gesehen, wie die beiden Helfer auf der Suche nach der nächsten Latrine aus dem Zimmer stürzten und gehört, wie der Arzt vor Schmerzen schrie und um Gnade flehte. Sie hatten im Dienstbotenflur zusammengedrängt gestanden und jeden Moment der Qual des pompösen Arztes genossen. Michelle stellte die Frage.

„Er ist tot, ja?"

„Ihr seid ein blutrünstiger Haufen", sagte Jonathon mit einem verlegenen Schnauben und ließ sich vom Küchenchef einen Becher Ale reichen, den er einem Zug hinunterstürzte.

Sein Zorn war abgekühlt, doch die Intensität der Gefühle, die das verwerfliche Verhalten des Arztes gegenüber der Herzogin in ihm hervorrief, beunruhigte ihn. Seine gewalttätige Reaktion war untypisch für jemanden, der seit früher Jugend Gewalt gemieden hatte und die Gewohnheiten der Hindus auf dem Subkontinent eher nach seinem Geschmack fand als die Prophezeiungen von Feuer und Schwefel der Religion, deren Taufe er erhalten hatte. Er hatte keine Zeit, darüber nachzudenken, was über ihn gekommen war, weil er einen Blitz der Inspiration hatte, während der Arzt ihm vorheulte, dass er den Aufenthaltsort der Herzogin nicht kannte. Je mehr er darüber nachdachte, desto mehr war er überzeugt, dass seine Intuition richtig war.

Anstatt die Frage zu beantworten, stellte er ruhig einige Forderungen.

„Geh und hole ein paar Sachen für Mme la Duchesse; nichts Aufwändiges. Keine Röcke", sagte er zu Michelle „Strümpfe, Nachtgewand, einen wollenen Schal, das sollte reichen. Ich brauche einen wasserfesten Beutel", fügte er an Pierre gewandt hinzu. „Steckt ein paar Kerzen hinein und etwas zu essen. Sie hat seit heute Morgen nichts gegessen; Brot, eine Flasche Wein, Käse und Obst, wenn Ihr habt. Und ich brauche einen Hut."

„Möchtet Ihr, dass Guy Euch ein Pferd sattelt, M'sieur?"

Jonathon schüttelte den Kopf. „Um beim nächsten Donnerschlag oder Blitz abgeworfen zu werden? Nein. Ich gehe zu Fuß. Es ist nicht so weit, dass ich völlig durchnässt sein werde, bevor ich Schutz finde."

Michelle war zur Tür gehetzt, drehte sich aber um und fragte, bevor sie nach oben ins Schlafzimmer ging: „Ihr wisst, wo *Mme la duchesse* ist, ja?"

„Ja. Sie ist bei ihren Liebsten."

FÜNFZEHN

Er fand sie zusammengerollt vor dem Eisentor, wo sie versuchte, sich vor dem heftigen Regen zu schützen. Eine schwere Kette, die durch das schwarz und gold lackierte Schmiedeeisen geschlungen war, hielt die Tore geschlossen. Ein Vorhängeschloss sicherte das Gebäude gegen unbefugtes Betreten. Ein verzierter Schlüssel hing locker in der Verriegelung. Antonia hatte nicht die Kraft in ihren Handgelenken gehabt, um den Schlüssel zum Lösen des Bügels zu drehen.

Jonathon zog seine Lederhandschuhe aus, um das Schloss zu öffnen und die Kette zu entfernen. Er schwang die Gittertore auf und öffnete eine der schweren, mit Messing eingelegten Flügeltüren weit. Den Beutel aus gefettetem Leder noch immer über die Schulter geschlungen, hob er Antonia auf und trug sie ins Innere des Mausoleums, trat die Eichentür vor dem schlechten Wetter mit dem Absatz seines Reitstiefels zu.

Jenseits des Vestibüls war der Innenraum pechschwarz. Jonathon hatte ein Gefühl von Weite und bewegte sich vorsichtig vorwärts, in der Hoffnung, dass die Familiensarkophage an den Wänden oder tiefer im Mausoleum angeordnet waren.

Eine Reihe von Blitzeinschlägen direkt über ihm ließen helles Licht durch das Glasokulus am Scheitelpunkt des Kuppeldachs leuchten und erhellten günstig die Mitte des riesigen Innenraums für die wenigen Sekunden, die Jonathon brauchte, um seinen Stand und seine Orientierung zu finden. Auf halber Länge des schwarz-weißen Marmorbodens befand sich eine Steinbank direkt gegenüber eines kunstvoll geschnitzten Marmorsarkophags mit einem passend großen Marmorabbild eines sitzenden Adligen.

Jonathon trug Antonia zur Bank und setzte sich mit ihr auf seinen Schoß nieder.

Wasser rann von seinem geölten Umhang zu seinen gestiefelten Füßen und tropfte von der Krempe seines Huts, der Beutel hing ungelenk von seiner Schulter und auch von ihm tropfte Wasser, doch rührte er sich nicht. Er saß still da und schwieg, lauschte auf die Geräusche des stetigen Regens auf dem Glasokulus hoch über ihren Köpfen und das ferne Grollen des Donners, während er blicklos in die Schwärze starrte, sie nur halten wollte, sie in seinen Armen spüren und wissen, dass sie am Leben und außer Gefahr war.

Er wusste nicht, wie lange er dort saß und sie in den Armen wiegte. Sie saßen beide so still da. Er wäre nicht überrascht gewesen, wenn sie vor Erschöpfung eingeschlafen wäre. Doch als sie sie sich langsam drehte, als ob sie seine Wärme suchte, kehrte Leben in ihn zurück. Sie zitterte und ihre spärliche Kleidung war völlig durchnässt. Er wagte es nicht, nach unten zu schauen, denn er war sich ziemlich sicher, dass sie nicht mehr trug als Strümpfe und ein Hemd, das wie eine zweite Haut an jeder ihrer weiblichen Rundungen klebte.

Er musste seinen nassen Umhang und den Hut ablegen, um in dem Beutel nach den Kleidern zu suchen, die Michelle ihm mitgegeben hatte. Dort waren auch Kerzen und eine kleine Zunderbüchse und das Paket mit Essen, das der gute Pierre schnell zusammengesucht hatte. Doch wie sollte er sie am besten dazu bekommen, sich anzuziehen, ohne sie auf ihre Nacktheit und ihren zerzausten Zustand aufmerksam zu machen, was sicher noch die Erinnerung an die schrecklichen Qualen der vergangenen Woche verstärken würde? Mit ihm allein zu sein, einem Mann, einem fast völlig Fremden – schließlich kannte sie ihn so gut wie gar nicht – würde sicher ihr Entsetzen noch verschlimmern. Doch es gab keinen anderen Ausweg aus ihrer misslichen Lage, wenn er dafür sorgen wollte, dass sie keine Erkältung bekäme, wenn sie sich die nicht bereits geholt hatte, und es ihr bequem machen wollte.

Daher ging er an die Lage heran, als ob es seine Tochter Sarah-Jane wäre, die hier in der Klemme säße. Was ihm auch half, alle Ängste, er könnte trotz seiner guten Absichten in die gleiche Schublade gesteckt werden wie der lüsterne Sir Titus, zu überwinden. Während er in London von Anwälten, Kratzfüße machenden Geschäftsleuten und anspruchsvollen schottischen Verwandten umgeben gewesen war, die alle auf darauf warteten, dass ein alter entfernter Verwandter seinen letzten Atemzug täte, hatte er viel Zeit gehabt, über seine Zukunft nachzudenken. Es war eine Zukunft, die er nicht für sich selbst geplant hatte. Das war ihm durch das Unglück der Geburt völlig aus den Händen gerissen worden. Andere wie Tommy sahen es als den größten Glücksfall an, dass jeder andere Verwandte, der Anspruch auf den Titel und den Nachlass gehabt hätte, gestorben war, ohne einen Erben hinterlassen zu haben. Jonathon hielt es für eine Bürde, auf die er gut hätte verzichten können. Es ging nicht um die Schulden seines alternden Ahnherrn oder den schlecht verwalteten Besitz; er würde diese bezahlen und die Verwaltung in Ordnung bringen, doch für Menschen verantwortlich zu sein und mit solchen Unwägbarkeiten wie Rang und Vorrang und den Verbeugungen und Kratzfüßen der *noblesse oblige* umzugehen – daran würde er sich nie gewöhnen. Das wollte er nicht.

Doch bei einem war er sich sicher, dass er es in seiner Zukunft wollte: diese Frau in seinen Armen halten. Er begehrte Antonia, Herzogin von Roxton, mit jeder Faser seines Seins. Er versuchte nicht, sich zu fragen warum, er wusste es, es war eine Tatsache und das war das. Vor all den Jahren hatte er es bei Emily genauso erlebt. Aber was ihn diesmal erschrocken und erschüttert zurückließ, war, dass er wieder zu dem nervösen, schwachen Jüngling aus den Tagen von Oxford geworden zu sein schien, als er mit seiner Emily zusammen gewesen war. Die Erkenntnis, dass ihm für seine Zukunft keine andere Frau als Antonia Roxton recht sein würde, erschreckte ihn zu Tode.

Blitz und Donner rissen ihn aus seinen Träumen und er löste Antonia sanft aus seinen Armen, um sie auf die Bank zu setzen und zärtlich zu sagen:

„Kommt schon, Liebes, Zeit, Euch aus den nassen Sachen zu holen und etwas Trockenes anzuziehen.“

Dann wandte er sich sofort ab, um den Beutel auf dem Boden auszuschütten und warf den Hut beiseite. Er legte den Umhang ab und zusammen mit dem Hut auf die Seite, um im Beutel nach den Kerzen und der kleinen Zunderbüchse zu suchen. Er machte sich daran, eine Kerze anzuzünden und als sie brannte, sie auf die Marmorfliesen zu stellen, so dass es nur genug Licht gab, um die unmittelbare Umgebung zu sehen, damit Antonia sich in der relativen Privatsphäre eines schwachen, gelblichen Lichtscheins behaglicher umziehen könnte. Er würde dann den Rest dieses Marmorpalastes für Tote erleuchten, um ihnen etwas zu Essen anzurichten. Und dann war da noch das Hindernis, wie sie sich für die Nacht einrichten sollten, denn es stand nicht zu erwarten, dass in diesem Wetter vor dem Morgen und einem klaren Himmel Pferd und Reiter kommen würden.

Er fand das Bündel Kleider in ein Handtuch gewickelt, eine Haarbürste mit silbernem Rücken und einen polierten Schildpattkamm –

Michelle, du bist dein Gewicht in Gold wert – und kehrte zurück, um sich neben Antonia zu setzen. Sie starrte in die Dunkelheit, die Knie bis zum Kinn hochgezogen und die Arme um ihre nackten Beine geschlungen – *mein Gott. Der Arzt hatte ihr nicht einmal Strümpfe gelassen* – das Gewicht des nassen honigblonden Haares war eine Masse aus verknoteten Locken, die wie Fischnetze um ihre zitternden Schultern fielen. Er legte das Nachtgewand beiseite, dazu Strümpfe mit Bändern, Kamm und Bürste, und zeigte ihr das Handtuch.

„Warum reiben wir nicht zuerst Eure Haare trocken und wenn Ihr dann in trockenen Sachen steckt, könnt Ihr es mit Bürste und Kamm entwirren?", schlug er im Plauderton vor.

Als er eine Bewegung auf sie zu machte, schrak sie zurück und funkelte ihn warnend an, die grünen Augen voller Misstrauen. Er hielt ihr das Handtuch hin, rührte sich aber sonst nicht.

„Schon gut, Ihr trocknet es selbst. Ich wollte nur helfen. Sarah-Jane war genauso. Muss eine weibliche Macke sein: empfindlich, wenn es um die Haare geht. Als sie klein war und ich sie zum Schwimmen mitnahm, wollte sie mich nie ihre Haare anfassen lassen. Musste sie selbst zusammenbinden, bevor wir schwimmen gingen, *und* sie dann hinterher trockenreiben. *Papa, du machst es immer nur noch schlimmer*", sagte er und ahmte seine Tochter mit ungefähr sieben Jahren nach, was ihn bei der Erinnerung lächeln ließ. „Ich glaube, sie meinte verknotet, aber das spielte keine Rolle, es hieß Hände weg von ihren Haaren. Ich weiß nicht, warum sie dachte, ich könnte es nicht richtig bürsten, wo ich doch auch meine Haare geflochten trug *und* sie genau wie ihre bis in die Mitte meines Rückens reichten. Ja, da schaut Ihr überrascht, *Mme la duchesse*", sagte er lachend, sein Herz schlug rasend, da Antonia sich mit einem Stirnrunzeln fragender Überraschung ein paar Zoll zurückgezogen hatte, „aber es ist wahr." Er zupfte eine Locke seines schulterlangen Haares heraus. „Das ist eine anständigere Länge für die gute Gesellschaft, hat Sarah-Jane mir erklärt. Und Tommy bestand darauf, dass man mich für einen Häuptling der Sioux-Indianer halten würde, wenn ich sie länger ließe, zusammen mit meiner braunen Haut. Wozu hat man Verwandte, wenn sie nicht brutal ehrlich sind?"

Er hielt ihr wieder das Handtuch hin, aber als Antonia es mit einem Kopfschütteln leicht wegschob, wartete er, ohne dass sein Blick je ihr Gesicht verließ. In dem gelblichen Lichtschein sah er, wie sie schluckte. Es kostete sie Mühe und als sie eine Hand an ihre Kehle legte, verstand er. Es war unmöglich, die Spuren der Fesseln zu übersehen, die ihre Handgelenke umschlossen, und er biss sich rasch auf die Zunge, um ein hörbares Einatmen zu unterdrücken; er konnte nur hoffen, dass sein Gesicht ausdruckslos blieb. Erst als sie sich umdrehte, um ihm zu erlauben, ihre Haare zu trocknen, atmete er auf. Er war alles andere als ruhig, als der Moment kam, um ihr das Hemd abzunehmen und sie in das Nachtgewand zu kleiden.

„Kümmern wir uns um die Knoten im Haar, wenn Ihr warm seid und Euch dann ein Bild von meinem Können beim Flechten machen könnt. Ich muss um Verzeihung bitten, dass ich nur ein Nachtgewand mitgebracht habe, aber Röcke hätten nicht in den Beutel gepasst. Und in Anbetracht des Wetters wollte ich nicht hier heraufwandern mit einem Reifrock auf meinem Kopf. Ein Blitz hätte mich treffen und verkohlt zurücklassen können – einen unansehnlichen schwarzen Flecken auf Treat Hill, eine Kuriosität, die die Dorfbewohner aus den umliegenden Dörfern hätten bestaunen können. Ich hätte ausgesehen, als wäre ein wissenschaftliches Experiment schief gelaufen, und ein gewisser Mr. Franklin würde gerne in seinem wissenschaftlichen Tagebuch darüber schreiben, wie man Strom *nicht* leiten sollte. Ganz zu schweigen davon, dass ich der Belustigung der lokalen Zeitungen als Futter dienen würde, etwa ‚Reifrock tragender Gentleman rauchend aufgefunden‘, und ich spreche nicht von meinem Stumpen! Ihr mögt vielleicht auf meine Kosten kichern, *Mme la duchesse*, aber denkt doch an die Blamage für die arme Sarah-Jane. Nicht nur, dass ihr Vater seine Haare wie eine Frau bis auf den Rücken trägt, sie muss auch bei seinem elenden Ende entdecken, dass er aussah, als wäre er aus einem Freudenhaus entsprungen. Ich nehme an, das würde ihr zumindest eine Erklärung für die langen Haare geben ...“

Es herrschte kurz Schweigen, unterbrochen von einer weiteren Reihe von Blitzeinschlägen und gleißendem Licht durch das Glasokulus, die das Innere unheimlich beleuchteten. Jonathon erhaschte Einblicke in herzogliche Opulenz, Wände, die mit dramatischen Szenen aus den Klassikern bemalt waren, Marmorskulpturen auf polierten Granitsockeln, unter denen Särge versteckt waren – es gab sogar eine Marmorstatue mit zwei Windhunden, oder waren es Whippets? Zweifellos die treuesten Lieblingshunde eines edlen Herrn.

Er fragte sich, wo sich Monseigneur in dieser protzigen Würdigung von Jahrhunderten edlen Blutes befand, und nahm an, sein Grabmal müsste das prächtigste von allen sein, wie seine Arroganz es verlangte, als ein Donner, so laut, dass sie beide zusammenschraken, seine privaten Träumereien unterbrach. Der Blitzschlag war sehr nahe gewesen, und Jonathon war erleichtert, dass er sich in einem massiven Steingebäude befand, auch wenn er von lange toten Adligen und ihren Frauen umgeben war.

In der folgenden Stille, in der nur das Geräusch eines stetig auf das

Glasokulus fallenden Regens zu hören war, sprach Antonia über ihre Schulter.

„Es tut mir leid, aber ich kann meine Arme nicht über meine Schultern heben und mir ist jetzt sehr kalt. Also bitte, ich brauche Eure Hilfe …“

„Selbstverständlich, *Mme la duchesse*“, antwortete Jonathon in nichtssagendem Tonfall.

Innerlich hüpfte er vor Freude, dass sie ihre Abwehr so weit aufgab, dass sie ihn um Hilfe bat. „Ihr werdet Euch nicht bewegen oder umdrehen müssen. Zuerst lasst uns Euch aus diesem nassen Zeug herausholen, bevor Ihr Euch den Tod holt. Tut mir leid! Das war eine sehr schlechte Wortwahl. Gebt meinem Schwindelgefühl die Schuld. Ich habe nichts mehr gegessen, seit ich bei Tagesanbruch die Stadt verlassen habe, und da auch nur einen Kaffee, ein Brötchen und ein Stück Käse. Wenn Ihr Eure Arme kreuzen und den Saum anheben könnt, werde ich Euch helfen, das Hemd über den Kopf zu ziehen. Das Problem ist“, fuhr er im gleichen plaudernden Ton fort, als er den Saum hinten fasste, so wie sie vorn und ihn dann sanft nach oben und über ihre Arme zog, „dass es nur sehr wenige Gasthöfe gibt, die einen solchen Wirrkopf wie mich bedienen, der kein Fleisch von Tieren isst.“

„*Pourquoi*? Kein Fleisch essen? *Jeder* isst Fleisch.“

Er lachte über ihre Empörung.

„Nicht jeder, *Mme la duchesse*. Nicht auf dem Subkontinent und nicht, wenn man so viele Jahre dort gelebt hat wie ich, und mit einem Vater, der sich weigerte, seinem englischen Erbe gemäß als Nabob zu leben, mit Wasserpfeife und Harem. Jetzt habe ich das Hemd, *Mme la duchesse*. Ihr könnt loslassen. So“, sagte er zufrieden, als er rasch das durchnässte Hemd abstreifte und es ungefähr in die Richtung warf, wo sein Umhang und Hut lagen. Es landete mit lautem Klatschen.

„Aber Ihr seid in Harrow und Oxford gewesen“, entgegnete sie, die Hände über den nackten Brüsten gekreuzt, während die bis zum Oberschenkel reichenden, verwirrten Haare nur ihren schmalen Rücken und das runde Gesäß verbargen. „Habt Ihr in der Schule kein Fleisch gegessen? Haben die Jungen sich deshalb über Euch lustig gemacht?“

„Ah, also erinnert Ihr Euch daran, was ich Euch über meine Schultage erzählt habe?“, antwortete er fröhlich.

Er raffte schnell das weiße Nachtgewand zusammen, sodass er den Halsausschnitt problemlos über ihren Kopf ziehen konnte, wobei er wegen des dünnen Stoffes unter seinen Händen leicht die Stirn runzelte. Wenn es das war, was sie normalerweise im Bett trug, Baumwolle, und so fein gewebt, dass sie hauchdünn war, mit einem hübschen Spitzenrand an den Dreiviertelärmeln und einem tiefen

Ausschnitt, würde sie eine schwere Bettdecke oder einen männlichen Bettwärmer brauchen, um die Kälte fernzuhalten. Er ärgerte sich innerlich darüber, in welche Richtung seine Gedanken gingen, und hoffte, dass Michelle tatsächlich einen Wollschal in den Beutel gesteckt hatte, sonst würde er Antonia seinen Rock geben müssen, um das Nachthemd zu bedecken und ihn bis zu ihrem Kinn zuknöpfen, um sie anständig zu bekleiden.

„Nein, das war nicht der Grund, warum die Jungen mich geärgert haben. Um genau zu sein, hätte ich sagen sollen, dass ich kein *Rindfleisch* esse. Kühe sind den Hindus heilig. Ich habe in der Schule Fisch und Geflügel gegessen, es war das Mindeste, was ich tun konnte, um mich anzupassen. Ich esse immer noch Fisch, aber niemals das Fleisch eines warmblütigen Tieres. Kopf hoch, damit ich diese klägliche Entschuldigung für ein Nachthemd über Euren Kopf werfen kann. Ihr müsst dann nur die Armlöcher finden.“

„Ihr seid auch Hindu?“, fragte Antonia, als ihr Kopf aus den Tiefen des Nachtgewands auftauchte. Als er nicht sofort antwortete, wirbelte sie herum, raffte ihre Haare über der linken Schulter zusammen und fand ihn, wie er auf dem Boden neben der Bank in dem Beutel wühlte.

„Als Hindu muss man geboren sein“, antwortete er und kam auf die Beine, nachdem er ihren Wollschal gefunden hatte. „Aber ich versuche, mich an ihre ethischen Lebensregeln zu halten: Schade niemandem; sei ehrlich; nimm nie, was dir nicht gehört; sei zufrieden mit dem Leben.“ Er zuckte mir der Schulter, als er an die Schmerzen dachte, die er dem Arzt zugefügt hatte, ohne es zu bereuen. „Leider ist es nicht immer möglich, gut zu sein. Hier, das wird helfen, Euch warm zu halten“, sagte er und machte viel Aufhebens darum, den Schal um ihre Schultern zu legen. „Zieht ihn fester um Euch oder ...“

„Ich bin nicht krank, M'sieur! Ich kann mich selbst um mich kümmern!“, fauchte sie, entzog sich seiner Berührung ihrer Schultern und kreuzte hastig den Schal über ihren Brüsten. Sie nahm das sofort zurück. „Nein. Das ist nicht wahr. Verzeiht mir. Ich bin nicht ... ich bin nicht ... *ich selbst.*“ Sie legte ihr Gesicht in die Hände und setzte sich nach einem kurzen Moment auf, um geradeaus zu starren, wobei sie schnell die Tränen aus ihren überlaufenden Augen strich. Sie holte mit einem tiefen, zittrigen Atemzug Luft. „Ich sagte Euch, ich könnte mich selbst um mich kümmern, und was Ihr hier seht, ist das Ergebnis! Julian hält mich für selbstmitleidig und egoistisch. Wie ich Henri-Antoine vernachlässigt habe, ist unsäglich. Deborah... Deborah muss sich fragen, ob ich überhaupt in der Lage bin, für ihre Babys eine *grand-mère* zu sein. Und Frederick ... Mein kleiner Schatz, er ist am meisten verwirrt über seine Mema und ihr Verhalten. Und jetzt mache ich mir Sorgen, dass meine Babys ganz von mir ferngehalten werden, weil Julian mich in die Obhut eines sadistischen Verrückten gegeben hat. Renard, ich sage dir, er ist wirklich ein Wahnsinniger, aber du darfst nicht Julian die Schuld daran geben. Er dachte, es wäre zu meinem Besten, weil ich mich nicht wie eine Herzogin benommen habe und so lange wie eine Tote herumgelaufen bin ... Aber dieser Verrückte hat zwei Gesichter – ein Gesicht zeigt er unserem Sohn, das andere hält er gut versteckt und lässt es nur sichtbar werden, wenn – wenn er – wenn ich – Es ist wirklich zu abscheulich. Das kann ich dir nicht erzählen!"

Sie wandte sich von der Dunkelheit ab, in deren Richtung sie gesprochen hatte, und fand sich in Jonathons tröstender Umarmung wieder.

„Schon gut, *petite*, Monseigneur versteht das nur zu gut", murmelte er mit einem misstrauischen Auge auf dem Sarkophag, zu dem Antonia gesprochen hatte.

Jetzt wusste, er, wem dieses riesige Denkmal gehörte und sein Blick wanderte an der kunstvoll behauenen Statue hinauf. Es hatte alle Kennzeichen von James „Athenian" Stuart und seinen Bildhauermeistern, den Scheemakers, mit seinen dorischen Säulen und dem klassischen Giebel, skulpturierten Figuren von trauernden griechischen Göttern und Göttinnen in Trauerprozession entlang des unteren schweren Sockels aus rotem Marmor. Und dort konnte er durch die Dunkelheit gerade noch ihren Monseigneur erkennen, Seine edelste Gnaden, den fünften Herzog von Roxton, der dort in Lebensgröße modelliert saß, in seine herzoglichen Gewändern gekleidet war und *Star and Garter* diagonal über seiner Weste mit einem Arm trug. Eine träge Hand ruhte über der Armlehne des Stuhls, ein Fuß in einem hochhackigen Schnallenschuh war leicht vorgestreckt, der andere zur Seite gedreht, und zeigte einen gut trainierten Wadenmuskel, das Gesicht mit der raubvogelartigen Nase und dem durchdringenden Blick starrte nach außen und unten die Welt mit dünnlippiger Arroganz an – selbst in kaltweißem Marmor noch verächtlich.

Ein solcher Mann hätte Foley eher umgebracht, als ihm einen zweiten Blick zu gewähren, dachte Jonathon mit einem schiefem Lächeln. Welches Glück der Arzt da gehabt hatte, sich einem Anhänger des Weges der Hindus nach *Swarga Loka* – ins Paradies – gegenüber zu finden. Zweifellos war Monseigneur wütend auf den neuen Freund seiner Witwe, und mehr noch, dass er sie unter seiner Nase tröstete. *Nun, am besten solltet Ihr Euch an die Idee gewöhnen, Euer Gnaden,* warnte er, als er seine Schultern straffte, *denn ich werde nicht weggehen!* Er blinzelte überrascht, als ihm auffiel, dass auch er jetzt mit einem

Marmorbild sprach, auch wenn es nur in seinem Kopf war. Und er kannte den Mann nicht einmal! Seine Bewegung brachte Antonia dazu, sich aufzusetzen.

„Verzeihung. Ich benehme mich nicht so, wie ich sollte", stellte Antonia fest, zog den Schal fester um ihre Schultern und hielt dabei den Blick auf ihren Schoß gerichtet, wo ihre Finger mit den Fransen spielten. „Das muss daran liegen, dass ich sehr müde bin."

Jonathons Meinung nach hatte die gesamte Familie Monseigneurs Mitschuld an Antonias *Müdigkeit*, wenn sie die Tatsache, dass ihr Sohn ihr vorwarf, sie würde den Erwartungen nicht gerecht, die mit ihrem hohen Rang als Herzogin verbunden war, so nennen wollte. Er wollte sie beruhigen und ihr versichern, dass für ihn nur ihr Glück zählte und dass sie wieder die sorglose Frau werden würde, von der er im Pavillon ein flüchtiges Bild erhascht hatte. Stattdessen hob er das Handtuch auf, wischte das Regenwasser neben der Bank auf und sagte beiläufig:

„Wir werden essen und uns dann für die Nacht gemütlich einrichten, aber vorher müsst Ihr Eure Strümpfe anziehen." Er hockte sich mit dem durchnässten Handtuch vor sie hin. „Doch bevor wir das tun können, muss ich den Schmutz abwischen, den Ihr bei Eurem Lauf auf den Berg gesammelt habt. Gebt mir Euren Fuß." Als sie zögerte, schaute er auf. Sie hielt eine Hand vor den Mund und schüttelte den Kopf. „Ihr wisst – nun, vielleicht wisst *Ihr* es nicht, aber *ich* schon, dass es nichts Schlimmeres gibt, als einen schmutzigen Fuß in einen völlig sauberen Strumpf zu stecken. Michelle wird Euch das nicht danken," fügte er hinzu und als dies ein schwaches Lachen hervorrief, nahm er sich die Freiheit, ihren bloßen linken Fuß auf sein Knie zu legen. Als sie versuchte, ihn zurückzuziehen, hielt er ihn fest, aber nicht um den Knöchel, denn dort waren auch Spuren ihrer Fesseln, stattdessen legte er seine große Hand um den Rist ihres Fußes. „Eure Füße sind kleine Eisbrocken und Ihr könnt dies nicht selbst tun, also lasst mich Euch helfen", sagte er ruhig.

Er schluckte schwer beim Anblick des roten, rohen Fleisches, das von ihrer Fesselung verursacht worden war. Sie musste wild gekämpft haben. Warum hatte er dem Bastard nicht jeden Finger und jeden Zeh gebrochen? Ihre Handgelenke und Knöchel müssten gebadet, gesalbt und verbunden werden, sobald sie wieder zum Witwensitz zurückgehrt wären.

„Sprecht Ihr – sprecht Ihr ihre Sprache, die Sprache der Leute auf dem Subkontinent?", fragte sie und sah zu, wie er sanft ihre Zehen reinigte. „Habt Ihr in ihrer Sprache mit Eurer Tochter bei der Regatta gesprochen?"

„Ja. Sarah-Jane spricht fließend Hindi. Ich ließ sie unterrichten und dachte, es sei praktischer, wenn sie die Sprache der Menschen lernt, unter denen sie lebt, als Französisch oder Portugiesisch, die Sprachen der anderen Eroberer des Subkontinents. Und jetzt sind wir zurück in England. Etwas, das ich weder für sie noch für mich geplant hatte …" Er blickte mit einem Lächeln zu ihr auf. „Wollt Ihr wissen, was ich an dem Tag der Regatta zu Sarah-Jane gesagt habe, was ich die anderen nicht hören lassen wollte?", fragte er rhetorisch, während er zärtlich den Schmutz von ihrer Ferse wischte. „Ich habe ihr gesagt, sie sollte sich verdammt sicher sein, dass sie, wenn sie einen Heiratsantrag von Dair Fitzstuart annähme, wüsste, ob sie den Mann heiratet und nicht nur die Krone eines Earls." Er sah wieder zu ihr auf, diesmal stirnrunzelnd. „Dass sie zu guter Letzt mit dem Mann ins Bett gehen wird, nicht mit seinem Titel. Ich sagte ihr, sie sollte sich ihn nackt vorstellen, nur mit der Krone des Earls …"

Antonia schnappte nach Luft und beugte sich vor. „*Je n'y crois pas!* So etwas habt Ihr nicht gesagt! Ihr seid ihr *Vater*."

„Was nur mehr Grund für mich ist, es zu sagen! Und da sie keine Mutter hat, die ihr solche Dinge sagen würde, bleibt die Aufgabe, sie zu beraten, mir." Er entfernte ihren linken Fuß von seinem Knie und hob stattdessen den rechten auf. „Ich sagte ihr, sie solle überlegen, ob ein solcher Anblick überhaupt attraktiv wäre – ein nackter Mann mit seiner Krone – oder völlig absurd. Ich hoffte, dass ein so lächerliches Bild sie zur Vernunft bringen würde."

Darüber musste Antonia so kichern, dass es ihre wunde Kehle schmerzte und sie brauchte einen Moment, um sich zu sammeln.

„*Parbleu!* Törichter Mann. Zur Vernunft kommen? Daran ist für sie nichts Vernünftiges. *Natürlich* gefällt es ihr. Dair Fitzstuart ist mein Cousin, aber ich bin nicht blind, sondern sehe selbst, dass er ein sehr strammer junger Mann ist. Ich könnte mir vorstellen, dass alles an ihm stramm ist, daher wäre die Krone auf seinem Kopf, die für Euch vielleicht lächerlich aussähe, das Letzte, wohin sie schauen würde."

Jonathon hätte gelächelt, wenn sie zu einem anderen Zeitpunkt gelacht hätte, aber ihre Antwort ließ ihn die Stirn runzeln und das Gesicht verziehen. Er warf das schmutzige Handtuch beiseite und streckte die Hand nach einem der weißen, gewirkten Strümpfe aus. Sie reichte ihn ihm, ohne zu zögern. Er raffte den fein gestrickten Baumwollstrumpf geschickt zusammen, damit sie leicht ihre Zehen in den Fuß gleiten lassen konnte.

„Bitte streckt die Zehen aus und ich werde so vorsichtig wie möglich sein … Es ist immer noch ein berechtigtes Argument", grummelte er mit sich rot färbenden Wangen, da ihm ihre Beschreibung von Dair Fitzstuart nicht gefiel. Sie störte ihn, aber aus den völlig falschen

Gründen. „Was ich meiner Tochter vermitteln wollte, war, dass sie hinter die Äußerlichkeiten sehen sollte. Wichtig ist sein Herz, nicht seine Krone oder sonst etwas!"

„Das ist sehr richtig", antwortete Antonia leise und berührte sein Handgelenk, als er den Strumpf über ihr Knie zog und das blaue Band festband, um den Strumpf an seinem Platz zu halten. „Das war oberflächlich von mir. Es tut mir leid. Ihr habt recht, wenn Ihr sie warnt. Zu viele Mädchen heiraten und erkennen erst hinterher, dass sie es aus den falschen Gründen getan haben. Es ist für ihr zukünftiges Glück von grundlegender Bedeutung, wen sie heiratet ..."

Er nickte und wiederholte schweigend seine Arbeit mit dem zweiten Strumpf, holte dann das Bündel Kerzen, das bei dem Beutel lag.

„Wenn ich darüber nachdenke, sollte ich meine Aussage ändern", sagte er, während er die Kerzen an einem Ende des unteren Marmorsockels des riesigen Grabmals des Herzogs aufstellte und anzündete, „und sagen, dass mir die zukünftige Krone des Earls unwichtig ist und meine Tochter sie für ihre Entscheidung, ob sie den Mann heiraten will, als absolut überflüssig betrachten sollte, es jedoch für mich sehr wichtig ist, wie er mit dem, was er zwischen seinen Beinen hat, umzugehen gedenkt."

Antonia zupfte mit dem polierten Schildpattkamm an den Knoten in ihren Haaren, als er die letzte Kerze anzündete, und war von seinen Worten absolut nicht schockiert. Sie folgte ihm mit ihren Augen, als er seinen abgeworfenen Umhang vom Boden schnappte und ihn schüttelte, um die letzten Regentropfen zu entfernen, und dann zurückkehrte, um ihn mit der geölten Seite nach unten zwischen der Bank und dem Denkmal auszubreiten.

„Ihr mögt ihn nicht."

Jonathon ließ den Beutel auf der provisorischen Picknickdecke fallen und machte sich daran, den Inhalt auszupacken. Er sah ihr in die Augen. „Sein Bruder ist mir hundertmal lieber."

Antonia sah zu, wie er zwei silberne Becher herausholte, eine Flasche Wein, einen Laib knuspriges Brot, ein kleines Rad Käse, Scheiben einer Champignonterrine, einen Topf Pastete, ein paar Äpfel und ein Messer und stellte fest, dass sie völlig ausgehungert war. Sie konnte sich nicht erinnern, wann sie das letzte Mal gegessen hatte. Sie sprang von der Bank und setzte sich zu ihm auf den umgedrehten Mantel im Kerzenschein und wartete darauf, bedient zu werden. Er riss ein Stück Brot von dem Laib, schnitt Scheiben der Terrine und des Käses ab und benutzte dann das Brot als Teller, um sie ihr zu reichen.

„Ich ziehe Charles ebenfalls vor, aber es ist Dair, an dem die Frauen interessiert sind.“

„Moral und hohe Ideale zu haben macht keinen Eindruck auf dumme, junge Dinger“, antwortete Jonathon mit leichter Schärfe in der Stimme. „Es sind Titel und Reichtum, die sie in Scharen anziehen.“

Er reichte ihr einen Becher Wein.

„Ich glaube nicht, dass nur Euer Geld sie interessiert. Sie sehen Euch an, wie sie Dair anschauen.“

Sie nahm den Becher, aber er ließ ihn nicht sofort los.

„Ich sprach nicht von mir selbst. Aber wenn Ihr meint, ich wäre stramm“, fügte er mit einem Grinsen hinzu, ließ den Becher los und lehnte sich zurück, „dann nehme ich das Kompliment an.“

„Es ist kein Kompliment“, sagte Antonia abweisend, „das Offensichtliche auszusprechen. Ihr fischt, M'sieur!“

„Nach Komplimenten?“, erwiderte er mit einem Lachen und hielt seinen Becher zum Anstoßen hoch. „Von Euch? Immer.“ Dann fügte er ernst hinzu: „Dair Fitzstuart hält in Chelsea eine Mätresse und ein Kind aus und hat nicht die Absicht, sie nach seiner Heirat aufzugeben. Er sollte anständig sein und das Mädchen heiraten. Sie ist auch schon wieder schwanger.“

„Ihr hattet einen Harem auf dem Subkontinent. Ist das etwas anderes?“

„Nein. Keinen Harem“, sagte er sehr leise und fragte sich, woher sie solch falsche Informationen hatte bekommen können. „Eine Geliebte, ja – viele Jahre nachdem Emily gestorben war. Dann starb auch sie. Danach?“ Er zuckte die Achseln. „Die übliche Art vorübergehender, aber notwendiger Befriedigung, die Männer suchen: Nichts Wichtiges; nichts, was ich wiederholen möchte; keine Frau, die bei mir zärtliche Gefühle erweckt hätte.“ Er hielt ihren Blick fest. „Oder mich veranlasst hätte, meine Lust auf eine einzige zu beschränken.“

Antonia schaute zuerst weg und sagte mit geübter Leichtigkeit: „Für viele Frauen ist das alles egal. Wichtig ist nur die Krone. Was ihre Ehemänner mit dem machen – wie Ihr sagt – was sie zwischen ihren Beinen haben – ist ein unwichtiges Detail, wenn es gegen den Titel und die gesellschaftliche Stellung abgewogen wird.“

„Aber nicht für Euch …“

„Nicht für mich …“ Sie lächelte, das Grübchen erschien auf ihrer linken Wange, als sie mutwillig über dem Rand des Bechers hinzufügte: „Was zwischen Monseigneurs Beinen war, war für mich sehr wichtig.“

„Es versteht sich von selbst, aber ich werde es trotzdem sagen“, fügte Jonathon mit einem leicht verlegenen Schnauben hinzu, als er grob einen Apfel viertelte, „und was er damit machte!“

„*Mais bien sûr*. Natürlich. Jetzt gebt mir bitte die Apfelscheiben und dann müsst Ihr auch essen.“

„Nur gut denn, dass mir nichts lieber ist als eine Herausforderung“, murmelte er, als er begann, eine Mahlzeit für sich zusammenzustellen.

Doch er aß nicht gleich, sondern nahm nur einen Schluck Wein, um dann seine Reitjacke aus dunklem Samt abzulegen. Er konnte sehen, dass Antonia trotz des Schals und der Strümpfe vor Kälte bebte, obwohl sie ihr Bestes tat, um das unwillkürliche Zittern zu unterdrücken. Er öffnete die seidenüberzogenen Knöpfe seiner pfauenblauen Seidenweste, legte sie ab und zog seinen Rock wieder über sein weißes Leinenhemd.

„Frauen in den zarten Jahren meiner Tochter scheinen zu denken, dass es romantisch ist, einen arroganten Schurken zu heiraten, der auf magische Weise durch eine Heirat sein Verhalten ändert. Völliger Blödsinn. Das geschieht nur selten. Und bevor Ihr es sagt“, fügte er hinzu, als Antonia sich sehr gerade aufsetzte, „Ihr habt mich bereits belehrt, was Monseigneur anbetrifft. Er ist die Ausnahme von der Regel und Ihr hättet ihn nicht geheiratet, wenn er sich nicht bereits *vor* der Heirat geändert hätte. Hier, lasst mich Euch helfen, dies anzuziehen“, sagte er und hielt seine Weste offen hin. „Das wird Euch besser wärmen und ihr könnt euch den Schal um die Hüften legen. Jetzt dreht Euch um, damit ich die Knöpfe schließen und die Manschetten aufkrempeln kann.“ Als sie das tat, ohne zu protestieren, lächelte er und fasste sie unters Kinn. „Bei Euch ist es fast ein Morgenrock.“

Er nahm seinen Platz ihr gegenüber auf dem provisorischen Picknicktuch wieder ein und lehnte sich, ein Bein ausstreckend, an die kalte Marmorbank, während er das andere Bein anzog und eine Hand darauflegte. Antonia bemerkte, dass er sich sehr wohl zu fühlen schien und es ihn überhaupt nicht störte, die Nacht in der Familiengruft zu verbringen, während der Wind heulte und der Regen strömte und der Blitz draußen zuckte. Das Wetter war zwar unangenehm, aber sie hatte so viel Zeit hier verbracht, genau an diesem Ort, von ihren Lieben umgeben, dass es für sie der beruhigendste Ort der Welt war. Es war der erste und einzige Ort, an den sie gedacht hatte, als sie aus dem Witwensitz und vor diesem Wahnsinnigen von einem Arzt geflohen war. Was sie unter der Bezeichnung *ärztliche Behandlung* im Eishaus durchgemacht hatte, sollte niemand, nicht einmal ein verrückter Verbrecher, ertragen müssen. Und als sie an die Zeiten dachte, in denen sie mit diesem perversen Wiesel allein gelassen worden war ... schnappte sie sich den Becher und trank einen tiefen Zug von dem Wein, als würde er sie an Körper und Seele irgendwie reinigen.

Jonathon beobachtete sie scharf und bemerkte den Moment, als die

Hitze in ihr Gesicht stieg, ihre Kehle sich verengte und ihre Hände anfingen zu zittern, und erkannte, dass ihre Gedanken dorthin wanderten, wo sie nicht hinwandern sollten. Er goss seinen Wein hinunter und machte viel Aufhebens darum, wie viel von ihrem Essen sie übrig gelassen hatte.

„So esst Ihr, wenn Ihr fast am Verhungern seid? Pickt ein paar Krümel auf wie ein Spatz? Lasst den halben Käse übrig? Meine Güte, Weib, wenn Ihr so esst, werden wir nie zum Schlafen kommen! Und da der Donner sich verzogen hat, könnten wir sogar ein paar ununterbrochene Stunden haben, wenn Ihr so freundlich wäret, aufzuessen."

Antonia kehrte mit einem Lächeln in die Gegenwart zurück und aß ihre kalte Mahlzeit weiter, aber in kleinen Häppchen.

„Mein Sohn Julian glaubt, Charles könnte ein Spion für die amerikanischen Rebellen sein."

Jonathons Augenbrauen schossen hoch. „So, glaubt er das. Ich bin sicher, er hat seine Gründe." Er kramte in seiner Jackentasche und holte den Brief von Tommy und die Broschüre mit dem Titel *Common Sense* heraus, die er sich von Charles Fitzstuart geliehen hatte. Er warf die Broschüre auf den Umhang, steckte den Brief zurück in seine Tasche und sagte:

„Diese Broschüre ist eine interessante Lektüre. Ich schätze, Roxton würde sie als verräterische Schmähschrift bezeichnen, da sie alles angreift, was ihm auf der Welt lieb und teuer ist: König, Land, die englische Auffassung von Gerechtigkeit gegenüber seinen Untertanen, was für den Verfasser der Broschüre *Ungerechtigkeit* ist, und nicht zuletzt die hohe, unangreifbare Stellung als Herzog in der Gesellschaft. Was ich denke ist – und es wird Euch nicht schockieren, weil ich glaube, dass Ihr unter Eurem hübschen Äußeren einen logischen und scharfen Verstand habt –, dass *Common Sense* berechtigt ist und die Engländer darauf eine Antwort werden finden müssen. Ich meine, wie kann man gegen den Gedanken argumentieren, dass die, die nicht repräsentiert sind, keine Steuern zahlen wollen?" Er warf einen Blick auf das Denkmal, auf dem er sich befand, und beugte sich dann zu Antonia, um zu flüstern: „Monseigneur würde es nicht allzu gern hören, wie ich seine wohlgeordnete Welt infrage stelle, wie?"

„Oh, keine Sorge, M'sieur", sagte Antonia süß und das Grübchen tauchte wieder auf. „Monseigneur war bei einem Streit die ein oder andere Seite völlig gleichgültig; für ihn gab es nur seine Seite. Auf diese Weise gab es nie Streit, verräterisch oder nicht. Das ist praktisch, nicht wahr?"

Jonathon brach in Lachen aus und es hallte durch den höhlenartigen Raum. „Praktisch? Eher verdammt unerträglich! Bei Gott! Er und ich würden ein paar nette Diskussionen gehabt haben!"

„Und Ihr, M'sieur, hättet nachgeben müssen!", neckte Antonia ihn.

Jonathon trank seinen Wein. Er lächelte in ihre grünen Augen, so leuchtend und verlockend, wann immer sie ihren Monseigneur erwähnte, und nickte langsam. Er war philosophisch.

„Ja, ich glaube, das hätte ich wohl gemusst."

Sie verzehrten den Rest ihrer kalten Mahlzeit in kameradschaftlichem Schweigen und als sie fertig waren, räumte Jonathon die Reste in den Beutel und legte ihn beiseite, damit sie sich für die Nacht unter den Sockel legen konnten, wo das sanfte Licht der Kerzen den Teil des Marmorfrieses mit den trauernden griechischen Göttern beleuchtete. Während er herumräumte, saß Antonia auf der Bank und kämmte sich die Knoten aus den Haaren. Sie begann, ihre Haare zu flechten, doch ihre Handgelenke waren zu schwach und sie gab den Versuch auf, als Jonathon sich neben sie setzte.

Er drehte sie so, dass sie von ihm abgewandt saß und mit ihrer Erlaubnis zog er die Masse ihrer Locken über ihre Schultern und machte sich daran, sie schnell und geschickt zu einem langen, kunstvollen Zopf zu flechten. Da er kein Band hatte, zog er ein paar Strähnen heraus und machte daraus einen sehr dünnen Zopf, den er benutzte, um die Enden zu befestigen. Antonia inspizierte seine Handarbeit und war so zufrieden mit dem Ergebnis, dass sie ihn mit aufrichtiger Zuneigung anlächelte und seine Hand dankend drückte. Das war alle Ermutigung, die er brauchte, um ihre Hand an seine Lippen zu legen und ihre Finger zu küssen. Er wusste sofort, dass er die Grenze überschritten hatte, als sie scharlachrot wurde und sich abwandte, um mit dem Schal herumzuspielen. Er verfluchte sich selbst, dass er sich nicht hatte zurückhalten können.

Als ob sein Ungestüm noch unterstrichen werden sollte, ertönte ein lauter Donnerschlag, gefolgt von einem heftigen Regenguss und einem eisigen Windstoß, der an den eisernen Toren rüttelte und eine der Eingangstüren weit aufschlagen ließ. Jonathon sicherte die Tore und Türen und dachte mit einem schiefem Lächeln, dass, wenn er an Geister glaubte, er davon ausgehen müsste, dass das plötzliche Auftreten von heftigem Wetter, das Klappern der Tore und der Schwingtür kein zufälliges Wetterereignis war, sondern *M'sieur le duc* seine Wut herausließ, um ihn zu warnen, sich bei seiner Herzogin keine Freiheiten herauszunehmen. Er glaubte nicht an Geister, war aber willens, die Wünsche des *M'sieur le duc* hier an seiner letzten Ruhestätte zu respektieren. Jenseits der Türen des Mausoleums würde er jedoch die Wünsche des Herzogs, übernatürlich oder nicht, missachten, denn er glaubte an das Schicksal und sein Schicksal war unerklärlicherweise mit diesem schönen, zierlichen Wesen verflochten, das er nun dazu überredete, sich an ihn zu kuscheln, um keine Lungenentzündung zu bekommen.

„Hier, unter den Rock", stellte er ruhig fest, als er sich gegen den Marmorsockel lehnte und die linke Vorderseite seines Rocks einladend weit öffnete. „Wir werden einander einen Dienst leisten, indem wir dafür sorgen, dass der andere in dieser Nacht nicht vor Kälte erstarrt." Als sie zögerte, wartete er geduldig mit ausdruckslosem Gesicht. „Ich bin ein heißer Ziegelstein auf Beinen. Sarah-Jane kann es Euch bestätigen."

Das ließ sie lächeln und sie nahm seine Einladung an, setzte sich vorsichtig neben ihn. Er hatte nicht übertrieben. Sein Körper strahlte Wärme aus und bald kuschelte sie sich an ihn, den Kopf an seine Brust gelegt, ihre Rundungen fest an die lange, harte Gestalt seines Körpers gedrückt und eine Hand wie haltsuchend an die Vorderseite seines weißen Hemds geklammert. Er schloss den Rock über ihr, zog den wollenen Schal um sie beide und legte seine Arme um sie, als ob es das Natürlichste und Banalste der Welt wäre. Er betete nur, dass seine erhöhte Herzfrequenz nicht die nur zu offensichtliche Wahrheit preisgab, dass er sich der Weichheit ihrer Haut sehr bewusst war, dass der natürliche Geruch ihrer Haut alles übertönte und dass er absolut entschlossen war, es zu seiner zweithäufigsten Gewohnheit zu machen, mit ihr nackt in seinen Armen einzuschlafen.

„Erzählt mir von Indien", sagte sie schläfrig. „Erzählt mir von Eurem Leben dort."

„Eine Gutenachtgeschichte?"

„Ja. Eine Gutenachtgeschichte… Über Euch und Euren langen Zopf und wie Ihr mit Sarah-Jane unter der heißen Sonne geschwommen seid …"

„Mit dem größten Vergnügen, *Mme la duchesse*."

SECHZEHN

„Sollen wir heute im Pavillon zu Mittag essen?"

Antonia sah nicht von dem Stapel Papiere auf ihrem Schoß auf.

Jonathon ließ sie weiterlesen, zufrieden damit, ihr zuzuschauen. Er fand, er könnte sie den ganzen Tag ansehen. Wenn sie kicherte, legte sie eine Hand auf den Mund. Wenn eine Strähne blonden Haares, die aus dem schweren Knoten in ihrem Nacken entkommen war, sie von Zeit zu Zeit ärgerte, strich sie sie von der Wange zurück oder wickelte sie geistesabwesend um einen Finger. Wenn sie über etwas sehr belustigt war, zuckten ihre Schultern vor innerer Heiterkeit.

In ihrer Gesellschaft empfand er unglaublichen Frieden.

Sie schaute auf, die grünen Augen voller Fröhlichkeit, als ob seine Stimme, wenn auch nicht seine Frage, schließlich in ihr Bewusstsein gedrungen wäre, und er sah schnell zur Seite und spürte, wie ihm die Hitze in die Wangen stieg, weil er sie so eindringlich gemustert hatte. Doch sie war so in ihre Lektüre vertieft, dass seine Gedankenverlorenheit unbemerkt blieb, und als er nur dümmlich grinste und in seinen Apfel biss, las sie weiter.

Sie saßen sich in einem Ruderboot gegenüber. Ein Sonnenschirm aus bemalter, chinesischer Seide mit Bambusgriff, der am Bug befestigt war, schützte Antonia vor der Sonne. Ihre Knie waren leicht angezogen, um ein provisorisches Lesepult zu bilden; die Lagen von Röcken aus dünnem Baumwollstoff breiteten sich um sie aus und verbargen ihre bestrumpften Füße, die auf einem Gobelin-Kissen ruhten, während sie ihre Pantoletten schon lange abgestreift hatte. Jonathon hatte es sich in ähnlicher Weise im Heck gemütlich gemacht: sein Rücken wurde von einem Berg Kissen gestützt, er hielt den linken Arm hinter dem Kopf, der auf einem Polster hinter ihm ruhte, und die langen Beine hatte er in Richtung Bug ausgestreckt, die Ärmel bis zu den Ellenbogen aufgerollt. Er war absolut nicht vollständig bekleidet, ohne Krawatte, das weiße Hemd am Hals aufgeknöpft, die Weste ausgezogen, bevor die Ruderblätter auch nur das Wasser berührt hatten. Sein Rock lag oben im Pavillon.

Er genoss den Müßiggang. Noch mehr genoss er es, Antonia vor dem Hintergrund eines blassblauen Himmels, der mit weißen, bauschigen Wolken übersät war, zu bewundern, während Sonnenschein durch sich wiegende Weidenzweige funkelte und auf den Spitzen der kleinen Wellen zwinkerte, die von einer Entenfamilie hervorgerufen wurden, die zwischen dem Ufer und dem Boot paddelten; die acht kleinen Entenküken paddelten in einer krummen Reihe so schnell, wie ihre kleinen Füße es vermochten, um mit den Eltern Schritt halten zu können. Es war ein perfekter Frühlingstag und eine solche Veränderung gegenüber dem grausamen Wetter vor einer Woche.

Jonathon hatte nichts Dringlicheres mit seiner Zeit zu tun, als sich zurückzulehnen und die Aussicht zu bewundern. Es gab niemanden, der ihm sagte, was er tun sollte oder tun müsste oder was von ihm erwartet würde oder was er würde tun müssen, wenn sein alter Verwandter schließlich seinen letzten Atemzug täte. Hier bei ihr war er Jonathon Strang, ein Ostindienhändler, der vom Subkontinent zurückgekehrt war. Ein Selfmademann, der keinen Pfifferling auf die gesellschaftlichen Diktate der Klasse gab, in die er hineingestoßen wurde. Er war so widerlich reich, dass Sarah-Jane, obwohl ihr Vater nach Kaufmannsladen roch, in jedem eleganten Salon akzeptiert wurde, und eine unerwünschte Folge war, dass die Witwen über ihre verwöhnten Hündchen stolperten, um ihm ihre unverheirateten Töchter zur Besichtigung vorzuführen. Noch überraschender war, dass diese jungen Dämchen mehr als Willens waren, sich ihm an den Hals zu werfen in der Hoffnung, dass er eine von ihnen wählen würde, um sie zu heiraten.

Aber bei ihr, bei Antonia, konnte er er selbst sein, und leider schien es sehr unwahrscheinlich, dass sie sich auf ihn stürzen würde.

Also, wenn du du selbst bist, der heimgekehrte Handelsprinz, was ist mit dem Haus?, erinnerte sein Verstand ihn grob. *Was ist mit deinen Plänen, das elisabethanische Haus zurückzubekommen, das sie jetzt bewohnt?*

Er erhaschte einen Blick auf die zweiflügeligen Fenster im zweiten Stock und die malerisch gedrehten Schornsteinköpfe durch die sich wiegenden Weidenzweige, als sie auf dem See dahintreiben, hielt mit vollem Mund inne und runzelte die Stirn.

Was ist mit deinem Urgroßvater Edmund Strang Leven, der von dieser Familie um sein Erbe betrogen wurde?, drängte sein Geschäftssinn. *Bist du nicht deswegen hier und nicht in Buckinghamshire? Ist das nicht der Grund, warum du so viel Zeit in sie investiert hast? Du hast es geschafft, einen Teil des gestohlenen Erbes wiederzugewinnen: Das Herrenhaus am Hanover Square. Du hast es fast geschafft. Verliere nicht aus den Augen, was wichtig ist. Von dem, was dein Vater träumte, sich wieder zurückzuholen; denke an dein vorderstes Ziel!*

Hör nicht auf ihn, was weiß er schon?, entgegnete sein Herz. *Er hat dir geholfen, Reichtum anzuhäufen, eine Vielzahl von Geschäftsmöglichkeiten zu nutzen, dich auf dem gesamten Subkontinent an faszinierende Orten zu führen und interessante Menschen kennenzulernen, aber er hat dich nicht auf diese kalte, nasse Insel zurückgebracht. Hättest du auf ihn gehört, wärest du nicht hergekommen. Du wärest in Indien geblieben, wo du hingehörst. Nicht wegen eines Ziels, sondern wegen der Familie hast du dein Leben dort zurückgelassen. Ich habe dich hergeführt, deine Pflicht und das Gefühl für Richtig und Gut, nicht für das, was gewinnbringend ist, deshalb bist du in England. Und wenn du ehrlich zu dir selbst bist, hast du nicht auf mich gehört, seit Emily starb. Ich bin so lange ignoriert und vernachlässigt worden, dass du jetzt die Liebe nicht erkennst, wenn sie dir direkt in die Augen springt. Und ich spreche nicht von der Liebe, die du für deine Tochter empfindest. Das ist etwas anderes. Dies hier ist etwas anderes. Aber jetzt hörst du mir zu, nicht wahr, weil du nur zwei Minuten in Antonia Roxtons Gesellschaft warst und es schon hieß, auf Wiedersehen, Geschäftssinn!*

Aber ich habe sie zuerst gesehen, widersprach sein wichtigstes Organ. *Diese zwei Minuten gehörten mir, und seither waren wir beide jede Nacht schlaflos, ich wecke ihn auf, steif wie ein Brett, danach verlangend, sie zu lieben, mir vorstellend, wie sie mich genießt, und dann musstest du mir in den Weg kommen, Herz. Du hast mir meine Selbstsicherheit genommen, mich dazu gebracht, an mir zu zweifeln, mich zu fragen, ob eine solche Frau überhaupt an mir als Liebhaber interessiert sein könnte, wenn sie doch mit einem arroganten Soundso verheiratet war, der selbst unter subarktischen Bedingungen in der Lage gewesen wäre, mit ihr zu schlafen, wenn es das erforderte, um sie zu befriedigen! Und jetzt kann ich mein Versprechen an den Geschäftssinn nicht halten, sie zu verführen, mir das Haus zu nehmen und weiterzuziehen. Ich bin es, der hier am meisten leidet! Wann habe ich zuletzt Aufmerksamkeit erhalten? In Indien! Dort war es.*

Als ob du wirklich etwas hättest, worüber du dich beschweren müsstest, widersprach das Herz. *Ich darbe schon seit fünfzehn Jahren in einer Wildnis!*

Was für ein sentimentaler Unsinn, Herz!, sagte der Geschäftssinn abweisend. *Und du, du wichtigstes Organ, du hast nur eine Panikattacke, weil es eine Weile her ist, seit du in einer Frau gesteckt hast. Lebenswichtige Organe haben von Zeit zu Zeit Probleme mit dem Selbstvertrauen. Das ist ganz natürlich. Das hat nichts mit dieser Frau zu tun. Es gibt viele schöne Frauen, die nur zu gerne bereit sind, dir Aufmerksamkeit zu schenken, sich über dich zu beugen und dich in sich einzuladen. Was du brauchst, ist ein Besuch in diesem hochkarätigen Bordell, von dem Tommy erzählt hat. Gönne dir einen guten langen Ritt zwischen zwei üppigen Oberschenkeln und du wirst dein Selbstbewusstsein schon wiederfinden.*

Du verstehst einfach nicht, was hier vorgeht, Geschäftssinn, nicht wahr?, antworteten Herz und das wichtigste Organ einstimmig. *Hör zu. Diesmal ist es anders. Sie ist anders. Wir sind anders. Alles ist anders. Keiner von uns wird jemals wieder derselbe sein.*

Nun, ich weiß nicht wie das mit euch ist, aber ich habe Hunger, knurrte der Magen. *Man möchte doch meinen, dass er inzwischen wüsste, dass ein Apfel kaum so etwas wie Nahrung ist! Und wenn wir nicht bald essen, garantiere ich, dass wir alle darunter zu leiden haben werden.*

„Oh Gott", stieß Jonathon aus, schützte seine Augen mit einer Hand vor der Sonne und fühlte sich plötzlich krank.

Er warf das Kerngehäuse des Apfels über die glasglatte Oberfläche des stillen Sees und sah zu, wie er hineinplumpste und verschwand, verärgert, dass er seinen Gedanken – oder waren es seine Organe – erlaubt hatte, an einem solch herrlichen Tag einen unerwartet melancholischen und äußerst nachdenklichen Weg einzuschlagen in der Gesellschaft dieser so entzückenden Begleiterin. Er ließ sich ins Boot fallen und dachte, dass ein Nickerchen von zehn Minuten vielleicht seine Organe beruhigen und sein Gleichgewicht wiederherstellen könnte, doch dabei verfing sein Schuh sich in den Lagen von Antonias Röcken und störte ihre Lektüre.

„Pardonnez–moi, Madame la duchesse", murmelte er und wollte sich aufsetzen, aber sie hielt ihn mit einer Hand an seinem Fuß fest, der in ihren Unterröcken verheddert war.

„Ich möchte weiterlesen, aber Ihr müsst hungrig sein, also sollten wir zuerst etwas essen. Im Pavillon, ja?", sagte sie, mit noch immer lachenden Augen, und ließ Jonathon darüber sinnieren, ob sie sein Magenknurren und auch seine Gedanken gehört hatte. „Ich möchte sehr gerne mit Euch über dieses Stück diskutieren, aber vielleicht warte ich, bis ich es ganz gelesen habe."

„Welche Szene habt Ihr gerade zu Ende gelesen?"

„Zweite Szene von Akt vier; Hier unterhält Sir Oliver sich mit Moses über Charles' Extravaganz."

„Aber er würde mein Bild nicht verkaufen!", zitierte Jonathon und ahmte auf dramatische Weise nach, was er für einen glaubwürdigen Sir Oliver Surface hielt. *„Unser junger Schurke hat sich von seinen Vorfahren wie von alten Wandteppichen getrennt, aber er würde doch mein Bild nicht verkaufen!"*

Antonia lachte über seine Darstellung. „Und Sir Oliver war so beeindruckt, nicht wahr, dass er alle Schulden von Charles bezahlen will!" Sie streckte die Beine, wackelte mit den Zehen und ließ sich auch in die Kissen fallen, die Arme über die Seiten des Bootes ausgebreitet und fügte mit einem Lächeln hinzu: „Wie habt Ihr es geschafft, M'sieur Sheridan dazu zu bringen, sich von seinem Manuskript zu trennen?"

„Gar nicht. Dies ist eine Kopie. Ich habe es abschreiben lassen, als ich in London war. Dick Sheridan war nicht besonders begeistert. Und ich verstehe seine Zurückhaltung. Das Stück muss erst noch aufgeführt werden und er könnte noch Änderungen daran vornehmen. Aber als ich ihm sagte, für wen ich das Exemplar haben wollte, konnte er meinem Schreiber sein Stück nicht schnell genug geben!"

„Ihr habt ihm gesagt, dass es für *mich* ist?" Antonia war überrascht und verblüfft.

Ihre Verwirrung ließ Jonathon ungläubig den Kopf schütteln.

„Nun, *Mme la Duchesse*, tut doch nicht so verwundert. Es muss Hunderte, wenn nicht viele Hunderte von Möchtegern-Stückeschreibern, Dichtern und Romanciers geben, die sich um die Schirmherrschaft der Herzogin von Roxton bemühen. Ein Wort von Euch würde jedes Exemplar eines Buches verkaufen, alle Plätze in einem Theater; über Nacht einem Mann ein Vermögen einbringen!"

„Ja. Aber dieses eine Wort von mir könnte auch einen hoffnungsvollen Schreiber ruinieren, *vous comprenez?* Nicht, dass ich so etwas Böses tun würde."

Jonathon wackelte spielerisch mit ihrem Zeh.

„Ihr könntet nie böse sein ..." Er lächelte schief. „Nun, jedenfalls nicht im Schlechten ... ich bin froh, dass Euch Dicks *School of Scandal* gefällt", fuhr er sanft fort, als sie wegschaute, über das Wasser hinaus, und ihm einen Blick auf ihr schönes Profil gewährte, bevor sie wieder auf das Manuskript in ihrem Schoß blickte. „Der Junge hat Talent, und dieses Stück wird es den Zweiflern ein für alle Mal beweisen. Ich habe lange nicht mehr so sehr gelacht. Ich habe nie eine Aufführung von *The Rivals* gesehen, aber als ich das Manuskript gelesen habe und die Possen von Sir Lucius O'Trigger und Sir Antony Absolute, war das genug für mich, um eine beträchtliche Summe in sein Unterfangen, das Drury Lane Theater zu übernehmen, zu investieren. Ich habe mir eine Loge für die Premiere reserviert ..." Er wackelte wieder an ihrem Zeh und diesmal griff er nach dem ganzen Fuß, um, als sie seinen Blick erwiderte, zu sagen: „Er glaubt, dass es nur eine erste Vorstellung geben wird und keine weiteren Abende folgen werden. Ich sage, das ist ein großer Haufen Elefantenmist. Er ist zu bescheiden und um ihm das Gegenteil zu beweisen, habe ich mein Wort gegeben, die gesamten Einnahmen der Nacht zu übernehmen, falls die katastrophale Eröffnungsnacht der *Rivalen* sich wiederholen sollte. Aber das wird nicht geschehen. Und zwar aus zwei guten Gründen ..."

„Ja? Ich sehe, dass Ihr fast vor Begierde platzt, es mir zu verraten", neckte Antonia ihn spielerisch, als er zögerte und plötzlich ernst aussah. „Was sind diese zwei guten Gründe?"

Aber er brannte nicht darauf, es ihr zu sagen, er war unerwartet nervös, weil er Ablehnung fürchtete, wenn er verraten würde, was er dem Stückeschreiber versprochen hatte. In jenem Moment war es Prahlerei gewesen, ein Augenblick der Hybris, aber jetzt, als er ihr gegenüber in einem kleinen Boot saß, ihren Fuß vertraulich in der Hand, und sie ihn fragend anlächelte, kam er sich vor wie ein großer Narr. Gott, woher hatte sie die Macht, seine Knie zu Pudding werden zu lassen? Er beschloss, sich so großspurig wie möglich durch die ganze Erklärung zu quälen, damit sie nicht in der Lage wäre, nein zu sagen.

„Zuerst ist es ja ganz offensichtlich ein verdammt gutes Stück, meiner bescheidenen Meinung nach, besser geschrieben als *The Rivals*."

„Das ist ein sehr guter erster Grund", stimmte Antonia zu. „Und der zweite?", drängte sie, als er zögerte.

„Zweitens habe ich Dick Sheridan versprochen, dass ich bei der ersten Vorstellung, wenn der Vorhang aufgeht, eine Herzogin neben mir sitzen haben werde ..."

Antonia wartete auf weitere Erklärungen, das Gesicht höflich fragend, als ob er ihr den Namen dieser Herzogin, die neben ihm sitzen sollte, noch mitteilen müsste. Er konnte nicht glauben, dass sie keine Ahnung hatte, dass er von ihr sprach. Er war verblüfft und sprachlos. Sein Inneres drehte sich um und sein Magen brannte. Er lächelte schwach. Und das ließ sie sich kerzengerade aufsetzen. Ihr Fuß glitt aus seinem Griff, als sie das tat und sie starrte ihn, eine Hand an ihre Kehle gelegt, an. Er fühlte sich nicht nur wie ein Narr, er wusste, dass er einer war.

„Ihr habt M'sieur Sheridan versprochen, dass *ich* die Premiere seines Stückes besuchen würde, mit – mit *Euch*?"

Er beschloss, ein mutiges Gesicht zu machen. Er setzte sich auch im Boot auf.

„Nun, *Mme la Duchesse*! Ich weiß nicht, was mich mehr betrübt, dass Ihr den armen Dick Sheridan enttäuschen wollt, der sich so darauf freut, dass Ihr eines seiner Stücke mit Eurer göttlichen Gegenwart zieren werdet – schließlich wart Ihr bei der Premierennacht von *The Rivals* nicht dabei, trotz der sehr reizenden Einladung, die er Euch geschickt hatte – oder dass Ihr so erstaunt seid bei der Vorstellung, mit Eurem untertänigsten Diener ins Theater zu gehen."

„Nein! Nein! Ihr dürft überhaupt nicht gekränkt sein!", versicherte Antonia ihm. „Es ist nur so, dass ich nicht im Theater war, seit … Wir – Monseigneur und ich – wir sind natürlich während der Saison oft ins Theater gegangen. Ich liebe das Theater, aber seit er mich verlassen hat, habe ich überhaupt nicht daran gedacht, dorthin zu gehen. Deshalb habe ich an der Premiere von *The Rivals* nicht teilgenommen. Ich könnte nicht ohne Monseigneur gehen. Für mich wäre es jetzt, ohne ihn hinzugehen …" Sie lächelte entschuldigend. „Ich glaube nicht, dass es möglich ist … ich kann nicht hingehen, M'sieur."

Jonathon nickte traurig, als stimmte er ihr zu, und seufzte. Antonia beugte sich besorgt vor und streckte die Hand aus, als wollte sie ihn über seine Enttäuschung hinwegtrösten, als er plötzlich aufsprang und das Boot heftig zum Schwanken brachte.

Sofort schossen Antonias Hände nach links und rechts, um die Ränder des Bootes zu ergreifen, und sie starrte erschrocken zu ihm auf.

„Nun, wenn das Eure Antwort ist, lässt es sich nicht ändern. Ich werde mich ertränken müssen!", verkündete er, auf gespreizten Beinen stehend, um sich aufrecht und das Boot stabil zu halten.

„Ihr seid lächerlich! Setzt Euch!"

Er verschränkte die Arme.

„Nur, wenn Ihr ja sagt, dass Ihr mit mir ins Theater gehen werdet."

„Nein!"

„Also wollt Ihr, dass ich mich ertränke?"

„Natürlich nicht! Warum sollte ich mir so etwas wünschen? Setzt Euch!"

Er schleuderte seine Schuhe fort.

„Ihr wollt nicht mit mir ins Theater gehen. Also habe ich keine andere Wahl, als mich zu ertränken."

„Ihr seid wahnsinnig!"

„Wahnsinnig oder nicht, ich werde mich ertränken, wenn Ihr Euch nicht bereit erklärt, Euch Dirk Sheridans Stück mit mir zusammen anzusehen."

„Ich glaube Euch nicht und werde mich nicht auf so gemeine Weise zwingen lassen! Setzt Euch!"

Mit einer lässigen Bewegung zog er das weiße Baumwollhemd über seine breiten Schultern und schleuderte es in eine Ecke des Bootes. Er strich sich die dicken, braunen Haare aus den Augen, um auf ihr nach oben gewandtes Gesicht hinabzuschauen.

„Werdet Ihr die Premiere von Dick Sheridans neuem Stück mit mir besuchen oder nicht?"

Antonia wusste nicht, wohin sie schauen sollte, da ein halbnackter Goliath über ihr stand wie eine bronzierte Replik des Koloss von Rhodos. Er schien nur aus breiter Brust, hartem Bauch und schmalen Hüften zu bestehen, viel männlicher, als gut für ihn war. Wie konnte er es wagen, sich vor ihr auszuziehen? Sie würde ihn nicht ansehen. Sie starrte über den See zum Ufer des Schilfs und dann über die rechte Schulter auf den Steg, der nicht so allzu weit entfernt war, aber in ihrer gegenwärtigen Notlage, doch so weit weg; überallhin, nur nicht zu ihm. Sie erwartete nicht unvernünftiger Weise, dass eine Dienerin, zumindest eine ihrer Kammerfrauen, neben ihr auftauchen würde. Schließlich hatte sie den größten Teil ihres Lebens mit Dienern verbracht, die auf leisen Sohlen in Hörweite, wenn auch vielleicht nicht sichtbar, warteten. Sie hatte keine Vorstellung, was ein Diener hätte tun können, wozu sie nicht in der Lage war, da keiner von ihnen mehr Einfluss auf sein Handeln gehabt hätte als sie. Doch natürlich waren hier keine Diener, nur Wasser überall um sie herum, und sie war mit diesem Mann allein, der ohne Hemd in einem Ruderboot stand und erwartete, dass sie seine Forderung erfüllte, und der einzig vorherrschende Gedanke in ihrem Kopf in diesem Moment war, wie er völlig nackt aussehen müsste. Das schockierte und verwirrte sie so, dass sie von ganzem Herzen wünschte, sie könnte schwimmen. Dann würde sie in den See abtauchen und wegschwimmen und sich so weit wie möglich von ihm entfernen.

Sie verdeckte ihr Verlangen mit Zorn.

„Ihr werdet mich nicht zwingen, M'sieur! Nein! Ich werde *nicht* mit Euch ins Theater gehen! Und jetzt werdet Ihr Euch hinsetzen und mich ans Ufer zurückrudern. Ich habe für heute genug von Eurer Gesellschaft!"

Jonathon starrte sie mit stummer Hartnäckigkeit an. Innerlich war er über ihre lebhafte Widerspenstigkeit nach der vergangenen Woche lustloser Versunkenheit hoch erfreut. Seit der Rückkehr aus dem Mausoleum hatte er Abstand gehalten, sich im Pavillon niedergelassen, wo er Briefe an Sarah-Jane, Tommy, seinen Agenten in London und an die Betreuer seines sterbenden Verwandten schrieb. Er vertrieb sich auch die Zeit in der Küche, wo er am Tisch saß und mit Pierre und den anderen Dienern schwätzte, die er aus ihrer Verbannung ins Torhaus zurückgeholt hatte und die jetzt ratsuchend zu ihm aufschauten. Er hatte auch mehrere der Bediensteten im Außenbereich dazu angestellt, ihm bei einem Bauprojekt in der Gruppe alter Eichen zu helfen, etwas, wovon er hoffte, dass es nicht nur Antonia, sondern auch ihre Enkel begeistern würde, wenn sie wieder zu Besuch kämen.

Michelle war die einzige, die Kontakt mit der Herzogin hatte, die mit einer Erkältung im Bett blieb und ihre Wunden pflegte, und die nach Michelles Meinung nicht länger mit ihren Gedanken allein gelassen werden sollte, da sonst die große Gefahr bestünde, dass sie in die Verzweiflung zurückfallen würde, in der sie gelebt hatte, seit der alte Herzog vor drei Jahren gestorben war.

Daher Jonathons Idee für das Mittagsmahl im Pavillon und eine angenehme Pause im Ruderboot, während der Pavillon vorbereitet wurde. Die Kopie von Sheridans Manuskript für *School for Scandal* war der Köder gewesen, von dem er wusste, dass sie ihm nicht würde widerstehen können. Dass sie überrascht und beinahe verärgert gewesen war, ihn immer noch in ihrem Haus zu finden, als sie aus ihren Zimmern auftauchte, hatte seine Gefühle mehr verletzt, als er zugeben wollte. Es bedeutete, dass sie seit ihrer gemeinsamen Nacht im Mausoleum keinen Gedanken mehr an ihn verschwendet hatte. Während er seitdem jede Nacht im unruhigen Schlaf verbracht und an nichts und niemanden außer ihr gedacht hatte.

Ihre ungeteilte Aufmerksamkeit zu haben, ungeachtet ihres Zorns und sie als gefesseltes Publikum zu haben, war eine Gelegenheit, die er nicht verschwendet durfte, selbst wenn es bedeutete, dass er seine frisch gewaschenen Kleider den Seegöttern opfern musste.

„Also seid Ihr völlig entschlossen, nicht an meinem Arm ins Theater zu gehen?", wiederholte er und starrte sie mit einem tiefen Stirnrunzeln an. „Keine Chance, dass ich Eure Meinung ändern könnte? Damit Ihr mich zur Premiere von Dick Sheridans Stück ins Theater begleitet, um den Ruf meines Freundes und Partners, des Stückeschreibers, zu festigen. Nun, *Mme la duchesse?*"

„Ihr seid unerträglich theatralisch und ich verstehe nicht, warum Ihr wegen einer solchen Kleinigkeit eine so lächerliche Drohung aussprecht!", protestierte sie und schaute böse zu ihm auf, bevor sie den Blick wieder abwandte. „Das ist absurd. Es ist dumm. Und Ihr benehmt Euch nur aus Prinzip kindisch!"

Und unerträglich arrogant! Was ich wirklich möchte, ist, dass du mich so im Arm hältst, wie du es im Mausoleum getan hast, damit ich das starke, regelmäßige Schlagen deines Herzens hören, die Härte und Kraft deiner Brust und deiner Glieder spüren und den warmen, moschusartigen, männlichen Geruch deiner gebräunten Haut riechen kann. Nur, um eine Nacht ununterbrochenen Schlaf zu finden, den ich seit zwei Wochen nicht mehr hatte! Es ist deine Schuld, und ich blieb in meinen Zimmern und hoffte, du würdest gehen, wollte aber nicht wirklich, dass du überhaupt gehst, hatte dennoch Angst, was passieren könnte, wenn du hier bei mir in meinem Haus bleibst.

Natürlich sprach sie keinen dieser Gedanken laut aus. Stattdessen starrte sie Jonathon wütend an, wütender auf sich selbst als auf diesen halbnackten gutaussehenden Mann, weil sie sich erlaubt hatte, dass er ihr unter die Haut ging.

„Ich werde mich *nicht* auf diese Weise zwingen lassen! Wegen mir ertränkt Euch doch."

„Sehr gut. Dann bleibt mir nur der Grund des Sees!"

Es geschah im Handumdrehen.

In einem Moment stand er noch vor ihr; im nächsten war sie der einzige Mensch im Ruderboot. Es gab ein lautes Klatschen im See, das Wasser wellte sich und bildete von dem Punkt aus, an dem er dicht an Steuerbord eingetaucht war, Ringe, die sich über die ruhige Oberfläche ausbreiteten. Das Boot schaukelte. Und dann war das Wasser wieder still. Es war, als wäre er nie im Boot gewesen und Antonia aus einem Traum erwacht, um sich allein wiederzufinden. Aber Richard Brinsley Sheridans *School for Scandal* war in ihrem Schoß und Jonathons Schuhe und Hemd lagen weggeworfen im Heck.

Sie sammelte die Seiten des Manuskripts ein, legte sie schnell beiseite und kletterte über die Kissen zum Rand des Bootes, um in den See zu spähen. Das Wasser lag still und unergründlich da. Wohin war er gegangen? Er konnte doch nicht einfach verschwinden! Er konnte sich nicht *ertränken*, er war ein zu guter Schwimmer. Gute Schwimmer ertranken nicht ... Es sei denn ... Was wäre, wenn er sich in seiner Dummheit den Kopf an einem Teil des Bootes gestoßen hätte, als er über die Seite fiel und dadurch bewusstlos geworden war, in den eisigen Tiefen unter dem Boot Wasser in die Lunge bekommen hatte? Was wäre, wenn er unter dem Rumpf festhing? *Töricht. Idiotisch. Unmöglicher Mann.* Sie schob ihre Röcke beiseite, kletterte hinüber zum Bug und spähte ins Wasser, in der Hoffnung, Jonathon nicht zu erblicken, wie er mit dem Gesicht nach unten ausgestreckt auf dem See triebe. Vielleicht, wenn sie sich ein Stück weiter vorbeugte, konnte sie einen Blick auf die Unterseite erhaschen, und wenn er dort festhinge ...

Ein großer Wasserschwall schoss in die Luft wie der Strahl eines voll aufgedrehten Springbrunnens, und sprühte Wasser über und in das Boot. Antonia warf ihren Kopf mit einem Keuchen zurück, ihr Gesicht und die Vorderseite ihres Oberteils und ihrer Röcke waren sofort durchnässt. Erschrocken von dem kalten Wasser, sog sie heftig Luft ein, und die Kraft des Wasserstrahls war so groß, dass das kleine Ruderboot heftig ins Schaukeln geriet. Ihre Handgelenke gaben nach und konnten den Rand des Bootes nicht mehr festhalten. Da sie die Augen vor weiteren Wasserwellen schloss, verlor sie die Orientierung, neigte sich nach vorne und fiel mit einem Platschen in den See.

Ihre Arme und Beine bewegten sich voller Panik, spritzten wild und ihre Röcke verdrehten sich und wurden schwer vom Wasser und sie fühlte sich in die trüben Tiefen hinabsinken. Sie bemühte sich verzweifelt, den Kopf über Wasser zu halten, war sich aber nicht bewusst, dass die plötzliche Fontäne, die sich aus dem See erhoben hatte und ebenso schnell wieder erstorben war, eigentlich Jonathon gewesen war. Er hatte den Atem unter Wasser angehalten, solange er es für notwendig hielt, um sie für einen Sekundenbruchteil glauben zu lassen, er hätte seine Drohung ausgeführt und wäre ertrunken. Seine List misslang elendig, als ihm klar wurde, dass Antonia das Gleichgewicht verloren hatte und ins Wasser gefallen war, und da sie nicht schwimmen konnte, jetzt in der schlimmsten Art und Weise um sich schlug, um an der Oberfläche zu bleiben – voll panischer Angst und wild zappelnd.

Er versuchte, sie zu beruhigen, aber sie hörte nicht auf ihn und als er ihr zu Hilfe kam und versuchte, sie in seine Arme zu nehmen und zu besänftigen, sah sie ihn nicht. Sie sah nur ein mögliches Mittel, um aus dem Wasser zu entkommen, daher kletterte sie auf seinen Oberkörper und versuchte, sich auf seinen Kopf zu setzen; nicht anders als eine Katze, die in einen Kübel mit Sahne gefallen war und Angst hatte, weniger an der Substanz interessiert als daran, auf Teufel komm raus wegzukommen, solange der Untergrund stabil war, und zu trockenem Land und trockener Haut führen würde.

Als er sie nicht zur Vernunft bringen konnte, hielt er ihre Arme fest und drückte sie an sich, während er ihr mit seiner tiefen, ruhigen Stimme sagte, dass sie ihn ansehen sollte; dass sie nicht ertrinken würde; dass ihr nichts zustoßen würde, wenn sie sich nur beruhigte und ihn ansähe. Er wiederholte seine Befehle wieder und wieder und bei der fünften Wiederholung, als seine Stimme in ihr Unterbewusstsein eindrang und sie sich beruhigte, sagte er ihr, er würde ihre Arme loslassen und sie würde nicht ertrinken. Schließlich sah sie ihn an und für den kurzen Moment, in dem sich ihre Blicke trafen, wusste er, dass sie ihn endlich wahrnahm. Mit völliger Erleichterung klammerte sie sich an ihn und ließ Luft in ihre Lungen strömen, während ihre Arme sich um seine Schultern schlossen und ihre Beine sich um seine Taille legten. Er hielt sie mit einem starken Arm um ihren Rücken fest, während der andere mit Hilfe seiner Beine Wasser trat, um sie beide über der Oberfläche zu halten.

In dieser Aufregung waren sie vom Boot abgetrieben und befanden sich jetzt auf halben Wege zwischen dem schilfbewachsenen Ufer und dem Boot in einer Richtung und im gleichen Abstand zum Steg in der anderen, wo Antonias zwei Whippets plötzlich aufgetaucht waren und auf den hölzernen Planken herumsprangen, um auf ihre Anwesenheit aufmerksam zu machen. Das Wasser war immer noch zu tief, als dass Jonathons Füße den Boden des Sees hätten erreichen und er hätte stehen können, trotz seiner Größe, daher glitt er, Antonia an ihn geklammert, ruhig durch das Wasser, ohne ein Wort zu sagen, weil er wollte, dass sie wieder zu Atem käme und ihre Furcht nachließe; er wusste, dass das Gefühl der Schwerelosigkeit, das sich einstellen würde, wenn sie noch ein wenig länger im Wasser schwebten, die dabei entstehende Ruhe, das schnelle Schlagen ihres Herzens besänftigen würde und dass sie in seinen Armen nicht ertrinken konnte – sie war in Sicherheit.

Schließlich fühlte er weiche Erde und Bachkiesel unter seinen Zehen und konnte stehen. Die Wassertiefe reichte knapp über seinen Nabel. Er beugte die Knie, um die Schultern wieder ins Wasser zu senken, sodass Antonia auf seinem Schoß saß, und mit beiden Armen um sie waren sie jetzt auf Augenhöhe. Sie klammerte sich immer noch fest an ihn und befürchtete, dass sie, wenn sie auch nur den kleinsten Moment losließe, in die Tiefen des Sees eintauchen und nie wieder gesehen werden würde.

Erst als er sich leicht zurückzog, lockerte sie endlich ihren schraubstockartigen Griff um seinen starken Nacken und bemerkte, dass sie nicht mehr im Wasser trieben; dass er aufgehört hatte zu schwimmen und jetzt irgendwie Fuß gefasst hatte. Sie hielt ihre Finger in seinem Nacken verschränkt, aber da sie wusste, dass seine Arme sie sicher hielten, konnte sie ruhig atmen und hatte keine Angst mehr. Seit ihrer gemeinsamen Nacht im Mausoleum, als sie tief in seinen Armen geschlafen hatte, waren sie sich nicht mehr so nahe gewesen. Seitdem hatten sie alles getan, um einen angemessenen und respektablen Abstand zu wahren, und hatten weder über diese Nacht noch über die Ereignisse, die ihr vorausgegangen waren, gesprochen.

Aber hier, im stillen, kühlen Wasser des Sees, waren sie sich so nahe, dass sie jede tiefe Falte zählen konnte, die von den Winkeln seiner weichen braunen Augen ausging, und er jede lange dunkle Wimper, die ihre leicht schrägen grünen Augen umrahmte. Sie betrachtete ihn erneut und schaute suchend in sein Gesicht in der Hoffnung, einen Makel, irgendetwas, in den rau aussehenden Zügen zu finden, um ihr einen Grund zum Wegschauen zu geben, einen Grund, nicht näher zu kommen, nicht ihren Mund auf seinen legen zu wollen.

Er lächelte sanft in ihre Augen, als würde er ihre Gedanken lesen, und sie fühlte, wie ihr Gesicht trotz der Kälte des Wassers vor Hitze rot wurde. Und als er sich die Haare aus den Augen strich, bevor er sanft eine Strähne ihres langen Haares auf ihrer Wange entfernte, zog sie sich nicht zurück, sondern lächelte ihn ebenfalls an.

Sie starrten einander an, und es kam ihr wie eine Ewigkeit vor, aber in Wirklichkeit verging überhaupt keine Zeit. Er verlangte so sehr danach, sie zu küssen, und dass sie ihn küsste. Aber er würde diesen ersten Kuss nicht beginnen. Das durfte er nicht. Sie musste das tun. Er war gelähmt durch die Möglichkeit einer Ablehnung; dass nach dem Trauma, das sie unter den Händen eines Ungeheuers von Arzt erlitten hatte und wegen des ständig über ihnen schwebenden Geist ihres Monseigneurs jede von ihm ausgehende Bewegung irgendwie falsch ausgelegt werden könnte. Er hoffte nur, dass all seine Körperteile ihr bestes Benehmen zeigen würden und war dankbar, dass er in kaltem Wasser stand.

Zum Glück war sie sich offensichtlich, im völligen Gegensatz zu ihm, nicht bewusst, dass ihre Röcke um ihre Brust herumschwebten und sie von der Taille abwärts nackt ließen, so dass sie sich, nur mit ihren weißen Strümpfen bekleidet, die eben bis über ihre Knie reichten, an seinen Schoß klammerte. Ihre nackten Oberschenkel waren weit offen, die Knöchel hinter seiner Taille verschränkt, so dass sie hart an seine Lenden gedrückt wurde. Hätte der See nicht eine Decke des Anstands darübergebreitet, hätten sie der Welt eine erotisch aufgeladene Szene geboten, die direkt aus dem Kamasutra hätte stammen können.

Er hielt es für weise, seine Gedanken und Wünsche auf das Mittagessen zu richten, und fragte sich, welche köstlichen Gerichte der hochgeschätzte Pierre erfunden haben mochte, um nicht nur seine Geschmacksknospen zu erfreuen, sondern auch seinen Hunger zu stillen. Seit er Sir Titus und dessen bullige Helfer vertrieben hatte, war Jonathon der Liebling des Haushalts geworden. Der Küchenchef war sein besonderer Verehrer und kein Gericht, keine Bitte war zu gering für Pierre, um sie zu erfüllen. Wenn M'sieur Strang zum Frühstück Brioche und seinen seltsamen heißen Milchtee mit Nelken, Zimt, Pfeffer und Anis haben wollte, den er Chai nannte, hatte niemand sich darüber aufzuregen oder Fragen zu stellen — er konnte ihn bekommen. Wenn M'sieur Strang wollte, dass Pierre ihm nur Gerichte aus Gemüse und Fisch, aber kein Rindfleisch servierte, dann würde Pierre das für M'sieur zubereiten. Jonathon hoffte, dass es ein Mittagessen mit Knoblauch, Ingwer und Pfeffer sein würde und dass es eine reichhaltige Suppe und eine von Pierres köstlichen Blätterteigpasteten geben würde …

Und dann geschah es.

Sie küsste ihn.

Der Kuss war federleicht und zögernd und dauerte nur einen Augenblick, da sein Mund von der Kälte leicht taub war und seine Reaktion daher ungeschickt; kaum überraschend angesichts der Tatsache, dass sie bis zum Hals im Seewasser standen und ihre Lippen blau wurden. Doch sie hatte ihn geküsst und er hätte nicht glücklicher sein können, wenn sie nackt auf ihn gesprungen und ihn verführt hätte. Sie hatte ihn geküsst. Ihm war schwindelig. Es war der schönste Kuss, den er seit seinem zehnten Geburtstag erlebt hatte, als er Digby Spencers Schwester Charlotte unter dem Schreibtisch seines Onkels ungeschickt auf die Lippen geküsst hatte. Er war so stolz auf sich gewesen und war eine Woche lang wie auf Wolken herumgegangen. Er hatte sich so lange nach diesem Kuss gesehnt, so viel darüber nachgedacht und so sehr erwartet, dass er für einen Moment fassungslos war, ebenso wie als Zehnjähriger, als sein Wunsch tatsächlich in Erfüllung ging.

Er zögerte nicht weiter, ihren Kuss zu erwidern, und als er sie küsste, als er mit seinem Mund über ihren strich, war er ebenso sanft und schüchtern, wie sie es gewesen war. Doch Antonia zog sich nicht zurück, wie er es getan hatte und ihre Reaktion war nicht so zurückhaltend. Das war alle Ermutigung, die er brauchte, um seinen Mund auf ihren zu pressen, die Fülle ihres Mundes zu spüren, die vollen Lippen unter dem Druck der seinen nachgeben zu fühlen, bis sie sich beide einem tiefen, sinnlichen, äußerst lustvollen Kuss hingaben, der alles war, was sie erhofft und ersehnt hatten.

Sie waren so ineinander und in diesem Augenblick versunken, dass ihre feuchte Umgebung einfach verschwand. Jonathon erhob sich aus dem Wasser und watete durch das Schilf zum Ufer, Antonia an sich gedrückt, die ihre Arme um seinen Hals gelegt hatte, während seine großen Hände auf ihrem nackten Hintern lagen und sie fest an seine Hüften gedrückt hielten; ihre nassen Röcke bauschten sich über seinen Armen und ließen Wasser zurück in den See fließen, und all das gut sichtbar vor den Augen der Welt. Und die Welt, soweit sie in dieser ruhigen, kleinen Ecke von Hampshire vorhanden war, schaute zu.

SIEBZEHN

IRGENDWO IN DEN TIEFEN SEINES GEISTES MACHTE IHN SEIN
Gehirn darauf aufmerksam, dass sie nicht allein waren; Sie wurden
beobachtet, nicht von einer Person, sondern von mehreren, und auch
Hunde waren irgendwie beteiligt. Aber sein lebenswichtiges Organ, das
die Strapazen des eiskalten Wassers und des Auftauens gut überstanden
hatte, befahl seinem Gehirn, wegzugehen. *War sein Gehirn verrückt?* Er
hielt die absolut schönste und bezauberndste Frau in seinen Armen, die
ihm je begegnet war, sie genossen einen heißen, forschenden Kuss, ihr
schönes, rundes Hinterteil füllte seine Hände und sie drückte sich an
ihn, erwärmte ihn, und sein Gehirn sagte Halt, nur, weil irgendwo weit
weg Menschen und Hunde herumliefen? Nicht um das Leben König
Georges würde er diesen Augenblick aufgeben. Menschen und Hund
mochte der Teufel holen.

Er ignorierte die Rufe vom Steg und das Bellen der Hunde.

Jonathons lebenswichtiges Organ trieb ihn an und wurde stärker
und selbstsicherer, als er sich dem Ufer näherte. Das Wissen, dass sie
nackt war und ihre Beine weit geöffnet, um ihn zu empfangen, raubte
ihm jeden Verstand. Alles, worauf es ankam, war, so schnell wie
möglich aus dem Wasser zu kommen, damit er sich auf festem Boden
auf sie legen könnte. Er hatte zu viele Nächte unerträglich steif
verbracht, in einem Pochen ohne Erleichterung, und hier war die Gelegenheit, endlich seinen geheimsten Wunsch zu erfüllen; niemand
würde ihn davon abhalten. Nicht, wenn sie dieses Nirvana ebenso
wünschte wie er, und das tat sie. Die süße Reaktion ihres Mundes unter
seinem, die Art, wie sie ihn küsste, wie ihre Zunge mit der seinen

spielte, dass sie sich fest an ihn presste, war Zeichen genug, dass die feuchte Wärme zwischen ihren Schenkeln nur auf ihn wartete, wenn er nur diesen letzten verdammten Hosenknopf aufbekommen und die Kordel seiner Unterhosen lösen konnte ...

Die Rufe wurden lauter, das Bellen drängender.

Antonias Whippets waren vom Steg herangetänzelt und liefen jetzt auf der anderen Seite eines Vorhangs aus Weidenzweigen auf und ab, hinter den ihre Herrin auf sicheren Boden gebracht worden war. Der schwarze Whippet sprang in die Weidenzweige, bellte Jonathon an, nur um sich zu verheddern und vom Ufer ins Wasser zu rutschen. Er zog sich mit einem Aufjaulen zurück, den Schwanz zwischen den Beinen, und schüttelte kaltes Wasser aus dem Fell. Sein weißbrauner Begleiter war nicht so unerschrocken und blieb auf der zum Steg gelegenen Seite des Weidenzweigvorhangs stehen, bellte aber lauter und länger und war entschlossen, die Aufmerksamkeit seiner Herrin oder besser der Zofe der Herrin, die sich mit gerafften Röcken näherte, zu erregen; einer von zwei Männern folgte ihr, aber sein Begleiter blieb am Ende des Stegs und rief ihn zurück.

Und dann überstimmten Jonathons rasendes Herz und der kühle geschäftliche Teil seines Gehirns sein lebenswichtiges Organ, obwohl dieses sich auf ein quälendes Bedürfnis berief.

So will ich mein erstes Mal mit ihr nicht erleben, predigte das Herz empört, *durchnässt an einem schlammigen Ufer in einem kurzen, billigen Akt. Sie verdient die allergrößte Sorgfalt und jede Aufmerksamkeit. Sie verdient kühle Seidenlaken und Federkissen und ein prächtiges Himmelbett. Ich möchte sie lieben, langsam und bedächtig. Ich möchte, dass sie weiß, was ich empfinde.*

Und ich möchte, dass ihr beide das Denken mir überlasst, belehrte der Geschäftssinn das lebenswichtige Organ und das Herz. *Sie ist eine Herzogin, um Himmels willen, und ihr Sohn ist Herzog und er wird sich eine Geldbörse aus deinem Sack machen, wenn er auch nur den Verdacht hat, dass du versucht hast, mit ihr zu schlafen. Ganz zu schweigen davon, was sie danach von dir halten wird! Du wirst nie eine zweite Chance bekommen und Herz, denke nicht, dass sie dir glauben wird, wenn du ihr sagst, dass du dich in sie verliebt hast! Das wird das lebenswichtige Organ für dich verderben. Jetzt reiß dich zusammen, bevor es zu spät ist, um deine Selbstachtung ebenso wie ihre wiederzuerlangen. Und vergiss nicht das Haus und ...*

Oh, sei still wegen dem verdammten Haus, Geschäftssinn!, forderten Herz und lebenswichtiges Organ müde.

Jonathon hob den Kopf aus dem Kuss, den er gerade auf Antonias Hals platziert hatte, stand halb auf und nahm seine Hand zwischen ihren Schenkeln heraus; sein Gesicht war gerötet und sein Atem ging heftig. Die Röte in seinen Wangen wurde tiefer, als ihm bewusst wurde, wie nahe er daran gewesen war, sie hier und jetzt unter den Weiden zu nehmen, und weil sie ihn ohne Verständnis und voller Verwirrung in ihren grünen Augen anstarrte. Er entwirrte rasch die nassen, schweren Lagen ihrer zusammengedrückten Röcke und zerrte sie grob über ihre nackten Schenkel und bedeckte ihre bestrumpften Beine.

Antonia blinzelte benommen und desorientiert zu ihm auf und wollte nicht, dass er aufhörte, sie zu küssen und zu streicheln; sie blieb völlig unbefriedigt zurück. Sie verstand nicht, warum er sich plötzlich und grundlos zurückgezogen hatte; warum er aufgehört hatte, sie zu streicheln, obwohl es sicher offensichtlich war, dass sie ebenso sehr wollte, dass er sie liebte, wie er sie hier und jetzt am Ufer des Sees haben wollte. Sie hatte endlich ihre Abwehr aufgegeben und ihn geküsst – was ein ausreichendes Zeichen für ihr Verlangen war – und seine Reaktion war alles gewesen, worauf sie gehofft hatte und noch mehr, und dann hatte er sie aus unerklärlichen Gründen zurückgestoßen ... Warum?

Und dann kamen ihr Hunderte möglicher Gründe in den Sinn und sie schluckte verlegen. Die Verwirrung in ihren grünen Augen schwand und wurde durch Misstrauen ersetzt. Sie rappelte sich zum Sitzen auf, richtete ihr Mieder, das empörend schief hing und bemühte sich, ihre durchnässten Röcke auszuwringen. Sie wollte ihn nicht anschauen und als sie sich aufrichtete, half er ihr hoch, wollte sie aber nicht loslassen. Sie versuchte, den Kopf wegzudrehen, doch er hielt sie mit einem Finger unter dem Kinn davon ab und legte sanft seine Stirn an ihre, mit einem leisen, verständnisvollen Lächeln und die braunen Augen voller Bedauern.

„Liebste ... es ist nicht so, dass ich nicht will ... ich will dich *so sehr*. Es ist nur ...“

„Versucht nicht, es mir zu erklären ... Ihr braucht nicht ...“

Er nahm ihr Gesicht in die Hände und unterbrach ihre Worte mit seinem Mund. Es war ein langer, ausgiebiger Kuss, und als sie nachgab, sich an ihn lehnte, eine Hand in seinem Nacken, legte er ihre andere Hand zwischen seine Beine und sagte, als er den Kopf hob, um Atem zu holen: „Du verstehst *nichts*. Ich begehre dich bis zum Wahnsinn. *Er* begehrt dich. Ich habe ihm gesagt, er solle sich benehmen, aber er hat, wenn es um dich geht, keinerlei Manieren und will nicht gehorchen.“

Antonia starrte zu ihm auf und ihre Augen weiteten sich, als sie die Länge und Breite seines steifen Glieds erforschte, das sich gegen das Gefängnis aus feinem Leinen und den Kordelzug seiner Unterwäsche drückte, die es gefangen hielt. Sie konnte nicht anders, als ihren Blick

nach unten zwischen seine Schenkel fallen zu lassen, bevor sie mit
einem Zwinkern in seine braunen Augen sah.

„Er hat Grund zur Arroganz“, antwortete sie leise, hob sich auf
Zehenspitzen, küsste seine Unterlippe und zupfte spielerisch an dem
Kordelzug. *„Il est magnifique* ... ich möchte jetzt mein Geschenk
auspacken.“

„Mon Dieu, vous me torturez“, erwiderte er heiser, sein Gehirn
wurde schwächer und sein Herz schlug schneller, sein lebenswichtiges
Organ benahm sich siegreicher als je zuvor, und doch gab es selbst in
seinem kleinen Finger noch genügend Gründe, ihre Hand aufzuhalten
und mit trockener Stimme hinzuzufügen: „Wir haben Gesellschaft ...
deine Zofe ... und andere ...“

Sofort zog Antonia sich zurück. All die Kälte, das Zittern und das
Unbehagen, das sie wegen ihres zufälligen Sturzes in den See, der sie bis
auf die Haut durchnässt hatte, hätte empfinden müssen, tropfnass von
den verwirrten, schweren Haaren bis zu den bestrumpften Zehen,
wurde ihr jetzt bewusst und sie schlang die Arme um ihre Brüste. Ihre
Knie wurden schwach und ihre Hände zitterten, nicht nur vor Kälte,
sondern auch wegen ihrer rückhaltlosen Wollust. *Lieber Gott, hatte sie
den Verstand verloren, sie, eine Herzogin und in ihrem Alter?* Sie schauderte. *Was würde Julian dazu sagen? Was würde M'sieur le Duc...* Sie riss
sich innerlich zusammen, um nicht in der Vergangenheit zu versinken,
und schaute Jonathons nackten Rücken an, als er sich abwandte, um
seine Kleidung zu ordnen. Er war so kräftig und männlich, warm und
pulsierend von Leben und küsste so gut, und die wunderbare Art und
Weise, wie seine Zunge und seine Hände instinktiv wussten, wo ...
Halt.

Sie wandte sich rechtzeitig ab, um ihre Zofe zu erwischen, und
drehte ihr auch den Rücken zu.

„Michelle! Warum stehst du da wie eine Statue, wenn ich wenigstens einen Schal brauche?“, wollte sie wissen, teilte den Vorhang von
Weidenzweigen, und ihr Zorn auf sich selbst ließ sie ungewöhnlich
schroff klingen. „Scipio! Cornelia! *Au pied!“*, befahl sie, als ihre beiden
Whippets zögernd ihre nassen Nasen durch den Weidenvorhang
steckten und dann zu ihren Fersen trotteten und nach ihrer Aufmerksamkeit verlangten.

Nach einem oberflächlichen Klaps waren sie zufrieden genug, um
durch das Gewirr herabhängender Zweige brechen und zu ihrem neu
gefundenen Freund Jonathon zu traben, der am Rande des Ufers stand
und über den See zum Steg schaute.

„Ja, *Mme la duchesse.* Sofort, Madame la duchesse“, antwortete
Michelle mit einem Knicks, die Augen blieben auf ihren Füßen ruhen,

die Wangen apfelrot; ein Zeichen, dass sie mehr gesehen hatte, als sie sollte. „Ich werde sofort gehen, um …“

„Nein. Nein. Ich brauche ein warmes Bad, also werde ich mit dir kommen“, antwortete Antonia in einem gleichmäßigen Ton. „Das Boot … es ist umgekippt.“

„Ja, *Madame la duchesse*“, erwiderte Michelle gehorsam und wagte es, über den See hinaus zu sehen, wo das Ruderboot sanft und ungestört hüpfte. Als sie zusammenschrak, reichte das, um Antonia über ihre Schulter zum See schauen zu lassen.

Jonathon war zurück ins Wasser gewatet und schwamm auf das Ruderboot zu.

„Il est complètement fou und ich bin ein *imbécile“*, murmelte sie und eilte vor ihrer Zofe her zum Haus, ohne sich umzusehen.

🐘 🐘 🐘

„SIR TITUS?“

Ein nüchtern gekleideter Gentleman in brauner Perücke, der am Rand des Stegs stand, starrte ins Wasser, wo Jonathon, den er angesprochen hatte, im Ruderboot stand und ein Seil auf die Holzbretter geworfen hatte.

„Werft das um den Poller“, befahl Jonathon. „Guter Mann.“

Der nüchtern gekleidete Gentleman blinzelte Jonathon verständnislos an und daher war es der ältere Mann, der zwei Schritt hinter ihm an seiner Seite stand, der ihm zu Hilfe kam. Er war ein gepflegter, kleiner Gentleman, der eine scharlachrote Seidenweste unter seinem schlichten, schwarzen Rock trug und ein dazu passendes scharlachrotes Band in seinem silberhaarigen Zopf. Obwohl er mehrere ledergebundene und goldgeprägte Bücher an seine Brust gedrückt hielt, eilte er nach vorn, um Jonathons Befehl auszuführen.

„Sir Titus?“, sprach der nüchtern gekleidete Herr wieder in seinem sehr ungeduldigen Tonfall. „Sir Titus Foley?“

Jonathon hielt einen Stapel Papier hoch und winkte dem Gentleman damit zu.

„Nehmt das. Bückt Euch! Bückt Euch! Ich bin groß, aber doch kein Riese, Mann!“ Als der Gentleman tat, wie ihm geheißen wurde, fügte er hinzu: „Nehmt es in beide Hände. Kann mir nicht leisten, es ins Wasser fallen zu lassen. Dick wäre sehr enttäuscht, und sie würde mir niemals vergeben. Habt ihr es in beiden Händen? Gut. Jetzt reicht es Eurem hilfreichen, bücherliebenden Freund, bevor Ihr aufsteht.“

Der nüchtern gekleidete Herr tat, was er verlangte, und gab das Manuskript an seinen bücherliebenden Freund mit dem scharlachroten

Band weiter, der mit dem Manuskript und den Büchern jonglierte, bis alle fest an seine scharlachrote Weste gedrückt wurden, ohne befürchten zu müssen, dass sie in den See oder anderswohin fallen könnten. Der nüchtern gekleidete Gentleman rappelte sich dann auf und bürstete den Schmutz von seinen Reithosen. Sein bücherliebender Begleiter grinste über so heikle Bemühungen; er hielt ihn für einen eingebildeten Pedanten.

Jonathon kletterte aus dem Ruderboot und mit der geübten Leichtigkeit eines Mannes, der an körperliche Betätigung gewöhnt war, auf den Steg. Er warf ein wachsames Auge auf die beiden Besucher, die durch seine Größe und Breite überrascht waren, was nicht offensichtlich gewesen war, als er im Boot stand, und reckten nun den Hals, um zu ihm aufzublicken, als er in seine flachen, mit einfachen, silbernen Schnallen geschmückten Schuhe schlüpfte. Er wandte sich an den alten Herrn, der Sheridans *School for Scandal* an seine Brust drückte.

„Macht es Euch etwas aus, dies noch ein wenig länger festzuhalten? Ich bin zu nass für Papier und würde es hassen, so schöne Worte zu verderben."

Der nüchtern gekleidete Pedant hüstelte hinter vorgehaltener Hand und sagte äußerst höflich: „Sir Titus, ich bin hier, um ..."

„Wer will das wissen?"

„Ich bitte um Verzeihung, Mylord?"

„Wer seid Ihr?", fragte Jonathon milde, als er sich auf dem Absatz umdrehte, was die Männer dazu zwang, ihm zu folgen. „Verzeihung. Aber ich muss aus diesen nassen Kleidern herauskommen, bevor ich mir den Tod hole und Dick Sheridan gezwungen ist, eine Trauerrede auf mich zu verfassen."

„Mr. Philip Audley und Mr. Gidley Ffolkes, Eure sehr ergebenen Diener, Sir Titus. Wir stehen im Dienst Seiner Gnaden von Roxton. Ich bin der Sekretär des Herzogs und Mr. Ffolkes ist Bibliothekar hier in Treat und Verwalter der Roxton *Bibliothèque*."

Jonathon warf einen Blick über die Schulter, sah, dass die Männer zurückgefallen waren und warteten. Gidley Ffolkes' strahlend blaue Augen kamen ihm irgendwie bekannt vor und er warf einen Blick auf die Bücher unter seinem Arm.

„Sind diese für Ihre Gnaden?"

„Ja, Mylord."

„Dann wird sie erfreut sein, Euch zu sehen, Ffolkes. Und Ihr, Audley?", fragte Jonathon, als er den Rasen zum Pavillon hinaufstieg. „Welchem Umstand verdanken wir das Vergnügen Eurer Gesellschaft an diesem ungewöhnlich warmen Apriltag?"

„Euer Bericht, Sir Titus", rief Philip Audley von einigen Schritten hinter Jonathon aus, da er nicht in der Lage war, mit ihm Schritt zu halten.

„Bericht?"

„Euer Bericht an Seine Gnaden."

Jonathon stieg, zwei Stufen auf einmal nehmend, zum Pavillon hinauf.

„Sagt mir mehr darüber, Audley."

„Als Teil der Bedingungen, unter denen Ihr von Seiner Gnaden beschäftigt wurdet, Mylord, habt ihr einen Bericht zu verfassen ..."

„Worüber?"

Philip Audley atmete tief ein und ballte seine an seinen Seiten herabhängenden Hände zu Fäusten. Er fragte sich, ob der Arzt so verrückt war wie seine Patienten. Gidley Ffolkes grinste; ihm war Jonathons offene Art sofort sympathisch gewesen. Der Sekretär des Herzogs hüstelte und räusperte sich.

„Es ist eine heikle Angelegenheit ... Eine, über die mehr zu sagen ich nicht in der Lage bin."

„Ihr seid der Sekretär des Herzogs, nicht wahr?"

„Ja, Mylord, aber das kann kaum ..."

„Ihr lest all seine Korrespondenz, entwerft Antworten, kopiert von Eurer Hand Dokumente über dies und jenes. Legt die wichtigeren Dinge unter die feine Nase Seiner Gnaden und kümmert Euch selbst um den Rest ... ist das nicht, was ein Sekretär, der seinen Lohn wert ist, für seinen Herrn tut?"

„Nun, ja, Mylord, das gehört zu meinen Pflichten für Seine Gnaden", brauste Philip Audley auf, völlig überfordert, „aber ich verstehe nicht, was ..."

„Dann wisst Ihr genau, worum es bei dieser heiklen Angelegenheit geht. Warum also geht Ihr nicht einfach her und sprecht es aus?"

Der Mund des Sekretärs bewegte sich, aber ihm fehlten die Worte. Er war von seinem Dienstgeber offene Worte gewohnt, aber das war von einem Adligen, einem Herzog, aber dieser Goliath mit den langen Gliedern war kaum mehr als ein Kräuterdoktor! Er warf dem Bibliothekar einen Blick zu und erwartete, dass der kleine Mann genauso entsetzt wäre wie er, nur um zu entdecken, dass er die Bücher nicht so sehr an die Brust drückte, sondern sie umarmte, während seine Lippen so verzogen waren, als wollten sie ein Lachen unterdrücken.

Jonathon sah das auch und deutete auf den niedrigen Tisch, auf dem er zum ersten Mal Geschirr, Besteck, Geschirr und einen Krug Bier und mehrere Becher bemerkte. Sein Magen knurrte in Erwartung von Pierres kulinarischen Wundern.

„Legt Eure Last ab, Ffolkes, und seid so freundlich, jedem von uns wenigstens einen Becher Bier einzuschenken.“

Er schaute wieder den Sekretär des Herzogs an. Es war etwas an diesem Mann, das hinterhältigen Eifer der übelsten Art ausstrahlte, und daher empfand er spontane Abneigung gegen ihn.

„Nun?“

„Da Ihr der Arzt der Herzoginwitwe seid, Mylord, ist es kaum erforderlich, dass ich den Grund, warum Ihr von Seiner Gnaden angestellt wurdet, laut ausspreche“, sagte Philip Audley hochmütig, der die Abneigung jetzt erwiderte. „Ihr kennt ihn. Ich kenne ihn.“

„Ah, jetzt wird es interessant, Audley“, sagte Jonathon mit einem trügerischen Lächeln, als er von der niedrigen Wand ein Handtuch hob, das schön in der Sonne trocknete. Er hatte es früher am Morgen, kurz vor Tagesanbruch, benutzt, um sich nach dem Rasieren und Baden im See unten bei der Gruppe alter Eichen abzutrocknen. Er wischte sich das Gesicht ab, trocknete die Haare mit dem Handtuch und sah den Sekretär mit geübter Gleichmütigkeit an. „Ihr sagt, ich wüsste es, aber warum solltet Ihr es wissen? Und was wisst Ihr tatsächlich?“

„Ich bitte um Verzeihung, Mylord, aber Ihr sagtet, dass ich als Sekretär Seiner Gnade auf Korrespondenz, Dokumente und dergleichen zurückgreifen könnte. Es ist also durchaus vernünftig, dass ich mir der *Verschlechterung* des − äh − *geistigen* Zustands der Herzoginwitwe bewusst bin, die zu diesem beklagenswertesten Zustand geführt hat“, sagte der Sekretär und lehnte mit einer Handbewegung den Bierkrug ab, den der Bibliothekar ihm angeboten hatte, obwohl seine Kehle vor Frustration trocken war. „Ich war derjenige, der das von Euch unterschriebene Dokument erstellt hat, in dem festgelegt ist, dass Ihr...“ Er hielt abrupt inne und bemerkte, dass sein Publikum nicht zuhörte, als Jonathon das Handtuch über die Balustrade warf und mit seinem Zeigefinger einen Kreis beschrieb, damit sie sich umdrehten.

Jonathon zog schnell seine nassen Strümpfe, Hosen und Unterhosen aus und rieb sich trocken. Dann wickelte er das Handtuch um seine Hüften und befestigte es, bevor er in sein Ersatzhemd schlüpfte, das von den sehr zuvorkommenden Wäscherinnen der Herzogin frisch gewaschen und zusammen mit seinem zweiten Paar Hosen, Unterhosen, Leinenhalstuch und Strümpfen, früher am Morgen von Michelle zu ihm heraufgebracht worden war. Er würde erneut den Haushalt der Herzogin belästigen müssen, um seinen spärlichen Vorrat von Kleidungsstücken waschen zu lassen, bis seine angeforderte Garderobe aus London ankam.

„Ffolkes! Was haltet Ihr davon? Ist etwas mit dem Verstand der Herzoginwitwe von Roxton nicht in Ordnung?"

Der Bibliothekar schnaubte in sein Bier und schluckte, drehte sich aber mutig zu Jonathons um und wischte sich den Mund ab.

„Nein, Mylord, keineswegs. Sie ist natürlich traurig, aber wer könnte ihr das übelnehmen?"

Der Sekretär drehte sich auch wieder zu Jonathon um und seufzte laut, warf einen Arm hoch und verzichtete auf jede vorgespielte Ehrerbietung.

„Kommt schon, Mylord! Was soll das?", klagte Philip Audley. „Ihr seid der Arzt. Ffolkes ist lediglich der Bibliothekar der Familie. Was kann er schon wissen?"

„Lediglich?" Jonathon verzog das Gesicht. „Ihr seid kein Bücherfreund, nicht wahr, Audley? Umso schlechter für Euch. Die Aufsicht über die *bibliothèque* Roxtons zu haben, ist nicht mit *lediglich* abzutun. Ich würde schätzen, dass die gesamte Anzahl der Bände aus den verschiedenen Residenzen jeder Sammlung einer Universität hier oder auf dem Kontinent Konkurrenz machen könnte. Und da *Mme la duchesse* eine unersättliche Leserin ist und nichts lieber mag, als ihre hübsche kleine Nase zwischen die Seiten eines guten Textes zu stecken, ist meine zweite Vermutung, dass Ffolkes mehr von der Herzogin sieht als Ihr, Euer edler Arbeitgeber, und mit Sicherheit ich zusammen! Entspricht das nicht der Wahrheit, Sir?"

„Ja, Mylord", stimmte der Bibliothekar mit einem Lächeln zu. „Die Bibliothek ist das Lieblingszimmer von *Mme la duchesse* in jedem ihrer Häuser." Wehmütig fügten hinzu: „*Mme la duchesse* und *M'sieur le duc*, möge Gott seiner Seele Frieden geben, verbrachten viele glückliche Stunden in der Bibliothek von Treat. Nichts war ihr lieber, als dort in ihrem Lieblingssessel zu lesen. Am Hanover Square war es genauso und natürlich auch in der Bibliothek dort ..." Die Tränen stiegen ihm in die Augen. „Der Verlust dieses Hauses ... die prächtige Bibliothek ... so ein großer Schock ..."

„Ja, das muss es gewesen sein", sympathisierte Jonathon und erkannte, dass der adrette kleine Mann ebenso von seinem eigenen tiefen Kummer sprach wie von den Gefühlen der Herzogin.

Er bot dem Bibliothekar einen Platz auf dem Sofa am niedrigen Tisch an und füllte den Becher des alten Mannes nach. Dann setzte er sich vor den niedrigen Tisch, der eigentlich für die Roxton-Kinder bestimmt war und versuchte, es sich bequem zu machen, obwohl ihm die angewinkelten Beine bis an seine Ohren reichten. Auf einem der Gedecke lag eine Nachricht, die er las, und die ihn informierte, er solle sein Mahl ohne die Herzogin einnehmen.

„Ihr dürft mir gern Gesellschaft leisten, Gentlemen. Ich kann nicht länger warten."

Er reichte dem Bibliothekar einen sauberen Teller und entfernte dann die gewölbten silbernen Hauben. Als der Sekretär hüstelte, eine lästige Angewohnheit, die in Jonathon den Wunsch erweckte, ihm einen Teller an den Kopf zu werfen, schaute er von den in Knoblauchbutter schwimmenden Pilzen auf, die er auf seinen Teller löffelte.

„Nun? Ihr habt Ffolkes' Meinung gehört. Die Herzogin ist traurig, nicht verrückt." Er blinzelte Gidley Ffolkes zu. „Und wer könnte sie dafür tadeln? Versucht Pierres Pastete mit gedünstetem Fisch, sie ist großartig", empfahl er dem Bibliothekar, der Jonathons Angebot, mit ihm zu speisen, mutig annahm. Als der Sekretär ein Geräusch von sich gab, das einem erstickten Schrei ähnelte, wandte er wieder seinen Blick von Pierres köstlichen Gerichten ab, um unverblümt zu fragen: „Was wollt Ihr noch, Audley?"

Der Sekretär starrte ihn mit offenem Mund an. Jetzt war er davon überzeugt, dass der Arzt ebenso verwirrt war wie die kranken Frauen, die er behandelte.

„*Wollen*?", wiederholte er mit dünner Stimme. „*Ich* will *gar nichts*, Sir! Der Herzog *fordert* den wöchentlichen Bericht, den ich in seinem Namen abzuholen gekommen bin!"

Jonathon schluckte einen Schluck Fischpastete und knabberte an dem Stück Blätterteigdeckel in seiner Hand. „Ein wöchentlicher Bericht?"

„Ja! Ja! Ein wöchentlicher Bericht! Der Bericht, den Ihr als Teil der Bedingungen Eurer Dienste zu erstellen verpflichtet seid."

„Ein wenig mehr Pfeffer und ein Hauch von Zitrone würden die Forelle noch besser machen. Was meint Ihr, Ffolkes?" Und bevor der Bibliothekar antworten konnte, streckte er eine Hand nach den vor ihm stehenden Spargeltörtchen aus, warf dem Sekretär, der mit starrköpfigem Gesichtsausdruck dastand, einen Blick zu und sagte mit absichtlicher Geistesabwesenheit: „Für wie lange hatte Seine Gnaden diese Anstellung zu dauern beabsichtigt?"

Der Sekretär biss sich auf die Zunge und lächelte schmallippig. Er war nahe daran, vor Wut zu rasen.

„Wenn Ihr Euch erinnert, Sir Titus, Ihr habt einen Vertrag für etwa vier Wochen Eurer Dienste unterschrieben."

„*Vier* Wochen?" Der Bissen eines köstlichen, mit Käse bedeckten Spargeltörtchens, das zur Hälfte verzehrt war, verwandelte sich in Asche auf Jonathons Zunge und er ließ das, was übrig war, auf seinen leeren Teller fallen und schluckte widerwillig. „Sie sollte *einen Monat* in der Obhut dieses Mistkäfers verbringen?" Er goss einen Schluck Bier hinunter und wischte sich mit einer Serviette den angewiderten Ausdruck vom Mund, bevor er sie beiseite warf. „Himmel! Roxton sollte sich den Kopf untersuchen lassen! Und warum ist er als pflichtbewusster Sohn nicht selbst gekommen, um nachzusehen? Ja, Audley, könnt Ihr mir das sagen?"

„Es ist wohl kaum an Euch, zu fragen ..."

Der Rest des Satzes des Sekretärs blieb ungehört, da die silberne Gabel des Bibliothekars auf seinen Porzellanteller klapperte und das silberne Messer auf die Fliesen fiel, als er versuchte, den Teller und dessen Inhalt auf seinen Knien im Gleichgewicht zu halten. Er begegnete Jonathons Blick mit einem schrägen, kleinen Lächeln, das sich auf seinem Gesicht ausbreitete, und als Jonathon augenzwinkernd zurücklächelte, fand er seinen Verdacht bestätigt. Er hätte nicht glücklicher oder erleichterter sein können bei der Entdeckung, dass dieser gutaussehende Riese von Mann nicht Sir Titus Foley war. Ihm gefiel Jonathons Offenheit und er hatte den Verdacht, dass unter dem lässigen, geistesabwesenden Verhalten eine stählerne Entschlossenheit lag, zu bekommen, was er wollte. Ihn zu beobachten, wie er sich mit dem hochmütigen Sekretär amüsierte, war höchst unterhaltsam.

„Euer erster Bericht ist jetzt überfällig", erklärte Mr. Audley in das Schweigen hinein, ohne das neue Verständnis zwischen Jonathon und dem Bibliothekar Roxtons zu bemerken. „Wenn Ihr das Dokument habt, Sir, muss ich Euch bitten, es mir auszuhändigen, damit ich Euch und Eure Patientin in Ruhe lassen kann." Und dieser Augenblick konnte nicht zu früh eintreten.

„Ich hab's!", verkündete Jonathon, beugte sich vor und wackelte mit einem langen Finger vor dem Gesicht des Bibliothekars.

„Wenn Ihr es habt, Sir, dann bitte, übergebt es mir!", verlangte der Sekretär.

„Diese strahlend blauen Augen! Ich wusste, dass ich sie schon früher gesehen habe!", fuhr Jonathon fort, stolz, endlich den Zusammenhang erkannt zu haben. „Oben an der Wand im Speisesaal am Hanover Square!"

Philip Audley trat näher an den Tisch und schaute von Jonathon, der den Bibliothekar angrinste, zu dem Bibliothekar, der von Ohr zu Ohr strahlte und nickte. Der Sekretär kratzte seine Perücke und hatte das Gefühl, er wäre der Irre, der nach Bedlam gehörte, und wartete.

„Der Bericht ist am Hanover Square? Warum solltet Ihr den Bericht an den Hanover Square senden?"

Niemand beachtete den Sekretär.

„Augen sind ein Familienerbe, das man nicht verbergen kann, auch wenn es uns gelingt, andere, geringere Eigenschaften zu verbergen", sagte Gidley Ffolkes mit einem Augenzwinkern. „Ich habe den größten Teil meines Lebens damit verbracht, mein Wissen über meine familiären Beziehungen zu leugnen, den Kopf in einem Buch versteckt, oder besser gesagt in den Büchern der Bodleiana, bis meine liebe Frau starb … Und dann bin ich auf Einladung von *Mme la duchesse* hergekommen, um die Roxton *Bibliothèque* zu verwalten… und um hier zu leben." Er nahm einen Schluck Ale und fügte mit einem Lächeln hinzu: „Wenn die Roxton-Bibliotheken nicht gewesen wären… und nicht die große Güte von *Mme la duchesse*… Hier habe ich ein zweites Zuhause gefunden."

„Also, wer sind der elegante Verwandte und seine Frau oben an der Wand des Esszimmers?"

„Mein Cousin ersten Grades, Lucian Ffolkes, Viscount Vallentine, und in den letzten vier Jahren seines Lebens Earl von Stretham Ely. Obwohl er für Familie und Freunde immer Vallentine blieb. Seine Frau war die Schwester von *M'sieur le duc*. Ihr Sohn Evelyn wäre der gegenwärtige Lord Stretham Ely, wenn sein Aufenthalt bekannt wäre, den seit fast fünf Jahren niemand mehr kennt." Der Bibliothekar schob seinen Teller beiseite und hob seine blauen Augen zu Jonathons aufmerksamem Blick. „Wir müssen davon ausgehen, dass der Junge keine Ahnung hat, dass beide Eltern innerhalb weniger Wochen und weniger als ein Jahr nach dem Tod von *M'sieur le duc* gestorben sind und *Mme la duchesse* auf tragische Weise allein gelassen haben. Sie waren ein unzertrennliches Kleeblatt: *M'sieur le duc, Mme la duchesse* und die Vallentines … Und jetzt muss ich annehmen, dass ich der letzte der Ffolkes bin und der Titel mit mir sterben wird, wenn der Junge nicht gefunden werden kann. Ich sage Junge, aber Evelyn ist nur ein paar Jahre jünger als Roxton."

„Ihr benutzt den Titel nicht."

„Nein. Ich denke nicht, dass er mir zusteht. Er gehört Evelyn. Ich bin fest davon überzeugt, dass man ihn eines Tages finden wird." Der Bibliothekar lächelte zerknirscht. „Wenn er gefunden werden will, heißt das."

All dies war dem Sekretär völlig neu und er starrte Gidley Ffolkes an, als ob dieser ein Ungeheuer mit nicht einem, sondern zwei hässlichen Köpfen wäre.

„Ihr seid der Erbe des Earls von Stretham Ely? *Ihr?* Ein *Bibliothekar? Ihr* seid ein Mitglied der – der *Familie?*" Er wirkte gekränkt. „Mylord, es ist höchst befremdlich von Euch, mich und andere denken zu lassen, dass Ihr nur ein Bibliothekar ohne gesellschaftliche Stellung wäret, obwohl Ihr tatsächlich ein Peer des Reiches seid, der sich im Interesse der unter ihm Stehenden zu erkennen geben sollte, damit wir wissen, wie wir uns angemessen zu verhalten haben.“

„Von was zum Teufel schwätzt Ihr da, Audley?“, wollte Jonathon wissen, klopfte mit dem Stumpen auf das Ende des silbernen Etuis und bot dem Bibliothekar einen an, der jedoch ablehnte. Er zündete seinen Stumpen an. „Mir ist die Farbe von Ffolkes Blut in seinen Adern völlig egal, und wenn er ein Rattenfänger wäre. Also versucht, Euch nicht daran zu stören; ich bin sicher, die Familie stört es auch nicht. Und Ffolkes wird es Euch nicht verübeln. Das hat er bisher ja auch nicht getan.“

Er sog den Rauch ein, während er sich in die Kissen zurücklehnte, eine Hand auf der Rückenlehne der gestreiften Chaiselongue, streckte seine langen Beine aus und kreuzte die Knöchel. Die Chaiselongue war ein weit bequemeres Bett als Sitzplatz zum Essen, wie er entdeckt hatte, nachdem er sechs Nächte auf diesem Möbelstück geschlafen hatte. Obwohl für ihn, der auf dem Subkontinent unzählige Male im Freien geschlafen hatte, eine gepolsterte Chaiselongue und eine Reihe von Kissen Luxus waren.

„Ich hoffe, der Kaffee kommt *jaldi*. Oder würdet Ihr Tee vorziehen, Ffolkes?“

„Kaffee wäre ausgezeichnet, vielen Dank.“

Jonathon sah zu dem Sekretär auf, der wie eine Statue dastand und sie weiterhin mit stummer Wut anstarrte. „Ihr seid noch immer hier, Audley? Hättet Ihr lieber Tee?“

„Tee? Nein! Ich hätte *nicht* lieber Tee. Was mir lieber wäre, ist Euer Bericht. Sofort, bitte.“

Jonathon setzte sich widerwillig auf, als er Schritte hörte. Auf Jonathons Zeichen hin erschienen zwei Lakaien, einer mit dem Teegeschirr, der andere, um auf Jonathons Zeichen die Reste des Mittagsmahles abzuräumen.

„Ffolkes, Ihr spielt die Gastgeberin. Audley?“, fragte er. „Solltet Ihr nicht zurückkehren, um die Federn Seiner Gnaden zu schärfen oder seine Tinte zu mischen, oder was immer Ihr tut, um Euch zu beschäftigen? Ein Stück Zucker, Ffolkes. Oh, und bevor ich es vergesse … Hier, Ihr habt die Erlaubnis, einen Blick hierauf zu werfen, bis *Mme la duchesse* bereit ist, Euch zu empfangen“, sagte er mit einer auf das Manuskript der *School for Scandal* gelegten Hand. „Ich bin sicher, dass Ihr es sehr amüsant finden werdet.“

Er hob seine Kaffeetasse und mit dem Stumpen zwischen den Lippen trank er einen gemütlichen Schluck des bittersüßen Gebräus, mit einem Lächeln für den Sekretär, der, wie er hoffte, am Rande eines

rasenden Wutanfalles stand. Es war Zeit, dem Spiel mit dem dienstbe-
flissenen kleinen Schleimer ein Ende zu machen.

„Der Bericht ist hier, Audley", sagte er und tippte mit einem Finger
auf seine Schläfe. „Jetzt lauft und macht Euch nützlich. Nein! Nein,
sagt nichts. Ihr müsst Euch nicht bedanken. Ich werde über die Brücke
kommen, um meinen Bericht persönlich abzuliefern, aber zuerst muss
ich noch eine zweite Tasse Kaffee mit meinem bibliophilen Freund
leeren."

Er wandte sich dem Bibliothekar zu, ohne dem Sekretär einen
zweiten Blick zu gönnen, der, nachdem er sich einen Moment gesammelt hatte, bevor er in eine Predigt darüber ausbrechen konnte, dass
man hier die Zeit des Sekretärs Seiner Gnaden, des Herzogs von
Roxton verschwendete, davon stapfte, die Stufen hinab, und zuletzt
gesehen wurde, wie er die Wiese in Richtung der Ställe überquerte.

„Ich hätte gerne Euren Rat bezüglich des Bücherzimmers am
Hanover Square ..."

Anschließend unterhielt er sich eine halbe Stunde lang mit dem
Bibliothekar, bevor er in die Fußstapfen des Sekretärs trat und es
Gidley Ffolkes überließ, Richard Sheridans komödiantisches Genie zu
genießen.

Antonia betrat den Pavillon und fand den ältlichen Bibliothekar
mit Sheridans Manuskript auf dem Schoß. Tränen des Gelächters liefen
über sein Gesicht, der einzige Hinweis darauf, dass Jonathon dort
gewesen war, waren einen Stapel nasser Kleidung und ein Handtuch
auf einem Haufen neben einem Reisesack.

JONATHON WURDE IN EIN SONNIGES MORGENZIMMER MIT Terrassentüren geführt, die sich zu einem von Mauern umgebenen elisabethanischen Garten hin öffneten. Französische Blumentapete mit rosa und weißen Rosen und kleinen Vögeln im Flug auf einem himmelblauen Hintergrund zierte die Wände. Passende Vorhänge waren aufgezogen, um die Aussicht zu enthüllen, die mit schwerem Quasten in Rosé und Gold und rosa-silbernen Seidenkordeln zusammengebunden waren. Kissen aus Baumwollchintz und Gobelin mit Rändern aus ähnlicher Seidenkordel lagen auf der Gruppe aus Sofas und Sesseln verstreut, die an den Wänden stand.

Auf dem Rost des weißen Marmorkamins loderte ein Feuer, darüber hing in einem schwer vergoldeten Rahmen ein Porträt der fünften Herzogin von Roxton als junges Mädchen, oder so schien es Jonathon, denn sie war viel zu jung, um auf dem Schoß ihres Seidenkleides einen kleinen Jungen in kurzen Röcken mit einem Schopf unordentlicher schwarzer Locken und einer silbernen Rassel in der Hand zu halten. Der Künstler hatte Mutter und Kind in einem Garten gemalt, vielleicht dem Garten, den er aus den offenen Fenstern sehen konnte, mit blühenden Rosen und zwei treuen Hunden zu ihren Füßen, und nahe dem Klauen- und Kugelfuß des Sessels einem kleinen Stapel Bücher, bei dem aus einem ein blaues Band als Lesezeichen hing.

„Hier hat sie immer ihre Briefe geschrieben", sagte die Herzogin auf Jonathons Schmunzeln und Kopfschütteln hin, als er sich vorbeugte, um die Rücken der Bücher zu lesen – eines war Tacitus. „Es gibt hier einen perfekten Blick auf die Rosen und sie konnte Julian spielen sehen, auf dem Teppich, oder er konnte in den ummauerten Garten hinauslaufen. Jahre später hat Henri-Antoine, Julians jüngerer Bruder, ebenfalls hier drinnen oder im Garten gespielt. Das Bild hinter Euch ist ein Familienporträt, das gemalt wurde, als Maman-Herzogin und der Herzog Henri-Antoine zu Julian brachten, der zu dieser Zeit auf der Grand Tour in Konstantinopel war."

Deborah Roxton erhob sich von ihrem französischen *escritoire-à-toilette*, das sich am sonnigsten Fenster befand, an dem sie einen Brief gelesen hatte, und trat zu Jonathon vor das große Familienporträt an der Wand gegenüber dem Kamin. Sie wartete darauf, dass er die übliche, überraschte Bemerkung machte wie alle bei ihrer Bewunderung dieser edlen Familie, über den Altersunterschied zwischen ihrem Ehemann, der in diesem Porträt ein junger Mann von noch nicht zwanzig Jahren war, und seinem Bruder, der vier Jahre alt war. Aber keine solche Bemerkung fiel.

Jonathon starrte zu der berühmten Familiengruppe auf, die vor dem Hintergrund eines Mosaiks mit osmanischen Kacheln gemalt war. Die fünfte Herzogin, die immer noch absurd jung wirkte, saß da, die zentrale Figur auf der Leinwand. Sie trug, was Jonathons Vermutung nach osmanische Kleidung war – eine knöchellange, bauschige Seidenhose, ein langärmliges Hemd aus Seersuckergaze, das bis zu ihren edelsteingeschmückten Pantoffeln mit offener Ferse reichte, und über allem ein langärmeliges, offenes Gewand aus schimmernden Goldfäden, dessen Ränder mit Hermelin besetzt waren. Auf ihrem Kopf saß ein kleiner Seidenturban, ihr blondes Haar war über eine Schulter gezogen und durfte bis zur Taille hinabfließen. Ihr jüngster Sohn Henri-Antoine zu ihrer Linken beugte sich mit ausgestreckter Hand über ihren Schoß und sah seinen älteren Bruder bewundernd an. Julian stand rechts von seiner Mutter, hatte einen samtbekleideten Ellbogen auf die hohe Rückenlehne ihres Stuhls gelegt und bot seinem kleinen Bruder einen bunten Lederball zum Spielen an. Neben ihm, im Profil, ein adretter älterer Mann mit silbernen Haaren, schlichtem Wollrock und einer Karte in der Hand, die möglicherweise die Stadt Konstantinopel zeigte. Der Herzog stand hinter seinem jüngsten Sohn, eine lange weiße Hand auf der Stuhllehne seiner Frau, was den großen Smaragdring mit quadratischem Schliff sehen ließ, während die andere lässig auf dem mit Juwelen besetzten Griff seines Schwertes lag; sein Kopf mit dem weißen Haarschopf war nach unten geneigt, der Blick fest auf die Herzogin gerichtet.

Die einzige auf dem Porträt, die in die Welt hinausblickte, war Antonia, mit einem rätselhaften Lächeln und einem Zwinkern in ihren smaragdgrünen Augen. Jonathon vermutete, dass der geheime Wunsch des Malers gewesen war, dass sie ausschließlich ihn ansähe.

„Sie war zweifellos der Mittelpunkt ihrer Welt, nicht wahr?", sagte er, ohne seinen Blick von der Leinwand zu nehmen. „Der Aufbau und die Anordnung der Familie, die der Maler wählte, macht dies sehr deutlich. Und auch wenn sie es nicht zugeben würden, sind sich ihre Söhne in der Gestalt ähnlich. Dennoch", fügte er hinzu und drehte sich zum ersten Mal, seit er den Raum betreten hatte, zu Deborah Roxton um, „hier enden möglicherweise die Parallelen. Mir scheint, dass Lord Henri-Antoine ein weit trägerer junger Mann ist, als sein Bruder es je war, oder zumindest möchte er die Welt das glauben lassen. Euer Neffe andererseits kann kaum zwei Sekunden lang still sitzen."

„Oh, also habt Ihr Harry und Jack kennengelernt?"

Die Herzogin war deutlich überrascht.

Jonathon verneigte sich. „Während der beiden Wochen, die ich in London verbrachte, hatte ich das Vergnügen ihrer Gesellschaft. Doch das habt Ihr nicht von mir gehört und Ihr wisst nicht, dass sie jetzt meine Gäste sind. Ich habe ihnen feierlich geschworen, dass ich es dem Herzog nicht erzählen würde, und das habe ich auch nicht getan." Als Deborah die Stirn runzelte, fügte er hinzu: „Besser, dass sie in einer bekannten Umgebung sind und unter einem väterlichen Auge, als dass sie die Vielzahl von Amüsements, die die Stadt zu bieten hat, von unbekannten Unterkünften aus erkunden. Und", fügte er mit einem ironischen Lächeln hinzu, „um fair zu sein, waren sie sich nicht bewusst, dass das Haus vermietet worden war, und sprangen ziemlich an die Decke, als ich mich ihnen vorstellte."

„Wenn Ihr es ertragen könnt, zwei fünfzehnjährige Jungen unter Eurem Dach zu haben, Mr. Strang, kann ich Euch nicht genug danken. Sie sind gute Jungs mit gutem Herzen, die auf den in ihrem Alter üblichen Unfug aus sind. Sie wurden in letzter Zeit ein wenig vernachlässigt …"

Die Szene, wie Henri-Antoine und Jack betrunken und zusammengesunken auf zwei hochlehnigen Stühlen im Speisesaal am Hanover Square saßen, der nach Tabak und Portwein roch, während zwei Spießgesellen mit heruntergelassenen Hosen dabei waren, die Vorzüge zweier, an dem Mahagonitisch lehnender, molliger Prostituierter zu genießen, behielt Jonathon für sich.

„Aber nicht von Euch, Euer Gnaden", sagte er mit einem verständnisvollen Lächeln und wandte sich mit fragendem Stirnrunzeln wieder dem Porträt zu. „Der Gentleman in Schwarz … Er ist auf diesem Familienporträt abgebildet, gehört aber nicht zur Familie …?"

„Oh nein, Mr. Strang. Martin Ellicott ist durchaus Teil dieser Familie. Er ist Roxtons Pate und war fast dreißig Jahre lang Kammerdiener von *M'sieur le Duc*, seinem Vater. Er war der tapfere Mensch, der meinen Mann auf seine Grand Tour begleitete. Aber Ihr seid nicht gekommen, um mit mir über Porträts zu sprechen, oder, Mr. Strang?", fügte sie hinzu und streckte zur Begrüßung die Hand aus.

„Wie nachlässig von mir, Euer Gnaden", antwortete Jonathon, beugte sich über ihre Hand und sah sie wie zum ersten Mal.

Sein Auge glitt über ihre Röcke aus grün gestreiftem Musselin, ihr üppiges, glänzendes, kastanienbraunes Haar, das einfach frisiert war, eine Masse von Locken, die über ihre Schultern fielen, wo ein leichter Wollschal hing, obwohl die Sonne durch die Fenster und auf die dicken Teppiche fiel. Sie war bemerkenswert schön und majestätisch, mit einem angeborenen Selbstbewusstsein, das gut zu ihrem hohen Rang passte. Dennoch wirkte sie in dieser typisch weiblichen Umgebung, die eher zu einem Schmetterling als zu einer Löwin gepasst hätte, ziemlich fehl am Platz.

„Nein, nicht über Porträts, aber doch über die Personen darauf." Der Klang von spielenden Kindern vor den Terrassentüren ließ ihn lächeln. „Diese Freudenschreie stammen wohl nicht von den Gärtnern?"

„Die Zwillinge sind entschlossen, so viele Schmetterlinge zu fangen, wie ihre kleinen Netze vor dem Nachmittagstee halten, und Julie findet die Bemühungen ihrer großen Brüder äußerst unterhaltsam, daher das Quietschen."

„Wie geht es unserem Piraten, Euer Gnaden?", fragte er und tadelte sich – musste sein Kopf immer voll der Gedanken an diese andere Herzogin sein?

„Völlig erholt von seinem Unfall und auf der Suche nach neuen Abenteuern, Mr. Strang", antwortete sie und bot ihm trotz der herumstehenden Sessel nicht an, sich zu setzen, sondern sagte mit einem Blick durch das Zimmer: „Ich stimme Euch zu. Diese Umgebung passt besser zur fünften Herzogin als zu mir. Eines Tages werde ich das ändern, aber vorläufig … Den Kindern gefällt es. Sollen wir im Garten spazieren gehen?", fuhr sie übergangslos fort und wandte sich ab, um an dem Schreibtisch mit der Feder im Tintenfass zu spielen, da ihrem Gast bei der bloßen Erwähnung ihrer Schwiegermutter die Röte in die Wangen gestiegen war. Sie drehte sich mit demselben rätselhaften Lächeln um, als wäre nichts Ungewöhnliches geschehen, und fügte, als sie den breitkrempigen Strohhut von dem Stuhl neben der offenen Tür zur Terrasse nahm, ihn aufsetzte und die weißen Seidenbänder zu einer lockeren Schleife unter ihrem Kinn band, hinzu: „Ich habe zwei

Stunden an diesem Schreibtisch gesessen und versucht, all meine Korrespondenz zu erledigen, weil ich den Kindern versprochen habe, sie nach draußen vor die Mauern mitzunehmen und Glockenblumen zu pflücken, die in diesem Jahr in Fülle blühen."

„So?", erkundigte Jonathon sich höflich, folgte ihr in den Sonnenschein und entlang eines Pfades, der mit Rosenbüschen gesäumt war. In einiger Entfernung sprang Louis hinter einem Springbrunnen hervor, das Netz hoch erhoben, nur, um wieder zu verschwinden. Ein Hurragebrüll ließ Jonathon vermuten, dass ein armer Schmetterling oder ein anderes fliegendes Insekt gefangen worden war. „Meine Erinnerung an blühende Glockenblumen ist bestenfalls gering."

„Es ist ungewöhnlich warmes Wetter für Ende April."

„Warm? Tatsächlich?"

„Sehr. Daher seht Ihr auch die Rosen schon blühen."

„Ja. Die Rosen sind sehr schön."

„Ich hatte vor, Maman-Herzogin ein paar Sträuße zu schicken. Weiße Rosen mag sie am liebsten."

„Das wird ihr sehr gefallen ..."

Ein kleiner Kopf mit roten Locken und einem verschmitzten Grinsen tauchte hinter einer Statue von Aphrodite und Cupido auf, das Netz in ein Schwert verwandelt, das von Gus drohend durch die Luft geschwungen wurde, während seine kleine Schwester kreischend vorbeilief, ein Kindermädchen dicht auf ihren mit Seide überzogenen Absätzen. Gus folgte dicht dahinter, sein provisorisches Schwert zum Himmel erhoben.

Deborah Roxton lächelte nachsichtig über ihre Possen und blieb an einer Wegkreuzung stehen, wo eine Mannschaft von Gärtnern die Messingdüsen eines wasserlosen Brunnens eifrig bearbeitete und eine Apollo-Statue auf einem Sockel säuberte. Sie tippten an ihre Hüte und fuhren mit ihrer Arbeit fort, sie grüßte mit einem Lächeln zurück, bevor sie weiterging, um ihnen nicht im Weg zu sein, dann wandte sie sich an Jonathon und hob die Krempe ihres Hutes, damit er ihr Gesicht deutlich sehen konnte.

„Mr. Strang, ich bin kein Mensch für müßiges Geplauder und Ihr seid nicht hier, um über das Wetter oder die Blumen zu reden. Ich glaube, auch Ihr zieht ein offenes Wort dem Herumreden vor, also schont bitte nicht meine Gefühle. Warum seid Ihr hier und nicht bei Eurer Tochter in Buckinghamshire?"

„Ha! Gut ausgedrückt. Ich hatte gehofft, Eure Gefühle zu schonen, Euer Gnaden. Ich wollte den Herzog aufsuchen und wurde stattdessen zu Eurem hübschen Schreibzimmer geleitet. Ich hatte die Absicht, mich Sarah-Jane bei Lady Strathsays kleinem Ausflug anzuschließen, aber die Umstände haben mich hier festgehalten. Nun, nicht hier, sondern in Crecy Hall."

„Ich frage mich, welche Umstände Euch möglicherweise von Eurer Tochter fernhalten könnten. Die, wie ich sagen muss, Euch alle Ehre macht. Sie ist eine selbstbewusste junge Frau mit eigenem Willen und über ihre Jahre hinaus weise."

„Euch ziemlich ähnlich, Euer Gnaden."

Deborah Roxton lachte über das Kompliment, ging weiter und bog nach links in eine breite, geschotterte Allee ein, die von Orangen- und Zitronenbäumen in kunstvollen Kübeln gesäumt war. Jonathon hielt sich neben ihr, die Hände hinter dem Rücken verschränkt.

„Ja! Das stimmt, Mr. Strang", stimmte Deborah zu „Ich würde es für eine Eigenschaft der Cavendishs halten, aber ich glaube, sie ist Euch ähnlicher als sie meiner Cousine Emily je sein könnte. Obwohl sie äußerlich ihrer Mutter Tochter ist und ich zugeben muss, dass ihr schönes Rotblond von den Cavendishs stammt. Sie könnte eine großartige Partie machen, wenn sie das wollte, aber ..." Sie legte den Kopf schräg, um ihn anzusehen. „Ich habe den Eindruck, dass das nicht Euer Ehrgeiz für sie ist ...?"

„Was ich mir für Sarah-Jane wünsche, Euer Gnaden, ist die Ehe mit einem Mann, der ihrer würdig ist. Eine Ehe für Verstand und Seele, nicht Titel und Fessel. Was nutzt es ihr, Lady Hochnäsig zu sein, wenn sie elend und unglücklich ist? Ich möchte sie nicht für immer an einen rückgratlosen Kerl gefesselt sehen, der eine Bestie ist und sie schlägt, wenn er betrunken ist oder aus irgendeinem Grund, nur, weil er es darf, der sich aber Gott der Allmächtige nennen lassen darf, weil er Vorfahren hatte, die gebuckelt und Kratzfüße gemacht haben und für ihren König auf Kreuzzüge gegangen sind. Das war die Art der Ehe, die ihre Mutter zu ertragen gezwungen war, bis ihr widerlicher Lord ihr und mir den Gefallen tat, an einem Herzanfall in den Armen einer Hure zu sterben." Als die Herzogin schwieg, zuckte er mit den Schultern und schaute verlegen drein. „Ihr habt mich um offene Worte gebeten, Euer Gnaden."

„Das ist richtig und ich bin nicht anderer Meinung als Ihr. Doch ... Sarah-Jane scheint trotz ihres gesunden Menschenverstandes nicht gegen Titel immun zu sein, insbesondere, wenn dieser Titel einem teuflisch gutaussehenden Mann gehört, Mr. Strang."

„Ihr denkt an Alisdair Fitzstuart." Jonathon starrte geradeaus, die lange, verlassene Allee entlang, wo weder Kinder, Betreuer noch Gärtner zu sehen waren, bis zu der alten Steinmauer und dem Durchgang, den er vor sieben Tagen benutzt hatte, um zum Bootsschuppen zu gelangen. Sieben Tage, die jetzt ein ganzes Leben zurückzuliegen schienen. „Ich habe es aus bester Quelle, dass er ungemein gut aussieht. Er lässt die Herzen aller Frauen höher schlagen, ob sie Witwen, verheiratet oder unverheiratet, hübsch oder nicht sind. Es scheint, der Mann ist ein wandelnder Adonis.“

Deborah hörte die Schärfe seiner Stimme und glaubte nicht, dass seine Verärgerung über Dair Fitzstuart allein auf das Interesse seiner Tochter an dem Cousin ihres Mannes zurückzuführen war. Sie war vielleicht mit ihrer Rolle als Gastgeberin beschäftigt gewesen, als sie Gäste in Treat hatte, aber sie war, wie andere auch, für Jonathons besonderer Aufmerksamkeit gegenüber ihrer Schwiegermutter nicht blind gewesen. Und da war der unvermeidliche Klatsch über seinen unerbetenen Besuch in Crecy Hall, der zu ihr heraufdrang.

Aber anders als der Herzog, der das Verhalten des ostindischen Kaufmanns gegenüber seiner Mutter als räuberisch und eigennützig ansah, war Deborah in der Lage, leidenschaftsloser zu sein, und da sie trotz ihrer praktischen Natur einen Sinn für Romantik hatte, fand sie nichts dabei, die Möglichkeit eines anderen Grundes für Jonathons übermäßige Aufmerksamkeit offen zu lassen – eine, von der sie dem Herzog nichts zu verraten gewagt hatte, aus Angst, er könnte glauben, dass ihre Schwangerschaft ihren Verstand verwirrt hätte. Als Sohn war er für alle Möglichkeiten blind, wenn es um seine Mutter ging. Obwohl die fünfte Herzogin für jeden mit zwei gesunden Augen atemberaubend schön war, war der Herzog ihr Sohn und welches Kind sah seine Mutter in einer anderen Rolle als Mutter? Jeder Gedanke, die fünfte Herzogin wäre eine attraktive Frau, und das Objekt der Lust vieler Männer wurde natürlich als abstoßend abgetan und kein zweiter Gedanke daran verschwendet.

Deborah beschloss, ihre Intuition auf die Probe zu stellen.

„Euch wäre Dair Fitzstuart als passender Ehemann für Sarah-Jane nicht recht?“, fragte sie obenhin.

„Nein.“

„Dann, verzeiht meine Einmischung, solltet Ihr nicht als besorgter Vater jetzt bei Sarah-Jane in Buckinghamshire sein, um darauf zu achten, dass sie keinen Heiratsantrag eines Mannes annimmt, an den Ihr sie nicht – wie Ihr es ausdrückt – den Rest ihres Lebens zwar mit Titel, aber unglücklich, gefesselt sehen wollt?“

Nun war die Reihe an Jonathon, auf dem Weg stehenzubleiben. Er drehte sich zur Herzogin um, die ihn mit ihrem typisch rätselhaften Lächeln ansah, und begegnete ihrem offenen Blick geradeheraus und ohne zu lächeln.

„Sarah-Jane hat Buckinghamshire gestern verlassen und ist mit Kitty und Tommy auf dem Weg nach London. Ihr Brief, der mich über ihre Reise informierte, wurde hierher weitergeleitet. Sie kennt mich anscheinend besser als ich es ihr zugetraut habe! Ich kann nur hoffen, dass die Entscheidung, die sie für ihre Zukunft getroffen hat, mit Bedacht und Überlegung getroffen wurde und dass die neunzehn Jahre, die sie mit mir verbracht hat, einen Einfluss auf ihre Entscheidungen hatten."

„Ich nehme an, es wäre zu viel von Euch erwartet, dass sie ihre Entscheidung in einem Brief mitteilen würde", stellte Deborah fest. „Sie würde es Euch, ihrem Vater, persönlich sagen wollen."

Jonathon lachte laut auf. „Ja. Sie schrieb, dass mich eine freudige Überraschung bei meiner Rückkehr an den Hanover Square erwartet. Ich muss zugeben, dass mit jeder Meile, die ich London näher komme, meine Entschlossenheit, Sarah-Janes Urteilsvermögen zu vertrauen, aufs Äußerste auf die Probe stellen wird."

Deborah biss sich nachdenklich auf die Unterlippe. „Ich bin sicher, dass sie ihre Entscheidung, wie immer sie auch aussehen mag, getroffen hat, ohne sich übermäßig von Kitty oder Tommy beeinflussen zu lassen."

„Vielen Dank für Eure Offenheit in Bezug auf Eure Cousins, Euer Gnaden", antwortete Jonathon mit einem schiefen Grinsen. „Ihr und ich wissen wohl, dass diese beiden sie an einen Schuft verheiraten würden, der doppelt so alt ist wie sie und mit einem Fuß im Grabe steht, wenn das hieße, dass sie Herzogin würde! Und als ob das nicht abstoßend genug wäre, würde die Gesellschaft über solche Umstände nicht eine schön geschwungene Augenbraue hochziehen. In der Tat würden viele sie zu ihrem Glück beglückwünschen."

„Aber wenn sie verliebt wäre … Ihr würdet sie doch nicht davon abhalten, einen solchen Mann zu heiraten, oder?"

„Nein. Nicht, wenn er sich ihr zuliebe bessern würde", antwortete Jonathon ruhig. „Das heißt nicht, dass eine solche Heirat mich glücklich machen würde; bestimmt nicht. Ich kann mir nicht vorstellen, warum ein Mann meines Alters ein Mädel direkt aus dem Schulzimmer heiraten wollen sollte. Um brutal ehrlich zu sein", fügte er hinzu, „erfüllt mich die bloße Vorstellung mit Abscheu."

„Da wir brutal offen miteinander umgehen: ich würde nicht weniger von Euch erwarten, Mr. Strang, und stimme mit Euren Gefühlen überein. Ich gebe zu, bevor ich meine Schwiegereltern kennenlernte, war ich skeptisch, dass eine Ehe mit so großem Altersunterschied ein Erfolg werden könnte. Und als ich meinen Schwiegervater kennenlernte …" Sie schauderte unwillkürlich. „Ihr müsst mir glauben, wenn ich Euch sage, dass es mir bei einem Blick von ihm eiskalt den Rücken herunterlief. Niemand, und ich meine wirklich niemand, widersprach ihm je; bis zu seinem Ende. Selbst mein Mann, der während der letzten beiden Lebensjahre *M'sieur le ducs* der Herzog in allem außer im Namen war, hatte ständig die unnötig Sorge, ob die Entscheidungen, die er im Namen seines Vaters traf, das wären, was *M'sieur le duc* sich wünschen und billigen würde." Impulsiv legte Deborah eine Hand auf seinen Ärmel. „Das bleibt zwischen mir und Euch und ist für niemand anderen bestimmt, Mr. Strang."

Er bedeckte ihre Hand kurz und machte ihr dann eine kurze Verbeugung. „Selbstverständlich, Euer Gnaden."

Sie nickte und wollte sich schon umdrehen, um den Weg zu der Tür in der Gartenmauer weiterzugehen, doch eine plötzliche Erinnerung ließ sie innehalten und unfreiwillig erschauern. „Mr. Strang, wir alle lebten im Schatten von *M'sieur le Duc*, bis er seinen letzte Atemzug tat."

„Außer ihr."

Deborah musterte ihn überrascht.

„Ja. Ja, Ihr habt recht. Außer ihr. *M'sieur le duc* war Maman-Herzogin völlig ergeben." Sie blinzelte zu Jonathon auf und riss ihre feuchten braunen Augen in plötzlicher Erkenntnis auf. „Wisst Ihr, ich glaube, Maman-Herzogin war sich dieses ominösen Schattens überhaupt nicht bewusst? Sie hatte keine Ahnung, dass er existierte."

„Warum sollte sie, wenn sie der Sonnenstrahl in seinem Leben war? - Nun, wen haben wir hier?", sagte er laut zur Begrüßung, trat an ihr vorbei und ging in die Hocke, um die Zwillinge willkommen zu heißen, die den Weg hinaufliefen, um ihn zu begrüßen. „Den furchtlosen Piraten Gus und seinen Kameraden, den seefahrenden Piraten Louis! Oh! Und ein schönes Fräulein in Not?"

Deborah war von seiner scharfsinnigen Beobachtung so erschrocken, dass ihr die Worte fehlten. Es war nicht nur das, was er gesagt hatte, es war die Art und Weise, wie er es gesagt hatte, als ob es selbstverständlich und unbestreitbar wäre. *Mein Gott*, dachte sie, drehte sich um, um ihre Kinder mit einem strahlenden Lächeln zu begrüßen, *die Situation ist viel problematischer, als ich es je gedacht hätte. Er hat sich in sie verliebt.*

DIE KLEINE SCHWESTER VERSUCHTE VERZWEIFELT, MIT DEN Zwillingen Schritt zu halten, als sie hinter ihnen her trottete, aber es misslang ihr kläglich, da sie nicht auf den Schotter fallen und ihr schönes, zitronengelbes Seidenkleid und die dazu passenden Höschen beschmutzen wollte, und weil sie erst drei Jahre alt war und ihre kleinen Beine den kräftigen Schritten eines Paares Fünfjähriger keine

Konkurrenz machen konnten. Sie wollte vor Frustration in Tränen ausbrechen, als Jonathon die Jungen, die in begeisterter Begrüßung fast über ihn kletterten, sanft absetzte, und mit zwei Schritten bei Lady Juliana war, um sie hoch in die Luft zu heben, was sie gleichermaßen erschreckend und berauschend fand. Als er sie auf seine Schultern setzte, damit sie von hoch oben auf ihre Brüder hinabschauen konnte, kicherte sie vor Entzücken und winkte ihnen triumphierend zu.

Mit Lady Juliana auf den Schultern und den Zwillingen, die ihn an den Händen hielten und unaufhörlich redeten, verließen Jonathon und die Herzogin den elisabethanischen Rosengarten durch die steinerne Tür, um ein Feld zu betreten, das mit Wildblumen bedeckt war. Eine kleine Truppe von Kindermädchen und Dienern, beladen mit verschiedenen Dingen, die für ein erfolgreiches Picknick notwendig waren, folgte ihnen. Schafe grasten auf der anderen Seite der Senke und an dem Weg, der zu dem beeindruckenden Bootshaus am Ufer des Sees führte. Und zur Linken befand sich ein Hain, wo der Boden von altem Laub und Rinde bedeckt war, worauf Glockenblumen wie eine violett–blau–grüne Decke wuchsen, die erst aufgeblüht waren, nachdem Jonathon vor einer Woche hier vorbeigekommen war.

Die Zwillinge ließen seine Hände los und rannten voraus durch die Glockenblumen, ihre Schmetterlingsnetze flogen hinter ihnen her, dorthin, wo es eine kleine Lichtung gab; hier breitete die Gruppe von Dienern Teppiche aus und stellte Körbe voll Proviant für den Nachmittagstee ab: Kuchen, Kekse, Früchte, Sirup für die Kinder, Porzellanteller und –schalen und eine silberne Teekanne mit ihrem eigenen, kunstvoll verzierten silbernen Ständer und einem Stövchen, um den Tee warmzuhalten.

Die Kindermädchen machten sich daran, die Kinder zu füttern, die nach ihrem Spiel ausgehungert waren, und die Diener bedienten Deborah und Jonathon, die auf einem umgefallenen Baumstamm, der zu einer Bank erklärt wurde, nebeneinander Tee tranken. Eine dicke, über den Baumstamm gelegte Wolldecke schützte die gestickten Röcke ihrer Gnaden und sie beobachteten, wie die Kinder glücklich Orangenkuchen und Mandelkekse mampften.

„Wie geht es meinem Rudergefährten an diesem schönen Tag, Euer Gnaden?", fragte Jonathon, der höflich an seinem Tee nippte, obwohl er die englische Art, den Tee zu servieren, nach dem gewürzten Chai des Subkontinents fade fand. „Sicher habt Ihr ihn nicht dazu gezwungen, Latein zu lernen, während seine Brüder die frische Luft und den Sonnenschein genießen?"

„Fredrick ist mit seinem Vater auf einen kurzen Besuch nach Bath zu Roxtons Paten gefahren."

„Sind sie schon lange fort?", fragte Jonathon, hoffend, dass sein Tonfall leicht genug klang.

„Ich habe sie am Morgen nach der Regatta fortgeschickt. Ich erwarte sie jeden Tag zurück."

Jonathon bemerkte den Ausdruck, den Deborah zum Formulieren ihres Satzes benutzte: *Ich habe sie fortgeschickt*, und wählte seine nächsten Worte sorgfältig. Er hatte Tommys Brief inzwischen gelesen, der gekommen war, während er in London weilte, und das hatte ihm einen lebhaften, wenn auch mit etwas überraschenden kulinarischen Metaphern verzierten Bericht über die traumatischen Ereignisse am Abend nach der Regatta gegeben. Und während Tommy auch nicht bei dem, was sich in der Bibliothek zwischen Mutter und Sohn ereignet hatte, anwesend gewesen war, konnte er Jonathon doch sagen, dass es eine hitzige Auseinandersetzung in Gegenwart der Herzogin gegeben hatte, die Frederick belauscht hatte.

Laut Tommys Aussage hatten alle den sehr öffentlichen Zusammenbruch der Herzoginwitwe in der Galerie miterlebt und dass es länger als zehn Minuten gedauert hatte, bevor jemand bemerkte, dass sie nicht nach drinnen zurückgekehrt war, sondern in die Nacht hinaus gewandert war. Mehrere Gentlemen, angeführt von Charles Fitzstuart, waren mit Kerzenleuchtern in die pechschwarze Finsternis hinausgeeilt, wo sie sie entdeckt hatten, wie sie auf den See zulief, und hatten sie aufgehalten, bevor sie sich ertränkte. Tommy hatte Worte wie *nicht überraschend, unvermeidlich* und *selbstmörderisch* verwendet, die Jonathon alle ablehnte. Antonia hatte Monseigneur versprochen, Frederick an seinem einundzwanzigsten Geburtstag den herzoglichen Smaragdring zu übergeben, und das war ein Versprechen, das sie mit jeder Faser ihres Seins einhalten würde, wie bedrückt und verwirrt ihre Stimmung auch sein mochte; davon war er überzeugt.

Es besänftigte ihn etwas zu erfahren, dass der Herzog nicht in seinem Palast gesessen hatte, während auf der anderen Seite des Sees ein verrückter Arzt seine Mutter belästigte. Trotzdem löschte das weder die Vernachlässigung des Herzogs noch sein Verhalten aus, und das wollte Jonathon ihm klarmachen, wann sie sich das nächste Mal trafen.

„Wie klug von Euch, sie wegzuschicken, Euer Gnaden", bemerkte Jonathon und stellte die gemusterte Porzellantasse auf die Untertasse. „Ein paar Tage in der Gegenwart des jeweils anderen wird es dem Herzog ermöglichen, Abstand zu gewinnen und Frederick, sich von dem zu erholen, was für einen kleinen Jungen von nicht einmal sieben Jahren ein äußerst traumatisches Erlebnis gewesen sein muss."

„Wenn Ihr wisst, was sich in der Bibliothek ereignet hat ..."

„Verzeihung, Euer Gnaden, ich weiß, dass es einen Vorfall in der

Bibliothek gab", unterbrach Jonathon und hörte ihre Missbilligung, „aber nicht, was passiert ist oder was gesagt wurde. Bekannt sind mir aber die Folgen, nicht, weil *Mme la duchesse* sie mir anvertraut hätte, sondern weil sie öffentlich bekannt sind. Ich verdanke Tommy einen Bericht über das Drama, das sich abspielte, nachdem sie die Bibliothek verlassen hatte. Das ist alles."

Eine längere Stille entstand. Hätte es Grillen gegeben, hätte Jonathon sie zirpen hören können. Und dann sprach Deborah Roxton, mit fester Stimme, doch Jonathon konnte das leichte Zittern hören und erkannte ihren inneren Kampf, ihn ins Vertrauen zu ziehen wegen eines Vorfalls, der sie eindeutig noch immer beunruhigte.

„Ich liebe meinen Mann sehr, Mr. Strang. Aber das macht mich nicht blind für seine wenigen Schwächen, zu denen seine Unfähigkeit gehört, klar zu denken und vernünftig zu handeln, wenn es sich um etwas handelt, das seine Mutter betrifft. Er hat sicher im Schatten seines Vaters gelebt, aber das tun die meisten Erstgeborenen großer und mächtiger Männer, und daher hat er das mit Gleichmut akzeptiert. Doch seine Mutter ..." Sie zuckte die Schultern. „Das ist schwer zu erklären. Vielleicht, weil sie sich im Alter so nahestehen, ein Umstand, den Ihr sicher nachvollziehen könnt. Ihr wart ein junger Vater, Mr. Strang ... Roxton steht seiner Mutter im Alter näher, als sie seinem Vater stand."

„Ich verstehe nur zu gut, Euer Gnaden. Es gibt Situationen, in denen Sarah-Jane, und jetzt als junge Frau häufiger, mit mir umgeht, als wäre ich ihr älterer Bruder und sie meine kleine Schwester, und mich daher nicht so ernst nimmt, wie sie sollte."

„Ganz genau! Ihr versteht es", antwortete Deborah mit einem leisen Seufzer und fuhr fort: „*Mme la duchesse* und Roxton haben auch ein ähnliches Temperament. Nicht, dass er das zugeben würde, denn es wird nicht als männlich angesehen, sentimental und einfühlsam zu sein, was er ist, wenn es seine Familie und die, die ihm am Herzen liegen, betrifft. Mir gefällt das. In der Tat", sagte sie abwehrend, „ich halte das für eine seiner liebenswertesten Eigenschaften!"

„Und das ist auch richtig so, Euer Gnaden", antwortete Jonathon mit einem leisen Lächeln.

„Es wäre ein Vertrauensmissbrauch, Euch die Einzelheiten einer äußerst schmerzhaften Episode in der Jugend meines Mannes anzuvertrauen, in die seine Mutter verwickelt war und die beiden Eltern großen Kummer bereitete, aber es reicht aus, dass das, was sich neulich in der Bibliothek ereignete, die unaussprechlichen Anschuldigungen , die er ihr an den Kopf warf, so waren, dass er glaubt, die Dummheit seiner Jugend auf andere Weise wiederholt zu haben. Dass Frederick

Zeuge eines solchen Vorfalls wurde ... Dass sein Vater höchst untypisch handelte ... Roxton fragt sich, ob er es ist und nicht Maman-Herzogin, der die Aufmerksamkeit eines Arztes benötigt, der sich mit gestörtem Verstand befasst."

Deborah stellte ihre leere Porzellanschale auf die Untertasse, gab sie einem herumstehenden Diener und setzte sich aufrecht hin.

„Natürlich habe ich ihm gesagt, dass er völligen Unsinn redet und dass es an seiner Überarbeitung liegt und daran, dass er sich um alles Sorgen macht, auch um dieses neue Baby, das ich trage, und mein mögliches Kindbett, obwohl das Baby erst im Herbst fällig ist, und ich vier gesunde Kinder ohne Probleme zur Welt gebracht habe."

Sie lächelte und winkte Juliana zu, als das kleine Mädchen eine Handvoll Glockenblumen hochhielt.

„Kinder sind sehr widerstandsfähig und verzeihen auffallend schnell und mein ältester Sohn wird sich erholen, weil sein Vater ihn innig liebt, so wie alle seine Kinder." Sie sah Jonathon an. „Roxton ist ein außergewöhnlich guter Vater, Mr. Strang, und ein liebevoller Ehemann. Wir werden diese quälende Episode als Familie durchstehen, daran habe ich keinen Zweifel."

Jonathon erwiderte ihr Lächeln. „Das glaube ich auch, Euer Gnaden. Der Herzog hat Glück, Euch zu haben, aber ich bin sicher, er weiß das sehr gut und sagt es Euch oft."

Er gab seine Teeschale mit der Untertasse ebenso ab und lehnte den Teller mit Kuchen, der ihm angeboten wurde, ab, während sein Blick weiter auf der Herzogin hing, die bei seinem Kompliment rot geworden war und ganz kurz den Kopf gesenkt hatte, bevor sie ihn wieder anschaute, als er ernst sagte:

„Ich weiß Euer Vertrauen zu schätzen. Nach dem, was Ihr mir gerade gesagt habt, habe ich entschieden, dass es die beste Vorgehensweise für mich ist, Euer Vertrauen mit meinem eigenen zu erwidern, statt den Herzog aufzusuchen, wenn das für Euch annehmbar ist?"

Deborah nickte und hielt kurz die Luft an. Sein schiefes, fast verlegenes Grinsen ließ ihr Herz rasen, und dennoch gelang es ihr, gelassen zu bleiben, die Hände in den Schoß zu legen und ruhig zu fragen:

„Ich nehme dann an, dass das, was Ihr mir sagen möchtet, *Mme la duchesse* betrifft?" Als er nickte, fügte sie hinzu: „Was auch immer Ihr mir sagt, Mr. Strang, wird unter uns beiden bleiben, es sei denn, dass Ihr mir etwas anderes sagt."

„Der Herzog wird es mir nicht danken, dass ich Euch das anvertraut habe, besonders in Eurem gegenwärtigen Zustand", sagte Jonathon ernst. „Doch bin ich zuversichtlich, dass Ihr aus härterem Holz geschnitzt seid, als der Herzog zugibt, und imstande sein werdet, auf

Eure eigene unbeugsame Art und Weise damit umzugehen, so wie mit der Situation, die Ihr in der Bibliothek miterlebt habt."

„Können wir spazieren gehen? Ich habe Gus und Louis versprochen, dass wir durch den Wald laufen würden ... Aber wenn es Euch lieber ist, bleiben wir hier auf diesem Baumstamm ..."

Jonathon warf einen Blick auf die Zwillinge, die von den Teppichen aufgestanden waren und durch die Glockenblumen rannten, und dann auf den unbeweglichen Diener, der mit ausdruckslosem Gesicht an dem Baumstamm rechts von der Herzogin stand; Jonathon war sich sicher, dass er die Ohren sehr weit offen hatte.

„Schickt diesen Burschen mit den Jungen in den Wald, und die anderen können nach Hause zurückkehren. Ein Kindermädchen kann Eure Tochter in einiger Entfernung beschäftigen, bis ich fertig bin."

Deborah tat, wie geheißen, denn es war ein Befehl, kein Vorschlag, und die so merkliche Veränderung in ihm ließ ihr Herz erneut rasen in Erwartung dessen, was er ihr vielleicht sagen wollte. Als er aufstand und dabei geistesabwesend eine Handvoll Wildblumen herauszog, die neben dem Baumstamm wuchsen, schaute sie ihn an und wartete und beobachtete ihn, wie er seine Gedanken sammelte, während er sich anscheinend darauf konzentrierte, die Blütenblätter der winzigen Blumen abzuzupfen. Offensichtlich fiel es ihm nicht leicht, sich ihr anzuvertrauen, oder war der springende Punkt das, was er ihr erzählen wollte?

Sie musste nicht lange rätseln, und als Jonathon sprach, als er endlich den Mut aufbrachte und die richtigen Worte fand, um die wahre Natur von Antonias Behandlung in den Händen des lüsternen, irren Arztes Sir Titus Foley zu enthüllen, tat er das in seiner unnachahmlich schlichten Art und Weise, ohne Beschönigungen oder Vermutungen. Seine tiefe, natürlich freundliche Stimme klang streng und gefühllos, was weit wirksamer war, um die Ungeheuerlichkeit der unsäglichen Behandlung, die ihrer Schwiegermutter zuteil geworden war, auszudrücken, als wenn es Deborah in einer gefühlvollen und wortreichen Weise erzählt worden wäre.

„Und die – die Wunden von – von den Fesseln ... werden sie – werden sie heilen?"

„Ja. Mit der Zeit. Aber es sind nicht die physischen Narben, die mir Sorgen machen, Euer Gnaden. Sie hat mir das Ausmaß ihres Missbrauchs nicht anvertraut, und ich werde sie nie danach fragen", fügte er leise hinzu, keineswegs überrascht, dass die Herzogin bleich geworden war und ihr Bestes tat, um ihre Gefühle in Schach zu halten. Sie konnte jedoch die Tränen nicht aufhalten, die über ihr Gesicht liefen. Jonathon reichte ihr sein sauberes Leinentaschentuch. „Ich weiß, dass sie trotz aller Gelassenheit nachts nicht schläft und sehr wenig isst. Ihre Zofe ist natürlich sehr besorgt um sie und da sie niemanden hat, dem sie sich anvertrauen kann, sagte sie es mir. Ihr könnt jedoch sicher sein, dass Foley niemals wieder als Arzt arbeiten wird, nicht einmal einen toten Hund wird er mehr behandeln. Was ich mit ihm gemacht habe, ohne seinem wertlosen Leben ein Ende zu bereiten, hat ihn für immer verkrüppelt. Er wird auch weder hier in England noch auf dem Kontinent Beistand finden. Ich habe Leute ausgeschickt, um ihn aufzuspüren, ihn zu jagen und sein Leben elend zu machen. Sollte er sich entschließen, in eine Kolonie zu fliehen, seid versichert, Euer Gnaden, wird man ihn finden und alle, die mit ihm in Kontakt kommen, werden erfahren, welche Art von Kreatur unter ihnen wandelt.“

Deborah zog den Wollschal über ihre Schultern und schlang die Arme fest um sich. Sie konnte es nicht glauben. Nicht, dass sie Jonathon für einen Lügner hielt, sie glaubte durchaus, dass er ihr die Wahrheit sagte, sie fand es einfach schwierig zu glauben, dass Antonia einer solch schrecklichen Tortur ausgesetzt worden war und dass Sir Titus Foley, ein Arzt, der unter seinen Kollegen sehr angesehen war und der begeisterte Referenzen vorweisen konnte, da er Dutzende von Frauen der guten Gesellschaft behandelt hatte, derselbe sein könnte wie das jetzt beschriebene sadistische Monster. Ihr war übel und ihr Mund war trocken, sie fröstelte und zerdrückte das feuchte Taschentuch in ihren Händen. Sie war Jonathon für die Schale süßen schwarzen Tees dankbar, die er ihr in die Hand drückte und sie zu trinken drängte. Sie starrte über den Teppich aus Glockenblumen hinaus, die sich im Nachmittagswind sanft wiegten, lauschte dem Kichern ihrer kleinen Tochter, die herumlief und mit den Armen flatterte, als wäre sie ein Schmetterling, und weiter fort waren die Rufe ihrer Söhne, die im Wald Verstecken spielten, und William, den Diener herausforderten, sie zu finden, wenn er könnte, zu hören – all dieses Leben war aufbauend und beruhigend, dass es so viel Gutes auf der Welt gab. Daran musste sie sich halten, um fest und stark zu bleiben, um ihrer Kinder und ihres Mannes willen, und für Maman-Herzogin, die Frederick *seine Mema* nannte.

Am allermeisten würde sie für immer dieser höhere Macht dankbar sein, die diesen gutaussehenden, sonnengebräunten Riesen, der besorgt auf sie herabschaute, in ihrer aller Leben geschickt hatte. Er hatte nicht nur ihren Sohn vor dem Ertrinken gerettet, sondern auch die Herzoginwitwe vor unbeschreiblichem Entsetzen. Dafür, dass er sich ihr anvertraut hatte und nicht ihrem Mann, der, wie sie sich sicher war, sich nie hätte verzeihen können, dass er seine Mutter den Händen eines

Sadisten überlassen hatte, würde sie ihm niemals genug danken können.

Jonathon nahm ihr die Teetasse ab und Deborah stand auf. Sie musste sich jetzt bewegen. Das Laufen half ihr, klar zu denken. Und als Jonathon ihr seinen angewinkelten Arm anbot, nahm sie ihn und sagte leise, als sie in den Wald gingen, während Lady Juliana schnell nach den ausgestreckten Fingern ihrer Mutter griff:

„Danke, dass Ihr Euch nicht an den Herzog gewendet habt, Mr. Strang. Natürlich müssen wir ihm einen Grund nennen, warum dieses Monster so kurzerhand entlassen wurde ..."

„Eine kurze Beschreibung von Foleys Wasserbehandlung sollte ausreichen."

Deborah schauderte. „Ja. Allerdings."

„Und darf ich vorschlagen, dass Ihr Roxton ratet, *Mme la duchesse* niemals auf diesen Vorfall anzusprechen."

„Eine ausgezeichnete Idee. Obwohl er ihr eine Entschuldigung schuldet für das, was in der Bibliothek gesagt wurde, und das habe ich ihm erklärt."

Jonathons Lippen zuckten. „Da bin ich mir sicher, Euer Gnaden."

Deborah lachte und fühlte sich besser dadurch, ihr Lächeln schwand aber rasch und sie sagte ernst: „Ich weiß, ich kann es nie wieder gut machen, aber wenn es etwas gibt, was ich tun kann ... für sie – und für Euch ..."

Diesmal musste Jonathon lachen und er schwang Lady Juliana, die jammerte, dass ihre Mutter sie hochheben sollte, wieder auf seine Schultern.

„Es gibt verschiedene Dinge, die Ihr tun könnt, Euer Gnaden. Ich habe eine ganze Liste! Und ich werde Euch um alles davon bitten, um ihretwillen."

Deborah drehte sich um und sah ihn mit leicht schräg gelegtem Kopf und einem wissenden Lächeln an.

„Ich werde Euch nicht fragen, warum, Mr. Strang. Ich glaube, dass ich es weiß. Dennoch, es Euch aussprechen zu hören, wäre für diese unverbesserliche Romantikerin seltsam beruhigend."

Jonathon grinste und errötete gegen seinen Willen, doch er schaute nicht weg und zuckte nicht zusammen, als er ihr die Antwort gab, die sie bereits kannte.

„Weil ich sie liebe."

NEUNZEHN

„MICHELLE, IST M'SIEUR STRANG VOM GROSSEN HAUS zurückgekehrt?“

Antonias Zofe blieb in der Tür zwischen dem Schlafzimmer und dem Ankleideraum stehen, wo die Herzogin vor dem Spiegel ihres Frisiertischs saß und ihr Haar bürstete, und begegnete dem festen Blick ihrer Herrin im Spiegelbild.

„Ich weiß es nicht, *Mme la duchesse*“, erwiderte sie ruhig und drehte sich hurtig um, um das Bett aufzudecken, wurde aber aufgehalten.

„Du weißt es nicht, weil es im Untergeschoss allgemein bekannt ist oder weil *du nichts weißt*. Wie ist es?“

„Ich – wir wissen es nicht, *Mme la Duchesse*. Vom großen Haus ist keine Nachricht gekommen und niemand von uns hat ihn seit heute Nachmittag gesehen.“

„Aber sein Kammerdiener muss es doch wissen, *hein*?“

„M'sieur Strang hat keinen Kammerdiener, *Mme la duchesse*.“

Antonia hielt mitten in einem Bürstenstrich inne und runzelte die Stirn.

„Was meinst du damit: *er hat keinen Kammerdiener*? Natürlich muss er einen Kammerdiener haben. Alle Gentlemen haben einen Kammerdiener.“

„Verzeihung, *Mme la duchesse*, aber M'sieur Strang nicht.“

„Du meinst, er hat seinen Kammerdiener nicht mitgebracht.“

„Nein, *Mme la duchesse*. Er hat keinen Kammerdiener. Er hatte einen, als er in Indien lebte, aber nicht hier, seit er nach England zurückgekehrt ist.“

„Aber er hat den Subkontinent vor fast zwei Jahren verlassen und du erzählst mir, er hätte seitdem keinen Kammerdiener? *Incroyable.*" Sie wirbelte auf ihrem Frisierhocker herum, um ihre Zofe anzuschauen. „Wer bedient ihn dann?"

„Er kümmert sich um sich selbst", stellte Michelle fest und erklärte es näher, als Antonia ihre Augenbrauen in Erwartung weiterer Ausführungen hochzog. „Als er im großen Haus wohnte, hatte er, M'sieur Strang, keinen Kammerdiener, der ihn bediente, und er wollte auch keinen haben. Das hat mir Oliver gesagt. Er hat es von Lawrence Duvalier, dem Diener oben im großen Haus. Lawrence hat die Aufgabe, Gentlemen zu bedienen, die ihre eigenen Kammerdiener aus dem ein oder anderen Grund nicht mitbringen, wenn sie für die Wochenendgesellschaften von *M'sieur le duc* und *Mme la duchesse* zu Besuch kommen."

„Kümmert sich um sich selbst?", wiederholte Antonia deutlich erstaunt. „Will keinen Diener haben? Was für einen lächerlichen Grund mag er dafür haben, frage ich mich? Ich habe seinen Reisesack im Pavillon gesehen und mich gefragt ..." Plötzlich fiel ihr etwas ein. „Welches Schlafzimmer wurde ihm zugewiesen?"

„Schlafzimmer, *Mme la duchesse*?"

Antonia warf die Haarbürste in das Durcheinander auf ihrem Frisiertisch und stand seufzend auf. „Michelle, tust du so, als wärst du dumm oder bist du übermüdet, weil du nicht auf mich hörst, wenn ich dir sage, du sollst ins Bett gehen, sondern mir stattdessen Gesellschaft leistest, wo ich sowieso nicht schlafen kann! Heute Nacht wirst du unter der Decke bleiben und mir nicht dumme heiße Getränke bereiten, die mir nicht im Geringsten beim Einschlafen helfen."

„Ja, *Mme la duchesse*", antwortete Michelle gehorsam, doch beide wussten, dass sie nicht tun würde, was ihr gesagt wurde und aufstehen würde, sobald sie hörte, dass ihre Herrin auf und ab ging. Sie half Antonia, einen sanftgelben, seidenen Morgenrock über das dünne Baumwollnachthemd zu ziehen, stellte passende Pantoffeln vor sie, knickste und sagte dann mit einem halben Lächeln: „Wenn das alles ist, *Mme la duchesse*, werde ich noch das Bett aufdecken und mich um das Feuer im Schlafgemach kümmern, in der Hoffnung, dass wir heute Nacht beide durchschlafen können."

„*Merci*, Michelle."

Michelle blieb erneut in der Tür stehen, und Antonia, die ein Buch von dem kleinen Stapel aufgehoben hatte, den Gidley Ffolkes ihr gebracht hatte, und sich, wie es ihre Gewohnheit war, im Ohrensessel in der Wärme des Kamins zusammenrollen wollte, um zu lesen, wartete darauf, dass sie sprach.

„Als Antwort auf Eure Frage, *Mme la duchesse*, M'sieur Strang ist in keinem der Schlafzimmer."

„In diesem Haus gibt es fünfzehn Schlafzimmer, die für mich völlig unnütz sind, und du erzählst mir, dass M'sieur Strang keines davon benutzt?" Zum zweiten Mal innerhalb von ebenso vielen Minuten war Antonia erstaunt. Sie begann sich zu fragen, ob sie eine Szene aus einer von Sheridans Komödien spielte. „Er hat keinen Kammerdiener und schläft nicht in einem Schlafzimmer. Was macht er denn? Wie ein Eingeborener unter dem Sternenhimmel schlafen?"

„Ja, *Mme la duchesse*, genau das hat er während der letzten sechs Nächte getan."

„ICH KANN NICHT GLAUBEN, DASS ER IN MEINEM PAVILLON schläft und dass Ihr das zugelassen habt!", flüsterte Antonia laut und folgte ihrem Butler, der einem Diener folgte, der eine Laterne hochhielt, um den gewundenen Steinweg zu beleuchten, der nach unten zum Pavillon führte. Dicht hinter Antonia folgte Michelle und hinter Michelle ein weiterer Diener mit einer zweiten Laterne.

„*Mme la duchesse*, bei allem Respekt, M'sieur Strang wurde ein Schlafgemach angeboten, aber er wollte nichts davon hören, im Haus zu schlafen", antwortete der Butler in ähnlich lautem Flüsterton.

„Ich verstehe überhaupt nicht, was er dagegen hat, in meinem Haus zu schlafen."

„Er sagte, dass es nicht passend und anständig für ihn wäre, dies zu tun", erklärte Michelle mit leiser Stimme.

„*Psst*, du wirst ihn aufwecken!", zischte der Diener in Michelles Rücken.

„Das ist eine lächerliche Idee", flüsterte Antonia bei Michelles Erklärung abweisend. „Es ist nicht passend und anständig, dass ich einen Gast habe, der unbequem im Kalten schläft! Er ist einfach nur aus Prinzip starrköpfig, aus einem Grund, den nur er kennt."

Alle stimmten ihr schweigend wegen seiner Sturheit zu, waren sich jedoch recht sicher, dass sie seine Gründe kannten, auch wenn ihre Herrin sich dessen nicht bewusst war.

Die kleine Gruppe ging schweigend vorsichtigen Schritts den gewundenen Pfad weiter entlang, als würde sie sich an ein wildes Tier anschleichen, das, nachdem es der Falle des Wildhüters entkommen war, friedlich in seinem Versteck schlief, ohne zu wissen, dass es noch verfolgt wurde und angegriffen werden sollte, um es nicht aufzuwecken. Ihr Vorwärtskommen wurde von einem Vollmond begünstigt, der hell über die Oberfläche des stillen Sees schien, das Wasser silbrig färbte und Silhouetten von Bäumen, Stegen und Inseln sich vor einem glasgrauen Nachthimmel abzeichnen ließ, während Mondstrahlen die Stufen beleuchteten, die in den Pavillon führten und durch die Lücken zwischen den Säulen einen Flickenteppich aus Licht durch das abgedunkelte Innere flackern ließen.

Als Antonia eine Handvoll ihres fließenden Morgenmantels und des Nachthemds raffte, um die Stufen zu erklimmen, hielt der Butler sie auf und sagte leicht unbehaglich:

„Vielleicht wäre es das Beste, wenn ich vorangehe, *Mme la duchesse?*"

Eine scharfe Zurückweisung der Ängstlichkeit ihres Butlers lag schon auf Antonias Zunge, doch sie schaute in die besorgten Gesichter ihrer versammelten Gruppe von ergebenen Dienern in dem gelben Licht der beiden Laternen und lächelte freundlich.

„Ich glaube nicht, dass es M'sieur Strang gefallen wird, mitten in der Nacht von einer Delegation geweckt zu werden. Und da ihr alle es nicht geschafft habt, ihn davon zu überzeugen, drinnen zu schlafen, ist es nun an mir, ihm zu befehlen, das zu tun. Und das geht ohne Publikum am besten." Sie streckte ihre Hand nach einer der Laternen aus. „Ihr dürft ins Haus zurückgehen und in eure Betten. Unser Gast kann mich ins Haus zurückgeleiten."

„*Mme la duchesse*, ich werde bei Euch bleiben", stellte Michelle, den Fuß auf der untersten Stufe, fest. „Ihr solltet nicht allein bleiben mit …"

„In Anbetracht der Ereignisse der letzten vierzehn Tage ist es zu spät, als dass sich einer von uns wegen des Anstands noch Sorgen machen könnte", unterbrach Antonia leise. „*Bonne nuit.*"

„*Bonne nuit, Mme la duchesse*", murmelten alle vier Bediensteten mit gesenkten Augen, erhitzten Gesichtern und froh über die nächtliche Dunkelheit; Michelle knickste und die Männer verbeugten sich dabei.

Es war das erste Mal, dass die Herzogin ihre Qualen unter den Händen des sadistischen Arztes erwähnte, und es machte ihnen die Tatsache, dass sie ihr nicht zu Hilfe gekommen waren, zutiefst bewusst; umso beschämender, da *Mme la duchesse* sie alle deshalb nicht einmal getadelt hatte. Ohne weiteren Kommentar gingen sie, wenn auch langsam und bedächtig, und machten bei der ersten Biegung des Weges eine Pause, wobei sie ihre Ohren spitzten, um ungewöhnliche Geräusche in der stillen Nachtluft zu hören, wie etwa die protestierenden Laute eines erwachenden Riesen. Da die Bediensteten nur den Schrei einer Eule hörten, kehrten sie widerstrebend zum Haus und ihren jeweiligen Betten zurück. Sie brauchten viele Stunden, um einzuschlafen.

JONATHON TRÄUMTE. ER WAR WIEDER AUF DEM SUBKONTINENT. Doch irgendwo in den Tiefen seines Unterbewusstseins wusste er, dass er träumte und dass er definitiv nicht in Indien war. Indien war heiß und trocken; England war kalt und feucht. Kurz bevor er auf der Chaiselongue im Pavillon unter der Bettdecke, die Michelle ihm zur Bedeckung seiner Nacktheit gegeben hatte, eingeschlafen war, hatte es leicht geregnet, aber es gab nicht genug Wolken, um die Helligkeit eines Vollmonds zu verbergen. Er war definitiv in England. Doch irgendwie war er über weite Ozeane zum Subkontinent transportiert worden, in den Staub und in die Hitze des Sommers, wenn die Temperaturen unerträglich wurden und dann Erleichterung eintrat, sobald sich der Himmel öffnete und der Monsun strömende Regenfälle auslöste, die Flüsse zum Überlaufen brachten.

Es war eine schwüle Nacht nach einem besonders starken Regen und zu heiß, um drinnen zu schlafen. Er befand sich auf der weiten Veranda eines Innenhofs seines palastartigen Hauses aus weißem Marmor in Hyderabad, lag breit ausgestreckt auf dem Ruhebett mit seinen bunten Seidenlaken und dem Haufen weicher Kissen hinter durchsichtigen Seidengazevorhängen, die sich sanft in der Brise bewegten, während die feuchte Luft vom Duft des Jasmins erfüllt war.

Er war an diesem Tag gerade von einem längeren Aufenthalt in den nördlichen Provinzen zurückgekehrt, und während er seine Tagesstunden wieder mit Sarah-Jane verbrachte, gehörten seine Nächte unangefochten seiner geliebten *bibi* Asmita, die in einem Haus auf dem abgeschlossenen Gelände seines Anwesens lebte, wie es für alle Frauen eines Haushalts üblich war. Doch sie teilte sein Bett aus freiem Willen.

Aber auf dem Ruhebett neben ihm war nicht Asmita, sondern eine englische Herzogin, Französin bis in die letzte Haarspitze, schön und betörend und bald würde sie die seine sein, daher wusste er, dass er nicht in Hyderabad war. Es war mit Sicherheit ein Traum, aber was für ein berauschender Traum. Er wollte nicht aufwachen.

Sie liebte ihn. Langsam. Bedächtig. Ihr warmer Atem auf seinem Nacken ließ einen Hauch von Begierde durch seine schweren Gliedmaßen strömen, und als ihre Lippen über die harten Stoppeln seines starken Kiefers streiften, eine Hand dort, wo das Herz stark gegen seine Rippen schlug, drehte er seinen Kopf und wollte den Geschmack ihres Mundes kosten. Doch ihre Küsse wanderten weiter seinen Hals hinab, leichte, federartige, kaum zu spürende Berührungen, bis ihr Mund sich fest auf sein Schlüsselbein presste und sie ihre Wange an seine Brust legte, um das Pochen seines Herzens zu hören.

Die Finger streichelten leicht die angespannten Armmuskeln und streiften über die gebräunte Haut, als ob sie ein zartes Gewebe glatt streichen würden, bevor sie dazu übergingen, über die harten Muskeln seiner Bauchdecke zu gleiten; ein Finger wagte es, die dunkle Haarlinie vom Nabel bis zur Leiste nach unten nachzuzeichnen. Sein Atem stockte in Erwartung dessen, wohin ihre Erkundung führen würde, aber die Liebkosung wagte sich nicht dorthin, wohin er es wünschte, und er atmete wieder flach, als die Zärtlichkeiten sich entlang der festen Linie seines Gesäßes fortsetzten und dann schließlich über die Muskeln seiner Oberschenkel hinunterliefen, sich nach innen wandten, um seinen inneren Oberschenkel zu streicheln, leicht, langsam, beinahe zögernd, aber unaufhaltsam nach oben, um ihn zuerst zu fassen und dann zu erforschen, zu bewegen und zu streicheln, bis er fast den Verstand verlor.

Er stützte sich in den Kissen auf einen Ellenbogen, desorientiert und halb wach, während Hitze durch jede seiner Adern schoss, um sich zwischen seinen Oberschenkeln zu entzünden. Und als ihr Mund endlich seinen fand, als sie ihm erlaubte, sie zu küssen, wie er sie im eisigen Wasser des Sees geküsst hatte, fiel er zwischen die Kissen zurück, die Finger gespreizt in ihren hüftlangen Haaren und mit einer großen Hand ihre schwere Brust durch das dünne Nachtgewand umfassend, als sie sich auf ihn setzte.

Etwas früher hatte Antonia auf der obersten Stufe der breiten Treppe zum Pavillon in einem Kreis aus gelbem Licht gestanden, die Laterne hoch erhoben, und in die Dunkelheit dahinter geblinzelt. Zuerst sah sie Jonathon nicht. Es war der Trick des vollen Mondes, der das Licht zwischen den Säulen hereinströmen und sich über das Innere ergießen ließ. Die Chaiselongue stand im direkten Weg des hellen Mondlichts und es waren seine Strahlen, die seine bronzene Haut in einen unheimlich silbernen Schimmer tauchten, sodass er aussah wie aus poliertem Marmor. Und so wirkte es, als schliefe Laokoon ohne seine Söhne auf ihrer Chaiselongue.

Sie hatte die monumentale griechische Skulptur von Laokoon und seinen Söhnen im Belvedere-Garten des Vatikans bewundert und sich so für die Geschichte von Poseidons trojanischem Priester begeistert, der mit seinen beiden Söhnen für den Versuch von Laokoon, die List mit dem Trojanischen Pferd zu entlarven, von riesigen Schlangen zu

Tode gebracht wurde, dass Monseigneur für den Ziergarten ihres Pariser *hôtel* eine Nachbildung in Auftrag gegeben hatte. Sie gestand dem Herzog, dass es nicht so sehr das Elend war, das in Laokoons Gesicht ausgedrückt stand, was sie ergriffen hatte, sondern das Geschick, mit dem der Künstler den männlichen Körper in all seiner dynamischen Muskulatur geformt hatte.

Obwohl die Statue in einem äußerst wichtigen Punkt eine traurige Enttäuschung war. Scherzhaft riet sie, dass Monseigneur bei der Beauftragung des Replikats sein eigenes Glied als Vorbild im Ersatz für Laokoons dürftiges Exemplar anbieten sollte. Schließlich, murmelte sie, während sie ihn streichelte, bedurfte ein so prachtvoller Körperbau auch eines entsprechend eindrucksvollen Organs. Zur Antwort hatte der Herzog ihre Hand ergriffen und lachend gesagt, während er sie in ihr Bett trug, dass es eher gut war, dass Skulpturen nicht vorbildlich wären, oder er könnte sich sonst ertappen, wie er eifersüchtig auf kalten Marmor würde.

Und hier in ihrem Pavillon war ein Laokoon, der in jeder Hinsicht mithalten konnte. Er mochte nicht den Vollbart des trojanischen Priesters haben oder mit einer Schlange ringen, aber er besaß Laokoons wilde Haarmähne und seinen muskulösen Körperbau. Die Bettdecke, die irgendwann in der Nacht seinen ganzen Körper bedeckt haben musste, verbarg jetzt kaum seine Blöße, das Tuch wand sich zwischen seinen Schenkeln bis über eine muskulöse Schulter hinauf, ähnlich wie die riesige Schlange, mit der Laokoon rang. Sein Gesicht war zu seinem Arm gedreht, zu der mit gestreifter Seide bezogenen Rückenlehne der Chaiselongue, ein Bein leicht angezogen und sein muskulöser Oberkörper leicht angewinkelt, so dass ein kleines, festes und sehr weißes Gesäß sichtbar war. Und dieser Strich, den sie so verlockend gefunden hatte, der die gebräunte Haut von der weißen, die nie die Sonne gesehen hatte, trennte, und die Tätowierung an seiner Hüfte, die einen Kreis aus drei Elefanten zeigte, die jeweils den Rüssel mit dem Schwanz des vorderen verschränkt hatten.

Antonia lächelte. Die unbeholfene Lage seines Körpers war ein deutlicher Hinweis darauf, dass ihre Chaiselongue ein sehr unbequemer Ersatz für ein richtiges Bett war, wenn ein breitschultriger Mann mit einer Größe von sechs Fuß und vier Zoll darauf lag. Und als sie die Laterne abstellte, wurde ihr Lächeln besorgt und sie fragte sich zum x-ten Mal, warum er hier draußen schlafen wollte, in der Kälte und so unbequem, wo sie doch ein Haus voller leerer Schlafzimmer hatte.

Sie fand einen kleinen Platz in seinem nackten Rücken, um sich auf die Chaiselongue zu setzen und eine Hand auf seine Schulter zu legen, mit der Absicht, ihn ein wenig zu schütteln, um ihn so sanft wie

möglich zu wecken. Aber die überraschende Wärme seiner Haut unter
ihrer Hand ließ sie innehalten. Und während dieses kurzen Zögerns, als
wäre es eine Antwort auf ihre Berührung, ließ er seine Schulter sinken
und drehte sich leicht zu ihr um, so dass sie auf sein Gesicht hinab-
sehen konnte. Was sie überraschte – und das war etwas, was sie bis jetzt
nicht bedacht oder bemerkt hatte – war, dass sein Gesicht im Ruhezu-
stand bezaubernd schön war.

Ehrlich wie immer gab sie bei sich selbst gegenüber zu, dass sie
seine Männlichkeit bemerkt hatte, doch war es sein ständiges, verwegenes Lächeln und der Mutwille, oder war es der Trotz, der in seinen
braunen Augen funkelte, die der Tatsache, wie schön er wirklich war,
zur Maske dienten und sie nicht wenig an ihren geliebten Freund und
Schwager Vallentine erinnerten? Dass es ihm äußerst gleichgültig war,
was andere von ihm dachten und er seinen eigenen Weg ging, waren
Eigenschaften, bei denen sie nicht lange nachdenken musste, um
herauszufinden, an wen sie sie erinnerten.

Diese kleine Bewegung, mit der er seine Schulter senkte und seinen
Kopf wandte, hatte die Macht, sie nach unten zu ziehen, so dich, dass
sie ihn riechen konnte: salzig, würzig und durch und durch männlich.
Der Gedanke, ihn mit einem Schütteln zu wecken, verschwand, als sie
sich vorbeugte, um leicht das stoppelige Kinn zu küssen und selbst zu
entdecken, ob es möglich war, eine lebende griechische Statue zu
erwecken.

„NEIN. NICHT – NICHT *HIER. NEIN.*“
   Sie ignorierte ihn.
   Sein träger Befehl war fest, wenn auch gedämpft, als er zögernd
seinen Mund von ihrem löste. Er wollte sie so gerne weiter küssen, die
feuchte Süße und die schmerzliche Erregung genießen, die in dem lag,
was ihr Mund ihm bieten konnte, was seine Zunge sich zwischen ihren
Schenkeln zu entdecken sehnte. Seine Wünsche rasten weiter zu
Gedanken darüber, wie sie sich auf *Auparishtaka* einlassen könnten,
und er stöhnte laut über die Frustration, die sein pulsierendes vitales
Organ empfand, als er ihre Hand fortschob. Aber er war entschlossen.
Dies war nicht der richtige Ort. Er hatte entschieden, was er wollte und
wie er es bekommen wollte. Die kurzfristige Enttäuschung über die
Abweisung war ein geringer Preis, den er zahlen musste, wenn das
bedeutete, dass sie die Zukunft mit ihm teilen würde.
   Und so rappelte er sich zwischen den Kissen auf der Chaiselongue
auf, jetzt völlig wach, zog die Decke zwischen seinen Beinen hoch, um
seine Erregung zu verbergen und fuhr sich mit gespreizten Fingern

durch die zerzausten Haar, sammelte seine Gedanken und formulierte eine Erklärung, die sie würde verstehen können. Antonia saß neben ihm auf dem Sofa, schmerzlich schön in einem empörend verrutschen und über ihre Schulter gleitenden Nachthemd, während honigblonde Locken ihr in einer ungeordneten Masse über ihre Schultern fielen, und sie sah völlig untröstlich und unbefriedigt aus, wozu sie jedes Recht hatte.

„Ich verstehe überhaupt nicht, warum Ihr *nein* sagt und *nicht hier*, wenn *er* mich so gerne lieben möchte. Möchtet Ihr nicht mit mir schlafen?", fragte sie erstaunt.

„Mehr als ich es für menschenmöglich gehalten hätte, irgendetwas in diesem Leben zu wollen."

„Dann solltet Ihr mir bitte erklären, wo das Problem liegt", fuhr sie sachlich fort, „denn ich verstehe es überhaupt nicht!"

Jonathon lachte über ihre trotzige Verständnislosigkeit.

„Das kann ich gut verstehen", stimmte er lächelnd zu. „Wenn es ein Problem gibt, dann, ihn dazu zu bringen, sich zu benehmen. Ein bloßer Gedanke an Euch und er glaubt, er hätte hier das Sagen, aber das stimmt nicht. Ich habe die Kontrolle."

Antonia runzelte die Stirn, während sie unbewusst ihr Nachthemd und ihren Morgenmantel über ihre nackte Schulter hochzog.

„Benehmen? Was ist mit diesem *benehmen* und der *Kontrolle*, über die Ihr sprecht?" Sie hatte einen plötzlichen Einfall und ihre Augen wurden riesengroß und sie starrte ihn ungläubig an. „*Mon dieu*, bitte sagt mir, dass Ihr nicht einer dieser jungen Männer sind, wie Seine Majestät und mein Sohn, der bei allem, was das Schlafzimmer angeht, prüde ist, und die nur etwas tun können, wenn die Tür verschlossen ist und die Vorhänge um das Bett zugezogen sind?" Sie machte eine ausgreifende Geste mit einer Hand. „Und doch sind es solche Männer, die sich wie Kaninchen vermehren! Es ist unbegreiflich."

Er fiel lachend in die Kissen zurück.

„Das ist überhaupt nicht komisch! Es muss fürchterlich hemmend sein", antwortete sie empört, aber dann erkannte auch sie die Absurdität und versuchte mühsam, einen Kicheranfall zu unterdrücken. „Was, wenn – wenn man in Stimmung ist und das – das Schlafzimmer weit fort? Sich so zu beherrschen ... das muss doch schlecht für die Gesundheit sein, oder?"

„Ja, aber nicht für die Fortpflanzungsfähigkeit. *Il vaut mieux baiser comme des lapins que se multiplier comme eux.*" Er beugte sich vor und schaute ihr in die Augen, alle Belustigung war verschwunden, und er streckte eine Hand aus. „Ich will Euch gerne hier lieben, auf dieser Chaiselongue, oder dort draußen im Mondlicht, wo alle Sterne uns sehen können, und das werden wir auch, aber ... nicht beim ersten Mal.“

Antonia rutschte auf der Chaiselongue neugierig näher und unter die Decke, um dann die Hand zu ergreifen, die er ihr hinhielt. „Beim ersten Mal?“

Er zog sie sanft an sich, um ihr Handgelenk zu küssen und dann ihren Handrücken, die Lippen auf die rote Narbe der Fesseln des teuflischen Arztes gedrückt, die sie an dem Stuhl im Eishaus festgebunden hatten. Er schaute in ihre Augen.

„Erinnert Ihr Euch an das erste Mal, als Ihr geliebt habt?“

Aus einem unerfindlichen Grund spürte Antonia, wie ihr Gesicht heiß wurde. Wie hätte sie das vergessen können? Sie wunderte sich noch über das naive Selbstvertrauen ihrer Jugend. Sie war es gewesen, die Monseigneur herausgefordert hatte. Sie war in sein Schlafgemach eingedrungen und hatte ihn nackt vorgefunden, gerade seinem Bad entstiegen. Am Tag zuvor war ihr achtzehnter Geburtstag gewesen.

„Natürlich. Jeder erinnert sich an sein erstes Mal“, hörte sie sich tonlos sagen.

Er lächelte und sagte sanft, wobei er ihre Hand drückte, als er sich gegen die Kissen lehnte: „Und daher möchte ich, dass Ihr Euch an unser erstes Mal erinnert.“

Antonia blinzelte und kehrte zurück in die Gegenwart.

„Aber es ist nicht unser erstes Mal, also ...“

„Mit Euch; und für Euch mit mir. Es wird *unser* erstes Mal sein.“

Sie begegnete seinem Blick. Seine Aufrichtigkeit bereitete ihr Unbehagen. Was als unkomplizierter Versuch, gegenseitige Lust zu befriedigen, begonnen hatte, entwickelte sich zu etwas völlig anderem. Das war so unerwartet, dass sie sich nicht sicher war, wie es weitergehen sollte, oder ob sie imstande wäre, das Ihre dazu zu tun. Daher spielte sie es herunter und sagte achselzuckend:

„Warum sollte das eine Rolle spielen? Vielleicht, weil Ihr zum ersten Mal mit einer Herzogin schlaft? Antonia Roxton war noch nie mit einem anderen Mann als ihrem Ehemann zusammen, und jetzt werdet Ihr dieses Privileg haben.“ Sie zog ihre Hand zurück und ließ ihre Finger durch ihr Haar gleiten, zog die Masse über eine Schulter und zupfte an den langen Locken. „Mit der Herzogin von Roxton ins Bett zu gehen ist nichts Geringes und ein ziemlicher Coup, wie man mir erzählt. Ich habe eine Seite im Wettbuch von White's, sehr zum Entsetzen meines Sohnes. Er hat versucht, die Seite herausreißen zu lassen. Mir ist das egal. Aber er nimmt solche Dinge sehr ernst, wie es seine Natur ist. Tommy Cavendish sagt, dass nicht einmal Julian die Seite entfernen lassen könnte. Es ist zu prickelnd. Zu viele Guineen sind verwettet worden. Oh, auf alle möglichen lächerlichen Ideen, die Männer sich wegen mir in den Kopf setzen könnten."

„Hört auf."

„Wer wird mit Antonia Roxton ins Bett gehen, wo sie jetzt Witwe ist? Wann wird dieses *grand événement* stattfinden? Hat der Herzog, mein Sohn, mir verboten, mir einen Liebhaber zu nehmen?"

„Aufhören."

„Wusstet Ihr, dass er jedes Recht hat, das zu tun? Stellt Euch das vor! In meinem Alter von meinem Sohn Befehle entgegenzunehmen."

„Aufhören."

„Aber vielleicht bin ich es, die zuletzt lachen wird? Schließlich wird niemand, ganz bestimmt nicht Julian, in ihren wildesten Vorstellungen auf die Idee kommen, dass Antonia einen Mann begehrt, der nicht viele Jahre älter ist als ihr Sohn ..."

„*Das reicht!*", knurrte Jonathon und so böse, dass Antonia sofort zerknirscht war. „Ihr benehmt Euch aus Prinzip selbstzerstörerisch und ich werde Euch nicht erlauben, meine ehrenhaften Absichten unter Eurem Absatz zu Staub zu zertreten!"

„Nein, M'sieur?"

„Wir werden nie wieder über das Alter sprechen, weil es nichts zur Sache tut. Es spielte keine Rolle, als Ihr Euch in Monseigneur verliebt habt, also tut es das auch jetzt nicht. Ihr braucht mich nicht, um Eure Eitelkeit zu befriedigen. Ihr und ich und die ganze Bruderschaft bei White's wissen, dass Ihr hinreißend schön seid, schöner als die meisten Frauen, die halb so alt sind wie Ihr. Das ist das Dilemma Eures Sohnes, und wer könnte ihm seine Bedenken übelnehmen? In dem Moment, als sein Vater seinen letzten Atemzug tat, wurde Eure Tugend zum Jagdwild für jeden Mann, in dem noch ein Herz schlägt! Aber ich bin nicht wie sie und ich will mich nicht mit ihnen auf eine Stufe stellen lassen."

Er schaute weg, durch die Säulen zu dem Mondlicht, das auf dem stillen See glänzte, und schluckte hart; sie erkannte, dass ihre Leichtfertigkeit ihn gekränkt hatte.

„Was mich und Roxton angeht", fügte er ruhig, den Rücken ihr zugewandt, hinzu, „mögen zwischen uns nur ein halbes Dutzend Jahre liegen, aber in unserer Erfahrung im Leben und bei Frauen trennt uns ein großer, gähnender Ozean, der mich eher auf eine Ebene mit seinem Vater stellt als jemals mit Eurem Sohn. Und wenn ich Euch daher sage, dass ich möchte, unser erster Mal miteinander unvergesslich zu machen, ist das mein ernsthafter Herzenswunsch: *Unser* erstes Mal. Zwei Menschen: Antonia und Jonathon, sonst niemand. Verstanden?"

Angespanntes Schweigen breitete sich zwischen ihnen aus. Keiner wandte den Blick vom anderen ab. Wenn es je einen Augenblick für sie gegeben hatte, sich von einer möglichen Zukunft mit ihm abzuwenden, dann diesen, dachte Jonathon, als er ihre Entscheidung erwartete, Gesicht und Körper scheinbar teilnahmslos, während doch das Blut in seinen Ohren rauschte. Schließlich sprach sie, doch so leise, dass er sich durch das Rauschen anstrengen musste, um jedes Wort zu hören.

„Es scheint, dass Ihr über dieses erste Mal für uns viel nachgedacht habt."

„Oh ja."

Sie schaute ihm weiter in die Augen, jedoch war es unmöglich, die Anspannung in seinen Kiefer– und Halsmuskeln nicht zu bemerken. Schließlich funkelten ihre Augen und ein verwegenes Lächeln ließ ihre Grübchen sehen.

„Also erzählt mir von diesem ersten Mal", neckte sie ihn und berührte seinen Arm, der auf der vergoldeten, hölzernen Lehne der Chaiselongue lag. „Oder soll es eine Überraschung werden?"

Er atmete auf, grinste und zog sie in seine Arme; sie ließen sich auf der Chaiselongue nieder, die Decke über sie beide gebreitet, ihr Kopf ruhte an seiner Brust.

„Eine Überraschung."

Sie kuschelte sich an ihn.

„*Gut.* Ich mag Überraschungen."

Er glaubte, sie wäre eingeschlafen. Sie war so lange still, und er war es zufrieden, zwischen zwei Säulen auf den Vollmond zu schauen, wobei seine Finger geistesabwesend mit einer ihrer langen Haarsträhnen spielten. Er war zufrieden, dass er eine Hürde genommen hatte, dachte aber darüber nach, wie viele noch übrig waren, bevor er sicher sein konnte, dass seine Zukunft mit ihr gesichert wäre. Nicht die geringste davon war es, ihr zu erklären, wer er wirklich war oder richtiger, wer er werden musste, wenn sein alter, entfernter Verwandter demnächst stürbe. Das würde den ersten Tag seines Lebens an einem See bedeuten, ähnlich diesem, aber jenseits des Hadrianswalls im abgelegenen Schottland. Ebenso gut könnte er ihr erklären, auf den Subkontinent zurückkehren zu wollen!

„Wo ist Euer Kammerdiener?", fragte sie schläfrig.

„Ich habe ihn in Indien gelassen. Er hatte eine Frau und Kinder und konnte sie nicht verlassen."

„Wer bedient Euch dann?"

„Das tue ich selbst."

„Ein Gentleman bedient sich nicht selbst ... Er muss einen Kammerdiener haben."

„Wenn Ihr das sagt."

„Ja. Ich werde morgen einen für euch suchen.“

„Tatsächlich? Wirke ich so ungepflegt?“

„Ja. Mir gefällt das. Aber Ihr habt lange genug gelitten. Ihr müsst einen Kammerdiener haben.“

Er lachte in sich hinein und umarmte sie.

Sie ließ ihre Hand leicht über seine Brust wandern, über die Muskeln seines festen Bauches und dann hinunter zu seiner Leiste. Er ergriff ihr Handgelenk, bevor ihre Erkundung weiter ging und legte ihre Hand zurück auf seine Brust und hielt sie dort in seiner großen warmen Hand.

„Benehmt Euch.“

Sie kicherte an seinem Hals.

„Bei Euch glaube ich nicht, dass ich das kann. Ihr seid zu verführerisch.“

„Es gibt dieses Sprichwort über alle guten Dinge, die zu denen kommen, die warten.“

„Das ist großer Unsinn! Gute Dinge kommen zu denen, die die Gelegenheit nutzen.“

Er lachte schallend und küsste schnell ihre Hand.

„Jetzt denkt Ihr wie ein Kaufmann.“

„Und Ihr denkt hartnäckig überaus edel!“

Er schloss lächelnd die Augen.

„Schlaft, verruchtes Frauenzimmer.“

Wieder legte sich langes Schweigen über sei.

„Ist *er* der Grund, warum Ihr in der Schule gehänselt wurdet?“

„Ja.“

„Weil er beschnitten ist. Warum?“

„Warum ich gehänselt wurde oder warum er beschnitten ist?“

„Dummchen. Es liegt auf der Hand, dass Ihr gehänselt wurdet, weil nur Juden beschnitten sind und sie nicht nach Harrow gehen können.“

„Juden und Muslime.“

„Aber Ihr seid keines von beidem.“

„Ich bin keines, aber mich hat niemand gefragt. Mein Vater war zum Islam konvertiert und der verlangt, männliche Kinder zu beschneiden. Und so ließ er in seiner Weisheit meinen älteren Bruder James und mich beschneiden, da es wenig wahrscheinlich war, dass wir nach England zurückkehren würden. Er wollte, dass wir auf dem Subkontinent leben, dort Frauen heiraten, Familien gründen und in Indien sterben.“

„Was geschah, dass sich das änderte?“

„Mein Bruder ist gestorben; dann ein Cousin hier in England. Ich wurde der Erbe meines Onkels, und mein Vater, der jüngere Bruder meines Onkels, der bei seiner Konvertierung zum Islam alle Rechte an seinem Erbe aufgegeben hatte, wurde überredet, mich nach England zu schicken, um mich zu einem richtigen englischen Gentleman erziehen zu lassen, wie es meinen neuen Umständen angemessen war. Ich war nicht viel älter als Euer Frederick, als ich aus der Wärme des Subkontinents gerissen und in die Tiefen eines englischen Winters und die Trostlosigkeit von Harrow verpflanzt wurde." Er spürte, wie Antonia schauderte und umarmte sie. „Eure Schwiegertochter ist eine kluge Frau, dass sie Frederick von Eton fernhält, bis er alt genug ist, um mit den Brutalitäten eines englischen Internats fertig zu werden. Der Erbe eines Herzogtums zu sein ist in der Schule kein Schutz. Das vergrößert nur die Grausamkeit der Jungen, die nie Gelegenheit haben werden, Euch auf gleicher Stufe gegenüberzutreten." Er drückte seine Abneigung mit einem schnaubenden Auflachen aus. „Die Tätowierung half nicht."

„Ihr habt sie machen lassen, als Ihr noch ein Junge wart?"

„Direkt bevor ich auf das Schiff nach England stieg. Acht Jahre alt und schon damals voll eigener Ansichten. Drei Elefanten in einem ewigen Kreis: James, mein Vater und ich. Es hat verdammt wehgetan."

Lange herrschte wieder Stille zwischen ihnen, so lange, dass er dachte, sie wäre in der Tat schließlich in seinen Armen eingeschlafen, doch dann sprach sie erneut, wobei sie mit dem Schlaf kämpfte und doch mit jedem ihrer Sätze dem Schlummer mehr erlag.

„Warum schlaft Ihr hier draußen?", fragte sie benommen.

„Ihr habt mich nicht nach drinnen eingeladen."

„Euch nicht nach drinnen eingeladen?"

„Ein Gentleman wartet darauf, gefragt zu werden."

Noch im Einschlafen klang sie ungläubig. „Ihr ... Ihr seid der – der *frustrierendste* und wohl der – der *romantischste* Mann, den ich je das Unglück hatte zu treffen ..."

Er grinste in der Dunkelheit und fiel in einen glückseligen Schlaf.

ZWANZIG

ANTONIA ERWACHTE ZU DEN GERÄUSCHEN VON HÄMMERN UND Sägen und lachenden Kindern. Während der lästige Lärm der Handwerker sie sich fragen ließ, ob sie ihre erste Migräne hätte, ließen die Geräusche der Kinder im Spiel sie die Bettdecke zurückwerfen und nach Michelle rufen. Und dann erinnerte sie sich, dass sie im Pavillon war – oder nicht? Die Hälfte der Einrichtung ihres Schlafzimmers hatte den Weg zu ihrem schönen Sitzplatz im Freien gefunden. Ein chinesischer Wandschirm, ein Waschtisch aus Walnussholz, diverse Kleidungsstücke und die Kämme, Bürsten und der silberrückige Spiegel von ihrem Frisiertisch waren auf Stühlen ausgelegt, die hinter der Chaiselongue standen, wo sie in den Armen ihres kaufmännischen Gastes eine Nacht ruhigen Schlafes gefunden hatte.

Gast? Bei dem Wort runzelte sie die Stirn, während sie rasch den seidenen Morgenrock über ihr durchsichtiges Nachtgewand warf und die Bänder wieder schloss. Er war ihr Gast, aber er war zu mehr als das geworden, und dennoch waren sie kein Liebespaar, nicht im strengsten Sinn des Wortes – nun, *noch* nicht. Sie fand ein paar seidenbestickter Pantöffelchen vor der Chaiselongue, wusch ihr Gesicht mit der nach Lavendel duftenden Seife, benutzte Zahnpulver und Pfefferminz-Mundwasser, um dann das Handtuch schweigend an Michelle zurückzugeben, die wie eine Statue neben dem chinesischen Wandschirm stand, den Blick fest auf die marmornen Fliesen gerichtet.

Antonia wollte herausplatzen, dass in der letzten Nacht nichts geschehen wäre, und es daher für Michelle keinen Grund gäbe, so zu tun, als wäre sie versehentlich in einem Bordell gelandet. Doch da sie sich ziemlich sicher war, dass in der nächsten Zukunft etwas geschehen würde, was hatte es da für einen Sinn, etwas abzustreiten, was jetzt mit Sicherheit unvermeidlich war? Sie lächelte in sich hinein, während sie ein zartrosa Band durch ihre zerzauste Lockenfülle wand und wollte schon fragen, warum sie in den letzten vierzehn Tagen ständig durch die Misstöne von Zimmermännern bei der Arbeit geweckt worden war, als ein Gegenstand zwischen ihren Toilettenartikeln ihren Blick einfing.

Sie hob die unauffällige Glasflasche mit ihrem Glaskugelstopfen auf, um dessen Hals ein Samtband mit einer kurzen Nachricht befestigt war. Sie wusste, was es war und woher es gekommen war. Der Parfümier M'sieur Floris, oder wie sie ihn spielerisch benannt hatte: *Le Grand Nez*, mischte seine einzigartigen Parfums in seinen Räumlichkeiten in der Jermyn Street, und diesen besonderen Duft hatte er zu ihren Ehren *Antonia* genannt. Seit Monseigneur im Mausoleum der Familie zur Ruhe gelegt worden war, hatte sie ihren Duft nicht mehr getragen. Sie brauchte nicht zu erraten, wer ihn dorthin gestellt hatte, aber die Nachricht machte sie neugierig.

M'sieur Floris versichert mir, der Duft sei zart, fröhlich, einzigartig & göttlich. In Wahrheit eine Destillation Eures ganzen Seins. Also wäre es sicherlich überflüssig, ihn zu tragen?

„Möchtet ihr, dass ich das Siegel löse, *Mme la duchesse*?", fragte Michelle, die ihre Herrin, die weiter auf die Nachricht starrte, genau beobachtete und sehr wohl wusste, wer diese Flasche Parfum dort hinterlassen hatte.

Antonia schüttelte den Kopf und drückte nach einem harten Schlucken die Flasche ihrer Zofe in die Hand. „Habe – habe ich geträumt oder höre ich die Kinder?"

„Kein Traum, *Mme la duchesse*. Sie sind unten bei der großen Eiche, mit M'sieur Strang. Sie sind vor einer Stunde gekommen, aber ich hatte Anweisung, Euch nicht zu stören", erklärte Michelle.

Sie hob ein Paar bauschiger Seidenhosen, ein langärmeliges Hemd und ein Korsett auf und ging auf den Wandschirm zu in der Erwartung, dass ihre Herrin ihr folgen würde, doch als Antonia sich nicht bewegte, kam sie zurück und stellte sich vor sie hin, woraufhin Antonia ein Bein der osmanischen Hose mit einem fragenden Stirnrunzeln hob, was Michelle zu einer Erklärung veranlasste:

„M'sieur Strang sagt, es wäre absolut notwendig, dass Ihr dieses ausgefallene Gewand tragt ..."

„Das sind die Kleider der Frau eines Sultans, und ich habe sie seit der Maskerade zu Ehren von Fredericks Geburt nicht mehr getragen. Ich kann mir überhaupt nicht vorstellen, woher er wusste, dass ich solche Kleider habe", murmelte sie in sich hinein, während sie,

Michelle auf den Fersen, hinter den Wandschirm trat. „Oder warum er glaubt, dass dieses Korsett Teil des Anzugs wäre. Türkische Frauen tragen diese Dinger nicht.“

„Das Korsett waren meine Idee!“, verkündete Michelle und eilte herbei, als die Herzogin sie scheel anschaute. „Es ist – es ist *skandalös*, dass er Euch solche Beinkleider öffentlich vor den Kindern tragen lässt.“ Mit einem Knicks fügte sie hinzu: „Verzeihung, *Mme la duchesse*, aber das ist die Wahrheit.“

Antonia presste die Lippen aufeinander, um eine scharfe Antwort zu unterdrücken, und sagte dann ganz ruhig: „Der Skandal kommt erst noch. Jetzt wollen wir nicht reden. Ich möchte sehr gerne die Kinder sehen.“

Nachdem Michelle ihre Herrin schweigend angekleidet hatte, kam sie hinter dem Wandschirm hervor, um einen am Fuße der Stufen Wache stehenden Diener nach dem Verbleib des Frühstücks für die Herzogin zu fragen und drehte sich dann um, nur, um zu entdeckten, dass Antonia in einem Wirbel von seidenen Hosen und unfrisiertem Haar quer über den nassen Rasen lief.

„MEMA! MEMA! HIER OBEN! MEMA! SCHAU HOCH! SCHAU *HERAUF*! *Hier* oben!“

Antonia legte eine Hand auf die Stirn, um ihre Augen vor der Morgensonne zu schützen, die durch die verworrenen Zweige der uralten Eiche drang, als sie neben einer kleinen, um den riesigen Baumstamm versammelten Gruppe von Kindermädchen und Dienern stehenblieb. Alle drehten sich um und machten einen Knicks oder eine Verbeugung, als sie ihrer Anwesenheit gewahr wurden, doch als sie weiter in die Äste hinaufstarrte, hoben sich alle Köpfe wieder zu den schweren Ästen, die voller grüner Blätter waren und sich nach oben und außen drehten, als ob sie Land, Wasser und Himmel vereinen wollten. Die uralte Eiche war ein majestätisches Exemplar, das seit dreihundert Jahren ungestört gewachsen war und die Zeiten der Plantagenets, Tudors, Stuarts und der hannoverschen Könige hatte kommen und gehen sehen, und jetzt waren ihre Äste voller Menschen und Bauwerke, oder zumindest schien dies Antonia so, die versuchte, der Geschäftigkeit und dem Lärm einen Sinn abzugewinnen.

Von den freiliegenden, knorrigen Wurzeln am Fuße des gewaltigen Stammes erlaubte eine Leiter den Aufstieg zu dem niedrigsten dicken Ast, auf dem jetzt eine Plattform zu sehen war und darüber das Achterdeck eines Segelschiffes – als ob es von einer Flut dort hinaufgetragen wäre und jetzt, nachdem das Wasser sich zurückgezogen hatte, das

Schiff zerbrochen und nun nur dieser Teil dort hängengeblieben wäre, für immer dort gefangen von den Ästen der alten Eiche. Und von diesem Achterdeck führte eine andere Leiter, an den Hauptstamm genagelt, weiter hoch in die höheren Äste zu einem Krähennest. Zwei Arbeiter waren damit beschäftigt, dieses Krähennest anzumalen, während zwei andere ihre Beine von einem tieferen Ast schwingen ließen und Seile vom Krähennest zum Achterdeck zogen, wo ein weiterer Arbeiter sie an mehreren Messingknebeln befestigte.

Und so war die alte Eiche, die sich drei Jahrhunderte lang in verträumter Einsamkeit gestanden hatte, gezwungen worden, sich in ein wundervolles Baumhaus in Form eines Piratenschiffs für die Kinder zu verwandeln.

Die Zwillinge, die weiter riefen, bis Antonia zur Begrüßung winkte, strahlten vom Achterdeck herab. Sie trugen richtige Dreispitz-Hüte, Augenklappen und fuchtelten mit Holzschwertern. Bei ihnen war der Schöpfer dieser Freude, der, Juliana auf dem Arm, zu ihr herabwinkte.

Sie winkte zurück, lächelte und warf ihnen Kusshände zu, fühlte sich plötzlich schwindelig vor Glück. Und noch bevor sie ein Wort zur Begrüßung sagen konnte, gab es großes Gerangel, als die Zwillinge die Leiter hinabkraxelten, die Schwerter in den Bund ihrer Hosen gesteckt und Diener am Fuße der Leiter, bereit, jeden übereifrigen kleinen Lord aufzufangen, sollte er einen falschen Tritt tun. Doch sie schafften es leicht bis zum festen Boden und fielen in Antonias ausgestreckte Arme, um sich umarmen und küssen zu lassen. Sie erzählten ihr in großer Aufregung von ihrem neuen Piratenschiff am Himmel und dass Mema mit ihnen auf eine Reise kommen müsste, wenn sie die heimtückischen Spanier angreifen würden. Antonia schaffte es kaum, zwei Worte zu Louis und Gus zu sagen, bevor Juliana eine Faust voll der bauschigen Seide ihrer türkischen Hosen ergriff und verlangte, begrüßt zu werden und dass Mema ihren Brüdern klar machen sollte, dass auch Mädchen Piraten sein könnten, wenn sie das wollten, selbst wenn sie lieber eine Meerjungfrau wäre.

„Also so seht Ihr am frühen Morgen aus", stellte Jonathon fest und schaute sie augenzwinkernd an. „Sehr anziehend."

Zu Antonias völligem Unglauben und Ärger errötete sie und konnte seinem steten Blick nicht begegnen. Sie schaute sich um, zu der kleinen Truppe von Bediensteten und dann zu den Arbeitern, die weiter ihre Vielzahl von Arbeiten erledigten, um das Piratenschiff-Baumhaus für die Besetzung fertigzustellen – Farbe, weiche Möbel, Leinwand und Seil wanderten die verschiedenen Leitern auf und ab.

„Jetzt kenne ich wenigstens die Quelle des Lärms in den letzten beiden Wochen", sagte sie lächelnd zu ihren Enkeln. „Aber ich hätte nie erwartet, ein Piratenschiff in einem Baum zu finden! Was für eine wunderbare Überraschung für euch, ja?" Sie blickte auf Jonathon. „M'sieur Strang ist voller Überraschungen, nicht wahr?"

Die Kinder nickten und kicherten, die Zwillinge stießen sich mit einem verschwörerischen Blick auf Jonathon an, aber Antonia bekam keine Gelegenheit, sie zu befragen, weil ein Nicken von Jonathon reichte, um sie sich abwenden und wieder die Leiter in das Baumhaus hinaufklettern zu lassen; Juliana lief ihnen hinterher, wurde aber von ihrem Kindermädchen davon abgehalten, hinter ihren Brüdern her zu klettern. Das kleine Mädchen rief sofort nach Jonathon, der sie in zwei Schritten in den Armen hatte.

„Ich sehe, Julie hat Euch um ihren kleinen Finger gewickelt", scherzte Antonia lachend.

„Nur, weil ich das wünschte", antwortete er. „Jetzt hoch mit Euch, wir kommen nach."

„Hoch? Auf die Leiter?"

„Wohin sonst?" Als Antonia zögerte, fügte er hinzu: „Ihr habt keine Ausrede. Ich habe sozusagen für – äh – angemessene Bedeckung gesorgt, soweit möglich. Ihr tragt doch türkische Hosen, nicht wahr? Und an Bord des Schiffes wartet eine Überraschung auf Euch."

„Ihr habt eine nette Art, Euch auszudrücken, M'sieur", murmelte Antonia und fühlte sich bei seinem breiter werdenden Lächeln erröten. „Vielleicht hätte ich nicht erwähnen sollen, dass ich Überraschungen mag", fügte sie hinzu, kletterte mit Leichtigkeit und ohne Klagen die Leiter hinauf, Jonathon mit dem kleinen Mädchen, das sich wie ein Affenbaby bei seiner Mutter an seinen Rücken klammerte, folgte dicht dahinter. „Insbesondere, wenn Eure Überraschung etwas mit dem Tragen türkischer Hosen zu tun hat!"

„Mema!"

Bei dem Klang einer vertrauten geliebten Stimme kletterte Antonia auf das Schiffsdeck hinauf, kam auf die Beine und fand alle drei Enkel in einer Reihe vor ihr stehen und mit ihren Schwertern salutieren.

„*Mon Dieu*! Frederick! Oh! Mein geliebter Junge!"

„Überraschung! Überraschung, Mema! Überraschung!", riefen die Zwillinge und Juliana einstimmig, als ihr älterer Bruder in Antonias offene Arme lief, um von ihr fest an sich gedrückt zu werden.

„Mema hat ihre Überraschung; können wir jetzt essen?", fragte Gus niemanden im Besonderen. „Mein Bauch ist böse mit mir!"

Alle lachten.

Als sie wieder festen Boden unter den Füßen und sich auf einer Reihe orientalischer Teppiche niedergelassen hatten, die auf dem Rasen zwischen der Eiche und dem See ausgerollt und mit Kissen übersät waren, nickte Jonathon den wartenden Dienern zu, die damit begannen, eine Mahlzeit aus Weidenkörben heraus zu servieren, die aus aller Art von köstlichem Gebäck bestand; der Butler kam mit einem silbernen Kaffeeservice und -kanne und einem versiegelten Umschlag von dem großen Haus.

Er kam vom Herzog und der Herzogin. Antonia nahm die Nachricht, steckte sie in eine Tasche ihrer türkischen Hosen und ignorierte sie bis ungefähr eine Stunde, nachdem das Essen beendet war. Sie genoss immer noch eine gemütliche Tasse Kaffee, während sie zuschaute, wie die Jungen unter Aufsicht die Leiter zum Piratenschiff-Baumhaus hinauf und hinab kletterten, wo sie ihre Fechtkünste übten. Juliana pflückte mit Hilfe ihres Kindermädchens Wildblumen für ihr Haar.

Sie zog die Nachricht aus ihrer Tasche, erbrach jedoch das Siegel nicht gleich, sondern schaute zu Jonathon hinüber, der sich bequem auf dem Teppich ausgestreckt hatte, auf einen Ellenbogen gestützt, und ebenfalls die Kinder beobachtete, während jedoch seine Hände damit beschäftigt waren, geschickt mehrere Stränge feiner, roter Baumwolle zu etwas zu winden, was ein Kreis zu sein schien.

„Ich hatte so einen wunderbaren Tag. Dank Euch."

„Es war mir ein Vergnügen", sagte er sanft und erwiderte ihr Lächeln.

Sie fragte sich, ob ihr Lächeln ebenso die Macht hatte, seinen Puls zu beschleunigen, wie es umgekehrt der Fall war. Sie schaute auf den letzten Tropfen Kaffee in ihrer Porzellanschale, damit er nicht ihre Gedanken lesen und die Röte auf ihren Wangen sehen sollte. Aus unerklärlichen Gründen hatte er die Gabe, sie sich unsicher und verwirrt fühlen zu lassen — und dennoch überaus glücklich. Es machte sie fassungslos. Da gab es ein Wort ... unsicher? aufgeregt? Ja, das war es! Er *verunsicherte* sie. In all ihren Jahren mit Monseigneur hatte sie sich nie verunsichert gefühlt, und auch das war verwirrend.

Sie drehte den Brief ihres Sohnes um und erbrach mit einem kleinen Seufzer das Siegel.

Jonathon fuhr fort zu flechten, aber mit einem Auge auf Antonias gesenktem Kopf, und als sie das einzelne Blatt Pergament schnell faltete und zurück in ihre Tasche steckte, sagte er so beiläufig, wie er nur konnte:

„Gute Nachrichten, hoffe ich?"

„Er sagt, ich solle heute Abend zum Essen kommen. *Befiehlt es mir.*"

„Werdet Ihr gehen?"

Sie schüttelte den Kopf. „Nein. Nein, ich glaube nicht, dass ich ihm schon in die Augen sehen könnte – noch nicht."

Jonathon setzte sich auf. „Dann lasst es. Roxton kann warten. Kommt mit mir nach London."

„London?

„Ja."

„Ihr reist nach London? Wann?"

Jonathon unterdrückte ein Lächeln über die Besorgnis in ihrer Stimme und sagte ernsthaft: „Morgen. Ich muss fahren."

Antonia konnte ihm nicht in die braunen Augen sehen. Sie nickte.

„Natürlich müsst Ihr. Sarah-Jane wird Euch erwarten und Ihr könnt nicht länger hier verweilen. Sie könnte einige sehr wichtige Neuigkeiten für ihren Papa haben, und Ihr solltet ..."

„Kommt mit mir."

Antonia lächelte schief.

„Um M'sieur Sheridans Stück mit Euch anzusehen?"

Jonathon zuckte die Achseln.

„Wenn Ihr mögt. Nein, sondern um Euren Sohn Henri-Antoine zu sehen."

Das brachte sie dazu, ihn anzusehen.

„Henri-Antoine? Er ist in London? Er ist nicht in Oxford?"

„Er ist in London. Im Haus am Hanover Square."

Antonia schluckte und sah zum See.

„Ich möchte meinen Sohn sehr gerne sehen, aber ich ... ich ..."

„Ihr habt ihn gemieden, weil er Monseigneur so ähnlich ist und Euch das schmerzt."

Antonia leugnete es nicht. Sie blinzelte plötzliche Tränen weg.

„Ihr habt ihn gesehen."

„Ja. Er ähnelt seinem Vater sehr, mehr als Roxton. Und nach dem, was Eure Schwiegertochter mir erzählt, hat er auch das arrogante Auftreten seines Vaters. Obwohl er das bei mir nicht an den Tag gelegt hat, aber das macht es für Euch nur noch schwieriger. Doch Ihr könnt ihm nicht für immer aus dem Weg gehen und je älter er wird, desto mehr wird er seines Vaters Sohn werden."

„Ich will Euch nicht zuhören, weil Ihr so vollkommen recht habt!", murrte sie, was ihn zum Lachen brachte.

„Jemand musste es Euch sagen, Liebste. Es ist nicht die Schuld des Jungen, dass er das Ebenbild seines Vaters ist."

Sie sah ihn durch die Wimpern an. „Nein. Es ist nicht seine Schuld. Aber ich war eine nachlässige Mutter."

„Roxton ist noch mehr für die Vernachlässigung verantwortlich. Er ist der Vormund seines Bruders. Nicht, dass der Junge vergessen wurde", fügte er schnell hinzu, als Antonia sich sehr aufrecht hinsetzte.

„Roxton hat in den letzten drei Jahren viel um die Ohren gehabt. Aber um ganz ehrlich zu sein, ich glaube, der Junge hat es nach Jahren, in denen er unnötig verhätschelt wurde, genossen, in Ruhe gelassen zu werden."

„*Verhätschelt?* Hat Henri-Antoine das zu Euch gesagt?"

„Natürlich nicht. Warum sollte er das?"

Es entstand ein Moment des Schweigens zwischen ihnen und dann holte Antonia zittrig Luft und zuckte mit den Schultern.

„Ich weiß nicht, woher Ihr diese Dinge wisst, aber so ist es und Ihr habt recht. Und ich möchte meinen kleinen Jungen so gerne sehen."

Jonathon schnaubte. „Klein? Wenn Ihr das denkt, steht Euch ein Schock bevor." Er legte den geflochtenen Reif beiseite, erhob sich und streckte eine Hand aus. „Und Euer Besuch wird ihn überraschen und erfreuen. Kommt mit nach London."

Sie lächelte und nickte und ließ sich von ihm auf die Beine helfen. Er ließ ihre Hand nicht los. Sie sah ihn keck an, eine Hand auf seiner Brust.

„Aber das heißt nicht, dass ich mich entschlossen habe, mit Euch ins Theater zu gehen!"

„Nein?", drohte er und in einer mühelosen Bewegung hatte er sie hochgehoben und sich über eine Schulter geschwungen, sehr zum Entsetzen aller erstarrten Diener, Butler und Kindermädchen. „Zeit, die türkischen Hosen wieder auszunutzen!"

„*Mon Dieu!* Seid Ihr wahnsinnig? Setzt mich sofort ab!"

Der Butler und ein Diener machten einen Schritt nach vorn. Nur ein finsterer Blick von Jonathon und sie zogen sich einen halben Schritt zurück.

„Ruhig, Weib, wir werden sofort dort sein. Ich habe noch eine Überraschung für Euch."

Er machte sich raschen Schritts auf den Weg zurück zu der Eiche mit einer zappelnden, empörten Antonia, die ihr Bestes gab, um sich aus seinem Griff zu winden. Er lachte leise über ihre schwachen Versuche und ließ sie aus Spaß weiter ihren Rücken hinabgleiten. Das ließ sie ein unwillkürliches Quietschen ausstoßen und voller Angst haltsuchend nach seinen Rockschößen greifen. Und dann, sehr zu ihrer Demütigung, rief er Frederick zu, er sollte seine Brüder und seine Schwester zusammenzutrommeln und zur Eiche kommen.

„*Aliéné mental!* Setzt mich sofort ab!"

„Ich soll ein Irrer sein? Wenn dem so ist, habt Ihr mich dazu gemacht!"

„M'sieur! Setzt mich ab! Ihr werdet die Kinder beunruhigen."

„Nennt mich Jonathon!"

„Nein!"

„Dem Grinsen auf ihren kleinen Gesichtern nach zu urteilen halten Eure kleinen Lieblinge dies hier für einen tollen Spaß. Fünfzig Guineas, dass Ihr mich bis Mitternacht Jonathon genannt haben werdet."

„Ich werde Euch fünfzig Guineen *geben*, damit Ihr mich sofort absetzt!"

„Ach, Frederick! Braver Junge. Jetzt haltet ihr vier ein wenig Abstand, denn wenn ich Mema hinstelle, wird ihr wahrscheinlich ein wenig schwindelig sein."

Das war sie und fiel mit fest geschlossenen Augen und leicht benommen an Jonathons Brust. Er strich ihr sanft die Haare aus dem Gesicht und hielt sie fest, mit einem Zwinkern und einem Lächeln in Fredericks Richtung, der anders als seine Brüder und seine Schwester, die über Memas Ritt auf Jonathons Schulter lachten, keineswegs überzeugt war, dass Antonia von dieser Tortur unverletzt geblieben war.

„Möchtet Ihr Eure Überraschung sehen?", murmelte er und hob ihr Kinn. „Den Grund, warum ich Euch Eure anziehende osmanische Kleidung habe tragen lassen?"

Antonia öffnete die Augen und er drehte sie im Kreis seiner Umarmung zu der alten Eiche um.

Sie standen auf der gegenüberliegenden Seite des massiven Stamms, von wo aus das Piratenschiff über eine Leiter erreicht werden konnte. Hier wuchs weit oben ein sehr dicker Ast in Richtung des Seeufers, und auf dem Boden direkt unter diesem Ast war ein großer Laubhaufen zusammengetragen und in Form eines schönen Kissens zusammengerecht worden, denn von diesem Ast hing eine Schaukel herunter. Ein gepolsterter Sitz aus blauem Damast in einem vergoldeten Holzrahmen, der sehr verdächtig wie einer der Stühle aussah, die man oben im großen Haus in der Galerie fand, ohne die Beine und die gepolsterte Rückenlehne, hing dort, mit Seilen befestigt; jedes Seil war dort mit Samtbändern umwickelt, wo der Benutzer sich festhalten würde.

Antonia konnte ihre Aufregung nicht unterdrücken und schnappte nach Luft, die Hände auf ihre Wangen geschlagen, und rannte zu der Schaukel, um den Damastsitz anzufassen, als ob sie sich versichern wollte, dass er real war.

„Oh, das ist die allerschönste Überraschung!", rief sie aus und drehte sich mit einem strahlenden Lächeln zu Jonathon um. „Nicht wahr, *mes petits–enfants*? Wer will sie zuerst ausprobieren?", fragte sie die Kinder.

„Julie!", rief Juliana und rannte zu ihrer Großmutter, in der Erwartung, sofort auf den magischen schwebenden Sitz gehoben zu werden.

Alle drei Jungen schauten zu Jonathon und es war Frederick, der die frühere Vereinbarung aussprach, die die Kinder mit ihm getroffen hatten.

„Mema soll zuerst schaukeln dürfen, Julie. Erinnerst du dich?"

Das kleine Mädchen beäugte ihre Großmutter prüfend, einen Finger im Mund, und schüttelte dann ihre hellen Locken. „Nein. Zuerst ist Julie dran."

„Mema zuerst, Julie, oder wir hetzen den Wolf auf dich!", neckte Louis.

„Ja! Den Wolf! Möchtest du vom Wolf gefressen werden?", warf Gus mit Genuss ein, obwohl er bei der Erwähnung des wilden Tiers durch seinen Zwilling etwas ängstlich aussah.

„Den Wolf! Den Wolf! Wir werden dich vom Wolf auffressen lassen!", verkündete Louis in einem Spottliedchen und tanzte auf der Stelle herum.

Julie brach in Tränen aus und Antonia hob sie auf und tat ihr Bestes, um ihre Befürchtungen zu zerstreuen, dass es keinen Wolf gab und ihre Brüder sie nur neckten; natürlich könnte sie als erste auf der schönen Schaukel schwingen. Die Kinderfrau des kleinen Mädchens trat vor, um ihren schluchzenden Schützling aus den Armen der Herzogin zu nehmen, aber Antonia schüttelte lächelnd den Kopf und das Kindermädchen zog sich zu der kleinen Gruppe von Bediensteten zurück, die Jonathon in den Schatten der Eiche gefolgt waren.

Jonathon verdrehte die Augen über das Schicksal, dass seine Überraschung für Antonia, die sie glücklich und sorglos hätte sehen sollen, durch die Ängste eines kleinen Mädchens verdorben worden war, dass irgendwo ein Wolf über das Anwesen streifte. Er machte die Zwillinge nicht dafür verantwortlich, Jungs waren eben Jungs, aber er war neugierig, woher solch eine unsinnige Neckerei stammte. Er musste nicht weit suchen oder auch nur fragen. Gus verriet sich selbst mit einem großäugigen Blick, der Jonathon klar machte, dass er wirklich an einen Wolf glaubte.

„Gus und Louis, bitte sagt eurer Schwester, dass es keinen Wolf gibt", sagte Antonia energisch, während das kleine Mädchen ihr tränenbeflecktes Gesicht an der Schulter ihrer Großmutter drehte, um ihre Brüder mit einer tiefen Falte zwischen ihren blonden Augenbrauen anzusehen.

Die Zwillinge sahen einander und dann Frederick an, der zunächst Unwissenheit vortäuschte, indem er seine dünnen Schultern hob und die Unterlippe herausstreckte. Dies machte Gus wütend und er zeigte mit einem pummeligen Finger auf seinen älteren Bruder.

„Du hast gesagt, da ist ein Wolf! Du hast es gesagt!"

Aller Augen ruhten auf Frederick.

„Er hat es gesagt, Mema! Wirklich!", fügte Louis zur Bestätigung der Anschuldigung seines Bruders hinzu und schaute auch zu Jonathon hinüber, der mit den Händen in den Rocktaschen geduldig darauf wartete, ob Frederick es zugeben würde oder nicht.

Das Schweigen hielt an. Schließlich war es zu viel für Frederick, der mit jetzt zitternder Unterlippe kapitulierte. „Ich habe es nicht gesagt!", entgegnete er. „Ich nicht!"

„Frederick?", sagte Antonia sanft. „Warum sollten Gus und Louis behaupten, dass du es gesagt hättest, *mon chou?*"

Ihre sanfte Stimme war für ihn schlimmer, als wenn sie zornig auf ihn gewesen wäre, und Frederick kamen die Tränen, er fuhr sich aber schnell mit einem Ärmel über die Augen und sagte mit zitternder Stimme: „Ich habe es nicht gesagt, Mema. Papa ... ich hörte, wie Papa es zu *grand-père* Martin sagte. Papa sagte, da sei ein Wolf an der Tür und er wüsste nicht, was er dagegen tun sollte."

„Da ist ein Wolf! Da ist ein Wolf!", rief Louis triumphierend aus.

„Sei still, Louis", sagte Antonia ruhig, ohne Jonathon anzusehen, denn die Andeutung des Herzogs war ihnen beiden verständlich und sie war zornig, dass ihr Sohn in solchen Worten von Jonathon sprechen sollte und seinen alternden Paten unnötig mit solchem unanständigen Unsinn belastete; dass er zuließ, dass sein kleiner Sohn seine ungerechtfertigten Bedenken mit anhörte, war unverzeihlich.

Sie grübelte noch immer über die Unverschämtheit des Herzogs nach, als sie später an diesem Abend in ihrer Sitzwanne voll Seifenblasen lag, nachdem die Kinder glücklich und erschöpft nach Hause gegangen waren – das Problem mit der Schaukel war gelöst worden, als Jonathon vorschlug, Juliana könnte auf ihrem Schoß sitzen, damit sie zusammen schaukeln konnten. Sie kicherten beide aufgeregt, als sie hoch in die Luft gestoßen wurden, während die bestrumpften Zehen zu den weißen, federleichten Wolken hinauf zeigten, die den blauen Himmel schmückten, und das lenkte Juliana so ab, dass sie den Wolf ganz vergaß. Die Jungen kamen nacheinander beim Schaukeln an die Reihe und beschlossen dann, dass es mehr Spaß machte, überall auf dem Piratenschiff-Baumhaus herumzuklettern und so zu tun, als wären sie auf hoher See, statt sich über einen Wolf Gedanken zu machen, von dem Jonathon ihnen versicherte, dass er in Wahrheit so wild wie ein Kätzchen und ebenso kuschelig wäre.

Nicht einmal die störenden Geräusche von Michelle und den drei anderen Zofen, die in leisen Gesprächen durch ihren Ankleideraum eilten, Schubladen öffneten, verschiedene Kleidungsstücke aufsammelten und Reisekoffer packten, konnten die Gelassenheit ihres Bades beeinträchtigen. Schließlich konnte sie nicht wirklich ihnen an ihrer

Nervosität die Schuld geben. Sie hatte den gesamten Haushalt in aufgeregte Geschäftigkeit versetzt. Alle waren völlig erstaunt gewesen und hatten mit offenem Mund dagestanden, als sie ihnen direkt vor dem Diner ihre Absicht mitteilte, am nächsten Tag nach London reisen zu wollen. Sie und einige Mitglieder der oberen Dienerschaft würden in einer zweiten Kutsche mit ihr reisen müssen; das Haus am Hanover Square war beklagenswert schlecht mit Personal ausgestattet.

Und es wäre ihr sehr recht, wenn ihre Reisepläne nicht über Crecy Hall hinaus bekannt würden. Der Herzog würde nicht von ihren Dienern, sondern von ihr informiert werden, wenn sie es für angebracht erachtete, es ihn wissen zu lassen. Sie lächelte in die Seifenblasen hinein. Ihr Sohn würde es genau zwei Stunden, nachdem sie Crecy Hall verlassen hätte, erfahren, wenn er ihren Brief erhielt, in dem sie ihm diese Tatsache mitteilte.

„*Mme la duchesse*, ich fürchte, es gibt ein Problem", entschuldigte sich Michelle mit einem kurzen Knicks, als sie das Handtuch für die aus dem Bad steigende Herzogin weit ausgebreitet hielt. „In der Tat gibt es zwei Probleme", gab sie zu, als sie das Handtuch schnell um ihre Herrin wickelte und sich dann umdrehte, um Antonias Nachtgewand aufzuheben.

„Zwei Probleme? Mit den Reisevorbereitungen?"

Antonia warf das Handtuch beiseite und erlaubte Michelle, ihr dabei zu helfen, das dünne Nachtgewand überzustreifen.

„Nein, *Mme la duchesse*", erklärte Michelle und hielt der Herzogin einen Strumpf und dann den zweiten mit den nötigen Strumpfbändern hin. „Ein Diener ist aus dem großen Haus gekommen mit seinem Koffer, und behauptet, er wäre M'sieur Strangs Kammerdiener, aber ich weiß genau, dass er ..."

„Ja! Ja! Lawrence Duvalier", sagte Antonia und schlüpfte in den seidenbestickten Morgenmantel, den Michelle bereit hielt. Sie setzte sich an ihren Frisiertisch, um die vielen Nadeln zu entfernen, die ihre Locken festhielten. „Er ist jetzt hier? Er sollte schon am Morgen hier sein ... Egal. Du hast ihn in M'sieur Strangs Zimmer geschickt?"

„Ja."

„Und sie kennen sich jetzt und sind zufrieden miteinander?"

Michelle presste ihre Lippen zu einem dünnen Strich voller Missbilligung aufeinander. „Sehr zufrieden."

Antonia betrachtete das Spiegelbild ihrer Zofe im Spiegel, während sie sich die Haare bürstete.

„Gut. Aber das ist ein Problem? *Pourquoi*? Oder ist der Kammerdiener zwei Probleme? Das musst du mir erklären, Michelle."

Michelle nahm der Herzogin die Bürste ab und begann, ihr die

Haare zu bürsten.

„Wenn Lawrence Duvalier tatsächlich der Kammerdiener von M'sieur Strang ist, warum hat M'sieur Strang ihn dann, nachdem sie sich kennengelernt hatten, wieder weggeschickt?"

„Ihn weggeschickt? Aber sagtest du nicht, Lawrence hätte ihm gefallen?"

„Ja, *Mme la duchesse*. Aber M'sieur Strang hat Lawrence Duvalier weggeschickt, damit er die Nacht oben bei den Dienern schlafen soll, anstatt in der kleinen Kammer neben der Blauen Suite, die für den Kammerdiener eines Gentleman bestimmt ist."

Es lag ihr auf der Zunge zu sagen, dass es möglicherweise eine Reihe von Gründen gab, warum Jonathon seinen neuen Kammerdiener weggeschickt hatte, um in den Unterkünften für die Diener zu schlafen, worunter auch die Gewohnheiten des Subkontinents fallen mochten, aber sie behielt ihre Gedanken für sich und fragte obenhin:

„Und diese andere Schwierigkeit?"

„Zwei der Lakaien haben M'sieur Strang dabei geholfen, die Möbel in seinem Schlafzimmer umzustellen."

„Und das ist ein Problem?"

Jetzt war die Reihe an Michelle, Antonias Spiegelbild anzusehen.

„Matthews sagt, dass alle Möbel aus dem kleinen Zimmer, das für M'sieur Strangs Kammerdiener bestimmt ist, in das Blaue Schlafzimmer gebracht wurden und dass die Matratze und die Decken von dem Himmelbett in dem Blauen Schlafzimmer abgenommen und in das kleine Zimmer gebracht worden sind."

Antonia blinzelte. Sie konnte es nicht glauben.

„Das verstehe ich nicht. Er hat das Zimmer seines Kammerdieners ausgeräumt und schläft dort auf einer Matratze auf dem Boden, statt lieber im Blauen Schlafzimmer zu schlafen?"

„Ja, *Mme la duchesse*."

„*Incroyable*."

„Ja, *Mme la duchesse*, das ist es, und Matthews ist völlig außer sich, weil er nicht weiß, was er tun soll. Es ist absolut unmöglich, dass ein Gast in einer Dienstbotenkammer und noch dazu auf dem Boden schläft! M'sieur Strang hat noch dazu viel mehr Kerzen bestellt, als für dieses Zimmer nötig sind."

„Kerzen?" Antonia nahm Michelle die Bürste mit dem Silbergriff ab und warf sie in das Durcheinander auf dem Frisiertisch. „Wie viele mehr als notwendig?"

„Er bat um zwanzig …"

„*Zwanzig* Kerzen !?"

„… aber sagte dann, zehn würden ausreichen, er könnte sie selbst durchschneiden.“

„*Mon Dieu*. Was hat dieser unmögliche Mann vor? Die Kerzen zum Heizen verwenden?“, murmelte Antonia laut in sich hinein, noch auf ihrem Frisierhocker sitzend.

Sie schlüpfte mit ihren bestrumpften Füßen in bestickte Damastpantoletten, nahm eine Kerze auf einem Halter und verließ ihr Zimmer, Michelle auf den Fersen, und fand ihren Butler oben auf der Eichentreppe in einem Flecken Kerzenlicht in angeregtem Gespräch mit zwei der Lakaien. Alle drei verstummten bei Antonias Auftauchen.

„Habt ihr nichts zu tun bei all den Vorbereitungen für die Reise morgen?“, fragte die Herzogin und wartete, bis Matthews die beiden Lakaien fortgescheucht und ihnen aufgetragen hatte, Kisten auf den Wagen zu laden, der den beiden Kutschen nach London folgen würde. „Michelle hat mir von den Kerzen und – anderen Problemen erzählt.“

„*Mme la duchesse*, ich bin sehr besorgt, dass M'sieur Strang das ganze Haus abbrennen könnte“, antwortete der Butler und passte seinen Schritt dem der Herzogin an, die weiter über den Treppenabsatz und den Flur hinunter zu dem Gästeflügel ging; ein eher seltsamer Name, dachte Matthews, wenn man bedachte, dass das Haus in den drei Jahren, seit die Herzogin es bewohnte, nicht einen Gast gesehen hatte und wahrscheinlich auch keinen mehr sehen würde, wenn der eine einzige Gast durch seine Verwendung von so vielen Kerzen in einem Raum das Haus in Brand setzte. Als seine Herrin an der Tür des Blauen Schlafzimmers stehenblieb, fragte er zaghaft: „Möchte *Mme la duchesse*, dass ich M'sieur Strang aufwecke?“

„Nein. Das werde ich tun. Hier“, sagte Antonia und drückte ihm ihre Kerze in die Hand. „Wenn dort drinnen so viele Kerzen brennen, werde ich diese nicht brauchen. Du kannst gehen. Du auch, Michelle.“

„Ich werde hier auf Euch warten, *Mme la duchesse*“, sagte ihre Zofe energisch und wechselte einen Blick mit dem Butler.

Antonia sah den Blick und zog es vor, ihn zu ignorieren.

„Ihr beide geht jetzt und beendet alles, was noch nicht bereit ist, damit ich früh am Morgen aufbrechen kann. *Bonne nuit.*“

Sie schlüpfte in das blaue Schlafzimmer, bevor einer der Bediensteten protestieren konnte, und fand sich in völliger Dunkelheit wieder. Jedoch kam Licht unter der Tür in der hinteren Ecke hervor, die, wie sie annahm, in das Zimmer des Kammerdieners führen musste, wo Jonathon aus Gründen, die nur ihm bekannt waren, beschlossen hatte, die Nacht zu verbringen.

Was sie entdeckte, als sie die Tür öffnete, war überraschend und sie wusste, dass es kein Zurück mehr geben würde, wenn sie erst einmal die Schwelle überquerte.

EINUNDZWANZIG

Es war, als wären die Sterne vom Himmel gefallen und wären jetzt über den Boden verstreut. Funkelnde Lichtpunkte zeigten die Ränder des kleinen rechteckigen Raums und zwei Seiten einer Matratze, die mit Laken, Bettdecke und Daunenkissen ausgestattet war, wobei der Kopf gegen die Tapete gedrückt und der Fuß der Tür zugewandt war. Kleine Kerzen säumten auch den schmalen geschnitzte Sims eines Kamins, aus dem ein einziges brennendes Holzscheit Wärme ausstrahlte. Eine Waschschüssel und ein Krug standen in der Ecke auf einem hölzernen Ständer, dem einzigen Möbelstück im Zimmer, und direkt gegenüber war das Fensterbrett eines Doppelfensters von Kerzen übersät, deren kleine Flammen durch einen winzigen Lufthauch bewegt wurden.

Dieses Dienstbotenzimmer war einzigartig, weil es nicht nur ein Fenster, sondern auch einen Fenstersitz hatte, und diese Auszeichnung das hohe Ansehen verriet, in dem der Bewohner der Blauen Suite bei seinem Gastgeber stand. Und der Bewohner des Blauen Schlafzimmers thronte auf diesem Fenstersitz, die nackten Beine an den Knöcheln gekreuzt, die Hände tief in die den Taschen eines gelben Seidenmorgenrocks versenkt, der locker um seine Taille gegürtet war und an der Brust offenstand.

Für einen Moment erlebte Antonia ein *déjà vu*. Aber sie war nicht länger die achtzehnjährige Jungfrau voll naivem Optimismus und forschem Selbstbewusstsein. Irgendwie hatten Jugend und Unerfahrenheit es so viel einfacher gemacht, mit Monseigneur im Bett zu landen. Bei dem Gedanken, mit Jonathon Strang im Bett zu landen, fühlte sie sich alles andere als selbstsicher. So viele Gründe, warum sie einen klaren Kopf bewahren sollte, und dennoch fragte sie sich, was es schaden könnte, mit diesem schönen, männlichen Mann zu schlafen, der das so gerne wollte? Sie genoss die Liebe sehr. Aber dies war nicht ihr Ehemann und sie hatte nie mit einem Mann geschlafen, bei dem sie sich ihrer Gefühle nicht sicher war. Dennoch war es fast sechs Jahre her, dass sie einen Mann geliebt hatte – fast in einem anderen Leben. Sie erinnerte sich daran, dass sie keinen Ehemann mehr hatte, eine Witwe war und das bedeutete, dass sie tun konnte, was sie wollte, ohne dass jemandem Schaden zugefügt wurde. Warum also nicht einfach die Erfahrung als das genießen, was sie war – eine kurze, heiße Befriedigung für den Körper? Männer befriedigten sich auf diese Weise; vielen Frauen taten das auch. Aber es lag nicht in ihrer Natur. Gefühle waren für sie das wichtigste, und das, was ihr am meisten Angst machte.

JONATHON BLIEB SITZEN, SCHAUTE ZU UND WARTETE. ALS SIE schließlich die Tür schloss, entspannte er sich sichtlich, rührte sich aber nicht, weil er sich sagte, sie würde zu ihm kommen, wenn sie bereit dazu wäre. Er folgte ihr mit seinen Augen, als sie sich im gelben Schein der unzähligen kleinen Kerzen durch den kleinen Raum bewegte, die er sorgfältig so aufgestellt hatte, um den Raum intimer und einladender zu gestalten. Und als sie endlich zu ihm kam, stand er nicht auf, er nahm seine Hände auch nicht aus den Taschen seines Morgenrocks – er lächelte sie nur an und wartete weiter. Er wartete darauf, dass sie den ersten Schritt machte und überlegte erneut, dass er die Erfahrung für beide ruinieren könnte, weil sein überwältigendes Verlangen darin bestand, ihr die durchsichtigen Nachtgewänder abzustreifen und mit ihr auf die Matratze zu stürzen, und seinen Hände, seiner Zunge und seinem wichtigsten Organ freie Hand zu lassen, und vor allem, dass sie ihn genießen sollte.

Antonia lächelte ihm in die braunen Augen. Sie las seine Gedanken in seinen Augen und das, was er nicht aussprechen musste. Sie stieg aus ihren Pantoletten und ließ den Morgenmantel von ihren Schultern gleiten, der um ihre bestrumpften Füße liegenblieb. Und als er sich leicht bewegte und sich vorbeugte, um sie zu küssen, ließ sie ihn. Sie waren beide vorsichtig und sanft miteinander und dann beharrlicher, als sie einen langen, ausgiebigen Kuss genossen. Er hätte sie in seine Arme genommen, aber sie hielt ihn mit einer Hand an seiner Brust davon ab und er ließ seine Hände fallen, seine lange Finger umklammerten die Kante des Fenstersitzes fest, als sie an der Seidenschärpe seines Morgenrocks zupfte. Als der Knoten sich löste, fiel der Morgenrock auf und enthüllte, dass er nackt und erregt war.

Sie begegnete seinem Blick mit einem wissenden Lächeln und er erwiderte das Lächeln unsicher. Er wollte sie erneut küssen und wieder hielt sie ihn mit einer flachen Hand an seiner nackten Brust auf. Doch diesmal näherte sie sich ihm und die Knöchel seiner langen Beine lösten sich voneinander, um ihr zu erlauben, noch näher zu kommen und schlossen sich dann um sie und hielten sie fest. Sie drückte ihre Lippen an sein stoppeliges Kinn, sog seinen männlichen Duft ein, von frisch geschrubbter Haut und den Hauch von Limette und Sandelholzparfum. Sie küsste seinen Hals, leichte, flüchtige Küsse, die weiter über seine Brust zu den harten Muskeln seines Bauchs wanderten, während ihre Hände den seidenen Morgenrock von seinen breiten Schultern streiften und über die sich abzeichnenden Muskeln seiner Arme wanderten; die Seide sammelte sich an seinen kräftigen Handgelenken und hier blieben ihre Hände liegen, während seine in den weichen Falten der Seide gefangen waren.

Als er sein Gesäß von dem Fenstersitz hob, um seine Hände aus dem Gewirr von Seide zu befreien und den Morgenrock auf den Boden gleiten zu lassen, wollte sie seine bedeckten Handgelenke nicht loslassen, daher hörte er wieder auf, sich zu bewegen und ließ sich erneut zum Warten nieder. Ihr warmer Atem auf seiner nackten Haut ließ sein Herz rasen, sein Atem ging stockend und seine Erregung wurde unerträglich.

Sie sah ihn mit einem verschmitzten Lächeln an. „Wartet. Ich habe mein Geschenk ausgepackt, jetzt möchte ich es genießen.“

Sie glitt auf ihre Knie nieder und er war verloren.

🐘🐘🐘

Drei Tage später traf die Herzoginwitwe von Roxton in der Roxton-Villa am Hanover Square ein, was die kleine Anzahl von Bediensteten in einen Strudel der Aktivität stürzte. Ihre Gnaden war bereits am Tag zuvor erwartet worden und daher waren die Hüllen von den Möbeln gezogen, die Teppiche sauber geschlagen, die Matratzen umgedreht und die Betten gemacht. Schornsteinfeger wurden durch die unbenutzten Schlote hinauf und hinab geschickt, Feuer wurden in den verzierten Kaminen entzündet. Kristall, Holz und Silber wurden auf Hochglanz poliert und die Speisekammer mit genügend Nahrungsmitteln bestückt, um eine kleine Armee zu ernähren.

All diese Aktivitäten und doch hatte die Haushälterin keine klare Vorstellung davon, was vor sich ging, denn das Herrenhaus war jahrelang unbewohnt und vernachlässigt geblieben, und dann kam der Verwalter des Herzogs in der Stadt mit einem braungebrannten Riesen von Gentleman, um das Haus zu inspizieren und der Haushälterin mitzuteilen, dass der Fremde der neue Mieter wäre. Kaum war dieser Besuch vorbei, kamen der jüngere Bruder des Herzogs, Lord Henri-Antoine Hesham, und sein Begleiter Sir John (Jack) Cavendish, um zu bleiben. Und als ob das Benehmen dieser beiden jungen Adligen nicht ausgereicht hätte, um die Geduld des treuesten Bediensteten auf die Probe zu stellen, war ein Karren voller Kisten, die dem neuen Mieter gehörten, eingetroffen, die abgeladen und gelagert werden mussten. Und dann traf die Nachricht der Herzoginwitwe ein, in der ihre bevorstehende Ankunft angekündigt wurde.

Michelle und alle Bediensteten im Witwensitz wussten, was oder genauer gesagt, wer die Verzögerung verursacht hatte. Zweimal wurden die Kutschen und der Karren angespannt, die Pferde der livrierten Vorreiter zum Aufbruch gesattelt, und zweimal wurden die Pferde in die Ställe zurückgebracht. Die Kutschen blieben leer, der Wagen mit seinem riesigen Haufen Koffer und Kisten, die unter Planen und Seilen gesichert waren, wartete weiter, und die Sättel wurden den Pferden der Vorreiter wieder abgenommen.

Schließlich waren die Herzogin und ihr Geliebter – denn was sonst war Jonathon Strang jetzt, nachdem er und die Herzogin zwei Nächte und zwei Tage zusammen in dem kleinen Schlafzimmer für Bedienstete neben dem blauen Schlafzimmer verbracht hatten – aufgetaucht, alles nur, weil eine weitere Nachricht vom Herzog eingetroffen war. Der Diener, der sie brachte, erklärte, dass die Angelegenheit einer sofortigen Antwort bedürfte. Michelle schob den Zettel tapfer unter der Tür des Schlafzimmers hindurch, und innerhalb einer Stunde las die Herzogin in ihrem Bad den Brief des Herzogs und zerriss ihn. Zwei Stunden später war der Konvoi aus Kutschen und Wagen auf dem Weg nach London. Michelle brauchte nicht lange über den Inhalt der Notiz des Herzogs an seine Mutter zu rätseln, als Antonia im Wagen zu Jonathon sagte:

„Ich verstehe absolut nicht, was es ihn angeht, wer in meinem eigenen Haus zu Besuch ist!"

Jonathon drückte ihren bestrumpften Fuß, der auf seinem Knie ruhte, und Antonia lehnte sich in einer Wolke gestreifter Röcke aus feiner indischer Baumwolle in Kissen auf einer samtgepolsterten Bank zurück, während Michelle, die schräg gegenüber saß, durch die Bewegung der Kutsche halb schlief, halb wachte, und die beiden Whippets neben ihr zusammengerollt lagen. Jonathon war sich der Anwesenheit der Zofe bewusst und sagte daher auf Italienisch:

„Er ist ein besorgter Sohn. Besorgte Söhne glauben zu wissen, was am besten für ihre Mütter ist." Er lächelte und kniff sie spielerisch in den Zeh. „Wenn wir verheiratet sind, wird er nicht mehr in der Lage sein können, meine Entfernung zu fordern, ganz gleich ob aus dem Witwensitz oder jedem anderen Ort, an dem wir wohnen."

Antonia kicherte, dachte, er scherzte und antwortete auf Italienisch, weil sie wusste, dass Michelle nicht in der Lage sein würde, ihrem privaten Gespräch zu folgen, ob sie schlief oder nicht. „Wir haben uns in zwei Tagen fünf Mal ..."

„... sechs Mal."

„... sechs Mal geliebt und du glaubst, ich würde dich heiraten? Du hast solch romantische Vorstellungen!"

„Ist das so schlecht?"

„Was? Mit dir verheiratet zu sein oder romantische Vorstellungen zu haben?", neckte Antonia ihn.

Jonathon zuckte die Achseln. „Das eine wie das andere."

Das Nachdenken ließ Antonias Grübchen sichtbar werden. „Ich denke, wir müssen uns noch viele Male mehr lieben, bevor ich dir eine Antwort geben kann."

„Was? Ist es meine Ausdauer oder meine Technik, die du für fehlerhaft hältst?"

Sie zuckte mit den Achseln und gab vor, untröstlich zu sein. „Wie kann ich das sagen, wenn wir uns doch erst sechs Mal geliebt haben?"

Er platzte angesichts ihres Schmollens lachend heraus, und als er ihren bestrumpften Fuß ein wenig zu fest drückte, rappelte sie sich auf, um ihn mit den geschlossenen Stäbchen ihres Fächers spielerisch auf den samtenen Ärmel zu klopfen. Er packte ihr Handgelenk und zog sie an sich.

„Wenn die Zofe nicht hier wäre, würde ich dir beweisen, dass es mir weder an Ausdauer noch an Technik mangelt, du göttliches Wesen."

Antonia erwiderte seinen Blick, ein Schauer des Verlangens ließ sie erzittern, machte sie schwindelig, sodass sie sich über dieses neue Gefühl wunderte. Aber es war nicht neu, es war nur so, dass sie sich so lange nicht so gefühlt hatte, so lange, dass sie vergessen hatte, wie es sich anfühlte, glücklich zu sein.

„Und ich würde es zulassen, weil ich es sehr genieße, mit dir zu schlafen", sagte sie leise und lehnte sich an, um ihn zu küssen.

Aber er lehnte sich zurück, seine braunen Augen schauten prüfend in ihr schönes Gesicht, sein Lächeln wirkte nicht ganz sicher, aber seine Stimme war fest vor Aufrichtigkeit. „Dann heiraten mich, und wir können uns lieben, bis wir alt werden."

Antonia zögerte, und als sie merkte, dass er es ernst meinte, setzte sie sich auf, den Blick fest auf sein gutaussehendes Gesicht gerichtet. Sie blinzelte. „Aber ich bin mit Monseigneur verheiratet...“

Jonathon lächelte schief. „Du warst mit ihm verheiratet ...“

Sie schaute weg. „Ich – ich habe nie daran gedacht, jemals jemand anderen zu heiraten.“

„Mein Schatz, du hast nie darüber nachgedacht, mit jemand anderem als Monseigneur zu schlafen, und doch sind wir hier, du und ich, ein Liebespaar.“

„Das ist etwas anderes.“

„In welcher Hinsicht?“

Antonia zuckte mit den Achseln, errötete, ließ dann plötzlich ihren mit Blattgold bemalten Fächer aufklappen, um ihren Hals und ihre Brüste zu kühlen, und sagte leise: „Die Ehe ist kompliziert; dies hier ist es nicht.“

Er lächelte dünn. „Ja, die Ehe ist kompliziert, und deshalb möchte ich dich heiraten.“ Als Antonia ihn ansah, den Kopf zur Seite gelegt, erklärte er sich genauer. „Zu sagen, dass ich froh bin, dass unser körperlicher Appetit gut zusammenpasst, würde unserem Liebesspiel nicht gerecht werden, aber – und du kannst mich egoistisch nennen – ich will mehr von dir als bloße körperliche Befriedigung. Ich liebe dich. Ich möchte mit dir offen ins Bett gehen, durch die Tür des Schlafzimmers, als dein Mann, nicht heimlich über eine Hintertreppe. Ich möchte dich als dein Ehemann lieben; mit meiner Frau in meinen Armen erwachen, jeden einzelnen Morgen. Ist das zu viel verlangt?“

Zu seiner Überraschung und Freude schüttelte sie den Kopf, aber ihre Worte ließen ihn hart schlucken.

„Was du dir wünschst, ist, was jeder Mann möchte, der verliebt ist, aber... Ich weiß nicht, was ich fühle – was mein Herz fühlt. Ich weiß, was mein Körper fühlt – er verzehrt sich nach dir.“ Sie streckte ihre bestrumpften Zehen aus, brauchte seine Berührung, und als seine große Hand sich über dem Spann ihres Fußes schloss, lächelte sie schwankend. „Ich habe nie einen anderen Mann begehrt als Monseigneur, bis du ...“

„Und du hast *M'sieur le duc de Roxton* geheiratet.“

Antonia hielt seinem Blick stand. „Unsere Ehe war Schicksal.“

Jonathon zuckte mit keiner Wimper. „Und wenn ich dir sage, dass ich glaube, dass auch unsere Ehe Schicksal ist?“

„Ich werde immer Monseigneurs Frau bleiben.“

„Mein Schatz, ich bin mir der Tatsache völlig bewusst, dass wir in einer Ehe mit dir immer zu dritt sein werden, dass ich dich auf ewig mit Monseigneur werde teilen müssen, aber ich bin bereit, mich darauf einzulassen, weil ich dich liebe und dich in meinem Leben haben möchte."

Jetzt war die Reihe an Antonia, schwer zu schlucken und ihr stiegen Tränen in die Augen. Ihre Stimme war kaum mehr als ein Flüstern. Sie vergaß ihr Italienisch und sagte in ihrer französischen Muttersprache:

„Ich verdiene dich nicht."

Darüber musste er lachen und beugte sich vor, um schnell ihre Zehen zu küssen. „Und ich verdiene dich nicht. Also passen wir gut zusammen."

Antonia war seltsam getröstet, und als die Kutschen im Gasthof Bull and Feather in Alston für einen Pferdewechsel anhielten und den Insassen die Möglichkeit geboten wurde, sich die Beine zu vertreten und sich zu erfrischen, erholte sie sich, setzte sich auf und sagte auf Italienisch, weil Michelle mit einem Gähnen aufgewacht war:

„Ich sehe nicht ein, warum wir nicht einfach Liebe machen und einander genießen können und uns um nichts anderes kümmern. Was ist los mit dir? Jeder andere Mann wäre mehr als zufrieden, mich lieben zu dürfen, ohne seine Liebe und Hingabe erklären zu müssen! Ich glaube die Sonne hat dein Gehirn mehr getroffen, als dir bewusst ist!"

„Du könntest recht haben", antwortete Jonathon gutmütig und streckte eine Hand nach der Leine der Whippets aus. Er wartete darauf, dass die Wagentür geöffnet wurde, und übergab die Whippets in die Obhut eines wartenden Dieners, der dafür sorgen sollte, dass sie Auslauf bekämen, sich erleichtern und Wasser trinken könnten, dann trat er zurück und drehte sich um, um Antonias behandschuhte Hand zu nehmen, und sagte, als er ihr beim Aussteigen half: „Ich werde nichts mehr sagen. Aber ich werde dich noch einmal fragen, und zwar bald, weil sich die Ereignisse gegen mich verschworen haben und wenn wir in London ankommen, muss ich mich meiner Pflicht und meinen Aufgaben beugen."

„Pflicht und Aufgaben?" Sie schaute überrascht zu ihm auf. „Welche Pflicht und welche Aufgaben?"

„Ich erkläre dir alles, wenn wir am Hanover Square ankommen", antwortete er leicht zerstreut und klopfte auf seine Rocktaschen, als ob er etwas Wertvolles verloren oder verlegt hätte. „Hast du noch Geld bei dir, *Mme la duchesse?*"

„Geld? Wozu brauche ich Geld?", sagte sie in einer herrscherischen Anwandlung. „Der Name Roxton ist ein ausreichender Kredit in diesem Gasthaus."

„Dessen bin ich mir sicher. Es ist nur ... Nein, das spielt im Moment keine Rolle. Du kannst unsere Rechnung später ausgleichen."

„Unsere Rechnung?" Antonia war verblüfft und blieb mitten in dem sonnenlosen, gepflasterten Hof stehen, zog ihren pelzgefütterten Samtumhang enger um ihre Schultern, während ihre Zofe sich hinter ihr hielt. „Welche Rechnung?"

Sie war sich des Lärms und der Aktivität, die um sie herum weitergingen, nicht bewusst und versuchte, sich daran zu erinnern, sich auch nur einen Pfennig von Jonathon Strang geliehen zu haben, während Stalljungen zu den Köpfen der ermüdeten Pferde liefen und ihr Kontingent von Dienern aus der zweiten Kutsche, die Vorreiter und Fahrer aus Kutschen und Wagen von den eifrigen Bediensteten des Gasthofs Erfrischungen in den Hof gebracht bekamen; jedes Gefährt mit dem herzoglichen Wappen von Roxton verlangte sofortige Aufmerksamkeit.

Jonathon, der weitergegangen war und nun unter dem Türsturz des Gasthauses aus dem 17. Jahrhundert gebeugt stand, wartete darauf, dass sie zu ihm aufschloss. Die Verwirrung in ihren grünen Augen, als sie ihn mit offenkundigem Unverständnis ansah, ließ ihn ein Grinsen über seine List unterdrücken.

„Ich bin sehr enttäuscht, dass *Mme la duchesse* sich nicht daran erinnern kann", sagte er mit allem Ernst, den er aufbringen konnte. „Sich vorzustellen, dass du keine Erinnerung an die Umstände hast, unter denen du die Wette verloren hast, kränkt mich zutiefst."

Sobald er das Wort *Wette* aussprach, wusste sie sofort, auf was er anspielte, und ihr Gesicht überzog sich als Antwort darauf mit flammender Röte. „Du – du bist ein *Teufel*", flüsterte sie wütend.

„Also erinnerst du dich?"

„Wir werden später darüber sprechen. Ich bin durstig und hungrig und dein großer Korpus versperrt mir den Eingang!"

Jonathon rührte sich nicht von der Stelle.

„Also erinnerst du dich *nicht* daran, wie du ausgerufen hast ..."

Antonia wandte sich schnell zu ihrer Zofe um, erschreckte Michelle und sagte, bevor Jonathon den Satz beenden konnte: „Erinnere mich daran, M'sieur Strang sofort fünfzig Guineen zu überreichen, wenn wir am Hanover Square ankommen."

„Fünfzig Guineen? Ja, *Mme la Duchesse*."

„Vielleicht möchtest du die Wette auf hundert Guineen erhöhen?", flüsterte Jonathon ihr mit einem Grinsen ins Ohr. „Doppelt oder nichts darauf, dass du mich vor Ende der Woche auch außerhalb des Bettes Jonathon nennst – *autsch*."

Antonia hatte den zwei Zoll hohen Absatz ihres seidenbestickten Schuhs hart auf die Oberseite seines linken, in einem Stiefel steckenden Fußes gesetzt, stumm vor Zorn, aber sein Ausruf war eher scherzhaft gemeint als von einem tatsächlichen Schmerzgefühl verursacht und das steigerte ihre Wut nur noch. Er beobachtete mit unverhohlener Belustigung, wie sie an ihm vorbei in den Gasthof rauschte, alle ihre fünf Fuß zwei Zoll hoch ganz die Herzogin, und seine Herzogin noch vor dem Sommer, wenn es nach ihm ginge.

Aber selbst die besten Pläne, ganz gleich, wie sorgfältig ausgearbeitet und durchdacht sie sein mochten, konnten durch die Einmischung anderer zerstört werden, wie Jonathon bei ihrer Ankunft in London entdeckte.

„Seine Lordschaft und Sir John sind im Bücherzimmer, Sir", teilte Mrs. Phelps, die Haushälterin, Jonathon mit und wurde dann von einem Aufruhr an der Haustür abgelenkt, was sie sich dem Foyer zuwenden ließ.

Beim Anblick der Herzogin von Roxton blieb der Frau der Mund offen stehen. Es war nicht Antonias physische Anwesenheit, sondern ihr Auftreten, das die alte Dienerin so überraschte und entzückte. Die Herzogin wirkte so, wie in ihrer Erinnerung, als der alte Herzog noch lebte, so voller Vitalität, dass die Haushälterin blinzelte und sich fragte, ob die Zeit irgendwie rückwärts gelaufen wäre. So sehr, dass sie halb erwartete, den Herzog hinter seiner Frau hereinspazieren zu sehen.

Antonia betrat den schachbrettartig mit weißem und schwarzen Marmor ausgelegten Eingangsbereich in einer Wolke feiner Baumwollröcke mit einem pelzgefütterten Umhang darüber, dessen große Kapuze zurückgeworfen war, um ihre von der Reise zerzausten honigfarbenen, nach oben frisierten Locken zu enthüllen. Sie erlaubte Phelps, dem Butler, ihr diese Reisekleidung abzunehmen, überreichte ihm ihren Muff, streifte ihre lavendelfarbenen Glacéhandschuhe ab, wandte sich dann an einen livrierten Diener, um ihre beiden Whippets in die Obhut dieses erschrockenen Mannes zu geben, und drehte sich dann wieder zum Butler, den sie nach seinem arthritischen Knie fragte und ob der Absud aus Mutterkraut, den der Apotheker zur Schmerzlinderung verschrieb und den sie ihm in ihrem Brief zur Weihnachtszeit empfohlen hatte, geholfen hätte. Nein? Sie schaute über ihre Schulter zu ihrer Zofe und wies Michelle an, nach dem Apotheker zu schicken. Dann drehte sie sich wieder zu Phelps um und tadelte ihn, weil er nicht besser auf sich aufpasste.

Im nächsten Atemzug entschuldigte sie sich bei Mrs. Phelps, die sich neben ihren Ehemann gestellt und einen kleinen Knicks gemacht hatte, weil sie nach nur so kurzer Vorwarnung einfach auftauchte, und hoffte, dass sie den Haushalt nicht zu sehr belästigen würde und wenn es keine zusätzliche Belastung wäre, ob man bitte dafür sorgen könnte, dass ihre Schneiderin, Schuhmacherin und Modistin über ihre Ankunft informiert würden und darüber, dass sie sie alle morgen sehen wollte.

„Und was ist mit meinem Sohn, Mrs. Phelps?", fragte Antonia in ihrem stark akzentuierten Englisch, als sie durch den Vorraum in die Haupthalle zum Bücherzimmer eilte, wohin sie Jonathon hatte vorausgehen sehen. „Benehmen sich Lord Henri-Antoine und Sir John? Ich hoffe, sie waren keine Belastung für die Dienerschaft?"

„Überhaupt nicht, Euer Gnaden", versicherte die Haushälterin ihr. „Sie haben sich so benommen, wie es sich für junge Gentlemen gehört, seit Mr. Strang hier eingezogen ist. Darf ich sagen, wie erfreulich es ist, Euch so wohl zu sehen, Euer Gnaden!", rief Mrs. Phelps an der zweiflügligen Tür zur Bibliothek aus und knickste erneut, trat dann beiseite, um es ihrem Mann zu ermöglichen, seinen Pflichten nachzukommen. „So sehr, sehr erfreulich, Euer Gnaden. Ich werde sofort Erfrischungen servieren und Euer Bad bereiten lassen."

„Vielen Dank, Mrs. Phelps", antwortete Antonia mit einem freundlichen Lächeln und folgte dem Butler in das Bücherzimmer, wobei sie sich fragte, was hinter der Bemerkung der Haushälterin steckte, dass Jonathon eingezogen wäre; jedoch schob sie diese und alle anderen Überlegungen beiseite bei der Aussicht, ihren jüngsten Sohn zum ersten Mal seit letztem Weihnachten zu sehen.

JONATHON WAR IN DIE BIBLIOTHEK VORAUSGEGANGEN, WEIL ER sich überlegte, dass, wenn er in der Woche, die er im Haus am Hanover Square während seiner Besuche am Sterbebett seines sterbenden Verwandten in der Upper Brook Street verbracht hatte, irgendetwas über die Gewohnheiten Henri-Antoines und Jack Cavendishs gelernt hatte, dann, dass sie den größten Teil ihrer Zeit damit verbrachten, in dieser Bibliothek herumzulümmeln, Stumpen zu rauchen und den Keller des alten Herzogs von feinem Brandy zu leeren; zwei Laster, die von keiner Mutter eines fünfzehnjährigen Jungen freundlich betrachtet würden, vor allem nicht, wenn der besagte Jüngling von seiner Mutter für unfähig gehalten wurde, ohne einen Arzt als seinen ständigen Schatten zu überleben. Was Jonathon selbst von Henri-Antoines Gesundheit hielt, krank oder nicht, war unwichtig; Antonia nicht aufzuregen war sehr wichtig.

Daher stürzte er sich auf die beiden Jungen, die tatsächlich auf die jeweiligen Sofas gefläzt lagen, während Bücher und Karten in verschiedenen Stadien des Gelesen- oder Durchgeblättert Werdens auf jeder

Oberfläche im Raum und auf dem türkischen Teppich verteilt lagen und die Brandykaraffe und benutzte Gläser auf dem niedrigen Tisch zwischen ihnen standen. Über dem ledergebundenen Buch, das jeder der Jungen vor das Gesicht hielt, stieg ein dünner Rauchfaden auf – ein deutlicher Beweis dafür, dass sie der süchtig machenden Anziehungskraft des gerollten Blattes verfallen waren.

Für einen Kenner, der die Köstlichkeiten des Tabakblatts meiden wollte, zögerte Jonathon eher wenig, Jack Cavendishs Stumpen aus dessen Mundwinkel zu reißen und ihn schnell den Flammen im Kamin zu übergeben. Henri-Antoines wäre den gleichen Weg gegangen, aber Antonia war fast durch den ganzen Raum gelangt, und es blieb keine Zeit, den Stumpen zu entsorgen; daher steckte Jonathon ihn sich zwischen die Zähne, als wäre es seiner, und atmete lange und gemächlich ein, wobei er den Stumpen zwischen zwei schlanken Fingern hielt, als wäre er die ganze Zeit dort gewesen.

In dem Aufruhr darüber, eines so kleinen Vergnügens beraubt zu werden, setzten sich die Jugendlichen kerzengerade auf und protestierten gegen die Überheblichkeit ihres Gastgebers, bis sie den Grund für seine Handlungen erkannten und augenblicklich aufsprangen; Henri-Antoine strich sich einen schwarzen Haarschopf aus der Stirn und blinzelte seine Mutter an, als wäre sie eine Erscheinung. Und dann warf er das in seiner Hand gehaltene Buch beiseite, eilte ihr entgegen und wirbelte sie in seinen Armen herum.

„Maman?! Du hast dein Schwarz abgelegt!", rief er aus und setzte sie ab, ließ sie aber nicht los. „Was machst du hier?"

„Brauche ich einen Grund, meinen Sohn zu sehen?", Fragte Antonia, täuschte spielerisch Gekränktheit vor und streckte ihre Hand Jack Cavendish entgegen, der über einen Stapel Bücher geklettert war, die dabei auf den Teppich fielen, und sich die kupferfarbenen Locken aus den Augen strich. „Ihr seht beide sehr gut aus, wenn auch etwas ungepflegt." Sie lachte, als Jack versuchte, die tiefen Falten in seiner zerknitterten Seidenweste zu glätten, die unregelmäßig zugeknöpft war, und zog den Jungen an sich, um seine beiden geröteten Wangen zu küssen und ihm eine kupferfarbene Strähne aus den Augen zu streichen. „Ich habe euch beide so sehr vermisst", sagte sie leise, lehnte sich an ihren Sohn und versuchte ihr Bestes, ihre Tränen zurück zu halten. „Und dem Zustand dieses Zimmers und eurer Kleidung nach zu urteilen, ist es auch gut, dass ich nach London gekommen bin", fügte sie hinzu, ein flüchtiger Blick über den ungeordneten Zustand des Bücherzimmers, auf die leere Schnapskaraffe und die Gläser und auf die beiden Porzellanuntertassen auf den gegenüberliegenden Seiten des niedrigen Tisches zwischen den beiden Sofas, die voller Stumpenspitzen und

Asche waren und die sie lieber ignorierte. Obwohl sie in Jonathons Richtung die Augenbrauen hochzog, der sich an den Kaminsims lehnte und einen Stumpen paffte, von dem sie sich nicht erinnerte, dass er ihn beim Betreten des Hauses bereits dabeigehabt hätte.

Sie trat von ihrem Sohn zurück und hielt immer noch seine Hand, um ihn von polierten Lederschuhen mit Diamant-Schuhschnallen bis zur Ordentlichkeit seiner schwarzen Seidenreithose und -weste mit kurzen Rockschößen und engen Manschetten mit silbernen Schnüren und reinweißem Leinen von oben bis unten zu mustern, und schließlich blieb ihr Blick auf seinem schmalen, hübschen Gesicht hängen. Seine dunklen Augen und seine starke Nase erinnerten so sehr an seinen Vater, dass sie einen Kloß im Hals hatte und sie schluckte schwer und zwang sich zu einem Lächeln.

„Du bist größer geworden, Henri", sagte sie ruhig. „Und siehst sehr gut aus. Aber wo ist Bailey?"

Henri-Antoine küsste ihre Hand und sah mit einem verständnisvollen Lächeln in ihre feuchten grünen Augen. „Bailey erhielt vor mehr als einem Jahr seine Freiheit, Maman."

„*Pourquoi*?"

„Ich habe mit Roxton eine Abmachung getroffen. Ein Jahr ohne Anfall und Bailey würde nicht mehr meinen Schatten spielen müssen. Ein zweites Jahr ohne Anfälle und mein leidgeprüfter Arzt würde von mir und ich von ihm frei sein."

„Du hast in *drei* Jahren keinen Anfall von Fallsucht mehr gehabt?"

Antonia war erstaunt und schaute zu Jack, der grinste, und dann zu Jonathon, bevor sie ihren Sohn erneut ansah. Um bei so willkommenen Nachrichten ihre Unmenge von Gefühlen zu verbergen, dessen nicht geringstes ihre Reue darüber war, ihren jüngsten Sohn vernachlässigt zu haben, und um zu verhindern, dass ihr die Tränen über die Wangen rollten, sagte sie munter:

„Ich freue mich sehr, dass die Fallsucht dich in Ruhe gelassen hat und Bailey nicht länger dein Schatten ist, Henri-Antoine, aber das gibt dir und Jack nicht das Recht, Monseigneurs Brandy zu trinken, als wäre er Wasser und dieses alberne neue Gewohnheit, Tabakblätter zu rauchen, anzunehmen. Was auch immer andere dumme junge Männer tun, du tust es nicht. Nachdem ich jetzt hier bin", fügte sie hinzu und schaute nicht nur ihren Sohn, sondern auch Jack und Jonathon vielsagend an, „wird jeder sich anständig benehmen, oder ich werde sehr böse, und keiner von euch will mich böse machen, *n'est-ce pas*? Ihr versteht mich?"

„Vollkommen", antworteten Henri-Antoine und Jack gehorsam, doch Jack konnte ein Lachen nicht unterdrücken, als Jonathon die

Augen verdrehte und den Stumpen ins Feuer warf. Bevor Antonia sich umdrehen konnte, um zu sehen, was Jack so erheitert hatte, zog Henri-Antoine sie in eine Umarmung und sagte mit unterdrücktem Gefühl, während er Jonathon über die Schulter seiner Mutter ansah:

„Maman, du bist zu uns zurückgekehrt, und das freut uns so sehr, *so sehr.*"

Sie wollten sich gerade zum Diner setzen, als der Bote ankam. Phelps zögerte, sie zu stören. Er hatte die Herzogin seit vielen Jahren nicht mehr so heiter und voller Leben gesehen, und dies war die erste Mahlzeit als Familie, die sie seit dem Tod des alten Herzogs mit ihrem Sohn am Hanover Square einnehmen würde. Das Gespräch verlief reibungslos und wurde nur von Lachanfällen der Gäste unter-brochen.

Mr. Strang saß bequem am Fußende des Tisches in einer leuchtend gelben, mit Seide bestickten Weste; seine Kleidung war fast so prächtig wie die Herzogin, die ihm in einem offenen Robenkleid mit muschel-rosa Seidenröcken gegenüber saß, die mit an Ranken sitzenden Rosen-knospen bestickt waren, dazu ein passendes, tief ausgeschnittenes Mieder, die Haare zu einer Hochfrisur getürmt, aus der schwere Locken über ihre linke Schulter fielen. Die beiden jungen Herren waren mit der ganzen Pracht eleganter Schneiderkunst gekleidet, die sie für diesen Anlass aufbringen konnten, ebenso wie der adrette kleine Bibliothekar in seiner scharlachroten Weste, dem eine große gleichfar-bige Seidenschleife sein schulterlanges graues Haar im Nacken zusam-menhielt.

Die Ankunft von Mr. Gidley Ffolkes zum Abendessen war nur für Antonia eine Überraschung, die den Bibliothekar mit so viel Begeiste-rung begrüßte, dass er rot wurde, und als sie die anderen tadelte, weil niemand ihr erzählt hatte, dass er als Gast im Haus war, suchte er stam-melnd nach einer geeigneten Antwort. Es war Jonathon überlassen, zu erklären, dass er sich der Expertise von Mr. Ffolkes versichert hatte, um eine Bestandsaufnahme der Sammlung im Bücherzimmer vorzuneh-men, eine Aufgabe, die dieser vor etwa drei Tagen begonnen hatte. Jonathon versäumte es passenderweise zu erwähnen, dass er mit dem Bibliothekar in Gesprächen war, um ihn nördlich der Grenze reisen zu lassen, um die Bibliothek in Leven Castle zu leiten. Der Grund dafür war, dass Jonathons alter Verwandter nicht nur eine riesige Bibliothek besaß, die völlig unsortiert war und die daher dringend die Dienste eines Bibliothekars benötigte, sondern dass er auch eine der besten und möglicherweise umfangreichsten Sammlungen von illuminierten Manuskripten in Europa besaß.

Schließlich, als das Geschirr abgeräumt war und die Herzogin erklärte, dass Kaffee im Bücherraum serviert werden sollte, überreichte der Butler das versiegelte Schreiben und entschuldigte sich mit unterdrückter Stimme, dass der Bote im Seitenzimmer geblieben war und auf eine sofortige Antwort wartete. Jonathon las die kurze Notiz und sagte Phelps, er würde seinen Mantel und seine Handschuhe brauchen, woraufhin der Butler Mr. Strang informierte, dass der Bote in einer Droschke angekommen wäre, die sie beide auf dem Platz erwartete.

Antonia hatte ihn noch nie mit so grimmigem Gesicht gesehen, daher schickte sie die Jungen und Gidley Ffolkes voraus in das Bücherzimmer; ihr erster Gedanke war Jonathons Tochter, aber er schüttelte den Kopf und steckte den Zettel in eine Westentasche.

„Sarah-Jane bleibt mit Kitty und Tommy in ihrem Stadthaus. Ich wollte morgen nach ihr schicken, dass sie sich uns anschließen sollte, aber jetzt, nach diesen Neuigkeiten ..." Er rieb sich die Stirn, als wäre er plötzlich müde und versuchte, lässig zu wirken, als er sie liebevoll unter das Kinn stupste: „Warte nicht auf mich. Ich könnte zwei Stunden fortbleiben oder zehn."

Antonia ging mit ihm in die Eingangshalle und sah mit gerunzelter Stirn zu, wie man ihm in seinen Mantel half.

„Ich möchte deine Lasten nicht vergrößern, doch es gibt so viel, was du mir vorenthältst", stellte sie fest. „Und deshalb werde ich warten: zwei Stunden oder zehn. Zeit ist nicht wichtig. Wichtig ist, dass du es mir erklärst."

Er schaute beim Anziehen seiner Handschuhe auf und nickte. „Ja. Es ist an der Zeit." Dann verschwand er in der Nacht. Als er drei Stunden später zurückkam, fand er Antonia in dem Bücherraum zusammengerollt in dem Ohrensessel, der dem Kamin am nächsten stand, und in dem Ohrensessel gegenüber Charles Fitzstuart, der seinen Brandy in einem Glas schwenkte und brütend ins Feuer starrte.

Als er Jonathon sah, sprang der junge Mann auf und sagte ohne Vorrede: „Sir! Ich bin gekommen, um um die Hand Eurer Tochter anzuhalten, und ich brauche Eure Antwort noch heute Abend!"

ZWEIUNDZWANZIG

Charles Fitzstuarts überraschende Erklärung liess Jonathon in einiger Entfernung vom Kamin stehenbleiben. Volle fünf Sekunden lang starrte er den jungen Mann an und fragte sich, ob er ihn missverstanden hatte, dann erspähte er das schwere Silbertablett mit der Brandykaraffe und den Gläsern, schenkte sich einen Fingerbreit voll ein und trank, ohne etwas zu schmecken. Das zweite Glas genoss er langsam und drehte sich dann schließlich zu Charles um, nachdem er einen raschen Blick mit Antonia gewechselt hatte, die ihm mit einem Aufreißen ihrer grünen Augen mitteilte, dass Charles' Erklärung für sie ebenso überraschend kam wie für ihn.

„Ich muss sagen, ich begrüße Eure offene Ansage, Charles. Die meisten jungen Männer würden vorher mindestens für einige Minuten ein banales Gespräch über alle möglichen Themen beginnen, um den Vater des Mädchens davon zu überzeugen, dass sie keine kompletten Idioten wären, bevor sie ihm eine solche Erklärung um die Ohren hauen. Ihr nicht." Jonathon musterte den jungen Mann mit dem roten Gesicht scharf. „Ich wage zu behaupten, Ihr seid zu banaler Konversation nicht fähig." Er schaute Antonia an und deutete mit einer Kopfbewegung auf Charles. „Ist Euer Cousin zu ernst für müßiges Geschwätz, *Mme la duchesse?*"

Antonia legte Rousseaus *Du Contrat Social* beiseite und benutzte die kleine Handglocke neben ihrem Ellenbogen. „Ihr seid es, der schwätzt, M'sieur. Charles hier hat Euch eine völlig vernünftige Frage gestellt, die eine vernünftige Antwort verdient."

Jonathon lachte laut auf und lehnte seine Schultern gegen den

Kaminsims. „Ihr habt recht. Ich schwätze. Ich hatte einen sehr anstrengenden Abend, daran muss es liegen."

Aber als er sich umdrehte, um Charles über seinem Brandyglas hinweg von oben bis unten zu mustern, erstarb sein Lächeln, seine braunen Augen wurden tiefernst und um sein Kinn bildete sich ein völlig kompromissloser Zug, was seine Gesichtszüge plötzlich hart machte, so dass er skrupellos und unnachgiebig wirkte und ein völlig anderer Mensch zu sein schien, als der, den Antonia kannte. Sie fragte sich, ob er auf diese Weise Geschäfte für das Unternehmen auf dem Subkontinent abwickelte.

„Also wollt Ihr meine Tochter heiraten, junger Mann. Warum?"

„Ich liebe sie, Sir."

„Ihr liebt sie? Das sagt sich leicht. Aber es ist nicht so einfach." Jonathon zuckte die Achseln. „Also Ihr liebt sie. Ihr braucht mehr als das, um eine Frau zu versorgen. Was könnt Ihr ihr bieten?"

„Ihr bieten?"

„Die Frage ist einfach genug. Was könnt Ihr, der zweite Sohn eines Earls, der keine Aussicht hat, Titel, Land oder Geld zu erben, ihr bieten? Ihr habt einen Universitätsabschluss, nicht einmal einen sehr nützlichen – Sprachen – und keine Absicht, in die Armee oder in die Kirche einzutreten oder Euch dem Recht zuzuwenden – was die bevorzugten Berufe jüngerer Söhne sind und ein gewisses Einkommen bieten, um eine Frau und Kinder zu versorgen. Und mit Sicherheit habt Ihr weder Fähigkeiten noch Erfahrungen aus der Geschäftswelt. Also frage ich noch einmal: Was könnt Ihr meiner Tochter bieten?"

„S–Sir, ich – ich –"

„Sarah-Jane ist mit allem Komfort aufgewachsen. Sie hat gewisse Erwartungen, einen Lebensstil, den sie aufrechterhalten möchte. Sie ist es gewohnt, von allem das Beste zu haben und das Beste kostet Geld, viel Geld."

„Sarah-Jane macht sich nichts aus Geld ..."

„Unsinn! Nur die Reichen können es sich leisten, sich nichts aus Geld zu machen", höhnte Jonathon. „Wenn sie Euch das gesagt hat, frage ich mich, ob Ihr einen solchen Dummkopf heiraten wollt!"

„Sie ist kein ..."

„Als nächstes werdet Ihr mir erzählen, dass ihr der Titel auch egal ist! Was ebenso großer Unfug ist, denn alles, was ich in den letzten zwölf Monaten von ihr gehört habe, ist ihr großer Wunsch, *mindestens* einen Baronet zu heiraten." Jonathon stellte sein leeres Glas ab und musterte den jungen Mann scharf. „Ihr habt sie gefragt? Ihr habt die Lage erkundet, bevor Ihr herkamt, um kühn die Erlaubnis ihres Vaters einzuholen? Wir halten hier doch keine Diskussion ohne jede Grundlage, oder?"

„Ich habe mit Miss Strang gesprochen, Sir", bestätigte Charles fest und streckte sein rundes Kinn nach oben, um Jonathons hartem Blick zu begegnen, ohne mit der Wimper zu zucken, „und sie hat eingewilligt, meine Frau zu werden, wenn Ihr Euren Segen und Eure Zustimmung gebt."

„Hat es mit Eurem Bruder nicht funktioniert?"

„Wie bitte?"

„Wollte Euer Bruder sie nicht ..."

„Sie nicht wollen? Sie war es, die ..."

„... so dass sie beschloss, der zweitbeste wäre besser als gar nichts? Was für ein Riesenhaufen Unrat! Sarah-Jane hat sich noch nie mit dem zweitbesten in ihrem Leben zufrieden gegeben! Also, was habt Ihr ihr versprochen, was Ihr nicht werdet halten können? Ihr habt keinen Titel, also muss es etwas ganz schön Wichtiges sein, um ein Mädchen wie Sarah-Jane hereinzulegen. Oder habt Ihr meine Tochter absichtlich in eine kompromittierende Situation gebracht, aus der sie jetzt nicht mehr herauskommt? Wie? Sagt es mir!"

„*Strang*. Das ist *genug*", verlangte Antonia mit einem wütenden Flüstern, halb aus dem Ohrensessel aufstehend.

Doch als Jonathon mit einem fast unmerklichen Kopfschütteln zu ihr hinabschaute und zwinkerte, verstand sie sofort, dass er den jungen Mann höchst grausam aus der Reserve lockte. Sie funkelte ihn warnend an, ihr gefiel seine Taktik überhaupt nicht, woraufhin seine harte Maske fast Risse bekam, dann sank sie wieder in den Sessel zurück. Sie wandte sich an den Diener, der neben ihr aufgetaucht war, um Kaffee zu bestellen, und wollte die Gentlemen schon fragen, ob sie noch etwas bräuchten, bekam aber keine Gelegenheit mehr.

Charles Fitzstuart, der den stillen Austausch zwischen der Herzogin und Jonathon nicht bemerkt hatte, weil ihn die Anwesenheit des Lakaien ablenkte, kochte vor Wut über Jonathons Vorwürfe und seine unbekümmerte Haltung in Bezug auf seine Gefühle für Sarah-Jane und seinen aufrichtigen Wunsch, sie zu heiraten. Er ging, erfüllt von einem Zorn, dessen er sich nie für fähig gehalten hätte, auf Jonathon los.

„Ihr könnt Euch glücklich schätzen, *sehr glücklich*, in der Tat, dass ich überhaupt hierhergekommen bin!", explodierte er. „Sarah-Jane war absolut dafür, mit dem ersten Postschiff nach Frankreich zu fliehen! Was *Ihr* nicht alles über *Eure* Tochter wisst, *Sir*. Sie war eher bereit, mit mir als meine Geliebte in Frankreich in Sünde zu leben, bis wir an ihrem einundzwanzigsten Geburtstag heiraten könnten, als einen Moment länger in diesem Land zu bleiben, weil sie weiß, dass sich jeden Tag, den ich länger auf englischem Boden bleibe, die Schlinge des Henkers um meinen Hals enger zieht! Aber ich sagte nein. Ich wollte sie nicht zu meiner Geliebten machen. Wenn es so weit käme, schlug ich vor, dass sie bei Euch bleiben und wir diese zwei Jahre warten sollten. Diese Vorgehensweise war für sie nicht annehmbar und daher erklärte sie sich einverstanden, dass wir es so machen, wie ich zuerst vorschlug.

„Und daher findet Ihr mich hier vor Euch, bei dem Versuch, richtig und ehrenhaft Eurer Tochter gegenüber zu handeln, und auch Euch gegenüber, indem ich Eure Erlaubnis für unsere Heirat erbitte. Ich möchte, dass sie – dass *wir* – Euren Segen haben. Ich möchte immer gute Beziehungen zu Euch haben, was auch immer Ihr von mir denken mögt, und gleich, was ich getan habe! Ich halte Euch für einen anständigen und ehrenwerten Mann – einen Mann mit einem freien Geist, der bereit ist, mich in Fairness anzuhören. Ich dachte, Ihr würdet erkennen, dass es Eurer Tochter weitaus besser gehen würde, wenn sie mit mir verheiratet wäre – mit mir, der sie lieben und schätzen und ein treuer Ehemann sowie unseren Kindern ein guter Vater sein wird, ob ich nun in Euren Augen und den Augen anderer Verräter bin oder nicht – als mit meinem Bruder, der Eure Tochter um ihrer Mitgift willen heiraten würde, ohne die Absicht, seine Geliebte aufzugeben! Ist das die Art von Mann, die Ihr für Eure Tochter wollt? Nun, ist das so, Sir?"

„Nein, Charles, ist es nicht", antwortete Jonathon ruhig. „Sarah-Jane war entschlossen, einen Titel zu heiratenheiraten sollte, nicht ich. Ich wollte immer nur, dass meine Tochter glücklich wird."

Charles Fitzstuart blieb stehen. Nicht, dass ihm selbst aufgefallen wäre, dass er vor dem Kamin auf und ab gegangen war, oder dass er sich mit der Hand durch die Haare fuhr, dann beide Hände zu Fäusten ballte, oder dass er seinen zukünftigen Schwiegervater angeschrien hatte. Er blinzelte zu dem großen Mann auf und holte tief Luft, plötzlich durstig und verlegen wegen seines untypischen Ausbruchs. Er trat zu Antonia hinüber, die schweigend da saß, die Hände im Schoß ihrer seidenen Röcke, ein kleines Lächeln um ihren schönen Mund, und verbeugte sich feierlich.

„Verzeiht mir, *Mme la duchesse*. Ich hätte niemals meine Stimme erheben dürfen. Meine Gefühle – was ich für Miss Strang empfinde – verzeiht mir."

Antonia streckte eine Hand aus und als Charles sie mit einem nervösen Lächeln nahm, sagte sie leise: „Entschuldigt Euch nie für Eure Gefühle, Charles." Sie warf Jonathon, der am Kaminsims lehnte, einen Blick zu und drückte die Hand ihres Cousins. Als Charles ihr in die

Augen schaute, hielt sie seinen Blick fest und sagte mit einem traurigen Lächeln: „Aber vielleicht gibt es etwas anderes, etwas weit Ernsteres, weshalb Ihr Euch entschuldigen solltet?"

Charles nickte. Wenn sein Gesicht sich vor Ärger über Jonathon gerötet hatte, war es jetzt tiefrot vor Verlegenheit und Scham gegenüber der Herzogin und er schluckte, als er überlegte, wie er seine verwirrten Gefühle ordnen könnte, um sich zu erklären. Er erhielt einen kurzen Aufschub, da der Butler und zwei Lakaien auf leisen Sohlen mit dem Kaffeegeschirr in das Bücherzimmer traten. Obwohl er etwas viel Stärkeres vorgezogen hätte, war eine Tasse Kaffee willkommen und half ihm dabei, seine Nerven zu beruhigen und seine Gedanken für das Geständnis zu sammeln, das er nicht nur Antonia, sondern Jonathon schuldete, wenn er hoffen wollte, die Zustimmung des Kaufmanns zu einer Heirat mit Sarah-Jane zu erhalten.

Wieder ging er das Problem direkt an, aber er war ruhiger und fand es überraschenderweise einfacher, sein Handeln als Verräter an der englischen Krone zu erklären, als seine Liebe zu Sarah-Jane.

„Vielleicht, wenn Ihr hört, was ich zu gestehen habe, Sir, werdet Ihr Eure Zustimmung zu der Ehe zwischen Eurer Tochter und mir nicht geben", stellte Charles ruhig fest, als er Porzellantasse und –untertasse abstellte. „Nicht weil ich ein zweiter Sohn mit geringen Aussichten hier in England bin, sondern weil ich in den Augen meiner Landsleute ein Verräter an Seiner Majestät König Georg und an meinem Land bin.

„Ich bin – ich war seit der Kriegserklärung gegen unsere Brüder und Schwestern in den amerikanischen Kolonien ein Unterstützer dieser Kolonisten, die gegen uns die Waffen ergriffen haben. Ich finde Besteuerung ohne Repräsentation unerträglich. Die von dieser Regierung gegen unsere amerikanischen Cousins begangenen Ungerechtigkeiten sind zu zahlreich, als dass ich sie aufzählen könnte, ich kann nur sagen, dass die Kolonisten meines Erachtens das Recht haben, sich selbst zu regieren. Es ist absurd, wenn diese Regierung denkt, dass sie eine Kolonie aus dieser Entfernung regieren könnte, und erwartet, dass Männer, die so weit weg sind, eine Petition an das Parlament richten und ein Jahr warten, bis sie eine Antwort auf ihre Bitte erhalten!

„Ich hatte immer Zweifel an der Art und Weise, wie unsere Gesellschaft aufgebaut ist, und an der Tatsache, dass sie von einer titeltragenden Minderheit regiert wird, die nichts getan hat, um sich ihre hohen Positionen zu verdienen, als von einem edlen Mutterleib geboren zu werden – und dass die Reihenfolge der Geburt bestimmt, wer regiert und wer seinen eigenen Weg in der Welt finden muss, unabhängig von allen Fähigkeiten. In Wahrheit, Sir, finde ich den

Begriff des göttlichen Rechts der Könige unsinnig und Adelsprivilegien absurd.

„Ich bitte um Verzeihung, *Mme la duchesse*", fügte Charles aufrichtig hinzu, „nicht für meine Überzeugungen, aber ich möchte Euch oder *M'sieur le duc de Roxton*, Euren Sohn, nicht absichtlich beleidigen. Ihr seid das Beste, was unser Stand zu bieten hat. Ihr seid ehrlich und gerecht und glaubt, dass der Wert eines Mannes in seinem Handeln liegt, nicht nur in seiner Abstammung. Ich glaube, Sir, Eure Ansichten unterscheiden sich nicht sehr von denen der *Mme la duchesse?*", sagte er zu Jonathon, der ihn weiterhin mit einem Ausdruck ansah, den er nur schwer interpretieren konnte, einem Ausdruck, der weit beunruhigender war als sein kaltes Benehmen zuvor. „Stimmt Ihr mir nicht zu, dass alle Menschen in den Augen Gottes gleich geschaffen sind und daher allen Menschen der Zugang zu allen Chancen ohne Furcht und nicht aufgrund einer Gunst durch ihre Geburt gewährt werden sollte? Das ist es, woran die neue amerikanische Nation von ganzem Herzen glaubt, und das ist die Gesellschaft, von der ich ein Teil sein möchte, und in der ich mit Eurer Tochter eine Familie gründen möchte, mit Eurer Erlaubnis und, das ist unser innigster Wunsch, mit Eurem Segen."

Jonathon schwieg fast zu lange, als dass Charles sich hätte zurückhalten können, und dann löste er seine Schultern von dem verzierten Kaminsims, richtete sich auf, zog an den Spitzen seiner leuchtend gelben Weste und holte tief Luft.

„Mit dem meisten, was Ihr gesagt habt, Charles, bin ich einverstanden", antwortete Jonathon gleichmütig. „Eure Gefühle sind aufrichtig und es ist schwer, etwas gegen eine Gesellschaft einzuwenden, die auf den guten Taten der Menschen beruht und nicht nur auf ihrer unterschiedlichen Geburt. Aber was gedenkt Ihr in dieser neuen Nation zu tun, sollten die amerikanischen Kolonien in diesem Krieg gegen unseren König und unser Land gewinnen?"

„In Paris wartet eine Stellung bei Mr. Franklin auf mich, Sir. Ich soll sein Sekretär sein und werde am französischen Hof sein Dolmetscher sein. Danach?" Charles zuckte die Achseln und wurde verlegen. „Es ist mein ernster Wunsch, mich in der neuen Nation der amerikanischen Staaten in die Politik zu begeben. Ich wage zu hoffen, dass die Kolonisten mich als einen der ihren aufnehmen werden und dass ich sie eines Tages repräsentieren darf, sollten sie es für angebracht halten, mich in ihr Parlament zu wählen."

„*Von größerem Wert ist ein ehrlicher Mann gegenüber der Gesellschaft und vor Gott als alle gekrönten Schurken, die jemals gelebt haben*", zitierte Antonia. Sie lächelte. „Ich glaube, Ihr werdet es schaffen, Charles."

Charles nickte und schmunzelte, weil die Herzogin aus der Broschüre *Common Sense* zitierte, aber Jonathons Antwort wischte das Lächeln von seinem Gesicht.

„Das ist sehr edel und würdig von Euch, Charles, und es freut mich auf jeden Fall, dass Ihr beabsichtigt, etwas mit Euch anzufangen, denn Männer müssen Beschäftigung und Ziel im Leben haben, oder sie geraten in Schwierigkeiten. Kann Müßiggang oder Verschwendung nicht ausstehen. Und wie *Mme la duchesse* glaube auch ich, dass Ihr den Verstand und die Entschlossenheit besitzt, bei einem solchen Unterfangen erfolgreich zu sein. Doch Ihr müsst noch erklären, warum Ihr glaubt, dass sich jeden Tag, den Ihr auf englischem Boden verweilt, die Schlinge des Henkers um Euren feinen Hals enger zieht? Wir führen keinen Krieg mit den Franzosen und deshalb könnt Ihr ungehindert den Ärmelkanal überqueren.“

Charles hustete in die Faust, um sich zu räuspern, und sah nicht Jonathon an, sondern Antonia. Seine Reue war spürbar.

„Ich habe Euch getäuscht, *Mme la duchesse*, und das werde ich mir niemals verzeihen. Ich habe Euch glauben lassen, dass die Briefe, die ich geschrieben habe und die Ihr nach Paris geschickt habt, für eine gewisse junge Dame bestimmt waren.“

„Silas Deane, *hein?*“

„Ah, also wisst Ihr es. Ich dachte mir schon, dass Ihr es inzwischen erfahren habt.“ Für Jonathon erklärte er es noch einmal. „Ich habe verschlüsselte Nachrichten an einen Vertreter der amerikanischen Kolonisten in Paris gesendet, die Informationen enthielten, die ich für nützlich hielt, unter dem Deckmantel eines Schreibens an eine junge Frau. Die Briefe wurden von *Mme la duchesse* adressiert und an das Haus der Familie Roxton in Paris geschickt. Zu keinem Zeitpunkt habe ich *Mme la duchesse* die Wahrheit gesagt oder ihr mitgeteilt, obwohl ich es sehr wohl wusste, dass das *hôtel* verkauft und in Wohnungen aufgeteilt worden war. Ich entschuldige mich nicht für meine verräterischen Taten, sondern dafür, dass ich Euch getäuscht habe, *Mme la duchesse*, es tut mir wirklich leid“, fügte er hinzu und verbeugte sich feierlich vor der Herzogin.

Antonia sah zu ihm auf. „Mein Sohn weiß es ebenso wie Lord Shrewsbury und das *Komitee für koloniale Korrespondenz von Interesse.*“

Charles nickte. „Seine Gnaden war äußerst großherzig. Roxton schrieb und teilte mir mit, dass das Komitee Fragen an mich hätte und ich erkannte daraus, dass ich entdeckt worden war. Seine Gnaden hätte sich nicht die Mühe zu machen brauchen, vor allem, da er mich für einen verräterischen Hund halten muss.“

„Ihr gehört noch immer zur Familie, Charles“, unterbrach ihn

Antonia. „Und mein Sohn hat trotz seiner strengen Überzeugung, stets das Richtige zu tun, einen ausgeprägten Familiensinn."

Charles nickte und räusperte sich.

„Ja, *Mme la duchesse*. Ich werde für diese Warnung auf ewig in seiner Schuld stehen. Sie gab mir die Zeit, meine Angelegenheiten in Ordnung zu bringen und unsere Abreise morgen vorzubereiten – wenn Ihr, Sir, zustimmt, dass Eure Tochter mich heiratet."

„Die Dringlichkeit?"

Charles lächelte schief gegen seinen Willen. „Der Herzog hat mir Zeit verschafft, aber ich bin dennoch ein gesuchter Mann. Lord Shrewsbury hat verlangt, dass ich zu einer Befragung in seinem Amtszimmer erscheine. Morgen. Ich bin sicher, dass nur die Achtung, die er für Seine Gnaden von Roxton empfindet, ihn dazu gezwungen hat, mich als Gentleman und nicht als gewöhnlichen Verbrecher zu behandeln. Wenn es nach Shrewsbury ginge, würde ich inzwischen gejagt, in Eisen gelegt und als Gast in den Tower eingezogen sein. Die Vorstellung einer Befragung beinhaltet für den Herrn der Spione auch den Gebrauch der Folter. Ich weiß aus guter Quelle, dass seine bevorzugte Methode auf der Suche nach der passenden Antwort auf eine Frage eine ist, die von Ärzten bei der Behandlung von widerspenstigen Personen, besonders Frauen, angewandt wird, wobei das Opfer ausgezogen, auf einen Stuhl mit gerader Lehne gesetzt wird, der zu diesem Zweck mit Lederfesseln ausgestattet ist, wo dann Hand- und Fußgelenke angeschnallt werden und dann ..."

„Bitte, Charles, nicht weiter", flüsterte die Herzogin, die sich plötzlich schwach fühlte.

„... wird eiskaltes Wasser ständig über den Kopf gegossen, bis man ein Geständnis des Opfers erzielt hat ..."

„Genug!", knurrte Jonathon, war mit zwei Schritten neben Antonias Stuhl und beugte sein Knie. „Liebste, es ist alles in Ordnung", murmelte er beruhigend und drückte seine Lippen auf ihre Hand. Er legte seine Stirn auf ihre Haare und sagte sanft: „Ich werde das nie wieder zulassen. Niemals. Nicht bei dir und nicht bei Charles. Selbst, wenn ich noch ein Dutzend Finger mehr brechen und weitere zehn Kerle verstümmeln müsste. Aber dazu wird es nicht kommen."

Antonia nickte, holte tief Luft und hob ihren Kopf, um in seine braunen Augen zu lächeln, Augen, die besorgt und prüfend ihr blasses Gesicht anschauten. Sie legte eine Hand auf seine stoppelige Wange. „Ich weiß, das würdest du tun. Ich bin ein bisschen albern, aber das geht vorbei. *Merci*."

Jonathon lächelte und zwinkerte ihr zu, richtete sich zu seiner vollen Höhe auf und sagte so gleichmütig, wie er konnte, nachdem er eben seine Gefühle für Antonia, noch dazu vor den Augen dieses jungen Mannes, der bald sein Schwiegersohn sein würde, zur Schau gestellt hatte:

„Ich kann Euch nicht einfach mit meiner Tochter davonlaufen lassen, ohne dass sie mir versichert, dass Ihr das seid, was sie von einem Ehemann erwartet, und dass sie sich bewusst ist, dass das Leben, das Ihr für Euch beide im Sinne habt, Exil bedeutet – nicht, dass sie nicht daran gewöhnt wäre, nachdem sie ganzes Leben auf dem Subkontinent verbracht hat. Aber es bedeutet Trennung von mir, vielleicht für immer.“

„Ja, ja, das ist mir klar, Sir“, sagte Charles stockend, dessen Kopf noch immer benommen war, nachdem er die intime Szene zwischen dem Paar miterlebt hatte, und er schüttelte sich innerlich, um klar denken zu können, und fügte hinzu: „Sarah-Jane wollten am Morgen hierherkommen, Sir.“

„Vermutlich mit gepackten Koffern.“

Charles lachte. „Ja, Sir. Wenn wir rechtzeitig nach Dover kommen wollen, müssen wir nach Tagesanbruch so früh wie möglich aufbrechen.“

„Sie muss Euch in der Tat lieben, wenn sie bereit ist, in ein Land zu fliehen, dessen Sprache sie nicht spricht, mit einem bekannten Spion, der als Verräter gejagt wird!“ Jonathon streckte seine Hand aus und Charles nahm sie dankbar entgegen. „Gott helfe euch beiden.“

Charles grinste. „Danke, Sir. Ihr werdet es nicht bereuen. Ich danke Euch, *Mme la duchesse*“, sagte er, als Antonia ihn umarmte und auf beide Wangen küsste. „Ich werde aus Paris schreiben und Mr. Franklin Eure besten Wünsche übermitteln.“

„Es ist egal, ob ich es bereue“, witzelte Jonathon und führte Charles zur Doppeltür. „Achtet nur darauf, dass meine Tochter es nie bereut! Und jetzt sage ich Euch: Ihre Mitgift beträgt ...“

„Nein, Sir. Ich will Euer Geld nicht.“

Dabei lachte Jonathon so laut, dass der Diener, der die Kaffeesachen wegräumte, sie fast auf dem Silbertablett umwarf, das er auf einer behandschuhten Hand balancierte.

„Ihr nicht, lieber Junge, aber Sarah-Jane mit Sicherheit! Und dies sind die Bedingungen, unter denen ich die fünfundzwanzigtausend Pfund aushändigen werde: Nicht ein Penny ihrer Mitgift darf für die amerikanische Sache ausgegeben werden, nicht einer. Ich werde mein schwer verdientes Vermögen nicht dazu verwenden, einen Krieg zu fördern, unabhängig von den Parteien. Benutzt Euer Gehirn, aber nicht mein Geld. Das ist für ihre Bequemlichkeit gedacht. Wenn die Kolonien diesen Krieg gewinnen und ein freies Land mit freien Wahlen werden, könnt Ihr gern ihr Erbe mit meinem und ihrem Segen nutzen, um diese neue Gesellschaft, die Ihr so liebt, zu verbessern, aber Sarah-Jane steht an erster Stelle in allen Dingen. Immer."

„Du hattest einen ganzen Abend voller Überraschungen, *n'est-ce pas?*" Antonia kicherte, als Jonathon in die Bibliothek zurück-kehrte und sich in dem Ohrensessel ihr gegenüber ausstreckte und eine Hand vor seine Augen legte.

„Innerhalb eines Abends bin ich von den Vorbereitungen für ein Begräbnis dahin gekommen, der Entführung meiner Tochter durch einen gesuchten Verräter zuzustimmen. Mehr Überraschungen brauche ich nicht."

Als er seine Hand nicht entfernte, trat sie vor seinen Stuhl und beugte sich über ihn, die Hände auf den gepolsterten, gerollten Armlehnen des Ohrensessels abgestützt. „Dann sage ich gute Nacht", sagte sie leise. „Es ist spät und deine Tochter wird früh vor der Tür stehen."

Er spreizte die Finger und erhielt einen wunderbaren Blick auf die tiefe Kluft, die durch das transparente Fichu sichtbar war, und er setzte sich auf, wacher, als er es seit seiner Rückkehr von der Upper Brook Street gewesen war. Er zog sie sanft an sich und sie half ihm, indem sie ihre viellagigen Seidenröcke raffte, um ihre Beine zu spreizen und sich auf seinen Schoß zu setzte.

„Du bist ein guter und großzügiger Vater. Du wirst sie sehr vermissen."

„Jeden Tag", stimmte er zu, eine Hand auf ihren Rücken. „Aber ich muss mich damit zufriedengeben, dass sie sehr geliebt wird und ihren eigenen Weg gewählt hat. Ihre Briefe werden ein kleiner Trost sein, aber vielleicht ist nicht alles verloren? Ich gehe davon aus, dass der Krieg wie alle Kriege Jahre dauern wird, und wenn die Franzosen sich einmischen, noch länger. Daher werden Sarah-Jane und ihr Charles sich für einige Zeit in Paris niederlassen. Wenn sie nicht zu uns kommen können, werden wir zu ihnen gehen."

„Wir?"

„Wir nehmen Harry und Jack mit. Du würdest doch gerne wieder nach Paris fahren, oder?"

„Ja. Aber ich habe dort kein Haus mehr. Roxton, er hat es verkauft."

„Wir kaufen uns ein anderes."

Antonia kniff ihn lachend ins Kinn. „Ein anderes? Glaubst du, diese Häuser wachsen auf Weinbergen und können wie Trauben gepflückt werden?"

Jonathon runzelte die Stirn und spielte mit der obersten rosa Seidenschleife ihres tief ausgeschnittenen Dekolletés, einer eines ganzen Dutzends vorne an ihrem Mieder. „Leider werden wir für eine Weile nicht in der Lage sein, sie zu besuchen. Ich habe mein Wort gegeben, sechs Monate lang nach Norden zu fahren, aber ich vermute, dass wir neun Monate dort sein werden. Es gibt so viel zu tun."

„Dein Wort gegeben? Wem? Wie weit nach Norden?" Antonia war von seinem ständigen Gebrauch der ersten Person Plural *wir* fasziniert, aber auch misstrauisch, es klang, als wäre es ausgemacht, dass sie sich seinen Plänen anschließen würde. „Was ist dieses *zu tun*, von dem du sprichst?"

Er hörte auf, mit der Schleife zu spielen und schaute in ihre grünen Augen.

„Heute Abend starb mein alter Verwandter endlich. Ich sage endlich, weil er seit Jahren an der Schwelle des Todes stand. Der alte Narr war auf der Jagd, wollte über einen Zaun springen, fiel vom Pferd und verlor dadurch den Gebrauch beider Beine. Ich wurde nach diesem Unfall von meiner sonnenverwöhnten subkontinentalen Veranda verbannt, weil nicht erwartet wurde, dass er überlebt. Was er aber doch tat. Er musste zunächst im Rollstuhl sitzen, dann wurde er bettlägerig, dann lag er im Sterben. Ich bin sein einziger lebender Verwandter. Sein Sohn starb, als ich fünf war, und dann starb mein Bruder, so dass nur ich übrigblieb. Das war der Grund, warum ich nach Harrow und Oxford geschickt wurde. Ich hatte ihn in meinem Leben nur vier Mal gesehen, bevor ich an sein Sterbebett gerufen wurde. Daher muss niemand Mitleid mit mir haben, zumal er mir nichts hinterlässt als einen Haufen Schulden, einen verfallenden Besitz und einen Titel, den ich überhaupt nicht will und den ich eigentlich die Absicht hatte abzulehnen."

„Wie weit im Norden?"

„Ich war auf dem Landsitz. Das ist eine Burg aus Blaustein, ähnlich dem französische Stil gebaut mit Türmchen und Mansardendach aus grauem Schiefer und einer fantastischen Zugbrücke am Ende einer Steinbrücke mit vier Bögen. Die Burg steht am Ufer eines Sees – der in Schottland Loch genannt wird – Loch Leven, um genau zu sein."

„*Écosse*? Schottland?"

„Der Anblick ist schön und die Burg eher ein Schloss, aber es braucht viel Arbeit", sagte er im Plauderton und ignorierte ihr großäugiges Entsetzen. Genauso gut hätte er sagen können, dass der Nachlass in Batavia lag, so sehr sprach Antonias Gesichtsausdruck vom Ende der

Welt. „Um die Sache beim Namen zu nennen, es muss jede Menge Zeit und Geld investiert werden. In den ganzen Besitz. Die Pächter leben in Verschlägen und sind halb verhungert. Ich werde all das ändern." Er tippte ihr lächelnd auf die Wange. „Es gibt noch ein prachtvolles Stadthaus in Edinburgh, das auch neue Tapeten, Vorhänge und Möbel brauchen könnte – alles muss erneuert werden. Der Rest sind die Schulden, um die ich mich jetzt ziemlich schnell kümmern kann, nachdem Kinross tot ist und bald begraben wird. Aber ich sehe, dass ich dir ein so leuchtendes Bild gemalt habe, dass du bald einen Albtraum durchleben musst, also heben wir uns den Rest meiner unerwünschten Erbschaft fürs Frühstück auf, einverstanden?"

„Du hast nicht daran gedacht, diese unerwünschte Erbschaft abzulehnen und in Indien zu bleiben?"

„Oh, ich habe fünf Minuten lang darüber nachgedacht. Aber dann erinnerte ich mich an das erste Mal, als ich Kinross traf. Ich war in Henri-Antoines Alter und wurde nach Norden geschickt, um Weihnachten mit ihm zu verbringen. Er wollte mir zu verstehen geben, wie glücklich ich mich schätzen könnte, sein Erbe zu sein, und worauf ich mich eines Tages freuen dürfte." Jonathon blies die Wangen auf und schüttelte den Kopf. „Das Leiden seiner Pächter war erschütternd. Die Last der Verantwortung auf meinen jungen Schultern war fast zu viel, um sie zu ertragen. Ich segelte zum Subkontinent zurück im Wissen, dass ich keine Wahl hätte, sondern zurückkommen müsste, wenn die Zeit käme." Er lächelte. „Diese Zeit ist gekommen. Ich glaube, neun Monate sollten reichlich genug Zeit für Sarah-Jane sein, um ihr Nest in Paris einzurichten, meinst du nicht? Wer weiß, vielleicht werde ich im neuen Jahr Großvater."

„Großvater?" Antonia kicherte und wurde dadurch abgelenkt, was ganz Jonathon Absicht entsprach. „Sie und Charles müssen noch heiraten und du stellst dir sofort vor, Großvater zu sein? Alberner Mann! Ich hoffe, sie werden einige Zeit ohne Babys zusammen sein können."

„Anders als du."

„Nein. Ich wurde sofort schwanger, was mir gar nicht gefiel."

„Ich könnte wetten, dass es Monseigneur gefiel. Mir würde es gefallen."

Antonia wusste nicht, wo sie hinsehen sollte. „Ich bin nicht – ich weiß nicht – ich weiß nicht, warum wir dieses unsinnige Gespräch führen!", fauchte sie, als er über ihre Verwirrung grinste. „Wenn jemand uns über Babys reden hörte, würde er uns für einen Fall für Bedlam halten. Ich habe einen Sohn, der vier Kinder hat und noch eines erwartet und du sprichst mit mir über Babys – darüber, dass *wir* Babys haben könnten? Warum grinst du mich so idiotisch an?"

„Aber du bist doch nicht unfruchtbar, oder? Das Gespräch ist also nicht unsinnig, oder?"

Antonia richtete sich auf. Sie war entsetzt. „Wo–woher weißt du das?"

„Deine Entrüstung ist bezaubernd", grinste er und zog spielerisch an der kleinen rosa Schleife. „Ich habe deine Zofe oder deine Diener nicht ausgefragt, wenn das dein Einwand ist. Und ich habe kein überwältigendes Verlangen nach Kindern, nach einem Erben. Das hatte ich nie. Es ist nur so, wenn es dazu käme, wenn wir ein Kind haben sollten ..." Er grinste. „Nun, wir können wenigstens den Rest unseres Lebens damit verbringen, es zu versuchen!"

Sie schmollte. „Es ist für eine Frau in meinem Alter überaus unangenehm, immer noch von diesem Fluch heimgesucht zu werden! Das ist überhaupt nicht lustig, würdest du also bitte aufhören, so albern zu grinsen!"

„Für dich vielleicht ein Fluch, aber ..." murmelte und unterbrach sich, abgelenkt, weil die seidene Schleife sich unter seinen Fingern öffnete. Schließlich waren die Schleifen keine bloße Verzierung, sondern hatten den Zweck, das Mieder festzuhalten, das jetzt aufklaffte und die kleine Spitzenkante ihres durchsichtigen Baumwollhemdes und mehr von ihrer Dekolleté enthüllte. Er schob das Hemd mit dem Kinn weg und atmete tief ein, genoss den Duft ihrer warmen Haut gemischt mit dem Parfüm, das er ihr geschenkt hatte. Er staunte über die prächtige Schwere ihrer vollen Brüste und lobte Monseigneur schweigend dafür, dass er seine Frau lieber in diesen Miedern als in den im Rücken geschnürten Korsagen gesehen hatte. Nachdem ihre Hände jetzt um seinen Hals lagen, benutzte er seine freie Hand, um an der zweiten Schleife zu zupfen. „*Mon Dieu*, aber du bist so verdammt *üppig*."

„Und du, verflucht", murmelte sie und ließ das hauchdünne Fichu von ihren Schultern rutsche, so dass ihre Brüste aus dem aufklaffenden Oberteil quollen, als er geschickt die verbleibenden kleinen rosa Schleifen löste und dann den Stoff von ihren Schultern und ihre schlanken Arme hinunter schob, „du bist männlicher, als gut für dich ist."

Er lachte leise. „Sollen wir ins Bett gehen?"

Jetzt war sie an der Reihe zu schmunzeln.

„Ja", sagte sie und ließ ihr Kleid auf den Boden fallen. „Später. Viel, viel später."

DREIUNDZWANZIG

Charles Fitzstuart war so gut wie sein Wort und er und
Sarah-Jane erreichten das Herrenhaus am Hanover Square, als das
Tageslicht den kalten Morgenhimmel durchzog.

Die Diener waren gerade aufgestanden. Ein Lakai mit verschlafenen Augen führte das Paar in einen Salon im Erdgeschoss, wo ein frisch entzündetes Feuer sein Bestes tat, um den Raum zu erwärmen, während einer seiner Kameraden Jonathon Strangs Kammerdiener mit der Nachricht aufweckte, dass sein Herr Besuch hätte. Zu Lawrences Überraschung hatte sein neuer Herr bereits gebadet und sich angezogen; nicht überraschend war die Tatsache, dass sein Bett unberührt war.

Das Gespräch im Salon dauerte länger als erwartet, mit Tränen auf allen Seiten, Fragen, die beantwortetet wurden und Versicherungen über endlosen Tassen Tee, mit einem überraschendem Eingeständnis der Tochter dem Vater gegenüber und einem weniger überraschenden Geständnis vom Vater an die Tochter; Charles war der glückliche Zeuge. Eine überraschendere Zeugin dieser emotionalen Verabschiedung war Mrs. Spencer, und als Sarah-Jane bat, die Herzogin für einige Momente allein sehen zu dürfen, bevor sie sich auf den Weg nach Frankreich machte, bat sie Mrs. Spencer, sie ins Boudoir der Herzogin zu begleiten, nicht Charles und schon gar nicht ihren Vater.

Antonia saß *en déshabillé* an ihrem Frisiertisch. Sie hatte kaum genug Zeit, um sich Wasser ins Gesicht zu spritzen und ein Band durch ihre Locken zu ziehen, bevor Michelle die beiden Frauen einließ. Sie hatte keine Ahnung, was sie von diesem Treffen mit Jonathons Tochter erwarten sollte, aber sie hatte sicher nicht erwartet, eine ihrer Kammerfrauen zu sehen. Ihre Besorgnis war so deutlich zu sehen, dass Sally Spencer beruhigend lächelte und die erste war, die vortrat und knickste, um dann mit einem Lächeln zu sagen:

„Ich bin nicht auf Befehl Seiner Gnaden hier, *Mme la duchesse*. Und meine Schwester ist auch nicht bei mir. Ich bin jetzt die Gesellschafterin von Mademoiselle Strang und begleite sie und Mr. Fitzstuart nach Paris."

Antonia warf einen überraschten Blick auf Sarah-Jane, sagte aber ruhig:

„Und Eure Schwester?"

„Susannah hat beschlossen, bei Lady Strathsay zu bleiben", informierte Sally Spencer sie. „Vor allem", fügte sie auf Englisch mit einem Blick auf Sarah-Jane hinzu, „da dies eine äußerst unglückliche Zeit für die Countess ist. Susannah war ein solcher Trost für sie."

„Das bezweifle ich nicht", stimmte Antonia zu, vor den Augen das Bild ihrer Tante, wie sie auf ihrer Chaiselongue zusammengebrochen war, und Willis sie aufmerksam mit einem angemessen mitfühlenden Glucksen fächelte, weil der jüngste Sohn der Gräfin mit der Tochter eines Kaufmanns durchgebrannt war, was weitaus verheerender für die Selbstachtung der Gräfin sein durfte als die Tatsache, dass ihr Sohn als Verräter gebrandmarkt und zum Flüchtling geworden war.

„Papa hat sich besser damit abgefunden, dass Charles und ich nach Paris fliehen, bevor wir heiraten, seit er weiß, dass Mrs. Spencer bei uns ist", gestand Sarah-Jane auf Englisch und setzte sich nach Antonias Aufforderung auf das Sofa gegenüber Antonias Frisierhocker, Sally Spencer neben sich. „Nicht, dass Papa mich hätte aufhalten können, wenn Mrs. Spencer meine Einladung nicht angenommen hätte."

Dies ließ Antonia lächeln und sich entspannen.

„Ihr habt die Entschlossenheit Eures Vaters, was nichts Schlechtes ist, *chérie*", lobte Antonia sie. „Ihr müsst so bleiben, denn Charles selbst ist ein sehr entschlossener junger Mann. Daher sage ich Euch und ihm ziemlich interessante Zeiten voraus. Und natürlich wünsche ich, dass Ihr beide sehr glücklich werdet."

„Vielen Dank, Euer Gnaden", antwortete Sarah-Jane, die ihre Hände faltete und wieder löste, das einzige äußerliche Zeichen ihrer Nervosität darüber, dass sie sich in Gegenwart der Herzoginwitwe von Roxton befand. „Ich entschuldige mich dafür, dass ich nicht in der Lage bin, mit Euch in Eurer eigenen Sprache zu sprechen, aber Papa hat mir versichert, dass Euer Englisch sehr gut ist und ich hoffe, Französisch zu lernen. Nun, ich bin entschlossen, dies zu tun, da Paris auf absehbare Zeit unser Zuhause sein wird. Aber ich möchte mit Euch nicht über meine Zukunft sprechen, sondern über die Zukunft meines Vaters." Sie begegnete mutig Antonias Blick und wünschte sich insgeheim, die Herzogin wäre alt, grauhaarig und mit unscheinbarem Gesicht und nicht so atemberaubend schön, denn dann hätte ihr Vater nicht zweimal hingeschaut und dieses Gespräch wäre nicht nötig geworden. „Ich weiß nicht, ob Papa Euch das anvertraut hat, ich wage zu behaupten, dass dem nicht so ist, da nicht er es mir anvertraut hat, sondern Tante Kitty es mir gesagt hat: Ich bin nicht seine Tochter."

Antonia setzte sich erschrocken auf und warf Sally Spencer einen Blick zu, die Sarah-Jane aufmunternd anlächelte; also wusste sie, was die junge Frau zu erzählen hatte.

„Nicht seine Tochter? Warum sollte Lady Cavendish Euch so etwas erzählen, selbst wenn es wahr wäre?"

„In der Hoffnung, dass ich das Angebot von Alisdair Fitzstuart überdenken und annehmen würde, anstatt meinem Herzen zu folgen."

„Es tut mir leid, *ma petite*, aber ich verstehe nicht, wie eine solch schockierende Enthüllung Euch dazu bringen könnte, den einen Bruder zu akzeptieren, wenn Ihr den anderen liebt? Das ist unbegreiflich."

Sarah-Jane lächelte, sie begann, sich für die Herzogin zu erwärmen.

„Nicht wahr? Aber weil ich immer behauptet hatte, ich wollte zumindest einen Baronet heiraten, ging Tante Kitty davon aus, da ich die illegitime Tochter meines Vaters und nicht seine eheliche Tochter bin und mich daher nicht Lady Sarah-Jane nennen kann, was das Recht der Tochter eines Lords wäre, würde ich die Chance ergreifen, die Frau eines Adligen zu werden – mein Wunsch, die grundlegenden Umstände meiner Geburt zu verbergen, würde bei weitem meinen Wunsch, aus Liebe zu heiraten, überwiegen, dachte sie."

Die Herzogin war empört.

„Kitty Cavendish muss Watte im Kopf haben, um so etwas zu denken! Das ist absurd." Sie betrachtete Sarah-Jane mit einem zärtlichen Lächeln. „Ihr seid die Tochter Eures Vaters, und das ist alles, was zählt, ja? Und jetzt, wo Ihr es mir sagt, ist es keine große Überraschung, denn Euer Vater hat mir einmal erzählt, dass Ihr in Südafrika geboren wurdet und Eure Eltern erst geheiratet haben, als sie in Hyderabad ankamen?"

„Das ist richtig, Euer Gnaden. Als meine Mutter mit meinem Vater floh, war sie immer noch die Frau ihres ersten Mannes. Mr. Spencer starb wenige Wochen nach meiner Geburt und demnach bin ich dem Gesetz zufolge seine Tochter. Rechtlich bin ich eine Spencer, keine Strang Leven."

Antonia winkte ab.

„Das spielt keine Rolle. Euer Vater bleibt Euer Vater und Charles, so wie ich ihn kenne, schert sich keinen *écu* um diese Kleinigkeit Eurer Geburt; es ist einfach unwichtig. Und natürlich ist alles, was zählt, dass Euer Papa weiß, dass Ihr ihn liebt und glücklich seid."

„Ja, Euer Gnaden", antwortete Sarah-Jane und wusste, dass es der richtige Moment war, ihre Besorgnisse auszusprechen. Sie holte tief Luft und sagte so selbstbewusst wie möglich: „Es ist das Glück meines Vaters, über das ich mit Euch sprechen möchte."

Als die blassen Wangen der Herzogin sich röteten und ihr Lächeln dennoch starr wurde, empfand Sarah-Jane das dringende Bedürfnis, nach Unterstützung suchend Sally Spencers Hand zu ergreifen. Stattdessen presste sie die Finger zusammen und fuhr, etwas weniger selbstsicher als zuvor, fort.

„Ich liebe Papa sehr und es macht mich traurig, dass wir getrennt werden, trotz seiner Zusicherungen, dass er uns in Paris besuchen wird und dass er glücklich sein wird, wenn ich glücklich bin." Sie schaute auf ihren Schoß und dann direkt auf die Herzogin. „Um ehrlich zu sein, Euer Gnaden, ich war sehr dagegen, dass Papa eine Zuneigung zu Euch fasst. Ihr seid nicht jung. Ihr wart mit einem viel älteren Mann verheiratet, der in Euch vernarrt war und um den Ihr noch immer trauert. Papa ist ein Jahrzehnt jünger als Ihr und doch ist auch er jetzt völlig in Euch vernarrt. Das hört sich an wie ein billiges Melodram. Und um ganz ehrlich zu sein, war es demütigend zu sehen, wie Papa Euch auf der Hausgesellschaft in Roxton House hinterherlief. Ich habe ihn angefleht, Euch in Ruhe zu lassen. Aber er weigerte sich. Ich sagte ihm, er mache sich und mich zum Gegenstand von Klatsch und Spott, und wir stritten uns. Ich sagte, wenn er es nicht unterließe, würde ich nie wieder mit ihm sprechen. Er achtete nicht auf meine Drohung und wir trennten uns mit sehr scharfen Worten. Als ich auf Lady Strathsays Landsitz fuhr, war ich verstört und – und *hasste* Euch."

„*Chérie*, ich würde niemals absichtlich zwischen einen Vater und seine Tochter kommen", sagte Antonia sanft, „zwischen Euch und Euren Vater, und es schmerzt mich, dass ich der Grund für Eure Verzweiflung war."

„Ich – ich weiß das jetzt, Euer Gnaden", gestand Sarah-Jane und schniefte, um dann das Taschentuch anzunehmen, das Sally Spencer ihr in die Hand drückte und rasch ihre feuchten Augen zu betupfen.

Als Sally Spencer ihre behandschuhte Hand anbot, nahm Sarah Jane sie fest in ihre und lächelte sie an, bevor sie sich an Antonia wandte und mit einem leisen Schnüffeln sagte:

„Euer Gnaden, ich habe aufrichtig geglaubt, dass ich in Papas besten Interesse handle. Tante Kitty und Onkel Tommy haben beharrlich darauf bestanden, dass mein Vater eine junge Frau braucht, die ihm viele Kinder schenken kann – einen Erben. Sie glauben immer noch – und sie sind nicht die Einzigen –, dass es nicht in seinem besten Interesse ist, sich an Euch zu binden, und dass es sogar seine Chancen beeinträchtigen könnte, eine passendes Partie zu machen. Aber seitdem habe ich von Mrs. Spencer und auch von meinem lieben Charles erfahren, dass Ihr nicht die Art von Frau seid, die mit der Zuneigung meines Vaters spielen würde …"

„Miss Strang, ich …"

„Und daher bitte ich Euch – nein, *flehe* Euch an – wenn Ihr etwas für meinen Vater empfindet, müsst Ihr seine veränderten Umstände berücksichtigen und ihm klar machen, dass er seinem Onkel und denen gegenüber, die den Titel vor ihm trugen, die Pflicht hat, eine passende Ehe mit einer Frau einzugehen, die ihm einen Sohn und Erben schenken kann. Ich fürchte, Ihr seid die einzige, die ihn zur Vernunft bringen kann. Als Herzogin und Mutter eines Herzogs werdet Ihr Verständnis dafür haben, dass ein Mann, der einen hohen Titel erbt, verpflichtet ist, einen Sohn zu haben." Sie lächelte nervös und fügte mit einem tiefen Atemzug hinzu: „Und wenn Papa eine arrangierte Ehe eingehen würde, hätte er … müsste er nicht – ich würde nicht erwarten, dass er – seine Geliebte aufgibt …"

Antonia war von ihrem Frisiertisch aufgesprungen und die zwei Frauen ihr gegenüber erhoben sich sofort. Gleichzeitig waren erhobene Stimmen vom Flur auf der anderen Seite der Tür zum Boudoir zu hören und alle drei Frauen schauten in diese Richtung, was Antonia einen Moment Zeit gab, um ihre Gedanken zu ordnen. Sie konnte die Gefühle der jungen Frau verstehen und trotz Sarah-Janes Friedensangebot – dass sie bereit wäre, Antonia als die Geliebte ihres Vaters zu akzeptieren – war sie zutiefst gekränkt. Dennoch, was sonst war sie als Jonathon Strangs Geliebte? Und was sonst könnte sie je sein? Wenn ihr Vater, wie Sarah-Jane sagte, einen hohen Titel geerbt hatte, dann musste er tatsächlich heiraten und einen Erben hervorbringen, ungeachtet seiner Versicherung, dass es unwichtig sei, Kinder zu zeugen.

Monseigneur war in Jonathon Strangs Alter gewesen, als er endlich geheiratet hatte, und innerhalb eines Jahres hatte sie ihm einen Erben geschenkt. Sie war achtzehn Jahre alt gewesen und daher hatte man zweifellos Kinder erwarten können. Zwei Söhne, ein halbes Dutzend herzzerreißende Fehlgeburten und gleichmäßige Regelblutungen gaben ihr nicht das Recht anzunehmen, dass sie Jonathon Strang ein Kind schenken könnte, noch viel weniger einen Erben. Dass sie überhaupt über eine solche Möglichkeit nachdachte, erschreckte sie. Es war unwichtig, den genauen neuen Titel Jonathon Strangs zu kennen, es reichte zu wissen, dass er ein Lord des Königreichs war, gleich welchen Ranges, dass sie die Einschätzung seiner Tochter teilen musste. Was ihre Beschämung verstärkte, war, dass diese junge Frau gezwungen war, ihre Unterstützung – der Geliebten ihres Vaters – in Anspruch zu nehmen, um dafür zu sorgen, dass er seine dynastischen Pflichten erfüllen würde.

Eine weitere Demütigung blieb ihr erspart, als die Tür ihres Boudoirs gewaltsam aufgestoßen wurde und Henri-Antoine, Jack Cavendish, Charles Fitzstuart und Jonathon Strang sich in den Raum drängten, dem Blick auf ihren Gesichtern zufolge von einem aus dem Zoo des Towers entflohenen Löwen verfolgt und jede Minute dieser erschreckenden Erfahrung genießend.

„Die Miliz steht vor der Tür, Maman", verkündete Henri-Antoine verärgert.

„Sie fordern Charles' Auslieferung, oder sie werden die Tür aufbrechen!", warf Jack ein, aufgeregt über die Aussicht, dass das Haus von Rotjacken gestürmt werden könnte.

„Aber Strang hat einen Plan", sagte Henri-Antoine.

„Es könnte der einzige Weg sein, dem Haus zu entkommen und der Gefangennahme zu entgehen", entschuldigte sich Charles bei seiner Verlobten, während er noch kurz und schwer von seiner schnellen Flucht die Treppen herauf atmete.

Alle sahen Jonathon an.

„Zwei der Umhänge der Herzogin, Michelle. *Jaldi!*", befahl Jonathon, ging zu Antonia und ergriff ihre Hände. „Ich brauche dich in deiner majestätischsten Verfassung, Liebling, denn du wirst der Miliz entgegentreten, und eine Erklärung verlangen, mit welchem Recht sie dein Haus betreten haben, während Charles, Sarah-Jane und Mrs. Spencer hier warten." Er wandte sich ab, um den anderen seine Pläne zu erklären. „In der Zwischenzeit werden Henri-Antoine und Jack, die in die Umhänge der Herzogin gekleidet sein werden, sich als meine Tochter und Mrs. Spencer ausgeben, während ich Charles sein werde ..."

„Aber, Papa, Charles ist viel kleiner", warf Sarah-Jane ihm vor.

„Vielen Dank, Liebling", sagte Charles.

„Die Miliz hat Charles noch nie gesehen, so dass seine Größe keine Rolle spielt", erklärte Jonathon geduldig. „Wir drei werden das Haus durch die Haustür verlassen ..."

„Die Miliz wird euch sehen!"

„Nicht, wenn Phelps sie in den Blauen Salon geführt hat", fügte Jonathon hinzu, etwas verärgert, wieder von seiner Tochter unterbrochen zu werden. „Sie sind schließlich nur zu sechst."

„Charles? *Sechs* Mann Miliz, um Euch abzuführen? Sie müssen Euch in der Tat für sehr gefährlich halten", witzelte Antonia und lachte, als Charles seinen untersetzen Körper zu seiner vollen Größe von fünf Fuß sieben Zoll aufrichtete und es wagte, seine Verlobte selbstgefällig anzulächeln.

Michelle kehrte mit den Umhängen über einem Arm zurück und Phelps erschien in der offenen Tür und sagte mit großer Selbstbeherrschung:

„Ich bitte um Verzeihung, *Mme la duchesse*, aber im Blauen Salon befindet sich eine Gruppe uniformierter *Individuen*, die die Erlaubnis fordern, das Haus zu durchsuchen. Ich habe ihnen gesagt, dass ich ihnen ohne Eure Erlaubnis unter keinen Umständen Zugang zum Haus gewähren darf."

„Guter Mann!", rief Jonathon aus. „Sag ihnen, dass *Mme la duchesse* auf dem Weg ist!" Er grinste Antonia an. „Zeit für deinen Auftritt, Schatz." Er wandte sich an Charles. „Wartet hier fünf Minuten und nehmt dann die Dienstbotentreppe zur Küche, wo Ihr euer Reisegepäck findet. Ich habe nach einer Droschke geschickt und Ffolkes wird Euch bis zum George Hotel begleiten, wo eine Kutsche wartet, die Euch zur Küste bringt, während Ffolkes auf einem anderen Weg hierher zurückkommt, für den Fall, dass man euch verfolgt hat."

„Du hast Gidley in deinen irrsinnigen Plan mit einbezogen?" Antonia war beeindruckt.

„Er und mein Kammerdiener verteilen Bücher auf der Treppe, um das Vorankommen unserer Gäste von der Miliz zu behindern, sollten sie es wagen, einfach nach oben zu laufen. Also sei auf dem Weg nach unten vorsichtig."

„Und natürlich hast du Gidley und Lawrence gesagt, dass sie damit einem Verräter und Flüchtling helfen und sich selbst schuldig machen?"

„Ich hätte sie nicht aufhalten können, wenn ich es versucht hätte!", antwortete Jonathon. „Wenn es nicht an Platz mangeln würde, wäre Lawrence mit Ffolkes gegangen. Ich sagte ihm, er sollte hierbleiben, falls die Miliz dir Probleme bereiten sollte. Aber ich bin zuversichtlich, dass du deine beste Vorstellung als empörte Herzogin geben kannst. Dass du Französin bist, wird nur zu ihrem Unbehagen beitragen. Jetzt geh, Weib, oder mein sorgfältig ausgetüftelter Plan wird ruiniert!"

„Ihr alle amüsiert euch prächtig dabei!", warf Antonia ihnen allen vor, ohne dass es hitzig klang, und fügte nebenbei an Jonathon gewandt hinzu: „Du vor allem!"

„Sag mir nicht, dass du dich nicht amüsierst, Maman?", erkundigte sich Henri-Antoine, nahm die Hand seiner Mutter und zog sie zur Tür. „Jetzt geh, oder Strangs Pläne werden ruiniert!"

Antonia lachte, warf ihnen allen einen Kuss zu, blieb dann aber stirnrunzelnd an der Tür stehen und wandte sich an Jonathon.

„Sei vorsichtig. Die Miliz wird schließlich erwarten, dass Charles in der Kutsche ist. Ich möchte, dass die Jungen – und du – unversehrt zurückkommt. Versprich es."

Jonathon lächelte sie an. „Bis zum Mittag sind wir wieder zu Hause. Versprochen. Aber in dem unwahrscheinlichen Fall, dass wir in Gewahrsam genommen werden, verwende die hundert Guineen, die du mir schuldest, um eine Kaution zu hinterlegen, und ..."

„Du bist ein – ein *Unhold* und ein *Unmensch*!", zischte Antonia ihn an und verschwand, um sich in den verbalen Kampf mit der Miliz zu stürzen. Sie verfluchte den Tag, an dem ein Kaufmann es gewagt hatte, in ihren hübschen Pavillon am See einzudringen.

🐘🐘🐘

„ICH KANN NICHT DEN GANZEN TAG HIER SITZEN UND WARTEN!", verkündete Antonia vom Fenstersitz ihres sonnigen Wohnzimmers aus.

Sie legte die Abschrift von *School for Scandal* beiseite. Es hatte sie nicht, wie sie gehofft hatte, von den Gedanken an die Jungen und Jonathon auf ihrer Flucht, um die Miliz zum Narren zu halten, abgelenkt. Und noch etwas anderes störte sie. Es hatte sie beunruhigt, seit sie ihren Witwensitz verlassen hatte und nach London gekommen war, und sie wusste, dass sich das nicht ändern würde, bis sie nicht ihre Befürchtungen der einzigen Person gegenüber in Worte gefasst hatte, die sie fast so gut kannte wie ihr Ehemann es getan hatte.

Also rief sie nach ihrer Kutsche, tauschte ihre mit Seide bestickten Pantoffeln gegen ein Paar hochhackige Brokatschuhe und sammelte nicht einen, sondern fünf mit Gouache bemalte Fächer von mehr als einem Dutzend in einer Schminktischschublade. Vier davon und mehrere edelsteinbesetzte Haarspangen stopfte sie in ein Reticule, das sie Michelle in die Hand drückte, die ihr mit Reticule, Schal und pelzbesetztem Umhang folgte, falls diese Gegenstände benötigt werden würden, und neben die Herzogin in die Kutsche kletterte, ohne eine Ahnung zu haben, wo ihr Ziel lag.

Warum die Herzogin vier zusätzliche Fächer und einen Schatz an Haarschmuck brauchen sollte, konnte Michelle nur raten. Und als ob dies nicht genug wäre, um ihre Gedanken mit Sorge zu erfüllen, war ihre Herrin so in ihre eigenen Gedanken vertieft, dass sie nicht ein einziges Mal aus dem Fenster spähte und sich fragte, warum die

Kutsche fast bis zu einem Schneckentempo langsamer geworden war. Michelle jedoch tat es. Ihre Besorgnis wuchs, als sie bemerkte, dass die Kutsche im Verkehr in östlicher Richtung in Richtung Tower Hill dahinrollte. Die engen Gassen und Staus von Pferden, Kutschen und Waggons waren nichts, was sie in der angenehmeren Umgebung der Plätze im Westend und der umliegenden Straßen mit den eleganten Herrenhäusern und Stadthäusern von Westminster zu finden gewohnt war.

Als die Pferde schließlich vor einem breiten Stadthaus in der Fournier Street zum Stehen kamen, ließ Michelles Besorgnis etwas nach. Aber sie war noch immer verblüfft, warum sie in diesen Teil Londons gekommen waren und fand es unbegreiflich, dass eine Herzogin mit jemandem in einem solchen Stadtteil eine so enge Beziehung pflegen könnte, dass sie sie persönlich aufsuchte.

Hinter der langsam vorwärts kommenden Kutsche hatte sich eine Menge angesammelt und kam jetzt näher, um einen Blick auf die Insassen zu werfen, die in einer so feinen vierspännigen Kutsche mit livrierten Dienern und einem großartigen Wappen auf den schwarz lackierten Türen reisten. Einer der livrierten Diener sprang vom Kutschbock und klappte die Stufen aus, während ein anderer die beiden flachen Steinstufen hinaufstieg, um den Messingklopfer an der Tür zu betätigen.

Es dauerte einen kurzen Moment, bis die Tür sich öffnete, und dann nur weit genug, dass ein Hausmädchen mit Rüschenhaube ihren Kopf hinausstecken konnte. Sie nahm den livrierten Diener wahr und schaute dann über die gepuderte Perücke des Dieners zu der prachtvollen schwarzen Kutsche mit den vier weißen Pferden und auf den zweiten Lakaien, der schweigend am offenen Schlag der Kutsche wartete, und die Augen des Mädchens wurden sehr groß; dann wurde die Tür vor der Nase des Lakaien geschlossen. Der Diener wollte bereits erneut den Klopfer betätigen, als die Tür sich zum zweiten Mal öffnete, diesmal so weit, dass man den ganzen Flur hinabschauen konnte, wo es aussah, als wäre jeder Erwachsene, jedes Kind, jeder Diener und jeder Bewohner des Hauses in höchster Geschwindigkeit aus ihren Zimmern gestürzt.

Als drei Bewohner des Stadthauses auf die Straße stürmten, hatte der Diener kaum Zeit, sich zu der Kutsche zurückzuziehen, wo sein Kamerad der Herzogin beim Aussteigen half. Die Menge kam näher, aber nur so nahe, wie es die beiden anderen Lakaien erlaubten, und sie wurden nicht enttäuscht, als eine schöne, elfenhafte Dame in einem modischen Kleid *à la polonaise* aus Seidenbrokat mit passenden Schuhen aus dem Wagen trat, deren aufgesteckte Haare mit winzigen

Schleifen und Diamantenspangen befestigt waren und die in ihrer behandschuhten Hand einen bemalten Fächer hielt.

Es gab ein zustimmendes Murmeln, dass die schöne Dame zu der prächtigen Kutsche passte, in der sie reiste, und es entstand eine Diskussion darüber, wessen Wappen die Türen zierte. Eine Frau nahm an, es wäre das Wappen von Lord Salt Hendon, aber ein gelehrter älterer Herr, der ledergebundene Bücher unter dem Arm trug und der gerade aus dem Nachhilfeunterricht bei dem pickelgesichtigen Sohn eines Brauers gekommen war, verkündete selbstbewusst, dass er das Wappenzeichen des Herzogs von Roxton überall erkennen würde, da er einmal einen ruhigen Aufenthalt auf dem Lande verbracht hätte, wo sein Cousin dritten Grades Hilfspfarrer in der örtlichen Dorfkirche in der Nähe der Gemeinde Alston in der Grafschaft Hampshire war, die zum herzoglichen Sitz gehörte. Beeindruckt von seiner Nähe mit der obersten Ebene der Aristokratie, wie dünn auch immer diese Beziehung sein mochte, wandten sich einige aus der Menge dem älteren Herrn zu, um herauszufinden, was er ihnen noch über die herzogliche Familie erzählen könnte, während eine kleine Gruppe von Frauen, die auf den Aufruhr hin auf die Straße getreten waren, ihre Hälse reckten, um einen besseren Blick auf das Kleid der adligen Dame und ihre teuren Accessoires zu erhaschen.

Als Michelle sich nur kurz umsah, und die Aufmerksamkeit bemerkte, welche die Kutsche und ihre Insassen in diesem Teil der Stadt auf sich zogen, fühlte sie sich überwältigt, und das nicht nur von der versammelten Menge, sondern auch von der Aufregung, die aus dem Stadthaus kam. Antonia dagegen bemerkte nichts und niemanden außer den de Crespignys, die zu besuchen sie gekommen war. Die beiden Mädchen und ihre Mutter, die zur Begrüßung auf die Straße geeilt waren, blieben direkt vor der Herzogin stehen. Sie versanken in tiefe Knickse, als ob sie sich in letzter Minute an ihre Manieren erinnerten, und daran, wer es tatsächlich war, der ihr Haus besuchte; die Mutter war den Tränen nahe, als sie die Herzogin ohne Trauerkleidung und ebenso schön gekleidet sah, wie sie sich an sie vor dem Tod des alten Herzogs erinnerte.

Antonia hob die kräftige Frau auf und wollte ihren Arm nicht loslassen, als sie versuchte zurückzutreten, sondern zog sie mit einem zittrigen Lächeln an sich, um sie auf beide nassen Wangen zu küssen. Dies löste ein Murmeln der Zustimmung aus der Menge aus, ebenso wie die Begrüßung, die die Herzogin den beiden ältesten Töchtern der Frau zukommen ließ, die beide knicksten und kurz die behandschuhte Hand ergriffen, die ihnen entgegen gestreckt wurde, beide waren jedoch zu sprachlos und schüchtern, um mehr als ihren Namen zu sagen und zur Begrüßung zu lächeln.

Die kleine Gruppe trat ein, Michelle folgte, als die Herzogin nach oben in die Wärme des Salons geführt wurde, wo im Kamin ein Feuer loderte. Kaffee und Kuchen wurden aus der Küche bestellt. Dies ließ bei der Köchin und den beiden Küchenmädchen kreischende gallische Panik ausbrechen, da sie wussten, dass eine Herzogin zu Besuch gekommen war und sie rannten in der Küche umher, um Mehl, Eier und Zucker zu suchen und Töpfe voll Wasser zu kochen. Die Haushälterin klapperte mit den Schlüsseln und suchte mit nervösen Fingern nach dem richtigen Schlüssel, um den Mahagoni-Schrank zu öffnen, in dem sich die beste silberne Kaffeekanne sowie Porzellantassen und -teller befanden.

Dass der gesamte Haushalt, die Familie wie auch die Bediensteten, ausschließlich Französisch sprachen, wurde Michelle erst klar, als die verschiedenen Familienmitglieder ihrem illustren Gast vorgestellt wurden. Sie war es so gewohnt, mit ihrer Herrin auf Französisch zu sprechen, dass Michelle manchmal vergaß, dass sie jetzt in England lebte. Sie erfuhr, dass der Name der Familie de Crespigny war und dass M'sieur Champion de Crespigny ein wohlhabender Seidenhändler mit Warenhäusern und Webern in den umliegenden Straßen von Spitalfields war. Er hatte drei erwachsene Söhne aus seiner ersten Ehe, Daniel, Gerrard und Armand, die alle verheiratet waren, eigene Kinder hatten und im Familiengeschäft tätig waren. Seine zweite Frau, die Frau, die die Herzogin auf der Straße umarmt hatte und die jetzt neben ihr auf dem Sofa saß, hatte vier Töchter: Minette, die fast vierzehn Jahre alt war; Henriette war zwölf; Louise war zehn, und dann war da das Baby der Familie – Toinette war erst vor einem Monat drei Jahre alt geworden.

Es überraschte Michelle, dass Madame de Crespignys Kinder so jung waren, weil sie selbst viel älter aussah als die Herzogin. Aber Michelle vermutete, dass Madame spät geheiratet haben musste, und sie konnte noch nicht so alt sein, da sie ein dreijähriges Kind hatte. Es war die dreijährige Toinette mit ihrem Schopf goldener Locken, die die Herzogin am meisten interessierte; sie brachte ihre Überraschung zum Ausdruck, dass Madame de Crespigny sie nicht über diesen letzten Familienzuwachs informiert hätte, worauf Madame freundlich antwortete, dass sie tatsächlich an *Mme la duchesse* geschrieben hätte, über ihre große Überraschung, mit fünfzig Jahren noch ein Kind zu erwarten. Sie hatte noch einmal geschrieben, um *Mme la duchesse* über Toinettes Ankunft zu informieren, aber keine Antwort erwartet. Schließlich hatte die Schwiegertochter der Herzogin ungefähr zur gleichen Zeit ihr viertes Kind zur Welt gebracht, eine lang ersehnte Tochter. Madame de Crespigny musste nicht erwähnen, dass *M'sieur le duc de Roxton* innerhalb einer Woche nach dieser freudigen Nachricht gestorben war.

Es folgte ein Augenblick verlegenen Schweigens, und dann fragte Antonia nach dem Reticule. Michelle reagierte nur langsam auf die Bitte, weil sie sich fragte, warum alle vier Töchter schlichte Kleider trugen, obwohl ihr Vater ein wohlhabender Seidenhändler war und sie mit jeder Menge feiner bestickter Stoffe hätten gekleidet werden können. Aber vielleicht war dies die Kleidung, die sie zu Hause trugen, und die schönen Seidenstoffe wurden für Sonntagsausflüge und Spaziergänge in den Parks aufbewahrt, wenn es in diesem Teil der Stadt solche Parks gab, in denen man spazieren gehen konnte.

„Sagt nur ein Wort, *Mme la duchesse*, und ich werde Bridgette bitten, Euch eines ihrer Mädchen zu schicken", sagte Mme de Crespigny mit strengem Blick auf Michelle, die endlich aus ihren Tagträumen erwacht war. „Ich hoffe, du verbringst deine Stunden nicht untätig, Michelle Bonnard?"

Michelle wurde rot und schüttelte den Kopf, erschrocken, dass Madame nicht nur ihren Vornamen, sondern auch ihren Familiennamen kannte. Sie musste nicht lange rätseln, wie das kam, denn Mme de Crespigny war nur zu sehr darauf bedacht, ihr die Informationen zusammen mit einer Warnung zu vermitteln.

„Deine Mutter ist meine Cousine zweiten Grades, Michelle Bonnard, wie auch deine Vorgängerin. Du solltest dich der Ehre, die dir und deiner Familie durch die Stellung, die du im Haushalt der Roxtons innehast, zuteilwird, wohl bewusst sein, denn ich habe viele Cousinen, die nur zu gerne deinen Platz einnehmen würden. Es wird Gutes über dich berichtet, Michelle Bonnard, aber ein einziger schlechter Bericht würde reichen, dass ich dich wieder nach St. Germain zurückschicke. Verstehst du mich, Mädchen?"

Michelle nickte und knickste, Mme de Crespigny war beschwichtigt, und Michelle war überrascht, als die Herzogin liebevoll den Arm der Frau drückte.

„Gabrielle, wirst du je aufhören, dich um mich zu kümmern?", fragte Antonia mit einem warmen Lächeln, das sie dann auf die vier kleinen Mädchen richtete, die artig auf dem Sofa gegenüber saßen, alle mit weit aufgerissenen Augen vor Neugier, in der Gegenwart einer echten Herzogin zu sein, die so gekleidet war, wie sie sich vorstellen, dass eine Prinzessin sich für einen Ball kleiden würde, so üppig war die Stickerei auf ihrem Gewand und das Glitzern ihres Haarschmucks. Antonia legte den Inhalt des Reticules auf den niedrigen Tisch und sagte zu Gabrielle: „Es tut mir leid, dass ich nicht mit Toinette gerechnet habe, also habe ich nur vier Fächer und ebenso viele Haarspangen und Nadeln." Sie wandte sich an die kleinen Mädchen: „Jede von euch darf sich einen Fächer und einen Haarschmuck aussuchen, *mes filles chéries*, und für eure Maman werde ich morgen etwas Besonderes schicken."

„Das ist nicht nötig, *Mme la duchesse*", versicherte Gabrielle de Crespigny ihr schnell und mit einem Nicken an ihre älteste Tochter gab sie Minette das Zeichen, dass sie zuerst wählen dürfte, und sagte zu Antonia: „Ihr seid wie immer zu großzügig, *Mme la duchesse*. Ihr vergesst nie einen Geburtstag oder ein Weihnachtsfest und wenn ich daran denke, was Ihr und *M'sieur le duc* für mich getan habt, als ich Bernard geheiratet habe, könnte ich – ich ..."

Sie unterbrach sich und holte tief Luft, um ihre Tränen aufzuhalten, wandte dann ihre Aufmerksamkeit den Töchtern zu, die ihre riesige Aufregung über solche Geschenke, die durch ihre Herkunft noch mehr zu etwas Besonderem wurden, beherrschten, sich an ihre Manieren erinnerten und hübsch knicksten und der Herzogin lieb dankten, bevor sie sich wieder setzten, um ihre Geschenke genauer zu betrachten.

In diesem Moment wurde der Kaffee serviert, und da Mme de Crespigny spürte, dass Antonia die Fahrt nach Spitalfields nicht nur wegen einer Schale Kaffee und des Vergnügens, die Mitglieder des de Crespigny-Haushalts zu sehen, unternommen hatte, schickte sie die Kinder mit Michelle hinaus, um den Morgentee im Salon des Erdgeschosses einzunehmen, und mit dem Versprechen, dass sie *Mme la duchesse* bei ihrer Abfahrt zur Kutsche würden begleiten dürfen.

Allein nippten die beiden Frauen schweigend an ihrem Kaffee, und Gabrielle sagte, als Antonia die Porzellantasse auf die Untertasse stellte: „Wie – wie geht es *M'sieur le duc* und *Mme la duchesse* und ihren ..."

„Gabrielle, erinnerst du dich, als ich dir sagte, es wäre Schicksal, dass Monseigneur und ich den Rest unseres Lebens zusammen verbringen würden?", fragte Antonia hastig.

„Ja, *Mme la duchesse*. Ihr sagtet ..."

„Nein. Erinnerst du dich daran, wann – *wann* ich es dir sagte?"

„Oh ja, natürlich." Gabrielle lächelte bei der Erinnerung. „Es war im *hôtel*. Ich war dabei, Euch vor dem Schlafengehen die Haare zu bürsten, und Ihr sagtet mir das einfach so – als wäre es das Natürlichste auf der Welt – dass Ihr *M'sieur le duc* liebtet und es Euch nicht im Geringsten kümmerte, wer es erführe. Das waren Eure Gefühle und damit war es getan. Ihr wart sehr entschlossen."

Antonia hob eine Schulter. „Natürlich. Ich war mir so sicher. Also was hätte es da zu zögern gegeben?"

„Um ehrlich zu sein, ich war noch nie so schockiert von irgendetwas in meinem Leben, als Ihr mir das erzählt habt!"

Antonia lachte und klopfte spielerisch Mme de Crespigny mit
ihrem geschlossenen Fächer auf das Knie. „Das ist eine große Lüge,
Gabrielle, denn in dieser Nacht bin ich in Monseigneurs Zimmer
gegangen und habe mich ihm hingegeben, und du hast mich sechs
Tage lang nicht gesehen!"

Diese Erinnerung hatte immer noch die Macht, die ältere Frau zum
Erröten zu bringen, aber sie schaffte es zu lächeln und zu nicken.

„Nun ja, ich muss zugeben, dass ich *darüber* schockiert war, aber
gleichzeitig war meine Angst um Euch größer als jeder Schock über
Euer Handeln."

Antonia nickte und sagte mit einem wehmütigen Seufzer: „Gerade
achtzehn und so voller Selbstbewusstsein, dass ich mich nicht irrte. Ich
habe diese Überzeugung nie angezweifelt und nie geschwankt. Ich
wusste, dass ich ihn liebte. Das war alles, was zählte."

„Es *ist* alles, was zählt, *Mme la duchesse*", versicherte Gabrielle de
Crespigny ihr.

„Ich habe mich nie unsicher oder besorgt gefühlt, dass es vielleicht
nicht gut ausgehen würde, nicht einmal, als ich mit Julian schwanger
war, bevor wir geheiratet haben. Ich wusste tief in meinem Herzen,
dass sich alles auflösen würde und dass Monseigneur und ich für immer
zusammen sein würden."

„Ihr hattet keinen Grund, daran zu zweifeln, *Mme la duchesse*."

„Ich erinnere mich, dass jedes Mal, wenn er ein Zimmer betrat,
mein Herz schneller schlug." Antonia lächelte ihre ehemalige Zofe an.
„Das war immer so, bis ganz zum Ende."

Gabrielle nickte und schluckte, brachte es aber nicht über sich zu
antworten.

„Ich hatte bis vor kurzem vergessen, dass es das tat ..." Antonia
runzelte die Stirn. „Aber ich erinnere mich nicht, dass ich mich jemals
unwohl gefühlt habe, als würde ich ohne Ofenschirm am Kamin sitzen,
sodass ich rot werde, auch wenn es das letzte ist, was ich auf der Welt
tun möchte! Ich kann nichts daran ändern, Gabrielle. Und wenn er
mich quer durch einen Raum anlächelt oder mir zuzwinkert, habe ich
ein so sehr seltsames Gefühl. Fast, als wollte ich gleich ohnmächtig
werden, aber ich werde nicht ohnmächtig. Ich kann mich nicht daran
erinnern, bei Monseigneur solche Gefühle gehabt zu haben. Vielleicht
stimmt sonst etwas nicht mit mir?"

„Geht es Euch nicht gut?", fragte Gabrielle zögernd, als Antonia
ihre Kaffeetasse beiseitestellte, aufstand und ihre Röcke ausschüttelte,
unsicher, wohin dieses Gespräch führte.

„Ich habe mich nie unsicher oder besorgt gefühlt und jetzt mache ich mir die ganze Zeit Sorgen!", antwortete Antonia, als hätte Gabrielle nicht gesprochen. „Das kann doch nicht gut sein, nicht wahr? Ich meine, er sagt mir bei jeder Gelegenheit, dass er mich liebt, warum also mache ich mir Sorgen?"

Gabrielle sah Antonia zwischen den beiden Sofas auf und ab gehen und sich unbewusst fächeln. Sie tat ihr Bestes, konnte ihre Stimme aber nicht unbeteiligt klingen lassen. „Er *sagt* es Euch, *Mme la duchesse?*"

„Die ganze Zeit. Es ist zu viel! Wen will er überzeugen, mich oder sich selbst? Nein! Das ist ungerecht. Ich glaube ihm. Aber warum fühle ich mich dann unwohl, wenn es mich so glücklich machen sollte?"

„Wann – wann hat er es Euch gesagt, *Mme la duchesse?*", fragte Gabrielle.

Sie nahm an, es wäre besser, Antonias Wahnvorstellung zu dulden, dass sie nicht nur zu den Toten sprechen könnte, sondern dass diese ihr antworteten. Antonia in etwas anderem als ihrer schwarzen Trauerkleidung zu sehen, hatte Gabrielle solche Hoffnungen gemacht, dass die Herzogin endlich ihre Trauer überwunden hätte, aber ihrem Gespräch nach schien die Herzogin unter geistiger Verwirrung zu leiden. Es machte Gabrielle Angst und sie fragte sich, ob der jetzige Herzog sich des geistigen Verfalls seiner Mutter bewusst war. Vorläufig war es wohl am besten, einfach so zu tun, als wäre nichts, wenn auch nur, um alle unbegründeten Ängste, die die Herzogin quälten, zu besänftigen.

„Wann er es mir gesagt hat?", wiederholte Antonia mit einem Stirnrunzeln und fühlte ihr Gesicht heiß werden. „Wie ich dir sagte. Er sagt es mir ständig. Im Schlafzimmer und außerhalb davon, was heißt, ich kann seine Liebeserklärungen nicht als bloß aus Lust entstehendes Geschwätz abtun." Antonia hört auf, hin und her zu gehen und beugte sich zu Gabrielle hinab, um leise, als ob sie belauscht zu werden fürchtete, sagte: „Zumindest muss ich mir um das Schlafzimmer keine Sorgen mehr machen. Ich war unruhig, aber nach dem ersten Kuss wusste ich es, und nach unserer ersten Nacht zusammen ..." Sie richtete sich auf und fächelte sich erneut. „Ich kann es nicht beschreiben, aber du musst mir glauben, wenn ich dir versichere, dass wir gut zusammenpassen ..." Sie schloss die Augen und schauderte ein wenig. „*Il baise magnifiquement bien.* Er ist so männlich ..." Sie schüttelte sich innerlich aus ihren Träumen und kicherte und unterdrückte schnell ihre Belustigung hinter ihrem Fächer, fügte aber mit einem schelmischen Lächeln hinzu: „Angezogen fand ich ihn sehr gutaussehend aber ohne Kleidung, Gabrielle, ist er wirklich prachtvoll."

Gabrielle sprang vom Sofa auf, ihr Gesicht so weiß wie die Spitze an ihren Ellbogen.

„*Mme la duchesse*! Ich verstehe absolut nicht, was Ihr mir da alles erzählt!"

„Ich weiß nicht, warum du von dem, was ich dir anvertraue, so schockiert bist", murrte Antonia. „Fast zwanzig Jahre als meine Zofe sollten dich auf alle Eventualitäten vorbereitet haben. Obwohl", gab sie großmütig zu, „vielleicht nicht hierauf." Sie setzte sich wieder und breitete ihre Röcke aus, bevor sie ihre leere Tasse und Untertasse hochhielt. „Ich fürchte, ich habe mich diesmal selbst schockiert. Noch eine Tasse, bitte."

Gabrielle nahm die Tasse mit der Untertasse, stand da und schaute blinzelnd auf die Herzogin hinab. „Ihr sprecht überhaupt nicht über *M'sieur le duc*, nicht wahr, *Mme la duchesse*?"

„Sei nicht albern! Wie könnte ich über Monseigneur sprechen, wo er mir doch vor drei Jahren genommen wurde? Wo ist dein Verstand, Gabrielle? Vier Töchter und ein müßiges Leben als die Frau eines reichen Mannes und dein Gehirn zählt nur noch Schafe!"

„Vielleicht habe ich Schafe gezählt und bin eingeschlafen, *Mme la duchesse*, weil ich das Gefühl habe zu träumen."

„Da bist du nicht die einzige!", sagte Antonia lebhaft und nahm ihre frisch gefüllte Kaffeetasse entgegen und rührte ein wenig mit dem kleinen Silberlöffel, um einen Zuckerklumpen aufzulösen.

„Verzeiht mir, wenn ich ein bisschen dumm bin, *Mme la duchesse*, aber versucht Ihr mir zu erzählen, dass es jemanden gibt – dass Ihr und dieser jemand ...“

„Ich habe einen Liebhaber, Gabrielle. Da, ich habe es ausgesprochen. Und doch fühle ich mich nicht besser dabei. Genauer gesagt, ich fühle mich furchtbar. Ich fühle mich *seinetwegen* furchtbar!"

„Furchtbar? Aber sagtet Ihr nicht, dass er Euch versichert, Euch zu lieben? Dass er Euch nur anzulächeln oder zuzuzwinkern braucht, um die seltsamsten Gefühle bei Euch auszulösen? Dass Euer Herz schneller schlägt, wenn Ihr ihn seht?"

„Also hast du doch noch ein bisschen Verstand! Ja, das habe ich gesagt, also ist es ein Wunder, dass ich unglücklich bin?"

„Und trotz dieser unglücklichen Gefühle habt Ihr ... genießt Ihr es, mit ihm zu schlafen ... Und er will Euch heiraten?" Als Antonia trübe nickte, lächelte Gabrielle de Crespigny und drückte die Hand der Herzogin. „Oh, *Mme la duchesse*, könnt Ihr Euch vorstellen, was das bedeutet?"

„Wenn ich das wüsste, wäre ich dann hier und würde dich belästigen?"

Gabrielle de Crespigny lachte und es war so ein unbeschwertes Lachen, dass Antonia mit brennendem Gesicht hochfuhr.

„Das ist nicht zum Lachen, Gabrielle! Er ist lästig und – und er macht mich *wütend* und ich werde dir sagen, wie unglücklich er mich gemacht hat, weil er es wagte zu sagen, dass er es für nichts Schlechtes halten würde, wenn wir ein Kind bekämen. Stell dir das vor! In meinem Alter! Und was mache ich? Ich fange an zu denken, nicht, wie lächerlich diese Idee ist, sondern dass mir das vielleicht sehr gut gefallen würde, wo es doch unwahrscheinlich ist, dass das geschieht. Also siehst du, was er mir angetan hat, dass ich solche lächerlichen Gedanken hege!"

„Ihr sagtet, er wäre männlich."

„Ja."

„Und Ihr seid noch fruchtbar?"

„Ja, aber ..."

„Bernard war fünfundsechzig und ich gerade fünfzig geworden, als wir Toinette bekamen. Also ist es noch möglich, ja?"

„Aber mein jüngstes Kind ist fünfzehn!"

„Verzeihung, *Mme la duchesse*", sagte Gabrielle leise. „Es ist erst sechs Jahre her, seit Ihr das letzte Mal schwanger wart; es war die Belastung durch die Krankheit Monseigneurs, die diese Fehlgeburt auslöste, nicht wahr?"

„Ja. Es war sehr traurig. Aber die Geburt von Frederick... Er bedeutet mir noch viel mehr, weil er geboren wurde, als unser Kind hätte geboren werden sollen ..."

„Also es liegt nicht im Bereich der Fantasie, zu denken, dass ein Kind zu haben möglich wäre?"

„Gabrielle! Das ist Unsinn! Wir reden bei unserem Kaffee Unsinn und alles nur, weil ich von einem Mann unglücklich gemacht werde, der an einem Tag ein Kaufmann ist und mir am nächsten erzählt, dass er einen schottischen Titel und ein Schloss geerbt hat, zu dem er gehen und in dem er wohnen muss, weil er seinen Pächtern gegenüber Verantwortung trägt. Das ist für ihn alles gut und schön, aber er kann nicht erwarten, dass ich nach Schottland gehe und in seinem Schloss mit ihm lebe. Das liegt im Reich der Fantasie!"

„Aber wenn Ihr ihn liebtet, würdet Ihr genau das tun."

„Ihn liebe? Ich verstehe nicht, warum du sagst, *wenn* ich ihn liebte?"

„Aber Ihr liebt ihn."

„Das ist völliger Unfug! Ich liebe Monseigneur. Ich habe immer Monseigneur geliebt und werde ihn immer lieben. Niemand wird ihn je ersetzen."

„Das hindert Euch nicht, diesen Mann zu lieben."

„Sein Name ist Jonathon – Jonathon Strang."

„Ihr sagt, dieser Jonathon Strang macht Euch unglücklich, weil Ihr die seltsamsten Gefühle für ihn empfindet. Diese seltsamen Gefühle, das ist Liebe, meine Allerliebste. Versteht Ihr das nicht? Ihr seid in diesen Mann *verliebt*."

Antonia schmollte. „Nein. Das verstehe ich überhaupt nicht!" Doch schon, als sie dies sagte, wusste sie, dass es eine Lüge war und als Gabrielle de Crespigny sie verständnisvoll anlächelte, fühlte sie heiße Tränen aufsteigen. Sie stellte ihre Kaffeeschale beiseite und war nur zu gern bereit, sich in die tröstliche Umarmung der älteren Frau zu werfen. „Gabrielle. Oh, Gabrielle, ich bin so furchtbar unglücklich ..."

„Natürlich seid Ihr das. Das ist völlig normal", antwortete Gabrielle besänftigend. „Ich werde Euch von meinem geliebten Bernard erzählen. Seine erste Frau Elisabeth war die Liebe seines Lebens. Sie hatten drei Söhne und als sie starb, war er untröstlich und fand sich damit ab, ein guter Vater und Großvater zu sein und nie wieder zu heiraten. Er sagte, er könnte Elisabeth niemals ersetzen, was wahr ist. Ihr werdet Monseigneur niemals ersetzen, aber das wollt Ihr ja auch nicht. Und ich kann nie ein Ersatz für Bernards Elisabeth sein. Ich kann mich an den Tag erinnern, an dem wir uns kennenlernten. Ihr gingt im St. James' Park mit Lord und Lady Vallentine spazieren und Eure Strohhaube wurde fortgeweht und ich lief hinterher, Bernard hielt sie fest und gab sie mir. Er war am Teich, wo seine Söhne ihre kleinen Boote schwimmen ließen ... Er erkannte damals noch nicht, dass er sich in mich verliebt hatte, aber nach diesem Tag vergaß er mich nicht wieder. Doch ich wusste es. Nachdem ich fünf Minuten mit ihm gesprochen hatte, wusste ich, *Mme la duchesse*, dass ich ihn liebte und ihn heiraten würde."

Sie lächelte zu Antonia hinunter, deren Kopf auf ihrer Schulter ruhte, und sagte mit einem noch breiteren Lächeln: „Ich bin mir sehr sicher, dass Bernard nie mehr erwartet hätte, Vater zu werden, und von vier Mädchen! Er hat sieben Enkelkinder von seinen Söhnen und ist mit achtundsechzig Vater eines dreijährigen Kindes. *Incroyable*. Also, vorausgesetzt, dass Jonathon Strang Kinder haben kann ...?"

„Er hat eine neunzehnjährige Tochter."

„Also! Er ist zeugungsfähig. Da habt Ihr es! Ihr sagt mir, er wäre im Schlafzimmer mehr als fähig, also wer sagt, dass er in seinem Alter nicht noch ein Kind zeugen könnte?"

Antonia setzte sich auf und trocknete sich die Augen mit einem Spitzentaschentuch.

„Gabrielle, es gibt etwas, dass ich dir über M'sieur Strang zu sagen versäumt habe ..."

Antonias betroffener Gesichtsausdruck ließ Gabrielle erblassen.

„Ja, *Mme la duchesse?*", sagte sie leise und betete schweigend, dass der Liebhaber der Herzogin viel jünger als Monseigneur sein sollte, der alt genug gewesen war, um ihr Vater zu sein. Ihre Antonia verdiente zumindest das bei einem zweiten Ehemann.

„Du musst versprechen, nicht schockiert zu sein."

Gabrielle nickte. *Mon Dieu,* dachte sie. *Dieser Jonathon ist genauso uralt wie M'sieur le Duc.*

Antonia versuchte, ihren Ton gleichmütig zu halten, aber sie konnte ihr Grübchen oder das Funkeln in ihren grünen Augen nicht unterdrücken. „Er ... Jonathon ... er ist nur acht Jahre älter als Julian."

Gabrielle blinzelte. Sicher hatte sie sich verhört. Aber die Herzogin saß nur da und betrachtete sie mit einem seltsamen Ausdruck, einer Mischung aus Verlegenheit und Selbstgefälligkeit, die um ihren schönen Mund schwebte. Und dann wurden Gabrielles Augen ganz groß und sie rief aus:

„Dieu,! *Oh, là là. Je suis si étonnée. Je suis sans voix!*"

„Ja, ich dachte mir, dass du das sein würdest. Ich hoffe, dass auch mein spießiger Sohn sprachlos sein wird, was mir seine hochnäsige Predigt über Familienmoral ersparen würde. Gabrielle, ich sage dir, es ist nur gut, dass Julian nicht die Hälfte der Verruchtheit seiner Mutter ahnt. Seine Nasenflügel würden nie mehr aufhören zu beben!"

Antonia konnte ihre Belustigung nicht länger unterdrücken, und Gabrielle kicherte, und als sich wenige Minuten später die Tür öffnete, um M'sieur de Crespigny einzulassen, der zum Nuncheon nach Hause gekommen war, fand er seine Frau und *Mme la duchesse de Roxton* in einer Umarmung mit Tränen des Gelächters auf ihren erröteten Wangen. Leise schloss er die Tür wieder und überließ sie ihrer Heiterkeit.

VIERUNDZWANZIG

Antonia kam nach Hause, wo sie die Nachricht erwartete, dass die Jungen wohlbehalten zurückgekommen wären, ohne dass ihnen bei ihrem Abenteuer auf der Flucht vor der Miliz etwas zugestoßen wäre, und dass Lady Cavendish sie im Blauen Salon erwartete. Antonia ging ins Bücherzimmer und ließ Kitty Cavendish dorthin führen.

Lady Cavendish warf einen Blick in das Zimmer, sah, wie die Herzogin ihre Hände am Kamin wärmte, und ging schnell auf sie zu. Die Angst ließ sie ihre Manieren vergessen, so dass sie, als sie sich aus einem Knicks erhob, ohne Vorrede sagte:

„Tommy und Strang wurden in Gewahrsam genommen. Shrewsburys Schläger kamen wegen Tommy zurück, als sie Strang eingeholt hatten. Auf Shrewsburys Anweisung hin wird auch Dair Fitzstuart befragt. Etwas muss unternommen werden!"

Antonia unterdrückte ihre Befürchtungen und bemerkte den Versprecher der Frau. Sie hatte sich nie für Kitty Cavendish oder deren Ehemann erwärmen können. Es hatte nichts mit der Tatsache zu tun, dass sie zu dem Umfeld ihrer Schwiegertochter gehörten. In der Tat war Tommy Cavendish Deborahs Cousin, was ihre Rücksichtslosigkeit umso unannehmbarer machte. Das Paar verbrachte das Jahr damit, manchmal wochenlang an ein und derselben schönen Adresse zu verweilen und wechselte von der Opulenz eines Landguts zum nächsten, revanchierte sich aber nie für die Gastfreundschaft. Und als Gäste ihres ausgedehnten gesellschaftlichen Kreises von Freunden und Verwandten aßen, tranken, spielten sie und drängten sich auf jede erdenkliche Weise ihren adligen Gastgebern auf, als ob man ihnen die Bestreitung ihres Lebensunterhalts schulde.

Antonia hat ihr Missfallen gegenüber ihrem Sohn und ihrer Schwiegertochter vielleicht nie geäußert, aber sie hatte Augen; und bei zu vielen Gelegenheiten, als dass sie sie hätte zählen können, hatte sie beobachtet, wie Tommy Cavendish sich bis zum Platzen vollstopfte und Kitty Cavendish sich in die Gunst anderer Gäste einschmeichelte, als hinge die nächste Mahlzeit und das saubere Bett ihres Mannes davon ab. Die Bemühungen des Paares um Kitty Cavendishs zwei Nichten, die Aubrey-Zwillinge, als mögliche Ehefrau für Jonathon zeigten deutlichen den Wunsch, sich eine ständige Unterkunft für die Saison zu verschaffen, wenn eine der beiden Nichten Mrs. Strang würde. Antonia war sich sicher, dass die Cavendishs genau wussten, dass Jonathon den schottischen Titel eines alten Verwandten geerbt hatte und dass eine abgelegene schottische Burg nicht weit genug entfernt sein würde, um der Gier von Lord und Lady Cavendish zu entkommen.

Kitty Cavendish warf einen Blick auf die leeren Ohrensessel und das Sofa vor dem Kamin, in der Erwartung, einen Sitzplatz angeboten zu bekommen; als Antonia jedoch stehen blieb, musste sie dies ebenfalls tun und war sich bewusst, dass der Mangel an Höflichkeit bedeutete, dass die Herzogin erwartete, ihr Besuch würde nur von kurzer Dauer sein.

„Ihr sagtet, dass Lord Shrewsburys Männer wegen Lord Cavendish *zurückkamen*. Was meint Ihr damit, Mylady?"

„Euer Gnaden? Zurückkamen? Oh! Die Miliz stand im Morgengrauen vor unserer Tür und wollte wissen, wo sich Charles Strathsay aufhielte. Natürlich sagten wir, wir wüssten es nicht."

„Und doch hat Euer Ehemann sie hierher gewiesen, warum sonst hätte die Miliz mein Haus durchsuchen wollen?"

Lady Cavendish lächelte schwach und Antonia hatte ihre Antwort.

„Tommy dachte, es wäre am besten, wenn Strang sich mit ihnen befasst. Schließlich heiratet Charles Strathsay Sarah-Jane und daher ..."

„Enttäuschend für Euch."

„Ja. Ja. Es ist enttäuschend. Wir hatten große Hoffnungen, dass Sarah-Jane eine gute Partie machen würde. Sie hätte eines Tages Gräfin von Strathsay sein können. Stattdessen ..."

„... folgte sie ihrem Herzen? Was Euch und Eurem Mann ein Haus weniger bietet, dem Ihr Euch aufdrängen könnt. Sarah-Jane, als Eure Nichte, hätte Euch kaum eine Einladung verweigert, die ganze Saison über als ihr Gast zu bleiben, wenn das Euer Wunsch gewesen wäre, oder? Aber da sie und Charles ihr Zuhause in Paris und eines Tages auf dem amerikanischen Kontinent aufbauen werden, sind ihr Haus, ihr Vermögen und ihre Großzügigkeit für Euch unerreichbar."

Kitty Cavendish blinzelte, blies sich auf und wollte eine schwache, beinahe zögernde und geübte, naive Reaktion von sich geben, aber das harte Funkeln in den grünen Augen, die sie ohne Mitgefühl und Freundlichkeit musterten, reichte aus, um zu erkennen, dass die Herzogin genau wusste, was sie war und sich nicht täuschen lassen würde. Es gefiel ihr nicht, durchschaut zu werden, und schon gar nicht von jemandem, dem sie nie mehr Wert als einem schönen Schmuckstück beigemessen und ihr genau dies verübelt hatte. Sie hatte immer geglaubt, dass die Herzoginwitwe von Roxton genau das war, was sie war, *weil* sie ein wunderschönes Schmuckstück war. Sie hätte nie gedacht, dass sich unter der schönen Fassade ein scharfer Verstand verbarg.

„Wollt Ihr wissen, warum Strang sich entschloss, Euch nachzulaufen, Euer Gnaden?" Als Antonia fortfuhr, sie anzustarren, reglos, sagte Kitty Cavendish spitz: „Weil Ihr das Haus bewohnt, das einst seinem Vorfahren Edmund Strang Leven gehörte, dem es vom vierten Herzog von Roxton gestohlen wurde, als er Edmunds Schwester heiratete. Seither ist nicht nur das Eigentum an Eurem Witwensitze strittig, sondern auch das Grundstück, auf dem dieses Haus steht. Wusstet Ihr, dass Roxton Strang erlaubt hat, den Mietvertrag zu übernehmen? Strang ist auch entschlossen, Euren Witwensitz zurückzubekommen, egal mit welchen Mitteln."

„Und ich wäre das Mittel?" Antonia hob eine Schulter. „Dann hätte er sich die Angelegenheit genauer ansehen müssen. Vielleicht lebe ich in dem Haus, aber es gehört mir nicht; ich kann nicht darüber verfügen. Ebenso wie dieses Haus. Beide hat, wie auch alles andere, mein ältester Sohn geerbt. Ich bin nur sein Gast. Und wenn Ihr recht habt, bin ich jetzt der Gast von M'sieur Strang in diesem Haus. Gerade Ihr werdet am besten verstehen, in welche schwierige Lage mich das bringt."

„Tommy hat sich große Mühe gegeben, Strang zu warnen, dass seine Strategie nicht aufgehen würde, Euer Gnaden. Nicht, dass er dachte, Ihr würdet nicht darauf eingehen, sondern dass der Herzog das Ergebnis verhindern würde."

Antonia lächelte dünn. „Wie gut dann, dass ich einen Sohn habe, der immer da ist, um auf seine Mutter aufzupassen." Sie bewegte die kleine Glocke, die einen Diener herbeirief. „Und während M'sieur Strang sich anstrengte, mich zu überzeugen, wurden Eure Nichten von ihm beklagenswert vernachlässigt? Es scheint, *Euer* Plan war nicht erfolgreich, Mylady." Sie hob ihren Rousseau auf und setzte sich in ihren liebsten Ohrensessel, ohne Lady Cavendish einen Platz anzubieten, ein Zeichen, dass das Gespräch beendet war. Aber als sich die Frau trotz des Lakaien neben ihr nicht rührte, blickte Antonia auf und sagte mit aufrichtigem Mitgefühl: „Keine Sorge, Lady Cavendish. Ich bin sicher, Lord Shrewsbury wird Lord Cavendish bald freilassen. Sein Anteil an Charles' verräterischen Aktivitäten muss in der Tat ziemlich gering sein, ja?"

Kitty Cavendish machte einen Knicks. „Ich hoffe, das ist wahr, Euer Gnaden."

Sie wäre gegangen, wenn nicht durch die zweiflüglige Tür des Bücherzimmers Jonathon Strang geschritten gekommen wäre, gefolgt von Tommy Cavendish.

„Mein liebstes Erdbeertörtchen! Hier bin ich, ungeschlagen und ungebacken!", verkündete Tommy Cavendish und zog seine Frau in die Arme. Er flüsterte ein paar kurze Worte in ihr Ohr und ließ sie dann los, um vor der Herzogin eine tiefe Verbeugung zu machen. „*Mme la duchesse*, bitte nehmt meinen bescheidenen Dank dafür an, dass Ihr meiner lieben Lady Cavendish Schutz geboten habt, während der arme Strang und ich von Lord Shrewsbury sanft am Spieß gebraten wurden. Wir werden Eure Gastfreundschaft nicht länger in Anspruch nehmen. Strang sagt mir, dass Ihr ins Theater gehen würdet, um ein neues Stück von diesem Kerl zu sehen – Sheridan? Wie entzückend. Lady Cavendish und ich sind schon zu spät zu einer erwählten Partie Karten mit den Lamm- und Kartoffel-Connellys."

„Aber Tommy, ich dachte, wir wollten nach Dub..."

„Ja, meine Liebe", sagte Tommy Cavendish und zeigte lächelnd seine Zähne, „nicht nur, um Karten zu spielen, sondern auch, um unsere Verluste wettzumachen. Die Connellys sind in der Tat in Dublin. Mach jetzt einen hübschen Knicks und lass uns aufbrechen, bevor mein bulliger Schwager seine Meinung ändert und mich zu Hackfleisch für Pasteten verarbeitet."

Kitty Cavendish tat, wie ihr gesagt wurde, und warf Jonathon noch einen misstrauischen Blick zu, bevor ihr Ehemann sie aus dem Bücherzimmer zog, dessen zweiflüglige Tür von zwei Lakaien mit ausdruckslosen Gesichtern hinter ihrem Rücken geschlossen wurde. Antonia beobachtete Jonathon schweigend, der die geschlossene Tür finster anschaute.

„Haben Charles und Sarah-Jane es sicher zu ihrem Boot geschafft?", fragte sie leise.

„Ja. Ja", antwortete er, tauchte aus seiner Gedankenverlorenheit auf und lächelt zu ihr hinab. „Inzwischen haben sie abgelegt. Sind die

Jungen hier?" Als sie nickte, ihn aber nicht anschaute, wurde sein Gesicht wieder finster. „Was hat Kitty gesagt, um dich aufzuregen?"

„Und Dair?", fragte sie und ignorierte seine Frage. „Hat Shrewsbury ihn auch freigelassen?"

„Nein. Charles' Bruder hat seine Rolle in der geheimen Korrespondenz mit dem Amerikaner Silas Deane gestanden."

„Das ist riesiger Blödsinn!", sagte Antonia abweisend. „Dair ist Offizier. Er würde niemals sein Regiment verraten, und schon gar nicht sein Land! Ich glaube es nicht und wenn Shrewsbury es glaubt, ist er nicht der Meisterspion, der er zu sein meint. Charles hat sein Land aus philosophischen Gründen verraten, weil er ein Idealist ist; dass kann ich nachvollziehen. Wenn Dair dasselbe täte, würde es bedeuten, seine Kameraden zu verraten, und wofür? Er glaubt nicht an die amerikanische Sache. Er teilt die Ideale seines Bruders nicht." Sie stand auf, um erneut die Glocke zu betätigen. „Ich werde Julian eine Nachricht schicken, und er wird Shrewsbury zur Vernunft bringen."

Jonathon erreichte zuerst die Glocke und legte sie außerhalb ihrer Reichweite auf den geschnitzten Kaminsims, bevor er ihre Hand nahm und sie mit sich zog, um sie neben sich auf das Sofa zu ziehen.

„Schatz, Roxton war dort. Er war dabei, als wir von Shrewsbury befragt wurden. Es war unbehaglich und mehr als nur ein bisschen peinlich, vor deinem Sohn so abgekanzelt zu werden, aber es war besser, dass er dort war, als anders. Besonders für Dair, der die gesamte Unterstützung der Familie benötigen wird, die er bekommen kann. Siehst du ..." Jonathon unterbrach sich und küsste rasch ihren Handrücken. „Ich hätte darauf gesetzt, dass Tommy seinen Anteil an dem Kuchen der amerikanischen Kolonien wollte. Dass er irgendwie daran beteiligt war, den amerikanischen Patrioten Truppenzahlen und englische Versorgungsrouten zu verschaffen, denn Tommy würde alles für eine Guinee tun, wenn es einen vollen Magen, weiche Betten und einen vergoldeten Salon bedeutet, um sein dickes Gesäß dort auszuruhen. Doch Tommys gesamte verräterische Aktivitäten bestanden darin, Charles zu erpressen, und wie sich herausstellte, auch seinen Bruder."

„Aber ich verstehe nicht, warum Dair so etwas tun würde. Tommy, ja. Und Kitty. Diese beiden würden eher ein Grab ausrauben, als sich anstrengen, um ihren eigenen Lebensunterhalt zu bestreiten. Aber Dair? Das ist unbegreiflich."

„Schulden. Ein großer Haufen von Schuldscheinen im Wert von ungefähr fünfzehntausend Pfund."

„Er ist ein Spieler? Nein! Das glaube ich nicht. Ein Frauenheld. Leichtsinnig. Aber ein Verschwender?" Als Jonathon nichts dazu sagte, fragte sie mit einem Schniefen: „Was wird mit ihm geschehen?"

„Das werden Shrewsbury und Roxton mit dem amerikanischen Kolonialkriegskomitee aushandeln müssen. Ich bezweifle, dass sie Aufhebens machen wollen, weil Dair einer von ihnen ist."

„Und die Cavendishs?"

„Irland und Exil. Niemand wird sie hier mehr empfangen. Roxton wird dafür sorgen."

Antonia sah auf ihre Finger, die mit seinen verschlungen waren und dann in seine braunen Augen. „Und hat mein Sohn auch dafür gesorgt, dass du dieses Haus bekommst, in dem wir jetzt sitzen, und auch meinen Witwensitz? Ging es darum?"

Er schüttelte den Kopf und hielt ihrem Blick stand. „Nein... Ich meine, *ja*. Ja, ich habe dieses Haus gemietet, und ja, ich hatte die Absicht, den Anspruch meines Vorfahren auf den Witwensitz geltend zu machen, aber ..."

„... aber warum versuchen, meinen Sohn zu überzeugen, wenn du einfach seine Mutter heiraten und als mein Ehemann das Haus als dir durch die Heirat zustehendes Recht beanspruchen konntest?" Als er mit der Antwort zögerte, entzog Antonia ihm ihre Hand, stand auf und schüttelte heftig ihre Röcke aus. „Wenn du erwartest, dass ich etwas anderes glaube, hast du meinen Verstand grob unterschätzt!"

„Nein! Ja! Es wäre einfacher gewesen, aber nein, das ist nicht der Grund, warum ich dich heiraten möchte!", widersprach Jonathon, der ebenfalls vom Sofa aufstand und ihr den mit Büchern gesäumten Raum hinunter zu einer schmiedeeisernen Wendeltreppe folgte, die mit der in der Roxton-Bibliothek auf Treat identisch war. „Himmel! Du hast jedes Recht, mich für einen absoluten Hurensohn zu halten, aber ich muss dir aufrichtig sagen, dass ich jede Idee, meinen Anspruch durchzusetzen, aufgab, an dem Tag der Regatta, als du zum Steg kamst, um Frederick und mich zu verabschieden. Du hattest dieses Sträußchen wilder Margueriten in der Hand, die der alte Ernst dir gegeben hatte und es war das erste Mal, dass ich dich in etwas anderem als Schwarz sah ... Mein Gott! Ich wollte dich nur aufheben und herumwirbeln und dich mit Küssen bedecken und dir sagen, wie sehr ich dich liebte – schon damals."

Er sah zu, wie sie die schwarzen Eisentreppen hinaufstieg, zur ersten Galerie kletterte, die Hälfte ihrer Länge zurücklegte und die Regale durchsuchte, bis sie fand, wonach sie suchte. Er musste in den Raum zurücktreten, um ihr beim Herumsuchen zwischen den Lederbänden eines bestimmten Bücherregals zuzusehen, wo sie ein Buch herauszog, dann ein anderes, es zurückschob und schließlich das fand, was sie wollte. Sie öffnete ein schmales, rotes, ledergebundenes Tagebuch, blätterte durch mehrere Seiten und fand, was sie suchte, schloss das Tagebuch und drückte es an ihre Brust, als sie die schwarzen Eisentreppen hinunterstieg. Sie blieb auf der dritten Stufe von unten stehen, so dass sie mit Jonathon auf Augenhöhe war, der jetzt eine Hand auf das filigrane Geländer gelegt und einen gestiefelten Fuß auf die untere Stufe gestellt hatte.

Sie schaute in seine braunen Augen, die so besorgt und forschend dreinsahen, und presste kurz ihre Lippen zusammen, wobei ihre grünen Augen genauso forschend wirkten.

„Ich weiß nicht, ob ich dir glauben soll oder nicht. Mein Herz ist ein sehr entschlossenes Organ und es schlägt zu heftig, wenn du in der Nähe bist, und es möchte so sehr glauben, was du mir sagst. Und dann ist da noch mein Kopf, der sich an das Versprechen erinnert, das du mir im Pavillon gegeben hast.“

„Ich habe dir mein Wort gegeben, dass ich niemals etwas tun oder sagen würde, um dich absichtlich zu täuschen oder – oder zu *verletzen*“, sagte er leise und legte eine Hand auf ihre Wange. „Und dazu stehe ich, Liebste. Habe – habe ich dich verletzt?“

„Vielleicht... ein bisschen. Du hättest mir von Anfang an die Wahrheit sagen sollen, anstatt dass ich sie von Kitty Cavendish erfahren musste. Ich weiß nicht, warum Julian es mir auch nicht erzählt hat!“ Sie schlug das Tagebuch auf einer bestimmten Seite auf, nahm ein gefaltetes Stück Papier heraus und reichte es ihm. „Hier ist das Tagebuch der vierten Herzogin von Roxton für das Jahr 1681. Wenn du ihren Eintrag für den Neujahrstag liest, wirst du sehen, dass sie vom Tod ihres Bruders Edmund berichtet. Das ist sehr traurig, weil Edmund auf der Themse eislaufen gegangen war, und das Eis brach und er ertrank. Die Tinte ist von ihren Tränen verschmiert. Was für dich wichtig zu lesen ist, steht unter diesem Eintrag.“

Jonathon überflog die Seite mit der sorgfältig geschriebenen weiblichen Handschrift und fand den Eintrag der vierten Herzogin für den Neujahrstag – den 25. März 1681 – und überflog, was Antonia ihm gerade gesagt hatte, und las dann langsam die beiden Sätze darunter.

„Edmund hinterließ Crecy Hall seiner Schwester in seinem Testament, weil er dem Herzog viel Geld schuldete?“, fragte Jonathon überrascht, als er das Tagebuch schloss.

„Und hier ist Edmunds Brief, versteckt in den Seiten ihres Tagebuchs.“

Jonathon nahm die vergilbten gefalteten Blätter, öffnete sie aber nicht, weil Antonia ihre Arme um seinen Hals gelegt hatte.

„Ich hatte Jahre, um die Bücher in diesen Regalen zu lesen. Manche sind interessanter als andere. Die Tagebücher der vierten Herzogin gehören zu den ersteren. Da sie auch zu deinen Ahnen gehört, kann ich dir die Einträge zeigen, wo sie über ihre Cousins Strang Leven spricht." Sie legte den Kopf zur Seite und musterte ihn nachdenklich. „Seltsam, dass mir diese Verbindung nicht schon früher aufgefallen ist. Es waren der Subkontinent und deine gebräunte Haut – viel faszinierender, ja?"

Sie beugte sich vor, um ihn zu küssen und er ließ das Tagebuch und den Brief auf die Stufen fallen, um sie in seine Arme zu nehmen. Nach einer Weile sagte er leise:

„Komm mit mir ins Theater."

„Ja."

Er schaute ihr in die Augen. „Du weißt, was das bedeutet, nicht wahr?"

„Natürlich. Mit dir in der Öffentlichkeit gesehen zu werden ... Dass wir eine Loge im Theater teilen ... das ist praktisch eine Ankündigung. Es ist mir egal. Es ist die Wahrheit. Wir sind ein Liebespaar."

„Roxton wird dort sein. Es ist die Premiere."

„Kannst du dir einen besseren Weg vorstellen, um ihm die Augen zu öffnen?"

„Ich glaube, seine Augen sind weit offen, Liebste", sagte Jonathon lachend und zog aus der tiefen Tasche seines Rocks eine flache Schachtel, die mit abgenutztem schwarzem Samt überzogen war. „Er sagte, vielleicht wolltest du dies im Drury Lane tragen."

Antonia musste die Schachtel nicht öffnen, um zu wissen, was sich darin befand, das war ihr auch so klar. Darin lag auf einem Samtbett das Halsband aus Smaragden und Diamanten, das Monseigneur ihr zu ihrem achtzehnten Geburtstag geschenkt hatte. Jonathon reichte ihr auch einen kleinen Samtbeutel.

„Dazu passende Armreifen, Ohrringe und Haarspangen."

Antonia nickte nur, zu überwältigt, um zu sprechen, denn die Geste ihres Sohnes, ihr den Schmuck zurückzugeben, den sie in der Nacht, in der sie über den Verkauf des *hôtel* gestritten hatten, weggeworfen hatte, bedeutete sicherlich eine Hoffnung auf Versöhnung. Sie drückte ihm die Samtschachtel und den Beutel wieder in die Hand und sagte ruhig:

„Bitte lass mich herunter. Ich möchte dir etwas zeigen ... Dies ist ein Porträt meiner Großmutter Augusta, Gräfin von Strathsay", erklärte Antonia Jonathon, als sie im Foyer neben der breiten Treppe vor einem lebensgroßen Porträt des Malers Allan Ramsay standen. „Sie war eine großartige Schönheit und als sie fünfzehn war, heiratete sie meinen Großvater, einen schottischen General und einen Bastardsohn von König Charles. Es war keine glückliche Ehe und sie verliebte sich in den Ehemann ihrer Schwester, Lord Ely, der die große Liebe ihres Lebens war."

„Du hast ihre Augen und Brüste geerbt und Charles ihre Farben. Sie ist eine ausgesprochene Schönheit", stimmte Jonathon zu und lächelte Antonia an, „aber du bist viel schöner."

Antonia starrte zu ihrer Großmutter mit ihrer flammroten Mähne, den schrägen grünen Augen hinauf, die provozierend in ein Morgengewand aus Austernseide gehüllt war, das ihr tiefes Dekolleté am besten zur Geltung brachte. Sie nickte seufzend.

„Ja. Ich gefiel ihr überhaupt nicht." Und als Jonathon bellend auflachte, drückte sie seinen Arm und fügte hinzu: „Ich übertreibe nicht. Sie mochte mich absolut nicht. Ich war von ihrer Unmoral schockiert. Aber jetzt, wo ich älter bin, verstehe ich besser, wie ihr Leben war: In jemanden verliebt zu sein, den sie niemals heiraten konnte; nicht offen mit dieser Person leben zu können, weil es einen großen Skandal verursachen würde. Sie hatte unzählige Liebhaber, während Lord Ely auf seinem Anwesen war. Er wollte, dass sie bei ihm lebte, aber sie mochte die Stadt nicht verlassen. Sie waren beide sehr stur. Aber ich werde mir keine anderen Liebhaber nehmen, solange du in Schottland bist", fügte sie hinzu. „In dieser Hinsicht bin ich nicht wie sie. Und wenn du zur Parlamentssitzung nach London zurückkehrst, können wir hier in diesem Haus zusammen sein." Sie wandte sich von dem Porträt ab und stellte sich mit erhobenem Kinn vor ihn, eine Hand auf die seidenweiche Vorderseite seiner bestickten Weste gelegt, und sagte entschlossen: „Es ist mir egal, was die Leute sagen und – und ich werde nicht nach deinem Leben in Schottland fragen, wenn du es mir nicht erzählen möchtest. Aber wenn du mir von deiner Frau und euren Kindern erzählen möchtest, würde ich gerne zuhören ..."

„Hör auf! Hör sofort auf!", forderte er. „Hast du mir nicht zugehört? Glaubst du mir nicht, wenn ich dir sage, dass ich dich liebe? Bist du verrückt, Weib?" Er zog sie zu der breiten Treppe und zwang sie dann, sich neben ihn zu setzen und nahm ihr Gesicht zwischen seine großen Hände. „Hör mir zu, Antonia. Wenn du mich nicht heiratest, werde ich niemanden heiraten. Wenn du mit mir in Sünde leben willst, dann sei es so. Aber wir werden zusammen in Sünde leben." Er küsste sie sanft und ließ sie dann los, um ihre Hände zu halten. „Mein schottischer Adel verlangt, dass ich sechs Monate im Jahr auf meinem Anwesen lebe. Und um meinem Erbe und meinen Pächtern gerecht zu werden, komme ich nicht mit weniger aus. Ich möchte, dass du mit mir nach Norden kommst. Ich kann mir nicht vorstellen, dort ohne dich zu leben. Die anderen sechs Monate werden wir hier in diesem Haus leben, und ja, ich werde am Parlament teilnehmen. Aber in welcher Eigenschaft, das hängt von dir ab. Wenn du mich nicht heiratest, werde ich meinen Titel ablehnen und als Abgeordneter für Leven ins Parlament einziehen. Wenn du mich heiratest, werde ich meinen Titel und all die Pracht und Größe, die damit einhergehen, um deinetwillen behalten."

„Aber ich möchte nicht, dass du etwas anderes als Jonathon Strang bist!", widersprach Antonia. „Warum musst du diesen Titel wegen mir behalten? Wenn du deinen Titel behältst, musst du heiraten und Kinder haben, einen Erben, an den du ihn weitergibst. Das ist die natürliche Ordnung der Dinge. Das wird von dir erwartet."

„Mein Schatz, mein Handeln wurde nie von dem bestimmt, was andere von mir erwarten. Bis ich mich in dich verliebte, hatte ich alle Absicht, diesen Titel abzulehnen. Die Güter behalten, meinen Pflichten nachkommen, im Parlament sitzen – aber ein Krönchen tragen? Ich kann mir für meinen Kaufmannsschädel nichts Peinlicheres vorstellen! Und ganz bestimmt hatte ich nicht vor, deshalb wieder zu heiraten. Jedoch kann ich mir mein Leben nicht mit jemand anderem als dir vorstellen und dich nicht als weniger denn eine Herzogin, *meine* Herzogin, daher werde ich widerwillig den Hermelin anlegen und den hohen Rang meines alten Verwandten annehmen."

Antonia blinzelte ihn an und bevor sie noch die Frage stellen konnte, zog er ein dünnes rotes Armband aus fein geflochtenen Baumwollfäden aus seiner Westentasche, das an beiden Enden offen war. Antonia erkannte es als das Armband, das er an dem Tag geflochten hatte, als das Piratenschiff-Baumhaus und die Schaukel enthüllt worden waren, und instinktiv streckte sie ihr linkes Handgelenk aus. Er flocht geschickt die offenen Enden zusammen, so dass sich das Band um ihr Handgelenk schloss, küsste es dann und sagte mit einem Lächeln:

„Das sind keine Diamanten oder Smaragde, aber wenn du so etwas möchtest, kann ich sie dir gerne schenken. Für mich hat dies jedoch einen viel höheren Wert und ich hoffe, den wird es auch für dich haben. Dieses Armband ist eine Kavala, ein heiliges, hinduistisches Band, dass, wenn es einmal geschlossen ist, nie wieder gebrochen werden kann. Und das Armband kann auch nicht entfernt werden. Die Baumwolle muss durch natürlichen Verschleiß irgendwann brechen. Jetzt bist du mein und ich bin dein." Er lächelte sie an. „Heiraten wir?"

Sie berührte das Armband. Es war für sie viel kostbarer, als wenn er ihr Juwelen gegeben hätte, und sie zog seine Finger hoch, um seinen Handrücken zu küssen.

„Ich liebe dich."

„Und ich dich. Also heirate mich. Morgen."

„Morgen? Warum Morgen?"

„Morgen muss ich nach Norden reisen."

„Du verlässt mich *morgen*?"

Der Unglaube an ihre Stimme und der düstere, erstaunte Ausdruck waren seltsamerweise tröstlich.

„Ich muss den Sarg meines alten Verwandten nach Norden begleiten. Er wird in der Familienkapelle auf Schloss Leven mit allem Pomp und allen Vorkehrungen begraben, die sein Titel verlangt. Obwohl ich bezweifle, dass er vermisst werden wird, sicherlich nicht von seinen vernachlässigten Gefolgsleuten und Pächtern. Wie der Zufall es will, wurde ich auf Shrewsburys Befehl auf das Gemäuer meiner Vorfahren in Schottland verbannt – die Bedingung dafür, dass ich trotz meiner Hilfe bei Charles' Flucht freigelassen wurde." Er tippte ihr auf die Wange und versuchte, fröhlich zu klingen. „Alles in allem hat es sich recht gut geklärt, wenn man alle Umstände bedenkt."

„Recht gut? Aber ich will nicht, dass du überhaupt gehst! Es ist zu bald!"

„Ich muss gehen, aber lass mich als glücklichen Mann abreisen. Heirate mich, morgen."

„Aber es gibt solche Dinge wie Aufgebote und Vereinbarungen und – oh! Tausend andere lächerliche Formalitäten, auf denen mein Sohn im Namen der Familienehre bestehen wird! Das heißt, wenn er seine Zustimmung gibt und wir nicht ..."

Jonathon hielt ein Dokument hoch, das mit dem Siegel des Erzbischofs von Canterbury versehen war. „Ein Geschenk deines Sohns."

Antonias grünen Augen wurden ganz groß. „*Parbleu*! Nein? Eine – eine Sonderlizenz? Von *Julian*?"

Jonathon stieg die Röte in die schmalen Wangen. „Ich kann nur vermuten, dass es seine Gefühle eher schont, seine Mutter mit einem schottischen Adligen verheiratet zu sehen, als sie die Geliebte eines Kaufmanns bleiben zu lassen. Also heiratest du mich morgen?"

„Aber... Selbst wenn ich dich morgen heiraten würde, könnte ich meine Söhne, Frederick, meine Babys nicht verlassen... Es ist zu früh! Und ich muss – ich muss es Monseigneur sagen ..."

Mit einem Seufzer des Verständnisses half er ihr, aufzustehen. „Ja. Das ist wahr. Daran hatte ich nicht gedacht. Ja, du musst es Monseigneur erzählen ... Dann werde ich morgen, nachdem wir geheiratet haben, nach Norden reisen und dich hierlassen, in der Erwartung im Herbst zurückzukommen – um meine Herzogin des Herbstes abzuholen."

Antonia schmollte. „Ich werde dich furchtbar vermissen."

„Und ich werde dich vermissen, Schatz."

„Maman? Strang. Wenn wir nicht in der nächsten Stunde aufbrechen, werden wir das Aufgehen des Vorhangs verpassen!", verkündete

Henri-Antoine vom ersten Stock herunter und kam zu ihnen nach unten. „Roxton hat eine Loge und er und Deb haben *grand-père* Martin aus Bath mitgebracht." Er schaute Jonathon an. „Ich kann es nicht erwarten, dass Ihr ihn kennenlernt. Ihr werdet Martin mögen. Er ist ein guter alter Kerl, nicht wahr, Maman?"

„Es gehört sich nicht, dass du den Paten deines Bruders einen — einen Kerl nennst, Henri", tadelte Antonia ihren Sohn unaufgeregt und unterdrückte ein Lächeln.

„Aber wird Martin mich mögen, Harry?", fragte Jonathon und schaute Antonia mit einer hochgezogenen Augenbraue an.

Lord Henri-Antoine schob nachdenklich die Unterlippe vor. „Das lässt sich schwer sagen. Er war dreißig Jahre lang der Kammerdiener von *mon père*, was ihn praktisch zu einem Herzog macht."

Jonathon verdrehte die Augen. „Genau das fehlte mir noch ", murmelte er in sich hinein, als er ging, um sich etwas anzuziehen, was zu einer Theaterpremiere passte, „die lebende Verkörperung von Monseigneur, um meinen Abend zu ruinieren." Doch er war angenehm überrascht, als Martin Elliot sich ihm im Drury Lane Theater vorstellte.

🐘🐘🐘

„Ist das nicht genau, was du vorhergesagt hast, Julian?", fragte Deb Roxton ihren Mann, während sie sich in der herzoglichen Loge des Drury Lane Theaters fächelte und mit aufgesetztem Lächeln über die Menge der Theaterbesucher im Parkett zu den privaten Logen schaute, die die Wände in einem Halbkreis säumten und wo gepuderte oder perückentragende Häupter sich in die Richtung einer Loge besonders nahe der Bühne wandten, deren Insassen sich gerade für die Vorstellung niederließen.

„Eine Szene? Ja. Daran lässt sich nichts ändern", antwortete der Herzog. Er steckte seine Schnupftabakdose in eine Tasche seines mit blauem Damast und Silberfaden bestickten Rocks und tat so, als wäre er an einem Puderfleck auf dem Knie seiner schwarzen Seidenhose interessiert. „Beten wir, dass der Vorhang aufgeht, bevor sie vollends erkennen, dass sie hier ist."

„Zu spät", sagte Martin Ellicott. „Sie haben es nicht nur bemerkt, sondern sie hat sie auch dazu gezwungen, indem sie an das Geländer getreten ist." Der alte Mann lächelte und seufzte. „Wie erfreulich, sie endlich in etwas anderem als in Schwarz zu sehen."

Roxton sah hoch und direkt zu einer Loge, die sich in der Nähe der Bühne befand, und da war seine Mutter, strahlend in goldbestickter Seide, das Halsband aus Smaragden und Diamanten um ihren schmalen Hals, ihr Haar ungepudert und damit von der gleichen leuchtenden Farbe wie ihre Röcke. Sie hatte eine in einem langen Handschuh steckende Hand auf das Messinggeländer gelegt, fächelte sich träge und sprach über eine bloße Schulter hinweg mit einem gebräunten Riesen in einem prachtvoll bestickten, smaragdgrünen Rock, mit dazu passender Kniehose und Weste aus Austernseide, deren Taschen und Knöpfe smaragdgrün und rot bestickt waren. Er beugte sich über sie, um ihre Worte über dem Lärm lauter Gespräche und Lachens, das von den Wänden wiederhallte, hören zu können.

Neben Jonathon Strang und durch diese Nähe noch schmaler als sonst wirkend stand Mr. Gidley Ffolkes in seiner gewöhnlichen roten Weste und Haarband. Und links von der Herzogin der Witwe spähte Henri-Antoine, elegant in schwarzem Samt, durch sein Augenglas in die Menge, ein absurd jugendliches Ebenbild ihres Vaters – mit Übung und mit der Zeit würde er auch die Eleganz und Arroganz ihres Vaters gleichermaßen annehmen. Neben ihm der Neffe seiner Frau, Jack, der von einem Ohr zum anderen strahlte und nicht in der Lage war, seinen Kopf bei so viel Farbe und Licht ruhig zu halten. Dies brachte den Herzog zum Lächeln und er wandte sich ab, um die behandschuhte Hand seiner Frau zu ergreifen.

„Wir werden das durchstehen, Deb. Ich bin dazu entschlossen."

„Das musst du, Julian, um ihretwillen." Die Herzogin erwiderte sein Lächeln und drückte seine Finger.

„Um unser aller willen", war Martin Ellicotts Reaktion, und als der Herzog ihn eher überrascht ansah, fügte er hinzu: „Er wird nicht weggehen, nicht wahr, mein Junge? Er sieht aus wie ein anständiger Mann. Er hat etwas von Lucian Vallentine an sich, wie Deborah mir sagt."

„Onkel Lucian?" Roxton war entsetzt bei dem Gedanken, dass der Mann, den seine Mutter heiraten würde, Ähnlichkeit mit seinem exzentrischen, etwas konfusen Onkel haben sollte. Er starrte die Herzogin an. „Doch nicht Onkel Lucian?"

„Oh, ich denke schon, Julian – alles, was gut an ihm war. Und er ist auch zum Umfallen gutaussehend."

„*Zum Umfallen* gutaussehend?"

Die Herzogin und der alte Mann lachten über die erhobene Stimme des Herzogs.

„Frederick betrachtet ihn als seinen besten Freund und die Zwillinge vergöttern ihn."

„Ebenso wie *Mme la duchesse*", sagte Martin Ellicott und war überrascht, als der Herzog zusammenzuckte. „Nun, das muss sie wohl oder sie würde nicht dort drüben in der Loge vor den Augen der ganzen

Welt neben ihm sitzen. In der Pause werde ich hinübergehen und wenn Ihr die Beziehung zwischen Euch beiden verbessert sehen möchtest, solltet Ihr mich begleiten."

„Ich habe mein Bestes getan, um die Versöhnung einzuleiten, *mon parrain*. Sie werden morgen mit einer Sonderlizenz heiraten, bevor er nach Norden fährt, um den Herzog von Kinross zu beerdigen. Doch wenn ich daran denke, dass ich sie der Obhut dieses Monsters Foley überlassen habe ... Vater muss mich im Himmel verfluchen."

„Ihr sagtet mir, Strang hätte ihm seine Strafe zukommen lassen."

„Ja. Aber ich konnte es nicht dabei belassen. Meine Mutter war nicht die einzige hochgeborene Frau, die den entsetzlichen Methoden dieses Abschaums ausgeliefert worden war. Er mag verkrüppelt sein, aber ich musste dafür sorgen, dass Foley nie wieder Schaden anrichten würde."

„In welche entfernte Einöde habt Ihr ihn verbannt, Julian?", fragte sein Pate.

Der Herzog schnaubte zufrieden. „Ich erinnere mich, dass Maman Vater aus Kapitän Cooks Tagebuch vorgelesen hat – es enthält wundervolle Radierungen und Karten. Ich fand eine Karte des Pazifischen Ozeans, stach auf eine Inselkette, und dort kann Foley verrotten. Man kann nur hoffen, dass die Eingeborenen ihre Engländer am liebsten fett haben."

„Monseigneur würde das gefallen."

„Ja, das habe ich auch gedacht." Der Herzog warf seiner Herzogin einen Blick zu, wandte sich dann zu seinem Paten und sagte etwas mühsam: „Aber ich kann nicht anders, als mich zu fragen, ob er dieses Ergebnis für sie gutheißen wird... Martin. Die letzten Worte, die er jemals zu mir sprach, betrafen sie – dass ich Maman nicht so glücklich machen könnte, wie sie es verdiente, glücklich zu sein."

„Das könnt Ihr auch nicht."

Der alte Mann hätte dem Herzog ebenso gut auf die Nase schlagen können, so groß war dessen Erstaunen. Er lächelte sein Patensohn verständnisvoll an, seine blassen Augen voller Heiterkeit, obwohl er sein Gesicht bemerkenswert entspannt hielt.

„Wenn es Euch nicht aufgefallen ist, Ihr seid ihr Sohn. Aber ich bin zuversichtlich, dass Deborah das nur zu gut weiß. *Mme la duchesse* ist nicht nur außergewöhnlich schön, sie ist auch ein sehr sinnliches Wesen. Sie hat es verdient, als Frau geliebt zu werden. Auf seine unnachahmliche Weise ließ Monseigneur Euch wissen, dass sie seinen Segen und damit Eure Erlaubnis hatte, jemanden zu finden, der es verdient, sie in jeder Hinsicht zu befriedigen, und mit dem sie den Rest ihres langen Lebens verbringen kann."

Roxton lehnte sich auf seinem Stuhl zurück, die Worte des alten Mannes ließen ihn peinlich berührt zurück. Trotzdem akzeptierte er die Wahrheit in ihnen. Er holte seine Schnupftabakdose heraus und starrte über das Licht und die Farbe des Theaters, ohne etwas davon zu sehen.

„Er hat um Erlaubnis gebeten, ihr persönliches Eigentum aus Paris nach Leven Castle bringen zu lassen."

„Und Ihr habt natürlich die Erlaubnis gegeben."

Es entstand eine Pause, bevor der Herzog auf die Feststellung seines Paten antwortete, teilweise aufgrund eines Lärms, der unter den Theaterbesuchern im Parkett aufstieg. Roxton dachte, es wäre eine Reaktion auf den Vorhang, der sich zu öffnen begann, aber ein großer Teil des Publikums war aufgestanden und grüßte mit gezogenen Hüten und Verbeugungen zu der Reihe von Logen, in der sich Englands erste Familien und ihre Angehörigen befanden, insbesondere zu einer der Logen.

„Ein verrückter Kerl hat einen Blumenstrauß zu deiner Mutter hinaufgeworfen!", rief Deb Roxton lachend aus und setzte sich auf ihrem Stuhl vor wie alle anderen. „Und Strang hat ihn aufgefangen. Gut gemacht!" Sie kicherte hinter ihrem Fächer. „Es sieht ihr so ähnlich, dem Kerl zum Dank Kusshände zuzuwerfen!"

Der Herzog stöhnte und fuhr sich mit der Hand übers Gesicht.

„Aber wird er Erinnerungen an Vater überall herumliegen sehen wollen?", fragte er als Antwort auf die Aussage seines Paten. „Ich bin überrascht, dass er das möchte."

„Für ihn werden es keine Erinnerungen sein, nicht wahr? Er möchte sie nur glücklich machen. Und es wird sie glücklich machen, Erinnerungen an Euren Vater und an ihr gemeinsames Leben zu haben. Es ist eine sehr großzügige und lobenswerte Geste von seiner Seite, das müsst Ihr zugeben."

„Ja. Ja … Martin, ich habe ihr gesagt, dass es nur Dinge sind … ich habe gesagt, dass sie keine Rolle spielen. Ich habe mich geirrt. Ich habe mich in so vielem geirrt, was sie betrifft."

„Ja, Ihr habt Euch geirrt, aber das bedeutet nicht, dass sie Euch nicht vergeben wird. Sie ist Eure Mutter. Dinge bedeuten mächtige, gewöhnlich glückliche Erinnerungen, und sie sind ein Trost." Martin Ellicott durchwühlte eine tiefe Tasche seines samtenen Rocks und holte einen kleinen, glänzenden Seidenball heraus. „Den trage ich überall bei mir, und das seit dreißig Jahren. In den letzten zehn Jahren war er nützlich, um die arthritischen Schmerzen in meinen Daumen zu lindern. Aber ich trage ihn nicht aus diesem Grund bei mir. Ich habe ihn bekommen, als Eure Mutter zuerst ins *hôtel* kam, bevor sie Euren Vater heiratete. Sie bat mich, mit ihr und den Hunden von *M'sieur le duc* apportieren zu spielen. Um die Wahrheit zu sagen, ich war von der Vorstellung entsetzt. Aber wer könnte Eurer Mutter etwas abschlagen, wenn sie lächelt? Ich spielte Apportieren mit ihr und es war ein so – so *befreiendes* Erlebnis für jemanden, der so wie ich durch Rituale und Formalitäten eingeengt war. Daher erinnert der Ball mich daran, dass es am besten ist, eine Überraschung, die das Leben mir bietet, als Gelegenheit, nicht als Hindernis zu betrachten. Er ist auch dazu da, um mich daran zu erinnern, was für ein wundervoll erfülltes Leben ich als Teil Eurer Familie hatte. Zuerst bei Eurem Vater, vor allem durch Eure Mutter, und ganz zweifellos als Euer Pate."

„*Mon parrain*, wenn Ihr nicht gewesen wäret ..." Die Stimme des Herzogs verklang, die kunstvoll um seinen Hals geknotete Krawatte schien plötzlich unangenehm eng.

„In der Pause werde ich Euren Arm brauchen, um mich darauf zu stützen, wenn ich Besuche mache", sagte Martin Ellicott und ließ den Ball wieder in seine Tasche gleiten.

„Ich werde hierbleiben und die Stellung halten", sagte die Herzogin fröhlich, lehnte sich in ihren Stuhl zurück, mit einem Lächeln über die breiten Schultern des Herzogs hinweg zu dem alten Mann. „Ich werde meine Zustimmung mit einem Winken meines Fächers zeigen, das wird die Zungen im ganzen Rang in Bewegung setzen und außerordentlich unterhaltsam sein. Ich sage auch vorher, dass danach bald Besucher kommen und werde sie vor eurer Rückkehr verscheuchen."

„Deb! Das ist nicht zum Lachen!", knurrte Roxton. „Du weißt, was es bedeutet, wenn wir dorthin gehen."

Hinter ihrem Fächer küsste die Herzogin Roxton auf die Wange. „Natürlich, mein Liebling. Wer könnte es besser wissen. Deine Zustimmung bedeutet, dass alle es akzeptieren werden. Aber alle anderen sind mir gleichgültig. Mir liegt nur daran, was es für deine Mutter und für dich bedeutet, dass ihr beide glücklich seid. Und ich für mein Teil könnte mich nicht mehr für sie freuen. Sie werden als Herzog und Herzogin von Kinross ein wundervolles Paar abgeben." Sie lehnte sich zurück, um ihren Mann anzusehen. „Das zumindest sollte dir gefallen?"

„Ja. Sehr sogar. Sie verdient nichts weniger."

Deb Roxton und Martin Ellicott richteten ihre Aufmerksamkeit auf die Bühne, denn der Vorhang hob sich und die Worte des Herzogs gingen im Crescendo des ohrenbetäubenden Jubels verloren.

Niemand genoss das komödiantische Genie von John Palmer als Joseph Surface und die unvergleichliche Leistung von William Smith als Charles Surface mehr als die Herzoginwitwe von Roxton, deren Lippen – was die Leute in den Logen in ihrer Nähe mit Erstaunen sahen – sich in stummer Synchronität mit denen der Schauspieler bewegten, als ob sie die Worte zusammen mit den Schauspielern rezitieren. Sheridans *School for Scandal* war eine so erstaunliche Sittenkomödie und wurde so gut aufgenommen, dass am Ende des dritten Aktes durch das ständigem Lachen und Erstaunen darüber, was die Charaktere als nächstes sagen und tun würden kaum ein Auge trocken geblieben war.

Antonia saß die ganze Vorstellung über am Rand ihres Stuhles und drehte sich mehr als einmal um, um Jonathon ein Lächeln zu schenken, bei einem bestimmten Teil des Stücks, über das sie zuvor gesprochen hatten, im Boot auf dem See oder im Bücherraum am Hanover Square, als Henri-Antoine, Jack und sogar Gidley Ffolkes gezwungen worden waren, eine oder zwei Szenen nach dem Abendessen aufzuführen. Das Publikum hatte keine Zweifel an der Beziehung zwischen den beiden, als der Kaschmirschal von ihren Schultern glitt und Jonathon ihn schnell wieder aufhob, Antonias Hand über seiner auf ihrer Schulter, ihr dankbares Lächeln und seine Worte dicht an ihrem Ohr sahen aus wie ein unerlaubter Kuss, der Hälse sich in Richtung der Loge des Herzogs von Roxton recken ließ und Zungen in Bewegung setzte; die Klatschbasen waren enttäuscht, dass der Herzog und sein Pate abwesend waren, und die Herzogin im Gespräch mit Lady Hibbert-Baker zurückgelassen hatten, die mit Wein und viel Klatsch eingetroffen war.

„Ich habe die erstaunlichste Neuigkeit gehört", plapperte Lady Hibbert-Baker weiter, während ihr Straußenfederfächer viel zu schnell über ihr Dekolleté wedelte. „Ihr werdet sterben vor Lachen, wenn ich sie Euch erzähle! Es geht um die Herzoginwitwe, Eure Schwiegermutter, und Jonathon Strang ..."

„Dann ist es höchstwahrscheinlich wahr", erwiderte Deb Roxton mit einem süßen Lächeln und blickte an Hettie Hibbert-Bakers Schulter die Reihe der Logen entlang, zu einer bestimmten Loge. Sie winkte mit ihrem Fächer zur Antwort auf die Verbeugung ihres Mannes in ihre Richtung und neigte dann auch ihren Kopf.

Verblüfft stand Lady Hibbert-Bakers Fächer in der Luft still, ihr Mund halb geöffnet. Als ihr klar wurde, dass Deb Roxtons Aufmerksamkeit anderswo weilte und noch aus einem anderen Grund – einer Stille, ja, es war eine Art von Stille im Theater entstanden, die höchst ungewöhnlich war – wandte sie sich in ihrem Stuhl zur Seite und folgte dem Blick der Herzogin dorthin, wohin sich alle gepuderten Häupter gewendet hatten.

Das Schönheitspflästerchen am Mundwinkel der Lady begann wie von allein zu zucken.

Der Herzog von Roxton verneigte sich über die ausgestreckte Hand seiner Mutter. Der ältliche Pate des Herzogs trat vor und senkte den grauen Kopf vor der Herzogin, die ihn, für niemanden überraschend, an sich zog und auf beide Wangen küsste. Sie drehte die Schulter, um ihn Jonathon Strang vorzustellen, der sich neben sie stellte. Lord Henri-Antoine und Jack Cavendish kamen eilig nach vorn, um an dem Gespräch teilzunehmen. Der Herzog neigte sein Ohr zu einer Bitte seines jüngeren Bruders und versperrte Lady Hibbert-Bakers Blick, gerade als Martin Ellicott und Jonathon Strang sich die Hand gaben. Die beiden Jungen zogen sich dann rechtzeitig in den hinteren Teil der Loge zurück, dass Lady Hibbert-Baker und jeder andere im Theater Zeuge eines äußerst ungewöhnlichen Anblicks werden konnte. Der Herzog schüttelte Jonathon Strangs Hand und drückte dann seinen Oberarm bevor er seine Mutter auf beide Wangen küsste. Dann wandte – Lady Hibbert-Bakers Fächer stoppte mitten im Schwung –, sich die Herzoginwitwe von Roxton, den Kopf zu Jonathon Strang erhoben, zu ihm, der das Natürlichste auf der Welt tat – er küsste sie auf den Mund.

„Küss mich nochmal, Jonathon", murmelte Antonia auf Zehenspitzen. „Ich möchte, dass es alle sehen."

Um Jonathons Augen entstanden Lachfältchen vor Mutwillen. „Jetzt schuldest du mir zweihundert Guineen, Antonia", und bevor sie protestieren konnte, nahm er sie in die Arme und bedeckte ihren Mund mit seinem.

Drei Mal erhob sich donnernder Jubel und Hipp–Hipp–Hurra! und ließ das Theater erbeben.

Die Roxton Family Saga geht in Teufelskerl Dair weiter.

ANMERKUNG DER AUTORIN

Sir Titus Foley basiert zum Teil auf dem echten Arzt Patrick Blair aus dem 18. Jahrhundert. Blair spezialisierte sich auf die Behandlung von verheirateten Frauen, die eine leichte Hysterie hatten und ihre „ehelichen Pflichten" ablehnten. Er benutzte die „Wasserbehandlung" zu sadistischen Zwecken (siehe Porter, D. & Porter, R. *Patient's Progress, Doctors and Doctoring in Eighteenth Century England*, 1989, Stanford University Press, Kalifornien).

Roderigue Hortalez & Company war in der Tat eine eingetragene portugiesische Gesellschaft mit Sitz auf der niederländischen Insel St.Eustatius, die französische Lieferungen wie Waffen, Kleidung und andere Gegenstände zu der amerikanische Kolonialarmee schmuggelte, um der revolutionären Sache zu helfen. Pierre-Augustin Caron de Beaumarchais, Silas Deane, Ben Franklin und der Comte de Vergennes trugen alle dazu bei, den amerikanischen Kolonisten zu helfen, den Unabhängigkeitskrieg zu gewinnen. Frankreich trat 1778 offen in den Krieg ein.

Erkunden Sie die Orte, Dinge und Geschichte im Zusammenhang mit Herzogin des Herbstes *auf Pinterest.*
www.pinterest.com/lucindabrant

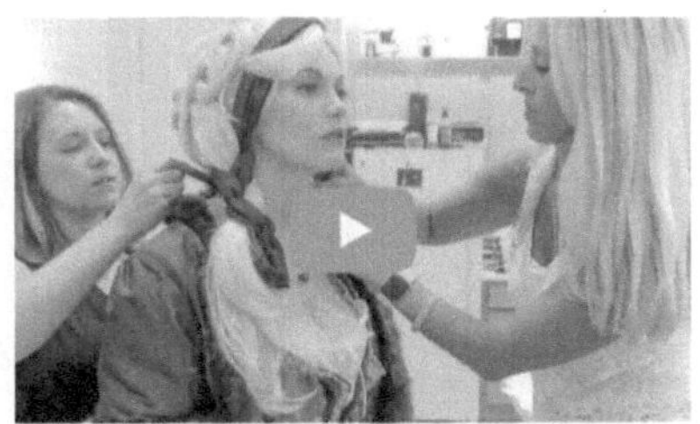

Entwurf des Covers - Kostüme, Schmuck, Models und Fotoshooting. Schauen Sie zu, wie das Cover für Herzogin des Herbstes *entstand.*
www.youtube.com/lucindabrantauthor
www.lucindabrant.com/blog/autumn-duchess-cover-reveal